高尔基文集

9

+++++++

苦命人巴维尔

福马·高尔杰耶夫

1894
|
1898

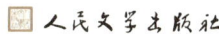

马克西姆·高尔基

目　次

苦命人巴维尔 …………………………………………… 1

福马·高尔杰耶夫 ……………………………………… 135

苦命人巴维尔

洪 济 译

《苦命人巴维尔》是高尔基的第一部中篇小说。最初于一八九四年四月八日至七月六日，分二十五期在尼日戈罗德城的《伏尔加人报》上连载。

译自《高尔基三十卷集》第一卷。

我这篇小说的主人公的父母都是非常谦逊的人,他们无意流芳后世,因此,在把自己的儿子弃置在最僻静的街头的一家院墙底下之后,便心安理得地在黑夜里走掉了。显然,在他们的心中,既不为自己的爱情的结晶感到自豪,更感觉不到他们会有足够的力量把儿子造就成跟他父母大不相同的人。

那天夜里,他们在裹着孩儿的破衣上用别针别了一小块简短地写着"已受洗,取名巴维尔"字样的信纸,便把亲生的儿子交给社会去抚养。在他们决定这样办的时候,如果是受了上述的后一种想法的影响的话,那么我要说,这后一种想法倒证明了幼儿巴维尔的双亲并非笨伯。因为大多数做父母的,他们的真正的义务,正是要千方百计地使自己的孩子不要染上双亲为之耗尽心力、绞尽脑汁的那些习惯、偏见、思想和行为。

婴儿巴维尔被放到院墙底下的时候,有一阵子,他对这事,像个真正的听天由命的人似的,一动也不动地躺着,沉静地吸吮着塞在他嘴里的、用细纱布条卷着面包做的"乳头"。可是,等到这使他感到厌烦之后,他就用舌头把"乳头"顶开,发出一阵几乎打不破夜间静寂的声音。

这是八月里一个漆黑而相当凉爽的夜晚,洋溢着秋天将至的气息。白桦树的柔软的枝条,越过放着弃婴巴维尔的院墙,浮悬在他的头顶上;枝条上已经有了许多黄叶,还有不少这样的叶子落在弃婴巴维尔周围的地上。枯黄的树叶不时纷纷扬扬、悄无声息地脱离树枝,犹豫地在潮湿而充满浓郁蒸气的空中旋转着,慢吞吞地飘落到地上。——白天下过雨,傍晚时出了太阳,正好把大地烤暖。

有时,落叶也飘到弃婴巴维尔绯红的小脸蛋上;他母亲操劳的手把他严严实实地包在厚厚的破衣烂衫里,因此那小脸蛋只有一部分露在外面,不大看得清楚。当树叶落到弃儿巴维尔的脸上时,他总是皱皱眉头,眨眨眼睛,乱扳乱动,直到把那身破衣蹬开,他那小小的躯体接触到夜间的潮湿,才不再动弹。这时,他感觉出自己已经从衣衫的束缚中挣脱出来,就举起一只小脚,把它拉到嘴边,开始更加安静却又带着明显的满意神情吮吸起来。

请让我作个小小的声明吧!我所讲的关于弃儿巴维尔在院墙底下那段生活中的行为完全是 a priori①,并非我亲眼目睹。看见这情景的只有天空,那暗黑的八月的天空,那美丽、深邃、星光灿烂的天空,那对于大地上的事情照例漠不关心的天空,尽管大地通过它的诗人们的口,对天空说了那么多奉承的话,通过善男信女的心对天空作了那么热烈的祈祷。

假如我看见了他,被弃置在院墙下的婴儿巴维尔,那么不用说我会对他的父母充满极大的义愤,对这孩子燃起深切的同情,并且立刻去叫警察,然后怀着对自己的真诚敬意回家去;这一切要是换个别人,他无疑也会这样做的,一定会这样做的,我坚信这一点。可是,当时那里一个人也没有,因此,我所描写的这件事发生地的这个城市的居民们,便失去了表现自己优美感情的极其便当的良机。大家知道这种优美感情的表露,倘若没有什么和它悖逆的东西占据上风的话,它就会成为人们喜爱的主要德行了。

可是,当时那里一个人也没有。弃婴巴维尔终于冻得受不住了。他把小脚从嘴里抽出,始而用轻微的啜泣,继之用大声号啕来打破夜的静寂。

他这样干了没多久,半小时后,就有个人走到他的跟前。这人裹着厚实的衣服,弄得他简直活像个会走路的树墩子。他走拢来,弯下腰,俯身在巴维尔的头上,粗声粗气地嘀咕道:"唉,这些不要脸的男

---

① 法语:臆断的。

女!"他愤愤地向旁边啐了一口唾沫,从地上抱起巴维尔,重新用破布包好他,便小心翼翼地把他塞进自己的怀里,这当儿,空中响起了一阵刺耳的、沉郁的吆喝声,它完全淹没了弃儿巴维尔的哭声。

"大人!又扔了一个,这些鬼东西!这是今年夏天以来第三个了。这些天杀的!淫荡,淫荡……就知道淫荡。呸,你们这些烂货!"

说这话的是更夫克林·维斯洛夫,一个很讲究道德的人,不过这并不妨碍他沉溺在醉乡中,充当各式各样学说的热情的信奉者。

"送他到所里去!"

这道命令是区警察所巡长卡尔宾科下的。他是本市第三警察分所里的头号色鬼,蓄有一撮箭形的红胡须,生就一双迷人的灰眼睛,靠着这迷人的眼睛他能在极短的时间里把任何一位小姐的心烧成灰烬。他刚才的这道命令是给岗警阿列菲·吉布雷下的。阿列菲·吉布雷是个阴郁的、有点驼背的人,他最喜欢孤独、书本和鸣禽,顶讨厌饶舌鬼,马车夫和女人。

阿列菲把弃儿巴维尔接过手里,正要抱走了,可是,突然他又收住脚步,揭开遮盖孩子面孔的破布,向他看了一会儿,又用一个手指点了点孩子浮肿的脸蛋,然后把头俯向孩子,扮了一个鬼脸,"得儿"地咂了咂舌头。

弃婴巴维尔重又不声不响地吸吮着塞进他嘴里的"乳头",无意去研究阿列菲·吉布雷用他那奇怪的举动想要表示什么样的感情,他对这些举动只是扬了扬眉毛作为回答,却又明白无误地没有表露半点确定的意思。

这时,阿列菲·吉布雷满脸堆笑,连胡髭也翘上了鼻头,他那部宽大而浓密的黑络腮胡也为之一震,飞升到了耳旁。他响彻全街地大声诘问弃儿巴维尔:"你是个啥玩意儿呢?啊?!"对于这个问题,那孩儿只是动动头,嘟噜了些什么。

"恰恰!费费!……克留克留!布尔布尔!……"阿列菲·吉布雷如同大象一样发出咕咕声。随后,他坐到路灯旁的一个木桩上,期待着什么似的凝视着弃婴巴维尔的面孔。

巴维尔莫名其妙,不知道阿列菲的行话是什么意思,摇了好几次头,不肯把"乳头"吐出来,还无动于衷地扬着眉头。

这惹得阿列菲哈哈大笑。

"就是说,不愿意吗?嗨!你……这小把戏!"

但是,"小把戏"大概并不相信人家是在对他讲话,他只是因为不知道是怎么一回事,或者因为被"乳头"憋住了气,所以张开了嘴巴,睁大了双眼。

阿列菲急忙把"乳头"抽出,然后又非常关切地仔细看了看孩子的面孔,好像想要让自己相信,他并没有碰破孩子的嘴巴似的。

弃儿巴维尔咳嗽了。

"唏唏……唏……"阿列菲·吉布雷像喷着蒸气的火车似的咝咝地叫起来,开始左右地摇动孩子,他深信这样做可以止住咳嗽。可是,孩子咳得更厉害了。

"嗨,你呀!我的小老弟!"阿列菲伤心地叹了口气,无可奈何地四处瞧瞧。

街上没有一点动静。稀疏的路灯在街道两旁闪烁着;远处的路灯看上去似乎排列得紧些,差不多都靠拢在一起了,但是那边的街道却更加黑暗,好像顶到了一座黑墙,那墙几乎高耸到了天空;天空伸展在黑墙的顶端,闪烁不定的星光对着黑墙微笑。

阿列菲往对面看了看。

那里是市区,是一大片黑乎乎的鳞次栉比的建筑物,也有微弱但却比较稠密的灯火,还有那稀稀落落、隐隐约约的喧闹声,它升起时和沉寂时同样地慢慢腾腾、平平淡淡。

向四下里观察一番之后,阿列菲不知怎地感到一阵恶心。他把弃儿巴维尔紧紧搂在自己穿着粗呢大衣的怀里,这时,孩子已经把喉咙的痰咳出来,正准备放声哭叫了,阿列菲紧紧抱着他,望了望辽阔深远的天空,长叹了一口气。

"下流啊!……"

阿列菲把全部经过情况作了一番非常得体的归纳,然后从木桩上站起,顺着大街向市区走去,边走边摇着手里的孩子,并且努力使这个动作做得平稳而小心。他从一条街转到另一条街,一路走来,久久地显然被一种特殊的、异乎寻常的想法苦苦地缠住了,因此他竟没注意到,那些街道,有的狭窄,有的宽阔,有的互相交叉,有的弯弯曲曲,走着走着忽然来到了广场上。就连这个广场,他也是到了两旁装有两盏路灯的喷水池跟前,才觉察出来的。这座喷水池在广场的中央,阿列菲已经把警察分所走过了。

他自言自语地骂了几句,然后转身往回走。灯光越过他的肩膀,落到紧贴在他那灰呢外套上的弃儿巴维尔的小脸上。

"睡着了!"阿列菲喃喃自语说,没有把眼睛从孩子脸上移开,他感到在他的喉咙里有一种很不舒服的痒痒的味儿。为了消除这个感觉,他轻轻地擤了擤鼻子,接着便这样想道:如果孩子们从生下来的最初几天里便能够领会生活中七颠八倒的奥秘,那就好了。如果真是这样,那么未来的人就不会在他手里这样睡得死死的,他准要大声疾呼。

身为警察,而且又是上了年纪的人,阿列菲·吉布雷是熟悉生活的,而且知道,倘若不为自己大声疾呼,那么连警察局也不会注意到你的身上。如果你不善于引人注目,那你就会灭亡;因为孤单单一个人在生活中是不能支持长久的。这个无忧无虑的安静的孩子真会死掉的,因为他睡着了。

"唉!你呀,小兄弟!"阿列菲用责备的口吻说,走进了警察所的拱门。

"你从哪儿来?"一个穿着灰外套的同事突然出现在他眼前,问道。

"打岗上来。"

"这是什么?"那人用手指戳了戳弃儿巴维尔的腰部,甜甜地打了个呵欠。

"轻一点,你这个鬼东西!又捡了个孩子。"

"你瞧！这些小魔鬼,接二连三地涌来啦!"

"谁值日？"

"戈戈列夫。"

"睡了吗？"

"睡得死死的。"

"玛丽亚大婶也睡了吗？"

"她也睡了。她干吗该不睡呢？"

"唔！说的是呀！……"阿列菲·吉布雷慢吞吞地说,他开始沉思,站在原地不动窝儿。

"我快下班了,下了班也要去睡的!"这位同事说着,就要走开。

"等一等,米海洛!"阿列菲伸出那只空着的手,拉住对方的袖子,忽然又不知什么缘故做出很机密的样子悄悄说:"要是现在把他送到玛丽亚大婶那里去,你看怎样？"

"她才稀罕呢!"米海洛望了望安静地睡着的弃儿巴维尔,露出怀疑的神情笑了笑。"老兄,她自己的孩子就叫她厌烦死了,比吃辣萝卜还难受。"

"不过只放一夜呀!"阿列菲确切地声明。

"这跟我有什么关系？不过她一定不会管他。来吧,我抱他去。"

阿列菲小心翼翼地把弃婴巴维尔放到米海洛的手上,然后踮起脚尖,沿着走廊尾随他悄悄走去,他边走边越过同事的肩膀,探视睡着的婴儿的小脸,屏息着自己的呼吸。可是,米海洛却蹬着他那双沉重的长筒靴,在走廊的石板地上踩出橐橐的响声。他们走到了门口。

"喂,我在这儿等着!"阿列菲小声说。

他的同事开了门,随即在门里隐没了。

阿列菲站定,感到一种令人十分难受的不安。无论是从军装外套的翻袖头上抽出线条,还是使劲地将须髯,甚至用手指去抠墙上的灰粉,都没法驱散这种不安的心情。

门里传出了低沉的唠叨声。

"她臭骂了一通,总算收下了!"米海洛一面开门,一面说,在他那刮得光光的脸上,不知为什么表现出一个胜利者凯旋归来的神情。

"那好!"阿列菲·吉布雷如释重负地舒了口气,就和同事朝大门走去了。

"再会,老弟!我要到岗上去了。"

"去吧!"米海洛淡淡地答道,他走到一个墙角,弄出一阵好像干草似的沙沙声,显然,这是他在为自己铺个睡觉的地方。

阿列菲慢吞吞地从第一个阶台走下第二个阶台,等到一只脚踏上第三个阶台的时候,他感到他的两脚好像粘到了石板上,不能动弹了。就这样,他站了好几分钟,最后,那被煤油灯的微光照着的走廊里终于传出了下面一段对话:

"米海洛!?"

"嗯,还有什么事呀?"

"你明天把他送去吗?"

"那孩子吗?唔,当然,得送去。"

"送到产院吗?"

"不,送到铁匠铺去。"

一阵冷场。在走廊的尽头,米海洛弄得干草发出沙沙响声,他睡不安稳,用靴子擦着地板。阿列菲·吉布雷眺望着展现在他面前的沉睡的城市。夜的漆黑,把所有的房屋一座座连成了一面灰色厚实的墙壁,黑乎乎的街道,宛如这墙壁上的深深的裂缝。就在那边,在城市的尽头,靠左边,有一家产院。这是一座高大的冷白色的石砌建筑物,外观严整,有许多宽大、冷漠、空洞洞的窗户,既没有摆设盆花,也没有挂窗帘……

"他会死在那儿的!"阿列菲喃喃地说。

"那孩子吗?八成得死。孩子到了那儿不死的很少,因为清洁、秩序都……"

可是,刚说到这儿,米海洛忽然睡意来临,大声打起鼾来,他那关于纯洁幼小的灵魂因为清洁和秩序不良而致死的意见,也就未能加以确证和阐述。

阿列菲·吉布雷又站了一会儿,便上岗去了。

他回到岗位上时,天际已经发白,空气由于清晨的来临而变得新鲜了。他的岗棚几乎设在野外。他现在感到这岗棚比他从前所感到的更加孤单、更加陌生了。可是从前,这种情形从来没在他心里引起过任何与众不同的思想和感觉,今天却引起了。他坐到岗棚门前的小凳上。小凳的周围长满了奇形怪状的接骨木树丛,阿列菲的灰色的、佝偻的身影,和树丛的暗黑的背景融成了一体。

他沉思着。这里有许多令人难受的、想不清楚的想法,为了使这些想法最终在阿列菲的头脑里压缩成一个问题,是需要花很多时间的。这问题便是:"人们如果不能把孩子扶养成人,那么,他们是否有权生儿养女呢?"

阿列菲·吉布雷终于用"不,他们没有权利!"这句话严肃而沉痛地解决了这问题时,他险些儿都要发疯了。这时他才觉得轻松些了,他深深地叹了一口气,向空中挥拳示威,咬牙切齿地说:

"该死的卑鄙的东西们!"

太阳升起了,曙光照到岗棚的窗子上,窗玻璃反映着火焰般的金光,因此两个窗户变得活像一个从地里爬出来看看人间的尖头绿脑妖怪的两只笑吟吟的大眼睛,那爬向岗棚顶盖上去的接骨木树丛,好似妖怪蓬乱的鬈发,而岗棚门楣上的缝隙,宛如生在妖怪的快活的、笑着的前额上的皱纹。

正午十二时,他坐在玛丽亚大婶的家里。这个女人有一张粗犷的面孔,一双绿眼睛,穿一身脏衣裙,衣裙的下摆高高掖在腰里,袖子是卷起的,她的一举一动,都是一篇充满战斗活力的诗篇。

阿列菲·吉布雷有许多许多话要向她讲,但是由于不善辞令,他感到自己太不行了。玛丽亚大婶的平静而沉着的举止,加上她的自信心和力气已使阿列菲在她面前不敢造次,但他厌恶女人的情绪,却依然溢于容表,从他投向玛丽亚的大脸盘的阴郁的目光,以及他一再朝地板上啐唾沫的动作中反映出来。

弃婴巴维尔仰卧在一条长板上①,裹在一堆破布烂衣里,身子底下垫着草垫。他正在那里专心做着体操:两只手捕捉着自己的小脚,抓到后就竭力把它往口里拉。红肿的脚不听他的话,婴儿巴维尔显然不想勉强它,还发出赞许的咿呀声。

"喂!你这反基督的!你现在打算把他咋办呢?"玛丽亚一边说,一边坐到阿列菲对面的椅子上,还用围裙擦着脸。"我没办法,我不要。你送给基达耶娃老太婆去吧!给她两卢布,她会替你抚养的。这孩子很结实,生下已经一个多月了,很安静。就交给她养吧!"

"她要是把他给弄死了呢?"

"她会弄死他!你这个丑八怪!她干吗要弄死他?"玛丽亚逗弄说。

"干吗?……娘儿们的事,就……"

"你这个不会说话的法老②!我把他抱给她就完了。我就说,喏,这是第七十一号秘密儿子。哈!哈!哈!……你这个木头疙瘩!弄死他!难道孩子不是娘儿们带的!真有像你这样的撒旦?娘们儿!……娘儿们身上什么力量都有!谁把你们这些鬼东西带大的?唔……你这笨头笨脑的傻家伙!……还唠叨这个那个的!"

"可是,你说的究竟不是那个……别汪汪叫了!"阿列菲有理有据地说,竭力避开玛丽亚大婶的眼光,这眼光今天似乎特别专注而锐利地盯着他。

"还有什么?莫非为了你,我应该改变脾气不成?您……说吧!好大个人物!只要我是正正经经讲的话,我到死都不改。难道对您能

---

① 俄国农舍中沿墙壁钉的木板,可供坐卧。
② 法老本是古代埃及皇帝的称号。十月革命前,俄国人民以这个称号称呼警察,含有轻蔑的意思。

另是一套吗？真该时时刻刻揍你才好！"

"行啦,行啦……谈正经事吧。"

阿列菲按捺不住,很想把这泼妇痛骂一顿,但又不能不加以克制,他心里感到益发难受。

"快说,我该怎么办,要不我就走了。我没有心思再听你唠叨了。"

"喝！咱们可是多么温柔的人！你这蠢货,蠢货！"

接着,又花了好长时间,费了许多口舌,她这才算将自己的全部战斗激情发挥得淋漓尽致,将贬义修饰语全搬了出来,而且同时不停地在狭窄的房间里忙来忙去,一边做饭,一边做针线活;一会儿喂喂这个孩子,一会儿又喂喂那个孩子,他们是被她分别放在炕上、火炕背后和床幔里头的;有时,还要吆喝一阵窗外的鸡群,然后又回到不时从各个角落探头探脑、发出压抑声音的孩子跟前,——最后,玛丽亚站了起来,两手叉腰,立在阿列菲面前,申斥他说：

"现在你先到警长那里去,把事情经过向他说清楚:我要收养这孩子。然后给我送两卢布来,我好先付一个月的工钱给基达耶娃老婆子。此外再掏出个把卢布做零用,买点衬衣啦,系带啦……还有别的什么啦。然后呢,你这个讨厌的鬼家伙就滚到泥潭里去吧！讨厌透啦！"

阿列菲站起身来,深深地叹了一口气,默然地走了。

晚上,基达耶娃老太婆来见玛丽亚大婶。她左眼是瞎的,面孔的颜色和轮廓,酷似一个蔫了的萝卜,她的下巴上长着一小撮短而尖的白毛,她讲起话来叽叽喳喳,尖声尖气,说了两句到第三句说到嘴边的时候,就要打扰某位圣徒,不管恰当与否地把他请将出来,或者由他证明她的话准确无误,或者并无任何明显的原因,只是随口道来而已。

玛丽亚大婶严肃而枯燥地给她讲述了事情的始末,下了几道指示,并把所有这些归纳成一句颇有威力的话：

"给我小心点儿！……要知道深浅,可别拆烂污！"她边说还边向基达耶娃老太婆摇晃指头威胁她。

基达耶娃老太婆缩成一团,深深地向玛丽亚大婶鞠躬,并且奴颜婢膝地咧嘴大笑,由于意识到了自己的微贱地位反而略带几分喜悦之情,轻轻地、几乎是耳语般地申诉道:

"季莫费耶芙娜,亲婶子!莫非你还不了解我吗?看人行事,对您可是……"说到这里,她微微把头转动一下,好像她无法形容她的力量所能办到的事似的。

"这我是知道你的。老实巴交的老婆儿嘛!是啊!……"

这句话讲得意味深长,对于这位老实巴交的老太婆来说,绝不是称赞的语调。

弃婴巴维尔一直默默地躺在长板上,只是当基达耶娃老太婆先虔诚地轻声祈祷"愿主降福!",然后把他抱到手里的时候,他这才很不赞成地哼哈了些什么,随后便又安静下来。他对于自己的命运,满怀着莫名其妙的淡漠。他这样一声不吭地一直保持到他被抱出室外。在室外,阳光直射到他的眼上,他眯起了眼睛,但这却无济于事。这时他摇了摇头,可是这也无济于事。阳光照射他的眼睛,晒疼了他细皮嫩肉的脸蛋。他终于大声号哭起来。

"瞧你这个小淘气!在屋里,你一声不吭,假装老实,一抱出来你就哇哇直哭。喂,躺着吧!"

基达耶娃老太婆把他从一只手换到另一只手上,往前走去,暗自想道:瞧,又抱来一个;现在已经有五个了。带这些娃儿,麻烦多,好处少:不过是吃又吃不饱,饿也饿不死罢了。

近来,不分昼夜,她的生活都是在嗷嗷待哺的五条喉咙的伴奏之下度过的,她一分一秒也得不到安闲和休息……啊,主啊!……

阳光穿过模糊不清、由于年深月久而发绿的、皲裂后用胶泥粘得纹路毕露的窗玻璃,斜射进基达耶娃老太婆的住所。这斜射进来的阳光,因为浓厚的阿摩尼亚臭气的关系,看来好像起了皱纹,变得苍白了。阿摩尼亚臭味充满了两间低矮的房间。房间里的顶棚被烟熏黑了,糊壁纸破破烂烂,地板很肮脏,露着一条条大裂缝,踩上去轧轧作响。

第一个房间,所谓儿童室的陈设,是斯巴达克斯式的,极为简陋;只有三条用破衣烂衫包面的条凳,此外就一无所有了。这个房间肮脏极了,看来连苍蝇也无法待在如此污秽的地方,因为在这间儿童室的臭气冲天的环境里,只消飞上一会儿,它们就会无精打采,赶快带着抗议的嗡嗡声飞到别的房间去,或者穿过敞开的、蒙着一层不太像深绿色漆布的房门飞到前室去。

另一个房间是用壁板和儿童室隔开的,板壁上开了一扇歪歪斜斜的小门;门对面放着一张桌子,桌上摆着一把茶炊,它好像哮喘病患者似的总在那里咝咝发响、咕咕嘶叫,它已经生了铜绿,有多处的伤疤,像残废人似的向一旁倾侧着。它和基达耶娃老太婆住所的那份简陋光景般配得再好不过了。

这两个房间里空无一人;除了苍蝇失望的嗡嗡声和茶炊的咕嘟声之外,听不到任何别的声音。可是,倘若向旁的暗黑角落里张望一眼,那么,这种无人居住的印象便会立刻消失。因为在那边,在长板上,在龌龊的破衣烂布堆里,有些生物在蠕动着。可以看到举在空中的一只弯成弓形的腿子;仔细听听,还能听出勉强听得见的单调的呢喃声。

这只腿和另一只同样的弯曲、枯瘦而发青的腿,是一岁半幼儿、佝偻病患者"小老头"的;这个外号是基达耶娃老太婆有一回生他的气时这样叫起来的。她给自己所有收养的孩子,都起了多少有点儿俏皮而又精当的绰号。"小老头"这个绰号,对于这个小佝偻病患者,简直是再恰当没有的了。他全身的皮肤像老人似的打皱、松弛,被疾病弄得奇形怪状。在他那张皱皱巴巴的小脸上凝聚着一种苦难、狐疑、死板的表情,好像他曾经试图弄弄清楚:是谁、为什么要跟他开这样一个恶毒而残忍的玩笑,竟让他一来到人世间便是个残废。他试图弄清这件事,最终他确信这不过白费心思,便只好抱恨终生了。

他整天躺在那边角落里,一会儿举起他那只弯曲的左腿,一会儿又举起那只同样弯曲的右腿,用他一双深邃的眼睛久久地凝视着它们。他的眼里流露出病儿们的目光中常有的那种可怕的呆滞,忧郁而严肃的表情。他望了一阵腿脚,就轻声轻气地嘟哝些什么,这时,他那苍白的毫无血色的嘴唇开阖之际,露出了没长牙齿的牙床和长满了黄苔的小舌头。他的两条胳臂弯曲成圆环,两只手腕顶着腋下,他已完全不能使唤它们;两条大腿都还健康,小腿却像弯弓似的向里弯曲着,在脚踝处交叉起来。有时他对自己的腿脚的研究,显然感到厌倦了,于是他就带着那副苦难、狐疑、死板的表情,抬眼望着顶棚。顶棚上,有一个太阳形的亮斑在抖动着,这是从射进窗里的阳光照到门槛旁边的木桶中的水面反射上去的。可是显然他预感到,他无需和阳光亲近和交往了;对他来说,大地上的一切都快要跟他的观察与思想的能力一同消失了,都快要跟整个的他、这苦命的衰萎的"老家伙"一同消失了,因为他在不久的将来便要从地上搬到地下去了。于是,他把自己严肃的眼光从顶棚上收回来,又重新把视线集中到腿上;显然,这双腿比其余的一切东西都更能引起他的兴趣。

他在基达耶娃老太婆家里已经住了十八个多月,而她却只得到了他两个月的抚养费。因此她急不可耐地盼着他"腾房子"的时刻早日到来;她所说的"腾房子"是另有含意的。

有一次,她到了他母亲那里。她是个小个子的、虚弱的,有点驼背的裁缝姑娘。基达耶娃老太婆找到她时,她正卧病在床,只剩下一口气了。

"怎样啦,孩子妈,"基达耶娃老太婆说,坐到床沿上,那女人躺在床上,几乎动也没动一下,"有本事生,没本事养活哪? 不成体统! 我可不能在我的驼背上背你的罪孽。交钱吧,不交钱就把孩子抱回去,我可不是什么慈善家。"

孩子的母亲睁大黯淡无光的蓝眼睛,流露出万分的悲哀和恐惧。

"老奶奶!"她用压抑的低声说,"我会付钱的,一分钱我都不会短少! 就是剥了我的皮去卖,我也要付清欠款的,我去当妓女!……你宽限宽限吧!……宽限宽限,亲爱的! 可怜可怜我,可怜可怜我苦命的孩子吧……唉……唉……唉……可怜可怜吧!……"

基达耶娃老太婆谛听着她的呻吟,看着大粒大粒的泪珠顺着她干瘪的面颊滚下来,看着苦命人"小老头"的母亲的塌陷的胸脯痉挛地、急遽地起伏着。

"哼,你们这些坏女人,坏女人!淫荡的坏女人!真该狠狠地揍你们一顿才好!"她训斥道。

"唉,老奶奶!……那男的爱上了我,说是要娶我的呀!……"

"我的妈呀!这种老调子,我听过成千次了。"

可是,看来,基达耶娃老太婆不止听过,而且自己也唱过这种调子,因为这时她不可思议地皱起了眉头,弯下身子,咳嗽起来,想了一会儿,吻吻病人,就走了,临行时还严厉地叫她把病养好。但是那女人没有听从她的话,不久便死了。"小老头"也就归基达耶娃老太婆抚养了,而且很快她便讨厌他了。从那时起,她就把一个屋角辟给他去住,她安慰着自己:反正他也活不长了,这样她也就镇静下来了。

除了"小老头"之外,还有四个孩子。其中三个由人家按期付给抚养费。第四个靠施舍生活。自己交了生活费,手头还有余钱。这便是六岁的圆圆的、浮肿的、淡红脸儿的男孩古里卡·米亚奇,一个非常爱闹事的孩子,基达耶娃的大宠儿。

"古里卡,你将来准是个头等盗贼!"每天晚上,当他"乞讨"回来,从背包里掏出面包、茶炊的壶托[①]、门上的把手、砝码、儿童玩具、蜡烛盘、小锅子以及其他各种零零碎碎的东西时,她便这样夸奖他。

古里卡用灵敏的灰暗的小眼,快活地望着她,很有把握地应和着说道:

"唔,就是要当个有本事的偷儿!……我将来一定什么都偷,连马也偷!"

"要是岗警看见了你呢?"基达耶娃亲切地问道。

[①] 茶炊顶部放置茶壶的顶座。

"那我就跑！"古里卡毫无难色地回答。

这时,基达耶娃老太婆便给他一枚二戈比的铜板去买好吃的零食,让他玩儿去了。

其余三个,包括潘卡①在内,彼此还没有什么太大的区别,而且他们暂时也还来不及形成各自的定型的个人特点。他们三个只要遇到喂食的时间隔得太久,就都会放开嗓门大哭大叫;喂多了,他们会这样闹;忘记给他们水喝了,或者往他们喉咙里灌水用力太猛了,他们也都会大吵大闹。他们也还会因为其他许多原因而吵闹,但所有这些原因,无论是全部加在一起,或者单单一个原因,基达耶娃老太婆从来就不把它们放在眼里。她向孩子们发出的喊叫,比孩子们为上述原因发出的哭叫声热烈得多。一般说来,这都是些非常不安静的孩子。他们每天要吃,要喝,要换干尿布,要空气和别的一些东西,这是些他们未必有权享受的东西,因为他们还不会生活,他们只不过是准备生活而已。基达耶娃老太婆坚持这种讲求实利的观点,所以她不太娇惯他们;显然,她希望他们能够比较自立,并善于自己替自己取得使身心得到安宁所必需的一切。

基达耶娃老太婆的一天是这样开始的:

五个孩子中醒得最早的是古里卡·米亚奇。他并不和那四个同受养育的孩子住在一起,他睡在基达耶娃老太婆的房里。他一醒来,立刻就从自己的那张用几个箱子拼拢的小床上跳起,钻到自己的枕头底下,拿出一根长长的雄鸡的羽毛。

他拿着羽毛,踮起脚尖,偷偷地向儿童室走去,小心地、无声无息地打开房门,同样小心地踏着地板前进(夏天,这地板干燥得发出呻吟声;冬天,脚步会踩得一块板撞着另一块板发出低沉的响声来),他慢慢地走近通常还睡着的一个孩子跟前,俯下身子,用羽毛搔痒他的鼻孔。那孩子便把头从一边转到另一边,然后可笑地皱皱眉头,又用两

---

① 巴维尔的爱称。

个小拳头擂鼻子,这时,古里卡几乎笑出声来,面孔涨得鼓鼓的,红红的,继续干他那快乐的勾当。最后,那孩子醒了,开始放声号叫;刹那间,第二个和第三个也齐声响应,闹腾起来,古里卡便拼命大声喊叫"奶奶!"同时从这个孩子身边跑到那个孩子身边,像蛇般地发着咝咝声,对他们扮鬼脸,往他们鼻孔里吹冷气,总之,随心所欲地闹腾一番。

一场各显其能的、极不和谐的演奏会开始了。孩子们有的咳嗽,有的打喷嚏,有的呼号,有的哭啼,有的叫喊,叫喊得像把他们放在锅里油炸似的。

古里卡从来不到那个在这时已开始研究自己腿脚的严肃的"小老头"跟前去。他害怕他那双呆滞、沉思的眼睛。有一次,古里卡走近他,正打算对他施展自己的那一套伎俩时,"小老头"的这双眼睛竟使古里卡觉得望着他的不是孩子而是警察的眼光,他便跑掉了,从此不再走近这佝偻病患者。——由于多种原因,古里卡是不可能喜欢警察的,因此,一碰到警察,他便敬而远之地溜走了。

"哦—哦—哦!……你们号吧!……你们哀号吧!……你们吱吱叫喊吧!……你们真该打!……"梦醒过来的基达耶娃老太婆想起了某句粗野的修饰语,便你们你们地把它说了很多遍。

古里卡一本正经地走进来,鼓着两个腮帮子,从桌上把茶炊端到穿堂,在那里立刻弄出震耳欲聋的巨响。总之,这个生性活泼的男孩喜欢制造喧闹声,而且闹声越大,他就感到越快乐。

基达耶娃老太婆从孩子们的身子底下,轻轻地抽出尿湿了的尿布。

"喂!妖怪!喊吧!……叫吧!……哭鼻子吧!……唔,你这烂泥潭里的蛤蟆!……"

在家里,她不用呼唤神甫和殉教圣徒的名字,她认为自己就是个殉教圣徒,因此,不用请任何人来给她帮忙。

孩子们号哭着;古里卡敲着茶炊,发出轰鸣声,基达耶娃老太婆骂骂咧咧;这座房子里的别家住户和邻居,也纷纷醒来,因为根据这一片嘈杂声,他们会准确无误地得出这样一个结论:已经是早晨六点钟了。

喧嚣和吼叫的声音大约要持续两个钟头,直到老太婆从容地把尿布一一换好,给孩子们洗了脸,喂饱了他们,才会安静下来。随后,她便喝茶。这时,古里卡早已喝好了茶,他抓起背包,用它做成尖顶帽,往自己头上一戴,便跑出去"讨饭"去了。

喝完茶,老太婆抱起孩子,把他们送到院子里,放进那边的几个装满了干燥细沙的箱子里。上午孩子们在箱子里晒上三四个钟头的太阳;基达耶娃老太婆便利用这段时间洗尿布,缝补破烂,骂人,喂孩子,像她常常所说的那样,她一人"分成了一千块",干这干那,没完没了。

有时,有两三位女友来找她。这是一些年龄悬殊、具有两种职业的女人;因为从事第一种职业,她们会被关进监牢;因为从事第二种职业,她们迟早会进医院。

和女友们一起出现的是两三瓶酒;过了一阵,这条街上的空中和住户们的耳朵里,就会被一种讲述"变节妇、破鞋",或者诸如此类荒诞事儿的毫无怜悯之心的歌子搅得不得安宁。再过一阵,便可听见最难听的辱骂;然后是"救命啦!"的呼声,再后,凡是愿意去看热闹的,都可以看见基达耶娃老太婆的女友们怎样揪着她的发辫在地上拖她,或者基达耶娃老太婆和其中的一个女友,怎样殴打第二个和第三个女友,或者第二个第三个猛揍着她们,——反正一样,扭打的结局总是始而沉沉睡去,继而又言归于好。

在这样的时候,孩子们便没人照管了,他们很可能先是没命地叫喊,把肺喊破,随后因为饥饿而自生自灭地死去。可是,在打得精疲力竭的好斗的女友们和她们的女伴沉沉入睡之际,院子里的一只黑暗的角落便有一扇低矮的门打开来;这是一半埋在地下的破屋的房门。这时阳光下出现了一个大块头的麻脸女人。

她打着呵欠,在嘴上画十字,用铅一般毫无表情的眼睛望望天空,朝一个装着沙子的箱子走去,从里面抱起一个孩子。然后她沉甸甸地坐到这只箱子的沙子上,不慌不忙地解开衣襟,把那孩子的脑袋放到

19

自己的乳怀里。响起了贪婪地吸吮乳汁的吧嗒声。

在这位丰满的妇人的脸上,没有任何表情足以使观察者看出她这样卖力的动机究竟是什么。她是个麻子,脸上有很多很多麻点,神色板滞。这就是此时此刻她脸上所表现出的一切。

奶好一个之后,她便依次走到第二个、第三个那里;最后,她走进房间,来到佝偻病患者"小老头"身边。这时便发生了一件很有趣的事儿,第一步她把孩子抱到窗口前。孩子们眼睛由于感受射在眼上的日光而眯缝起来,摇摆着小脑袋。大块头女人就从房里走进院子,坐到那边的沙箱上,掏出乳房给这孩子奶吃。他抱着乳头吸了一会儿,懒洋洋地吧嗒着嘴唇,她却抚摸着他有点发青的小脑袋和双颊。后来,等他吃完了奶,她便把他放到沙里,把这佝偻病患者弯曲的身躯深深埋进沙里,只露一个脑袋在外面。

显然,这使"小老头"很满意,他的眼睛闪烁出一种新鲜、清亮的光彩;它们原先那种凝然不动的表情,一时也真的消失了。这时大块头女人笑了,可是这笑却丝毫也不能美化她的麻脸,只是使它变得开阔一些罢了。她在这个孩子的身上忙了许久,当她发现因为他被沙子和太阳弄暖了,打起盹来,她就把他抱在手里,默默地摇着。他对此非常高兴,他在睡梦中微笑着,她亲了他一阵,便把他送回房间里去了。过了一会儿,她又出来了,依旧用她那副呆板的面孔,望着放在沙上的孩子们。有时,倘使他们没有睡着,她便哄着他们玩儿,又给他们喂奶,然后走进院子一角的破屋的矮门,不见了。但是,她时不时稍稍推开一道门缝,向外头张望。如果看见酩酊大醉的基达耶娃还在酣睡,而暮色已经笼罩大院,她就又走出来,把孩子们抱回房里去,安顿他们睡觉。

请你们不要以为我是在描写一位善心的仙女,哦,不是的!她不过是一个麻妇人,有一对下垂的大乳房,而且她还是个哑巴。她本是一个酒鬼钳工的老婆。有一天,他用拳头敲她的脑袋,真倒霉,她竟把自己的舌头咬掉了一半。起初,他还因此感到很难过,可是后来便开始叫她哑巴丑八怪了。这就是她的全部身世。

夏天,基达耶娃老太婆抚养的几个孩子就是这样地过活的,到了冬天,他们的生活略有差别,那就是他们不是坐在院子里的沙箱里,而是坐在炕炉上。基达耶娃老太婆认为沙子是体育作业的主要物品,她只利用沙子来对孩子们实施体育训练。

婴儿巴维尔的教养和他们那些小朋友们的教养没有丝毫不同之处。不过,有时在他坐的沙箱上头,俯下来一个硕大漆黑的脑袋,一双黑色深邃的眼睛,仔细地久久地盯在他身上。

最初,潘卡很害怕这种现象,可是,渐渐便对它习以为常,甚至和它熟得很了,以致伸出小手去抓摸那扫得他痒痒的乱蓬蓬的大胡子,就是从这大胡子里对着他鼻子闪着一嘴大白牙,并且发出了低沉的嘟哝声时,他也一点都不在乎。有时,两只有力的手把他从沙箱里抱出来,举到空中摇晃,高高地把他的小躯体抛到空中。幼儿巴维尔眯着眼,害怕得一声不响,等到一停止摇动,他便放声号叫,这时,那个肤色黝黑的大块头,就站在他面前喊道:

"喂,老太婆!莫非你没听见吗?!"

"听见了,大爷,听见了!"基达耶娃不大高兴地回答,不知从什么地方溜到他们跟前。

"别吭声,噢……噢……噢!别吭声,亲爱的!唔……唔……唔……啊……啊……啊!……"

"是他们在你这儿号叫呀!……"院子里响起了这样的男低音。

"是他们在号叫,大爷,是他们在号叫。全都在号叫,一个不挪!"响起了一种带挖苦意味的颤抖的假嗓音。

"这是因为肮脏的缘故。"

"肮脏,大爷,肮脏。太肮脏。"

男低音踌躇地咕噜着,假嗓子却扬扬得意地咳嗽起来。

"不能弄得好些吗?"男低音反驳道。

"能,能,能弄好些,能弄得很好!"假嗓子很有信心地用嘲笑的语调说。

"你究竟是怎么回事?!"男低音好像存心要威吓似的说。

"没事儿!亲爱的,本来就没事儿。我老太婆上了年纪,不中用了,又穷,就是这么一回事。一切全在这里,再没有旁的什么了!"假嗓子顺从的说。

一阵沉默。

"普希……奇希……普希……咦……咦……咦!……睡吧……睡……吧……睡!"空中响着咝咝的声音①。

"唔,再见。你给我小心点!"男低音降低到了最低音。

"我会小心的,大爷,我会留心照管的。"假嗓子轻轻地回答,这当儿谈话就被越去越远的沉重的脚步声所取代了。

这样过了四年之后,幼儿巴维尔在阿列菲·吉布雷的岗棚里出现了。他是个腿短头大的生物,有一张出过天花留下斑斑痘痕的面孔,一双深陷在眼窝里的黑眼珠。

这沉默的、老是盯着一件别人看不到的什么东西的孩子潘卡,并没有因他来到岗棚里而改变岗警的孤独、寂寞的生活;四年来,这位岗警的络腮胡子里和头上都有了不少银丝,他变得更加忧郁,对描写圣徒生平的书籍的兴趣,也越发浓厚了。

潘卡的日子过得平平静静。每当晨光熹微之际,鸟雀儿便展开了热烈的谈话,把潘卡吵醒过来,他睁开眼睛,从他那张放在火炉后边的小床上,久久地望着鸟儿在笼子里由一枝竿头跳到另一枝竿头,泼弄着水、啄着谷粒、唱着歌,唱得如醉如痴、热情洋溢,可惜太不悦耳。黄雀的愉快的叮咚声,混合着金翅雀的单调的叽喳声,再加上神气的灰雀可笑的轧轧声,汇合成一股奇特的、喧闹的音流,任性地萦回在熏黑了的狭小房间里。还有一只跛腿的不声不响的椋鸟。它单独挂在窗

---

① 这一段话里的俄文词汇都带有"丝"音,故云。

子上头的一个大铁丝笼里，一只脚抓着竿头，慢慢地晃来晃去，把头一会儿转向那边一会儿又转向这边……突然从喉咙里发出一声细长的哨音，使得其余的鸟儿立刻陷于沉默的狐疑里，达一分钟之久。这时，群鸟突然中止了它们很不协调的音乐会，向四围环顾，好像要弄清这奇怪的哨声含有什么意义似的。而椋鸟鸟笼旁的邻居，那威风凛凛的结实的灰雀，忽然激怒万分，气鼓鼓的，活像个皮球，腆着竖立在胸前的红色羽毛，向椋鸟那边探着脑袋，发出似鸟非鸟的沙哑声和嘶叫声，同时，在笼里挣扎着，张开笨拙的鸟喙，吐出一条厚厚的舌头。可是，现在椋鸟已经又不注意任何事物了，它在竿头上摇晃着身子，心平气和地东张西望着。在一只蟑螂爬进笼里来的时候，它那一动不动的、乌黑的、好似披上了教士法衣的身子才显得活跃起来；但就是那个当儿，这种活跃的现象也不超过两三秒钟。在椋鸟的全部动作，主要是在它的哨声里，包含着一种怀疑的、深刻的、唤醒别人的东西；这哨声在其余的鸟雀的声音里响起时，恰如一群涉世不深而心地乐观的青年，正在热烈地吵吵嚷嚷的当儿，一位经验丰富的老年人，发出了重要的话语。有时，椋鸟突然在笼子里跳跃，抖翅膀，张开鸟喙，拔着自己身上的羽毛，摆出傲慢庄严的姿势，但……却没有打唿哨，而是重新沉湎在莫测高深的缄默里，好像它认为它所愿意做的事情的机会还没有到来似的，或者它深信它有意要做的事，是不可能改变现存的秩序似的。

　　在这些鸟儿里头，潘卡最喜欢的要算椋鸟；因为他在它身上发现许多和阿列法①爹爹相似的地方。阿列法爹爹也喜爱椋鸟；他总是首先把它的笼子清理干净，首先给它新鲜的谷粒和饮水。

　　早晨潘卡在床上一直躺到阿列法爹爹从外面回来的时候。不知什么缘故，阿列法爹爹不喜爱他的岗棚，因此，他白天黑夜的大部时光都消磨在岗棚以外。阿列法爹爹小心地打开门，往里探进他满头黑发

---

① 阿列菲的爱称。

的脑袋,问道:

"醒了吗?"

"醒了!"潘卡答道。

这时,爹爹跨进岗棚,生起茶炊来。这只茶炊已经很旧了,四周补满了手工粗糙的发黑的锡补丁;有一个把手已换上一块用铁丝紧紧绑在茶炊侧面的半圆形马蹄铁代替了壶把儿。生好茶炊之后,阿列菲便着手清除鸟笼、扫地,当茶炊开始发出细微的响声时,他就用深厚的男低音,比他平时讲话时还要低深的声音(这显然是由于他想使他的话柔和一些的缘故)命令潘卡道:

"起来,洗脸,祷告上帝!"

潘卡起床、洗脸、祷告上帝,这一切他都做得像大人一样沉着、平静,似乎他深信这一切都是重要和必需的,然后便默默地板起一副皱眉蹙额的面容;而这副脸相,加上他那乱蓬蓬的头发和一本正经地闪光的眼睛,使他简直像一只非常关心未来的劳动日的小田鼠。接着,当他洗完脸,梳完头,跟着阿列法爹爹用低沉的假嗓子念完早祷词之后,便坐到咕嘟嘟叫得可笑至极的茶炊前的桌子旁。——他已经失去了许多野性的美,他那默默的自大感使他变得有些可笑了。

他们默默地喝了茶,并且同样默默地度过大半天的时光。喝完茶后,阿列法就烧饭:冬季里,他生燃火炉,往沙锅里倒水,放白菜,放肉,直接用一只手把沙锅搁到火里,虽然备有炉叉①。夏季里,他在岗棚背后的小院里,点起一小堆柴火,便在上面烧土豆,或者煮点别的什么。可是,这一切他都做得不让人家疑心他是在效法娘儿们的办法,他甘冒有损自己健康的危险,断然否认必须使用炉叉、擀面杖、搅拌棒以及女性干活必不可少的其他一些宝贝玩意儿。

穿着方格印花布裤子和红布衬衣的潘卡在他身边转来转去,细心地观察着阿列法爹爹的一举一动,偶尔也问他一点什么。简短而含糊

---

① 一种用来在俄式炉子里取放锅子的工具。

的回答,使潘卡很扫兴,不想再谈下去;他又看了一会儿在岗棚里忙碌着的阿列法,随后便走到外边去了,身后传来了叮嘱他不要走远的劝告。

这岗棚设在城门口,它的窗子朝着离它不远的、被一条银灰色衣带般的河流切断了的田野。河那边又是一片田野;田野里夏季是碧绿可爱的,冬季是凄凉寂寞的。再远,树林像墙壁一般堵住了地平线,白天,这墙壁是凝然不动的、黑沉沉的、静默的,到了傍晚,当太阳落到它背后的时候,夕阳的余晖便把树林染上一层紫红和金黄的颜色。

潘卡走到河边,两脚跨在柳丛之间的石头上,往水中扔着木片,望着它们向远方漂去,望着阳光在水面上嬉戏,望着风儿吹皱一河的活泼的鳞波,而波涛拍岸的不绝如缕的喧嚣声像唱摇篮曲一样引得潘卡沉沉入睡。

阿列菲若是在家,就到这里叫他回家吃午饭。吃过午饭,潘卡又上河边去,在那里一个人或者同小乞儿图尔卡一直玩到晚上。图尔卡是个八九岁的小女孩,斜眼,肮脏,狡猾,爱叫嚷嚷,阿列法顶讨厌她,只要她一走进岗棚,阿列法便把她轰出去。

天快黑了,潘卡看着日落,看着生气勃勃的美丽的树林被黄昏的暗影笼罩以至渐渐逝去的景象,便回到岗棚去,如果阿列法在家,他就先向上帝祷告,如果阿列法不在家,他就不做祷告,连衣服也不脱便睡了。

单调的、默默无闻的日子就这样一天天过去,正像通常所经历的那样,过了一天又一天,积少成多,一周、一月、一年……潘卡长大了,他的日子过得比较充实了,他已经开始思忖着:河流到哪里去了,树林背后是什么东西,为什么这样大的云块能在天空自由飘游,而一颗小小的石子儿往上边一抛,它却会落回到地面来? 在城里,那屋顶犹如鳞次栉比的城市里,在城郊,总之,在白天里如此喧闹而在黑夜里又如此抑郁沉静的大地上,究竟发生了些什么事呢? 不过他并没有拿这些问题去求教阿列法,这也许是因为他认为,像阿列法这样很不爱讲话的人是什么也不知道的,而且,无论是这不爱讲话的性格,还是阿列法那副一成不变的阴郁的脸色,都使他感到有点儿拘束。

但是,只要米海洛一来(他很难得来),潘卡就躲在角落里,从这儿津津有味地听着一些人类的语言了。米海洛讲得很多,而且一上来总是问阿列菲:

"唔,怎么样,僧侣,还活着吗?不想讨个老婆吗?"说完,他哈哈大笑起来,这时,阿列菲仍旧保持一种深沉的冷淡。

可是,这冷淡一点儿也不使米海洛感到受辱,他用手帕擦擦刮得精光的脸蛋,挪动身子,在凳子上坐得舒服一点,就"吹起风笛来"①,正如他的这位抑郁寡欢的同事生气时骂他的那样。

"我的老弟,今天我可美美地吃了一顿。玛丽亚给我做了一点小麦饭,唔,多好的饭呀!……用牛奶煮的,里面还加了葡萄干。嗳!真好!她,玛丽亚真是一把做饭食的好手。别的事她什么都会干,缝缝补补,样样都行!嗳,我的女人真是个好娘儿们,你娶这样一个吧,阿列法,啊?娶这样一个女人该多好啊!"

"她叫起来像只狗!"阿列菲简单地回答。这时他不是在茶炊旁忙着,就是已经坐在桌旁,胡子浸到盛着茶水的小碟子里呷着茶了。

米海洛惊奇地扬起了眉头。

"你说她像狗叫?那又怎样?好,狗叫,咱们就算这是真的吧。可是,男人跟女人在一起,缺了这个还不行呢,绝对不行!因为每个男人都愿意自己有点绅士派头,谁也不愿当窝囊废,拿我说吧,难道我愿忍气吞声吗?一生一世也不愿!现在怎么样,玛丽亚!她要是不讲道理,就照她下巴一家伙……"

"可是有两回她把你给……"阿列菲·吉布雷淡淡地插言道。

"有两回?好,就算是这样吧!……即使有两回那又怎么着?她不还是我的老婆吗?那两回倒是她有理。可就那样我也没忍让。我

---

① 相当于现在说的"打开话匣子"。

可以为这事儿给她点颜色看看……"

"她会像上回一样赏你几擀面杖……"阿列菲不肯让步。

"用擀一面杖打！……嘿嘿！难道她每天都用擀面杖打我不成？这种事总共也才一回。用擀面杖打！她也说那是阴差阳错的事儿，下次不敢了！……"

一阵沉默。朋友俩喝着茶，彼此不时交换一下眼光。

"喂？你的鸟儿怎么样？都活着吗？"

"你看看！……"

"看到了。很好。鸟儿，这真好玩。我也来养鸟玩儿吧……"

"你女人会把它们油炸的。"阿列菲用讥讽的口吻说。

"决不会！她自己也爱禽鸟。上次她还买过一只鹅呢。买得真划算……"米海洛忽然振奋起来。"她可聪明啦，鬼得很！来了个喝醉酒的乡下人，她立刻向他喊道：你是个醉鬼，我是下士的妻子；你不卖，我就去叫我丈夫，我那个当警察的丈夫。他会把你送到警察所去！啊哈！你卖不卖？"喝醉了酒的乡下人害怕了，三十戈比便把那只肥鹅卖给了她，你瞧她！一个多么滑头、有心计、神气、严厉的人物，活像我们所里的所长！不，我的老弟，我女人真是个宝啊。若是给你也找这样一个女人，那才好呢！她会叫你乖乖地听她摆布，唔，看你怎样！那时候你就不敢犟嘴了！"

"唔，这有什么好呢？"阿列菲诘问道。

"这有什么好吗？娘儿们嘛！有了娘儿们，屋子里的气味就不同了。很快就会有孩子，这是一；干净，这是二；有个骂架和讲和的对象，这是三……"

接着便开始没完没了地数说起娘儿们的美德来。米海洛有一种与众不同的眼力，能把娘儿们的缺点说成优点。女人，这是他特别爱谈的题目，而且是可以与他另一个爱谈的题目——食物相提并论的题目。女人对他简直是人生在世的全部真谛，是把一切生活现象胶结成为一个美好整体的水泥，是赋予万物以声音、色彩和实质的力量。他甘愿一连花三个钟头的时间,用昂扬、庄严的声调大谈其女人,而且往往陷入多愁善感的心情中,引起阿列菲的哀愁。阿列菲默不作声,老是弯着身子,好像试图钻到桌子底下,免得再听他的同事讲的那些话一样。最后,等到他的忍耐力丧失殆尽,他便站了起来,忧郁地对米海洛吼道:

"别讲啦!够了。烦死人了。"

这呼声虽然使夸夸其谈的演说人压缩了他要讲的话,却不能使他难为情到完全沉默下来。不,他向四周环顾了一阵,又"吹起风笛来":

"炉子该粉刷了。这成什么火炉呀!呸,呸!净是些脏东西。要是有个女人那就……"

可是,阿列菲闷声闷气地咳嗽着,不是使劲地动动手,就是用力地伸伸脚。

"别生气,我的老弟,过些时候,你自己就会有这个要求的。让人像你这样反常地过日子,那是不行的……"

"米什卡①!算了吧!"阿列菲用拳头敲着桌子说。

"好—好,我不说了,见你的鬼!"

沉默了几分钟。

"我要回家了!快该我值班了。玛丽亚兴许正盼着我呢。嘿,今天我们的晚餐准不错!猪油荞麦饭香肚拼盘……净是汁儿。一咬就冒油。嘿!……瞧你吃的那些脏玩意儿。那算什么伙食?要是你有个女人……唔,我不说了,我不说了,什么都不说了……我这就走了,走了。再会,我这就走了!到我家来玩儿吧!唔,潘卡在哪儿?潘卡,小鬼,你在哪儿?不,看到啦,潘卡他怎样?身体好吗?大概还是在街上逛荡吧?这也是潘卡的生活,什么样的生活?要是有个女人就好啦……"

他终于在阿列菲的不满的嘀咕声的伴随下走了。他走后,阿列菲

---

① 米海洛的爱称。

28

许久都感到自己受了委屈,好像是被他所讨厌的风吹了一样。

米海洛的谈话,大都是千篇一律的。因此,很快,潘卡几乎就掌握了他那一套说话的规律,只要他一开口,便可以猜出最后他会说什么话来。潘卡不喜欢米海洛剃得光光的、胖得发亮的脸蛋,以及那双混浊的、活像两颗锡纽扣的眼睛。他也不喜欢米海洛的颇为自满的、稍微有点低沉的嗓音,以及他那由短腿短臂和头发剪得又平又光的四方形脑袋组合的整个笨拙的躯体。潘卡端详着他,观察着阿列菲对他的态度,以致对这位享乐主义者直接产生了厌恶的感情,开始躲避他,并因此得到了一个"狼崽子"的绰号。阿列法爹爹比起他的同事米海洛来,简直是个美男子,虽然那部漆黑的大胡子、魁梧的身材和神情贯注的沉默,使他在潘卡的眼里成了个可怕的人物。

潘卡没法从这两个朋友的谈话中得到很多东西,但他总是站在沉默寡言的阿列菲一边,而不相信夸夸其谈的米海洛。他渐渐效法起阿列菲对于女人的态度,甚至还企图拿出这种态度来向图尔卡表演一番。起初,这使图尔卡感到惊讶;后来,使她大发雷霆,这样一来,有一天潘卡终于带着被抓破了的面颊和对于妇女们暗自尊敬的心情回到家里来了。

阿列菲用极沉郁的低声简短地问他:

"这是怎么回事?"

"我摔了一跤……碰到碎木片上……"潘卡回答,脸涨得通红。

"你看……"阿列菲含糊不清地说,然后要他去洗洗脸。

岁月如流,潘卡渐渐长大了。

他已经快到九岁了。块头不大,麻子很多,模样儿笨拙,沉默寡言,他的眼睛流露出儿童不应有的冰冷而理智的神采。他和阿列菲彼此非常理解,因此,一个不用开口,另一个就能大体准确地知道他要说的是什么。潘卡跟阿列菲学认字。曾经设法让他上了本教区的教会学校。可是,这一着却落了个很悲惨的下场。潘卡竭力忍受着同学们对他的恶劣态度,忍了十天再也忍受不住,到了第十一天,在被阿列菲的"起来,该上学去了"的叫声叫醒时,潘卡从枕上抬起头来,用失眠的发红的眼睛凝视着阿列菲的面孔,有生以来第一次发表了长篇讲话:

"哪怕是把我淹死,我也再不到那儿去了。在那儿,我连个癞皮狗都不如。光是私生子、弃儿、麻鬼,这些叫唤就够受了。我不去,随你把我怎样。在家里我会好过些。我不喜欢他们,一个也不喜欢。我总要跟他们打架的。前天我打破了一个教员的儿子的鼻子,教员罚我整整跪了一个钟头。我还要打,还要打破他们的鼻子,罚跪好啦!可是人家打了我,就没事,我不作声,也没有让谁罚跪。我再也不去了。随你把我怎样!"

阿列菲望着这孩子由于憎恨和愤慨现在显得更加难看的麻脸,一声不响,等到潘卡讲完,板着那副倔强而挑衅的脸相,重新把脑袋栽到枕头上去的时候,他才简短地但声音却大得使窗子的玻璃都为之一震地脱口而出地说:"别去了!……"说话当儿,他朝学校所在地的那边狠狠地瞪了一眼,使潘卡不禁打了个寒战,立即把头缩进被窝里去。

以后就再也不曾提起上学的事了,只是在家里马马虎虎读点书。潘卡不喜欢学习,一拿起书本,就如同干着困难而不愉快的活计一样。阿列菲教他读书认字时,尽管抱着很大的希望,却没有能力把死的字句讲得生动活泼。

每天,喝完早茶之后,潘卡就愁眉苦脸地从搁板上取下几本小书,坐到桌旁,把臂肘撑在膝盖上,手托两颊,开始前后左右地摇晃着,低声地、含糊不清而又非常难听地叨念开了。

这些举动的惟一结果是:笼中的鸟儿开头一声不响,彼此不安地互相望望,随后突然之间,一只爱争闹的黄雀发出信号,其余的雀鸟便又用各式各样的调门叽叽喳喳地吵闹起来,简直像是满怀着恶意,要使潘卡脱离苦读的常轨。它们很快在这方面获得了成功。

潘卡把脑袋从书上移开,起初,轻声附和那只唱得很好听的黄雀打着口哨,接着用低沉的哨音,逗弄一会儿灰雀,然后又撩惹那些金翅鸟,用把刀子搔弄一只金翅雀的脊背,最后,当岗棚里腾起了极大的喧哗时,他便站到长凳上,逗起椋鸟来。

他是这样逗弄椋鸟的:他往鸟笼里探进一根引火柴;椋鸟嘴上曾经挨过这引火柴的敲打,因此一见引火柴它就惊慌不安。它一只脚站在笼子里,乱跳乱蹦,拍打翅膀,极力想要用嘴咬住这根该死的引火柴。它很难得咬着,即使是偶尔达到了目的,也不过只能把引火柴扯一下,然后又陷入怀疑的沉默之中;引火柴就再也不能引起它的兴趣了;如果达不到目的,它便发出一阵响彻岗棚的呼啸声,这呼啸声有时愈叫愈带着示威的性质。

潘卡满足于此,重新坐下,拿起书本,然而却不看它,而是对直望着身前的墙壁,像要看穿它似的。他在这上面下的工夫越大,他的眼光就变得越宽广、越深远、越显得懂事。他究竟在想些什么?连他自己也未必知道。有些想法是没有具体的面目和形状的;但这并不妨碍这些想法成为沉重的、毒害心灵的东西。——心灵由于过早熟悉生活中的某些东西而受到毒害;为了使人不会变得胆小,变得昏庸,不熟悉这些东西倒是一大幸事。

就这样,潘卡在鸟雀的无休无止的鸣叫声中,坐上一两个钟头。接着,阿列菲回来,便考问他的功课。潘卡沉着地坐在凳上,用一个指头使劲地按着书上一行行的字迹,从中挤出了这样的警句:

"贝——洛伊,贝——利亚特①……"

"等一等!"阿列菲让他停下。"不应该这样念。"他把书拉到自己面前,微微动着嘴唇说。"不是这样的! 来,再念念。"

"皮——洛伊,贝——利亚特;阿,伊格洛伊,舒尤特②。"

"好,……不是写着'用锯子'吗? ……用锯来做什么呢?"

"用锯子吗?"潘卡抬眼望着顶棚,想着。"锯木柴。"

"这不就对了吗! 可你方才却读成:'贝利亚特',不是'贝',是

---

① 意为"用锯子锯",但潘卡发音不准。
② 这两句话的意思是,"用锯子来锯,用针来缝"。这里描写的是潘卡把"锯"字的拼法念错了,阿列菲费劲地纠正他的情状。

'皮'。"

"可是书上写的不是锯木柴呀!"

阿列菲考虑了好一阵子,该怎样处理这个妨碍对这句话作科学解释的"木柴"。潘卡蜷缩着身子,讲道:

"这些我可是全知道。用针来缝,用斧来劈,用笔来写,可我就是不会读。字太小!又是各式各样的写法。"

阿列菲一声不响地揣度着;他看着书本,朗读着一些最普通的句子,时而怀疑它们是否具有启发和教育的意义,时而又为这本书的编者的睿智所折服,因此,依他看来,这位编者先生是生怕潘卡会得出"用锯来缝,用针来锯"这样的概念的。

一小时的课程就在这样的进程和气氛之下过去了。阿列菲让潘卡温习温习前面学过的功课,并且指出"从这儿温习到这儿",然后,这两人被科学性的劳作弄得汗流浃背,便坐下来吃午餐。吃完午餐,阿列菲躺下休息,潘卡却受命代他值勤,"万一有什么事",就立刻叫醒他。

潘卡穿好衣裳,就到外面去了。他和外面的人相处得很不和睦。他的那种沉默、忧郁的性格,引不起同龄人对他的同情,而他自己却还要暗暗地嫉妒他们的快活和游戏,因此也就不想去接近他们。然而也有过几次,他曾试图和他们弄好关系,可是每一次都不知为什么缘故以大打出手和相互抱怨而告终。潘卡对各种游戏的生动活泼的魅力无动于衷,对一切都抱着过于理智和成人的态度,这使大家产生一种扫兴的和不快的印象;最后,所有的人都躲开他,他自己也觉察到了这一点。

有一次竟发生了这样一件事:大家到树林里去采蘑菇,喜欢树林的潘卡也去了。树林使他变得温和了,树林里沉郁的喧闹声在他的心灵里唤起了许多温暖而柔和的想法;在不知不觉之中,他一个人离开同伴跑到别处去了。他在树与树之间走着,仔细望着地面,口里哼着歌曲,闻着温暖而浓厚的腐烂树叶的气息,听着草被踩在脚下的簌簌的响声,观赏着甲虫和蚂蚁等虫子的活跃的生活。同伴们的声音从远处传到了他的耳里。

"喂,弃儿在哪里?"有个人喊着。

"管他呢! 丢不了,别担心!"

"他总是噘起个嘴,像个生闷气的人,要不就像岗警阿列菲……"

"那么也许岗警就是他的爸爸?"

话音一落,孩子们就哄然大笑起来。

听到这些话,潘卡顿感浑身发冷,眼睛发黑,他感到受了侮辱,小心地跑出了树林;但不一会儿这侮辱感就转化成了气愤。他想要报复,他觉得他有权这样做。

他走到林边时,用一种快乐和高兴的音调,放声大喊道:

"喂! 兄弟们,快来呀! 看我找到了什么!"而当两个孩子应声向他跑来时,他却朝他们猛扑过去,把他俩痛打了一顿,然后在他们的咒骂声中走了。在到达市区以前,那两个孩子始终离他很远地走着,在后面谩骂他,嘲笑他,却不敢走近他,因为他很有力气,和他打交手仗是危险的,他们已经领教过不止一次,不得不相信了。

潘卡回到家里,苦苦地想着心事。阿列菲正好不在家。黄昏降临,岗棚里变得黑暗而寂静了。只有前些日子弄来的、还没待惯的一只金翅雀和一只黄雀不时打破寂静。它们引起了潘卡的注意。他久久地看着它们在笼里跳来跳去,又把头探到笼外。忽然,他敏捷地跳到椅上,取下鸟笼,打开鸟笼门,便把笼子放到敞开的窗子外面去了。鸟儿很快就飞走了。潘卡甚至没注意到它们是怎样飞走的,因为那一瞬间他正好掉头去看别的东西。之后,他重新坐到桌旁,把脑袋枕在手臂上,又陷入沉思中……

阿列菲回来了。

"我把鸟儿放了。"潘卡迎面说道。他是用挑衅的声调讲这句话的,他的眼里也闪烁着挑衅的神情。

阿列菲先看看墙壁,随后又看看潘卡的脸色,便简短地问道:

"为什么?"

"就这么着!"潘卡依旧用刚才那样的声调和眼光答道。

"好吧……随你的便。"

"那你为什么不骂我呢?"潘卡寻衅似的问。

阿列菲扬扬眉头、翘翘胡髭,凝视着养子的面孔。

"我什么时候骂过你?"他忧郁地诘问,开始用手掌抚摩自己的膝盖。

"没有,没有。可是大家都骂我。你要责怪我有什么不可以。反正一样。"

阿列菲不安地坐在长凳上。潘卡完全像个大人,像个凶恶的人似的望着他。

深深的沉默笼罩了一切。原来,连鸟儿们也安静下来,谛听着下文;可是,除了潘卡把自己的两条腿收回来盘在身体下,并且用背靠到墙上以外,什么别的事都没有。

一座字盘发黄、污损、落满苍蝇屎的时钟,计算着单调地落进永恒深渊的分分秒秒的时刻;而且显然被这种义务的工作累得精疲力竭了;懒洋洋地摆动着的钟摆,静静地、沮丧地发出滴答的响声,这声响引得爬在墙壁上的蟑螂不住用自己的胡须做出可笑的动作。落日的红光,穿过接骨木树丛,射进岗棚的窗子,在岗棚的地板上投下明亮的、微微晃动的花斑。

"把鸟儿放了,倒没有什么。凡是在笼子里扑腾的鸟儿,都应当放掉;凡是待惯了的,那就让它蹲在笼子里头好了,——它已经算不得鸟儿了。好鸟总是向往自由的……"

潘卡抬起头来,望了望阿列菲。

"你这是什么意思?"他问。

"就是这个……没旁的意思……想到了就说出口了……"阿列菲发窘地回答,一边揪着大胡子,感到自己对潘卡有些内疚。

"想到的也没法立刻就说清楚。有时候老在自己的想法上兜来兜去,兜着兜着连原来的想法也失掉了,全破碎了,消灭得无影无踪。"

"是这样吗?"潘卡凝神地伸长脖子又问了一声。

"是这样,不过不要紧。应当会说话。潘卡,让我们来读读圣徒阿列克谢的故事吧!"

"好,来吧!"

潘卡躺在长凳上,对阿列菲有点失望。他感到在阿列菲的话里有些新的东西;而这一回,阿列菲说话之多,本身就是一件新闻。阿列菲从搁板上取下一堆破旧的书籍,从里面拣出一本,把它放在身前的桌上。几分钟之后,岗棚里便响起他那沉郁的男低音,随着对这本书的兴趣的增长,声音愈来愈沉厚,读到末尾时,竟变成了战栗的最深沉的男低音。在这种时候,潘卡总爱闭上眼躺着,并且在脑子里给这本书绘制形形色色的插图。这样,他把书中所有的圣徒,都想象成那么矮小、消瘦,个个都有一双闪着严峻神采的大眼睛;又把他们的迫害者想象成彪形大汉,个个身穿红衬衣,袖口卷得老高,足蹬咯吱咯吱响的长筒皮靴;还把沙皇、基督教徒的压迫者想象成短腿的胖老爷,因为他们老是觉得热得要命,所以常常火气冲天。他的这些想象都是以真实人物为依据的:修道院的神甫、住在离此地不远的肉店伙计和警察所所长戈戈列夫。潘卡抓住他们的性格和外貌的最突出的特点,加以发挥,以致使他们完全失掉了人类的特性,变成一群怪物,以自己的丑陋吓倒了创造它们的作者本人。有时,潘卡所构想的图画,竟会令他自己感到恐惧。他睁开眼睛,惊恐地环视岗棚。在他的正前面杵着阿列菲头发零乱的大脑袋,它往墙壁上投射一个硕大而奇妙的影子。整个岗棚充斥着低沉的响声,有时,个别字眼和语句,像深厚有力的叹息,从轰鸣声中挣脱出来。潘卡捕捉着这些字眼和语句,他不明白怎么能用这些简单的字句表达出苦修苦练者如此可怕的图景,他不明白为什么他一听到这些词句,就仿佛看到了它们所表述的东西。他沉思起来,又失掉了故事情节的线索……于是他沉浸在自己的思绪之中,就这样在阿列菲对面的长凳上进入睡乡。这时,阿列菲被书中的情节迷住,完全忘了周围所发生的一切事情。直到阿列菲把书念完,他的头还许久不肯从书本上移开,好像封面上也有什么可读的东西似的。后来,他深深地叹气,向四周张望,站起身来,走到潘卡跟前,十分小心地双手抱起潘卡,把他放到炉旁的小床上,画个十字,然后走出去坐到岗棚附近的凳子上。

在那里,他久久地出神地望着河水,望着一堵黑墙似的树林,望着繁星闪烁的天空。他谛听着城市的已经安静下去的嘈杂声,怀疑地望望过路的女人,而且,如果车子走快了,他就向车夫们严厉地吆喝:"慢点,鬼东西!"如果车子走慢了,他便更加严厉地吆喝:"喂!你爬吧!"其实这些吆喝,无论是前一种,还是后一种,都完全没有必要,但是不这么吆喝两声阿列菲是不会放任何一个车夫从他身边通过的。他觉得,他们全是靠自己的马匹的力气吃饭的一些不可救药的寄生虫和懒汉。单拿不说脏话这一点来讲,这些马就比自己的主人好得多、聪明得多了。

有时,一辆三驾马车响着铃铛打阿列菲身旁飞驰而过,马车夫吆喝着,女人们尖声叫着,还可听到男人们沙哑的醉醺醺的笑声……阿列菲一跃而起,心里恨不得把这群男女全部送到警察所去,用严厉的眼光久久地目送着他们。

从潘卡满了六岁,开始在街上跑来跑去的时候起,阿列菲对街上的孩子们也同样抱着非常厉害和厌恶的态度,而且不久,他就弄得他们对他抱着一种颇有敌对情绪的寻衅态度。他们竟敢对他的潘卡如此无礼和凶恶,对此,他无论如何也不能无动于衷。起初,他也很不愿意相信这个,可是他偶然无意中看到了两三个场面,听到了两三次对他养子的辱骂,他便确信事实就是这样,他相信除了他之外,谁也不喜欢他的潘卡,于是,他陷入了深深的沉思中,竟然情不自禁向这些孩子宣布了一场残酷的战争:不准他们在街上吵闹和玩耍,还常常故意找他们的岔子,甚至弄到可笑的程度。最后,他终于悟到,他所碰到的对手,并不是像他起初所能看到的那些孩子,而是一些完全理解和明了成人的一切丑恶的感情和习性的小人物。

这个看法常常使阿列菲和居民们发生非常尖锐的冲突,而在冲突之际,他一再听到对方加在潘卡身上的许多不堪入耳的绰号。在这些冲突收场之后,阿列菲总显得更加忧郁,他那堆满深深皱纹的整个面庞便沉没在络腮胡和眉毛里:眼睛在眉毛下方闪着严厉的光芒,随着时间的逝去,它们变得愈加焦虑不安,愈加神经质似的游动着。

在他读着他所热爱的圣徒传记的时候,他的嗓子一天天变得更加沉郁,有时竟至战栗起来,发出奇怪的金属般的铮铮之声。

但阿列菲对潘卡的态度始终没有任何改变。他还是那样沉默寡言。难得听到他和谁谈几句话。无论他和谁说话,除了跟马车夫和女人说两句之外,一听那音调就知道是他在说话。这是一种非常平静的、几乎近于冷淡的音调;他用这种音调向上司做报告,用这种音调对扫院子的杂役下命令,用这种音调劝告醉鬼回家,也用这种音调回答过路人的询问。不过,这最后一种情况是很少有的,因为他那严峻而庞大的体格,加上那藏在浓密的黑络腮胡子里的面孔,是不会招引人家和他谈话的兴致的。

随着时光的流逝,他越来越不大待在自己的岗棚里了;甚至在夜间,当他认为毫无必要在街上值勤时,他总是离开岗棚,坐在接骨木树丛底下的小凳上。

他像个树墩子似的纹丝不动地通宵达旦地坐着,有时这样坐着坐着便入睡了,一般说来,他总是久久地凝视着河对岸的田野,不肯将视线从他选定的目标上移开。不过,有时他也站起来,朝河边走去,坐在岸边的石块上,仿佛在谛听什么似的……河水向远方流去,对河岸悄声细语地诉说着什么……

潘卡一天天长大,他变得越来越深沉,越来越苦闷,他对年龄相若的孩子们保持沉默,而且几乎不再尝试同他们来往,他还记得从前在这方面的尝试给他带来的与其说快乐,不如说是巨大的痛苦。

在一次这样的尝试之后,他悲愤地走进岗棚,紧紧地咬着牙齿,一只眼睛下方留着一块青伤,被抓破的嘴唇淌着鲜血。

"怎么,又打架了?"阿列菲问,相当赞许地瞧着他。"我的小老弟,你这是什么样的战士,还老干仗!"

潘卡一声不吭地坐到长凳上,舐着嘴唇,啐了一口唾沫。

潘卡从来不跑回家向阿列菲告状,也不流泪,他总是尽力用一切方法对付敌手们,而且不论受到多大的损害,他从来不哭鼻子;阿列菲很喜欢潘卡这一点。

"今天你这是和谁干仗来着?又是和奥古兹科夫,是不?"

如果是在别的时候,阿列菲是不会对潘卡讲这么多话的,可是现在这一次,他感到有什么事狠狠地刺痛了潘卡的心,因此他要探明究竟。对此,他无需费多大的工夫就弄清楚了,因为听到他的问话后,潘卡突然低下头去,全身哆嗦,低声问道:

"我的父母在哪儿?"

在火炉前忙碌着的阿列菲,失落了手里的炉叉,笔直地立正站在潘卡面前,好像潘卡是区警察所长似的。他笔直地立正站着,睁大眼睛,略带几分恐惧的神情,望着潘卡佝偻的身子。潘卡没有看见阿列菲的姿势和脸色,他久久地等待着他的回答,却没有得到它。

"他们到底是什么人?"潘卡抬起头,冲着阿列菲惊恐的面孔发出一种下流的、儿童所不应有的微笑。

这回阿列菲立刻想出了对应的办法。

"你母亲是个皮包骨头的瘦鬼,你父亲是个坏蛋!"他咆哮得整个岗棚都听得见,用对潘卡的父母的绝望的辱骂,来加强自己的断言;这样的辱骂,无论在这次之前或者之后,潘卡都不曾从他口里听到过。

潘卡又蜷缩起身子,一声不响了。

阿列菲坐到凳上;火炉上的水罐里的水烧开了,溢出的水淋得劈柴咝咝地爆响,他也不予理睬。他们两人一本正经地沉默了许久。

"你知道他们吗?"潘卡终于畏缩地问道。

"知道……"阿列菲低声回答。"哪能不知道!既然把亲生的孩子丢到别人院墙底下,那准是些卑鄙的东西。"

"他们还活着吗?"

"唔,这我就不知道了……不,他们两个九成都死了。她多半是想你想死的,他呢,因为喝得酩酊大醉或者类似这样的事情,大概也是在别人院墙底下送命的……像条狗一样。"

"那么你……见过他们吗?"

"这样的废料,我这辈子从来也没有见过!我要是看见了,就会把他们……"

从这句结论性的呼叫声中,潘卡明白了,如果阿列菲见到了他的父母,他们一定会因为这件事遭到非常的不幸。他明白了这一点,所以从此以后不再同阿列菲谈起这个令人不快的问题。只是有一回,阿列菲大概是出于某种神秘想法的冲动,颇带几分罗曼蒂克的味道,自己提起这件事来了:

"看来,你不是个普通的下等人的儿子。你的头脑和别的一切都不平常。你不是个平民百姓。"

阿列菲根据哪些观察得出潘卡出身于很不平凡的上流社会的家庭,同时又缺乏父母之爱的本能的人士家里的结论,这是个秘密,潘卡可是没有给他提供做出这种结论所必需的大量材料。幸好除了这次以外,潘卡的出身问题便不曾再被提起过。

潘卡想过这个问题吗?也许想过。他总是在这样不断地想着,并且总是这样令人生疑地执拗地沉默着,可见他一定没有把这个问题置之度外。

人的幻想是没有止境的,儿童的幻想更是无边无际,因为孩子的心灵比成人的心灵更加秘密,——儿童的心灵是纤尘不染的,被生活所磨炼的成人心灵深处却显然存在着这种纤尘的污痕。

有一回,阿列菲从所里归来,不知怎地注意到了那头椋鸟,它近来的举止异常离奇:它坐着,在笼子里的横竿上一动不动地坐着,冷不防它忽然从横竿上一个倒栽葱落了下来。它往往是落进盛着水的小碗上，随后就久久地抖动羽毛，打响鸟喙，拍击翅膀。在这样跌落之后，再要爬上横竿它就总得付出很大的代价；以前，它一飞就能立刻飞上横竿。现在，即使它爬上了横竿，它也不像以前那样蹲在横竿的中央，而是坐到横竿的一头，将身子紧紧靠在笼壁上。这天，跛腿的椋鸟不时地抖着翅膀，尽力用自己的一只脚爪抓住横竿，而且显然已经精疲力竭了。

"这瘸子想死啦！"阿列菲用批判的眼光端详了椋鸟一番，然后这样告诉潘卡。

"是吗？"最喜爱这只鸟的潘卡颇为惊慌地问道。

"准得死。死定了。它也太老了啊……"

"你别动它，让它……"

潘卡抬起头来，忧愁地凝视着在横竿上摇晃得越来越厉害的鸟儿。

"可以把它放掉吗？"他问阿列菲。

"放掉也可以！"

于是他们摘下鸟笼，把它放到岗棚前面的接骨木树丛底下。这是一个令人心旷神怡的三月里的白昼，地面上的积水潭映照着太阳的光辉，疏松的白雪融化成水流，远方早已不再是那样辽阔，它已从冬季重重灰云的笼罩下引人注目地解脱出来。河对岸现出一条黑褐色宽带似的大道，大道两旁，化了雪的地方在阳光照耀下像色彩鲜明的斑点一样闪着光亮。天空晴朗无云；春天初升的太阳在天空快乐地放着光芒。但所有这一切，都已不能让椋鸟起死回生了。它宁静地环顾四周，摇摇头，拉长音调轻轻呼啸一声，便从横竿上跌落下来，摔死了。

这事正发生在潘卡想要打开鸟笼的小门，把椋鸟捉出来，放到化了雪的地方去的时候。

潘卡后退了一步，他难过地看着鸟儿在临死前的痉挛之中蹬着腿脚。最后，待到它由颤抖转而濒于死亡之际，眼泪像串珠似的顺着潘卡的面颊流淌……他从鸟笼里把鸟儿取出,在手里翻动着它,滚滚的泪珠从他的眼里滴落在鸟儿的羽毛上。

"这样看来,要是我死了,你也会这么哭啰?"阿列菲将身子依向潘卡的脸前,向他低声问道。

潘卡把鸟儿扔到地上,双手抱住阿列菲的脖子,将脑袋钻到他的怀里,在震动着自己的身子的号啕大哭声中,咕咕噜噜说了些什么。

"哦,好了,好了。别哭了。没什么……世上不是没有好人的。你能活到头的。你现在的困难只是你不会克制自己。这是苦痛。不过,要是会克制自己,那就会加倍地痛苦,因为那样一来大家就都要欺负你了。不要紧。你会有出头之日的。重要的是:学习!"阿列菲的这几句话好像是用斧头费了好大劲才劈开的,总算教潘卡平静下来。接着他们两个便一起来埋葬椋鸟:他们在接骨木的树根旁挖了一个坑,用瓦片砌好墓穴,把鸟儿放进去,然后用泥土掩埋好。

这件事弄得潘卡心情十分恶劣,他向阿列菲请准了在鸟墓上安一个十字架之后,便动手用木柴削制十字架。阿列菲心事重重,他的整个额头都因此堆满了皱纹。他坐在屋角的长凳上,皱眉蹙额地望着潘卡。

"我有一种预感:我很快就要死了。我时常感到憋得慌……唔,我要告诉你几件事……"

潘卡把刀子搁到桌上,开始注意谛听。

"头等大事是,米海洛欠我三十五卢布零二十戈比;另外,箱子里还存着十七个半卢布。这些钱不能交到你手里,我要把它存到邮局的储蓄部;邮局里是有这样的储蓄部的。他们会给我一本黄色的存折。你要把这本存折保管好。还有,咱们比方这么说吧,我想送你去学门手艺。唉,潘卡啊,到了那儿你可要倒霉了!唉,多么倒霉啊!那儿的人都是些狂暴的恶狗。酒鬼、偷儿、说俏皮话的家伙、淫棍,——啥宝贝都有!他们会揍你的。会骂你……嗳唷唷!……"

阿列菲起身从搁板上取下帽子,猛然戴到头上,留下被他的预言愣住了的潘卡独自在家里去完成椋鸟墓上的十字架,便离开岗棚走了。

深夜里,潘卡都睡着了,阿列菲才返回岗棚,但是一度触及的那个问题,却不再被提起了。

又过了两个来月。在不太久之前,潘卡忽然产生了学习的愿望,于是,现在他整天也不离开书本了。可是,那些需要聪明才智的科学,他学得非常吃力。这些书常常使他失去耐性;为了辨认某一个字,他常常弄得满头大汗,却又突然发现这单字他早就认得了。这事简直使他发起狂来,他提出了一个问题:为什么这里要写上这样的话呢?

有一次,他对功课感到很恼火,对阿列菲说,这些书全是"存心"写成这样的,这些东西对他潘卡一点用处也没有。

"什么东西对你有用呢!"阿列菲问道。

"对我有用的吗?"潘卡沉思起来。"你看,这里写着:'我们的孩子排排坐、吃果果。'还有:'叶利,梅利,什梅利;叶尔,梅尔,什梅尔……①我要这有什么用呢?"

"对,这真的不那个……唔,你再往下读……"

潘卡往下读去,仍然感到很不满意,因为那里找不到一点能满足他心中那些模糊不清的要求。这天,他读完两篇童话,照例愤愤然地思考这样一个问题:我要它们有什么用呢?

从街上远远的地方传进来孩子们的呐喊和哄笑声;太阳快活地朝岗棚的窗子里张望。这使潘卡更加恼火,因为他不能把自己的注意力全部放到书本上了。鸟儿在笼里跳着,寻衅似的啭啼着,潘卡斜眼望着它们,想起了自己要放掉所有的鸟儿的宿愿。远处,响着轻便马车的辚辚声。潘卡朝窗外望去,看到街上走着一个卖面包的,潘卡这才感到自己的肚子饿了……今天,阿列菲不知为什么好久还没回来。

马车的辚辚声离岗棚越来越近了,终于从屋角后面出现了,车上

---

① 这六个词是两组练习发音的单词,其意义分别是:枞树、沙洲、山峰;吃过了、粉笔、勇敢。

坐着一个警察,但不是阿列菲。这是米海洛……潘卡走出去,站在岗棚门口,想道:"他来做什么呢?"

还很远,米海洛便挥动两手,似乎在招呼潘卡到他跟前去。潘卡瞥了他一眼,看见他全身弄得那样狼藉,制帽歪戴在后脑勺上,军大衣敞开着,他猜想一定是出了什么事。

"快上车!"米海洛喊道。

"怎么回事!"潘卡问,跳上车子。

"回医院去!"米海洛推了推车夫的脊背,命令道。

"出了……什么事?!"潘卡脸色发白,拉着米海洛的袖口叫道。

"出了一件坏事。阿列菲神经错乱。疯了。傻了。懂吗?他找到所长,说:'让我受苦吧,我是基督教徒。'又说:'让我受苦吧,我再也不愿和您发生任何关系了。'戈戈列夫打了他一耳光。唔,他可满不在乎,说:'吉奥斯科尔,你打吧,我至死也要做个基督教徒。'你看这该多不成话!……接着,他,阿列菲就从搁板上抓下公文,扔到地上,用脚踩着它们说:'我要把你们崇拜的这些偶像踩个粉碎。'他还说了另外一些这类的话。唔,当然,立刻就用绳子把他捆起,送到医院,他呢,仍旧那么说着,可他呢,仍旧那么说着!……你瞧!这不就是那些书本子上说的话。唉,读书识字——就是痛苦。我看啦,读了书,什么坏事都会往脑袋瓜里钻。现在这件事,怎么办,为什么,怎么搞的,呸!……竟发了疯。可怜的小伙子,他是一个多么热心的人啊!他是我的同事,老朋友啊!"

潘卡坐在车上,心情压抑、阴沉、脸色苍白,他默默地听着米海洛的话,一边回忆着阿列菲,回忆着昨天、前天和很久以前他所见过的阿列菲的音容笑貌。除了一天比一天消瘦,除了他的眼睛越来越深陷下去,除了平常很少移动的、黯然失神的目光近来不知怎的变得格外灵活,而且时而好像因为快乐、时而又不知由于什么而恐惧地发出奇异的光彩之外,在这位老警士身上就再也看不出别的什么了。

不过,在不久之前,有一回他谈起了塔什干的生活,谈起了热带,沙漠,土著的野人以及他们的某些行为,由于这类行为是应当把他们像耗子般地打死的。可是,讲完这些之后,他就又沉默下来,而且直到今天早晨,他一直都是个正常的人。

"那么他能治好这病吗?"潘卡打断米海洛的长篇大论。

"他吗?唔……不用说……当然……能治好。不过,就是医生,难道他能够知道将来的事吗?绝不知道!医生能够治病,这是他的全部本事,别的他就不成了。你锁上岗棚了吗?马车夫!停一下!你锁上岗棚了吗?啊?!"

"还管它岗棚呢!"潘卡挥了挥手,怒气冲冲地喊道。"医生说过什么话吗?你讲,说过吗?哎!你为什么让马车夫停车!米海洛大伯,我们快赶路吧!"

"若是你没有锁好岗棚,我们怎么能走呢!唉呀!你啊,我的小老弟!……'我们快赶路,'他倒会说!真是小孩子不懂事!……不锁好岗棚,人家会把东西全偷光的!马车夫,回去!笨蛋,把车赶回去!"

"亲爱的米海洛大伯!不要这样……我们到那边,到阿列法爹爹那里去吧!……还管它的什么鬼岗棚!"潘卡激动地叫着。

"不行,你这个怪人!我一个人回去。一个人!马车夫,拉他走,拉他到医院去!唔,去!拉他到住疯人的病房去吧!潘卡,到了那儿你再打听一下……"

可是,马车已经启动,潘卡也没有听清应该打听什么。他焦急不安地坐在车座上,不断地催促马车夫:"快赶呀!"

"说话就到!"马车夫坚定地回答,咂吧着嘴唇,在空中挥着鞭子,对马儿大声吆喝:"喂,你往哪儿窜呀,傻瓜?莫非你也疯了?"于是,他拉紧缰绳,把马头一会儿扯向右边,一会儿又扯向左边,马儿对他愤怒地甩着稀疏的尾巴,发出不满的喷鼻声,作为回答。

米海洛用悲伤的噩耗,准确地揭开了潘卡脑子里那张在此以前一直妨碍着他正确理解和把握周围事物的帷幕。潘卡感到自己这下变成了孤苦伶仃、无依无靠的人,他忽然本能地警觉起来,疑心重重地东张西望,竭力想要把那缠得他的心发痛、使他恨不得大哭一场的凄苦的悲哀压下去。马车夫、马路、熙来攘往的行人,这一切现在都使他觉得比昨天更加陌生了,这一切在他心里唤起了一种对于蒙受侮辱和冷眼相待的恐惧感。天空,晴朗而炎热的夏日的天空,昨天还是温暖、可爱的天空,今天却变成多么冷淡、枯燥,和他潘卡没有任何关系了。

"你看他会好吗?"潘卡问马车夫道,这时车子正驶近一座栏栅墙,墙后耸立着黄色的、冷冰冰的、寂静的医院大楼。

"他吗?会——会好的!向左拐,你这个死鬼,向左拐!你这个放荡鬼!"

可是,在他骂"死鬼"和"放荡鬼"之前,车子已经向左转过去了。潘卡从马车上跳下,飞箭般地朝一堵黄墙跑去;那墙上开着一扇门,像一个黑乎乎的斑点,张着深深的兽嘴。

这个嘴巴吞下了潘卡,一阵阴凉的风吹在他身上,使他停住了脚步,他踌躇着,不知现在该到哪里去。

"你有什么事?"不知从什么地方向他发出了一句问话。

潘卡低低地垂下头来,不想看跟他讲话的是谁,就赶忙问道:

"找一个岗警……得疯病的……今天送来的……请告诉我,他在哪儿?"

"哦!……一直走,一直。他是你父亲吗?"

潘卡抬起头来。一个穿红衬衫的宽阔的脊背在他的面前晃动。

"说呀,是你父亲不是?"那人用次中音的声调问,并不把面孔转向潘卡,却忽然出人意料地迅速收住脚步,以致潘卡的脸儿一下子撞到了他的身上。

"喂,尼古拉·尼古拉耶维奇,今天抓来的那个警察的儿子来看他了。"

一个戴眼镜的先生走到潘卡跟前,端起他的下巴。

"唔,孩子,你有什么事?"他和蔼地轻声问道。

潘卡向他投了惊愕的一瞥。这位先生有一张瘦削、苍白而又那么小巧的面孔。

"你到底要什么？啊？"

"要是能见他……"

"这可不行。不行。"

潘卡皱起眉头，默默地哭了。他感到头昏脑涨。

"我……现在怎么办呢？"他含泪问道。

可是，这时那位先生已经不在他身边了，只有一个穿红衬衫、系白围裙的人站在那儿。他站在潘卡面前，双手背在背后，咬着嘴唇，沉思地望着他。潘卡把身子紧紧靠到墙上，啜泣起来。

"别吭声！快跟我走，别让医生看见，快！"说完，他抓住潘卡一只手，牵着他向走廊的尽头跑去。

"看看吧！"

那人从背后将潘卡抱着，高高举起，让他的眼睛够到门上镶着圆玻璃的小孔，听到了门后传来的阿列菲强劲有力的低音。

阿列菲站在房间的中央，身上穿着一件白长衫，双手被牢牢地绑在背后，头上戴着一顶垂到肩头的长形的病人帽，嘴里念念有词。他整个脸上的胡子和头发都被剃得精光，因此，那对大耳朵显得张得更开，面容憔悴，双颊深陷，颧骨突起，眼睛瞪得老大，简直变成了两个深深的黑洞；一只眼睛下方，有一块紫红色的淤血，左颧骨上有一个很显眼的小红点，从小红点里渗出一滴滴血珠，像一条细带子似的，分切着颊面，流到颈子上，落进长衫的领子里去。阿列菲变得非常瘦长了。

"是你们把我投进监牢里的！"他喊道，可怕地眨巴着眼睛。"我为着我的上帝忍耐着，忍耐一辈子。可是我毁了你们的神像，砸碎了祭坛！我砸碎了祭坛，在你们还没有割掉我的舌头的时候，我就要揭发你们，你们这些该死的东西！你们忘记了真正的上帝，你们沉溺在黑暗和淫荡里，肮脏透顶，你们这些该死的！该—死的！！该—死—的！！！……你们玷污着孩子们的灵魂！……你们是得不到拯救的！……你们这些丑恶的异教徒，你们是得不到拯救的！你们是得不到拯救的!!你们都是些废料!废料!你们折磨我……你们为什么折磨我、殴打我?!就因为我坚持真理,因为我心里有个上帝啊!……"

他的嗓音时而洪亮,时而压抑,有如耳语,有如悲伤而静悄的耳语,使潘卡像打摆子似的浑身发抖,恐惧地离开了那扇窗子。

"我在等待着我的死亡,异教徒们!我在等待我的光荣!刽子手和迫害者们都在哪里?你们这些该死的!该死的!该死的!!……"

粗野可怕的喊叫,震撼着那扇房门,潘卡张望着的那窗洞的玻璃发出轻轻的颤音。

"唔,行了,够了。快回家去吧!去吧,要不然医生会发现的。"

潘卡什么也没弄懂,什么也没看见,便在阿列菲的喊叫声伴送下,离开走廊,向前走去。他走了许久,耳畔一直响着阿列菲的诅咒声,响着他那些可怕的低语。他那张颧骨突出的、憔悴的、剃得光光的面孔,一会儿无边无涯地扩大开来,使眼睛变得像太阳一样大,而且也像太阳一样闪闪放光,只不过光的颜色是乌黑的罢了,一会儿,这面孔突然又分裂成为许多小脸儿,像冰雹般地不知从什么地方撒到潘卡眼前,用千万条锐利的目光,刺穿他的心,往他心里填充愈来愈沉重的、绝望的悲哀。

潘卡的脑海里一瞬间升起了健壮的、蓄着大胡子的、沉默寡言的阿列菲以往的种种形象……升起了,又消失了,被别的景象代替了,又重新消失了……像一股什么旋风搅动着这孩子的脑海,使他忽而一下子几乎看到了自己过去的全部经历,忽儿又蓦地把他投进既无思想又无形象的奇怪而漆黑的深渊里,然后又在他的面前重新展现出一个往日的生活插曲,或者一连串的往事;在沉痛回顾往事,对阿列菲表示怜惜,为自己感到担忧的时候,这些往事便被各种混乱的感情联系起来,它们纷至沓来,互相干扰纠缠,像石头一样压在潘卡的头顶、肩头和胸口上……

他的面前有一条河。河上吹来一股寒风。黑黝黝的、喃喃自语的河水,向着被夜色笼罩的前方流去,消逝在远方。河流上空,密布着丘陵状的层层云块;在云块之间的缝隙里,这儿那儿地不时闪烁着三三两两的小星的光辉,照出一块块蔚蓝的天空。整个天空好像被撕碎了,破烂得简直眼看就要掉到地上,掉到静睡的河流上来了;这河在它的昏暗的波浪里反映出那些没被云块遮住的部分蓝空和蓝空上凄凉而孤寂的星星。河对面的远方,阴森森地沉默得令人触目惊心。

潘卡快步向自己的岗棚走去。可是它已经锁上了。于是,他站了一会儿,便仰面卧倒在接骨木树丛底下,眼睁睁地望着在空中徐徐移动的云块,直到梦魇降临,沉沉睡去。

有人在感觉灵敏的腰眼上推了推潘卡,把他唤醒了,他睁开眼睛,一瞬间看见一张熟悉的面孔正俯视着他,但由于阳光直射着他的脑袋,他又闭上了眼睛。

这短短的片刻足够他清晰地回想起昨天发生的一切事情了。

"喂!起来!"一个女性的声音在他的上头响起。

他迅速地爬了起来。站在他面前的是玛丽亚大婶,她正带着亲切的好奇心瞧着他。

"上我家里去吧。你瞧你,可怜的,你这是睡在哪儿呀!你就不能到我家去过夜吗?"

潘卡一声不响。他不喜欢玛丽亚大婶。他一不喜欢她那魁梧有力的块头,二不喜欢她总是滔滔不绝地骂骂咧咧,不喜欢她那灰色的眼睛,粗声粗气的嗓门,不喜欢她这个精力充沛、总是戒备着、总在争夺着什么的女人的为人。

他们并排地走着。

"唔,你也不要太难过。没什么,上帝和好人会帮助你,你能活下去的。不过你自己也不要马马虎虎。遇事都要留心,要探究探究,弄弄明白。要学会生活,这是一件难事。有机会绝不能放过!要不然你就会变成个傻瓜蛋。也许这对于你还是万幸。你从阿列菲身上能得到什么?一没有真正的照顾,二没有学问。只有娇惯。他拿你当大人看待!这怎么能行呢?你是个孩子,就该拿你跟孩子一样看待。至于他自己,顺便说一句,他就是个大傻瓜。需要的是过日子,可他却老是啃书本。嘿,真够聪明,啃什么书本!你只要会结人缘,结帮结伙,受人尊敬,你就能过一辈子,比任何书本都更加聪明!他当了十一年的岗警,半点、连半点能耐都没有!……"

潘卡听着这些话,气得要命,他用牛叫般的吼声不以为然地回敬玛丽亚的战斗的哲理。而当她大骂阿列菲是傻瓜的时候,他甚至勇敢地揪住她的衣服,好像想要阻止她对他的养育恩人继续诽谤,可是她沉浸在自己滔滔不绝的演说中,没有察觉他的这个企图,仍旧热烈地继续说道:

"不要相信人家。人家爱抚你,那是假的,称赞也是假的,咒骂倒是真的。这还不算,还有更过火的。不管对谁,开头都得提防着点儿,想想他是否会从你身上榨点什么油水,以后,如果看出他不会那样,才可以靠近他,就是到了那个时候也还得小心谨慎——别太相信自己的眼力了。就是对待自己,也往往要像对待别人一样。因为人对自己的幸福什么的往往也理解得不好;以为得到了幸福,其实没有,不过是胡闹!碰了一鼻子的灰!"

沉湎在自己的才智中的玛丽亚大婶忘了她是在和谁打交道,越说越玄,竟然忘乎所以地忽然告诫他:

"对我们这帮姊妹,你可得格外小心!……"

但这时她的视线偶然落到了听她讲话的人身上。他正紧赶快赶,吃力地跟上她那流星大步的男子汉一般的步伐,和她并排走着。他身穿红衬衫,赤着双脚,带着一张睡意未尽的忧郁的麻脸;一头乱蓬蓬的头发,和玛丽亚大婶强壮的体格相比,他显得那样幼小可怜。

"呸!……"

她猛地啐了一口,以此结束了她的教诲,其后一直到达警察局,她都没有再对潘卡讲一句话。

当他们走进警察所的走廊的时候,迎面走来了米海洛,他手里拿着一个罐子。

"啊,你们来啦! 好极了! 该吃午饭了,谢苗诺芙娜,是吗? 你上哪儿去了? 在哪儿过的夜?"

"在那边……在岗棚旁……"

"瞧你!……"米海洛心事重重地拉长声调说,从他们背后走进一个房间里去了。

玛丽亚已经脱下外衣,正用炉叉拨弄炉火。

"我这儿有奶渣……把它放在哪儿呢? 啊?……"

"哪里来的奶渣?"玛丽亚兴奋地打听,一面从丈夫手里接过罐子,把鼻子探进里头去嗅嗅。"新鲜的好奶渣!……"

"这是一个庄稼人送给我的……因为我帮了他的忙。"米海洛解释说,向妻子狡猾地挤了挤眼,咂咂舌头。

"唉,你这个菜园子里的稻草人!"玛丽亚亲热地用指头弹了一下他的后脑勺。

"女勇士! 我尊敬的夫人! 还有一点玩意儿呢!……只要你给饭我吃,做点好的我吃,我就告诉你。"

"行—行—行!……"玛丽亚走近他身边,露出一脸非常好奇的神色。

米海洛把手伸进衣袋里,弄得金属辅币叮当作响;他那张油亮的、刮得光光的脸上,流露着胜利的色彩。

"多少?"玛丽亚用欢快的耳语问道。

"一个半卢布零五个戈比,还有一小桶腌黄瓜!"

"就—就这么点儿!……"妻子有点失望地断断续续地说,"星期三那天可多得多呀!"

"唔,那是星期三,今天是星期五。此一时彼一时嘛。就这点玩意儿,新来的所长卡尔宾科已经就不知为啥斜着眼看人了。该死的鬼东西! 他娶个老婆,弄到了两座砖房店铺,外带那么多的现钱,就变得光

50

光净净活像个鸡蛋了。给我也娶个这样的老婆吧！"

"我用炉叉给你这老公狗娶老婆！"

在他们夫妇俩谈话的时候，潘卡一直站在门旁，他望着他们，感到自己在这里是个多余的人，是个被遗忘了的、对这些人毫无用处的人。他几次想问问他以后究竟怎么办，却说不出口。

"好大伯！……"他终于打断了他们夫妇间甜蜜的交谈，"我们很快就要到那边去吗？"

"到那边去，到哪个那边去？"米海洛转身向他问道。

"就是到医院去……"

"你到那边去做什么？莫不是你也发疯了？坐到凳子上，坐着吧，咱们马上开午饭。我们的小把戏一会儿就放学回来了，你们一块儿去玩儿，去散散心吧……"

潘卡坐到条凳上，沉浸在悲伤中，对周围发生的事，他一概充耳不闻，视而不见。过了一阵，他们叫他吃饭了。他坐到桌旁，觉得吃不下饭，就把拿起的匙子又放了下去。

"喂，你怎么啦？"玛丽亚相当严峻地问道。

"不想吃……"潘卡轻声答道。

这时，夫妇俩便争先恐后地开始对他讲起长篇大论的道理来。不过，在发表这些高论的时候，并不妨碍他们迅速而麻利地喝完一大钵散发出熟油和烂白菜的浓烈气味的热汤。

"该死的！……"潘卡的耳里响起了低沉的金属般的锤击声。

"该死的！……"他自言自语地小声重复说，同时想象着阿列菲那张枯瘦的、疯狂的面孔，不禁浑身战栗，嘴唇发抖。他的脸色一会儿煞白，一会儿又重新受到热潮冲击，变得通红，那粒粒麻点也随之变化不定，一会儿变得白白净净，清清楚楚地显露在双颊和额角上，一会儿又融化成一块一块密集的红疤。

"你在那儿嘀咕些什么呀？哎呀，你这个花里胡哨的小狼崽子！"米海洛向他喊着，离开了桌子。

"我要到……"潘卡坚决地说,从条凳上站起身来。

"到哪儿?"玛丽亚严厉地问道。

"到岗棚去。"

"到岗棚去干吗?那边已经去了个新岗警。他不认得你,会把你赶走的……你给我坐下来!"

潘卡坐下来,开始沉思。米海洛钻到印花布帐子里,倒在床上,压得床发出轧轧的哀鸣声。

"那些鸟儿怎么样呢?"潘卡想了一会儿之后说,用询问的目光望了玛丽亚一眼。

"我把它们放掉了,全放了。那边所有的东西我都搬到这儿了。所以说,那边和你就不相干了!"米海洛在帐子里回答,甜甜地打了个呵欠。

"那口小箱子呢?"过了一会儿,潘卡又问道。

这时,米海洛已经鼾声大作。玛丽亚坐在窗前做针线活儿。谁也没有答理潘卡。于是他拖着两腿慢慢走向屋角,坐到长凳上,缩做一团,在那里发起呆来。

"现在要把他弄到哪儿去呢?"他忖度着。脑海里出现了一条河,还有几片在河上漂流的薄木片。有的木片碰到河岸就停滞不前了。潘卡记得,遇到这种情况,他总是把那靠在岸边的木片推进水里。他不喜欢这样的木片,因为它们不愿继续前进,漂流到河水的尽头……"河水的尽头在哪儿呢?"阿列法爹爹说:"在另一条河那儿,这条河和那条河汇合起来,流进大海。"海就是非常非常多的水,坐上船离开这边海岸走很远很远,走到眼睛都看不见这边海岸的踪影的地方,也始终还是看不到那边海岸,甚至走一天、两天、三天,也看不到。"这也许是阿列菲瞎说的吧?他现在不是疯子吗?……他素来就是疯子吗?……"

潘卡在自己的角落里,一动不动地坐了许久,想着阿列菲,想着大海,并且不断地回到这个问题上来:到底要把他弄到哪儿去呢?明天他会怎样呢?……

一阵清晰的窃窃私语,把他从沉思中惊醒过来。显然,米海洛夫妇以为他睡着了,便在帐子里谈论他。

"他老是问那口小箱子……"玛丽亚说。

"是吗?!"米海洛心神不安地问。

"老问:小箱子呢?"

"唉!小鬼!……"米海洛用低得出奇的声音说。

"我们拿他怎么办呢?得赶快把他送到萨韦利耶维奇那里去。他大概知道小箱子里有钱。玛丽亚,你要是明天能把他弄走就好了。"

"唔,你坐不住了!……明天!……你发慌了,你害怕了!你这只火鸡!……有什么好害怕的?……"

"你听我说,万一他突然问起:'箱子里不是有钱吗?'啊?那时候咋说呀?"

"笨—笨蛋!……"玛丽亚大婶冷冷一笑,拖长音调骂了一句,随后他们的耳语声更加低弱,潘卡再也听不清他们在说些什么了。

这番谈话并没有在潘卡心里造成任何不利于这对夫妇的新感触;虽然,不用说他已经明白他们准备窃取他的财物。不过他对此却看得非常淡薄,这一部分是因为他不了解金钱的威力,而大部分是因为除了惦记阿列菲的悲惨命运,忖度他所不理解的未来生活的神秘的"明天"之外,他已无心去想别的任何事情了。

他一向非常讨厌米海洛夫妇,今天,由于他们很不体面的行为所造成的新的印象,使他对他们的厌恶感更是有增无减了。他知道他不能和他们长久相处,因为他感到自己和他们这类人物连一天也合不来,而且他也明白,他们讨厌他,不需要他。

现在,当他们争先恐后地大打其鼾的时候,他觉得他们比在醒着时更加可憎。他坐在自己的角落里,听着他们的鼾声,摇晃着身子,思考着关于自己的明天的难题,他甚至想象不出那明天可能会是什么样儿……

过了一阵,帐子里传出了呵欠和呼哧声,随后,米海洛蓬头散发,带着一脸睡觉时压出的皱纹,笨拙地走了出来。

"睡着了吗?"他转身问潘卡。

"没有!"潘卡回答。

"我的孩子们来过吗?"

"没有!"潘卡简单地重复说。

"没有、没有,就知道回答没有!唔,他们准是到村子里找大婶去了。得烧茶炊了,马上要上班去了。"

说罢,他便到走廊去烧茶炊。

玛丽亚跟着他也起床了。她一声不响地看了看潘卡,便梳起头来。

潘卡看着她那头浓密的栗色的发辫,心里想道,她多么年轻,一根白头发都没有……可是你瞧阿列菲,头发白得多厉害啊……

"喂,潘卡,你在想什么呀?现在你怎么生活在世上呢?"玛丽亚突然问道,一边转身正面对着潘卡,因为梳头梳得不顺当拔出了几根头发而露出一副苦涩的怪相。

"不知道!"潘卡摇了摇头。

"是—这样!……"玛丽亚拖长声音说,"那谁该知道这个呢?你,小无赖!你该知道嘛!……"

她叹了一口气,不做声了。潘卡也一言不发。直到米海洛把烧开了的茶炊端进房来坐到桌旁时,他们还是沉默不语。他们喝茶时也有好一阵子不开口。

"喂,小伙子!"玛丽亚发话了。这时她正在给自己倒第三杯茶,她身上已经出了汗,她把她的短上衣最上面的两个纽扣解开了。"现在,你听着,记着!"她用严肃的语调讲完这句话后,又一本正经地沉默了一会儿。"明天我领你去找我认得的一个皮鞋匠,把你交给他,做他的徒弟。好好过日子,别胡闹,干活,学手艺,听老板和师傅们的话,你就会成人。最初兴许感到困难,得忍耐;习惯了就轻快了。你得一个人住在那里。逢年过节就到我们这儿来。像走亲戚、看朋友一样,喝点吃点。我们随时欢迎你,高高兴兴地招待你。明白了吗?"

潘卡明白了,点了点头,表示同意这个安排。

"不要忘记,是谁关照了你!也就是说,不要忘记我们!我们也不会忘记你的!"米海洛用教训和许愿的口吻说,一边凝视着潘卡,等待他对于这段话的回答。

潘卡抬眼向他射出询问的目光,似乎想要问他:"为什么不要忘记呢?"随后他又默默地低下双眼。

米海洛绝望地叹了一口气,狠狠地吹起碟子里的热茶来。

又是一片寂静。潘卡皱眉蹙额地看了看米海洛夫妇,他觉得自己有力量也有理由做点什么叫他们感到不快的事。起初,他没能想出任何叫对方难堪的事来,后来他想起来了。

"大伯,小箱子呢?"他突如其来地问道。

米海洛夫妇互相丢了个眼色。

"老弟,箱子在我这儿,你不必惦记这口箱子,保管得完完整整的。等你长大成人,再到我这儿来,向我说:'大伯,把我的箱子给我吧!'二话不说,我立时交给你:'巴维尔·阿列菲伊奇,请把您的箱子拿回去吧,它是完完整整的呢!'唔,是的!那里面装的不过是你的裤子衬衫,是你……现在就可以随身带走。"回答完问话之后,米海洛沉重地倒抽了一口气,在他那张剃得光光的脸上泛出了苦恼和委屈的神色。

玛丽亚一声不响,用探询的眼光盯着潘卡。

"唔,箱子里是有钱的……钱呢?"潘卡拖长声音慢吞吞地问道。

"钱—钱?!"米海洛佯装不知地问,然后又用故作惊诧的声音和脸色冲着玛丽亚说:"老婆子!那里面有钱吗?箱子里有钱吗?啊?兄弟,我没看见这口箱子里的钱呀!……我说,我没看见那里面有钱。要是我胡说,就让上帝惩罚我!……"

"嗨!你干吗要起誓呀,傻瓜?难道有人不相信你不成?!唔,你这个老瘦猴!……没看见就是没看见嘛!起个啥誓!……"

"我这不过……只是呼唤上帝的名字……罢了！难道这是罪过吗？俗话说，'不作无益的呼唤'，可我这不是无益的呼唤，是实有其事……"

潘卡望望这对夫妇，看见米海洛被他的问话弄得狼狈不堪，并且直到现在还未能摆脱窘境；而玛丽亚也绝不比她丈夫好受。这情景惹得他怒火上升，于是他进一步讲道：

"箱子里原本有十七个卢布，你还欠三十五个卢布。就是这么一回子事！这是阿列法爹爹告诉我的。前不久告诉我的。"

这时，米海洛夫妇出乎潘卡的意料之外竟然快活地哈哈大笑起来。玛丽亚仰面朝天，挺着胸膛，全身抖动，发出重浊的男人的笑声，米海洛却响起了下气不接上气的尖细的男高音。

潘卡困惑地瞧着他们，也流露出一种莫名的微笑，好像拿不定主意：他是否该和他们一齐笑。

"怪—怪人，这阿列菲真是个怪人！……三十五个卢布！是吗？！他倒说出个数字来啦！……"米海洛在笑声中讲道。

"唉，你真是个小孩子！……他，阿列菲对你说的话，你也相信？这哪能当真！他本来是个疯子啊！……他神经错乱，你傻里瓜叽！……"玛丽亚抑制住狂笑，带着嘲讽的怜悯神情对潘卡说。

潘卡这时才看出这场哄笑的实质所在；他叹了一口气，面色变得苍白，气得浑身哆嗦，冲着他们的面孔猛烈地大声叫道：

"你们撒谎！你们两个都撒谎！你们以为我没听见你们刚才在床上讲的话吗！嘀，我全听见了！……你们！小偷！你们两个都是小偷！就是这么一回子事！……你们是小偷！……"为了加强自己的话的力量，潘卡用脚踢了下桌子。

米海洛惊讶不置。他惶恐地向玛丽亚瞪了一眼，然后双手撑在桌上，死也似的一动不动地呆住了。但玛丽亚是个精明的女人，她再一次用事实来确证这一点。

"你看，真没想到会这样！"她惊恐地喊了一声，从板凳上站起来；

这时,潘卡已经不再叫喊,他气得面色煞白,坐到自己的位子上,狠狠地闪着眼睛。"唉!我的主啊!……唉!……米海洛!笨蛋,快去请医生呀!赶快去!……这孩子也神经错乱了!你看!他那副眼神!……嗳哟!上帝啊!唉!灾祸临门,就开门让它进来吧!这也是罪有应得!……我心疼的苦命人啊,你也逃不脱阿列菲的命运!……发狂了……神经错乱了!……"

潘卡虽然义愤填膺,但他心里明白他是碰了一鼻子的灰。理解到这点,他放声大哭,辛酸的、愤恨的眼泪忽然夺眶而出;由于意识到自己无力与生活和别人搏斗而在陷于孤独处境的第一天抛撒的第一次眼泪。

米海洛两口子把他吓倒后,自然并没有去请什么医生;在他睡着之前,他们一直仔细而关心地照料着他。他们把他放倒在他度过大半天的那个屋角的长凳上。他在蒙眬中听到了玛丽亚的粗声低语:

"这小家伙很精明。嘴巴很厉害。嘴巴厉害这是好事,就是说,他将来一定有办法对付别人,为自己占下地盘……"

潘卡梦见许多快乐的怪物。有奇形怪状的大块头,也有非常讨厌的小个子,他们在他的身边转来转去,笑得牙巴咯咯直响。他们的笑声震撼了周围的一切,连潘卡自己也被震动了。悬在潘卡头上的不是天空,而是一个又大又黑的窟窿,从那里掉下来成群的和只身的怪物。这是非常可怕的,但也是有趣的……

第二天清早,他们把他唤醒,给他喝了些茶,就领他到皮鞋匠的作坊去了。潘卡冷漠地走着,一点也感觉不到自己有什么好前途;当然,他的预料没有错误。

就这样,他们把他领进了一间低矮阴暗的房屋里。在那里,在烟雾腾腾中,此刻正有四个人影在唱着歌,敲着小铁锤。玛丽亚抓住潘卡的肩头,和一个矮胖子讲话,那人摇晃着身子说道:

"我这里是……天—天堂!不是人间,是天—天堂!就是饭—饭食……也是天—天堂的饭—饭食!简直一切一切全像—像在天—天堂一样……再—再会!"

玛丽亚走了。潘卡坐到地板上,动手脱靴子,因为靴子里掉进了什么东西,直割脚。就在他脱靴子的当儿,一件什么东西重重地打在他的脊背上,好生疼痛。他回过头去,看见在他身后的地板上有一个旧的靴掌;门口站着一个和他年龄不相上下的肮脏孩子。这孩子向他吐着舌头,清晰地喃喃说:

"麻子,破鼻子,但愿魔鬼抓走你这小子!"

潘卡回转头来,叹了口气,重新穿上靴子。

"小朋友! 到这儿来!"他们当中的一个坐在矮木桶上的人喊他。

潘卡勇敢地走到他跟前。

"拿着!"他把一条涂了黄蜡的细绳递到潘卡手里。"瞧,这样缠! 好呀,真能干! 使劲缠!"

潘卡阴郁而愤恨地缠着,频频翻眼张望着自己的周围。

从此,潘卡便登上了高尚的劳动舞台。他干活的这个作坊,属于米龙·萨韦利耶维奇·托波尔科夫,这人长得胖乎乎、圆滚滚的,有一双小小的猪眼睛,一个颇为神气的秃顶。

他长得不难看,性格温柔,对人生抱有几分幽默感,对人常报以善意的嘲笑。看来他曾读过很多圣书,所以从前他说起话来常常引用圣书上的话和故事;可是现在,除了酒瓶上的商标以外,他已经什么都不读了。他待自己作坊里的师傅们,在酒醉的时候,像同事一样亲切;在清醒的时候,虽然略微有点严格,然而却很少让他们对他产生什么不满。不过,他自己并不大管作坊里的事,因为他酷嗜饮酒,所以事无巨细全放在乌特金大爷的肩上。乌特金是个老兵,装有一条木腿,说话做事都爱直来直往,一举一动都严格恪守上下等级和规章制度的规定。

除了乌特金大爷之外,还有两个帮工:尼坎德·米洛夫和科尔卡·希什金。米洛夫长一头红黄色的头发,喜欢唱歌,更喜欢饮酒。他知道得清清楚楚,当他转动自己那双快活的、碧绿色的眼睛斜视一旁,并且紧锁眉头的时候,他的尊容便会变得像汪洋大盗似的英俊。

希什金面色苍白,好像是个被压得喘不过气来、浑身是病的人,可是他脾气不好,暴躁,在他轻声细语时,起初还能使所有的听者对他产生好感,随后却又用某种突如其来的、超出正规行动引起人家的反感。潘卡从到作坊来打杂的第二天起就讨厌他了。

此外还有一个叫阿尔久什卡的童工。这是个天不怕地不怕的淘气鬼,爱惹是生非的家伙,成年累月都是满身的烟炱、糨糊和黄蜡。他一见潘卡就来挑衅,不过这种挑衅行为很快地用斗殴的方式给解决了。阿尔久什卡挨了揍,很是惊讶。约莫有一个礼拜的工夫,他都是用阴郁的眼光看潘卡,千方百计要为自己的失败向潘卡报仇。可是他看到潘卡对他的一切狂妄举动都满不在乎,不予置理,他就想和潘卡谈判了。

"喂,麻子!我们讲和吧!"他说。"你揍了我就揍了吧,这不算啥。这是因为你的身体眼下还结实,再过些时候,等你瘦了,我自己再收拾你。好吗?"

说罢,他向潘卡伸出一只手。潘卡默默地把自己的手伸给他。

"不过,你究竟比我小些。这你得放明白些!你既然比我小,那你就应该干零杂活。明白了吗?同意不?"

潘卡望望他肮脏的脸,回说同意。

"唔!?"阿尔久什卡颇感惊奇。"这好。我喜欢这样!既是这样,那你就要收拾作坊,生茶炊,劈柴,生炉子,扫院子,还有好多别的活儿。"

"你呢?"潘卡问。

"我!你这个怪人!……我的事多得很。比你的还多。"

自从和潘卡作了这样的分工之后,阿尔久什卡便闲得无所事事,一连五六天他都惬意地微笑着,旁观着他的同伴被繁重的活路累得汗流浃背。

可是,乌特金老爷爷发现了这个情形,他把阿尔久什卡叫到他跟前,用楦头敲打他的脑袋,说他阿尔久什卡虽是个聪明的骗子,但还不算太高明。后来,他给阿尔久什卡公正地规定了工作任务,又把潘卡叫来,说他是个傻瓜,然后也给他的工作作了规定。

从此以后,潘卡和阿尔久什卡之间便有了明确的分工。所有跟制靴手艺的学习无关的零星杂活归潘卡干,阿尔久什卡奉命坐在包着皮革面的木桶上,开始慢慢地学习制靴手艺的技巧。这个规定立刻使他有权凌驾潘卡之上,甚至还常常用长官的调调呵斥他。

潘卡后来想了许久:乌特金老爷爷到底在什么地方改变了他的处境呢?这使他百思而不得其解;虽然老爷爷说这种安排出于他自己的意思,但这和阿尔久什卡规定的种种并无二致。

从阿列菲岗棚里那种平静的无所作为的生活,过渡到这种充满詈骂、市井小调、烟雾腾腾和皮革臭气的生活环境,对于潘卡来说,是过于迅疾,致使他感到透不过气来。他过惯了整日价形影相吊或者与沉默的阿列菲共处一室的生活,好不容易才过惯和四个汉子经常混在一起的日子。这四个汉子能从早到晚地唱着小调,讲一些他几乎不懂的话,他们还相互嘲笑,并且无缘无故地抛出大量不堪入耳的污言秽语;这些污言秽语中的任何一句脏话,如果让阿列菲听到,他准会把他们送进警察所去。潘卡用非常阴郁和厌恶的眼光瞧着自己的这些师傅,他不理解他们,并且有点儿害怕他们。他们发现他对他们的态度,就更加起劲地嘲弄他,有时,他们竟把他捉弄得眼里冒出极不愉快的绿火。这情景反而引得他们更加快活,兴头更大,这就越发加深了横在他们和潘卡之间的鸿沟。

他们常常拿一种固定的诽谤形式来作弄潘卡,通常是从"一天,有人在院墙下拾到一个麻脸娃娃"的故事讲起。他们从老板那里得知潘卡的不光彩的出生史,有时就把它俏皮地、兴致勃勃地加以发挥,以致使潘卡觉得自己是被放在热锅里煎烤一般难受。这里经常尖锐地提到首位的那些他从前一无所知、也从未听说过的丑恶的生活细节,使他极为厌恶。当他们谈起他的父母,用幽默的口吻描绘他们的容貌和职业等等的时候,潘卡感到有个什么东西在吸吮他的血液,在压迫他的胸膛,在可怕地拧着他的喉咙……

这样的事一再出现,潘卡内心里也随之益发强烈地燃烧起各种各样的感情,他的麻脸涨得通红,令人望而生畏。伙伴们拿他开够心之后,再也不理睬他,把他丢到脑后去,可是他却一直在伤心,顽强地沉默着,什么都记得清清楚楚。

他变得越发寡言少语,愁眉不展,因而鼻梁上横卧着一道深深的破折的皱纹。这皱纹加上他的沉默、他的垂头丧气、他那愁眉蹙额的严峻目光,使他得到了一个"小老头"的绰号。对此,他概不置理,人家用这个绰号喊他,他照样答应。在大家眼里,他是个令人讨厌的、想得多、很有心计的孩子。到后来,大家都开始对他抱怀疑态度,并且好像在盼着他出什么事似的。

一天,尼坎德说,"小老头"从前一定杀过人,现在正为了要再杀一个而苦恼,要不然就是爱上了女厨子谢苗诺芙娜而又毫无指望。科尔卡·希什金却不以为然,说是依他看来,"小老头"的傲气太甚,只有经常的殴打能治好这个毛病。阿尔久什卡认为自己也有权对这个问题发言,竟提议说:如果从"小老头"的脚后跟上割下一块肉来,再往伤口上撒些切碎的硬毛,他就会变成个从早到晚终日跳舞的滑稽大家了。

乌特金老爷爷听了这些话,这样讲道:

"你们这些狗东西!人家孩子在好好干活,那就行了嘛。至于说他不像你们那样乱嚷乱唱,那又怎样呢?这也好嘛。他是个规矩人。这是他的性子。"

于是他顺便讲了一个连长的故事。那人也有一副沉默的性格,后来被鱼骨头给噎死了。

到了第一周末,作坊里所有的人都对潘卡抱一种一成不变的、对他毫无称赞意味的眼光了。潘卡感觉到了这一点,但他当然无法加以改变,他甚至想都没想能够把这种眼光改变过来。凡是吩咐他做的事,他都有条有理地、绝对服从地、不声不响地照办。师傅们在偶尔心

61

情舒泰的时候,试图用不带嘲笑意味的调门对他表示好奇的态度和他交谈,他常常报以简洁而平静地回答,但是不知为什么缘故,到头来总是落个使他们对他大为不满的结果,这时他们便又故态复萌,找他的岔儿,拿话嘲讽他。这种现象使他不胜惊讶,因此他开始把他们对他说得很亲热的每句话都当做一种圈套,借以招引他讲话,然后再将他置于最方便加以嘲笑的境地。这使他对作坊里所有的人都抱着更加不快的怀疑的态度。

这样大约过了一个月,后来他渐渐开始习惯于作这样一种想法:既然人家对他另眼看待,那么可见他与众不同,因此他那怀疑的、有所期待的态度,也就逐渐转变成对作坊里的一切人和一切事几乎都漠然置之。整个作坊也看惯了他这个不声不响的人,双方关系中所存在的一切紧张现象也就渐渐缓和下来,当然,这种关系并没有因此而得到改善。

潘卡闷声不响地干活,经常挨揍,挨骂,被人拖来拖去,拳打脚踢,受着其他许多教他认识对方厉害的苦头。但他忍受了这些,因为他想不出在这个煤火熏黑了的洞穴里,从这些吵吵闹闹的人们身上能得到别的什么东西。

一个不干活的礼拜天,他怀里揣块黑面包,出去游玩;可是他绕城兜了两三个圈子,发现城里不太好玩,便只在托波尔科夫私人所有的那个荒芜的花园里游逛一阵。在这座花园的浴室后面有一个很不错的土坑,坑底杂草丛生。潘卡钻到那里,仰面而卧,一连好几个钟头地望着天空。在他的四周,牛蒡和野醋栗丛被风吹得飒飒作响,蜜蜂嗡嗡飞着,背上带着黑色花纹的红甲虫爬来又爬去……看着这些生物和他身边一切其他东西,潘卡渐渐地学着动脑筋了。

作坊里的生活,几乎完全不再引起他的注意。这生活对他简直是一个解不开的死谜,在作坊里,他没有时间而且也不愿意去思考这个谜,因为他觉得自己无力穷究生活的奥秘,可是在这里,在这个土坑里,生活,从礼拜一早晨到礼拜六晚上的整个生活又一幕接一幕地在他面前闪过。每当回忆起这种生活,让它在他眼前一一闪过的时候,他就会被这样一些问题弄得惊诧不已:为什么有这一切呢?为什么乌特金老爷爷要把工钱喝光,科尔卡要把工钱输光,给别人做靴子自己却打赤脚呢?为什么要"搞女人",然后又可笑地痛苦地抱怨她们不好呢?尼坎德就是这样做的,每个礼拜一他都要讲一件他和"她"的惊人的冒险活动,或者厮打的场景,或者逃避"他"或警察追逐的惊险故事,为什么像老板做的那样:强迫别人做工,却把人家挣的钱喝光,还把自己的爱酒如命引为笑谈呢?总之为什么会有这些现象呢?……

接着,潘卡便想:要是阿列菲身体好,他一定能把这一切解释清楚……但是阿列菲却一直在生病。

潘卡去看过他两回。第一回人家根本不让他进去。第二回人家说阿列菲不行了,他潘卡没有必要看他,而且有害无益。潘卡对这个说明大吃一惊,他干瞪了医生两眼,怎么也没法向医生提出自己想问的问题,临了,他掉头而去,感到自己受了侮辱。

至于米海洛家里,他决意不再去了。他想得很对,那里对他是不会有什么愉快事的。

日子一天天单调而乏味地过去,它们既没有使潘卡对它们怀抱留恋之情,也没有在潘卡的头脑里勾起想看看它们的另一副模样的愿望,但它们却在他的心灵上积累起一层一层枯寂灰暗的思绪了。随着时光的流逝,他的这些思绪开始大都具有一种玄妙而抽象的性质,因而几乎与实际生活无关了……

生活照常行进,人们也照常活着,显然不可能有别的样儿了,因此,这一切多少还算不错……不过有时候潘卡却听到这类的感叹:"该死的生活!"或者"狗过的生活!"但这些感叹他并不放在心上,因为第一:它们大多是在人们酩酊初醒的日子——礼拜一说的;第二:"狗过的生活"在他看来并不是坏生活;狗百事不做,自由、快乐,经常受到大人先生们的关怀、垂青和宠爱。

起初,他对师傅们和老板很感兴趣;他试图弄清他们的行为和意图。但这一点不仅对他,就是对他所观察的对象本身,也是非常难做到的。他们对他的态度,完全打消了他的这种兴趣,于是他就变得更加呆板、冷漠和机械了。他有一套赖以度日的工作日规则,有一套特殊的动作和举止程式,因此他活像一架小机器,一经开动便一直运转下去,直到它生锈、损坏为止。

最后,人家开始把他当成白痴,他们这样想是有道理的。在他迟缓僵硬的动作里,在他极简短的答话中,以及凡能引起他周围的人们发生兴趣、唯独不能使他感奋和发生兴趣的现象中,的确存在一种白痴的成分。

每逢礼拜日,当潘卡倒在花园里的这个土坑里的时候,他就沉思和幻想着各种各样的诸如此类的问题:为什么太阳在蔚蓝、辽阔的天空移动时,从不迷途,而且像哨兵一样老是在同一个地方走动,也不觉得无聊呢?有时,潘卡想道:假使他能为所欲为,他一定要把这个太阳染成别的颜色,或者让它和月亮一道儿出来,或者做点诸如此类的、更加巧妙的别的事儿来。

这样过了两年之后,他长得高了些,也瘦了些,因此他的脸上的麻点也就显得越发分明了。

在这段时间里,阿尔久什卡已经出师,当了师傅,顶替了棕黄色头发的尼坎德的位置;尼坎德因为一件大胆的奇遇事件坐了三四个月的牢。科尔卡·希什金打算娶个老婆,开个作坊。乌特金老爷爷仍旧喝酒,抱怨生了哮喘病,还说他的双手颤抖,妨碍他干活。老板仔细看了看乌特金,觉得老爷爷已经管理不了作坊,便开始在家里喝酒,很少下酒馆了。

人们循序渐进地教潘卡掌握做皮靴的手艺,在阿尔久什卡的专横的指导下,他学着缝补破绽,钉靴后跟。出乎整个作坊的人们和老板的意料,他竟是个相当机灵能干的工人。这似乎稍稍提高了他的名声。

又过了一些时候,希什金离开了,阿尔久什卡长了工钱,潘卡顶替了阿尔久什卡的位置,收了个新学徒。

现在潘卡每月挣三卢布,在快活的阿尔久什卡不停的歌声和乌特金老头儿式的唠叨声中,缝着靴子。他照例一声不响。老板因为现在活计不多,就不再雇师傅,遇到订货多的时候,他便亲自动手干活,这使他得到很大的满足,使他有理由大喝其酒。

"生活嘛!……"他常常一边说,一边吱吱地拉着穿过皮子的涂了黄蜡的细绳。"有活干有酒喝,你就好像活着!……就是这么一回事,伙计们!啊,可是,该吃午饭啦。米什卡!告诉谢苗诺芙娜,叫她准备开饭。你自己到酒馆去一趟,给!买半瓶酒!老爷子,够你喝的不?"

老爷爷满意地翕动着灰白的胡须,老板微笑着,而米什卡,这个长着一头鬈曲的黑发、生就一双老鼠眼睛的十来岁的、不大老实的小家伙,跑去打酒,边跑边用两脚相拍,做出奇怪的舞姿,对迎面走来的路人扮着快活的怪相。

这样过了十年之后,潘卡已经成为一个容貌端庄的小伙子。他身量高大,稍微有点驼背,筋肉极其发达。他那老是卷起的衣袖,露出了满布青筋的胳臂上浅褐色的皮肤,而当他坐着,弯下身子缝靴子的时候,从他的栗色长发底下,便显出了生满软毛的健壮而有弹性的颈项。在麻脸上,长着一部稠密的络腮胡子,上嘴唇上还长着一小撮浅色的唇髭。在这段时间里他并没有变得合群些、有生气些,他那从浓密的、老是阴沉沉的眉毛底下射出来的眼光,比十年前显得更加迷茫和忧郁。

在作坊的同事里面,他依然享有"小老头"的美誉,他们依然把他当作这样一种人:就其特别糊涂一点而言,他竟丝毫不受惑于美酒,不涉足各种娱乐场所,不迷恋诸如此类的玩意儿。但是,大家同他处惯了,已经几乎不再来嘲笑他了。这一部分是因为害怕他的气力,而大部分是因为正如他们所说,不管什么话反正都不能"打动"他。

谁也不知道,他既从自己的生活里排除了别人赖以生活的一切因素,他还能怎样过日子;这一点连他自己也未必知道。他是个迟钝、呆板、不会哭也不会笑的人。

老板现在已是须发皆白、皮肉松弛的老人。有一天谈到潘卡时，老板说他自己已经不行了，还说在天使宣告世界末日到来之前，在不管愿意与否他都得抖擞老骨头的时候到来之前，他是不会复活的；在这个时候到来之前，他就安安静静待在这作坊里，只要作坊不倒塌，他就不会被迫从那里跳出去。

潘卡望望老板，显然是有话想对他说，结果却只是苦笑了一下。

"这就感谢不尽了！"米龙·萨韦利耶维奇对潘卡行了个礼，带着更大的期待的神情，皱着眉头望着自己的帮工。

他非常满意潘卡这样的帮工，恐怕可以说，他都爱上了他，这一点无论是在他醉酒时，还是在他清醒时，都可得到充分的证明，因为他对潘卡的器重总是超过了其余的人。

其余的人共有两个：一个是爱偷摸的十九岁的小伙子米什卡；另一个是四十岁的独眼龙古西。古西的脖子长得令人难以置信，据他说，他的脖子所以伸得这样长，是因为他年轻的时候有过一副很好听的中音嗓子，参加过教堂的唱诗班。现在，如果不把他用来表达自己的思想和观感的那副慢吞吞的尖嗓门称作声音的话，那么他便完全是个哑巴了。

阿尔久什卡早就离开制靴业的舞台了。他起初做点小买卖，后来在酒馆里当堂倌；再后来，有一天又来找米龙，米龙雇了他，他偷去一双刚刚做好的靴子，此后就连在市镇上也不见他的踪影了。

乌特金老人也是早就请了长假。一天，他坐在那里缝着靴子，忽然深深地叹息起来。近来他开始常常叹息，而且一天天厉害起来。大家都没有注意到这个，因为这是酒醒后常有的现象。可是这天，他叹着叹着，终于把敲打靴子的小槌放下，望了望天花板，自言自语地问道：

"得给我叫个神甫了吧？"

这也没引起大家的注意，因为这种话大家从前就听到过。有一天,竟发生了这样一件事:乌特金大概觉得一个神甫太少,便坚决要求送他上主教那里去,而且非坐有篷的马车不可。但是吃过午饭以后,人们察觉到他好久也没有从放着他的床铺的炉子背后钻出来,他们去叫他的时候,发现他已经断气了。

这件事使潘卡极为震惊。他用深沉的、询问的眼光久久地望着所有的人,然而他不善于发问,只是默默不语。

乌特金下葬之后,潘卡常常到他的坟上去;那坟坐落在墓地上一个潮湿而阴暗的角落里,那里长满了高高的杂草,密密的接骨木树丛把它遮得不见天日。在那里,他坐在地上,从石垣的空隙眺望远方,他看见了阿列菲的岗棚、河流、田野和森林,于是他回想起了自己的童年和他的一个沉默寡言的朋友,这人在医院里住了两年便因积劳成疾而死了。

他的死,并没有使潘卡产生什么深刻的印象,至少,他不曾明显表现出特别的苦痛或者别的什么。

现在,他礼拜天散步的地方已经扩大了许多了。他不再到花园里的那个土坑去了。除了墓地以外,他还到郊外去爬山;从山上,他可以尽览全城的风光。他长时间地望着城市,听着这庞大而沉静的城市发出的粗钝的喧闹声,看着小小的、黑乎乎的人影在街上穿来穿去,觉得很是可笑。他到林子去,找一块隐蔽的地方,一连几个钟头躺在那里,谛听树木的柔和的沙沙响声。有时,他到市郊某个村子里,在村街上逛游,仔细而好奇地观看着一切,或者走进一间乡村酒馆,在那儿坐上一两个钟头,喝瓶甜水或啤酒,听听乡下人的言谈。有时,一个醉汉来纠缠他,可是他那沉默而严峻的仪容,却对别的那些醉得轻一点的人们产生了奇特的影响;他们出面干涉说:

"你别胡闹!别跟这人过不去;这是城里的人!滚开!……"他们对醉汉吆喝着,同时用怀疑和敌视的眼光瞧着潘卡。

潘卡付了酒钱,不声不响地走了。

有一次,一个轻微的警告的低音在酒馆的门口追上了他:"奸细!"从此以后,他就不再到这个村子去了。

他身穿腰间打褶的讲究外衣、肥大的灯笼裤和用两端有穗子的丝带拦腰系住的衬衫,头戴制帽,足蹬自制的高筒靴。他身材高大,孔武有力,仪容严肃,看样子不大像个手艺人,总之,就外表而言,很难断定他是哪个阶级的人物。

当他的生活中出现一种如他的老板所说的"稍稍提高一点儿就又敲打起"他来的东西时,他已经成了这样的人了。

"喂,你这个囚犯!"一天早晨,米龙·萨韦利耶维奇走进作坊时,冲着学徒先卡说道。"你今天把茶炊擦擦吧,要不然,它在你手里简直比你的脸还要脏!你呢,巴维尔,你今天加把劲把中尉的那双靴子做好吧,听到没有?"

"好吧!"潘卡回答说,一面上着鞋后跟,也不看坐到他身旁来的老板一眼。

古西戴上眼镜,用缝纫机缝着靴筒,在房里掀起一阵枯燥而尖细的嗒嗒声。

五月的阳光穿过开敞的窗口,射进烟雾弥漫、皮臭难闻的作坊,还传来了街上行人的脚步声和马车的辚辚声。

米龙·萨韦利耶维奇望望窗外,看见窗旁闪过各种各样的人腿,他拿起一块皮子,瞧瞧它,眯起眼睛,用老年人低沉的声音说:

"我们这儿搬来了两个挺有意思的女房客。她们是夜蝴蝶。小伙子们,你们可要防着点啊!"

谁也没有答理他;但这一点也没有使他感到难堪,过了一会儿,他又继续说道:

"我的潘卡!你倒是可以去结交结交她们!哪怕是学会讲话也好。你又不是什么和尚?或者,你兴许准备进天堂吧?别费那份心思啦!老弟!皮靴匠是不准进天堂的。那边不需要皮靴匠,天堂里全是赤着脚走路,因为那边的天气也跟地上的完全不同。是这样的!⋯⋯"

"玛—尔罗！……日诺，哈罗—殴！"街上有人用嘹亮的男中音唱道。

"潘卡！和那些女房客拉上点关系吧！怎么样？她们一定会很快就把你烧得浑身发热，把你熔化掉，然后把你铸成新的模样。虽然所罗门的书里说过'不要把你的力量使到女人身上，也不把你的希望寄托在能迷惑国王的狐媚子女人身上'，但这并不是说的我们。她们，这些女人才真是快乐的东西！只要一给她们自由，她们立刻就会把整个世界闹个天翻地覆。你瞧她们会开多么盛大的跳舞会吧！头一件事：凡是有夫之妇都会把丈夫撵走，闺女们都会赶快嫁人！这当中会产生多少极其快乐的、浪费时间的麻烦事啊！"

今天，米龙·萨韦利耶维奇神采奕奕，不住嘴地"胡说八道"；笃信上帝的古西管米龙的幻想称作"胡说八道"。古西这时已经不再踏缝纫机，正专心致志端详着靴筒，竭力用假嗓子哼着音乐会上唱的《天上的王》。可是假嗓子哼出的却是蛇叫的嘶嘶声。古西用手擦着他的长脖子，很厉害地咳嗽起来，往四下里乱吐口水。

"你怎么啦，巴维尔，脸这样红？"米龙·萨韦利耶维奇瞥了帮工一眼，突然问道。"脑门上全是汗！……"

"不知道！"巴维尔低声答着，伸手摸摸脑门，用一种黑的东西把它抹脏了。

"你不要抹黑烟子，这不会有用处！"老板振振有词地说。"你的眼神也不对劲，都浑了！你不舒服吗？"

"嗯……不舒服……觉得很难受……"

"怎么办呢？"老板想了想。"唔，把活计放下吧！让他把靴子缝完……你去躺躺……休息休息。"

巴维尔站起身来，摇摇晃晃向着门口走去。

"我到地窖里去躺躺，万一……"他说。

走过院子的时候，他感到他的两腿发颤，脑袋重得好像灌满了什么东西，晕得厉害，眼前的空中飘浮着许多红色和绿色的圆圈……

地窖里的空气潮湿而难闻,他觉得这里简直充满了浓浓的水汽。他躺到放在角落里潮湿地板上的一个干草口袋上,双手垫在头下,他早已把衬衫的领子解开,把那用面粉口袋缝制的沉重的围裙脱下了。

地窖里黑漆漆的,阳光从几条门缝里射进来,用细细的、不知为什么原因闪动着的光线,把黑暗分割成几块。那光线时而消失,时而又重新出现。院子里有人走路,发出沉闷的脚步声,他的头脑里奇怪地响起了轰鸣声,一种令人沉醉的东西打到太阳穴上,血液沸腾起来,像奔泻和灼热的飞流,不知为什么连呼吸也感到困难起来,好似闻到了湿润而热炽的血腥气息。眼前闪动着红色和绿色的斑点,一会儿变得很小,活像猫眼睛一样地闪着光亮,一会儿变得又大又黑,活像山羊皮般的片片乌黑,从天而降,宛如干枯的秋叶轻飘飘地在空中盘旋飞舞。

巴维尔睁大眼睛躺着,尽量不动弹,唯恐一动,就会掉进什么深渊里,长久地在那充满着热炽的、令人窒息的蒸气的空谷中飞翔。在他的身子底下和他的四围,一切都在动摇、旋转,发出一种单调而尖细的声音。这声音也充塞了巴维尔的头脑,讨厌地在耳朵里嗡嗡作响。

这样过了许多慢得出奇的时光,忽然间,一线阳光扑进被推开的门里,接着响起了先卡熟悉而响亮的声音:

"吃午饭去吗,巴维尔·阿列菲伊奇?"

"我不想吃!"巴维尔回答,他觉得很奇怪,怎么现在才吃午饭,感到更奇怪的是他自己讲话的嗓音。原来从他离开作坊的时候算起,已经过了这么长的时光,连他的嗓音都变得跟往常不一样,低沉而坚定。

地窖里重新变得漆黑,阳光奇妙地从这里跳了出去,时光也重新缓慢地流逝着,耳朵里充塞着那讨厌的嗡嗡声。巴维尔感到有一个灼热而潮湿的东西吸住了他,他便昏迷过去了。在这种昏迷状态中,他觉得口渴,觉得空气越来越稀薄得呼吸维艰。

"那边有个什么怪物……"

"大概是地下室里的一个皮靴匠……喝醉了。"

"唔!管他的……"

巴维尔睁开眼睛,无力地把自己沉重的脑袋转向门口。

地窖上亮了,门旁站着两个女人。一个举着地窖的门,另一个紧挨着她,一只手拿着牛奶罐,一只手提个小口袋。她闪动蓝蓝的大眼睛,望望巴维尔躺着的角落;然后用纯正而优美的低音对女伴说:

"喂,快点举起来呀,卡捷琳娜!……"

"来得及的!……你自己举举这扇门试试看!"卡捷琳娜回答,一边使劲举着潮湿而笨重的门。她的嗓音比较低沉而粗鲁。

"你看,皮靴匠瞪了我一眼!喔唷!……"头一个发言的女人继续说着。"他好像是要吃我似的……"

"你就拿牛奶泼他眼睛吧!"

"我可是舍不得牛奶……"

巴维尔用烧得闪闪烁烁的眼睛望着她们,他觉得她们两个好像都在离他很远的雾中游泳,距离是那么远,甚至当他发出沉郁而嘶哑的"给点水我喝吧"的声音时,他根本就不曾希望她们能够听到他的话。

然而,她们却听到了。那个长着一双蓝眼睛,手里拿着牛奶罐的女人,把小口袋放到地上,用空出来的手提着自己的衣裙,向他这边走来。这时,另一个已有半截身子下到地窖的梯子上,很有兴趣地注视着她的举动。

"怎么啦,兴许是喝醉了头痛,不好受吧?卡秋什卡[①],应当给他块冰雪球,不是给他牛奶!"巴维尔听到自己的脑袋的上空有人这样说,便又用嘶哑的声音说:

"快快……喝水……"

随后,他发现一双蓝眼睛凑近他,仔细地望着他的面孔。

"卡秋什卡,这人是个麻子,喔唷唷!……他不是喝醉了!……没有酒味……卡捷琳娜,他是个病人,真的,病人!浑身发烧,喘得像个锅炉!……唉,恶魔们,竟把病人拖到地窖里来!……这些蠢猪!喝

[①] 卡捷琳娜的昵称。

吧,喝吧! 你在这里躺了很久吗? 啊? 没有亲人,是吗? 为什么不到医院去呢?"

她蹲到巴维尔身旁,把牛奶罐送到他的嘴边;他用两只颤抖的手抓住了罐子,狼吞虎咽地喝起牛奶来。这时,她向他提了许多问题,显然,她忘了在同一个时间里,他是不能够连说带喝的。

"谢谢!"临了他说,把牛奶罐推开,重新把抬起的脑袋摔到干草口袋上。

"这是谁把你弄到这样冰冷的地方来的? 是老板吗? 可见他真是一条狗!……"她愤怒地对他说,并且伸手摸了摸他的额头。

"是我自己来的……"巴维尔回答,眼睛盯在她身上。

"你真聪明,太聪明啦!……你来了很久吗?"

"就是今天……"

"瞧!……你大概病了个把礼拜,最后支持不住了……嗳,嗳,嗳!……现在我们怎么办呢? 卡秋什卡! 我们拿他怎么办呢?"

"怎么办? 把他放到地窖的冰上么? 还是拖到你那里? 不然还能有什么办法? 你这蠢货! 走吧! 走吧!"

巴维尔好不容易地转过头去,瞅了瞅另一个女人;她一直站在地窖口的梯子上,带着冷漠的好奇心,张望着这边角落的情景。巴维尔听了她那讥笑的言语,更不好受,他抽了口气,把目光移到他身旁的这个女人身上。

她没有答理她的女友,严峻地皱了皱浓密的眉头,考虑着什么。

"你躺着吧!"她坚决地说,身子弯到了巴维尔的面前。"躺着吧!我马上去拿点醋和泡辣椒的烧酒来,听见了吗?"

说完这话,她突然很快地站起身来,走掉了。

她们两个都走了,临走也没有关上门,不一会儿的工夫,从她们的背后便听到了她们之间爆发的争论。

巴维尔本以为方才经历的一切只是一场梦幻;可是,嘴里的牛奶的香味、沾上了牛奶的衬衫,以及那只轻轻抚摩两颊与上额的柔软的手在自己脸上留下的实感,都不容许他这样想。于是他开始等待她的再次到来。他被一种把疾病的感觉全部遮盖住了的不可思议的好奇心征服了,急于想知道以后会怎么样?他从不曾有过今天这样的强烈愿望:一心想知道以后会怎么样?他侧身背向着门,用他病得发炎的眼睛,凝视着院子。

她很快就来了,一手提着颈口上扣着酒杯的瓶子,另一只手拿着一块湿布。

"来,喝吧!"她说,等巴维尔向她伸出一只手,张大嘴巴的时候,她亲手用酒杯往他口里倒了些酒,立刻,他的舌头、口腔和喉咙里像火烧一般,禁不住咳嗽起来。

"噢!好吗?"她兴奋地喊道;刹那间便把那块散发着难闻的酸气味的湿布贴到了他的头上。

巴维尔默默地接受这一切,目不转睛地望着她。

"好啦,现在我们谈谈吧!你的老板是个吝啬鬼吗?这狗东西!明天我亲自送你到医院去。你痛吗?不要紧,忍着点!过一会儿就会好些的。你讲话很困难吗?啊?"

"不……能讲……"巴维尔说。

"不要,别讲!医生是不让病人讲话的。躺着,你就躺着吧!"

显然,她再也找不出可以向他说的别的什么话了。她环顾四周,那神情好像一个人突然感到恶心似的。

巴维尔一直望着她,暗自想道:她为什么对我这样呢?我对她,她对我,彼此素不相识。她准是老板前不久说过的那个女房客。她叫什么名字呢?接着,他拿定主意,要向她问个一清二楚。

"您……叫什么名字?"他轻声问道。

"我?叫纳塔利娅……克里夫佐娃,纳塔利娅·伊凡诺芙娜。你问这做什么?"

"随便问问……"

"唔!……"她含糊地说;从头到脚把他上下打量了一番,又喃喃地咕噜着些什么。

"您呢?"她中断自己的私语,忽然问道。

"我叫巴维尔……"

"您多大岁数了?"

"二十。"

"就是说,快要当兵去了!"她做出这样一个结论,便又沉默下来。

"您没有亲人吗?"

"没有……我是个弃儿。"巴维尔轻声说,同时觉得他的脑袋又开始痛得要命,口干舌燥。

"唔唔!……"她拖长声音说,向他挨近一步,用她那双蓝眼睛惊讶地端详了他一番,好像她不明白他这么一个高大而结实的人怎能是个弃儿似的。

"再给我喝一点!"巴维尔请求说。

"好,好,马上给你!"她匆匆地答道,抓到牛奶壶,往他的头下迅速地伸进一只手,把他扶起来,轻轻地说:

"随便喝吧! 主耶稣啊!"

他喝着牛奶,逼视着她的脸;这脸方才本是无忧无虑的,现在却变得心事重重,阴沉沉的。这副表情使他感到更加可亲、更加容易理解,并且还在他的内心里激起了要和她谈话的愿望。

"告诉我,您为什么这样做?"他刚刚喝完牛奶,就忽然大声问她。

"我做了什么啦?"她困惑地把自己的周围环视了一番,然后带着发问的神情凝视着他。

"您为我做了……这一切一切……您给我这么多的东西……醋……坐坐……谈谈……以及一切一切……为什么呢?"巴维尔说着,害怕起来,因为他看见她从他身边向后退了一步,好像受到侮辱似的,她也被什么吓住了。

"您是什么人!……我不晓得为什么……就这样做了! 大概是因为,您是个人……难道不是吗? 真可笑,真的!"她困惑不解地耸了耸肩头。

巴维尔茫然地摇摇头,翻身向着墙壁,背朝着她,一声不响了。在他那疼痛的脑海里起伏着一些奇怪的思潮……在他一生中,头一次有人关心他了,是谁呢？是一个女人。一想起阿列菲对女人的态度和在作坊里常常听到的关于女人的许多引起非议的故事,他对她们就害怕、就讨厌起来,对于她们,他早就暗地里想过许多,而且把这些想法掩藏起来,还因为自己有这些想法而恼恨自己。女人是男人永久的敌人,是一旦时机成熟就要奴役男人、吸干男人血液的敌人。这便是他比别的事情听得更多的关于女人的主要意见。有时,遇到一个美丽的少女畏缩地匆匆跑过街头,巴维尔会望着她的后影想道："这样一只鸟儿,算什么敌人呢？"别人一谈起女人,他几乎总要现出一种恐惧的好奇心,这好奇心便成为作坊里的人们和老板大肆嘲笑的话题。他们对他的好奇心甚感惊讶,竟嗤之以鼻,还作了一些使他不胜委屈的下流的猜测,可是有时候,他们又向他诚心诚意地表示歉意,夸奖他的忍耐心。总之,他看出女人在生活中起着莫大的、包罗万象的作用,但他无论如何也没法把这种从自己的思索和观察中得出的结论,与另一种硬说女人是敌人的结论联系起来。而后一种结论,虽说与他的观察所得大相径庭,却被众口一词地确定下来了。

老板有一回曾经这样教训他:"只有女人是要提防的,巴维尔！不向女人屈服,就可以顺顺当当过日子。凡是你问到的人,他们都会告诉你,世界上没有比女人更沉重的锁链了。女人是贪心的动物,喜欢过舒服的日子,不爱干活儿,干点活也是马马虎虎。相信我的话吧,我在世上活了五十二年,结过两回婚了。"

可是她,这位危险而神秘的女人,这位头一个使他愉快地意识到他这个阴郁的、与众不同的巴维尔值得受到她关怀的女人来到他跟前,坐在他这个孤单的、谁也不需要的人身旁……

"她现在在干什么呢？"巴维尔想道,于是轻轻地转过身子,看了看她。

她坐在地上,板着一副沉思的面孔,通过没有关严实的门的空隙,瞧着院子里……她的面容非常善良、美丽、温柔,有一对好看的蓝眼睛和两片湿润、绛红的嘴唇。

"多谢你的关照!"巴维尔轻声讲道,情不自禁地向她伸出一只手去。

她哆嗦了一下,看了他一眼,却没有握他的手。

"我还以为您睡着了呢。我看,你得离开这里。一定得离开。太潮湿。来,起来吧!"

巴维尔没有收回自己的手,又坚决地重复道:

"多谢您对我的关照!"

"嗳唷,主哟!真是的!这有什么呢?什么关照呀?到处都很热,所以我也喜欢坐在这里。起来吧!"

她不知为什么感到不满,因此在扶他起身时,把自己的脸掉了过去,好像不愿意让自己的视线和他的眼睛相遇似的。

在移动中巴维尔感到血液涌上头部,脑袋里嗡嗡作响。

"我很难受……"他喃喃地说,感到两脚发颤,浑身的骨头都觉得疼痛。

"不要紧,好歹忍耐一下吧!得离开这个地方。"

在她的搀扶下,他像在浓雾里一般飘过院子,在这雾霭中,他仿佛看见在他前面站在作坊门口的老板和古西的狞笑的嘴脸。

"我再也受不了啦!……"他用沙哑的声音说,话没说完就立刻觉得他掉进了一个无底深渊。

平生第一遭,巴维尔跟医院交上了朋友。令人恶心的黄色的墙壁,难闻的药味,职员疲惫而凶狠的嘴脸,大夫和医士冷漠无情的面孔,病人的呻吟、呓语、任性,灰白的大褂、白帽、拖鞋和便鞋踏到石板地上发出的沉郁而刺耳的声音,所有这些,一方面,互为补充,一方面又汇合成一片忧郁和束手无策、死沉和愁肠百结的苦重的晦暗情调。

巴维尔昏迷了十一天,现在是度过危险期、开始复原的第五天了。在这一段时间里,据医院里的一个职员讲,老板来看过他一次,古西来看过他两次,姐姐也来看过他两次,一次是同女友一块儿来的,另一次只是她一个人。在那边办公室里,她给他留下了茶叶、砂糖、果子酱,还有一包别的什么东西。

当医院职员对他讲述这些,讲到姐姐的时候,巴维尔惊讶地张大了嘴巴,但他想起了,这不是别人,准是纳塔利娅·伊凡诺芙娜,想到这个他不知为什么非常快活起来。

"瞧,多么好的姑娘!……"他喃喃地说,觉得等他看到她时,他一定会更加高兴。

但是,医院不准探望者探视他这个伤寒病患者;职员还解释说,等他搬到五号病房以后,就可以看他了。

"五号病房是准许别人进去的,可是这里,除了我们这些人和大夫以外,谁也不准进来。"

职员说这话时,带着一种因为享有别人所没有的权利而产生的带苦味的自豪感,可是在巴维尔看来,他的这个消息却引起了一个问题:很快就会把他搬到五号病房去吗?

"这要看鼻子怎样。眼下你的鼻子又黄又干,不过很快它就要隆肿和发红的。鼻子一发生这种现象,就会立刻把你从这里搬走。害伤寒病的人总是按照他的鼻子的情况来给他们调换病房的。我们对这非常熟悉。在这里混了七个年头……都习惯了。"

这位职员非常喜欢谈天,因为巴维尔是九个患者当中能够听懂他的话的惟一的一个病人,其余八人都处于完全不能交谈的状态,所以巴维尔只好独力承受和这位先生交谈的重担。这人个子矮小,瘦得皮包骨头,长一头褐色的头发,生一双阴郁而呆滞无神的灰眼睛,一有空,他就坐到巴维尔的床沿上,开口说道:

"你好些了吗?我看得出,看得出,病情在好转。快要到五号去了。你病得这样厉害,能这样就不错了。伤寒是一种极好的病,它可以涤荡污秽。人在没害这病以前，可能很感郁闷，而且有一个被罪恶的不洁之物浸透的魂灵，可是害过这病之后，人就干净了；所以害这病时人是昏昏沉沉的。在昏迷中，人的魂灵离开躯壳，遍历千辛万苦……接受各种教诲。唔……即使是许多人害伤寒死了，这也没什么。那是他该这样死。命里注定了的。人即使不死于伤寒，也会被生活折磨得精疲力竭……元气丧尽，所以魂灵就要另找一件衣服；也就是说，它要求另找一套住所，而人的躯体所需要的住所却是泥土。就是这样！……你的亲属都还没死吗？没死吗？啊哈！我的亲人死了十一个。有一个甚至是泥土把他活埋的。他是管下水道的安装工。有一天他正在安管子，泥土塌方，一下子就把他……把尼科尔卡给埋了。等到挖出他来，他已经完蛋了！就是这样！……泥土总是能吞掉一切，你逃也逃不开它。谁也跑不掉。你就是钻进水里，最后还是落到泥土里；你就是跳入火中，最后还是变成泥土。它总在积攒它的财富。现在它也快要召我去了。它会说：'阿尼辛，朋友，请进坟墓吧！'于是就躺进去。什么也不用写了，净躺着，百事不干。就是这么回事，人嘛！若是你腿打哆嗦，说：我不愿意去，泥土便会往你心头一压，你就完结了。世界上就再没有你了。而且什么也没有了。因为有人才有世界……"

有时，他能一连讲上两三个钟头。他不管人家听不听，只是一个劲儿地讲他那些含糊不清的东西，他那双呆滞无神的眼睛变得更加死气沉沉，直到那两只被薄翳遮住的瞳孔上出现一种奇怪的暗淡色彩，它们才稍有生气。这时，他的声音就更加沉郁，中断的地方更加增多，句子也越发简短，最后，他深深地叹息，有时话未讲完便戛然中止，眼里却明显地露出阴森恐怖的神情。

他的话并没有使巴维尔产生特殊的印象。巴维尔几乎从来不曾细听过这些话，他总是沉湎在自己的思索中，现在这些思索因为他有了某些期望而变得明朗了；他期望的是他感觉得到、在前面等待他而他还不能想象清楚的东西。在他的头脑里，构成空中楼阁的材料是很少的。他从别人的口里了解到生活,而在这以前,他自己并不曾积极参与生活。不过现在他根据自己的全部经历,理解到有一种崭新的、灿烂的、他过去所不知道的、理应给他建立新生活的东西就要降临了。名副其实的思索,他几乎不曾有过;因为在他的头脑里没有足够的词汇使他得以进行清晰的思维,但是,自从他苏醒过来,并且想起纳塔利娅·伊凡诺芙娜的蓝眼睛对他的注视之后,在他那晦暗的心灵里便产生了许多新的感觉,而医院职员告诉他关于她来看过他两次的消息,使他产生了更多的感觉。

二十年来,巴维尔不曾得到过任何人的关注,但是既然是人。没有关注就没法生活,尤其像他这样有点奇特、完全孤独的人,渴望得到关注的心情,比别人就更胜一筹,虽然这种渴求也许完全是本能的、下意识的,因而也就自然想象不出这关注是什么样的、它将来自何方、具有怎样的形式。尽管如此,它还是来了。它来了,但他切望这还不是全部,切望以后还有成千上万的新感觉在等着他。可是他那被疾病损伤了的元气一天天恢复时所产生的一种纯动物性的感觉,使他精神更加振作,心中更加急切地盼着"未来"的早日来临。

一天,这时他已被调到五号病房来了,他的迁移使丧失了惟一的听者的职员阿尼辛非常难过,而且他认为把他搬得太早,还有死亡的可能,因为他的鼻子肿得不够程度,——这一天,当巴维尔躺在病床上,注视着在天花板上飞来飞去的苍蝇,并沉浸在他那混乱的半是思索半是感觉的境地时,在他的头顶上传来了轻声的呼唤:

"巴维尔·阿列菲伊奇!"

他哆嗦了一下,吓住了——叫声竟使他如此地感到意外。她也不知为什么觉得不好意思。

"您好!……感谢上帝,把您搬过来了!……我带来了……"她往他的手里塞进一包东西,面孔涨得通红,惊恐地低头翻眼环视了病房一周。

巴维尔的恐惧早在热烈的欢乐涌上心头之前便消逝了;这欢乐在

他的颊面上覆盖了一层淡淡的红潮。

"衷心地多谢您！最衷心地多谢您！衷心的感谢！见到您我非常高兴,非常高兴！……请坐到这里或者这里！……这里很舒适……多谢您！您做了好事……请您相信这个……"他对她说,闪动着眼睛,他的形象整个改观了。

由于受到这出乎她意料之外的接待,她更加不知所措了；她仍然不断地环视左右,一会儿看看这个病人,一会儿又瞧瞧那个病人,就好像害怕在他们当中碰到她最讨厌的人似的。

"没有什么！我坐。别放在心上。这对您的健康是有害的……"她小声说,一面还在东张西望。

热情勃发的巴维尔发现了这个情况。

"您不必担心……这全是好人,都是爱说话的,讲礼节的病人。他们没有什……都是顶快活的先生。唔,见到您我多么高兴啊！……"他险些没用呼喊来结束他的这段介绍。

她已把整个病房巡视完了,这时她舒了一口气,面向巴维尔,绽出欢畅而和善的微笑。

"您一天天好起来,我也非常高兴。我到这里来过了。那时您还在昏迷状态中。请您别放在心上！这是我给您拿来的……已经得到医生的许可。吃吧！"说完,她正准备打开那包东西。

可是,巴维尔用他快乐得发抖的双手抓住了这包东西,心里高兴得要命,说道：

"请您相信,您在我心目中就像一位天使,实在的！……"

"哎哟,瞧您说的！……"她又不好意思了。

"不,的确是这样的……我说不出来。我不会说。我一向沉默的时候多。但是我是懂得的,请原谅！……您是我的什么人呢？无亲无故的人。我在您心目中也是一样。可是您第一个走过来……那是在地窖里……出于什么私心吗？我就是一个人,一切都在这里了,一生中没有受过任何的爱抚……就是这么一回事。您明白吗？这太,这太好了,好极了!……"他热烈地摇着她的手。

"您安静一点吧!这样兴奋……可不好啊;医院也许再不让我进来了……"她安慰着他,还有点惊慌;她不理解他那断断续续的话语,但却十分明白这正是她给他带来的快乐。

"不让进来?!"他惊恐地叫了一声;望望她的面孔,又用抗议的声调继续道:"这不行。您是我的姊妹。不行!谁对您说的?您是我的惟一的人。是的!……这不要紧!我有权!我甚至可以上告……"

"哎哟,您这人真怪!上告什么呀?我不过顺便讲讲,您可别犯上呀……您太可笑啦!……"

他那神魂颠倒的样子,使她真的感到他有点可笑。她无法解释他为什么竟兴奋到这步田地,但她却更加愉快地并引以为荣地意识到,这原因正出在她身上。她变得大胆些了,开始渐渐地表现出某种专制的举动,巴维尔绝对地服从并且像她本人一样地喜欢这种专制。她强迫他吃一种甜面包;给他整理枕头;问他觉得怎样,哪里还不舒服;最后甚至严厉地皱着眉头,严肃而又令人感动地和他谈话。这使她非常开心,他也完全沉浸在她的照拂和关注的幸福中。

现在他不再作声了,只是用又惊又喜的眼光望着她的面孔,她却对他说,他快要出院了,将来请他到她家里去做客,喝茶,和她到林子里去散步,划船。她还给他描绘了许许多多美丽的图画……

探病的时间在不知不觉中过去了,于是她便走了。

告别的时候,巴维尔总是难分难舍地看着她的眼睛,小声请求她以后再来。

巴维尔独自一人留下来时,他闭上眼睛,生动地想象着她:小个儿,丰满,浅黄的头发,粉红的面颊,快活而调皮的翘鼻子,大大的可爱的蓝眼睛,她长得简直好看极了,鲜嫩极了。深色的上衣和同样颜色的裙子以及梳得光光的结成辫子的头发,使她显得更见纯朴可爱、温和善良。当她说话的时候,从润泽的双唇里,启露着整齐悦目、闪着光泽的细小的牙齿。从她身上洋溢出来的气息首先是心地善良。

巴维尔瞧着、瞧着她,觉得自己完全变了一个人,他奇怪自己为什么一下子竟和她讲了这样多的话,为什么她这么好,对他这么亲切?他深受感动,沉沉地睡去。

第二天一整天他都是在一种虹彩似的雾霭中度过的。他一直在回想昨天的情景,微笑着,成百次地自言自语地小声念着:"最衷心地多谢您",并且用这种感谢赤诚,描绘出长长一系列五光十色的想象。

明天又是探病的日子,她会来的。他在想象着明天的会面情形,想好了他要向她说的称赞她的话儿……同时,他想象他已经痊愈了,跟她一起在河里划船;向她讲阿列菲的故事……

这个"明天"到来了。他浑身像发疟子似的哆嗦着,眼巴巴地向着门外从早上一直望到晚上,期望她会立刻出现在门口,而且和第一次一样,一进来就急切地环视病人,然后坐到他的床上,他们便交谈起来……可是,一天过完了,她却没有来。

夜里,巴维尔许久也不能成眠,他试图找到阻碍她来这里的原因,但他没有找到。第二天早上他醒来时头痛得要命,心情沉重,情绪低落。

第二天一整天,他都躺在床上,一言不发,一动也不动,什么也不思索,什么也不去想象,什么也不期待。又过去了很多探病的日子,却仍然不见她的踪影。

巴维尔躺着,回想着他听到过的关于女人的种种丑恶行径,想着想着,他竟公然强迫自己努力把这些丑恶行径都加到他的女友身上。但是没有一件丑恶的行径能安在她身上。他把她想象成一个肮脏、酗酒、行窃、和他骂架、嘲笑他的女人,可是,不管怎样,到头来,她毕竟还是个纯朴、美丽、善良的女性。

日子一天天过去。他已经能在走廊上散步了。走廊上有几扇窗子对着大街,当他停留在窗口,感到非常想到阳光充足的街上去,在所有那些健康、忙碌、操劳的人们当中走走的时候,他盼着赶快出院。

每一个向医院走来的女人,都在他身上引起一阵希望的轻微颤抖……他急切地张望着走廊的尽头,看她是否会出现在那里;可是,他望了半个钟头,都不见她的踪影,于是巴维尔感到自己受了骗,好不愁闷。

但是有一天,传来了职员的叫喊:

"巴维尔·吉布雷!到办公室去!"

他飞快地奔向那里。

"收下这个吧!给您送来的!"高瘦的办公室副主任说,捋了捋自己的黑胡子,递给巴维尔一个纸包。

"唔……这是谁送来的?"巴维尔问,用颤抖的双手接过纸包。

"一个老人,他说……"

巴维尔忧郁地摇摇头,伸手想把纸包放到一个医士对面的桌子上。

"……他说他是您的东家,还有一个脸上裹着绷带的女人。挺年轻的。"

巴维尔哆嗦了一下,把拿着纸包的手又缩了回来。

"她的脸上裹得很厉害吗?"他问。

医士高高地扬起眉头,撅起胡须,反问道:

"'脸上裹得很厉害',这是什么意思?"

"不,没有什么!……衷心的感谢您!……她大概是牙痛吧!……"

"哦?"医士摇了摇头。"可能是牙痛吧……怎么样?"

"她没有说我什么吗?"巴维尔带有点哆嗦地轻声问道。

"她提到了你。她说:'他有点傻里呱叽,所以您得原谅他。'您可以走了。我原谅您。"

巴维尔转身走出去了,他明白人家在嘲笑他。他觉得,他已经弄清楚这一段时间她所以没有来的原因了:只是因为她的牙痛。可是,刚刚好一点儿,她便来了。心地多么好的人啊……

这之后过了一周,他又在办公室里站在副主任的面前了,这时副主任正埋头于什么簿子里,还劈里啪啦打着算盘。

83

"您的东西全收到了吗?"他问巴维尔,也不等对方回答,便又接着说:"好。您去吧!再见!"

巴维尔鞠了个躬,走到街上,但过了半个钟头,被阳光和行路弄得好像喝醉酒似的他,头昏目眩地走进了作坊。

"啊呀!……回来了!好样的!"老板迎着他说,"你好!你瘦多了!唔,不要紧,可是,瞧你学会笑了。"

巴维尔环视周围,也真的笑了起来。当他推开作坊的门,站到门口时,他心里充满了美好、温柔的感觉。这里的一切他都非常熟悉,感到亲切。就是四围这些陈旧的被烟熏黑的墙壁,也好像睁开它们不知因为什么缘故而没有落上黑烟层的块块白斑,向他微笑着……瞧,那边角落里放着他的床铺,床铺上头挂着两幅图画:一幅是《末日审判》,另一幅是《生活之路》……

学徒米什卡张大嘴巴,肮脏的脸上立刻露出极其生动的喜悦神采,用灵活的黑眼凝视着巴维尔的双目。显然,连老板也因为他的归来而感到高兴。

老板不住嘴地说:

"喂喂!进来,坐下,休息休息吧!大概疲乏了。我在这里和米什卡两人应付着一切。古西喝起酒来了。我也不想雇别人,因为揣测你立刻就会回来的。唔,这很好,现在我们一起来干吧,噢,再好没有了!我呀,老弟,又很想干活啦。酒也有好长时间不喝了!……喝倒是喝,当然不像从前喝得那样厉害,醉成鬼样儿。"

巴维尔听了这话,心里觉得更加快活,这一方面是因为老板说得这样多、这样高兴,另一面是因为他的话和声调是那样亲切,满怀好意,使他巴维尔心里感到非常温暖和柔和。

"现在我们就和您——米龙·萨韦利耶维奇一起工作吧!"当老板说完话,拿块皮子比量一只旧靴帮上的窟窿的时候,巴维尔带着确信和兴奋的心情这样说。"衷心地感谢您,多谢您去看我!这对我太宝贵了!"他诚挚地说,随后又添了一句:"我完全是个孤孤单单的人啊……"

"嘘——嘘!……"老板用口哨声打断了他的话。"瞧你现在多会说话!……唔,你呀,我的老弟!常言说得好,祸去福来嘛!在害病之前,要你讲这样的话,那就等于要了你的命。真了不起!到时候啦,到时候啦!还有,老弟,还有一件事!你去看看那个纳塔利娅吧。去一趟吧。她虽是'那种女人',但你还得感谢她。你知道她怎样关心你吗?了不起啊!她差不多每天都过来问我:'您去了吗?去了吗?见到他了吗?……'是的,老弟,她还没有把灵魂荡尽。她有人的灵魂,不能说她坏!你去看看她吧!干这种事的姑娘,忽然……上回我和她喝酒,祈祷你的健康,我的老弟,她竟说出了什么样的话!……唔—唔—唔!……真的,我这一辈子从来还没听过呢!她对我说:'人们把我们的姐妹们看得一文不值!把我们当作猪、当作癞皮狗。对吧?'我说:'对。'她又说:'可是他,这就是指你,拿我就当亲姐妹看待,就是这样!米龙大爷,你明白了吗?'我说:'明白了。'她又说:'我也应当用同样的心报答他。'你们说,这些话说得多实在!对吗?这真是有点不可思议,好像完全不切实际似的。不像真事……不像可信的事……不像我们这些人……你和我……"

听着他的这些讲述,巴维尔的麻脸上绽出了极其入神、窃窃自喜的神情,这时米龙·萨韦利耶维奇好像碰到了巴维尔所不能理解的东西,再也讲不下去了。等到老板已经坚信没法讲清自己的想法,大幅度挥了挥手便不再作声时,巴维尔还久久地望着他的嘴巴……

巴维尔也一声不响了;但他感到无论如何必须把那种极其愉快地充满了他的胸膛、萦回于脑际的思潮,哪怕是表达出一二成也好。可是他没有找到更好的话头,只好又道谢起来。

"您讲的这些话,东家,我太感谢您了!太感谢啦!……"他摊开两手,讲不出他究竟该怎样感谢法。"这场大病对我很有益处。这您说得真对。得病前,我把自己当成一只狼……现在,我看见我是人了。甚至还有人关心我了……最衷心地感谢您!……"因为说出心头话的愿望太急切,巴维尔不知怎的开始喘息起来了。

"唔,小伙子,这算不了什么！比方说,这次害病以前,你非常颓唐！那时你是个令人不快、讨人嫌的人,这是你的真实情况。但必须告诉你,我也不知道怎样生活才会过得更好:是脱离人群还是和他们结成一体？这些人们很少能变成愉快的同伴,跟他们散散步是可以的,可是要谈话还得留神着点儿,时刻都得握紧拳头。要是他们骗了你,你也不必生气,因为女人都想活,生活的门路却到处都很狭窄,所以就不能不擦碰别人；但你可也不要屈服。与其用肩膀来驮着别人,不如你自己去挤榨别人的血汗。最重要的是提防娘儿们！她们是毒蛇,咬了你,你还不知道是怎样咬的。她向你微笑——这是一；吻你一下——这是二；夸奖你——这是三；第四——你已经做了她的奴仆；第五——连你的魂灵也感到痛苦,要求自由,那就难上难了,小老弟！她们的爪子可不像猫爪子,哪会放掉你！这样你的寿命就要缩短五六成！……"

米龙越讲越兴奋,大道理一直讲到晚上都没有停下手中的活儿。

巴维尔坐在他的对面,聚精会神地听着他的话,也在用锥子锥着靴子。然而,对老板的言论所付与的注意,并没有盖过不断在他的脑海里骚动着的某种不愿离去的思想。

"休息！"米龙说,同时结束了他的哲理性讲话和他的工作。"你睡吧！老弟,歇歇吧！要不,到街上走走,换换空气。"

"不,我最好到她那里去……"巴维尔垂下眼皮,恭顺地说。

"你是说到纳塔利娅那儿去吗？哦！……那有什么,去吧！"老板若有所思地说。

可是,当巴维尔走出作坊时,他又赶紧向他嚷道:

"提防着点儿,注意,可别让她做了你的老婆呀！……嘿嘿！……这种事发生的时候,往往是不知不觉的。她们的手段可妙巧啦！……"

这段嚷叫使巴维尔很不舒服。他了解她,她和别的所有女人是完全不相同的。他曾尝试把她想得很坏,但结果是枉费心机。她不过是个心地善良的姑娘罢了。

他怀着这些不以为然的想法,不知不觉就登上楼梯,走到了有一扇紧闭着小门的阁楼前。他觉得自己很不自然,不预先咳嗽一声,就不敢走进屋去。但是他的咳嗽声虽说响亮,却没有引起门里显示出有人的任何迹象。

"兴许是睡了!"他想道,然而他并没有走开,仍旧站在那里,把双手背在背后,心中暗自希望她快快醒来。

街上传来重浊的喧闹声。由于房盖受了太阳的烤晒,阁楼上又闷又热,散发着烘干了的泥土气息和别的什么刺鼻的味道。

门蓦地轻轻地打开了。他恭敬地脱下制帽,向后退一步,深深地鞠了个躬,以为她立刻会对他讲什么话,因而没有抬起头来。可是她却压根儿就不说话。于是,他抬起头来,惊讶得张大了嘴。原来,在他面前谁也没有,房间里也是空的。门准是被吹进敞着的窗口里来的风鼓开的。

他往房里瞧了一眼。里面一切东西都乱扔着,还没拾掇,靠墙放着的床铺杂乱无章,床前的桌子上摆着一些盛着残菜和烟蒂的脏盘子、两个啤酒瓶、茶炊、茶碗;地板上丢着一条红裙子、一只便鞋和一束揉烂了的纸花……

看到这一切的时候,巴维尔不由得悲从中来,他想离去,但忽然间,内心受到某种冲动,他跨过门槛,走进房里去了。这是一间低矮的小房,天花板活像棺材盖;全室都用旧的淡蓝色糊壁纸裱糊过;这些糊壁纸有的地方已经撕坏了,从壁上脱落了。这情景和室内总的乱七八糟的状况合在一起,使这整个房间变成了一间如此奇特的房间,好像它被翻了个里朝外似的。

巴维尔深深地叹了口气,走到窗前,坐在椅子上。

"为什么我不走开呢?"他想道,觉得自己简直毫无离去的意思。"怎么能走开呢?她不在家,房门没锁,一切都杂乱无章……她一定就在离这儿不远的什么地方……"

接着,他向窗外望了一望,似乎希望能够看见她。

窗外展现着本市的奇妙的景色。老实说,这并不是个市镇,只是些屋顶,以及在屋顶之间这里那里露出的青翠的花园岛。

绿的、红的、黄褐的屋顶,一个接着一个好像是谁杂乱地扔在那里似的。在它们当中,有的地方,教堂的尖塔像箭似的刺入云霄,尖塔上的十字架,微弱地闪着落日的余晖。近郊一带已经升起了傍晚时分的袅袅炊烟,炊烟静静地飘浮在屋顶上空,使屋顶变得柔和和昏暗多了……花园中黑魆魆的树影和房屋溶成了一片,巴维尔观察着黄昏怎样降临、扩散开来、用自己的阴影包裹大地的情景,感到既惆怅又甜蜜……远处,在城外天空显得更加晦暗的地方,有两颗星星闪闪发光:一颗是又大又有些发红的,它闪耀得既快活又勇敢,另一颗是刚刚出来的,它战战兢兢地闪烁着,时隐时现。

最好是做一个能通晓一切的人:风、天空、星星、睡着的城市和自己的思绪;他知道:为什么需要这一切,在这一切的内部蕴藏着什么样的思绪和心灵;他能够完全理解这一切,并且知道为什么需要他自己,以及他在这里占着什么样的地位。也许,到了那时,这样的人就能够把全部生活变为像这风儿一样地温暖、柔和了;到了那时,他就能使人们亲密无间,人人都能将心比心,都不必害怕别人……

巴维尔沉湎在这些思绪中,坐在窗前,竟没有察觉那明显地在他眼前飞驰而过的时光。直到院子里有人喊叫,他从窗口往下面瞧了瞧,发现天已经黑了,空中闪烁着星星的时候,他这才明白已经在这儿坐了好久了。他觉得困乏欲睡,抽了一口气,向门口走去,可是,刚要出门,他听见楼梯上发出一阵沉重的蹒跚的脚步声,便站住了。

一个人影顺着楼梯歪歪倒倒地上来了。这人影奇怪地唏嘘着,好像哭泣一样。巴维尔闪过一旁,躲到门后。

"鬼东西们……"那个往纳塔利娅房里走来的人影用醉酒的音调嘟哝着。

巴维尔以为这是来找她的人,后来认出这人影就是她本人,他大吃一惊。还离得较远,他便闻到了烧酒的气味,而当她走到他跟前时,他看见她头发蓬乱,衣襟狼藉,路都走不稳。他可怜起她来,但不知为什么缘故,他不敢走上前去扶她一把,却仍然留在门后。这时,她用肩头撞开了门,门扉碰到巴维尔的身上,于是她走进房间,房里立刻响起了玻璃杯的撞击声和落地的酒瓶的乒乓声。

"全都……见鬼……去吧!"巴维尔听到了她那醉酒的声音,这声音里明显地包含着屈辱和仇恨的意味。

他一动也不动地站着,屏息着呼吸,谛听着,虽然他感到非常难过和不快。

忽然爆发出一阵号啕大哭和表示抗议的呼叫声:

"他打了我……这流氓!……为什么打呢?!我有理由要……我应得的钱!……我有理由!……骗子!三个卢布……这是我应分得的钱呀!……可你却以为,她是'干这一行的'……就得打……可以打!不,你胡说!……胡说!……胡说!……我也……感觉得出!唔!我不是人……唔,是啊……不是人……是'干这一行的'……可是我有理……我有……有充分的理……要我应得的……三卢布啊!!"

她把"三卢布"这三个字叫得如此尖厉响亮,而且带着醉后如此愤恨和悲苦的意味,以致使巴维尔感到好像受了这喊叫的猛击,飞快地从门后奔出,向楼梯那边跑去,他自己内心里也充满了悲伤和对什么人的愤恨。在他离开最后一道阶梯时,从楼上传下来一件什么东西倒地的轰隆声和摔碎碗碟的清脆响声。

"这是她把桌子掀了……完全……"他大声地说,这时,他已站在院子里了。他不知道他需要做什么,却感到需要做点什么。他站在院子当中,拿着制帽,谛听着他的心脏怦怦的跳动声,他的胸口被什么东西堵得发慌,呼吸维艰……他的脑子混乱了,一个清晰的思想都没有了。

"你们这些流氓!"他喃喃地说,并且开始回想他曾经听到过的各种骂人的话,用恶狠狠的低音重复着它们。后来,在他经过这番回忆而稍觉轻松一点之时,他出了院门,坐到板凳上,身子紧紧靠着墙壁。

他老是觉得:在暗黑荒凉的街上,晃来晃去的尽是醉醺醺的女人的身影,她们嘴里恶狠狠地嘟哝着些什么……悲伤越来越有力地充塞了他的胸膛,他站起来,回作坊去了。

"喂,怎么样,巴维尔,情况怎样?"早晨,老板面带微笑,出神地凝视着他,问道。"去了吗?道谢过了吗?啊?"

"她……不在家……"巴维尔阴郁地回答,竭力躲闪着老板的目光。

"哦?唔,就算是这样吧。我们就记到本子里,说不在家!"接着,他便坐到巴维尔的对面,干起活来。

"这个姑娘太放荡……"老板又说。"真可惜!多可爱的姑娘。实在可惜!但是这也只能可惜可惜。别的就无能为力了。不堪救药了。"

巴维尔默不作声,急剧地抽着穿过皮革的蜡绳。老板自言自语地轻声叨念着。

"米龙·萨韦利耶维奇!"沉默了好久之后,巴维尔向他叫唤道。

"什么事?"老板抬起头来。

"她怎么也脱离不了那个地方吗?"

"她?嘿!……唔!只能设想不行了,不能脱离那个地方了。不过事情也很难讲,就和一个没有出息的人也许会有出息一样地难以预料;我的朋友,就是这样!假如有一个这样的小伙子,就是说,硬汉子,把她管得严严的,唔,也许还要较量较量,看谁的本事大。不过傻瓜现在都死绝了。因此,现在像这样的闺女到处都是,像夏天的苍蝇一样多。就是黄花闺女,也不值几文了。比方说,古西结婚了,还得到她随身带来的二百卢布,再说,她本人也是个聪明绝顶、知书识字的小家伙。当然,将来她会欺负他的,因为你看,他算个什么东西呢?他已经快到五十,她才十七岁。她嫁给古西,而且还给他二百卢布——你就拿着吧!唔,唔,现在闺女多得很!闺女的价钱便宜起来了。这是因为什么呢?亲爱的,生活变得狭窄,人丁生得太多了。若是禁止人们在五六年内不得结婚,那就好了。这样可就妙了。实在,真的!啊?……"为自己的想法所陶醉的老头子米龙,开始详细抒发他的意见了。

巴维尔一言不发,因此也可以认为他在注意地听取对方的高见。可是突然,正当米龙卓有成效地克服了他那个压缩人口的计划中的某种困难之际,巴维尔问道:

"米龙·萨韦利耶维奇,要是送礼送点什么好呢?"

"你这是说送礼给她,给纳塔利娅吗?"沉默了一会儿,老板问他,眼睛盯住天花板,由于巴维尔打断了他想入非非的谈吐,显出有点扫兴的样子。"送点礼物也可以,没关系!她可是为你破费来着呢。"

米龙不做声了。沉默一阵之后,他又咕哝起来。

午饭后,两人又面对面地坐着,专心专意地缝着皮靴。天气很热,虽然门窗都敞开着,作坊里还是闷热异常。老板不住地揩拭额上的汗水,大骂天气太热,并且想起了地狱,认为那里温度一定比这里低十度,如果不是答应过人家把这双鬼靴子按期做好的话,那他简直非常乐意搬到地狱里去。

巴维尔皱眉蹙额地坐着,紧紧抿着嘴唇,也不挺直脊背,缝着皮靴。

"依你看,她毕竟是个好姑娘啰?"他忽然问老板。

"哎哟!你真鬼!嗯,她是个好姑娘。那又怎么样呢?"老板好奇地问,目不转睛地望着巴维尔低垂的头。

"不怎样!"他简短地回答。

"唔,你这话里有话!"老板微微一笑。

"我还能说什么呢?"巴维尔的音调里响着悲伤的狐疑,还夹杂有一种忧郁和恬静的东西。

他们又沉默了一会儿。

"我是说,她会堕落的!……"这话说得像是胆怯地提了个问题,可是米龙却不吱声。

巴维尔再稍微等了一会儿,忽然带着抗议的神情说:

"这太不成体统!一个好好的姑娘,却突然非堕落不可!太气人!……"说完,他踢了桌子一脚。

"唏,唏!"老板从牙齿缝里发出声音,讥讽地笑了起来。"你呀,我的巴维尔哟,你的头脑太简单!……我觉得你已经是上了套头的小牛犊了!嗳嘿—嘿!……"

傍晚下工后,巴维尔走到作坊的前室里,站在通院子的门口,开始观察阁楼上的窗户。阁楼上已经燃灯,却没有动静。他站了许久,期待着,看窗口前会不会出现她的身影,可是他落空了,于是他走出院子,坐到院门旁昨夜他坐过的那条凳子上。

在他的脑子里萦绕着老板白天讲到的纳塔利娅的种种情况,他整个心身都充满了对她的悲天悯人的感情。如果他对现实生活更熟悉一些,又善于动脑筋的话,那么,他一定能制订出各种拯救这个少女的计划,但是他几乎一无所知,什么也不会,因此他的全部思想只能归结到她在地窖里、在医院里、在阁楼上狼藉不堪的房间里醉酒时给他留下的印象。他在想象中把她从一个地方搬到另一个地方,把醉酒的她从阁楼上搬到医院病床旁;这时,在他的脑海中涌现出来的是一幅了无意义和极不合理的景象,它越发增加了他的心情的苦重。可是,相反的,当他把她在阁楼上的模样想象成在医院里时的形象时,他就会立刻感到轻快起来,这时他便微笑着环视昏暗的马路的四周,仰望着金光闪闪的星空。

在他的心里,好像有两股波澜在起伏澎湃着:一股是温暖的、使他精神振奋的;另一股是冰冷、苦闷、用重重的黑暗包围着他的。住院时,他对纳塔利娅想得很多很多,在自己的思想里,他和她亲如手足!……她是第一个爱抚他和关怀他的人;因此,他那空虚和孤独的生活,没有寄托和没有朋友的生活,也就立刻一股脑儿地集中到她、这个对他这么好而又必然会毁灭的少女的周围了。

他回想起她坐在他的病榻旁时在他的内心里激起的感情,他真想让这些被时间冲淡了的感情,像当时一样有力地重新在他的胸怀里升起。

"啊!……是您吗!?出院啦?"他听到这高声的叫唤,急忙回过头去,看见他日夜思念的她,几乎和他肩并肩地站在院门口。她的头和脸都紧紧地包在灰色的披巾里,从披巾里,他看见了她那双又大又蓝的眼睛在闪烁着。

"昨天出院的。您好!"他回答,不知道还该讲什么,开始默默地望着她的面孔。

"您变得这么瘦——瘦了,唉、唉、唉!……"她心痛地拖长声调说,然后用手理了披巾,把面部遮得更多了。

"您也生病了,是吗?"巴维尔问。

"我?没——没有……啊,是的,直到现在我还没有完全复原。牙痛得要命……已经很久了。"

巴维尔想起:在阁楼上边,她从他身旁走过的时候,她的面颊并不曾包扎……

"现在没事儿啦?您好啦?大概已经上工了吧?"停了一会儿,她问道。

"上工了。昨天一出院就上工了。"

"那好,再会!"说完,她向他伸出手来。

巴维尔接过她的手,牢牢地把它握住,感到她立刻就要离他而去了,便赶紧说道:

"等一等!请您等一会儿!……请坐一会儿……我要好好地感谢您……诚心诚意地感谢您这样关心我!……"

"哟,您这是什么话!尽是糊涂话……哪天有空,请您到我家来喝茶……白天,就在晌午的时候,因为晚上我总不在家。不嫌弃,就请来吧!好吗?"

"一定来。一定来。非常高兴!谢谢您!"

"好,我要到铺子里去一趟。再会!"说完,她就跑开了。

巴维尔一直等到她转回来;他模模糊糊地希望她转回来时,也许会立时邀请他到她家里去,可是,她望都没望他一眼就从他身边跑过去了,他隐约看见她在披巾底下藏着几个酒瓶。

他叹了口气,又坐了一会儿,便回去睡觉了。他的头脑中充满了对她的思念,充满了使他久久不能成寐的忧伤。

两三天后,他上楼去看她。他手里拿着一个纸包,里面包着一条用一个半卢布买来的头巾。房门开着,她一看见他,立刻飞奔进去,抓起一块头巾,赶紧用它包起了脑袋。

"啊!……是您呀!太好啦!我正准备喝茶。您好!您好!"

他默默地将自己的礼物塞进她手里,轻声说道:

"这是送给您的……表示一点谢意……"

"这是什么?为什么?头巾!……哦,多么漂亮!……嗳唷,您啊,亲爱的!……"她拖声拖调地说,还向他做出一种姿势:张开双臂,好像想要拥抱他似的,但她抑制住了自己,又重新欣赏起头巾来。

巴维尔看到她很喜欢他的礼物,也喜形于色,瞧着她如何像前天一样从裹着面孔的披巾里,闪烁着她的那双蓝眼。她在他面前翻来覆去地仔细检视他送给她的这份礼物。忽然,由于受到女性的娇媚心的冲动,她从头上扯下披巾,转身背着巴维尔,脸向着挂有小镜的墙壁,双手一挥,迅速地把礼物披到了自己的头上。

"哦!"巴维尔惊叫了一声。

在她的两眼下方,印着大块大块的青伤,她的下嘴唇显然是因为受到重击而肿了起来。

她猛然想起了这个,但知道为时已晚,便赶快用白净而丰腴的两手,遮住面孔,沉重地坐到椅子上,奇怪地缩成一团。

"呸,下流胚子!……把人打成这个样子!……"从巴维尔的口里迸发出沉痛的嗟叹。

一阵沉痛的沉默。巴维尔站着,惘然若失地东张西望,他有口无言,并且丧失了思考任何事物的能力。他心里充满了愤慨和悲伤的痛苦感觉。这种感觉把他那张留着痘痕却是深思远虑、具有理解力的面孔,变成了一种杂色的、红中带黄的、丑陋可怜和呈现病态的假面具了。

茶炊在桌上沸腾,冒出一串串细细的气团,随即又消失得无影无踪,发出奇怪的吱吱声,这声音像是某种凶恶的小动物在呼啸,在讥笑而冷酷地唱着凯旋之歌。

房间里是收拾过的,已经没有被翻了个里朝外的样子了,不过还是显得很寒碜,寒碜到了没法把它装饰得漂亮起来的程度,虽然这房间的居住者曾经试图把它装饰得漂亮些,为此,她在墙纸上有窟窿的地方挂上粗劣的鲜亮的画片,在肮脏朽坏的窗台上摆上三盆倒挂金钟花。这个房间的棺材盖似的天花板给人以压抑的感觉,老是令人觉得这天花板马上就要掉下来,砸在头上,房间里立刻就会变得像坟墓里一样漆黑……

巴维尔望着自己的女友,看到她的肩头在微微颤抖,胸部却沉重而剧烈地起伏着,但他不明白这是因为什么……

"我得……走了。再会!"他抽了一口气,却并没有挪动地方。

可是他惊动了她。她忽然把手从脸上拿开,很快地离开椅子站起身来,抱住他的颈脖。

"不,现在请您留下来!!……反正现在……您已经看见这个了……"她用一只手在自己面前画了一下。"唉,我本来是不愿让您看到这个丢人的印记的!……很不愿意!您是这样好,这样善良、亲切,您不……不……不纠缠我,不笑话我,像别人干的那样!……昨天我一看见您,就非常快乐!……嗨,我想:他病好了!……因此,我想邀请您到我这儿来,但是转一想:我怎能让他看到我这被打伤的丑脸呢!……他会走掉,会向我啐口沫,什么都做得出来的!这样我就没有邀请您。可是您……您是个好人,只是怜悯我……要是换个别的人,他一定会嘲笑我,您却不……您,亲爱的!……这是为什么?……您为什么这样好啊?!"

巴维尔被她的这一阵羞涩、悲哀和欢乐的总发作弄得茫然失措,站在她的对面,瞧着地板,用沉郁的声音嘟哝说:

"不,实话告诉您,我不太好……也就是说,我甚至简直就是个坏人。是个木头疙瘩。心里有话也讲不出半点来。我非常可怜您……我觉得您就像是我的亲人,但是该怎样向您讲清这个呢?我不知道!我连这样的话也找不到。像现在我所需要的……这样的话,我这一生就没有从任何人嘴里……在任何时候……听人说过。"

"您真是个可爱的人!自己说着这么动听的话,还以为不会讲这个!好,行啦,终归是要坐一坐的。到这边来,和我坐坐吧。来喝喝茶吧!!对了!您等一等,我去关门,要不然准会闯进一个什么蠢驴来的。他们全是畜生,见他们的鬼!让他们都下地狱!哎哟,您要是知道,在你们男人当中都有些什么烂污货就好了!……天哪……看到他们,就叫人恶心!我说的是那些淫棍,那些恶棍!……"

她精神焕发,既不怜惜"自己姊妹",也不怜惜"你们男人"。原来,她具有很大的批判和评论的才能,具有热烈的、形象的语言风格;虽说这风格实在有点过激,但这却只加强了别人的印象。她像投石子一样地抛出自己的前提,然后据以做出结论;虽然这些结论未免有乖常情,却苦重得令人惊心动魄。

一种巴维尔几乎毫无所知的生活以鲜明色调呈现在他面前,一种应该诅咒的、丑恶的、痛苦的、卑下的生活。在这种生活面前,在它的讲述者面前,他恐怖得出了一头冷汗……

处于兴奋状态中的讲述者的确是很可怕的。她的眼睛由于下方有些轻伤,显得极其深邃,而且还闪烁着粗野的欢乐和复仇的凶光。她的脸部表情差不多全聚集到眼睛上面了,唯有露出尖尖的细牙的发肿的下唇,妨碍她作不切实际的幻想。她带着淡淡的悲伤和嘲笑的口吻谈论自己,怀着报仇雪恨的狂喜神情谈论那些来自"你们男人"、并且同他们发生过某种丑恶联系的别人,怀着敌意的遗憾神情谈论"你们男人"中有所成就的人们。她时而大笑,时而啼哭,时而将啼笑两种感情注入同一个悲伤的音符里。最后,当她精疲力尽,声嘶力竭而停止发言时,她自己也因为她的谈吐所产生的效果而愣住了。

巴维尔完全丧失了人的本来的样儿。他用两只瞪得吓死人的眼睛盯着她;凶狠地龇着牙,使劲地咬着牙,以致颧骨高耸,整个面孔因而变成活像一只饿狼的嘴脸。他倾身向着她,一声不响。当她结束了她对于丑恶的揭露和不平之鸣,考虑她该怎样使他从这种发愣的状态当中解脱出来的时候,他依然还是沉默无言。但后来他自己解脱了。

"好!"他粗声粗气地喊了一声。"很好!可我原先还不晓得!"

这几句话是用这样的音调说的,仿佛现在,当他知道了这一切之后,这一切就将不复存在,他将努力使它不再持续似的!……

"这是什么世道!……唔!……主啊!难道可以这样吗!?……"他双肘撑在桌面上,两手托着脑袋,又发愣了。

这时,她开始用较为温柔和缓和的音调讲话。她找到了替别人和自己开脱和辩解的理由,企图把事情的全部罪过和责任,统统推到烧酒——这破坏一切的力量上。但是做到了这一点之后,她又发现要烧酒承担生活中的全部丑恶,未免太说不过去了。因此,她重新抨击起人们来,抨击了,便是给了他们应得的惩罚,然后把话头转向生活问题:

"生活也太艰难了。到处都是陷阱;避开一个又会跌到另外一个里面。好吧,有人就蒙起自己的眼睛往前走!……弯弯曲曲的路哪里走得出来!真正的康庄大道在哪里呢?……谁知道它呢?……我们的生活是丑恶的、艰难的,不过,就是有家的人也并不甜蜜!光是孩子便累得你够呛,还有丈夫,还有坛坛罐罐,还有别的杂七杂八的东西!……整个生活就是这样紊乱的。"

巴维尔听着,想象着全部由陷阱组成的这种生活,在这些陷阱之间,有一条羊肠小道。一个蒙住眼睛的人在这条小道上行走,陷阱却嘲笑地、晦暗地张开大嘴,用腐烂的、令人昏迷的臭味污染空气,使这个孤独和软柔的人头昏目眩,终于掉了下去。

可是他的这位女讲师却已经完全转到悲天悯人的哲理方面,讲起某种奇怪的事情来：坟墓呀、坟墓上面的艾蒿呀、土地的湿度呀、狭窄呀……

巴维尔感到他简直立刻就要放声大哭了,他当机立断,决定马上离开这儿。

"我走了。再会!"他简短地说完就走了。她没有留他,分手时只讲了一句亲热的话:"快些来吧!"对此,他肯定地点了点头,作为答复。

他走上街头,在城里转悠了好久,觉得自己在这天晚上长大了许多,已经变成一个高大魁梧的汉子了。当然,这是由于他脑子里有了许多新的思绪、想象和感觉而产生的。周围的一切,整个的城市,他都感到是陌生的、引人怀疑、不信任和某种令人看不起的可悲可惜的东西了……应当看到,这种情形是由于他巴维尔今天了解了这个城市的许多丑恶的秘密和肮脏的勾当才产生的。

他回家时太阳已经升起,他因为整整转悠了一宿,觉得自己又有点生病了似的。

一个礼拜过去了,在此期间,我的男主人公足足拜访了我的女主人公七次。

关于一般生活和他们各自生活情况的交谈,给了他俩极大的欢愉。巴维尔实现了他住院时便在他心里产生了的愿望,给她讲述了沉默的阿列菲的行状,讲述了他小时候躺在澡房附近的坑里和他成年后漫游墓地、城市和郊区乡村时头脑里所思索的一切……他的这些思索带有对自身的怀疑和不信任的奇怪的印记,但是从它们当中所得出的总结论,却是这样的:在生活中,有一种什么东西运转不正常、不健全,遭到了破坏,因此需要着实修理一番。

她给他讲述了自己的非常简单的经历。当她十六岁在一个商人家做侍女的时候,完全出于意料之外地犯了一个罪过,因为这件事,人家就把她从商人那里和她的亲戚、小市民克里夫佐夫家里撵了出来。于是她就和一个人被赶出家门后无处栖身时所发生的情况一样,也流落在街头了……来了位女恩人,后来又来了位男恩人,再来了一位男恩人,又来了一位,又来了一位,鬼晓得从哪里来了整整几十个男恩人!……八年间,一直到今天,他们不断来找她。这一切,她都叹着气坦白地告诉了巴维尔。但他早已知道这个了,所以,听了她的话之后,他除了悲痛之外,就再也没有什么别的新的感觉了。

他们两人已经建立了诚朴的友谊关系,常常是这样:她和他就像和女人一样地讲话,而他对她也就像对男人一样地发问。她的青伤渐渐从脸上消退,面孔已经开始带有它那本来的自然的色彩,健康而润泽。她非常强壮,作为职业特征的一层薄薄的铅粉,一直还不曾浸入她的双颊。她喜欢唱歌,常常给巴维尔唱一些极其愚蠢却会使人更加悲伤的歌曲,这些歌曲里面一定要提到爱情。可是爱情这两个字显然不曾在她的心中唤起任何特别愉快的想象和感觉,所以她唱到它时是这样冷淡、无动于衷,就像一个七十岁的老太婆不愿说起这个一样,因为爱情这两个字足以引起她对往事的回忆和感慨。

她对巴维尔简直感到非常喜欢,这是很自然的,因为他是不曾而且也不会像在他之前所有的男人那样来对待她的第一个人。她明白在她这个女人面前,他是纯洁无疵的。这一点多少提高了她的自重心,使她变得好些了,既抑制住了放荡,也抑制住了暂时还没有浸入她的肌肤的无耻行径。同时,她却可以完全随便地和他谈论一切;他自己虽然讲得很少,却总是聚精会神地听着。

不过,他现在变得比较随便些了,话也讲得比从前多了,这也是很自然的,因为她极力要理解和探究他的心灵和思想,他对她是珍贵的和需要的。他对她的态度多少有点奇怪。他觉得,她太好了,又善良又温柔,同时,她又是他从来没听人们说过她们一句好话的女人中的一个……

对阿列菲的回忆,坚实地盘据在他的脑海里,现在,他常常拿自己和阿列菲加以比较,究竟谁好些,但他不敢给自己做出答复,好像怕因为答案不利于死者,以致有侮于他对死者的追念似的。一到晚上,他觉得有不可言喻的愉快,放工之后,他便自由自在地去找她,随便地坐坐,喝喝茶,同样随便地想起什么就说点什么。

她是个识字的人,很欢喜阅读那些用粗劣的灰纸印刷、五分钱买两本的动人的故事。在她床下的箱子里,有一大堆这样的书。有时,她相当流畅地给巴维尔朗读其中的一本,读完以后,就劝他养成喜爱读书的习惯,他也总是向她表示,接受她的劝告。

巴维尔感到心情舒畅,甚至学会了发笑,不过,这笑对他极不相宜。米龙·萨韦利耶维奇看着他的时候带着亲切和嘲笑的意味,有时还相当尖刻地嘲弄他,但巴维尔却毫无愠色。他越来越喜欢老板,老板对他的事更加关心了,为了报答老板的好意,巴维尔像牛一般地拼命干活。

有一天,老板对他说:

"怎么样,巴维尔,大概可以带我去串门了吧!"

巴维尔不知为什么对他的建议非常高兴,在当天晚上,他们便在纳塔利娅的阁楼里三人一起喝茶了。老头子目光炯炯地观察这一对年轻人,让他们交谈,自己只是偶尔在他们的谈话中插进两三句笑话。

晚上过得非常快活和融洽。和巴维尔一同回家的时候,米龙·萨韦利耶维奇起初不住地透过牙齿缝打着口哨,最后,他推推巴维尔的肩头,向他说:

"老弟,你是个可笑的人儿!她也是……这姑娘!……你们是我的亲爱的小鬼,可不要无意中彼此夹伤了尾巴,其余的一切你们都随意去好了。"

从这段话里,巴维尔什么也没有听懂,但他却觉得老板说的话是出自善意,所以就给他道了个谢。每当处于窘境时,巴维尔总是说出道谢的话来。

有一回,我这部小说的两位主人公在房里照例坐着喝茶。他俩都非常喜欢喝茶,常常是一面喝,一面交谈各自喜爱的事物。巴维尔一五一十讲完自己的爱好之后,就一声不响地静听纳塔利娅讲她喜欢的东西。

她讲了许多她喜欢的东西:活动木马啦、白兰地啦(她最喜欢喝掺柠檬水和汽水的白兰地)、马戏啦、音乐啦、歌咏啦、书籍啦、秋天啦(因为秋天非常令人感伤)、小孩子啦(因为他们还没学会发怒)、饺子啦,等等,此外,她还讲喜爱划船。

"我最喜欢划船啦!"她说,眼睛炯炯发光。"划着,就像婴儿在摇篮里一样地摇荡着:这样,自己就像小娃儿一样,什么都不懂,什么也不想,漂荡,漂荡……没有止境地漂荡,直漂到大海,漂它一辈子!……这真好!……唔,划船太有意思了!"

于是他们决定礼拜天去划船。礼拜天天气晴朗,万里无云,是七月里的大热天气。他们挑了一艘轻巧结实的小艇,巴维尔划桨,逆流而上。河岸的一边镶着陡峭围堤的褐色宽带,另一边蔓延着一条葱绿的灌木丛林,到处都有高出丛林、直插云天、枝叶繁茂的白桦,泛着银灰色光泽的白杨和橡树;它们被吹折了枝梢的风儿践踏得体无完肤。在小艇后尾,泡沫咕噜响着,旋转着,追逐着,但不等赶上小艇,泡沫便自行消灭了,这一定使泡沫感到很难堪,因为它在远处消逝时发出的响声里含有一种不满的意味……晴朗的蓝天映在水上,岸边的树丛也映在水上,在水里造成憧憧倒影。这一定使它们感到很高兴,因为它们带着如此慵懒的美丽和风貌在水中摇晃着呢!……勇敢而轻盈的雨燕在河水上空掠过,忙碌地叫唤着;快乐的,小喜鹊似的鹁鸽摆动着黑尾巴,在河岸上走来走去。河流的上空传来了饱满、有力、柔和的声音……树叶飒飒作响,河水啪啪地打向岸头,在远处什么地方荡漾着雄壮、低沉而动听的歌声……

巴维尔穿着红衬衫,没戴制帽,他使劲地、有节奏地用老于此道的划船手的动作,拨着小艇;他的身躯保持稳静的姿势,只是上肢的筋肉在工作着。有时,一缕头发落到他的前额上,他沉着地摆摆脑袋,把头发甩回头上去。他的眼里闪烁着十分高兴的神采,他深深地呼吸着干爽、清新的空气:偶尔说一句:"嗨,妙极了!……"

纳塔利娅坐在他的对面,两手搁在膝盖上,唇边凝结着幸福的微笑,随着双桨打水的节奏摇晃着身子。桨起处,洒落着如此绮丽、明亮的水珠,发出如此轻微而亲切的响声……她瞧瞧周围的景物和这么强壮、这么高大的划船手,时而用沉思的温柔的蓝眼睛,时而用发肿的鲜润的嘴唇微笑着。

他们两人都不想讲话。他们两人都感到,当他们还只是产生了初初的一点自己都还不大意识到的爱情时,最好是不声不响,这样就再像我这部小说的主人公不过了,但是他们互相关心的程度已经到了足以引起爱慕的地步,他们互相注意观察对方的举止也加速了事态的进程。可是,由于他们的命运之神所知道的,并且也只有他们的命运之神才知道的种种原因,他们暂时还只是酷似我这部小说的主人公而还未来得及成为它的主人公。

"我们靠岸吗?"巴维尔问,当他们划到岸上有草坪的河边的时候。这块草坪显然是大自然特意为小规模的野餐预备的。整块草坪都被半圆形的白桦环抱,被掩盖在树荫底下。草坪上长满了柔软的小草,小草当中,偶尔间杂着一些可怜的朴素的花朵。

他们拿起食品包,钢茶壶和一瓶饮料,下了船。半小时后草坪上燃起了火堆,火堆的上头吊着一壶水。有时水从茶壶里溢出来,滴落到火堆里,发出滋滋的响声,冒着气。烟像灰蓝色的卷曲的花串似的盘旋而上升,消融在空中,熏醉了一些小蚊蚋,它们发出忧郁的哀鸣,跌落到地上。

周围的一切寂静得好像是在谛听着什么似的。巴维尔解开食品包,忙个不停;她带着一副幻想的面容,采摘花草,嘴里轻轻地唱着,把折下的花草扎成花束。这是很伤感的,但这是很真实的,请你们相信我的诗神的真心话吧!……也请你们相信,她摘花,嗅着花的芳香,一举一动都毫不亚于任何别的姑娘。假如别的姑娘们怀疑我,认为我把这部小说的女主人公和她们相提并论了,那我就请她们原谅。真的,决不是这样的。请她们放心好了,我决不敢拿她们和我的这位女主人公来加以比较。我不能把这理想化,我只是确信:只要人们愿意做好人,并且有功夫来做好人的话,那么所有的人都能变成非常好的人。

后来茶烧开了,他们便开始喝茶,吃东西,互相关照地敬菜,用简短的评语说这一切都好极了。巴维尔喝了三杯果子酒,头便嗡嗡响起来,他感到有话要讲。

"凡是懂得在生活中什么归属于什么的人,就一定感到很好。"他沉思地说。

纳塔利娅望了望他。停了一会儿问道:

"那又有什么好呢?"

巴维尔需要想想再回答她。没等到他回话,她利用这沉默的当儿又说:

"不知道是怎么弄的……我觉得最好什么都不懂得,少管闲事,心境太平。随遇而安,少管别人的……"

他们竟谈起了人生哲学。但他们很快便对这感到厌烦了,就又随便聊开了。巴维尔的醉意越发浓了。寂静而温暖的夜降临了。纳塔利娅环顾四周,看见天色暗下来,显得很沉郁,她想到该回家去了。她费了很大的劲才说服了巴维尔,该回去了。他好像全身都发软了,虽然同意了她的话,却原地不动地在那里嘲笑着什么,同时明显地表露出他正和睡魔进行着一场软弱无力的斗争。

最后,她把他牵上小艇,自己坐到桨旁,他立刻就躺到船底睡着了。小艇顺流而下,静静地、不用划拨,就靠在岸边浮动着。徐徐的微风吹着草坪上火堆的余烬;小小的火星飞向河中,落到岸旁树丛造成的块块阴影上。纳塔利娅把小艇摆到河心,在沉默中、在刚出来的月亮的柔光下,向前划去,一边望着沉睡的巴维尔,想着什么一定是非常伤心的事情,因为泪珠一粒一粒地顺着她的双颊慢慢地流淌下来。

一边岸上是黑乎乎的树丛,另一边岸上是严峻陡峭的悬崖,天上的星星越来越明亮。万籁俱寂,好像一切生物都在甜睡一般,甚至连小艇底下的河水也不声不响了。黝黑、平静的河水,像油一样浓稠……远处闪烁着城市的灯火,从那里,起初传来断断续续的、和某种沉睡的大动物所发出的喘息声相似的沉郁的响声,后来,听到了汹涌密集的浪潮的吼叫……

他们回到了原来的地方。小艇重重地撞到岸头,巴维尔给震醒了。他望望四周,因为发现自己睡了一觉,感到很不好意思。

"请原谅我,纳塔利娅·伊凡诺芙娜,因为这个……"他说,这时他们已经离开河流很远,走在僻静狭窄的街道上。

她感到很奇怪,问道:

"为什么?"

于是他满有把握地对她解释,说在妇女眼前睡觉是一件不大体面的事。

"主呀!"她惊叫道。"您这是从哪儿……从哪儿听来的这种不值一提的小事呢?……"

"这不是不值一提的小事,"他坚持自己的意见,"这是您自己在一本书里念给我听的……的确。记得吗?"他提醒着她。"您看!"他说,这时因为自己说得对而颇为得意,接着又讲道:"书里边绝不会有不值一提的小事!"由此可见他对书籍理解得多么肤浅。

他们回到家,他站在通阁楼的楼梯旁,向她道了声"再会",便伸出手去。她不知所以然地踌躇起来,可是后来突然抓住他的手,用自己的双手紧紧地握住它,奇怪地大声向他说:

"亲爱的……您多么可爱,可爱啊……"

说罢,她留下被她的称赞弄得有些惊慌不安的巴维尔,一溜烟跑上楼去了。

后来,他们又和前回一样兴致勃勃地划了一次船……

他们就这样生活着!可是,命运之神显然也和世人一样讨厌田园诗体裁,于是它就把这田园诗变成了一部情节复杂的长篇小说。

事情是这样发生的:一天晚上,一个体面的生着胡须的面孔,从作坊的门外探了进来,非常有礼地问巴维尔:

"请问纳塔利娅姑娘住在这儿吗？……纳塔利娅……啊？……"

有这副面孔的人最好不要问这个,因为在巴维尔看来,问了这样的问题,这张体面的脸就立刻变成了令人最恼恨的嘴脸了。

"不知道!"他粗声粗气地回答,态度不大和蔼。

"她是个这样的:黄黄的头发……蓝蓝的眼睛……个子不高,知道吗?"

"不知道!"巴维尔很不耐烦地说。

"是……吗？……人家告诉我,说她住在这儿呀!……"问话人失望地拖长声调说。"对不起!再会!"

巴维尔没吱声,他觉得:他想用楦头砸这位绅士的额头的愿望,并没有随着这位绅士在他巴维尔眼前消失而消失。

"请问,纳塔利娅姑娘是住在这儿吗？……"从院子里传来彬彬有礼的好听的男中音。

巴维尔手里攥着一个楦头,一跃而起,向门口冲去。可是,待他跑到门口时,院子里响起了纳塔利娅的声音:

"请这边来,请这边来,亚科夫·瓦西里伊奇!"

巴维尔回到原来的位子,坐下来。锥子也不听他摆布,总是锥不上要锥的地方,他把靴子扔到地上,又往外走去。他站在过道的门槛上,开始观看纳塔利娅住的阁楼上的窗子。什么都看不见,只听见讲话的声音;她的声音是快乐的,他的声音是低沉而殷勤的。后来听到下楼梯的脚步声,是他们两个出来了。巴维尔赶快把门关上,只留了一条小缝,用一只眼睛贴到上面,向门外瞭望。

纳塔利娅和一个戴灰色圆筒礼帽的高个子绅士并肩而行。他捻着胡子,盯着她的脸蛋,她却向门后站着巴维尔的门扉斜瞟了一眼。于是他们便走了。

巴维尔回到作坊里,坐到了窗旁。为了看看街景,他仰起头来,可是这时他能看到的只是对面房屋的最高一层,以及这幢房屋的屋顶和屋顶上面的天空……在这里他第一次感到了自己是在地下,在潮湿、

深陷和熏黑了的地下室里。他低下头沉思起来。老板来了,同他讲了一些话,却没有得到他的回答。这时老板用关心的声调问道:

"你这是怎么啦,像掉了魂似的?"

"没事儿!"巴维尔用忧郁的刨根问底的眼光往四下里望了望,这样回答。

"好像是纳塔利娅刚才跟一个废物坐马车走了。"老板说。

"不,那不是她……"巴维尔回答。

"那你为什么今天不到她那儿去了呢?"米龙说,一边怀疑地、探究地盯着这个帮工。

"我马上就要去了。"

说罢,他真的上阁楼去了。但纳塔利娅的房门上了锁。他只好坐在楼梯的最高一级,开始向着下面、向着在他眼前张开大嘴的这黑洞洞的坑穴,沉默而严肃地望着。

底下有人在讲话,但巴维尔并没有听清讲的是什么。他在专心致志地考虑着一个问题:怎样制止她呢?怎样制止她和这些戴圆筒礼帽的绅士们鬼混呢?……上一次,也是一个戴圆筒礼帽的绅士,不同的只是那一个的礼帽是黑色的,蓄的是一小撮红胡须,而不是口髭,然而,那一个跟今天这一个一模一样,也是活像个给自己剃光了毛的魔鬼。为什么要有这样的人物活在世上?为什么不判他们去服苦役呢?巴维尔大惑不解,他没法回答这两个问题以及类似的另外一些问题。由于产生了这些疑问,巴维尔感到很久不曾光顾他的那种悲伤又出现了。由于他已经不大习惯于这种悲伤,因此现在这种悲伤就显得更加使他揪心。而且,除了这种悲伤,还有一种绝不比它好受的令人屈辱的感情。

他闷闷不乐地坐了一个钟头、两个钟头,直到黎明,直到院子门口传来马车停车时的声音,院子里发出的脚步声。

巴维尔打了个冷战,想要离去,但已经迟了。纳塔利娅顺着楼梯径直向他走上来。她面色苍白,容态委顿,两眼无神。她发现了他,便在楼梯中间停住脚步,因为他的在场而感到了有些羞愧。

"啊,是您!是您吗?"她说,但看了他一眼,便不做声了。

他一夜没睡觉,人瘦了,因为种种忧思的困扰,他情绪低落,形容憔悴,心情焦躁,他睁大双眼盯着她,他从来还没有用这种眼神看过她,好不怕人。

她觉得她与其说是在他面前感到羞耻,不如说是她怕他,于是她靠在楼梯的栏杆上,不敢往前走去,可是他却一动也不动地固执地瞧着她。局面是无言而奇怪的。一道阳光通过屋顶的天窗,射进屋子里来,最初落到巴维尔身上,随后又顺楼梯往下移动,落到她那每分钟都在变换表情的面庞上。这道光使这尴尬的局面变得更加尴尬了。

假如巴维尔能够看见自己的这副模样儿,他准会大吃一惊。他坐着,两肘搁在膝盖上,双掌支撑着下巴,用法官的眼光,望着下方。局面变得严重了,而且一分钟比一分钟严重。他俩全呆住了,她的面色越来越苍白,已经开始在他那执拗的、带着批评意味的目光下发抖了,她渐渐感到他那布满痘瘢的凛然逼人的尖脸变得愈益咄咄逼人,而且开始燃起凶恶的怒火了。如果不是一只猫儿跑出来替他们解围,那就真不知这局面怎样收场。猫儿呼哧呼哧哼着跳进天窗,越过巴维尔,从纳塔利娅的脚下顺着楼梯奔下去,便不见踪影了。

这里,我既没有把善良的、也没有把凶恶的幽灵拖上台来。现在,我被一种幽灵支配着,这便是:真理的幽灵。所以我才拉出猫儿,即那些渺小的偶然事物之中的一个来。这些渺小的偶然事物出现了,又消失了,就在这隐显之间,它们有时创造出巨大的事件,有时给巨大的事件廓清道路,而自己却极少让人注意。我讲不出这只可敬的猫儿有多大,是什么颜色,我很感谢它,因为现在我能够自由自在地把我的男女主人公从困境里拖出来了。

纳塔利娅叫了一声,沿着楼梯奔跑上去,而巴维尔早就站起身来,给她让开了道路。

"该死的猫,吓坏我了!"纳塔利娅喘息着说,一面开着门上的锁。

107

巴维尔绷得紧紧的神经也受到了震动；然而，现在他俩总算是摆脱了不知所措的状态，因此，纳塔利娅打开房门之后，落落大方地请他进去。

他默默地带着一种胸有成竹的人的神态走进屋去。他走到窗旁，坐到窗前一把椅子上，开始看着她解开过时的镶着花边的披肩；披肩在肩部被什么挂住了，解起来很费事。

"今天您怎么起来得这样早呀！"她感到沉默又将变成难堪，便这样问道。

他阴郁地看着她，突然间，因为受着内心中的某种冲动的支配，他沉痛而颠三倒四地说道：

"我还不曾睡觉。昨天，一看到和您在一起的那个家伙，以及……这不行！您得丢掉这种生活！这种生活难道好吗？谁都可以……侮辱……唉！您也并不是为着那个生到人间来的。乌七八糟！难道您觉得这愉快吗？来了一个人，带了您，把您领走……以及诸如此类的一切，这愉快吗？……不，您扔掉这个吧！请您扔掉吧！纳塔利娅·伊凡诺芙娜！……"

最后的几个字，他是用轻微而带有恳求意味的低语讲出的，可是她显然没料到这一点，她双手拿着自己的披肩，涨红着面孔，一动也不动地站在他面前，她的嘴唇无声而可笑地微微动着，这显然是她有什么话要说，却又不会说或者不敢说。

他望了望她，低下头来，等了一会儿她的答话，便又和刚才一样带着恳求的声调说道：

"纳塔利娅·伊凡诺芙娜……"

这时，她走到他的跟前，把一只手放到他的肩上，恳切、悲伤、柔和而苦痛地说道：

"原来是这样！事情既已如此，那我也就不再隐瞒您，把我心里的话全倒出来。我也知道，这一切，也就是说，我的行为，您是会感到不愉快的。唉，这我知道！可是，我又有什么办法呢？要知道这已经是我的生活了。我没有本事干别的事。做工吗？我不会，也不喜欢做工。难道做工会好些吗？做工也是要挨饿。我也知道羞耻，在您的面前我就感到羞耻。非常羞耻，相信我的话吧！可是我有什么办法呢？啊？什么办法都没有！……我注定要过这样的生活，就是将来也要……就是……告诉您吧，我要搬出这所房子，不告诉您搬到哪儿去。您不要和我来往吧！和我来往对您有什么好处呢？您最好娶个好姑娘，和她过活吧！不是有许多和您般配的好姑娘么！？"

她的最后一句话，与其说是断语，不如说是问话。

巴维尔急剧地挥了挥手。

"唉，您说的都不对！都完全不对！主要的原因是您，不是我。我有什么？我觉得非常好。可是您应该抛弃这种生活。因为它太肮脏了！您看，来了一个人，就带走了，呸！全是些坏蛋！为了达到这个目的，他们要尽了花招！……一想起来就叫人毛发悚然！……这些肮脏货！……"

"亲爱的，需要这样啊！……"她用安慰的调子拖长了声音说，同时抚摩着他的肩头，有些被他的话里和他的脸上所流露出来的苦痛的愤怒吓住了，他的面孔因为憎恶和愤慨而变形了。

"一……一点也不需要！您对我说的全是假话！难道我是小孩子吗？一点也不需要！我想过这件事。丑恶！呸！必须抛弃，抛弃它！"

"我的亲爱的，我能有什么办法呢？"她用轻柔的、和解的声调问，益发担惊受怕，益发紧紧偎依在他身上。

现在，他背靠椅子坐着，一只手抓着窗台，另一只手打出严厉的手势，擦着他气得发红的、不知为什么冒着汗的面孔。

"有办法！有办法！……抛弃这一切！把他们全撵走！滚蛋！……见鬼去吧！……"

"别大喊大叫……人家会听见的……别喊叫。让我们心平气和地谈谈吧！唔，你考虑考虑……"

"我不想再考虑了。我已经考虑过了。"

"不,你别忙……"

于是,她鼓起全身勇气,捉住他的手,可是因为无处可坐,便跪倒在他的面前。

"我什么活儿都干不了,再说,谁也不会用我,因为我有这种证件……"她正要分辩。

"唉!……"他忽然被一个想法惊动了,做了个不堪忍受的动作,又愣住了,他向她俯下身子,默默地凝视着她的眼睛,忽然镇定而坚决地说:

"这样吧,你嫁给我吧?嫁吗?嫁吗?嫁吧!……啊?嫁吧!……我给你……我把你……"他的声音降到微弱的耳语的程度,便中断了。

她向后倒了一下,睁大眼睛,忽然站了起来,拥抱他,含泪低声讲道:

"亲爱的……亲爱的!……把我嫁……把我嫁……给你!哎哟,你呀……我嫁……给你!……你真可笑……你这个孩子……"

说罢,她又笑又哭地吻起他来,两只手紧紧地抱着他的脖子。

这是他从未经历过的事。起初,他只是谛听着周身的血液,怎样像沸腾的热流般顺着他的血管奔驰,甜蜜地陶醉了他,后来不用说,他心荡神移,于是他用双手贪婪地搂住她,把她贴在自己身上,喘着粗气,想要说点什么,同时用自己的发烫的贪婪的嘴唇无数次地吻着她的脸蛋……

太阳的曙光射进窗里,室内充满了温柔的粉红色的朝辉。

巴维尔首先醒来。房间里很闷热,阳光耀眼欲花,静悄悄的,只有从远方传来低沉、含糊的嘈杂声。阳光照着纳塔利娅的脸儿。因此,她紧闭着双眼,皱着眉头,不快地噘起上唇,这脸相使她变成一个任性而严厉的女子。她那泛红的两颊,使巴维尔作如是想:她没有睡着,是在装模作样。她的浅黄色的头发,在睡眠中散开了,那一串串轻巧、美丽的发髻儿镶着她的整个的脑袋……丰腴洁白的肩头裸露着;粉红的鼻孔,因为呼吸而微微地起伏着……她整个儿像是被阳光照得透明的,闪着光辉。

巴维尔躺在床上,开始轻轻地抚摩着她的头发。她睁开了眼睛,睡眼惺忪却又亲热地向他嫣然一笑,然后翻个身,避开阳光。

巴维尔起来,穿好了衣服。接着他端把椅子,小心地、毫无声响地放到床边,坐下来,又开始瞧着她,倾听着她舒畅的呼吸声。他感到她是以往所从来不曾见过的如此亲近、情同骨肉和珍贵之至的女子。他默默地微笑着,坐在那里拟制计划,描绘未来的图画,正如一个热恋中的幸福的情人所应做的一模一样。

他想象着他们结婚之后他所要开设的作坊。这是一个小小的房间,不是像米龙那样的十分阴暗和熏得漆黑,而是明亮、干净的作坊。紧靠着这间作坊还有另外的他们居住的一间,也是小小的房间,不过里面糊的是天蓝色的墙纸,而作坊那间的墙纸却是黄地红花的。这是非常好看的。住房的窗子一定要开向他们每晚在那里喝茶的花园,夏季里,风从花园里向房间吹来许多浓厚的花草的芳香……将来,她烧饭,然后他教她缝靴子。他们也会有小孩……而且还会有许许多多如此优美、平静、互爱的……故事。

巴维尔带着一副十分幸福的样子站了起来,舒了口气,向四外望了一下,便走到桌旁,从桌上拿了茶炊,开怀地笑着,送到门外去生火。他想得多么好呀! 等她醒来时,桌上的茶炊已经烧得滚开了,他坐在茶炊旁,把家务事都做好! ……她一定会夸他……

引火柴燃起了,巴维尔放进木炭之后,便悄悄地举步走进房里,打算把室内收拾一下,但他立刻又感到一阵心酸:她醒了,他打算为她做的事儿也随之告吹了。她躺在床上,露出整条赤裸裸的膀子,垫到头下;她平淡无奇地打着呵欠,她的脸上,除了流露出他是她的朋友、亲近的朋友的表情之外,就再也没有别的什么了。这就是一切。

"我已生好了茶炊!……"他颇为歉疚地说。

"是吗? 现在是什么时候?"她问。

"过午啦!"巴维尔回答;他觉得他们谈论这些事情是非常奇怪的。

照他的想法他们完全应当谈谈别的事,可是究竟谈什么事,怎样个谈法,他讲不清楚。他又坐到她床旁的椅上。

"怎么样,好吗?"她微笑着问他。

"心灵里吗?唔,真好,纳塔莎!真好啊!……"他用赞赏的口吻说。

"那就行了!"纳塔利娅嘲笑地说。

巴维尔想要吻她。他抱起她的头,身子贴近了她。

"哈哈!大概是中意了!……"她又冷笑了一下。

巴维尔感到她的谈吐和笑声中夹杂着冷落的味道。

"你这是怎么啦?"他疑惑地问。

"我吗?我没什么呀。就是这样。怎么,你那结婚的念头还没有打消吗?"

巴维尔听出在她的声调里明显地流露着怀疑和嘲笑的成分,就沉思起来:这是什么意思呢?

她从床上坐起,开始穿衣裳。她的面容显得忧愁而且真的有点凶狠。

"你怎么是这样的啊?"巴维尔怯生生地问道。

"你说是什么样的啊?"她没有看他,反问了一句。

但巴维尔不知道她究竟是什么样的人。他只感到她不该是有乖常情的人。不过,她之所以会是这样的人,自有她自己的原因在。她一醒来,她的脑子里便起了一种急剧的转变。她立刻想起了不久之前他们两人之间所发生的一切,想起了并且感到她丧失了自己所珍贵的人,她已屈服于那种把她跟他的关系置于她所熟知并讨厌的龌龊境地之中的冲动。她完全不需要这个,她喜欢的是巴维尔对她的那种尊敬和友好的关系。在几点钟之前,这种关系还存在,现在她却觉得这种关系应该消失了。她很熟悉那些总是以这同样的方式开始的关系,后来是怎样结束的人。虽然她认为巴维尔是幸运和快乐的人,但她却不能认为他会长久如此……她丧失了自己所珍贵的人!……因此,她痛恨自己,心里感到万分悲伤,尽管在她的眼中,巴维尔还没有改变他的主意,然而,她毕竟把自己的一部分感觉移注到他的身上了。

他望着她穿衣裳,感到想要拥抱和爱抚她的愿望越来越强烈,而且他没有力量、也不认为有抑制这种感情的必要,就把她抱起来。她的唇边挂着冷漠的假笑,任他摆布。她冷冰冰的,他却热血沸腾,没有察觉到这一点……

十分钟后,他们一起喝茶;她已经梳洗完毕,坐在床边,他坐在她对面的椅子上。他内心里洋溢着平静的喜悦感,身子感到疲乏,一言不发。她却愁云满面,越过茶碟,望着他不时叹息着。巴维尔忽然发现顺着她的颊面滚动着大粒大粒的泪珠,滴到她还在喝着的茶水里。未必有人像她这样(顺便说一句,她真是一个非常奇特的姑娘!),喝着掺和眼泪的茶,同时还装出一副如此平静沉着的面容。

"你怎么啦?啊?怎么啦?为什么哭呀!"他蓦地站起来,扑到她身前,急切地问道。

这时,她把茶碟往桌上一顿,掺和着眼泪的茶水洒了出来。她号哭着说:

"我是个傻瓜!我自暴自弃!……唉,一生中我只有一次听到夜莺歌唱,而且自己还吓了一跳!现在别再妄想了!……完了纳塔什卡①……现在你已经认得我了!……哦!……哦!……傻瓜!……傻瓜!……"

巴维尔不明白这是怎回事,便对她亲热起来,可是这样做反而证实了她的疑惑是对的。她一直哭着。最后,他说:

"唔,够了,纳塔莎!别哭啦!我们结婚吧,我们会过得很快活的!我自己开个作坊,你当女主人、妻子,就和所有别的女人一样!啊?不好吗?"

她拨开了他搂着她颈子的双手,用挖苦然而却是抱有希望、勉强

---

① 纳塔利娅的小称。

可以听得出的微小希望的声调说道：

"这话你还要说多久，说一个礼拜吗？我们了解你们这帮人！嗯，我们了解，孩子！……嗯，我讲的不是那个，不是那个，你别害怕！我真的不能接受这个，不能接受和你结婚的意见。不能接受，不能！你以为我会同意明媒正娶地出嫁吗？即便是嫁给你，你再好也是白费，我也不干。好花是开不久的！我可不愿意听到因为我的生活而引起的闲言闲语。不愿意！你现在以为我做了你的妻子，你以后不会对我提起我是干这一行的女人吗？唉，主啊！……你不会比别人少提的，我知道这个！在整个的泥坑里，我们的姐妹们就没有一块坚实的土堆。我讲的不是那个……我不愿意和你结婚，我可怜我自己，可怜我这个傻瓜，因为你看，现在，你已经不是作为一个人的朋友了，这是我咎由自取。哦！哦！！我这个傻瓜！……"

巴维尔绞尽脑汁，想弄明白却未能弄明白她这些话的意思。然而，她的眼泪感动了他，在他的心里引起了一种带着悲伤意味的鼓舞和某种恐惧感。

"你听我说，纳塔利娅！你不要撕碎我的心！"他严峻地动了动眉头，说道。"不要拿你这些话折磨我。我听不懂你的这些话。这不是对我讲的。再说，整个的问题根本不在那里，我告诉你吧，我可以当着你的面把我整个的心掏出来：你看看吧！对于我来说，你是整个地球上第一个算人的人。天字第一号的人，我是这样感觉的！为了你，我什么都敢去做。你只要向我说一声：'巴什卡，去把太阳熄灭掉！'我就爬上房顶，向太阳吹气，直到把它吹熄或者自我爆炸为止。你只要向我讲：'巴什卡，去杀人！……'我就会去杀人。向我讲：'巴什卡，从窗口跳出去！……'我马上就跳！你要我做什么我就做什么！你向我讲：'巴什卡，吻我的脚！……'你愿意现在就吻吗？愿意吗？那就吻吧！……"

说着他真的扑到了她脚前，这举动，正如大家知道的那样，早已不时髦了。

纳塔利娅被这种突然爆发的举动弄得大吃一惊。当她听到他最初那几句话时,她面带怀疑的微笑;当他向她建议熄灭太阳时,她已经在快活地笑了,当他为了向她致敬而表示可以杀人时(讲这话时他的神情是那样可怕,全身都激动得索索发抖),她战栗了一下,而当他扑上来吻她的两脚时,她却感到一种奇异的骄傲,她二话没说,准许他这样做了。

奴役别人对所有的人来说总是一件很大的乐事。她看到被她所奴役的人了……然而人类所具有的东西,她一样也不缺少,因此她又很怜悯拜倒在她脚前的巴维尔。她俯身抓住他的肩膀,把他从地上扶起来。扶他起来时,她对他百般抚爱,那热乎劲儿是她从未对任何人施展过的。当他们终于安静下来的时候,两个人都弄得精疲力竭、疲惫不堪了……

但是他们兴犹未尽,决定出城到原野里去溜达溜达。巴维尔忘掉了作坊,忘掉了老板,忘掉了一切,和她在僻静的街道上走着,她有意选僻静的街道走,是因为怕遇到熟人。他们来到原野里,那里没有外人,也不需要任何人,只有他们两个人,漫步了许久,他们两个坦率地交谈着,无须担心对方感到自己的可笑或愚蠢,不想把自己的想法和感情强加在对方身上,也不想显示谁比谁有哪些优越之处,没有文明人谈恋爱时必不可少的那些东西,以致使爱情具有更多的诱惑性而更少严整性。

正如法学家们常说的,"根据上述种种",请诸位原谅我这部小说的男女主人公的粗鲁吧!……

最后他们走到河边,坐到蒲柳丛底下被波浪冲洗得干干净净的沙岸上;坐了一会儿,两个人就紧紧地搂在一起睡着了。

这件事发生以后,过了几天,巴维尔开始觉得,凡是在作坊窗子外边闪过的男子汉的腿脚,准是到阁楼上纳塔利娅那里去的,这使他屡屡从座位上跳起来,跑到院子里去。老板见状,暗暗好笑。他已经从巴维尔嘴里得知了事情详细的原委,而在巴维尔恭恭敬敬地向他表明

115

自己很想请他当主婚父亲①时,竟使他愣了半天。等到米龙·萨韦利耶维奇恢复了常态,他对巴维尔发表了一整篇演说,是这样开头的:

"亲爱的小傻瓜!你听我讲,我结过两次婚。第一个老婆总是拿我跟师傅们一般看待;第二个老婆爱我爱得要命,叫我都不知道我怎么还活了下来;不管什么事情,也无论什么时候,她总是骂骂咧咧,嗳唷,真厉害!……好像她的爸爸妈妈全当过岗警似的,在这以前,她就爱骂人打人了。"

接着,他描绘出一幅家庭生活的完整图画,有盆盆罐罐,包婴儿的布片子、火钩火铲、洗衣服、刷地板,以及其他种种要他做的事情,据他说(他发誓说他讲的都是真话),还要他喝肥皂白菜汤,要他拿大顶行走,头顶湿布片,用脑袋试验盆盆罐罐的硬度。后来,他又就女人是什么这个问题发了一通议论,临了,他得出一个非常可悲的结论,说:

"女人是怪物!……难道她们不是吗?你为什么一定要这个女人?你跟她一起会掉脑袋的,你要明白!看吧,她把你改造成了什么样子!你完全变成个人了,会快活,会笑,会讲话……但是,亲爱的,为了这个,你不是已经报偿她了吗?换个别人,能像你这样待她吗?行啦,她该知足了。够了。你如果要讨老婆,你就按基督教的教规娶一个吧!我替你找个……能生儿养女的……那你就行啦!女方会给嫁妆,你可以开个作坊。要是跟这个女人,只有一个月,整个生活就会叫你厌烦起来。再说,你们怎样生活呢?茶碗,茶匙,要啥没啥,她啥也不会做……唉—嘿—嘿!……你扔掉她,我心上的鞋后跟,扔掉吧!"

这番话对巴维尔,就像对作坊里的墙壁一样不起作用。在这段时间里,他和纳塔利娅打得十分火热,他非但不能容许"扔掉她"的念头存在,而且还觉得,为了一如既往地专心致志地干活,必须让她也坐在作坊里陪他才行。

一天,放工之后,他去找她,她不在家。他面色煞白,浑身抖颤,就

---

① 俄国旧俗,代替新郎新娘的父亲主持婚礼的人,称为主婚父亲。

坐到门旁边,一直等到她回家。她是午夜十二点以后回来的,但她并没有饮酒,所以能够保持一种体面的姿态。她立刻使他放下心来,说她到女友那里串门去了;这位女友答应给她找个女仆的位置。他对这很高兴,深信不疑,并且忘却了自己的担忧。可是这之后不久,他想到她时,碰到了一个问题:她的钱是从哪儿弄来的呢?这问题使他宛如冷水泼身,于是当天晚上他就向她提了出来。

"难道我需要很多钱吗?"她也用问题来回答他。

可是他不让步。

"我存了……一点点,不多的几个钱。就这么过日子……"

不知是什么东西促使他提出叫她把钱拿出来看看的问话。

她沉思起来,临了,她说:

"哪有什么!可以给你看看。请看吧!"

可是她没有找到开箱子的钥匙,所以问题不曾得到解决。

当巴维尔幻想着未来的共同生活的时候,她茫然地闭起眼睛,一声不响,而等到被自己的幻想弄得不胜兴奋的他和她亲热的时候,她对他的爱抚,报以冷冷的态度,有一回甚至还迫使他深思起来,并且想出了这样一个问题:

"也许你心里不喜欢这个?"

她困惑地望望他,好像自己也不相信自己的话似的,迟缓而轻声地回答他:

"不……你怎么啦!简直喜欢极了。"

这句话足以使他放心了。

他把自己的工钱交给她,像交给妻子和主妇一样。有一天他给她买了一件衣料。但是她对此似乎抱着一种形式上的亲切态度。他从她对他的关心所持的平淡态度里,萌发出自己的微妙而尖锐的醋意的端绪。他不能清晰地理解这种感情,暂时也还没有把它表达出来的能力。但是有一天发生了下面这样一件事情。

他们坐着喝茶,忽听得楼梯上响起脚步声和快乐的口哨声,接着,传来了一阵尖细的男高音的歌声：

> 我去……去找心肝儿玛塔娜。
> 瞧，这就是玛塔娜她的家。

巴维尔皱起了眉头，因为某种不快的预感，面色也变得发青了。

> 瞧，这就是玛塔娜她的家。
> 唔，一点儿也不差……

"啊，您这里有客人！……"歌者立在门口，失望地拖长声调说。

来人是个花花公子，蓄一部山羊胡子和有点儿发红的八字口髭，总之，相当令人看不起眼。这人端详巴维尔一番，大摇大摆地走进房里，而且更加满不在乎地把自己的礼帽挂到钉子上，就朝纳塔利娅走去，纳塔利娅带着颇为失措和歉疚的表情，迎着他微笑着。

"您好，标……标致的纳塔利娅……"

"你有什么事？"巴维尔大声问，但没有挪动地方。

花花公子望望他，动了动口髭，谄媚地向纳塔利娅伸出手去，冷淡地结束了自己的寒暄。

"……伊凡诺芙娜！您请我喝杯茶，给我讲讲这位头上箍着皮条的肮脏先生是什么人吧。"

"滚出去！"肮脏先生说，站了起来。

"怎么啦？……纳塔利娅·伊凡诺芙娜，这是什么话？"那位老爷感到有点受侮地问纳塔利娅。

"滚出去!!"巴维尔摇晃着身子怒斥道。

"对不起，先生，我走!"来人急忙同意说，走了；但在下楼梯的当儿，他喊道："恭喜您的合法婚姻，纳塔利娅·伊凡诺芙娜！我要去报告……"

他要报告谁,那就不得而知了。

留在屋子里的两个人一言不发地坐了好久。

"他们很快就不会再窜到这儿来了吧?"巴维尔忧郁地问。

"除非你把他们全轰走……"纳塔利娅平静地说。

"还有很多吗?"

"不知道。我没有算过。他们有什么地方那么不合你的心意呢?"她皱着眉头瞟了他一眼,似笑非笑地说。

"我不能忍受这个!你要明白,我不能!现在你是我的了……"

"原来是这样?!……你在哪儿买的?花多少钱买了这样一个女人?"纳塔利娅讥讽地说。

巴维尔不吱声了,一脸愁云。

"你笑我……最好不要这样。我既然这样说了,就不是撒谎。你是我的,现在,不管是白天黑夜我永生永世只想你……"

"好,行啦!咱们就这样定局吧!"纳塔利娅干巴巴地同意说。

巴维尔对来找她的人的态度,有一段时间使纳塔利娅感到很尴尬。她认为不应该和他们断绝友情关系;在他们当中有一些有意思的好人。有时,她觉得巴维尔不仅是个落落寡合的人,而且还是个憎恶人类的人。她心里想,如果他经常和她在一起,她是很难活下去的。她有她的爱好,而他的爱好完全是另一个样的,即使不说是可笑的,那也是非常奇怪的。不过,除了这些之外,他便是个纯洁而诚实的好人。他爱她,她因此感到自豪。他平等待她,她因此感到非常满足。他什么话都跟她讲,心里有一句就说一句,她也是同样赤诚地跟他谈论一切,这是十分难能可贵的。近来她经常在考虑怎样办才能够两全其美:既不失掉他,又能够较为长久地过着她和他相识以前的那种生活。在她看来,神女生涯虽然肮脏,却也快乐,有它自己的魅力。从这种生活中得到的美妙的一切,最好完全由她自己享受,而不快的一切,却跟他加以分担。她希望随着时光的流逝,她能够成功地把他驯化到这个地步。她非常喜欢听他讲述结婚的那些空谈;她一边听,一边幻想地闭起眼睛,微笑着,在头脑里描绘出家庭生活的种种图像,这些图像是快乐的、生动的、使她神往的。然而她头脑清楚,她明白现实生活决不会按照他的空想向前发展。她坚信,他的这种发狂的爱很快便会消逝;依她看来,这种发狂的爱对他并没有太大的诱惑力,等到它消逝时,他就要向她发出许多责难、殴打以及诸如此类举动。再说,光是同一个人在一个房间里生活,直到老死,白天夜里都跟这个人过活,这也一定是非常枯寂无聊的!有时,她觉得,她能和他和睦相处,白头偕老,但同时她又觉得他并不需要这样,觉得她配不上他,因此不管他怎样求她嫁给他,不管她怎样可怜他这个善良高尚的人,她都不同意嫁给他。她愿意他幸福,愿意让她自己的生活像在这以前一样地过下去。

这些想法给她带来了一种不可思议的甜蜜感。她觉得,当她这样想的时候,她就变得纯洁一些,聪明一些,因此,她下意识地听任女性热衷于搔首弄姿的本能的摆布,开始人为地在自己身上增添一层如此忧郁的色彩,并且用这种恬静的、沉思的、好像受到什么压抑似的神态来接待巴维尔。这使他反而觉得她柔情绵绵,因此他总是转而沉湎于幻想之中。她对于和巴维尔的交往开始显现出倦怠感了,她就借助于这倦怠感来排解自己的愁闷。但是有时她没法把自己扮演的角色装到底,她感到跟巴维尔在一起没有一点意思,就脱口说了出来,而且显得相当激愤。在这同时,一天天更加倾心于她的他,越来越感到必须和她彻底谈一谈,他终于实现了这个愿望。

一天晚上,他们在城里散步,漫步走进一个小公园,因为有点儿疲乏,便坐到树叶已经发黄的洋槐丛下的长凳上。

"喂,究竟怎样办呀?纳塔莎?"巴维尔问道,板起脸从旁边斜视着她。

"什么?"她问,一面用一根折断的树枝扫着自己的脸。实际上,她已猜想到他要谈什么了。

"你说,我们到底什么时候结婚呀?"

月光穿过洋槐枝叶形成的花边形阴影落到巴维尔和纳塔利娅的身上,也落到他们脚旁的小道上,在他们对面的长椅上微微晃动着。公园里寂静无声,在公园的安谧而清明的上空,透明的卷层云不用它毛织品似的形体去遮盖在它背后闪烁着的明星,却犹犹疑疑地消散着。

所有这一切,加上散步引起的疲累,使纳塔利娅更加想入非非,她心里对巴维尔提出的结婚问题所持的否定立场,现在她觉得是再正确不过,再真情不过的了。

"结婚?"她摇着头反问。"听我告诉你:你不要讲这个了。我是你的什么妻子呢?我不过是个婊子,可你是个正派的、干活的人,因此,我们配不上对儿。我不是已经对你说过吗,我这个臭货没法变好了。"

这种自暴自弃给她带来了满足,使她把自己想象成她在书中读到过的那些姑娘和妇女中的一个。

"你应当讨一个良善诚实的妻子,"接着,她更加忧郁地说,"我是生就了要死在污水坑里的。我只有一个心愿,就是看到你能过正正规规的生活:你娶个妻子……还有小孩……作坊……到了那时……"说到这里她因为强忍着眼泪,声音都发颤了。"到了那时,我悄悄地……来到……你的家里……就这么看看……看看我亲爱的巴维尔……怎样……"

她终于放声痛哭起来。实际上她说的这些话,句句都是使她心疼如绞的。她想起了从书中看到的一个场面:玛丽·德吉莱是个热恋着"他"的女人,为了"他"跟另一个女人的幸福,她牺牲了自己的爱情,却受到了所有人们的轻视。她衣衫褴褛,走了好长的路,走得精疲力竭,来到夏尔·列昆布的窗口下,从玻璃窗里看见"他"坐在自己的妻子弗洛兰的腿边,给她朗读一本书,她出神地望着炉火熊熊的壁炉,一只手扶着坐在膝盖上的自己的孩子,另一只手玩弄着夏尔的头发。可怜的玛丽从远远的地方徒步走来,随身带来的是自己的贞洁和爱情,可是一切都完了！迟了！……于是她冻死在自己的爱人的窗口底下了……这个男人以后的命运如何,纳塔利娅就不知道了,因为那本书残缺不全,最后几页被人撕掉了。当这幅图画浮现在纳塔利娅眼前的时候,她哭得更辛酸、更伤心了。

由于同情和爱情,由于孤单和痛苦,巴维尔浑身发抖了。他哆嗦着,把她紧紧地抱在自己怀里,泪水在他喉咙里翻腾着,他沉郁地说：

"纳塔莎！……纳塔莎！……够了,别说啦！……我爱你……我绝不让……要知道……"接着又说了一些话。

最后,当她稍稍平静下来时,他被她的爱、她的使他本能地理解到的高尚品格所激励和振奋,便庄重地、有力地说：

"你听我说！你是我的人！你是我的人,因为我白天黑夜都在想你,因为除了你之外,我一个亲人也没有了！我不需要任何人,谁也不需要。不管你怎么讲,我非要你不可！你要明白这一点,要明白！我不能把你让给别人,因为没有你,我就不能活了。既然我只想着你,没有你,我怎能过活！你是我的人！为了你我可以掏出心来！你听懂了吗？你也别解释了！"

可是她还是要解释。她说,在他面前,她感到自己很卑下,同时又感到自己越来越高尚。她主动揭示自己肮脏生涯的情况愈是彻底,她的心里也就愈是感到开阔、甜蜜,因此,她越讲越坦率、越讲越不顾羞耻,最后竟对他讲了这样一番话：

"你以为这段时间我是贞洁的吗？……可怜的巴维尔！我每天都……"

但她没能把话说完。巴维尔直立在她面前,把双手搁在她的肩上,摇晃着她,用粗重的声音喃喃地说：

"住口！……住口！……我宰了你！"

随后从他的嘴里发出了怒不可遏的咬牙切齿的声音。

他双手按着她的肩头,压弯了她的身子,她感到自己做得太过分了,不胜恐惧。巴维尔见她浑身发颤,心里很怜悯她,因而稍稍冷却了一点儿妒火,但他所蒙受的侮辱却并没有因此而有所减轻。他笨重地和她并排坐了下去。一阵持续得很长的难以忍受的沉默。临了,一直处于惊恐状态中的纳塔利娅,首先打破沉默,轻声说道:

"咱们回家去吧!"

他站了起来,一声不响地和她并肩走了。

"你既然能向我讲这样的话,可见你不爱我。你的这些话里面没有怜惜别人的意思。你应当把这隐藏起来。嗯!"他理了理自己的思路,对她说。

她深深叹了一口气,脸上泛起真心忏悔的神色。

"好,算了吧!今后不要再说了。我们的谈话到此结束。钱我有,有四十二个卢布,东家还欠我十九个卢布。足够我们结婚和最初一个时期的生活费。你有没有可以穿着它到教堂去的衣服……你还没有穿过……一次也没有穿过吗?……"

"没有!"她轻轻回答。

"唔……那就得做一件。明天我去给你买衣料。"

她没有吱声。当他们回到住处时,他把她拦在楼梯口,轻声说:

"今天我就不到你那儿去了。"

"好!"她点点头,便沿着楼梯跑上去了。

他听到楼上开锁的声音,便又走上街去了。他感到她的自白大大地伤了他的心,因此他好像觉得整条街都在向他吐着一种奇怪的冷气,这冷气在他的心里唤起了早已忘却的感情——孤独、悲哀和他的那些陈旧的思绪。这些思绪现在对他不知为何变得更加痛苦、更加不可思议,而且还给他带来了过去它们所不曾含有过的某种新的成分。

再说纳塔利娅。她走进自己房里,随手把门锁上,没脱外衣,便坐到打开的窗子跟前,轻快地舒了一口气:"唉!……唉……"然后两手托腮,开始凝望着窗外。

乌云密布。乌云像沉重的天鹅绒般的帷幕掩盖着地平线,从浓重的昏暗中渐渐升起,向天空爬去。它们的移动缓慢得好像是在办一件早就办厌了的例行公事一般。乌云在天上弥漫开来,把星星一颗接一颗地熄灭掉,好像是存心要污损天空,用自己的颜色涂抹掉天空的装饰品,不让大地看到天空的柔和而绚丽的光辉似的。乌云落泪,降下了急遽的、大粒的雨点。雨点沉郁地敲打着铁皮屋顶,这声音好似通过乌云的信号,向大地发出的什么警告。

和巴维尔一样,纳塔利娅也感到自己受到了从来没有受过的侮辱和欺凌。

"原来你也是这样的,跟别人一个样:今天喜爱,明天就给个厉害。唔,亲爱的,这可不行!……你等着吧!……"她暗自想道。

她回想起他那张气势汹汹的面孔,他的低语声和咬牙切齿的咯嘣声……"住口!……我宰了你!……"为什么?就因为我对他太坦率,讲了真话吗?多高尚呀!……还是朋友!……还爱我呢!……在这以前,从来还不曾有谁说过要宰了她。就是人家打她的时候,也不过是打打而已,并不发出什么警告,而且几乎总是在喝醉了酒才下手的。但是,那些先生们和他,是有天壤之别的呀!……于是,她又重新描绘她和巴维尔一起生活的画景,这画景是连续不断的——一天接着一天,是充实的——从早到晚,种种细节,无一遗漏。她想:清晨,他们醒来了。她还想睡睡,但是因为他上工的时候快到了,必须生起茶炊来;如果有什么菜要做,还必须生炉子做菜;必须收拾房间,然后又得准备吃饭……吃午饭,洗食具,扫地,给自己或者给他缝点什么。又生茶炊……天就黑了。

就算他俩有空闲的时间,也出去散散步吧。但是跟他散步是非常没意思的。难得有人到他们家里来串门,因为他生性孤僻,像个魔鬼!……散步回来,吃罢晚餐就上床睡觉。一天就这样过去了。要是他失业了,那该怎样呢?要是他始而拿她过去的生涯来谴责她,继而动手打她,又该怎样呢?……而且,十有九成,他会为了她而对所有的人——从十二岁的男孩到七十岁的老头怀着嫉妒的情绪。她跟他有什么可谈的呢?他本来比她笨,又不识几个字,她却喜欢读书,那时她到哪儿去弄书呢？……她对她和巴维尔的未来的共同生活越往下想就越觉得恶心和无聊。

"我把自己出卖给他能得到什么代价呢？"她提出这个问题，很快就发现，他没有什么东西可以补偿给她。这时，她开始回想，是什么东西把她跟他撮合在一起，他对她有什么恩德。她很高兴地发现，她对他有恩德，而不是他对她有恩德，她所以跟他在一起，是因为她觉得他可怜、孤单……

"现在怎么办呢?!"这时她轻松自如地舒了一口气，用责备的口吻大声说：

"唉，你这个麻脸！啊？……等着吧，我会叫你知道厉害的！我会让你知道我是个什么样的人！……你再不要在我眼前咬牙切齿啦！……你以为我是你的女奴吗？这是痴心妄想！……我的亲爱的，别闹着玩儿！……"

她在原地一下子跳起来，披上头巾，又穿了件什么外衣，便急忙从房里走出去，连门都没有关，也不顾外面已经响起哗啦哗啦的雨声，雨点单调地敲着屋顶的铁盖、人行道和窗玻璃……她迫不及待地要向巴维尔证明她是个什么样的人，她的心里充满了气愤的豪勇和独立自主的意识。

她两天没有回来。第一天清早，巴维尔一走进她的房里，便立刻感觉出发生了一件什么新的、对他来说很不愉快的事。他等了她一整天，夜里他又走遍各处，看了所有的啤酒店和饭馆，但哪里也没有她的踪影。他咬着牙，愁眉苦脸，缩成一团，整天一言不发。隐隐的疼痛和某种大祸临头的预感，压迫着他，使他心里渐渐产生了对纳塔利娅的气恼。到了第三天，他消瘦了，好像大病了一场。

这天傍晚，有两辆马车经过作坊的窗边，驶近院门。巴维尔听见了她的笑声，他的面孔变得煞白，他向院子里飞奔而去。

她和一个穿着军队司书制服的上了年纪的人挽手而行；他的胡髭、面孔、军服，一切的一切都好似褪了色，可她却很快活，摇摆着身子,口里唱着小调,笑容满面。他们的背后,还走着另外一对:一个瘦瘦的脸色黝黑的姑娘和一个厨师模样的中年人。

巴维尔从前室的板壁缝里向外张望,感到全身的血液都沸腾起来,肺都要气炸了。可是,当他们在楼梯上隐没之后,他不知何故立刻镇静下来,陷入了冷漠而痴呆的失望之中。他坐到前室的地板上,脑袋靠在盛水的桶边,呆住了。他仿佛觉得他听到了从阁楼传到他耳鼓来的笑声和谈话声……在他的眼前,闪动着纳塔利娅的各种各样的姿态,她神采飞扬,发出响亮而快活的欢笑;她跟他在一起时从来没有这样过。

"为什么她跟我不曾这样呢?"他心里忽然产生这样一个问题。他很快便正确地自己做出了答案:她跟他巴维尔不能这样,因为他拙劣、蠢笨和干巴巴。意识到这一点,就增添了他的愁闷。这就是说,他失去她是理所当然的事!……他失去了她!……失去了……他又要重新变成和她相逢以前的过去的那个人了:孤独、沉默……谁都不需要的可笑的弃儿了……于是,正像那般爱着一个女人却又失去了她的男人一样,潘卡清楚地回忆起纳塔利娅的一切优点,同时极力排除她的所有缺点,最后:他的想象力终于把她描绘成一个非常贞洁、亲热、良善和他所必不可缺的女人,以至于弄得他愁肠百结,呼吸维艰。

他蓦地跳起,笑了笑,就带着一种决心极大的样子,通过院子,跑向阁楼上去找她。当他沿楼梯拾级而上的时候,迎面扑来一片鼎沸的快乐的喧哗声。

他来到了门口。神采飞扬、面带红晕的纳塔利娅豪爽地一手叉腰,一手高举头巾,显然是准备跳舞了……其余的一切,都显得朦胧不清,只有纳塔利娅一人显得鲜亮、美丽而又活泼……

"您好!纳塔利娅·伊凡诺芙娜!"巴维尔用颤抖的但却很快活的声音叫道。

"啊!……是……你!……"发出了一声平静的,有点儿惊恐和颤抖的呼叫。

接着一切都变得死一般的静寂……一切都摇晃起来,漂流到什么地方去了……只有纳塔利娅一动不动地站着,用她那双如此美丽明亮的又蓝又大的眼睛张望着。

"嗯……我来……找您……乐一乐。您这里很快活……我听到了笑声……好,我也来玩玩吧!……"巴维尔心慌意乱地说,感到自己胸膛里有某些推动力在推着他前进。其中的一种推动力特别大,一下子就把他从他站立的门槛前径直推到了纳塔利娅的脚下。

"纳塔莎!纳塔莎!……我来了……把他们全赶走吧!原谅我!……没有你,我就活不成了,活不成了!……我就活不成了!这到底是怎么回事?一个人……竟不能一个人过活!我是爱你的呀!我本来就爱你!……我不是说过爱你的吗?……你不是我的人吗?……你要他们做什么?日日夜夜……日日夜夜我想的只有你一个……我会变得快活的……会变得快活的。我会发笑、会讲许多许多话的。"

他抱着她,把自己的脑袋钻到她的双膝间,低沉、恳切、哀怜动人地嘟哝着,一上来就使室内所有的人哑然无声了。

纳塔利娅吓住了。她把背靠在墙上,她的面孔发白,变了样儿。她抓住了他的头,试图用双手和膝盖把他推开,但是他像僵尸一样地紧紧抓住她,她无可奈何地翕动着发青的嘴唇,什么话也说不出来……

这时房间里响起了轻微的嬉笑声。这是那个脸色黝黑的女郎的笑声;她的笑声得到了司书和貌似厨师的男人的响应。纳塔利娅用怀疑的眼光扫了他们一眼,望了望巴维尔,自己也哈哈大笑起来。阁楼上整个的小房间都被这四个人的洪亮、健康的大笑声震得发抖了。

巴维尔被这哄堂大笑弄得既惊讶又苦恼,他坐到地板上,用愚钝、发狂的眼睛盯着屋角里。他委实太可笑了。停留在麻点里的泪水,把他的面孔浸湿了;这张面孔显得可怜巴巴,若有所失;乱蓬蓬的头发,从束着它的皮条底下窜了出来,形成了一种奇怪而滑稽的发式;发呆的眼睛;蠢笨地张开着的嘴巴;从围裙里露出的衬衫;此外,再加上粘在他脚上那只破鞋上的肮脏的湿布片,所有这一切,都不能使他变成一个悲惨的、引人同情的人物。那四个人以四种不同的姿势笑弯了腰,他却惊惶失措地一声不响、一动不动地坐在地板上……有人把啤酒碰洒了,一股细流顺着地板向巴维尔流来……脸色黝黑的女郎在狂喜中抛出谁的一顶女帽;女帽越过巴维尔的头顶,落在他的膝上……巴维尔把女帽拿到手里,茫然地察看起它来。

这个举动惹起了更大的笑声。笑着的人们又是叹息,又是尖叫,又是呻吟……巴维尔站了起来……他显得更加可笑了。在他摇摇晃晃地向门口走去时,他也显得很可笑;在门口,他回转身来,向纳塔利娅伸出拿着帽子的手,把它扔到地上,咬牙切齿地说:

"记……记住!"说完,他就走了。

一阵经久不息的哄笑声伴送着他。

"好一个英雄!……"一个人用笑得像哭一样的声音叫道。"哈哈!……哈!……哈!……哈!……唉,这畜生!哈!……哈!……哈!……不,他是个烂货!……哈!……哈!……哈!……像条尾巴!……噢,我不能!……哦,哈!……哈!……哈!……他那头发……哈!……哈!……哈!……在脑袋上……像个王冠……哈!……哈!……哈!……噢,让他……完—完蛋!……哈!……哈!……哈!……"

外面的雨点,像不住地撒落的枯燥乏味的铁砂一样敲击着大地……已经是秋天了……

雨足足下了三天,把黑色潮湿的树枝上的最后一批枯黄的树叶打落下来。树木带着听天由命的神气,在冷风凶恶的打击下,摇晃着自己的梢头。冷风好像寻找珍宝似的带着激怒和悲愁的吼声扫着大地。连绵不断的秋雨和怒吼不止的狂风,时而共同为已经逝去的夏天奏起优美的安魂曲,时而共同给正在复活的冬天唱起异常尖啸的祝词。浓厚凄凉的灰云紧紧地裹着天空,简直就像再也不愿意散开,再也不愿意让濡潮冷冻的大地看见天空似的……到了第四天,沉重而潮湿的雪花,便在城市上空随风飘扬。风仍在寻觅着什么,疯狂地到处扫荡着,把雪花贴到房屋的墙壁和房顶上,形成了一块块白斑。

这天傍晚,巴维尔迈着一个下了班、很爱护自己靴子洁净的人的步伐,穿过了院子。上楼后,若有所思地站在纳塔利娅的房门口。他穿得像过节时一样干净,他的面庞是安静的,但却消瘦得很厉害。他想了一会儿,敲了敲门,踏了踏脚,就开始等待里面给他开门,并且从齿缝里发出一阵几乎听不清的口哨声。

"谁呀?"房里有人问。

"是我,纳塔利娅·伊凡诺芙娜!"巴维尔心平气和地大声回答。

"啊!……"房里发出这样的声音,接着门就开了。

"您好!"巴维尔脱下制帽,向她问候。

"你好,怪人!怎么样,脾气发完了吗?嗨,那天你可把我们笑坏了。好啦,你还是来了!就好像把你当拖帚洗过地板似的。你要是穿得像现在这样整洁,那该有多好!"

"我没想到这一层,请您原谅!"巴维尔冷冷一笑,也不瞧对方的脸一眼。

"你要喝茶吗?我来烧茶炊。"

"不啦,太谢谢您哪!我已经喝过了。"

这时,纳塔利娅发觉巴维尔讲话的口气变了,便问他道:

"这是哪里来的一种新的文雅的词儿呀?满口'您'呀'您'的。"

说这话时,她发出一声颇带轻蔑意味的笑声。现在,他在她的眼里,已经丝毫无异于别的任何男人了。自从他当着外人的面趴倒在她脚下之后,他的身价便一落千丈了。她常常因为自己的变节行为受到别的男人们轻重不等的殴打,她希望他也这样对待她,但他似乎有点与众不同。在她看来,他和别的男人们的这个差别对他是不利的。他们打她,是因为爱她,爱得真,不光是打,往死里打,而且什么都干得出来。可他呢,当着别人的面,跪倒在脚下,像女人家一样地哭哭啼啼!……这不是男子汉的作为,不是人的作为……需要的不是哀求,不是哭泣,而是夺取和赢得女人,那时她才会是你的人。何况就这也不完全可靠……

巴维尔叹了一口气,说道:

"我和您没有缘分。我们之间有过友谊,可是现在它已经破裂了……还讲什么!……"

纳塔利娅大吃一惊,但她不露声色。她想:"这样看来,他大既是来告别的!……"她坐到床上靠近他的地方,默默地等待着,看他还要说什么。

"这里有点黑,纳塔利娅·伊凡诺芙娜。最好点起灯来……"

"可以!"于是她点燃了灯。

他沉思地望着她,重又开口说道:

"我这是最后一次跟您讲话,纳塔利娅·伊凡诺芙娜。是的,我们也不会再多讲了!……"

"为什么这样?"她问,垂下了眼皮。

她不知道该怎样对待他,于是她等待着能使她采取正确态度的时机。她发现这些日子他瘦得很厉害,而他那心事重重的平静又使她感到有点奇怪。

"您为什么这样说呢?"

"因为时候已经到了。我想过,想好了,下决心要把这一切结束。为什么呢?因为我从您身上期待不到什么了!?"他用探索的眼光望了望她的面孔。

她始而为过去的事感到抱憾,继而她又怜惜起巴维尔本人来。她看出,虽然他貌似平静,实际上他是极其悲哀和感伤的。她毕竟是个女人,作为女人,既然看到自己面前有个不幸的人,她不能不生出怜悯之情。

"您这到底是怎么回事呀?……"她向着他站起来,问道。"我不是总是同意……"

"唉,我不要!"他挥了挥手。"完了,问题已经解决了。您是对的。凭良心说,我们两个结合是不会有什么好结果的。我算什么丈夫呢?您算什么妻子呢?问题就在这里……"

他沉默了。她怎么也弄不明白他想干什么……湿润的雪花柔软地敲着窗子,好像它要预告和提示什么似的……

"是的……这真的……不会有好结果……"她喃喃地说,感到自己越来越可怜他以及别的什么东西……

"嗯,就是这样!……但我不能就这样放弃您。我办不到。我把您放在我的心上已经很久很久了……这对我意义重大……我再说一遍,在我看来,您是第一个像人的人。天下第一个人。和您这位第一个人结识之后,我才真正开始理解人生。您对我的意义太重大了,您是无价之宝。坦白告诉您,您活在我的心里!……"

他的声音发颤,她感觉出泪水顺着她的颊面流淌,但她不知为什么不愿意让他看到她落泪,就把身子转过去,侧身对着他。

"您活在我的心里!……"他又说了一遍。"那么,难道我能让您再去受苦?!再去挨骂?!再陷入火坑里吗?!决不!我不能容许这个!任随别人辱骂我用整个心爱着的人……我最珍贵的人吗?!这种事不会再有了!我不能这样,纳塔利娅·伊凡诺芙娜,我不能!……"

他在说这番话时,不知怎的整个身子都俯了下去,并且极力不看她;在他的语调里面,除了热切的说服之外,还流露着一种恳求和抱歉的意味……他的左手放在膝盖上,右手插在外衣的口袋里。

"那么怎样办呢?"她轻轻地问道,强忍住没有放声大哭,眼睛还是不望他。

"就这样办!……"

巴维尔从口袋里抽出一把长刀,平稳而坚决地伸手向她的腰部刺去。

"噢唷!……"她微弱地叫了一声,把面孔转向他,从床上径直倒在他的身上。

他用手接住她，把她放在床上，整理好她的衣服，瞧了瞧她的面孔。她的脸上凝聚着惊异的神色，眉头上扬，眼睛黯然失神，现在已经睁得大大的；嘴巴也是半张着……颊面上满是泪水……

巴维尔绷得紧紧的神经再也经受不了了。他低沉地呻吟起来，开始热烈而贪婪地吻她，号啕大哭，浑身像打摆子似的索索发抖。她已经凉了。雪片敲打着窗玻璃，寒风在烟囱里粗野地咆哮，外面和室内一片漆黑……纳塔利娅的面孔简直变成了一个白点。巴维尔像僵尸般俯伏在她的身上。直到第二天傍晚，人们才在这样的情状之下找到了他。在差不多一昼夜的期间里，没有任何人来打扰他们：一个躺在床上，左腰插着一把刀；另一个恸哭着，把自己的脑袋搁在她的胸口上，这时，寒冷的夹带着湿气的秋风，在窗外不断向他大声呼号……

当伟大的人类审判仪式光临巴维尔·阿列菲耶夫·吉布雷的头上时，已经是春天了。

煦和的春天的太阳快活地照进审判大厅的窗里，无情地烤着两位陪审官先生的精光闪亮的秃头，晒得他们沉沉欲睡。为了不让同事们、听众和整个的法庭发觉这个，他们只得把身子向前倾俯，伸长颈脖。这架势给他们造成一种十分专心倾听诉讼的人的模样。

其中的一位转动眼睛巡视着听众的面貌，看来，他在他们当中没找到一张聪明的面孔，不禁悲哀地摇着脑袋。另一个捻着胡髭，聚精会神地望着书记官，看他怎样削铅笔。

庭长刚刚说道：

"根据……被告供认不讳……现在传讯证人……"便转向检察官问道："您没有什么要说吗？……"

一位留着蟑螂胡须式的胡子的好好先生，对审判长亲切地微微一笑，直爽地答道：

"没有什么了,先生!"

"辩护人先生!您没有什么要说吗?……"

辩护人的忠诚不亚于检察官,他也大声回答说自己完全没有什么意见了,不过,这一点已经清楚地流露在他的面部了。

"被告!您是否有什么为自己辩护的话要说?"

被告也没有什么要说了……他的样子很迟钝,他那张呆板的麻脸,给所有的人以非常不快的印象。

无论是检察官,辩护人,还是被告,他们三人都异口同声地宣称他们没有话要说了,其实,他们是在蒙骗旁听的听众。

检察官有一种惊人的本事:善于让自己的面孔上呈现出饿狗般的凶猛表情,还有一种装腔作势、吓唬陪审官的强烈的癖好:如果陪审官对被告手软,他就要宰了他们。

辩护人有一种在发言时擤着鼻子以示抗议、披头散发以动人心和滥用遗憾语的习惯。他雄辩地、动听地、抗议地、大叫大嚷:

"诸位陪审官先生!……"就在这一声称呼之中,他倾注了自己的全部热忱和全部辩护本领,接着他便昧着良心强词夺理,说的全是索然无味、麻木不仁、完全打不动陪审官先生们的心的话。

就是被告也始终有他的内心的想法,在向他宣判罚他服十二年苦役徒刑之后,他才大声地说出了他内心里的想法。

"我衷心地感谢!"他向庭长鞠了一躬,接着便含泪恳求道:"庭长大人!可不可以让我到她坟上去看看?"

"什么?!"庭长严厉地问道。

"到她坟上去看看!……"被告畏缩地又说了一遍。

"不行!"庭长大吼一声,然后迈着小步,朝走廊那边走去了。

两个法警用一向从法庭把犯人们带走的那种方式,把这个犯人带走了……

这就是这部小说的全部故事。

福马·高尔杰耶夫

李 兰译

《福马·高尔杰耶夫》开始写于一八九八年秋,于一八九九年二月、三月和九月在《生活》杂志上分三期连载。发表时曾被沙皇书刊检查机关大加删改。一九〇〇年出版单行本和一九〇三年出版全集前,作者都对原文作了很大的修改。

　　我社于一九五九年六月出版本书的中译本。编入本《文集》时,译者根据《高尔基三十卷集》第四卷的原文本再次进行了认真的校订。

献 给

安东·巴甫洛维奇·契诃夫
马·高尔基

一

六十年前①，在伏尔加河上能以神话里说的那种速度赚得百万财富的时候，伊格纳特·高尔杰耶夫在富商扎耶夫的一条驳船上当船夫头。

他身强力壮，相貌出众，也不愚蠢，是那些经常并且事事都走好运的人物之一。这并不是由于他们有才能而又勤勉，倒是因为他们精力充沛，在向着自己的目标迈进时，不会甚至不可能去考虑选择什么样的手段，而且除了自身的愿望以外，不知道有旁的法则。有时候，他们怀着恐惧谈到他们的良心，有时候在与良心搏斗中，他们也真实地感到过痛苦。不过，良心只有对于心性懦弱的人才是难以抑制的，坚强的人很快制服了它，使它服从自己的目的。他们对良心也奉献过好些个失眠之夜；但如果良心偶尔征服了他们的灵魂，那么，为良心所击败的他们也决不会萎靡不振，而是在它的支配下顽强地生活下去，跟不讲良心时过日子一个样。……

到了四十岁的时候，伊格纳特·高尔杰耶夫本人就是三艘轮船和十条驳船的所有主。在伏尔加一带，他以富有和为人聪明而受到尊敬，但人们给他取了个"狂人"的绰号，这是因为他的生涯不像跟他相类似的其他人的那样，循着直线的河床平稳地流泻，而是不断地奔腾澎湃，冲出河岸，跟他生存的主要目的——牟取利润背道而驰的缘故。看起来，好像有三个高尔杰耶夫——在伊格纳特肉体里有三个灵魂。其中力量最大的一个灵魂是极其贪婪的，当伊格纳特对它唯命是从时，他简直是一个充满无法抑制的工作热情的人。这股热情在他心里

---

① 指十九世纪四十年代前后。

日夜燃烧,他整个身心为它所吞噬,于是他到处捞取成百上千的卢布,好像他永远听不腻金钱的沙沙声和叮当声。他在伏尔加河上下奔忙,把他那捞捕金钱的罗网安牢并且撒布开去,他在四乡购买粮食,用他自己的驳船运往雷宾斯克①去:他欺骗人,有时是无心的,有时是有意的;他自鸣得意,公然嘲笑被他欺骗的人,而且在他的金钱欲达到如痴如狂的地步时,他简直升到了诗的意境。不过,他虽付出这么多的精力追逐卢布,但他的贪婪并不是狭义理解上的那种贪婪,他甚至于有时候对他的财产流露出坦率的漠不关心。

有一回,正值伏尔加河解冻,冰块流动时期,他站在河岸上望着冰块把他的一条三十五俄丈长的新驳船冲到陡峭的岸边撞坏,他竟狠狠地说:

"活该!……喂,再来一次……狠狠地挤它压它吧。……再挤它一家伙!……"

"啊,伊格纳特,"教父②马亚金问他说,"冰块从你钱袋里榨去了上万块钱吧?"

"没关系!我还要赚回十万来呢!……你看,伏尔加河多么活跃呀!可真了得?伏尔加母亲,它能冲毁整个大地,就像用刀搅凝乳一样,瞧!真没想到我的'贵族夫人'号也碰上了!它总共才航行过一次呢。……好吧,我们要为它办葬后宴,还是怎的?"

驳船被压得稀烂。伊格纳特和教父坐在河岸上的酒店里,喝着伏特加,从窗子里眺望"贵族夫人"号的残骸和冰块一同顺水流去。

"你很可惜这条船吗,伊格纳特?"马亚金问。

"有什么可惜的呢?伏尔加把它赐给我,伏尔加又把它拿了去。……它又没有扭脱我的膀臂。……"

"到底……"

"到底什么呢?我总算亲眼看到了一切是怎样发生的,这就很好,

---

① 苏联雅罗斯拉夫尔省谢尔巴科夫市。
② 自己的儿女出生后受洗命名时请的义父母,叫教父、教母。

往后可以作为教训！可是我的'伏尔加人'号烧掉的时候，那真可惜，因为我没有看到。啊，在水上，在漆黑的夜里，那么大的篝火熊熊燃烧，该是怎样的奇观呀，是吧？那是一条非常大的轮船……"

"难道你也不感到可惜吗？"

"对轮船吗？对轮船，我确实感到可惜……不过，可惜，只不过是傻事一桩。有什么用？如果你高兴，还可以哭呢，但眼泪是灭不了火的。让它们——轮船烧掉吧。即使一切都烧掉了，我也不在乎！只要心里是燃烧着对工作的热情就行了。……你说是吧？"

"当然是，"马亚金说，冷冷一笑。"你这话说得真有气派。……能这样说话的人，即使被剥得精光，他也仍旧会富有起来的。……"

伊格纳特一方面对数千卢布的损失这样理智地对待，另一方面也知道每一个戈比的价值；他甚至很少给乞丐钱，只周济那些完全不能劳动的人。如果还健康的人向伊格纳特乞求施舍，他就会严厉地说：

"走开！你还能劳动呢，去帮我的扫院子的人拾掇垃圾，我给你两戈比铜板。……"

每当埋头工作时，他对人的态度严峻又无情，在追逐卢布时，他连自己也不让安宁。可是突然间——这种事，通常发生在春天，这时节，大地上的一切都变得美丽诱人，而且从明媚的天空有一股令人感到内疚的柔情吹进了人的心灵——伊格纳特·高尔杰耶夫仿佛觉得他并不是他的事业的主人，而是它的下贱奴隶。他沉思默想，从他那深锁的浓眉下探究地注视自己四周，一连好几天忧郁而愤怒地踱着步，好像在默默询问他害怕问出声来的什么事。这时候，他身上的另一个灵魂醒来了——这是一个被兽性的饥饿激怒了的狂暴而好色的灵魂。他对谁都傲慢无礼而且下流，他酗酒，腐化堕落，还灌醉旁人，他陷入一种精神错乱的状态。因此，在他身上好像有一座肮脏的火山爆发了。看来，好似他是在疯狂地扯着他为自己锻冶出来并且戴在身上的锁链，他扯着它们，可又无力把它们扯断。他蓬头散发，浑身污秽不堪，面孔因酗酒和失眠而浮肿，两眼如痴如狂，用嘶哑的嗓子大叫，他满城奔跑,从一家下等酒馆到另一家下等酒馆,钱数也不数便扔了出去,听到凄凉的歌声就哭泣,他手舞足蹈,还随意打人,可是无论在什么地方或做任何事,他都找不到安宁。

关于他在城里纵酒的事,人们编造了不少奇谈,狠狠地说他不是,但他邀请人狂饮时,任何时候都没有人拒绝过。他像这样过了好几个星期。突然间他回到了家里,还浑身浸透着小酒店的气味,不过已经是垂头丧气并且安安静静的了。他温顺地俯下他那对现在闪着羞愧神色的眼睛,一声不响听着妻子的责备,驯服、呆钝得像头母绵羊,走进他自己的房间,就把自己锁在里面了。他一连几小时跪在圣像前,脑袋耷拉在胸膛上,两臂无力地垂着,弯着腰,默不作声,仿佛他连祈祷也不敢做似的。他的妻子踮着脚走到门前窃听。门里传来沉重的叹息声,像是一匹疲惫病马的叹息。

"主啊!你—知道!……"伊格纳特把手掌用力紧压在宽阔的胸脯上,含混不清地嘟哝着。

他在进行忏悔的几天里,只喝点水,吃点黑面包。他妻子清晨就在他房门边放上一大长颈瓶的水、一磅半面包和一点食盐。他打开门,把这些饮食拿进去,就又把自己锁在里面了。在这种时期,人们不打扰他,甚至避免和他碰面。……几天之后,他又出现在交易所里,说着笑话,嘻嘻哈哈,接受供应粮食的订货,机灵得像只老练的猛禽,在与他的事业有关的一切事务上,他都是个精明的行家。

不过,在伊格纳特一生中所有三个阶段里,有一个强烈的愿望没有离开过他,这就是要有一个儿子的愿望,而且他的年纪越大,这个愿望也就变得越强烈。他和妻子之间,时常会有这样的对话。在早晨吃早点或中午吃午饭的时候,他会闷闷不乐地瞧着妻子,这是一个有一张红喷喷的面孔和一对睡意沉沉的眼睛,长得粗壮、肥胖的妇人,他问她道:

"怎么样了,你一点儿也感觉不到吗?"

她明白他所问的是什么,但她老是那种样儿回答说:

"我怎么感觉不到呢?你的那双拳头呀——就像是秤砣一样……"

"我问的是你的肚子的事呀,蠢婆娘。……"

"被你那样捶呀打的,哪能怀孕?"

"并不是我打得你不生育,是你狼吞虎咽吃得太多。你用各种吃食把你的肚子塞满了,婴儿没有地方可以生长。"

"难道我没有给你生过孩子吗?……"

"净生些丫头!"伊格纳特用责难的口吻说。"我要的是儿子!你懂吗?是儿子,是继承人!我死后,财产给谁呢?谁为我求神赦罪呢?全部捐给修道院吗?我已经捐得够多了!留给你吗?好一个拜神顶礼的家伙,你站在礼拜堂里,一心只想到鱼馅烤饼。我死了,你就会改嫁,那个时候我的钱就会落到不知什么混蛋手里,难道我辛勤劳碌就是为的这吗?唉,你呀。……"

一阵愤恨的烦恼袭上他心头,他觉得如果没有儿子来继承他的意愿,他活着也就毫无目的可言。

在九年的夫妻生活中,他妻子给他生过四个女儿,她们全都夭折了。他曾战战兢兢地等待过她们生下来,但对于她们的死,他却不大悲伤,因为他不需要她们。在婚后的第二年,他就已经开始打起妻子来了,最初他打她,是在喝醉酒的情况下,并无恶意,只不过是照老话说的那样:"爱你的妻子,像爱你的灵魂一样,摇撼她,像摇撼梨树一样"罢了;但在她每次生产后,辜负了他的期望,这就激起了他对妻子的憎恨,他便殴打她来消愁解闷,因为她没有给他生个儿子。

有一回,他到萨马尔省去办事,接到亲戚从家里拍来的电报,通知他妻子的死耗。他画了个十字,考虑了一会儿就给教父马亚金写信:

趁我不在就安葬了吧,请照管我的财产。……

随后,他到教堂里做了超度亡灵的弥撒,为新亡人阿基莉娜的灵魂祈祷安息后,就决定赶快续弦了。

他这时已经四十三岁;高身材,宽肩膀,讲起话来是低粗的男低音,像个辅祭长一样;一对大眼睛由那乌黑眉毛下大胆而聪明地向外窥视;他那张生着浓密黑胡须的黝黑面孔上,和他整个魁伟身姿中,含有不少俄国式的、健康而粗野的美;他那从容不迫的举止和悠然自得的步态中充满了对自己力量的自觉。女人们很喜欢他,他也不避开她们。

妻子死后还不到半年,他已经向他在生意上结识的一个乌拉尔哥萨克旧仪式教徒①的女儿求婚了。尽管伊格纳特在乌拉尔也是尽人皆知的"狂人",新娘的父亲仍把女儿许配给他了。姑娘名叫纳塔利娅。她,高挑个儿,体格匀称,一对天蓝色大眼睛,长长的棕色发辫,和美男子伊格纳特确是天生的一对儿;他也因妻子感到自豪,并以一个健康男性的爱情爱着她,但没过好久,他开始忧郁又警惕地观察她了。

他妻子那张严肃端庄的鹅蛋形脸上很少露出笑容,她总在思考着什么,她那静到冰冷程度的天蓝色眼睛里,有时候闪现出阴暗而又孤寂的神色。当她忙完家务事空闲下来的时候,她就在家里最大一间房的窗前默不作声、凝然不动地一坐两三小时。她脸朝着街上,但她的目光对于窗外一切生气勃勃和熙熙攘攘的东西漠不关心,同时却又聚精会神到了极点,好像她是在凝视她自己的内心一样。她的步态也很奇特——纳塔利娅在屋子里宽敞的房间里缓慢而小心翼翼地移动,仿佛有什么看不见的东西妨碍她活动的自由。屋子里摆满了粗笨浮夸的重沉沉的奢侈品,件件东西都闪闪发光,都在炫耀主人的富有,可是这个哥萨克女人侧着身子畏畏缩缩由这些贵重家具和摆满银器皿的食器架旁走过,好像害怕这些什物会抓住她,掐死她似的。大商业城市的热闹生活,引不起这个女人的兴趣,当她和丈夫一同乘车出外游逛时,她的眼睛老盯在驭者背上。如果丈夫邀她一同外出做客,她虽是去了,但她在那儿的举止也是静悄悄的,和在家中一样;如果有客人到她家里来了,她殷勤地招待他们吃喝,但对他们所讲的却毫不感兴

---

① 不赞成俄罗斯十七世纪下半叶尼康宗教改革,并遵守旧的宗教仪式的教徒。

趣,也不对他们中间任何人有所偏爱。只有聪明而谐谑的马亚金有时候引得她脸上露出一丝儿淡得像阴影的微笑。他谈到她时,说:

"那是一棵树,不是个女人!不过,生命就像一堆无法扑灭的篝火,这个莫洛坎卡①也会燃烧起来的,我们等着吧!到那时候,我们将看到她会开出怎样的花来。……"

"喂!库卢古卡②!"伊格纳特开玩笑地对他妻子说,"你在想些什么呢?是在思念你那哥萨克村庄吗?放快活些吧!"

她一声不响,静静地望着他。

"你上教堂去得太勤了。……你最好等等吧!为你的罪孽祈祷,还有的是时间呢,——首先,犯罪吧。你晓得:不犯罪就不会忏悔,不忏悔就不能得救……所以,趁你年轻的时候,犯罪吧。我们乘车出去逛逛好吗?"

"我不想去。……"

他挨着她坐下,拥抱了她,她不大愿意地冷冷淡淡回答他的爱抚,他瞧着她的眼睛说:

"纳塔利娅!你为什么这样不快活呢?跟我一道过活,感到寂寞,是不是?"

"不,"她简短地回答。

"那么,是为什么呢,你是想回到你自己的人们那边去吗?"

"啊,不……这是……"

"你是在想些什么呢?"

"我没有想。……"

"那么,是什么呢?……"

"没有什么。"

---

① 莫洛坎卡,又称"精神上的基督徒",是俄国十八世纪下半叶兴起的一个基督教派。莫洛坎摒弃东正教教会、它的仪式和对圣徒、圣像等的崇拜,只承认《圣经》是教义的根源。莫洛坎卡是女教徒。
② 库卢古卡,老百姓对女修道士、苦行修女的称呼。

有一回，他从她那儿得到了一个比较详细一点儿的回答。

"我心里有些模糊不清的东西。在我眼睛里也是……我又觉得，所有这一切全都不真实。……"

她把手在自己四周绕动，指着墙壁、家具和一切的东西。伊格纳特并没有考虑她所说的话，笑着对她说：

"你这样说，没有道理！这儿的一切都是最真实的……每件东西都是贵重的，牢固的。……不过，要是你愿意，我可以全部烧掉，卖掉，送人，再买新的！你要这样做吗？"

"为什么呢？"她静静地问。

他奇怪起来了，怎么像她这样一个年轻、健康的女人活着却像睡着了，什么欲求也没有，除了教堂以外，哪儿也不去，而且避开人们。他安慰她说：

"你等一等，你会给我生个儿子，那么，你的生活就会完全不同了，你因为烦神的事不多，所以你心情抑郁，但儿子会给你活儿干。……你会给我生个儿子的，会吧？"

"这要看神的意旨。"她回答说，低下了头。

后来，她的情绪开始惹他生气了。

"喂，莫洛坎卡，你干吗做出那副嘴脸来？走起路来，像走在玻璃上，看起人来，像曾毁灭过什么人的灵魂！你是个身强体壮的女人，却对任何事都不感兴趣，你这个痴子！"

有一次，他喝醉了酒回家来，开始温柔亲热地纠缠她，但她避开他。这时，他冒火了，叫了起来：

"纳塔利娅！别装傻，你当心点！"

她掉过脸来对着他，静静地问：

"不当心，又怎么？"

这两句话和她的毫无畏惧的神色激怒了伊格纳特。

"什么？"他咆哮起来，向着她身边进逼。

"你是要打我吗？"她这样问，并没有从她所在的地方移动，连眼睛也没有眨一眨。

伊格纳特是习惯于别人在他的愤怒面前发抖的,因此看见她的镇静神情,他感到奇怪又难受。

"就是这!……"他叫喊着,向她抡起了拳头。她不慌不忙、刚来得及闪开他的捶击,接着,一把抓住他的手,把它从自己身边推开,没有提高嗓子说:

"要是你碰我一下,我再也不让你走近我身边来了!不许你挨我!"

她的一对大眼睛缩小了,眼睛里锋利刺人的闪光使得伊格纳特清醒过来了。他由她的面容上明白了,她也是一头凶狠的猛兽,如果她下了决心的话,即使打死她,她也不会让他接近她的。

"嗯,你这个库卢古卡!"他咆哮着走开了。

不过,他在她面前让过一次步,下一回,他不会再这样做了:他不能忍受,一个女人又是他的妻子不在他面前低头,这就屈辱了他。他觉得他妻子在任何事上和任何时候都不会屈服于他了,而且他和她之间一定会发生一场顽强的斗争。

"好吧!我们看谁战胜谁吧。"第二天,他怀着险恶的好奇心注视妻子,这样想,他的心灵深处已经燃起了要开始战斗的汹涌澎湃的欲望,为的是要快点陶醉在胜利中。

可是,过了四天,纳塔利娅·福明尼奇娜对丈夫说,她已经怀孕了。伊格纳特快乐得发抖,他紧紧地搂抱住她,嘴里含混不清地说:

"纳塔莎[①]……如果是个儿子,如果生个儿子的话,我无论什么都会为你干!啊!我坦白地对你说:我要做你的奴仆!就跟我在上帝面前说一样!我要跪在你的脚前,你随意践踏我好了!"

"在这种事上,不能由我们做主,这是神的意旨!"她清楚明白地低声说。

[①] 纳塔利娅的爱称。

"是的,是神的意旨!"伊格纳特痛苦地感叹说,闷闷不乐地低下了头。从这一瞬间起,他开始照护他的妻子,像照护很小的孩子一样。

"你为什么靠窗子坐着呢?当心你腰部受凉,还会生病呢!……"他严峻而温存地对她说,"你为什么在楼梯上跳呢?会震动身子的。……你还要多吃点,吃两份,使得他可以够……"

妊娠使得纳塔利娅更加凝神聚思、更加沉默寡言;她更加深深地内向,一心专注在她心脏下面新生命的跳动上了。但她嘴唇上的微笑变得明显些了,眼睛里有时忽然燃起一种新的、微弱而又怯生生的东西,好像朝霞的最初闪光。

当分娩的时刻来临时,这是一个秋日的清晨,从妻子那儿发出了开始的呼痛声,伊格纳特就变得面色惨白,他想对她说点什么,但只摆了摆手就走出妻子正在那儿因痉挛而蜷曲着身子的寝室,到楼下一间他故世的母亲当过祈祷室的小房间里去了。他喊人给他拿来了伏特加,就坐在桌前开始忧郁地喝着,一面谛听屋子里的忙乱声。房间的一个角落上,在长明灯的火光照明下,模糊地现出几张无情、昏暗的圣像。那边,在上面,在他的头顶上面,有脚的顿跺和擦磨,有什么笨重东西从地板上拖过,杯盘撞得直响,楼梯上人们手忙脚乱地跑上跑下。……一切事都在迅速、匆忙地进行,但时间却过得很慢。……一个失望的声音送到了伊格纳特耳朵里:

"她这样是生不下来的……还是打发人到教堂里去求开上帝的门①吧。……"

家中的一个寄食者瓦苏什卡走进伊格纳特待着的那间房的邻室里,大声嘟哝着祈祷说:

"上帝,我们的主啊……你曾发慈悲从天而降为圣母所生……你

---

① 在旧教教堂里正中的最后面,设圣坛的那一部分像个小房间的地方(叫"至圣所")有一道门,叫上帝门。这一道门,除了神甫祈祷时可以出入、沙皇在加冕时可以进去一次之外,任何人也不可进去,只有在节日和做大弥撒以及因特别事故而举行祈祷才开启。俄人迷信,以为妇人生产困难时去求开这道门,就可以保证平安生产。

知道人们软弱无力……求你赦免你的仆人①。……"

突然间,压倒所有的闹声,响起了一阵非人的震撼心灵的号叫声,要不就是一阵持续的呻吟声静静地飘过宅子里的各个房间,最后消逝在已经被薄暮时的昏暗笼罩的角落里。……伊格纳特用忧郁的目光望着圣像,深深地叹着气,想道:

"难道又是个女孩吗?"

他时不时地站起来,默默地画十字,向圣像深深鞠躬,随后又坐到桌前喝伏特加,但在这几个钟点里,他却喝不醉,打着瞌睡——他像这样度过了一整个傍晚、一整夜、第二天早晨,一直到了中午。……

最后,产婆匆匆跑下楼来,用喜悦、尖利的声音对他喊道:

"恭喜你添了个少爷,伊格纳特·马特维耶维奇!"

"你骗人?"

"啊,你怎么啦,大爷!……"

伊格纳特鼓起胸脯深深叹了口气,一下跪倒在地上,两手紧紧地交叉放在胸前,用发抖的声音嘟哝道:

"愿荣光归于您,主啊!可见您是不愿我家香烟断绝的!在您面前我不会不忏悔我的罪孽……感谢您,主啊!"他倏地一下站起身来,开始高声吩咐说:"喂!打发人到尼古拉教堂去请神甫呀!就说是伊格纳特·马特维耶维奇请他!就说是请他来为产妇做祷告。……"

一个女仆走上前来,惊惊慌慌对他说:

"伊格纳特·马特维耶维奇!纳塔利娅·福明尼奇娜喊您……她人不舒服……"

"有什么不舒服的呢?会好起来的!"他大声吼着,两眼快活地闪着光。"对她说,我马上就来!对她说,她真了不起!就说我马上给新生儿拿礼物来,等一等!要给神甫预备午饭呀,要去请教父马亚金来!"

他那彪形大汉的身个儿好像越发高了,因被快乐所陶醉,他笨头

---

① "上帝……仆人"句,是婴儿出生第一天念的祷文结尾部分。

笨脑地在室内忙来忙去,搓着两手,用感动的眼神望着圣像,使劲挥着手画十字。……最后,他到妻子那儿去了。

在那边,首先映入他眼帘的,是产婆正在盆里洗浴的一个小小的、红通通的身体。伊格纳特一眼看见这个,就把脚尖踮了起来,两手抄在背后,滑稽地噘起嘴,小心翼翼地迈开步向着他走去。婴儿在水里呱呱叫,挣扎着,赤裸裸,软绵绵,令人怪爱怜的。……

"喂,你怎么啦,要小心点侍弄他。……要知道,他还没有长骨头呢……"伊格纳特小声嘱咐产婆说。

她张开没有牙齿的嘴笑了,很敏捷地把婴儿从一只手上换到另一只手上。

"到您太太那儿去吧。……"

他顺从地向床前走去,边走边问:

"啊,怎么样,纳塔利娅?"

接着,他走上前,掀开了那把阴影投射在床上的帐子。

"我不行了……"一个微弱而嘶哑的声音说。

伊格纳特没有作声,他凝神注视妻子枕在白枕头上的面孔,她的一绺绺黑发像死蛇样散在枕头上。这张颜色焦黄、死气沉沉的面孔上,圆睁着的大眼睛周围有黑圈——这在他看来,是陌生的。还有那对可怕的眼睛里的目光,好像穿过了墙壁死呆呆地盯着遥远的什么地方,这对伊格纳特来说,也是不熟悉的。他的心被一种沉重的预感抓紧了,扼杀了欢乐的跳动。

"不要紧。……这种事,总是这样的……"他轻声说着,俯下身去吻他的妻子。可是,她对着他脸上又说了一遍:

"我不行了。……"

她的嘴唇灰白、冰冷,当他用自己的嘴唇接触它们的时候,他明白了,死神已经抓住她了。

"哦,上帝呀!"他惊恐地轻声喊,觉得恐怖扼住了他的咽喉,使他喘不过气来。"娜塔莎!怎么啦?可是他必须吃奶呀。你怎么会这样!"

他差点儿对着妻子大声喊叫。产婆在他四周忙乱;把啼哭的婴儿在空中荡来荡去,恳切地对他讲着话,但他什么也没听见,他的目光无法离开妻子那张可怕的面孔。她的嘴唇在微微翕动,他听见了低语声,但他不了解它们的意义。他坐到床边,声音喑哑而畏缩地说:

"你想想看,他没有你就活不成,他还是个婴儿呀!你振作起来吧:把这种思想赶掉,把它赶出去。……"

他嘴里讲着,但心里明白他这样讲是多余的。他泪如泉涌,心中产生了一种重得像石头、冷得像冰块样的感觉。

"请—饶恕—我!请保重!当心……不要喝酒……"纳塔利娅无声地嗫嚅着。

神甫来了,他用点什么盖住了她的脸,叹了口气,就在她头前开始读祷文:

"医好一切疾病的全能的上帝……求你医好现在生下婴儿的你的婢女纳塔利娅……使她从她所躺卧的床上起来……因为,正如先知大卫所说:'我们耽迷于不义中,在你眼前是有罪的。……'"

老头子的声音中断了,瘦削的面孔是严肃的,衣服上散发出神香的气味。

"……保佑她所生的婴儿,脱离一切诱惑……脱离一切凶险……脱离一切风暴……脱离日夜恶灵的手。……"①

伊格纳特不出声地哭着。他的又大又热的泪珠滴落在妻子的祖露在外的手臂上。但这只手臂大概感觉不到他的泪珠的滴落:它仍然一动不动,下面的皮肤没有因泪珠的滴落而哆嗦。祈祷后,纳塔利娅

---

① 婴儿出生第一天念的祷文。

变得人事不省,过了一天就死去了,对谁也没有再说一句话,就如她活着时一样,一声不响地死去了。伊格纳特为妻子办了隆重的丧事后,让儿子受了洗礼,给他起名福马,很不乐意地把他寄养在马亚金家里了,因为马亚金的妻子不久前也生了个孩子。妻子的逝世,使伊格纳特的浓密黑髯中平添了不少白须,但在他眼睛的闪光里,却出现了一种新的、温柔而和蔼可亲的神采。

二

马亚金住的是一栋高大的二层楼房子,屋前有个围着栅栏的大庭院,茂盛地长着粗大的老菩提树。繁茂的枝丫像密织的黑花边遮蔽着窗子,阳光很难透过这一层帷幔把它的零碎光线射进这摆满各式各样家具和大箱笼的小房间,因此,房里经常笼罩着一层严肃的薄暗。这一家人都笃信宗教,屋子里充满蜡烛、神香、长明灯油的气味,空气中飘荡着忏悔的叹息声和祈祷的词句。全家人认真而愉快地奉行着宗教仪式,把所有的多余精力都花在这上面了。女人们的身影,在这昏暗、窒息和沉重的气氛中,几乎是无声响地在房间里移动;她们身着黑服,脸上老是一副衷心悲痛的表情,脚上经常穿着软拖鞋。

亚科夫·马亚金的家庭,由他本人、他的妻子、女儿和五个女亲戚组成,这五个女亲戚中最年轻的一个已是三十四岁了。她们全都同样虔敬、无个性、而且服从这家的主妇安东宁娜·伊凡诺芙娜。她是一个身高体瘦的女人,生着一张阴沉的面孔和一对流露威严和伶俐神色的严肃的灰色眼睛。马亚金还有一个名叫塔拉斯的儿子,但是他的名字在家里没有人提起;城里人都知道,塔拉斯在十九岁时到莫斯科去求学,过了三年,他违反他父亲的意愿在那儿结了婚,从那时候起,亚科夫就跟他断绝了关系。以后,塔拉斯便杳无音信。据说,他因故被流放到西伯利亚去了。……

亚科夫·马亚金生得矮小、消瘦、灵敏,长着火红色楔形小胡子,

他那对浅绿色眼睛看人,好像是对所有的人说:

"没关系,我的先生,放心吧!我了解您,只要您不犯我,我也不会揭露您。……"

他的脑袋活像一个蛋,又大得出奇。他的满刻皱纹的高高前额和那秃顶的部分连成了一片,看起来,好像这个人有两张面孔:一张是人人都看得见的、有一个软骨长鼻子的明达而聪慧的面孔;在这张面孔的上头,是只有皱纹、没有眼睛的另一张面孔,似乎马亚金在这片皱纹后面把眼睛和嘴唇都隐藏起来了,——隐藏到一定的时候来到时,马亚金就会用另一双眼睛来看世界,并用另一副笑容来微笑。

他是一个制绳工厂的厂主,在城里靠近码头开有一家店铺。在这个铺子里,粗绳、细绳、大麻和麻屑一直堆齐天花板。他单独有一个小间,装的是一扇玻璃门,开起来吱嘎吱嘎响。小房间里摆着一张又旧又破的大桌子,桌前有一把很深的圈椅,马亚金成天就坐在椅上,喝茶,阅读《莫斯科新闻报》[①]。在商人中间,他受人尊敬并享有"聪明人"的美誉,他非常喜欢夸耀自己门第的古老,常常用嘶哑的嗓音说:

"我们马亚金家的人,还在叶卡捷琳娜妈妈[②]时代,就是做阔人的,所以,我是一个血统纯正的人。……"

伊格纳特·高尔杰耶夫的儿子在这个家庭里度过了六年光阴。到了七岁的时候,福马长成一个头大肩阔的小男孩,但不论从身材或从他那双扁桃形黑眼睛里的严肃目光来看,他都显得比他的实际年龄大。他沉默寡言,对自己的幼稚的愿望很是执拗,他整天里和马亚金的女儿柳芭一同玩着玩具,由一个女亲戚默默地看着。这是个肥胖的麻面老处女,不知为什么人们把她喊做"布兹娅"——这是一个总有些担惊害怕的女人,甚至对孩子们,她也是用单音节的字低声说着话。她知道许许多多的祈祷文,但却没有给福马讲过一个故事。

[①] 《莫斯科新闻报》是当时莫斯科大学出版的一种亲君主制的报纸,一九〇五年后成为黑帮分子的机关报之一。

[②] 指俄国女皇叶卡捷琳娜二世(1762—1796年在位)。

福马跟小姑娘相处得很友爱,但当她有事触怒了他或者取笑了他的时候,他便脸色发白,鼻孔翕动,可笑地圆睁着两眼,并且暴躁地打她。她哭着跑到她妈妈面前去申诉,但安东宁娜很爱福马,对于女儿的申诉很少放在心上,这样就使孩子们的友谊更加巩固了。福马的日子过得漫长又单调。从床上起来洗过脸,他便站在圣像前,跟着"布兹娅"的喁喁低语声念冗长的祈祷文。随后喝茶,吃很多奶油面包、烤饼和小包子。吃过茶点,在夏天里,孩子们就到树木茂盛的大园子里去,这园子直通一处幽谷,谷底无论何时都是阴暗的。那儿弥漫着湿气和一种恐怖气氛。甚至连幽谷边沿也不许孩子们去,这就使他们对于幽谷更加感到害怕。冬天里,从早点到吃午饭这一段时间内,如果院子里非常冷,就在房间里玩,或者到院子里去,在那儿玩滑大冰山的游戏。

到了中午,吃一顿如马亚金说的"俄罗斯式"午餐。一开始摆上桌子的,是一大碗油腻腻的白菜汤,汤里有黑麦面包干,但没有肉,接着,是这同样的汤和切成小块的肉一道吃,随后是烤肉——乳猪肉、鹅肉、有麦片糊的小牛肉或者是肚子,后来,又送上一碗掺杂碎或面条的薄羹,最后,是一道加糖和加调味料的食品来收尾。他们喝的是克瓦斯:这是用越橘、杜松和面包酿制的饮料;安东宁娜·伊凡诺芙娜经常储备有好多种克瓦斯。他们默默地吃着,只有吃累了发出的叹息声。给两个孩子单独摆了一碗:其余的大人就共用一个碗。这样一顿饭吃下来,他们都疲倦了,便躺倒睡觉,一连两三个小时,在马亚金家里,只听到鼾声和昏昏欲眠的叹息声。

睡醒后,他们喝茶,一面谈城里的新闻,谈教会里的唱诗班、教堂执事、男婚女嫁的事儿,谈他们所熟识的某商人的不名誉行为……喝过茶后,马亚金对妻子说道:

"喂,孩子妈,把《圣经》拿来……"

亚科夫·塔拉索维奇最常读的是《约伯记》[①]。他把那副沉重的

[①] 《旧约》中的一篇,讲的是上帝如何考验义人约伯的故事。

银框眼镜架在他的又大又蛮的鼻子上,眼睛环顾一下听众,看大家是不是都在各自的座位上。

她们全都坐在他一向看惯了她们所在的地方,她们的面容上,都有他所熟悉的那种呆板而又畏缩的虔敬表情。

"'乌斯地有个人……'①"马亚金用嘶哑的声音开口念道,和柳芭并排坐在房间角落里沙发上的福马,已经知道他教父马上就会停下来,用手去抚摩他的秃顶了。他坐在那儿倾听着,给自己描绘出乌斯地人的模样儿。那人身材魁梧,赤身露体,生着一对大眼睛,就像那"鬼斧神工的救世主"圣像②的眼睛一样,他的声音像军营里士兵们吹奏的铜喇叭声。这个人一分钟一分钟地越长越高大,一直抵住了天。他把他的一双黑手伸进云端,撕破云块,并用可怕的声音尖叫道:

"'人的道路既然遮隐,神又把他四面围困,为何有光赐给呢?'③"

福马害怕起来了,他发着抖,瞌睡从他身上飞走了。他听到了教父的声音。他正捻着他的小胡须,脸上浮着狡黠的冷笑说:

"瞧,他多么大胆。……"

少年知道教父这是讲的乌斯地人,而且教父的微笑也使少年安了心。那个人不会冲破天,也不会用他的可怕的手把天撕破……福马又看见那个人了——他坐在地上,"'我的肉体以虫子和尘土为衣,我的皮肤才收了口,又重新破裂。'④"现在,他已经变得渺小又可怜,简直像教堂门前的乞丐……

他这样说:

"'人是什么,竟算为洁净呢,妇人所生的是什么,竟算为

---

① 引自《旧约·约伯记》第一章第一节。
② "鬼斧神工的救世主",指印在毛巾上的救世主耶稣像。据教会传说,耶稣基督背着十字架,到了他将被处死的髑髅地,遇到几个妇女。其中一个见耶稣疲惫不堪,就递给他一条毛巾。他把毛巾贴在脸上,毛巾上就留下了他的面容像。
③ 引自《旧约·约伯记》第三章第二十三节。
④ 同上第七章第五节。

义呢？'①"

"这是他对上帝说的……"马亚金庄严地解释说。"他这么说,我若是血肉之身,怎么能算为义呢？这是他问上帝的问题……"

念书的人很有把握地并且询问似的打量着听众。

"他有权这样说……这位义人……"她们感叹着回答。

亚科夫·马亚金微笑着,注视她们,说：

"傻瓜们！……带孩子们去睡吧。……"

伊格纳特每天到马亚金家里来,给儿子带来玩具,把他抱起来紧紧搂着,但有时候不满意地、带着掩盖不住的不安对他说道：

"你怎么做出这样一副吓唬人的嘴脸？你为什么不多笑笑呢？"

他还对教父抱怨说：

"我怕福马该不会像他娘一样吧。……他的眼睛是忧郁的。……"

"你倒是担心得太早啦！"马亚金笑了。

他也很爱他的教子；有一天伊格纳特向他说明,他要把福马带回家去,马亚金真心实意地发起愁来了。

"让他留在这儿吧！"他恳求说,"你看,小家伙跟我们住惯了,啊,他哭啦。……"

"他就会不哭的！我又不是为你生的儿子。你们这儿空气沉闷,太寂寞,简直像在修道院里一样,这对小孩子有害。而且,我没有他,也不快活。我回到家里,空空洞洞。我什么也不要看。我不能为他的缘故搬到你这儿来,不应该我来将就他,他应该将就我。就得这样。我姐姐安菲萨来了,她会照管他。……"

这样,少年就被带到他父亲家里了。

在这儿,一位可笑的老婆婆迎接他,她生着个长长的钩子鼻和一张没牙齿的大嘴巴。她身高、背驼,穿一件灰衣服,斑白头发上遮着一张黑绸头巾,一开头,少年并不喜欢她,甚至感到有些害怕。但当他看

---

① 引自《旧约·约伯记》第十五章第十四节。

见那皱巴巴脸上的一对乌黑眼睛温柔地向他微笑时,他一下信任地把脑袋靠在她膝头上了。

"我的可怜的小孤儿!"她用她那因音响充盈而震颤的柔和的声音说,一面用手在他面孔上轻轻抚摩。"瞧他多么依恋人……我可爱的孩子!"

在她的抚爱中,有一种特别令人感到舒适愉快的东西,一种对福马来说是完全新的东西,因此,他脸上现出好奇和期待的神情注视着老婆婆的眼睛。这位老婆婆把他引进了一个对他来说是直到这时还不知道的新世界。在第一天里,她安置他睡上床,就坐在他身边,俯下身去问他说:

"要不要讲个故事你听?"

从这以后,福马经常是在这位老婆婆柔和的声音中沉沉入睡的,这声音在他眼前描绘出了奇幻的生活。他的心灵贪馋地吸吮着民间创作的美的养料。这位老婆婆的记忆与幻想的宝藏无穷无尽;她经常在少年的梦中出现:有时像是童话故事里的女妖,善良而可爱的女妖,有时像是美丽的"大智大慧的瓦西莉萨"①。少年圆睁着两眼,屏住呼吸,凝神注视那弥漫居室的夜的昏暗,看它如何由于圣像前长明灯的火光而微微飘动……福马用童话生活里的不可思议的图画填满这昏暗。无声无响,但是活灵活现的影子在墙上和地板上爬行;少年跟踪它们的活动,赋予它们以形象和色彩,从它们中间编造出生活来,但睫毛一眨,就把它们立即毁灭了,觉得这既可怕又快活。他那对黑眼睛里出现了一种更加孩子气、更加天真烂漫、更少严肃性的新东西;孤独和黑暗在他心里引起一种期待什么的惊恐感觉,激发和鼓舞了他的好奇心,逼使他走到黑暗角落里,看看在黑暗的掩盖下,有什么藏在那儿。他走去了,并没找到什么,但他没有丧失找寻的希望。……

他害怕他父亲,但又很爱他。伊格纳特的魁梧身材,他的像喇叭

---

① 俄罗斯民间故事中的女主人公,具有绝顶聪明和坚强意志的形象。

样响亮的嗓子,多须髯的面孔,有一头浓密、蓬松灰色头发的脑袋,力气大的长膀臂和炯炯发光的眼睛——所有这一切都使得伊格纳特跟童话故事里讲的强盗很相像。

有一回,这时候福马已经八岁了,他父亲刚从远方旅行回来,少年问他说:

"你到哪儿去了?"

"在伏尔加河上跑了一趟。……"

"在那儿抢了人家吗?"福马轻声问。

"什—么?"伊格纳特拖长声音说,他的眉毛哆嗦了。

"难道你不是个强盗吗,爸爸? 我都知道了……"福马狡猾地眯细眼睛说,很满意这么容易便闯入了他父亲瞒着他的生活。

"我是商人!"伊格纳特严厉地说,但考虑了一下,又慈祥地笑了笑,加上说:"你是个小傻瓜!……我做粮食买卖,经营航运生意。你看见过'叶尔马克'号吗? 对了,那就是我的轮船。……也是你的。……"

"真是大得很呢……"福马叹口气说。

"啊,现在你还小,我要给你买一艘小船,好吗?"

"好!"福马表示同意,但默默地想了一下,又很惋惜地拖长声调说:"我还以为你也——也——是个强盗呢。……"

"我对你说,我是买卖人!"伊格纳特威严地重说了一遍,但在他那注视儿子的失望面孔的目光里,却有点不满意的、差不多是担心害怕的东西。……

"就像烤面包的费多尔爷爷一样吗?"福马想了一下问。

"对了,像他一样……只是,我更有钱,我比费多尔有钱得多。"

"有很多钱吗?"

"嗯……不过,还有人比我更有钱。……"

"你有多少桶呢?"

"多少桶什么?"

"钱呀!"

"你这个小傻瓜！难道钱是用桶来计量的吗？"

"怎么不是呢？"福马热烈地嚷着，于是把脸掉向他父亲，开始急促地对他说："有一回，强盗马克西姆到了一个城里，他在那儿一个富人家里装走了十二桶钱……还有各种银器。还抢了教堂……还用马刀砍死了一个人，把他从钟楼上扔了下去……因为他，这个人，开始敲警钟了。……"

"这是你姑母讲给你听的吗？"伊格纳特问，很欣赏儿子这样生气勃勃。

"是她，怎么啦？"

"没什么！"伊格纳特笑着说，"所以，你把你父亲也当成强盗了。……"

"也许很久以前，你是个强盗吧？"福马又回到他的老题上；从他的面容上看得出，他非常希望听到一个肯定的回答。

"我从来就不是……你不要再讲这种话吧。……"

"从来就不是吗？"

"对，我说过——从来不是！你这才怪呢……做强盗——难道是件好事吗？那些强盗……他们全是些罪孽深重的人。他们不信上帝……抢劫教堂……在教堂里，人们诅咒他们。……啊。……我对你讲，孩子，你得上学念书了！到时候啦……上帝保佑你好好发蒙。冬天，你念书，到了春天，我带你到伏尔加河上去玩儿。……"

"我要去上学吗？"福马怯生生地问。

"一开头，在家里跟你姑母学。……"

不久，少年从早晨起就坐在桌前，用他的小小指头指着那些斯拉夫字母，跟着姑母反复地念：

"阿兹……布基……韦季。……"①

当学到"布拉、夫拉，格拉、德拉"②的时候，少年好久都不能读着

---

① 字母表上开头三个字母的读音。
② 这是最初步的拼音。

这几个音节而不发笑。福马很容易地掌握了这种智慧,他不久就已经在念《诗篇》①第一篇的第一首歌:

"不从……恶人的计谋……这人便为有福。……"②

"对的,我的宝贝!是这样!对的,福穆什卡③,完全对!"姑母因他的进步非常欢喜,感动地对他反复这样说。

"了不起,福马!"伊格纳特得知儿子的进步时认真地说。……"春天里,我们到阿斯特拉罕去,到秋天就送你上学校!"

少年的生活像斜坡上的球似的向前滚去。姑母既是他的老师,又是他游戏时的伴侣。柳芭·马亚金娜来了,老婆婆在他们面前兴高采烈地变得像他们一样的小孩子。他们玩捉迷藏,玩瞎子摸鱼;两个小孩子看见安菲萨那副样儿,感到又好笑又开心。她眼睛上扎块手帕,两臂张得开开的,小心翼翼满房间里走,却依然撞在椅子和桌子上去了,要不然她就在摸索着寻找他们的时候钻进各种各样的冷僻角落里去了,嘴巴里还在叨念:

"哎呀,小骗子们。……哎呀,小强盗们……他们藏到哪儿去了呢?"

太阳温和而欢悦地照在这位还保持着赤子之心的年老力衰的身躯上,照在这位竭智尽力地点缀着孩子们的生活道路的年迈的生命上。……

伊格纳特一清早就到交易所去了,有时候直到晚上还不见回来。晚上,他到市议会去,出去看朋友,或到旁的地方去。有时候,他喝醉了才回家。最初,福马遇到这种情况,就避开他躲起来,后来也习惯了,他发觉他父亲喝醉了甚至比他清醒时更好些:亲热些、爽直些,而且还有点儿滑稽。如果这种事发生在夜晚,少年经常是被他那喇叭般响亮的声音吵醒:

---

① 《圣经·旧约》中的一篇。
② 引自《旧约·诗篇》第一篇第一、二节。
③ 福马的爱称。

"安菲萨！亲姐姐！你让我到我儿子那儿去,到我的继承人那儿去,让我一去吧！"

可是,姑母却用责备的、带哭的声音劝他说:

"走开,走开,该去睡了,你这个怪物,该死的！又喝醉了！你已经是头发灰白的人啦。……"

"安菲萨！我可以看一看儿子吗？只用一只眼睛看一看……"

"但愿你醉得两只眼睛都瞎掉。……"

福马知道姑母不会让他父亲进来,就又在他们的吵嚷声中睡着了。伊格纳特白天喝醉了回来时,他就会立刻用他那双大手抓住儿子,带着一种醉意沉沉的、幸福的微笑抱起福马来,在房间里踱着,问他说:

"福姆卡①！你要什么？说呀！要糖果吗？要玩具吗？你要呀！因为,你要晓得,世界上没有什么东西,我会不买给你。我有上百万的财富！而且我还会有更多！你懂吧？全都是你的！"

可是,突然间,他的狂喜消灭了,像蜡烛给一阵暴风吹熄了。他的喝得醉醺醺的面孔哆嗦着,通红的眼睛噙满泪水,嘴唇因胆怯的一笑拉长了。

"安菲萨！要是他死了,那我怎么办？"

说完这两句话,一阵狂怒涌上他的心头。

"我要把一切都烧掉！"他咆哮着,两眼凶神恶煞地盯着房间黑暗角落里的什么地方。"我要毁灭一切！用炸药来炸掉！"

"得—得—得了吧,你这个胡闹的丑东西！你是要吓坏孩子吗？你是想弄得他生病吗？"安菲萨喊道,这就足够使伊格纳特急忙退了下去,嘴里还一边念叨着:

"好—好—好！我走！我走……只是你别喊吧！不要吓着了他。……"

---

① 福马的爱称。

如果福马身体不舒服,他父亲就抛下他自己的一切事情,脚不出大门,尽拿些荒谬的问话和劝告来麻烦他的姐姐和儿子。他满面愁容,眼睛里露出恐怖神色,莫知所措地在房间里踱着,唉声叹气。

"你为什么触怒上帝呢?"安菲萨说。"当心,你的怨言达到上帝那儿,他就会因你对他的恩赐抱怨而惩罚你。……"

"哎,姐姐呀!"伊格纳特叹口气说,"你想一想看,万一有个三长两短,我的一生就全完啦!我活着是为的什么呢?……谁也不知道。……"

类似的场面以及他父亲的心情从一个极端到另一个极端的急剧转变,最初吓着了这孩子,但他不久便习惯了,当他由窗子里看见他父亲很艰难地走下雪橇时,他冷笑地说:

"姑母!爸爸又喝醉酒回来了。"

春天来了,伊格纳特实践他的诺言,带着儿子和他一起上轮船去了,于是一种新生活展开在福马眼前。

商人高尔杰耶夫的美丽而雄伟的蒸气拖轮"叶尔马克"号,正迅速地顺流下驶,它的左右两边,伏尔加河的河岸迎面缓缓移动,——左岸完全沐浴在日光中,像一床华丽的绿色地毯一直延展到天边。右岸上,它的密林丛生的峭壁高耸天际,寂然屹立于荒凉的宁静中。

河身宽阔的河在这两岸间雄伟地伸延开去;河水无声地庄严,悠然地流淌;山峦起伏的右岸在水中映出了黑影,而左岸,则由浅滩的多砂边缘和辽阔的草原用黄金和绿天鹅绒色给装饰起来了。山间和草原上,疏疏落落闪现出了村庄,太阳闪耀在农舍的玻璃窗上和那像锦缎一般的麦草屋顶上,教堂的十字架在树木的一片苍翠中闪烁发亮,风车的灰色翼子在空中懒洋洋地转动,工厂烟囱里喷出的烟雾向天空冉冉上升。成群的身穿蓝色、红色和白色衬衫的孩子们站在河岸上,大声叫喊着注视那惊醒了河上寂静的轮船,从船的机器齿轮下面,活泼的浪花冲到孩子们脚前了。一群孩子乘上一条小船,他们赶急划到河心,好随波荡漾。有些树梢从水里露了出来,往往是河水泛滥时被淹没的整个、整个树丛,它们耸立波浪中,好像岛屿一样。从岸上传来了深沉的叹息似的歌声:

哦—哎,哦—哦,再—来一次!

轮船追过了木筏,给它们溅上了一阵浪花。圆木在骤然袭来的浪涛冲击下摇晃不定;穿蓝衬衫的木筏工人们跟跟跄跄,瞧着轮船笑,嘴里还喊着什么。一条船身巨大的漂亮大平底船①在河上侧身航行;上面装载的黄色薄板金光闪烁,朦胧地反映在那混浊的春水上。一艘客轮迎面驶来,拉响了汽笛。汽笛声的隆隆回响消散在森林中、消散在山峦起伏的河岸峡谷里,并在那儿沉寂下去。河中心,两艘轮船的浪涛互相冲闯,冲击着船舷,船身便摇荡起来了。在多山的那面河岸的斜坡上,展现出一片绿茵的冬麦,在休耕中的一条条褐色土地和挖掘来备春莳的一条条黑色土地。在它们上空翱翔的鸟儿,像小点点一样,衬着蔚蓝的天幕看得清清楚楚;附近有畜群正在牧放,从远处看来,它们像玩具一样;一个牧人的小小身影立在那儿,靠在拐杖上,正对河眺望。

到处是光明灿烂、辽阔无际而又自由自在,草原油绿可爱,碧空明媚温柔;在河水的静静移动中,感觉到有一股抑制住的力量,天空里五月的艳阳照在河上,空气中充满了针叶树和鲜叶儿的清香气味。河岸不断地迎面而来,以它的美丽使人感到目悦神怡,岸上不断地展现了新的景色。

四周围的一切,现出一种因循迟缓的迹象:所有一切——自然界也好,人类也好——都是在那儿笨拙而慵懒地生存着,不过在这种慵懒后面,隐藏着一股巨大的力量,一股无法遏止但还缺乏自觉、没有为

---

① 浮运木料的一种没有涂树脂的平底船。

自己树立起明确的意愿和目标的力量。……由于这种半眠状况生活中的缺乏自觉,就在这整个美丽的辽阔无际的大地之上,投下了它的忧郁阴影。一种驯服地忍耐着、默默地等待着什么更为活跃的东西的情况,甚至在那随风从河岸飘荡在河上的杜鹃的悲鸣中也可以听出来。……凄凉的歌声,好似在求援。……有时候,歌声中响彻了在绝望中鼓起的勇气。……河流叹息着与歌声相应和,树梢忧郁地摇曳。……一切归于寂静。……

福马整天待在父亲身边,在船长台上度过。他一声不响,圆睁着两眼眺望两岸上的连绵不绝的景色,觉得自己正在宽阔的银色道路上前进,这是在童话故事里讲的魔术师和勇士们居住的不可思议的王国。有时候,他就他所看到的东西询问父亲。伊格纳特高兴地详细地回答他,但少年不喜欢这些答案:因为答案里一点也没有他感兴趣和能理解的东西,他没有听到他所切望听到的东西。有一回,他叹口气对父亲提出说:

"安菲萨姑母晓得的比你好得多呢。……"

"她晓得些什么呢?"伊格纳特笑着问。

"什么都晓得。"少年很有把握地回答。

他眼前并没有出现不可思议的王国。河岸上却时常出现城市,这跟福马所居住的城市完全一样。其中,有的大些,有的小点,但不管人也好,房屋也好,教堂也好,城市中的一切,都跟他自己城里的一模一样。福马同父亲一起上去游览过,结果对它们感到很不满意,终于闷闷不乐地、疲倦地回到船上了。

"明天,我们就要到阿斯特拉罕了。"一天,伊格纳特说。

"这个城跟所有的城一样吗?"

"啊,当然啦!……要不,会是怎样的呢?"

"从那边再过去,又是什么呢?"

"是海。……名叫里海。"

"它里面有什么东西?"

"有鱼呀,你真是个怪孩子!水里会有些什么呢?"

"基捷日城是耸立在水里的……"①

"那是另一回事!那是基捷日呀。……在那儿……只有义人居住。"

"在海里就没有义人的城吗?"

"没有……"伊格纳特说,但沉默了一会儿又补充说,"海水是苦的,不能喝。……"

"在海的那一边还有陆地吗?"

"当然有!海总该有个边吧!它像只茶碗一样。……"

"在那边,又还有城市吗?"

"又还有城市,怎么会没有呢?不过,那儿已不是我们的国土了,那是波斯的。……你看见过那些在市集上卖桃干、杏干和阿月浑子果②的波斯女人吗?"

"看见过。"福马回答,沉思起来了。

一天,他问他父亲说:

"还有很多陆地吗?"

"孩子,有非常非常多的陆地!"

"在陆地上,一切全都是一样的吗?"

"你是指什么呢?"

"城市和一切的东西……"

"啊,当然。……一切全都是一样的。……"

有过好几次这样的对话之后,少年就不常用他那黑眼睛里的探究目光执拗地眺望远方了。……

轮船上的船员都很爱他,他也爱这一伙跟他快活地闹着玩的好汉,他们由于日晒风吹皮肤都变成棕色的了。他们给他细心地做钓鱼

---

① 基捷日,是一个传说中的城,据说在十三世纪拔都入侵时,隐入了地下,在它所在的地方出现了斯维特洛亚尔湖(在尼日戈罗德省内)。
② 浊绿色坚果子实,供食用。

工具,用树皮做小船,陪他玩儿,当船停泊着,伊格纳特进城办事去了的时候,他们就带他到河上划船。少年时常听到人们咒骂他父亲,但他并不去注意这种事,也从来没有把他听到有关他父亲的话转告他。可是,有一天,在阿斯特拉罕,轮船装进燃料时,福马听到机工彼得罗维奇的声音:

"他吩咐堆上这么多的劈柴,呸,真是一个不讲道理的家伙!船里堆得一直顶到了甲板,以后,他却要责骂'你老是弄坏机器……'说'你无缘无故浇油'……"

头发斑白、面容严肃的领港员的声音回答说:

"这全是由于他贪得无厌,这儿劈柴便宜,所以,他就拼命装。……真贪心,这个恶魔!"

"贪心透顶。……"

一连反复了好几次的这个词儿深深印入了福马的记忆里,晚上,和父亲一同吃晚饭的时候,他突然问:

"爸爸!"

"什么事?"

"你贪心吗?"

在回答父亲的问话时,他便把领港员和机工的对话转告他了。伊格纳特沉下了面孔,两眼愤怒地闪着光:

"原来是这样!……"伊格纳特摇了摇头说。"啊,这不干你的事,你别听他们的。他们不是你的伙伴,你少和他们在一起。你是他们的主人,他们是你的用人,你得明白这一点。只要我们高兴,就可以把他们一个不剩都撵上岸去,——他们贱得很,而且到处都是,像外面的野狗一样。你懂吗?他们会讲我许多的坏话——他们所以这样讲,因为我是他们的全权主人。这一切所以发生,是由于我走运发了财,发了财,人家都要嫉妒的。幸福的人是遭到人人敌视的。"

过了两天,轮船上有了新的领港员和新的机工。

"亚科夫①到哪儿去了?"少年问。

"我把他辞掉了……赶走了!"

"为什么事呢?"

"就是为的那件事。……"

"还有彼得罗维奇呢?"

"他也给辞掉了。"

福马感到很高兴,因为他父亲能够这么迅速地更换轮船上的人。他对父亲笑了。他跑下去到甲板上,走到一个水手身边,这人坐在地板上,正捻开一截缆索来做拖帚。

"我们有了一个新领港员。"福马告诉他说。

"我晓得。……祝你身体健康,福马·伊格纳季伊奇!你睡得好吗?"

"还有一个新机工。……"

"还有一个机工。……你不可怜彼得罗维奇吗?"

"不。"

"啊? 但他过去待你那么好……"

"他为什么骂我爸爸呢?"

"哦? 他骂过吗?"

"骂过,还是我听到的……"

"嗯……那么,你爸爸也听到了吗?"

"没有,是我告诉他的。……"

"是你……原来是这样……"水手拖长语调说,随即便一声不响又干他的活儿去了。

"爸爸对我说:'你是这儿的主人……只要你高兴,就可以把他们全都撵掉……'"

"是这么回事! ……"水手说,忧郁地望着这位在他面前神气活现

---

① 即上述的那个领港员。

地夸耀着自己做主子的权力的少年。从这一天起,福马觉察出,船员们对他的态度不知怎么跟以前两样了;有的人对他变得更加恭维、更加殷勤,另一些人不愿跟他讲话,就是讲话,也是气愤愤的,完全不像过去那样趣味横生。福马很爱观看冲洗甲板的场面:这时候,水手们把裤腿卷齐膝盖,手里拿着拖帚和刷子在甲板上敏捷地奔跑,把桶里的水浇在上面,互相泼洒着水,笑呀叫呀,跌着跤,——一股股水到处奔流,人们的热闹嘈杂声跟水流愉快的汩汩声汇成了一片。从前,在这种好玩而又轻松的工作中,少年不但不妨碍水手们,而且还积极参加进去,用水泼他们,在他们吓着泼他水时就笑嘻嘻地逃开去。可是,在彼得罗维奇和亚科夫被解雇之后,他感觉得现在他对每个人都有些碍手碍脚,谁也不愿同他玩儿,人人都冷冷地看着他。他又惊异又忧郁,便离开甲板,跑到上面舵轮旁,坐在那儿难过地、心事重重地眺望青葱的河岸和参差不齐的森林。可是在下面,甲板上,水泼得正热闹,水手们兴高采烈地笑着……他非常想到他们身边去,但有点什么又不让他去那儿。

"你要跟他们离得远远的,"他记起了父亲的话,"你是他们的主人。……"

这时,他很想对水手们大声吆喝,讲几句像他父亲吆喝他们时讲的那种带威胁性又有主子气派的话。他想了很久,讲什么呢?他什么也没有想出来。……又过了两三天,他清清楚楚地醒悟过来了:船员们不爱他了。他开始感到在轮船上很寂寞,在这些新印象的斑驳多彩的迷雾中,福马眼前越来越频繁地浮现出了被它们弄得黯然失色的那位温柔可爱的姑母安菲萨的形象,她带着她的故事、微笑和轻松的笑话,把欢快的温暖吹进了少年的心灵。他仍然生活在童话世界,可是,现实的无情的手却已经嫉妒地扯破了那奇妙、美丽的蜘蛛网,少年原是透过这层网来看他周围一切的。关于领港员和机工的事件,使得少年的注意力转到环境上了;福马的眼睛变得更尖锐,眼里现出了一种自觉的探究神情,在他向父亲提出的问题中也流露出要了解事物的渴望——是什么线索和动力在操纵人们的行动。

有一天,在他面前演出了这样一个场景:水手们在搬运劈柴,他们中间有个年轻、鬈发、快活的叶菲姆,他挑着柴担走过甲板时,怒气冲冲地大声说:

"不,这真是丧尽天良!我并没有订过搬柴的契约。既是一个水手——嗯,那么,你的活儿就一清二楚!可是还要搬劈柴……真不敢当!这就是说,要剥掉我并没有出卖的皮……真是丧尽天良!啊呀,这才是个榨取人们血汗的好手。"

少年听着这番怨言,明白了这是说他父亲。他看见,叶菲姆虽在抱怨,但他柴担上的劈柴却比旁人柴担上的多,而他也走得快些。对于叶菲姆的牢骚话,水手中谁也没有搭腔,甚至跟他配搭着干活的对手也没吭一声,他只有时候在叶菲姆把劈柴往柴担上堆得太起劲时,反对一两句。

"够了!"他不高兴地说。"你又不是去驮在马背上!"

"你最好闭住嘴!把你套上了,你就得搬运,别倔强。……如果要吸你的血,也还是别响,你又能够讲什么呢?"

突然间,伊格纳特不知从什么地方出现了,他走近水手身边,挡在他面前,威风凛凛地说:

"你在讲什么?"

"我在讲,就是,我能讲的……"叶菲姆支支吾吾地回答,"契约上并没有说……叫我闭嘴不讲话。……"

"是什么人要吸血?"伊格纳特问,一面摸胡子。

水手明白了,他已掉进陷阱,无法挣脱,于是丢下手里的劈柴,把手掌在裤子上揩了揩,两眼直盯在伊格纳特脸上,大胆地说:

"难道我说得不对吗?你不是在吸血……"

"我?"

"你。"

福马看见,他父亲扬起手来,啪的一声,水手沉重地跌倒在劈柴上。他立刻爬起来,默默地重新干活……从他受伤的脸上,有血滴落在桦木劈柴的白皮上,他用衬衫袖子拭去血,看了看衣袖,叹口气,一声也没吭。他挑着柴担走过福马身边时,福马看见他脸上靠鼻梁的地方,有两大滴混浊的泪珠在抖动……

和父亲一同吃午饭时,他沉思默想,眼睛里露出恐惧神色望着伊格纳特。

"你为什么愁眉不展?"父亲关切地问。

"因为……"

"恐怕你不大舒服吧?"

"不是……"

"那很好……你若有什么事,就说出来。"

"你力气真大!……"少年突然若有所思地说。

"我吗?没什么。我力气大,是天生的。"

"刚才,你把他打得多——么厉害!"少年轻声感叹着,低下了头。

伊格纳特正把一片涂鱼子酱的面包送到嘴边,但他的手停下,被儿子的感叹声阻止住了,他疑问地瞧着他的低垂的脑袋,问:

"你是说叶菲姆吗?"

"是……他都出血了!……他后来边走边哭……"少年低声说。

"嗯……"伊格纳特喃喃着,嘴里嚼着面包,"你为他难过吗?"

"觉得怪可怜的!"福马声音里带泪说。

"对了……你就是这么个货色!"伊格纳特说。

接着,沉默了一会儿,他倒了一杯伏特加喝下,严厉地说道:

"可怜他是没有道理的。他无缘无故骂人,挨打是活该……我知道他:他是个不错的小伙子,勤恳耐劳,身体结实,人也不笨。可是,发议论,他不够格:我才可以发议论,因为我是主人。做主人,这可不简单!……耳光打不死他,反会使他变聪明点……的确。唉,福马!你还是个小孩子……什么也不懂。……应该教你怎样生活。……也许,我在世的日子剩得不多了。……"

伊格纳特沉默了一忽儿,又喝了点伏特加,于是重新明白易解地开始说:

"可怜人,是应该的……你这样做,很好!只是可怜人,必须要有道理。……首先,要观察那个人,弄清楚他的长处在哪儿,能有什么用场?如果你看出来,他是个有气力、有本领干活的人,那就可怜他、帮助他。如果是个身体不行而又没心干活的人,那就唾弃他,不管好了。你得明白,一个对事事都抱怨不绝、又叹息又呻吟的人,半文不值,不配受人怜悯,就是你帮助他,也不会给他带来任何好处。……只会由于可怜他们,使得他们更加萎靡不振,那就更害了他们。……你住在教父家里的时候,你在那儿看到过各种各样的无赖:巡礼者、寄食者、不幸的人……各种各类的坏蛋。……你把他们忘了吧……那些全不是人,只是甲壳,毫无用处。……这是跟臭虫、跳蚤和其他脏东西一样的。……他们不是为上帝活着,他们心里完全没有上帝,他们白白呼唤他的名字,好引起傻瓜们的怜悯,他们就靠这种怜悯弄点什么填塞自己的肚子。他们是为他们的肚子活着,而且除了,比如说喝呀、狼吞虎咽地吃呀、睡呀、呻吟呀,他们什么也做不成。……他们干出来的事,只有毁灭灵魂。他们只会害人。好人在他们中间,就像新鲜苹果在腐烂苹果中间一样,会变坏的。……你还很小,不能理解我说的话……你要帮助那些在患难中仍很坚强的人……他也许不会求你帮助,但你自己要揣摩到,而且不等他请求就给他帮助。……他也许很自傲,可能对你的帮助会生气,那你就别做出你是在帮助他的样子。……按道理,就应该这么做!在这儿,比如说,有两块木板落到污泥里——一块是腐朽的,另一块是结实的。你应该怎么办呢?腐朽的板子有什么用处?你别管它,让它躺在泥里,你可以从它上面走过,免得弄脏了你的脚。……至于那块结实板子,你把它拾起来,放在阳光里,即使你用不着它,对于旁人,它或许有些用处。事情就应该这样,孩子!听我的话,好好记住。……可怜叶菲姆是没有道理的,他是一个干练的小伙子,而且明白他自身的价值。……一记耳光不会打得他灵魂出窍……我要观察他一个星期的时间,然后安置他到舵轮上去工作……在那儿,瞧着吧,他定会成为一个好领港员。……而且如果叫他做船长,他也能当个高明的船长!人就是这样成长起来的。……我自己,孩子,就经历过这种锻炼,我在他这个年纪,也挨过不少耳光呢。……生活,孩子,对于我们所有的人来说,并不是一位亲娘呀,它是我们的严厉的当家人。……"

伊格纳特对儿子谈了两小时的话,谈到他自己的青年时期、他受过的艰难辛苦,谈到人们以及他们的无穷力量和弱点,谈到人们如何喜欢并善于装出不幸来希图依靠别人过活,还谈到他自己——他怎样从一个普通工人变成这个规模巨大的事业的主人。

少年听着他的谈话,两眼瞧着他,觉得父亲跟他越来越接近了。虽然从父亲的叙述里,并没有听到安菲萨姑母讲的童话故事中所充满的那种东西,但在另一方面,其中却有些新的——比童话故事更明白易懂而且也同样有趣的东西。一种有力而热烈的东西在他小小的心里跳动起来,把他吸引到他父亲那方。伊格纳特一定是从儿子的神色上看出了他的感情,他急剧地就地站起身来,把他搂在两臂间,紧紧贴着胸脯。福马抱住父亲的脖子,把自己的面颊挨着父亲的面颊,一声不响,呼吸急促。

"我的儿呀!……"伊格纳特低声嘟哝着。"我亲爱的。……我的欢乐!趁我还活着的时候,你好好学吧……哎,活着并不是一件容易事啊!"

由于这种低语,孩子的心战栗了,他咬紧牙关,热泪涌出了他的眼眶。……

轮船往回开,溯伏尔加河而上。是个溽暑的七月之夜。这时,天空乌云密布,河上的一切安静得有些不吉祥似的,船开到了喀山,靠近乌斯隆①停泊下来,排在一个很大的船队最后面。锚链的哗啦哗啦声

---

① 喀山附近的一个村子,在伏尔加河右岸。

和船员们的叫喊声惊醒了福马;他从窗口向外眺望,看见远处黑暗中有微小的灯光闪烁;水黑而稠,像油一样,此外,便什么也看不见。少年的心吓得发抖,他开始凝神倾听。不知从什么地方传来了刚刚听得出的好像哭诉的凄凉、悲惨歌声,船队上的看守人互相呼应着,轮船放着蒸气,怒气冲冲地发出了咝咝吱吱的响声……乌黑的河水忧郁地悄悄地拍击船舷。少年向黑暗中凝神注视得眼睛都发痛了,总算在其中看清了一堆堆乌黑的东西,和它们上面高处勉勉强强燃着的小火光……他知道,那些是驳船,但这种知识仍不能使他安静,他的心在乱跳,他的想象中出现了一些乌黑可怕的形象。

"哦—哦……哦!……"远处传来了拖长的叫喊声,尾音像痛哭……那边,有人在甲板上向船舷走去……

"哦—哦—哦……"又听着了这种声音,但地方已经近些了……

"叶菲姆!"甲板上有人低声说,"他妈的!起来!拿钩竿来。……"

"哦—哦—哦!……"附近有人在呻吟,福马打了个寒噤,从窗口离开了一步。

这奇怪的声音越来越近、越来越响亮,成了痛哭声,随后又消失在漆黑一团的黑暗中。甲板上,有人惊惶不安地低声说:

"叶菲姆!还是起来吧,一个客人①漂来了!"

"在哪儿?"一个仓皇的声音问……甲板上,有赤脚啪哒啪哒地走过,可以听出一阵嘈杂声,两根钩竿从上面由少年脸面前掠过,几乎毫无声响地戳进那浓稠的水里去了。……

"一个……客—客—人!"附近什么地方有人号啕痛哭起来,响起了一阵轻微而奇特的潺潺水声。

少年因这悲伤的叫喊,吓得发抖,可是他却无法把手从窗子上挪开,也无法把视线从水面上移开。

---

① 指淹死的人。

"点灯……什么也看不见！……"

昏暗不明的斑斑点点微光照射在水面上了。……福马看见水微微动荡,上面漂着涟漪,好像水也感到痛苦,因疼痛而战栗了。

"看啦……看啦！……"甲板上,人们惊恐地低声说。

在这同时,水面上的那斑斑点点光线里,现出了一张露着白牙的又大又可怕的人面。它在水面上漂浮着、摇荡着,它的牙齿正对着福马,仿佛微微一笑,说:

"哎,孩子,孩子……冷—冷—冷得很呀！……"

钩竿抖动着,举到了空中,接着重新投入了水里。

"使劲推呀……把它推开！……当心,别给冲到机器齿轮下……"

钩竿顺舷侧掠过,并且擦着它,发出了好像牙齿相挫的嘎吱嘎吱声。甲板上,啪哒啪哒的脚步声渐渐移到船尾上去了……在那边,重新发出了一声追悼似的哀号:

"一个……客—客—人……"

"爸爸!"福马叫了起来,"爸—爸。……"

父亲跳下床,跑到他身边。

"那边出了什么事?他们在干什么?"福马喊道。

伊格纳特粗野地咆哮着,大踏步跳到舱外去了,但福马跟跟跄跄,东张西望,还没有从窗前走到床边,他已经转来了。

"他们吓着你了吧。啊,没有什么事!"伊格纳特说着,把他抱了起来。"跟我一道睡吧。……"

"是什么事?"福马轻声问。

"没有什么事,孩子。……是一个淹死的人。一个人淹死了,尸体漂过来了。……这没有什么。……别害怕,它已经漂远了。……"

"他们为什么推开它呢?"少年追问,紧紧挨着父亲,害怕得闭上了眼睛。……

"必须这样办。……水会把它冲到机器齿轮下……比如说,冲到我们的轮船齿轮下……明天,警察发现了……那就会有麻烦,会要讯问……我们就会被耽搁下来。所以把它送远些。……这对它有什么关系呢?它已经死都死了。……这不会弄痛它,不会得罪它……而活人倒有可能因它受到麻烦。……睡吧,孩子!……"

"它会这样漂下去吗?"

"就会这样漂下去。……漂到一定的地方,有人会把它捞起来埋掉的。……"

"鱼不会吃掉它吗?"

"鱼不吃人的尸体。……螃蟹才吃……"

福马的恐怖消失了,但是在他眼前,那张露出牙齿的可怕的面孔依然在乌黑的水上摇荡。

"他是谁呢?"

"上帝晓得他!你要为他向上帝祈祷,说:'主啊,赐他灵魂安息!'"

"主啊,赐他灵魂安息!"福马低声重说了一遍。

"啊,好了……睡吧,别害怕!……它现在已经去得远了!一直往前漂去了。……喂,别粗心大意地跑到船边上去,那就会像那样——上帝保佑——跌下水去的。……"

"他是跌下去的吗?"

"当然,是跌下去的。……也许是,喝醉了。……但,也许是他自己投水的。……有这样的人,他们自己……就这么投下水去……淹死了。……人生,孩子,就是这样安排的,有时候,死对于这个人本身来说,是件乐事,但有时候,对于大家来说,是件值得庆幸的事!"

"爸爸……"

"睡吧,宝贝……"

三

在学校生活的第一天里,热情的、淘气的、活泼的儿童游戏所汇集成的吵闹而又朝气蓬勃的喧嚣,把福马弄得目瞪口呆,但他仍从少年们中间选择了他一开始就觉得比别的男孩更有趣的两个人。一个就坐在他的前面。福马皱着眉头望了望,看见一张宽背,一个布满雀斑的肥脖子,一对大耳朵和一个顶着一头亮闪闪火红色头发、剪得平平整整的后脑勺。

当教师,一位下唇下垂、头顶光秃的人,喊出了"斯莫林·阿弗里坎!"时,火红色头发少年不慌不忙站起身来,走到教师跟前,神色镇静地望着他脸上,听清了习题,便开始用粉笔在黑板上细心地写着又大又圆的数目字。

"好,够了!"教师说。"叶若夫·尼古拉,接下去做!"

和福马共课桌挨着坐的孩子,一个生着一对像老鼠眼睛一样的黑眼睛,片刻不安宁的少年,跳下座位,横冲直闯地从课桌间走过,并掉转头来东张西望。他在黑板旁,抓起一支粉笔,踮着靴尖站起,开始用粉笔戳着黑板,乒乒乓乓地把粉笔弄得嘎吱嘎吱响,粉末四溅,在黑板上略略记下了看不清的细小记号。

"轻—点,"教师说,痛楚地皱了皱他那张生着一对疲惫无力的眼睛的焦黄面孔。可是叶若夫声音响亮而急促地说:

"现在,我们知道第一个小贩赚得了十七个戈比。……"

"够了!……高尔杰耶夫!若要求得第二个小贩赚了多少,应该怎么做?"

福马正在注视少年们的举动,——他们彼此间是这么不相似,——被这个问题问得措手不及,他一声不响。

"不晓得吗?……你给他讲讲,斯莫林……"

斯莫林用拭布把他那因粉笔弄脏的手指头仔细揩净,放下拭布,望也不望福马,做好了习题,便又开始揩手,而叶若夫则又笑又跳地走着,回到他自己座位上了。

"哎,你!"他挨着福马坐下,顺便用拳头碰了碰他的肋部,小声说。"你为什么算不到!一共赚了多少?三十个戈比……小贩是两个……

一个赚了十七个戈比,那么,另一个赚了多少呢?"

"我晓得。"福马低声回答,自己觉得很难为情,他凝神注视正稳稳重重走回自己座位上去的斯莫林的面孔。他不喜欢这张面孔——圆圆的、满是雀斑、和肥胖起来的淡青色眼睛。但叶若夫捻痛了他的腿问道:

"你是谁的儿子,是那个'狂人'的吗?"

"是……"

"啊……你要不要我经常给你提示?"

"要……"

"但你给我什么作报酬呢?"

福马考虑了一会儿问:

"难道你自己就晓得吗?"

"我吗? 我是顶呱呱的学生。……"

"你,喂! 叶若夫,你又在讲话吗?"教师喊道。

叶若夫一跳,站了起来,机灵地说:

"不是我,伊凡·安德烈伊奇,是高尔杰耶夫!"

"他们两个都在悄悄讲话。"斯莫林不动声色地解释说。

教师愁苦地皱了皱面孔,滑稽地动了动他的厚嘴唇,把他们全都申斥了一顿,但他的责备却阻止不住叶若夫,他马上又低声讲起话来了。

"好吧,斯莫林! 你告发我,我会记得你的。……"

"但你为什么都推在新生头上呢?"斯莫林轻声问,连头也没有对他掉过来。

"好吧,好吧!"叶若夫唠叨着。

福马一声没吭,斜着眼睛望了望这位狡黠的邻人,他既讨他欢喜,同时又引起他一种要跟他尽量离远一些的愿望。在休息的时候,他从叶若夫那儿知道了,斯莫林家里也很富有,他是一家制革厂厂主的儿子,而叶若夫自己则是一个在衙门里当警卫的人的儿子,很穷。从这个伶俐少年身上穿的膝肘上都有补丁的灰斜纹布衣服来看,从他那带菜色的苍白面容来看,从他整个瘦骨嶙峋的小小体态来看,这一点是很明显的。叶若夫讲起话来,是一种像金属声的中音,同时挤眉弄眼,用表情姿势来阐明他的话语,他还在他的谈吐中时常采用只有他自己才懂的那些词句。

"我跟你做朋友。"他对福马声明说。

"但你刚才为什么在老师面前告我呢?"高尔杰耶夫提醒他,怀疑地白了他一眼。

"啊!那对你有什么呢?你是个新生,又是有钱人,老师是不处罚有钱人的。……可我,一个靠人家吃饭的穷光蛋,他不喜欢我,因为我顽皮又没有送过他礼物。……要是我功课不行的话,他老早开除我了。你晓得,我从这儿出去,就去进中学。……读完二年级,我就要去……一个大学生在为我补习。……我要在那儿好好用功,取得顶呱呱的成绩!你家里有几匹马?"

"三匹。……你为什么要读这么多书呢?"福马问。

"因为我穷呀。……穷人必须多读书,这样做,他们也可以变成富人,——当医生、官吏、军官……我也要做一个走起路来喀嚓喀嚓响的人……腰上挂把军刀,靴子装上马刺——喀嚓,喀嚓!你将来要当什么呢?"

"我—我不晓得!"福马望着他的同伴,若有所思地说。

"你也用不着当什么。……你喜欢鸽子吗?"

"喜欢。……"

"你真是个没出息的家伙!嗯—嗯!哦—哦!"叶若夫模仿着福马那种慢吞吞的口吻说。"你有多少只鸽子?"

"我没有。……"

"哎,你呀!有钱人没有鸽子……连我也有三只呢,——一只凸胸鸽、一只有斑点的雌鸽、还有一只飞翔时会翻筋斗的筋斗鸽。……如果我父亲有钱,我要养它个百来只,成天放着它们玩儿。斯莫林也有鸽子——是一些很好的！有十四只——那只筋斗鸽就是他给我的。不过他很吝啬……凡是有钱人都很吝啬！你也吝啬吧？"

"不……不晓得。"福马犹豫不决地说。

"你到斯莫林家里去，我们三个人一起去放……"

"好吧……如果家里让我去。……"

"难道你父亲不爱你吗？"

"爱。"

"那就会让你去……只是，你别讲我也去，——跟我一起玩儿，大概，倒真不会让你去。……你请他让你到斯莫林家里去……斯莫林！"

那个肥胖少年走拢来了，叶若夫责难地摇着头跟他打招呼：

"喂，你这个红头发的告密鬼！真值不得跟你做朋友，你这个笨蛋！"

"你为什么骂人？"斯莫林态度安详地问，目不转睛地瞧着福马。

"我没有骂人，我说的是实话，"叶若夫解释说，高兴得浑身都抖动了。"喂，尽管你是个懦弱家伙，但是，算了吧！星期天，做过弥撒后，我同他到你家里去……"

"来吧。"斯莫林点点头。

"一定来。……马上就会摇铃了，我要去卖金翅雀了。"叶若夫说着，从他的短裤兜里掏出了一个纸口袋，袋子里有什么活物在动。他一下便从校园里消逝不见了，就像水银从手掌上脱落下去了一样。

"他这个人真是！"福马因叶若夫的迅速敏捷惊愕万分，讯问地瞧着斯莫林，说。

"是个机灵的人！"红发少年解释。

"还是个有趣的人。"福马补充。

"还是个有趣的人。"斯莫林同意说。随后，他俩都默不作声，彼此对望着。

"你同他一道到我家来吗？"红头发问。

"来。……"

"来吧。……我家里很好……"

福马听了这句话,没有接下文。随后,斯莫林问他:

"你朋友多吗?"

"我没有朋友。……"

"我在上学以前,也是没有朋友……只有些堂弟兄和表弟兄……但是,现在你可一下就有两个朋友了。……"

"是的,"福马说。

"当你有许多朋友的时候,真是快乐。……而且学习起来,也容易些,有人给你提示。……"

"你功课好吗?"

"我——样样都很行,"斯莫林静静地说。

铃声像吓了一跳似的叮叮当当响了,但又立刻向什么地方匆匆忙忙逃掉了。

福马坐在学校里,觉得自在些了,并且开始拿他的朋友们跟其他的少年相比较。他很快就觉察出,他们两个是学校里最优秀的学生,而且是最引人注目的人物,就像教室里黑板上还没拭去的5和7两个数目字一样地显眼。福马觉得很高兴,因为他的朋友们比所有其他的少年更优秀。

他们三人一道离校回家,但叶若夫很快就拐进一条狭窄的小巷里去了。斯莫林还同福马一道一直走到了福马家门口,分手时,他说:

"你看,我们同路呢!"

在家里,福马受到了隆重的欢迎:父亲送了他一把镂刻着精巧花字的沉甸甸的银调羹。姑母送了他一条她自己编结的围巾。他们正等着他吃饭,已准备好他喜欢吃的菜,他一脱掉外衣,他们便坐到桌前开始问他了:

"喂,怎样,你喜欢学校吗?"伊格纳特怜爱地盯着儿子那张红喷喷的、生气勃勃的面孔问。

"没什么……很好!"福马回答。

"我的宝贝!"姑母感动地叹了口气,"你呀,得当心,可别让同学们欺负你……只要他们一有点什么得罪你,你就马上去老师那儿告他们。……"

"啊,你听她讲的!"伊格纳特笑了。"但是,决不要那样做!你要自己想办法去对付欺负你的人,要用你自己的拳头去惩罚他们!那些孩子们还不错吧?"

"不错,"福马笑了,因为他想起了叶若夫,"有一个很大胆的家伙,可了不得!"

"那是谁家的孩子?"

"是一个警卫员的儿子。……"

"你说他大胆吗?"

"大胆得吓人!"

"啊,别管他吧!还有旁的呢?"

"还有一个,一脑壳的火红头发,叫斯莫林。……"

"啊!那一定是米特里·伊凡内奇的儿子。……这个孩子,你要跟他在一起,这是很好的伙伴……米特里是个聪明汉子……要是他儿子像他的话,那就很不错!至于另外那一个。……喂,福马,这样吧:你邀请他们星期天到我们家来玩玩。我买点心来,你款待他们。……我们来看一看,他们究竟是怎样的孩子。……"

"这个星期天,斯莫林叫我到他家里去,"福马询问地瞧着父亲,声明说。

"啊呀。……那就去吧!没关系,去吧。……去看一看世间上有些怎么样的人。……一个人没有朋友,孤单单的,是过活不下去的。……我和你教父,有二十多年的友谊,他的智慧给了我很多益处。所以,你应该努力跟那些比你强,比你聪明的人做朋友。……多跟好人在一起,就像一个铜钱和银币混在一起一样,别人也会把你看成个银币的。……"伊格纳特因自己的比拟发笑了,又补充说:"我是在说笑话呀。要努力做个本色的人,别作伪君子。……智慧不多也罢,但要是自己的。……啊,功课给的很多吗?"

"很多!"少年叹了口气,而仿佛是他这声叹息的回应,姑母也深深叹了口气。

"啊,用功吧!别在功课上赶不上旁人。但我得告诉你:即使学校里有二十五班也罢,除了写、读和算之外,他们是教不出什么来的。但其他种种坏事倒可能学会,愿上帝保佑不会这样!如果你干那些事,我就要揍死你……你要是抽烟,我就要割掉你的嘴唇……"

"要记住上帝,福穆什卡,"姑母说道,"当心,别忘了我们的主。……"

"这样才对!要尊敬上帝和父母!但我要对你讲,教科书还是小事情。……你需要它们,就像粗工木匠需要斧头和刨子一样;它们是工具,但怎样运用它们来干活,工具是不会教的。懂吧?比如说:交一把斧头在粗工木匠手里,他必须用斧头把木头削光。……单只手和斧头是不够的,他还必须能做到砍在木头上,而不是砍在他自己的脚上。……所以,光书本是不够的,还必须有应用它们的本领……就正是这种本领,比所有的书本都更奥妙,但是,书本里关于它什么也没有写到。……这,福马,就必须由你自己从生活中学习。书本是死的东西,你可以随便把它拿去也好、扯破也好、毁坏也好,它是不会叫喊的。……可是生活呀,只要你在上面脚步迈得不对,或者站错了位置,它就会用上千个声音对着你咆哮,打击你,弄得你一败涂地。"

福马用臂肘支在桌上,聚精会神地听他父亲讲,在他强有力的嗓音下,他脑子里一会儿想象出了那个正在削光木头的粗工木匠,一会儿又想象出了他自己:他正小心翼翼地将两手伸向前面,在一个摇摇晃晃的基地上,悄悄走近一个大的活东西,并且想抓住这件可怕的东西。……

"一个人必须为了自己的事业保重自己,必须深知通向自己的事业的道路。……一个人啦,孩子,就像船上的领港员。……在青年时代,好像在涨大水的时候一样,要笔直向前!对你,到处都是路。……

可是,你得知道什么时候该掌舵。……等到水退了,就要看清楚,哪儿有浅滩,哪儿有暗礁,哪儿有岩石;这一切都必须计算到并且及时绕过去,好安安全全到达码头。……"

"我会到达的!"少年颇有把握地、自夸地瞧着父亲说。

"啊?你说得很有勇气!"伊格纳特笑了。姑母也温柔地笑了。

自从跟父亲一同到伏尔加河上旅行以来,福马跟他父亲、姑母以及马亚金一家人在一起时,就变得活泼些了,话也多起来了。可是,在街上或在对他来说是新地方、在陌生人面前,他便无精打采、狐疑地、不信任地环顾自己四周,仿佛他觉得到处都有敌视他、躲避他、并在暗中窥伺他的什么东西一样。

夜里,有时候,他突然醒来,好久地倾听四周的寂静,睁大眼睛凝视黑暗。在他眼前,他父亲的那些故事变成了一些肖像和画面。他在不知不觉中给自己把它们和他姑母的童话故事混在一起,组成一些杂乱无章的事件,在这些事件中,幻想的鲜明色彩跟现实的严峻调子离奇地交织在一起。结果,成了一种庞大而不可理解的东西;少年闭上两眼,从自己身边驱逐掉这一切,并想把吓着他的这种幻想的游戏告一结束。可是,他极力要睡觉也无用,房间里愈来愈充满了那些黑乎乎的肖像。接着,他轻轻喊醒他的姑母说:

"姑妈……啊,姑妈。……"

"什么事?基督与你同在。……"

"我到你那儿去,"福马低声说。

"为什么呢?睡吧,我的宝贝……睡吧……"

"我怕!"少年承认说。

"你默默地念'我主复活',就会不怕了。"

福马闭上眼睛躺着,一面念祈祷文。夜的寂静宛如一片无涯无际的黑水出现在他眼前,这水全然静止不动,——到处都是,而且凝结着了,上面既没有涟漪,也没有摇曳的阴影,水里也没有任何东西,虽然它深不可测。要是有人从上面黑暗里什么地方望一望这死水的话,那是非常可怕的。……可是,这时传来了更夫的梆子声,少年看见水面颤动起来了,上面盖满了涟漪,有圆圆的、亮闪闪的滚珠在急驰……钟楼上的钟当的一声响,使得全部的水汹涌澎湃地摇荡起来了,由于这一敲击,水有节奏地震了很久,有一个大的光点点也震颤着照在水面,由水的中心向着漆黑的远处扩展开去,愈变愈弱,终于消失不见了。在这漆黑的荒野里,又是令人发愁的和死一般的寂静。……

"姑妈……"福马低声恳求着。

"要什么?"

"我要到你那儿去……"

"那就来吧,来吧,亲爱的……"

挪到了姑母床上,他紧紧挨着她并且恳求说:

"你讲点什么我听吧。……"

"不是已经深更半夜了吗?"姑母睡意沉沉地反对说。

"我求求你。……"

也无需求她多久。老婆婆打着呵欠,紧闭着眼睛,用她那因瞌睡而变得嘶哑的嗓子匀调地讲道:

"好吧,我的少爷。从前有一个王国,一个国家,有一对夫妇,他们很穷,非常之穷!……他们万般不幸,连一点吃的东西也没有。他们就出外沿门告化,有些地方人们给他们一点又陈又硬的面包皮,他们就靠这来充饥度日。后来,他们生了个孩子……生了个孩子,必须给他施洗,可是,因为他们穷得厉害,没有任何东西款待教父教母和客人,所以没有一个人来给他们行洗礼!他们东想办法,西想办法,但谁也没有来!……这时候,他们向上帝哀求了,'主啊!主啊!……'"

这个讲上帝的教子的可怕故事,福马是知道的,他已听过无数次了,而且已经预先在自己眼前描绘出了这个教子:他乘着一匹白马向着他的教父、教母那儿驰去,他在黑暗中驰过荒野,在那儿看见了罪孽深重的人们被判处的那一切难以忍受的苦难……他还听到了他们的轻声叹息和哀求:

"哦—哦—哦!人啊!请你问问上帝,我们还要受很久的磨难吗?"

这时候,少年觉得仿佛就是他本人乘着白马在黑夜里奔驰,这些叹息和祈祷是向他发出的。他的心紧缩了,眼中涌出了泪珠。他把眼睛闭得紧紧的,害怕睁开来,不安地在床上翻来覆去……

"睡吧,我的孩子,基督与你同在!"老婆婆这样说着,中断了她讲的受难人们的故事。

经过了这一夜,福马早晨起床,匆匆洗过脸,赶急吃好早点,便带着奶油甜馅饼,往学校跑去。那个经常挨饿,靠自己的有钱朋友们的慷慨得着食物的叶若夫,正在那儿等着这些东西。

"带来吃的东西没有?"他迎着福马,扬起了他的尖鼻子。"拿来吧,我一点东西也没有吃就从家里出来的……我起来晚了,真该死,我昨晚一直读到了两点钟。……你的习题做了吧?"

"还没有。"

"哎,你这个笨蛋!好吧,我马上给你把它们赶出来!"

他用尖锐的小牙齿咬住馅饼,像小猫似的呼呀呼呀地哼着,一面用左脚踏拍子,一面演算习题,急促地对福马讲着简短的话:

"你懂吧?一小时漏出八俄升①……漏了几小时——六小时吧?唉,你们吃得多好呀!……所以,必须用八来乘六。……你喜欢葱花馅饼吗?我真喜欢得要命!那么,从第一个龙头里,在六小时漏出了四十八俄升……而大桶里一共有九十俄升……这以后的,你懂了吧?"

福马喜欢叶若夫,胜过喜欢斯莫林,但他却跟斯莫林相处更友好。他对这个小个子的才能与灵活感到很惊奇,他看出叶若夫比自己聪明,他嫉妒他,并且因此恼怒他,而同时又以一个衣丰食足的人对于一个挨冻受饿的人的屈尊俯就的怜悯去怜悯他。也许正是这种怜悯心大大地妨碍了他,不让他跟这个生气勃勃的少年要好,反而去跟那个

---

① 一俄升等于12.3公升。

沉闷不堪的红头发斯莫林要好。叶若夫喜欢取笑他那些吃得脑满肠肥的朋友们,他时常对他们说:

"哎,你们真是些装满馅饼的小皮包!……"

福马因这种讥笑很生他的气。有一回,因为伤了他的心,他便轻蔑而毒狠地说道:

"可是你呢?一个乞丐,一个穷光蛋!"

叶若夫的焦黄面孔罩上了一层愁云,他慢吞吞地回答说:

"好吧,让他是乞丐好了!……我马上不给你提示,你就会变成一段木头!"

他们有三天彼此都不讲话,这使得先生很烦恼,因为在这几天里,他不得不给人人尊敬的伊格纳特·高尔杰耶夫的公子打一分和二分。

叶若夫什么都知道。他在学校里讲检察长家里的侍女生了个孩子,检察长的老婆因此拿滚烫的咖啡泼她的丈夫。他能够讲出在什么时候,在什么地方捉鲈鱼最得手。他会做捕鸟器和鸟笼。他能详细地讲述一个士兵为了什么缘故和怎样在兵营里的顶楼上吊死了,讲述老师今天收下了哪个学生家长送的礼物以及这件礼物究竟是什么东西,等等。

斯莫林的兴趣和知识范围,只限于商人的日常生活;这红发少年喜欢判断谁比谁更富有,他对他们的房屋、船只、马匹进行衡量和估价。所有这一切,他都知道得一清二楚,而且讲起来津津有味。

他对待叶若夫,和福马一样,也是那么一种屈尊俯就的态度,不过比较友好比较平等一些。每当高尔杰耶夫跟叶若夫吵嘴的时候,他就极力给他们调解。有一次,从学校走回家时,他对福马说:

"你为什么要和叶若夫相骂呢?"

"他为什么自傲得那么厉害?"福马怒气冲冲地回答。

"他所以自傲,是因为你的功课差,而他总在帮助你。……他很聪明。……至于他穷,难道这是他的错吗?凡他愿意学的东西,他都能学会,他将来也会富有起来的。……"

"他像个蚊子一样,"福马轻蔑地说,"嗡呀嗡的,冷不防就来叮你一口!"

不过,在这几个少年的生活中,还是有把他们结合起来的东西,还是有使他们忘却自己的个性和地位的差别的时候。在星期天,他们三人聚集在斯莫林家里,爬上有个宽敞鸽子笼的耳房屋顶,把鸽子放出去。

长得美丽、肥壮的鸟儿,鼓着它们的雪白翅膀,一个接一个从鸽舍里飞出,在屋脊马头形木雕饰物上歇成一排,它们在阳光照耀下,咕咕地啁啭,在少年们面前炫耀自己。

"把它们轰走!"叶若夫焦急得发抖,恳求说。

斯莫林用一根尖端系有韧皮的长竿在空中挥动,一面打着口哨。

受惊的鸽子扑入空中,天空里充满了它们的急促的振翅声。它们绕着大圆圈儿平稳地向上翻飞,冲入蔚蓝的高空,翱翔着,越来越高,它们的羽毛闪耀得如银似雪一般。有几只鸽子宽宽地展开两翼,好像毫不鼓动它们似的,照老鹰那般平稳地滑翔,试图达到天顶。其余的鸽子在空中翻筋斗,游戏着,像雪球似的落了下来,又像箭一般蹿了上去。接着,整群鸽子仿佛一动不动地悬在广漠的天空,而且越来越小,在空中隐没不见了。少年们扬着头,目不转睛地盯着这些飞鸟,默默地欣赏着,三双疲倦的眼睛里闪烁着恬静的喜悦,对于那些有翅膀的生物不是绝无嫉妒之感的一种喜悦,因为它们是那么自由地离开地面,飞入充满阳光的澄清而宁静的领域里去了。散布在碧空里的这一小团,眼睛勉强看得见的点点,引起了孩子们自己的想象,而当叶若夫文静而深思地说出下面这句话时,他是阐明了大家共同的心愿:

"朋友们,我们也要这样高飞……"

欢乐把孩子们的心连在一起了,他们默不作声、聚精会神地等候鸟儿从高空飞回。他们互相挨得紧紧的,远离了现实生活的簸弄,好像他们的鸟儿远离了地面一样。在这时刻,他们简直成了既不会嫉妒,也不会生气的儿童;他们已超脱一切,彼此很接近,不用交谈,由眼睛里的闪光,就能理解各人的感情——他们觉得像天空中的鸟儿一样心情舒畅。

这时候,飞倦了的鸽子已降落在屋顶上,接着被赶进了鸽子笼。

"朋友们,我们去摘苹果吧?!"叶若夫提议说,他是一切游戏和冒险行为的鼓动者。

他的这一号召,把孩子们心灵里由鸽群活动引起的宁静心绪驱散了,于是他们小心翼翼地,用猛兽式的步伐,和猛兽式的敏感谛听着所有一切音响,从后院里偷偷钻进隔壁园子里去。害怕被捉住的恐惧,被想不受处罚就偷到手的希望抑制下去了。盗窃也是劳动,而且是危险的劳动,一切用自己的劳动挣来的东西,都是甜蜜的!付出的努力越大,就感到越甜美。……少年们小心翼翼地攀过了花园围墙,弯着腰,朝苹果树爬去,一面机警而胆怯地环顾四周。每有一点沙沙声响,他们的心便发抖并且跳得缓慢了。他们都同样害怕被捉住、被发觉——认出来他们是谁;但如果他们只是被发觉、被斥责一顿,他们是会感到满意的。一听到喊声,他们就向四面八方逃得无影无踪,随后又集合在一起,眼睛里燃着狂喜和大胆的光芒,他们笑着彼此相告,当听到背后有叫喊和追逐时他们所有的感受,以及当他们飞快跑过园子,快得仿佛大地在他们脚下燃烧起来一般时所遭遇到的事情。

福马对这样的盗窃活动比对所有其他冒险行为和游戏更为醉心,而且他自己在这种活动中的大胆行径,使他的同伴们感到又惊异又愤怒。他在别人园里故意做得举止不慎:他高声大气地讲话,喀嚓喀嚓地折断苹果树的枝丫,摘下虫蛀的苹果,使劲朝园主的住宅掷去。当场被捉住的危险吓不住他,反而鼓舞了他,他的眼睛阴沉下来,牙关咬紧,面孔变得傲慢而凶狠。斯莫林歪着他那张大嘴巴对他说道:

"你倒派头耍足了。……"

"我不是胆小鬼!"福马回答。

"我晓得你不是胆小鬼,但只有傻瓜才会那样耍派头。……你不要那种臭派头,事情还是可以干得成的。……"

叶若夫从另一种观点责备他说：

"如果你要自己闯到人家手上去,那就滚你妈的蛋！我不是你的什么朋友。……他们捉住你,不过把你送到你父亲那儿,不会对你怎么样,可是我呢,老兄,他们就会用皮条把我抽得骨头散架。……"

"胆小鬼,"福马顽强地坚持说。

可是,有一天,福马被又小又瘦的老头子丘马科夫上尉亲手捉住了。老头儿不声不响悄悄走近正把摘下的苹果揣入衬衣怀里的少年身边。一把抓住他的肩头,恫吓着喊道：

"我可捉住你了,小强盗！啊—哈！"

福马这时约有十五岁,他灵敏地挣脱了老头子的手。可是,他并不跑开,却皱着眉,握紧拳头,威胁地嚷道：

"你动动我……试试看！"

"我不动你,我要把你送交警察局！你是谁家的孩子？"

这是福马没有预料到的事,因此他所有的勇气和敌意一下消失了。他觉得到警察局去走一趟,是他父亲决不会饶恕他的事。他发着抖,惶惑不安地说：

"高尔杰耶夫……"

"伊……伊格纳特·马特维伊奇的吗？……"

"是的……"

现在是上尉惶惑不安起来了。他伸直腰杆,胸脯挺向前,而且不知为什么庄严地发出了咯呀咯呀的声音。接着,他的肩头垂下,以父亲般的态度开导少年说：

"这是可耻的！这样一位有名望和受人尊敬的人物的少爷……这是跟您的地位不相称的。……您可以走了。……如果再发生这种事……那就非报告令尊大人不可……请您顺便代我问候！……"

福马注意地看着老头儿的面部表情,明白了他是害怕他父亲的。他像只小狼似的阴险而怀疑地瞧着丘马科夫,后者现出一种可笑的庄重神色捻着自己的灰白胡髭,在少年面前两脚交换地踏着。少年虽已得着许可走,但他没有离去。

"您可以走了,"老头儿又说了一遍,同时用手指着他回家的路。

"不是要到警察局去吗?"福马无精打采地问,但立刻又因可能得到的回答吓住了。

"那是我开玩笑的!"老头儿笑了,"我是想吓您一下……"

"您自己就害怕我父亲……"福马说着,把背转向老头子,就朝园子深处走去了。

"我害怕吗?啊——啊!好的!"丘马科夫在他后面嚷着,从话音听来,福马明白他已得罪了这个老头。他感到又惭愧又忧郁,独自一人一直闲荡到傍晚,回到家时,就遭到了他父亲的严厉质问:

"福马!你爬到丘马科夫的园子里去过吗?"

"去过!"少年静静地说,直盯着他父亲的眼睛。

伊格纳特大概不曾期待会有这样的回答,他沉默了片刻,一面抚摩自己的胡子。

"傻子!你为什么干这种事呢!你自家的苹果难道还少吗?"

福马站在他父亲对面,俯下两眼,一声没响。

"瞧,丢脸了吧!大概,是叶日什卡①怂恿你这样干的吧?他来的时候,我要责骂他……再不然,根本就不要你和他做朋友了……"

"是我自己干的,"福马坚决地说。

"那就糟透了!"伊格纳特高声嚷道,"你为什么要这样干?"

"因为……"

"因为!"父亲模仿他的音调说,"你既然干了,那就要对你自己、对别人讲得出道理来。……到这边来!"

福马走到坐在椅子上的父亲身边。伊格纳特让儿子在自己的两膝间站定,手放在他肩头上,凝视他的眼睛微笑着。

"觉得可耻吧?"

---

① 对叶若夫的蔑称。

"可耻!"福马叹口气说。

"那就对,傻子! 你羞辱了你自己,也羞辱了我……"

把儿子的脑袋紧贴住自己的胸脯,他抚摩着他的头发又问道:

"你有什么必要去偷别人的苹果呢?"

"啊,我不晓得!"福马惶惑不安地说,"玩来玩去……总是那些老套……令人生厌! 可是,这……"

"这使你感到兴奋?"他父亲笑着问。

"感到兴奋……"

"嗯……也许是这样! ……不过,福马,这种事别干了! 不然的话,我要狠狠揍你……"

"我决不再悄悄爬到任何地方去了。"少年很有把握地说。

"既然你自己做事自己承当,这就很好。你将来会成为怎样的人,这只有上帝晓得,但现在……这不算坏! 如果一个人能对自己的行为完全负责,这不是一件小事。……要是别的人处在你的地位,一定会把过失推在朋友身上,你却说'是我自己'……应该这样做,福马!……你犯了过失,你也自己负责……啊,那个丘马科夫……没有……没有打你吧?"伊格纳特这样抑扬顿挫地问儿子。

"我几乎要打他呢!"福马静静地说。

"嗯……"他父亲哼了一声。

"我对他说,他怕你……所以他才来告发我。……要不然,他不愿到你这儿来的。……"

"真的吗?"

"确实的! 他说:'请代问候令尊大人。'……"

"他这样说吗?"

"是呀。……"

"啊……狗东西! 你看,就有这种人:他被强夺了,却还鞠躬行礼'我向您问候'。就假定他也许是被强夺了一个戈比吧,要知道,这对他说是一个戈比,而对我说来却是一个卢布。……但问题并不在戈比上,而是因为它是我的东西,如果我自己没有把它扔掉的话,谁也不许摸它一摸。……哎,这些混蛋!说吧,你到哪些地方去过,看见了一些什么?"

少年和他父亲并排坐下,对他详细地讲述这一天的印象。伊格纳特听着,聚精会神地注视儿子那张生气勃勃的面孔,这高大汉子的眉毛沉思地皱在一起了。

"我们在幽谷里轰一只猫头鹰,"少年讲道,"真有趣极了!它飞了起来,咕咚一声——撞着了一棵树!它甚至唧唧地叫,叫得那么可怜。……我们又轰它,它又飞了起来,老是那一套——左飞,右飞,接着撞着了什么东西。——连羽毛也纷纷落下了!……它在幽谷里乱飞乱撞……找到一个地方躲藏起来了。……我们也没有去寻它,觉得怪可怜的,浑身都是伤。……爸爸,它白天完全是瞎的吗?"

"是瞎的,"伊格纳特说,"有的人就像白天里的猫头鹰一样,一辈子东奔西窜。……他们挣扎了又挣扎,寻来寻去,为自己找一个位置,但只落得羽毛脱落,一点用处也没有。……他们遍体鳞伤,身患重病,一无所有,仅仅为了使自己的困乏得到休息,使劲地把自己投到一个地方去。……唉,这种人真可怜。可怜啦,孩子!"

"他们因为什么缘故弄成了这样?"

"因为什么缘故吗?……那就很难讲。……有的人因为自己骄傲自大冲昏了头脑,他们的欲望无边,而能力却很薄弱……有的人是因为自己愚蠢……原因还会少吗?"

福马的生活就这样一天天慢慢展开来,一般地说,这是一种很少波澜的和平宁静的生活,那些曾经激动过少年心灵的强烈印象,有时候在这单调生活的一般背景上非常鲜明地现了出来,但很快就消失了。少年的心灵仍然还是一片平静的湖水——一片没遭到人生暴风雨吹刮的湖水。一切接触到湖面的东西,或者是暂时扰乱一下这沉睡的水就沉到湖底去了,或者是溜过它的平滑表面,散成很大的圆圈儿漂开去,消逝不见了。

福马在县立学校待了五年,勉勉强强读完了四年级,离开学校时,已是一个雄赳赳的黑头发小伙子,长得面孔黝黑,眉毛浓密,上唇上有黑色毫毛。他的一对又大又黑的眼睛显出沉思而纯朴的神情,嘴唇孩子式的半张着;当他遇着不顺心意的事,或者有什么旁的事惹他生气的时候,他眼睛里的瞳仁就扩大了,嘴唇抿得紧紧的,整个面孔显出顽强与坚决的表情。……他的教父怀疑地微笑着,关于他这样说道:

　　"福马,对于女人来说,你将会比蜜还甜呢……不过,直到目前,在你身上看不出有很大的智慧。……"

　　伊格纳特听着这番话,叹气了。

　　"好朋友,你还是早些让你儿子动手干事吧。……"

　　"还等一等……"

　　"等什么呢?让他在伏尔加河上转个两三年,就给他讨媳妇。……我的柳博芙倒也……"

　　柳博芙·马亚金娜这时在一所寄宿学校读五年级。福马常在街上碰见她,在这种时候,她总是把她那戴着华丽帽子的有淡黄色头发的头对他俯就地点一点。福马很喜欢她,但她那玫瑰色的双颊、快活的褐色眼睛和鲜红嘴唇,却不能消除她对他俯就地点一点头所给予他的那种令人不愉快的印象。她已结识好几个中学生,虽然其中也有他的旧友叶若夫,但福马却不愿接近他们,他感到和他们在一起,自己很受拘束。他觉得他们都是在他面前炫耀他们的博学并讥笑他的无知似的。他们聚集在柳博芙家里阅读一些小册子,如果他碰上他们正在阅读或讨论时,他们一瞥见他,就都闷声不响了。所有这些事,都使得他远离他们。有一天,他坐在马亚金家里的时候,柳芭邀他一同到花园去散散步。在那儿,她和他并排走着,脸上做了一个怪相问他说:

　　"你怎么是这样一个孤僻的人,从来什么也不谈呢?"

　　"要是我什么也不知道,叫我谈什么呢!"福马老老实实地说。

　　"学呀,念书呀!"

　　"我可不愿意。……"

"那些中学生什么都知道,而且什么也能谈。……比如说叶若夫吧……"

"我晓得叶若夫,他是一个饶舌家!"

"你简直是嫉妒他。……他非常聪明……而且,他快中学毕业了,就要到莫斯科去读大学。"

"那又有什么呢?"

"可你仍旧是个没有学识的人。……"

"让他去没有学识好了……"

"那才真好呢!"柳芭讥讽地嚷道。

"没有学问,我还是会有我的地位,"福马奚落地说,"所有有学问的人都不在我眼下。……让饿鬼们去求学吧,我没有这种必要。……"

"呸,你多愚蠢、恶毒、令人讨厌呀!"姑娘轻蔑地说着就走了,剩下他一人在花园里。他忧郁又生气地目送着她的背影,接着动了动眉毛,低下脑袋,慢吞吞地朝花园深处走去了。

他已开始尝着了孤独的美妙和梦想的带甜味的毒汁,时常,在夏日傍晚,大地上的一切染上了夕阳的那种引起幻想的火焰般的彩色时,他的心胸便浸透了一种他自己也不明白的模糊的痛苦。他坐在花园里一个黑暗角落里或者躺在床上,就在自己跟前幻想出了童话故事里的那些公主的形象,——它们以柳芭和他所熟识的其他姑娘们的形象现了出来,在黄昏的薄明中,在他面前无声无响地漂浮过去,并且以谜样的目光凝视着他的眼睛。有时候,这些幻象在他心里引起了一股强烈的力量,似乎使他沉醉了,他站起身来,舒展舒展两肩,深深地呼吸着这芬芳馥郁的空气;但有时候,这同样的幻象又在他身上唤起了忧郁的情绪,他觉得想要哭泣,但又羞于流泪,他抑制住自己,但仍然轻轻地哭了。

他父亲耐心、谨慎地诱导他到商业圈子里去,带他一同到交易所,把订契约和承揽生意以及他的同行们的事说给他听,给他讲述,他们是怎样"发迹"的，他们目前有多少财产，他们的性格如何，等等。福马很快领会了这些事，他认真而深思地对待这一切。

"我们的牛蒡要开出鲜红的罂粟花来呢！……"马亚金笑着说，一面对伊格纳特递着眼神。

可是，甚至在福马已经过了十九岁的时候，他身上仍有那种使他和同年龄的青年们截然不同的孩子气的纯朴。人们讥笑他，认为他愚笨；他也远离他们，对他们待他的这种态度感到愤慨。但对于一刻也不放松地注视着他的父亲和马亚金来说，福马性格上的这种不明确的地方引起了他们深深的忧虑。

"我对他真摸不透！"伊格纳特愁烦地说，"他并不放荡，好像也不追女人，对你我很尊敬，对一切都肯留心，像一个漂亮的小姑娘，不像是个小伙子！并且好像也不愚蠢吧？"

"看不出有特别愚蠢的地方，"马亚金说。

"你看！好像他是在等待什么，仿佛他眼睛上给块幕布遮住了……他去世的娘，在世时也是这样摸索着走的。那个斯莫林·阿弗里坎只比他大两岁，你看人家怎么样！甚至你很难弄明白，如今他俩之间是谁替谁做主，是他替他父亲做主呢，还是他父亲替他做主？他要到一个什么工厂去学习，因此就抱怨起来了：他说：'爸爸，你没有好好教我呀。……'你看！可是，我的儿子，他什么意见也没有吐露过。……哦，天啦！"

"你这样办吧，"马亚金建议说，"打发他去专心一意干点紧张的事情！真的，黄金要用火来炼。……如果放手让他去干，我们就可以看出他的志向怎样……打发他到卡马河去吧，让他一个人去！"

"要试一试吗？"

"嗯，要是坏了事……你会受到点损失……但在另一方面，我们就会弄明白他的禀赋究竟怎样。"

"很对，我要打发他去。"伊格纳特决定说。

到了春天，伊格纳特打发儿子带着两艘满载粮食的驳船上卡马河去了。驳船由"勤勉"号轮船拖着,轮船的负责人是福马的老相识,从前的水手叶菲姆,现在的叶菲姆·伊利奇,一个三十来岁的又矮又壮的人,生着一对山猫眼,是个明理、稳重又非常严格的船长。

由于大家都很满意,所以他们航行得迅速而愉快。福马因自己第一次负起重大任务而感到自豪。叶菲姆和少老板在一起也很高兴,因为福马没有因一发现任何疏忽就对他破口大骂。船上这两位主要人物的愉快心情,像直射的光芒一样落到了全体船员身上。四月里从装载粮食的地方出发,到五月初轮船已经抵达目的地,将几条驳船靠岸抛好锚,轮船和这些驳船并排停泊下来了。福马的责任是尽快交卸粮食,收回粮款,把船开到彼尔姆去,那儿有大宗铁在等着他,那是伊格纳特兜揽下来要送到定期市场去的。

驳船对着一个背靠松树林的大村庄停泊着。在到达的第二天,一大清早,岸上就已经出现了闹闹嚷嚷的一群妇女和农民,有步行来的,也有骑马来的;他们又叫又唱地散开在甲板上,一会儿工夫,工作便热烈地展开来了。人们下到船舱里,妇女把黑麦装进口袋,农民把口袋扛上肩头,很快从跳板上跑上岸去了,而岸上就有那沉重地载着期待已久的粮食的运货马车向着村庄慢吞吞拉去。妇女们唱着歌,农民们开着玩笑,快活地互相诟骂,水手们装得像是维持秩序的,对干活的人们大声吆喝。因人们走过而被压弯的跳板,悬在水上重重地发出呱唧呱唧的响声,两岸上马匹嘶叫,大车嘎吱嘎吱响,砂砾在车轮子底下也发出了响声。……

太阳刚刚露面,空气清爽新鲜,弥漫着浓厚的松脂气味。平静的河水映出了明朗的天空,水打在船头和锚链上,发出柔和的淙淙声。劳动的愉快而又喧嚣的闹嚷,快乐地浴于阳光中的春日大自然的娇艳,一切都充满了健康的力,温厚而舒快地激动着福马的心灵,在他心里唤起了一种模糊的新感觉和希望。他坐在轮船上的凉篷下桌前,同叶菲姆和粮食检收人一起喝着茶,这人是在地方政务部门任职的,是一个浅红色头发、戴一副近视眼镜的先生。他神经质地耸着肩头,用颤抖的声音讲述农民的饥饿情形,但福马没有好好听,他一时望着下面的工作,一时望着另一边河岸——一个高高的、黄色、多砂的悬崖,崖边耸立着松树。在那儿,渺无人迹,静悄悄的。

"我一定要到那边去一去,"福马心里暗想。但他耳朵里听到了粮食检收人的不安又尖得令人不愉快的声音,好似从远处传来的一样:

"你们不会相信的——最后,弄到了可怕的地步!曾发生过这样的事:一个农民把他的十六岁的姑娘带到奥萨①地方一位有学问的人那儿去了。……'你要什么?'他说道:'您瞧,我把女儿给老爷带来了。……'——'带来干吗?'他说:'啊,也许您会要她……您还是一位没有太太的人呢。……'——'怎么啦?这是怎么回事?'他答道,'我领她,领她到城里去过,想把她雇给人家做用人,但谁也不要……请您把她即使收做情妇也好!'你们懂吧?他送上自己的女儿,明白吧?送女儿去给人做情妇!鬼晓得这是怎么回事?!啊?当然,那位先生动怒了,他跨步逼近那农民,责骂他。……可是,农民对他讲得很有道理:'老爷!在现在这种时候,她对我有什么用呢?完全是多余的……我有三个小男孩,'他说道,'他们会长成干活的人,必须保全他们。……至于这个姑娘,'他说,'您就给我十个卢布吧。我可以用来抚养我的小男孩们。'……你们说怎样?简直太可怕了,我对你们说……"

"真—糟!"叶菲姆叹口气说,"正像古话说的:饥饿如猛虎……你们瞧,肚子也有它自己的规律。……"

这个故事引起福马对这个姑娘的命运产生了他所不理解而又抑制不住的巨大兴趣,青年很快地问检收员说:

"那位绅士有没有买下她呢?"

"当然没有!"检收员带有责难的意味高声说。

"那么,把这个姑娘安置到哪儿去了呢?"

---

① 卡马河上的一个县城。

"有些好心肠的人们……把她给安顿了……"

"啊—啊!"福马拖长嗓音,但他突然坚决而恶狠狠地说:"要是我的话,我会给这农民一顿揍,把他的面孔打个稀烂!"他在检收员面前亮了亮他的握得紧紧的大拳头。

"为什么呢?"检收员难过地大声喊道,从鼻梁上摘下了他的眼镜。

"难道可以这样拿人来出卖?……"

"这是野蛮,我同意,不过……"

"而且还是一个姑娘呀!要是我的话,我就给他十个卢布!"

检收员绝望地摆着手一声不响了。他的手势使福马感到惶惑不安,便从桌子后面立起身来,朝栏杆走去,开始眺望驳船甲板上,那儿到处是一群一群灵活的干活的人。闹声陶醉了他,在他心中彷徨着的那种模糊东西,形成了他也要自己劳动的强烈愿望,要自己有极大的气力,有宽阔的肩臂,能一下就扛起上百袋的黑麦,使得人人都因他而感到惊异。……

"快干呀,加油!"他向下面高声喊。有好几个头向着他扬了起来,有好几张面孔突然闪现在他眼前,其中之一——一张有一对黑眼睛的女人面孔——对着他温柔而诱人地笑了笑。由于这一微笑,他的心里有什么东西一下燃烧起来了,而且有一股热流流遍了他的血管。他离开了栏杆,又走近桌前,觉得两颊在发烧。

"您听我说!"检收员转过脸来对着他说。"请您拍个电报给您老太爷,请他把麦子少算点,作为损耗!您瞧,得损失多少,要知道每一俄磅都是宝贵的!您应该了解这一点!……啊,您那位老太爷……"他做出一副辛辣的怪相结束说。

"要少算多少?"福马鄙视而大胆地问,"你们希望少算一百普特①吗?二百吗?"

"这就多谢您啦!"检收员困惑又欢喜地喊道,"要是您有这种权

---

① 一普特合三十二公斤多。

力的话……"

"我就是主人!"福马强硬地说,"你不可以像那样讲我父亲,也不可以做鬼脸!……"

"请原谅!并且……我不怀疑你握有全权……我代表所有这些人,衷心感谢您……和您的老太爷……"

叶菲姆提心吊胆地注视着少老板,一面噘起嘴来喏得直响,但少老板却摆出一副骄傲面孔,倾听着那紧紧握住他手的检收员的滔滔不绝的话语。

"二百普特!这才是俄国气派,少爷!我马上对那些农民宣布您的恩赐。您会看到他们会多么感激呀。……"

于是他高声向下面喊道:

"伙计们!喂,老板捐助我们二百普特……"

"三百!"福马打断他的话说。

"三百普特……谢谢!三百普特粮食,伙计们!"

可是,所得到的反应却很微弱。农民们向上面扬起了他们的头,但又默默地把头低下,仍旧干活去了。有几个声音犹犹豫豫又好像不愿意似的说:

"谢谢……愿上帝赐福您……谢谢您……"

有一个人快活而轻蔑地喊道:

"这有什么好处!如果赏给我们每人一杯伏特加……那才是恩惠,是真正的恩惠呢!粮食又不是给我们的,是给地方自治会的。……"

"哎!他们不懂!"检收员狼狈地嚷道,"我来给你们解释吧……"

他便一下不见了。但福马对于农民们对待他的馈赠的态度并不感兴趣:他看见那个玫瑰色面颊女人的一对黑眼睛那么奇怪愉快地盯着他。它们感谢他,温存地召唤他到她那边去,而除了这以外,他什么也没有看见。这个女人的装束是城市里的派头——穿着鞋和印花布短外衣,一条别致的头巾裹着她的黑头发。她生得苗条婀娜,正坐在一堆劈柴上缝补口袋,敏捷地动着她那双裸至肘弯的胳膊,并一直都在瞅着福马笑。

"福马·伊格纳季伊奇!"他听到了叶菲姆的责难声。"你的举止未免太阔绰……五十普特就够了!你却那样摆阔!这么一来,当心,只怕我和你都会因这件事挨揍呢。"

"你别管!"福马简短地说。

"干我什么事?我不响好了……不过,你还这么年轻,而我是受了嘱托——叫看着你的!要是有了疏忽大意,连我也会劈面在脸上吃到拳头咧。……"

"我自己会对我父亲讲……"福马说。

"对于我来说,随你怎么干好了……你是这儿的主人。……"

"你不要纠缠不休,叶菲姆!……"

叶菲姆叹了口气就不作声了。福马望着那个女人心里暗想:

"要是有人带这么个女人来卖……给我,那就好了。"

他的心脏跳得很快。虽然他在肉体上还是纯洁的,他由种种的谈话早已知道男女间那种亲密关系的秘密。他是从那些粗野、可耻的谈话中知道这种事情的,这种话语在他心里引起了不愉快的却像火烧一样的好奇心,他的想象力执拗地活动着,但他仍然不能把这一切用他所理解的样式想象出来。在他心里,他不相信男女关系是像人们所讲的那样简单又粗野。当人们讥笑他并且向他肯定说,事情确是这样而不可能有另一种样儿时,他愚笨而困惑地笑了,但是他依然认为,跟女人的关系并不是所有的人都非采取这种可耻的形式不可,对于人来说,一定会有不像这么粗野,不像这么令人不愉快的更为纯洁的东西。

这时,福马欣赏着这个黑眼睛的干活女人,他清清楚楚感觉到对于她有了恰恰是这样一种粗野的恋慕,这是可耻又可怕的。但站在他旁边的叶菲姆告诫他说:

"现在,你又在那儿瞧着那个女人,所以我不能不作声。……你又不认识她,但如果她丢一丢眼色的话,那么由于你年轻无知、由于你的那种性格,你就会干出这种事情来,结果会弄得我们只有沿河岸步行回家的份儿……如果我们身上剩有完完整整的裤子,那倒还算顺利啦。……"

"你要什么呢?"福马问,因为难堪,脸都涨红了。

"我什么也不要……可是你应该听我的话……关于女人的事,我完全可以做你的老师……对付女人,必须非常简单,给她一瓶伏特加,稍给点吃的东西,再加上两瓶啤酒,最后,给二十戈比现钱。对于这样一个代价,她会向你尽美尽善地表示出她全部的爱情。……"

"你完全是胡说八道!"福马轻声说。

"我胡说八道?这种把戏,我也许干过百来回了,我还会胡说八道吗?那么,你把引她来的事委托我办……好吧?我马上叫你和她认识……"

"好的……"福马说,觉得呼吸有些困难,喉咙里也有什么东西梗塞住了。……

"那么……晚上我带她来……"

一直到晚上,福马都是昏昏乎乎地走来走去,没有注意到农民们望着他的那种恭敬和逢迎的神情。他感到害怕,觉得对什么人犯了罪似的,对于凡跟他打招呼的人,他都又谦卑又温和地回答,仿佛在求饶一样。

傍晚,那些干活的人聚集在河岸上一堆大而亮的篝火旁,开始烧晚饭。篝火的反光在河上映成红色与黄色的斑点,它们在平静的水面和轮船甲板室的窗玻璃上闪动,福马正坐在这甲板室角落里一张长沙发上。他放下了窗帘,没有点灯;篝火的微光透过窗帘,落在桌上和墙上,时明时暗地抖动着。四周寂静无声,只有从岸上传来的含糊不清的人语声,还有勉强可以听出的、河水溅拍船舷的汩汩声。福马觉得,似乎在黑暗中,就在他身边,有人躲藏着在窥视他。……听,有沉重的脚步急促地走过跳板,跳板的板子响亮地、怒气冲冲地在水上发出了呱唧呱唧的响声。……福马听到了甲板室门边有嬉笑声和低语声。……

"我不需要!"福马很想这样叫喊。

他已经站起身来,但甲板室的门开了,一个高个子女人的身形立在门口,她无声无响地随手带上了身后的门,小声说:

"哎呀!好黑哟!这儿有人吗?"

"有人……"福马轻声回答。

"那么,您好!"

那女人小心翼翼地向前移动。

"让我来……点上灯!……"福马用断断续续的声音应许说,但他却在沙发上坐下,又缩在角落里了。

"就这样也没关系……看惯了,就是在黑暗里,也看得见。……"

"请坐。"福马说。

"我坐……"

她坐在长沙发上,和他离开两步远。福马看见了她眼睛里的闪光和嘴唇上的微笑。他觉得,好像她现在笑得并不像她先前笑的那样,而是另一种样儿——笑得可怜而又不快活。这一笑鼓励了他。一瞥见她那对眼睛,他就开始呼吸得轻松些了,这对眼睛碰上他的目光,就倏地俯了下去。但是,他不知道跟这女人谈什么好,因此他俩沉默着,沉默得苦闷又难堪……她开口讲话了。

"您一个人,一定很寂寞吧?"

"是—的,"福马回答。……

"您喜欢我们这地方吗?"女人低声问。

"倒不错!树林很多……"

他们又沉默了。

"这条河,也许,比伏尔加更美。"福马好容易说出了这句话。

"我到过伏尔加河。是在辛比尔斯克……"

"辛比尔斯克……"福马像回声似的重说了一遍,觉得又一句话也讲不出来了。但她大概明白了她的对手是一个怎样的人,突然以大胆的低声向他说：

"主人,你为什么不招待我呢?"

"啊!"福马惊得一跳。"真的……我是怎么了!来吧,请!"

他在昏暗中忙碌起来,推了推桌子,一时把这一个瓶拿在手里,一时拿起另一个瓶来,又把它们重新放回原地方,抱歉又困惑地笑着。但她一直走到他身边,和他并排站住,微笑地盯着他的脸和他的发抖的手。

"你害臊吗?"她突然轻声说。

他觉得他的面颊上有了她的呼吸,他也同样轻声回答：

"是—的。……"

这时,她把两手放在他肩头上,温柔地拉他到自己胸前,用抚慰的耳语声说：

"没什么,别害臊……要知道,不这样不行呀……我的美男儿……我的孩子……我多么可怜你呀!……"

听着她的耳语,他想哭出来,他的心脏在甜蜜的困惫无力中似乎要停止跳动了;他把脑袋紧紧贴着她的胸脯,用两臂抱住她,说出了一些连他自己也不了解的听不明白的话。……

…………

"走开去,"福马闷声闷气地说,一对圆睁着的眼睛盯着墙壁。

她吻了吻他的面颊,顺从地站起身来走出甲板室,对他说：

"啊,再会吧。……"

福马在她面前羞得无地自容,但当她一消失在门背后,他就跳起来,坐到长沙发上。接着,他站起身来,跟跟跄跄,全身充满了一种感觉,好像丧失了什么非常宝贵的东西,这件东西在他身上的存在,是直到它已丧失的这一刹那,他才觉察到的。……而且,立刻他心里有了一种新的,男子汉的自豪感。这种感情吞没了害羞心,代替害羞,却产生了对那个女人的怜惜,她正一人孤零零地走进这冷飕飕的五月夜的黑暗中什么地方去了。他赶忙从甲板室跑到甲板上,这是一个无月的繁星之夜;凉气和黑暗把他包围住了。……河岸上,那堆金红色的炭火还在闪闪发亮。福马谛听着——空气中充满了一种令人窒息的寂静,只有水冲击锚链的潺潺溪溪的响声,什么地方也听不出脚步声。他很想喊那个女人,但他不知道她的名字。他在甲板上站了好几分钟,用他那宽阔的胸脯贪馋地吸着新鲜空气,突然间,甲板室的那一边,从轮船的船头上,传来了一声好似痛哭的叹息。他突然一哆嗦,于是小心地朝那边走去,原来是她在那儿。

她在甲板上挨舷侧坐着,头靠住一堆缆索,正在哭泣。福马看见了她那裸露着的丰满白皙的肩头在发抖,听着了她的沉重叹息声,他也觉得难过起来了。

他向她俯下身去,畏畏缩缩地说:

"你怎么啦?"

她摇了摇头,没有回答他。

"是我得罪了你吗?"

"走开!"她说。

"啊,怎么啦?"福马用手挨了挨她的头,困惑而惊惶地说,"你别生气……原本是你自己……"

"我没有生气!"她用大声的耳语回答,"我为什么要生你的气呢?你又不是一个无赖汉……你是个心地纯洁的人!哎,我的好人儿!来挨着我坐下吧。……"

她拉着福马的手,把他当个孩子样给坐在她膝头上,使他的头紧紧挨着她的胸脯,并向他俯下身去,用她的火热嘴唇久久地紧贴在他嘴唇上。

"你为什么哭呢?"福马一只手抚摩她的面颊,另一只手搂抱住女人的颈子,问道。

"我是为我自己哭。……你为什么打发我走呢?"她抱怨地问。

"我害臊起来了,"福马说着,低下了头。

"我的亲爱的!把实话全讲出来,你不喜欢我吧?"她笑着问,但她的大颗的热泪还继续滴落在福马的胸脯上。

"你为什么这样说呢?!"小伙子甚至惊愕地嚷叫起来,于是他开始热情而性急地对她讲了一些话,讲到她的美丽,讲到她是多么可爱,他是何等地怜惜她,以及在她面前他又是多么害臊等等。她倾听着,并且不断地吻着他的面颊、脖子、脑袋和袒露的胸脯。

他一声不响,这时,她好像谈到亡人的事一样凄惨而轻声地讲下去:

"可我却是另一种想法。……你说'走开去!'我就站起来走了。……你的话使我感到痛心,很痛心。……我想,从前,人们不知疲倦地,无休无止地宠我爱我;为了博得我的温存的一笑,凡我所想望的事,他们都肯干。……我想起这些来,所以我哭了!我惋惜我的青春……因为我已经三十岁了……这是一个女人的最后的日子了!哎,福马·伊格纳季耶维奇!"她提高嗓子,加速她的嘹亮语调的节拍这样感叹说,她的话声和水的潺湲声优美地相应和。

"你听我讲:珍爱你的青春!人世间,没有比它再好的东西了。没有什么比它更宝贵!有了青春,就如同有了黄金一样,你的一切愿望都可以达到。要这样过生活,让你到老年时,还有些东西使你回忆起你的青年时代……我就回忆起了我的,尽管我哭了,但我的心由于追忆起我过去怎样生活过就燃烧起来了。……因此,我又年轻了,仿佛喝了生命的水一样!我可爱的孩子!如果我讨你欢喜的话,我要和你一道玩,要尽情玩个痛快……哎,要是我一下燃烧起来了,我就要燃成灰烬!"

她把小伙子紧紧搂抱住,开始狂吻他的嘴唇。

"当—心!"驳船上的值班人忧郁地喊着,在最后一个音上短促地中断下来,开始用梆子敲着一块铸铁板。……这种震颤着的尖锐音响,打破了夜的庄严的寂静。

过了几天,驳船上的货卸完了,轮船准备开往彼尔姆时,叶菲姆非常苦恼地瞧见一辆四轮运货马车朝河边驶来,车上是黑眼睛的佩拉格娅带着她的一口大箱子和几个包裹。

"喊一个水手去把东西搬上来!"福马向岸上扬了扬头,吩咐说。

叶菲姆责难地摇了摇头,怒气冲冲地执行了吩咐,接着,他放低声音问:

"是怎么回事,她和我们一起走吗?"

"她和我一起走……"

"当然啦……总不会是和我们大伙儿一起走……哦,天啦!"

"你叹什么气?"

"啊,福马·伊格纳季伊奇!你得明白,我们是开往一个大城市去……在那里像她这类女人难道还会少吗?"

"喂,你闭嘴好了!"福马严厉地说。

"我闭嘴就是……只是这太不成体统!"

福马庄严地皱着眉头对船长讲话,威风凛凛一字一板地说:

"叶菲姆,你得牢记在心,也要告诉这里所有的人,如果我听到有人讲她一句脏话,我就要用劈柴棒敲他的脑袋!"

"好吓人!"叶菲姆狐疑地说,好奇地瞧着福马脸上。不过,他马上从福马面前向后退了一步。伊格纳特的儿子像狼一样露出了牙齿,他眼睛里的瞳孔扩大了,高声怒吼:

"你笑吧!我要教你怎么个笑法!"

叶菲姆虽然胆怯起来,但他仍很有尊严地说:

"福马·伊格纳季伊奇,尽管你是主人……但我曾受过嘱托,说:"'叶菲姆,你得照管着……'再说我在这儿又是船长……"

"你是船长?!"福马叫道,全身发抖,脸色也惨白了。"那么,我又是什么人呢?"

"何苦来——您别叫吧!为了一个女人这么点小事情……"

福马的苍白脸上泛出了红点点,他的一双脚交替地踏着,颤抖抖地把两手藏进上衣口袋里,以流利而强硬的语调说道:

"喂,船长!你听着:要是你再说一句反对我的话,你就给我滚他妈的蛋！滚到岸上去！我可以和领港员一同开行的。懂吧？你不要对我发号施令！喂！"

叶菲姆大吃一惊。他望着主人，滑稽地眨了眨眼睛，答不上话来了。

"我说，懂吧？"

"懂——了，"叶菲姆拖长语调说，"不过，为—为什么要这样闹闹嚷嚷呢？为—了……"

"闭嘴！"

福马的闪着凶光的眼睛，他的变了相的面孔，给了船长一个印象，觉得还是离开主人为妙！于是他很快溜掉了。

他很抱怨福马，认为自己无缘无故受委屈，同时感觉到有一只强硬的、真正的主人的手压在他身上。他多年来已经服从惯了，对于自己头上出现了一个统治者倒很觉得喜欢，所以他走进老领港员的房间时，声音里带着高兴的腔调谈到他和主人之间所演过的那一幕。

"你明白了吗？"他结束他的谈话说。"所以，一只良种的狗崽，从第一次的狩猎起，就是一只好狗。……他从外表上看来，平常得很……是一个并不怎么聪明的人。……啊，没关系，让他去寻欢作乐吧，大概也闹不出什么坏事来的……以他那种性格来说……不，他对我吼得多么厉害呀！像喇叭一样，我对你说……他一下就上了台，仿佛权力和威严是从汤匙里一口喝进去的。……"

叶菲姆讲得一点不错：这几天来，福马大大地改变了。在他心里忽然燃起来的这一股热情，使他成了一个女人的灵魂和身体的支配者，他贪馋地吮吸着这种权力的极强烈的甜味，这股甜味把他身上那一切使他显得像个忧郁、蠢笨小伙子相的拙劣地方全给烧光了，并且使他心里充满了青春的自豪和对自己身上人的个性的自觉。对于女人的爱，总会对男人有好处！不管这是怎样的一种爱情，甚至于即使它只会带来痛苦，但其中总有不少可贵的东西。爱情对于精神不健全的人来说，是一种强烈的毒素，但对于健康的人来说，就像火对于那要

207

变成钢的铁所起的作用一样。

　　福马对于这个在青年怀抱里悼念自己青春的三十岁女人的迷恋,并没有使他抛弃他的事业;他既没有在抚爱中、也没有在工作中丧失自持力,在这两种场合里,他都是把他自己整个儿投了进去。女人就像醇酒一样,在他心里引起了对于工作和爱情同样强烈的渴望,而她自身也由于接受了青春之吻而变得年轻起来。

　　在彼尔姆,有教父的一封信等着福马。教父通知他,伊格纳特由于想念儿子,又常喝酒了,而这样喝酒在他那种年纪是有害的。信的结尾上,劝他赶急办完事回家。福马因这一劝告感到忧虑,使他的欢乐心情有了烦恼,但在对事业的奔忙和佩拉格娅的爱抚中,这一阴影很快就消失了。他的生命以江波滚滚般的速率流逝着,每一天都带来新的感受,产生新的思想。佩拉格娅对待他,是用的一个情妇的全副热情,是用的一种非常强烈的感情,这种感情是正饮着人生之杯最后几滴像她那个年纪的女人所倾注入自己的痴情中的。但有时候,她心里也发生了强烈程度不亚于这的另一种感情,而这种感情使得福马对她更加依恋——这是和保护自己的爱子免犯错误而教以人生智慧的一个慈母的切望相类似的感情。时常,在夜晚,坐在甲板上,和他相互拥抱着,她便温柔而悲哀地对他说道:

　　"你把我当作你的一个姐姐一样听我的话吧。……我生活过来,我很了解人们……在我一生中,我已见过不少事了!……你选择朋友要慎重,因为有些人像疾病一样是带传染性的。……你一开头分辨不出他是怎样的一个人!好像是跟大家一样的。……但留神一看,你自己身上也感染了他的缺点。对于我们这种女人,愿最神圣的上帝保护你!你要当心……你还很脆弱,你心里没有真正的力量。……但女人就最爱像你这样的人——强壮,漂亮,有钱。……你尤其要谨防那些温静的女人,她们像蚂蟥一样叮住男人,她们吸着,吮了又吮,并且总是那么样又可爱又温柔。她将吸着你的血,而对她自己却十分保重,只是白白伤你的心罢了。……你顶好跟像我这样的鲁莽人来往。我们这种人活着并不自私自利……"

她也确实不自私自利。在彼尔姆,福马给她买了各式各样的衣服和一些小玩物。她很喜欢这些东西,但在看了看之后,担心地说:

"你不要过于浪费钱……当心,你父亲会发脾气的!……即使没有这些东西,我仍然是爱你的。……"

她早已对他讲明,她只和他一同走到喀山为止,因为她有一个已婚的姊妹住在那边。福马不相信她会离开他,可是在要抵达喀山的前一晚,当她又提起她已说过的话时,他神色惨淡,开始恳求她别抛弃他。

"你别时候没到就悲伤,"她说道,"在我们面前还有整整一夜呢。……到我和你分别时,那个时候再难过,如果你觉得难过的话!"

可是,他越来越热烈地劝诱她别抛弃他,并且最后提出要和她结婚。

"好啦,好啦……得了吧!"她笑起来了。"我的丈夫还活着,我就来跟你结婚?我的可爱的人,你才怪呢!你想结婚了,是吧?但难道可以和我这种女人结婚吗?你会有很多、很多情妇的……你到那种时候再结婚吧,就是到你已经冷静下来,到你对所有的甜味都吃腻了,而想吃点黑面包……那才是该结婚的时候!从我的观察来说,一个健康的男子,为了他自身的安宁,不应该早结婚……一个妻子是不能满足他的,那时候他就会去找旁的女人……你为了自身的幸福,应该在肯定了只有那一个女子就可以满足你时,再结婚。……"

可是,她越讲得多,福马就变得越执拗、越坚定地不愿和她分离。

"但你要听我对你讲的话呀!"那女人静静地说,"你手里的一根松明正在燃烧,但你没有它也已经够亮了,所以,你应该马上把它浸在水里,那么,它就不会发出烟气,也不至于烧你的手。……"

"你说的话,我不懂。……"

"但你应该懂。……你不曾做对不起我的事,我也不要对不起你……所以,我走了。……"

如果不是有一种偶然的事插了进来，那么，这一场争吵会怎样了结就很难说。在喀山，福马收到了马亚金拍来的一通电报，他简单地命令他的教子："搭客轮速归。"福马的心痛苦地收缩起来，几小时后，他站在由码头开出的一艘轮船的走廊上，牙齿咬得紧紧的，脸色苍白而忧郁，两手抓住栏杆，身子一动不动，目不转睛地盯着那跟码头与河岸一同从他眼前向远方消逝的他恋人的面孔。佩拉格娅对他挥着手帕，并一直微笑着，但他知道她是在哭泣。由于她的眼泪，福马的衬衫前襟都已完全湿透，由于这些眼泪，他那充满忧郁不安的心胸变得沉重冰冷。那女人的身形愈来愈小，好像融化了一样，但福马仍然目不转睛地盯着它，觉得在为父亲所感到的恐惧和对这女人所怀抱的思念之外，在他心里，产生了一种新的、强烈又有刺激的感觉。他自己也叫不出什么名儿来，但他觉得这好像是和对什么人怀有愤懑相近似的一种感觉。

码头上的人群，融成密集的、乌黑而死寂的一团，没有面容、没有形态、没有动作。福马离开了栏杆，开始在甲板上忧郁地漫步。

乘客们高谈阔论，坐下喝茶，茶房们在走廊上忙来忙去，给那些小桌子铺上桌布。下面船尾上什么地方，三等舱里一个小孩在哭。手风琴奏出了哀音。厨师用刀细碎细碎地敲得直响，食器发出了嘎哒嘎哒声。大轮船迅速地逆流上驶，乘风破浪，弄得波涛滚滚，并且紧张得发抖。……福马眺望着船尾后面那宽宽的一长条、一长条激浪，觉得心里有了一种要拆毁、撕破什么东西的粗暴欲望——也要逆着水流挺胸向前，用自己的胸脯和肩臂把水的压力打得粉碎。……

"命运！"他近旁一个人的嘶哑又疲倦的声音说。

这个词对他来说，是很熟悉的：安菲萨姑母老是用它来回答福马所提出的问题，并且他在这个短短的词里注入了和上帝的权力相似的一种权力的概念。他望了望讲话的人：他们中间，一个是个面容和善、头发灰白的小老头儿，另一个人年轻些，生着一对大而疲惫无神的眼睛和黑色楔形小胡髭。他的软骨质大鼻子和瘦削的黄面颊，使福马想起了教父。

"命运!"老头子坚信不疑地重述他谈话对手的这一声绝叫并且笑了笑。"命运在人生中就像河岸上的渔翁一样:它在我们这芸芸众生中投下了一个有诱饵的钓钩,而人们就马上用贪馋的嘴去抢住这钓钩……于是,它就这么拉上了它的钓竿梢——啊,人摔在地上,你瞧,连他的心都裂开来了。……就是这么一回事,我的先生!"

福马闭上眼睛,恰像给阳光射进去了一样,他摇着头大声说:

"的确是这样!真的—的确—是!"

交谈的两个人凝神注视他:老头子聪明地轻轻一笑,那个大眼睛的人对他不大友好地蹙额睨视。这使福马感到很狼狈,他的面孔涨得通红,从他们面前走开了。他心里想到命运并且很怀疑;它为什么要怜爱他,赐给他这个女人,可是又马上这么简单而又令人痛心地从他手里把这一恩赐夺了去呢?他现在明白了,他心里所怀抱的那一种模糊的、有刺激的感情是什么,——是对那玩弄着他的命运所抱的一种愤懑。生活过于宠坏了他,因此他无法更坦然地对待这刚喝到嘴的杯里的第一滴毒汁!所以在路上的几昼夜,他都没有合眼,想到那老人所说的话并抚慰自己的愤懑。不过,这种愤懑在他心里所引起的,不是气馁和悲哀,而是一种激怒的和要复仇的感情。……

来接福马的,是他教父。对于福马的急躁、忧虑的问话,老头子在轻便马车里和教子并排坐下时,才兴奋地闪动着他那对绿色小眼睛说:

"你父亲活糊涂了。……"

"他在喝酒吗?"

"还要更糟!完全发疯了。……"

"真的吗?哦,天啦!你讲出来吧。……"

"你要明白:有个小阔太太在他身边。……"

"她怎么样?"福马高声说,想起了他的佩拉格娅,不知怎么觉得心头一阵欢喜。

"她纠缠他,而且吮吸着……"

"是一个温静的女人吗?"

"她吗?温静得……像烽火一样。……她从你父亲腰包里吹掉了七万五千卢布——像吹掉一根羽毛一样!"

"哦,这个女人是谁?"

"松卡①·梅登斯卡娅,一个建筑师的老婆。……"

"我的天—啦!莫非她……难道我父亲,莫非他要她做情妇吗?"福马吃惊地小声问。

教父把身子从他身边挪开了点,滑稽地圆睁着两眼,惊恐地说:

"啊,小伙子,你也疯了!真的,疯了!清醒一下吧!六十三岁的人,还要弄个情妇……而且花这么大的代价!你是怎么了?好吧,我要把这对伊格纳特讲一讲!"

马亚金的震颤、急促的笑声在空中回荡,同时他的山羊胡子难看地抖动着。福马从他那儿好久得不到要领;老头子一反平日的习惯,今天又暴躁又激动,他那一向很流利的语言,今天变得吞吞吐吐,他边讲边骂,又吐唾沫,福马好容易才弄明白了是怎么一回事。原来是一位富有的建筑师的太太索菲娅·帕甫洛芙娜·梅登斯卡娅——她因在兴办各种慈善事业方面孜孜不倦的努力而名闻全城——劝动了伊格纳特捐助七万五千卢布兴建免费客栈②和附有阅览室的民众图书馆。伊格纳特已交出这笔款子,而且报纸上对他这种乐善好施已经颂扬过。福马在街上曾多次看见过这妇人;她生得娇小玲珑,他知道人们认为她是城里的美人之一。关于她,已有些流言蜚语。

"就只是这件事吗?!"福马听完教父所讲的,这样嚷道,"我还以为有什么了不起的大事呢……"

"你?你以为?"马亚金一下勃然大怒,"你什么也不会想,你这个乳臭未干的小子!"

---

① 索菲娅的爱称。
② 资本主义国家城市中为穷人(主要是乞丐)设置的免费歇夜的地方。

"你为什么骂人?"福马吃了一惊。

"你说说看,依你看来七万五千卢布,是不是一笔大款子?"

"是一笔大款子,"福马想了一下说,"但我父亲有很多钱……你为什么要那样大惊小怪。……"

亚科夫·塔拉索维奇完全愣住了,他轻蔑地盯着青年脸上,以一种微弱的声音问:

"这是你在讲话吗?"

"不是我还有谁?"

"你撒谎!这是你那个小糊涂在讲,一点不会错!可我这个老糊涂——这是经过百万次生活考验的——对你说:你还是一只狗崽子,你大声狂吠未免太早啦!"

福马以前时常被他教父这种过于妙趣横生的辞令刺痛(马亚金跟他讲话一向比他父亲来得粗暴),但此刻这青年人觉得自己受了很大的委屈,他耐着性子但是强硬地说:

"您不要随便骂人,我已经不是小孩子了。……"

"啊,你说什么?"马亚金嘲笑地竖起眉毛喊。

福马被惹恼了。他瞅了瞅老头子的面孔,有力地一字一板说:

"我对你说,我再也不要听你那些毫无道理的谩骂,够了!"

"嗯……对……是的!请原谅。……"

亚科夫·塔拉索维奇眯起两眼,咬紧嘴唇,掉过脸去不望他的教子,暂时沉默了。马车拐进一条狭窄的街道,福马从老远望见了自己家的房顶,就情不自禁地整个身子向前一探。在这同时,教父狡黠而亲热地微笑着问他说:

"福姆卡!告诉我,你是在什么人身上把你的牙齿磨尖的?啊?"

"难道它们已变尖了吗?"福马问,因教父的这种态度感到高兴。

"倒不错。……这很好呀,小伙子……这——的确—不错!我和你父亲就担心你会成为一个优柔寡断的人呢!啊!你学会了喝伏特加吗?"

"喝过……"

"还早了一点儿啦！……你喝得多吗？"

"为什么要喝多呢。……"

"味道好吗？"

"并不很好。……"

"啊……没什么,这一切都还不坏……只是你太坦率了,你准备对任何神甫忏悔你的一切罪过……关于这一点,你好好考虑考虑,小伙子,并不是时常都有这种必要……有时候,你一声不响,既讨人欢喜,也不会犯罪。真的。一个人的舌头是不大能约制得住的。啊,我们到啦……瞧,你父亲可不晓得你来啦……不知道他在不在家呢？"

他在家：他的稍带点嘶哑的响亮的哈哈大笑声,从房间里敞开的窗口传到了街上。马车驶近房子的辗轧声,使得伊格纳特从窗口向外望了望,一眼瞥见儿子,他就快活地喊道：

"啊—啊！回来了。……"

过了一会儿,他一只手把福马紧紧搂在怀里,另一只手的手掌放在他前额上,使儿子的头向后仰,他两眼光闪闪地瞅着儿子脸上,得意地说：

"晒黑了……长得很结实……真好！太太！我的儿子好吗？"

"不错。"听到了一声银铃般的柔和的嗓音。

福马由他父亲肩头望过去,看见前室里坐着一个娇小妇人,一头蓬松的金发,臂肘支在桌上,她那白皙的脸上鲜明地显出一对乌黑眸子、细长的眉毛和肥软的红嘴唇。圈椅后面,摆着一株大蓬莱蕉——有花纹的大叶子,悬在她那金头发的小小脑袋上空。

"您好,索菲娅·帕甫洛芙娜,"马亚金伸着手向她走去,一面阿谀地说,"怎么,您仍然在我们这些穷人这里募捐吗？"

福马默默地对她一鞠躬,既没有听到她回答马亚金的话,也没有听到他父亲对他说的话。这位太太对他凝神注视,亲切地微笑着。她那裹在黑色衣料中的孩子般的身姿,几乎和圈椅的深红色材料溶成了一片,因此她的波浪形金发和白皙面孔在那昏暗的背景上好像在闪光。她坐在那儿的角落里、在绿叶下,既像是一朵鲜花,又像是一尊圣像。

"看啦,索菲娅·帕甫洛芙娜,他是怎样在盯着你瞧呀,像只鹰,对吧?"伊格纳特说。

她的眼睛眯细了,面颊上微微泛起一阵红晕,于是她笑了,好像小银铃儿在响一样。她即刻站起身来说:

"我不打扰你们了,再见!"

当她悄没声响地走过福马身边时,他闻着了一阵芳香,看出她的眼睛是深蓝色,眉毛几乎是乌黑的。

"狡猾的骗子手溜走了。"马亚金愤恨地目送着她,小声说。

"啊,对我们讲讲你的旅行怎样。花了很多钱吗?"伊格纳特瓮声瓮气地说,把儿子推到刚才梅登斯卡娅坐过的那张圈椅上。福马斜眼望了望他,便坐在另一张椅子上去了。

"怎样,看来是一个漂亮少妇吧?"马亚金用他的那对狡猾小眼睛窥伺着福马,笑着说,"要是你那样对她张口呆看,她就会把你的五脏六腑全给吃掉。……"

福马不知怎么战栗了一下,没有回答他,用事务性的口气开始对他父亲谈到他的旅行。可是,伊格纳特打断他的话说:

"等一等,我叫人拿点白兰地来。……"

"听说,你总在喝酒……"福马不以为然地说。

伊格纳特惊异而好奇地看了他一眼,问:

"难道可以对父亲这样讲话吗?"

福马感到惶惑不安,低下了头。

"这才对!"伊格纳特温厚地说,并喊着叫拿白兰地来……马亚金眯细眼睛瞧着高尔杰耶夫父子,叹了口气,他在邀请他们晚上到他莓园去喝茶后,就告辞走了。

"安菲萨姑母哪儿去了?"福马问,觉得单独和父亲在一起不知怎

215

么有些窘。

"她到修道院去了。……啊!你讲给我听吧,我一面喝着。……"

福马在几分钟内就把办的事情讲给父亲听了,并且以坦率的自白结束他的话说:

"我自己花掉的钱……可不少。"

"花了多少?"

"六百……卢布。……"

"在一个半月内!那可不少……我看,用你这么个伙计,我可雇不起啦……你是在哪儿浪费掉这些钱的呢?"

"我捐送了三百普特的粮食。……"

"给谁?是怎么回事?"

福马把事情讲出来了。

"嗯,这没关系!"他父亲同意说。"这使人们知道我们是怎样的人!……事情明摆着,这是为了你父亲的体面……为了商号的体面……而这也不会有损失,因为有了好声誉,再说这,小伙子,对于买卖来说,就是金字招牌。……啊,还有呢?"

"还有……我不知道怎么地……就花掉了……"

"直截了当地说吧……我不是追问你的钱,我是要晓得,你怎样在生活。"伊格纳特非常注意又严厉地细瞧着儿子,坚持说。

"吃呀……喝呀……"福马仍不服输,只忧郁而狠狈地低下了头。

"喝?喝伏特加吗?"

"也喝伏特加。……"

"啊!未免太早了吧?"

"你问问叶菲姆好了,看我喝醉过没有。……"

"为什么要问叶菲姆呢?你自己该把一切都讲出来。……那么,你常喝酒?"

"我不喝也成。……"

"怕不成吧!你要喝点白兰地吗?"

福马瞅着父亲,畅快地微笑了,他父亲也报以和善的微笑。

"唉,你呀……他妈的!喝吧……但得注意,不要喝糊涂了……有什么办法呢?……醉汉……有酒醒的时候,可是傻子就绝对不能……要记住这一点……为了安慰自己。……啊,你玩过女人吗?照直讲吧?难道我会打你吗?"

"玩过……在轮船上有一个……。我把她从彼尔姆带到喀山。……"

"啊……"伊格纳特深深叹了口气,皱着眉头说,"你玷污得太早了。……"

"我有二十岁了。……你不是对我讲过,在你那个时代,十五岁的小伙子就结了婚……"儿子狼狈地这样反驳他。

"是结了婚。……好吧,关于这一点,以后再谈吧。……跟女人发生关系,这又算得什么呢?女人好像牛痘一样,人活着就少不了她。……我也不装伪君子……我比你年纪更轻时,就开始跟女人纠缠起来了。……不过,跟她们混,必须当心。……"

伊格纳特陷入了深思,好久一声没吭,埋着头一动不动地坐在那儿。

"喂,福马,"他严峻、坚决地重新讲话了,"我不久就要死了。……年纪老了。我觉得胸口压得很紧,呼吸困难……我要死了。……那时候,一切事都要落在你身上。开始,教父会帮忙你,听他的话吧!你一开头……还干得不坏,一切事都安排得很好……你把缰绳紧紧握在自己手里。……惟愿上帝保佑你以后也是这样。……要明白这一点:事业是一头力大无比的活生生的猛兽,不善于驾驭它不行,必须给它牢牢戴上嚼环,不然,它就会制服你。……要努力站得比你的事业还高……把你自己安置在这样一个地位,使事业全部都在你脚下,你能一目了然,其中每一个小钉都逃不过你的眼睛。……"

福马望着父亲宽阔的胸脯,听着他的低沉的声音,心中暗想:

"啊,你不会很快就死!"

217

这个想法使他感到宽慰,并在他心里唤起了对于父亲的一种亲切、热烈的感情。

"依靠你教父……他的聪明才智足够治理全城!他只是缺乏勇气罢了,不然的话,他已经出人头地了。啊,我告诉你,我在世的日子不多啦。……真的,是我准备死的时候了。……顶好抛开一切,去斋戒,去考虑给人们留下些好的怀念。……"

"人们会怀念你的。"福马满怀信心地说。

"如果有令人怀念的东西……"

"不是有那个免费客栈吗?"

伊格纳特望了儿子一眼,笑起来了。

"亚科夫那个家伙就已经讲过了嘛!他大概骂了我吧?"

"稍骂了几句,"福马笑了。

"当然啦!难道我没有摸透他吗?"

"他谈起这件事来,就好像钱是他的一样。……"

伊格纳特向后靠在圈椅背上,声音更洪亮地哈哈大笑起来了。

"啊哈,那只老乌鸦,啊?你讲得对呀……对于他来说,他自己的钱也好,我的钱也好,完全是一而二、二而一,——他在那儿发抖了。……他是有一个目的的,那个光脑壳。……你说说看,是怎样的一个目的?"

福马想了想说道:

"我不晓得。……"

"哎,他想把财产合并一起呀。……"

"怎么样合并呢?"

"那,你就猜猜看吧!……"

福马望了望父亲,猜着了。

他的面孔沉下来,他从圈椅子上欠起身来坚决地说:

"不,我不干!我不跟她结婚!"

"哦?干吗这样?姑娘身体健康,也不愚笨,而且是她父亲的独养女。……"

"还有塔拉斯呢?那个下落不明的人。"

"下落不明的人,就是完了,所以,关于他的事不值得一谈。……遗嘱已有了,上面是这样写的:'凡我所有的动产和不动产——全给我的女儿柳博芙。'……关于她是你教妹这一层[①],我们要想办法。……"

"横竖是一样,"福马强硬地说,"我不跟她结婚!"

"啊,谈这件事还早。……不过,她哪样不合你的心意呢?"

"我不喜欢那样的女人。……"

"原来这样呀!啊哈,那么,请你说说!哪样的女人才最配你的胃口呢,少爷?"

"要更单纯些的。……她跟那些中学生混在一起,又看那些小册子书本……她成了有学问的人!……她会讥笑我的。……"福马激动地说。

"那倒是真的,她是过分活泼了些。……但那也算不了什么!只要肯下工夫!什么锈都擦得脱的。……但你教父是个聪明老头儿。……他的生活过得安静稳定,他坐在一个地方,却考虑到了所有的事情……他呀,孩子,是值得你去领教的,他看到了一切平常事的背后的一面。……他是我们中间的贵族,是从叶卡捷琳娜妈妈时代一直传下来的!他自视很高。……由于他的血统要在塔拉斯身上断绝了,所以他决定把你安在塔拉斯的位置上,你体会到了吧?"

"不,我要自己选择我自己的位置。"福马固执地说。

"你还很蠢啦……"他父亲微笑了。

他们的谈话因安菲萨姑母的到来而被打断了。……

"福穆什卡!你回来了……"她在门外喊着。福马站起身来,亲热地微笑着走上前去迎接她。……

[①] 根据东正教的教规,教兄妹也是禁止结婚的。

他重新过着缓慢又单调的生活。父亲对儿子的态度,虽然仍保持着那种温厚地有嘲笑又有鼓励的调子,但一般说来,待他却变得更严厉些了,在每件小事上都要训诫他,而且愈来愈频繁地提醒他,说他是自由地把他教养大的,既没使他受过约束,也从来没有打过他。

"别的做父亲的对待你这样的小伙子,是用木柴棒来敲,我却连指头也没碰过你!"

"显见得,我没有做什么该挨打的事,"有一回,福马静静地申述说。

伊格纳特因为这一句话和这种口气对儿子大发脾气。

"你别讲得太多!"他吼道。"由于我手软,你就胆子大起来了。我无论说什么,你都要回嘴。当心,我的手虽然软,但它仍能够这样捏紧,使得你的脚跟也要流泪!你长得太快了,像毒蕈一样,刚一冒出土来,就已经发臭了。……"

"你为什么要对我发脾气呢?"当他父亲心情好的时候,福马踌躇地这样问他。

"因为你父亲埋怨你的时候,你不能忍受……马上就要争论起来!……"

"但那是使人难受的事。……我并没有变得更坏……我也看见别人在我这种年龄是怎样过日子的……"

"我有时候责骂你,你的脑袋又不会落下来。……我责骂你,是因为我看出来你身上有些东西不是我所有的。……这究竟是什么,我也不知道,但我看出来,是存在的……这些东西对你有害。……"

父亲的这番话,引起了福马的深思。他自己感觉到在他身上有一种使他跟同龄人截然不同的特点,却又不能理解,这特点究竟是什么?因此,他怀疑地注视着他自己。……

在交易所里,在那些做着成千卢布生意的体面人物的谈话声和喧嚣声中,福马感到很高兴;那些赶不上他那般富有的商人们跟他福马·高尔杰耶夫打招呼时的那种恭敬态度,使他觉得很受用。如果有时候他成功地处理好了他父亲生意上由他负责的某些事情,并得到了父亲赞许的一笑时,他就觉得自己很幸福很自豪。他心里有很多野心勃勃的愿望:要做一个干练的成年人,可是,他仍和先前一样孤独地过日子,也不觉得想要交几个朋友,虽然他每天都接触到许多和他年龄相若的商人子弟。他们一再请他吃饭,他都粗暴而轻蔑地拒绝了邀请,甚至还嘲笑说:

"我害怕。……你们的父亲知道了这些宴会的事,也许要打你们,连我也会挨到脖溜。……"

他所以不喜欢他们,是因为他们背着他们的父亲痛饮作乐并且腐化堕落,他们所花的钱,是从他们父亲钱柜里偷出来的,或者是签具远期高利期票借来的。他们也不喜欢他这种审慎,因为觉得在他这种审慎中有一种使他们难受的傲气。

他时常想念佩拉格娅。最初,每当她的形象在他的想象中闪现时,他就感到很忧郁。……可是,随着岁月的流逝,这女人身上的鲜明色彩也就逐渐暗淡下去了,而且在他不知不觉中,他梦想中的地盘,却已被那娇小玲珑、天使般的梅登斯卡娅占领了。她差不多每个星期日都到伊格纳特家中来提出种种的请求,总的来说,只有一个目的:催促迅速修建免费客栈。福马在她面前,总觉得自己笨拙、呆大、蛮戆;这使他很气恼,而且在索菲亚·梅登斯卡娅那对大眼睛的温柔视线下,他的脸变得通红。他觉察到,每逢她注视他时,她眼睛的颜色就变深了,她的上嘴唇颤抖着并微微向上张开,露出细小洁白的牙齿。这种情形总使他感到害怕。他父亲看出他盯视着梅登斯卡娅的那种眼神,就对他说:

"你别太过于盯着那张面孔瞧。当心点,她像一块白桦烧成的木炭:从外表来看,它是那么朴质、光滑、黝黑,好像完全是冰冷的,但你一拿上手,就会烧着你。……"

梅登斯卡娅并没有引起这青年相思的感情,她一点也不像佩拉格娅,而且他根本不理解她。他知道,关于她有一些不体面的流言,但他不相信这些。可是,当他看见过她和一个头戴灰色帽子、两肩披着长鬈发的胖绅士并排坐在一辆四轮马车上以后,他对她的看法改变了。这个男人的面孔像个球胆——红红的、鼓鼓的;上面既没有唇髭,也没有须髯,这人整个儿就像是一个乔装的女人。……福马听人讲,这就是她的丈夫。……这时候,他心里激起了一种阴暗和矛盾的感觉:他很想侮辱这个建筑师,但同时觉得对他又嫉妒又尊敬。梅登斯卡娅仿佛没有那么美丽了,也更易于理解;他开始同情她,但还是幸灾乐祸地想:

"他吻她的时候,她一定会感到厌恶。……"

除此之外,他有时觉得心里有一种无底的、难堪的空虚,无论是当天的印象,或者是对过去的回忆都无法填满这空虚;交易所也好,事业也好,对梅登斯卡娅的想念也好,一切全被这空虚吞噬了。……这空虚使他很担心:他怀疑在它那漆黑的深处潜藏着一种与他敌对的势力,这种势力目前还未成型,却已在小心、执拗地渴望着将它具体体现出来……

这其间,伊格纳特虽然在外貌上改变得很少,却变得越来越烦躁不安,唠唠叨叨,并且越来越频繁地抱怨身体不好。

"我睡不着觉……从前,我睡得很酣——即使剥了我的皮,我也不会觉得! 可是如今,我翻过来,转过去,好容易挨到天亮才睡着一下。……我的心脏跳得不齐,有时候像精疲力竭似的,时常是图克—图克—图克地乱跳……有时候突然一下停住不跳了,好似它马上就会掉到最内面的什么地方去。……主啊,发发慈悲,怜悯我吧! ……"

他忏悔地叹息着,向天举起了他那一对已经模糊不清、失去了灵活与智慧光芒的眼睛。

"死神就在附近什么地方窥伺着我。"他忧郁但是恭顺地说。

真的,死神不久就把他那魁梧、结实的身躯推倒在地上了。

这发生在八月里的一天清晨。福马睡得正酣,突然觉得有人摇他的肩头,耳边还响着嘶哑的声音:

"起来……"

他睁开眼睛,看见父亲坐在他床边的椅子上,单调又含糊不清地反复说着。

"起来,起来!……"

太阳刚刚升起,照在伊格纳特白麻布衬衫上的阳光,还没有失去粉红的色泽。

"还早,"福马伸了伸懒腰,说。

"你以后再好好睡吧。……"

福马懒洋洋地用毯子裹着身子,问:

"有什么事吗?"

"你起来吧,我的孩子,求求你!"伊格纳特嚷道,并又生气地补充说:"既然叫醒你,当然是有事……"

福马注视父亲的面容,看出他脸色苍白而疲惫。

"你不舒服吗?要去请医生吧?"

"去他的吧!"伊格纳特摇了摇手,"我又不是三岁小孩……没有他,我也明白。……"

"什么呀?"

"啊……我已经明白啦!"老头子神秘地说,而且不知怎么奇怪地环顾房间里。福马正穿衣服,他父亲埋下脑袋慢吞吞地说:

"我害怕呼吸。……我有这样的想法,如果我此刻深深地一呼吸,我的心脏一定会裂开来。……今天是星期日!做完早弥撒后,去请神甫来吧……"

"你这是什么意思,爸爸!"福马微微一笑。

"没什么,我……你洗好了,到花园里去吧……我已吩咐把茶炊送到那儿。……我们要在早晨的清凉空气里喝喝茶。……我很想喝点又浓又滚烫的茶。……"

老人很费劲地离开椅子站起身来,弯着腰,用他的一双赤脚摇摇晃晃迈着步子从房间里走出去了。福马目送着父亲,一阵由恐惧引起的如针刺一般的寒噤抓紧了他的心。他迅速盥洗完毕,就赶到花园里去了。……

223

在那儿,在一株枝叶繁茂的老苹果树下,他父亲坐在一张笨重的大圈椅上。阳光穿过树枝,像一条条细长的饰带落在穿着睡衣的老人的白色身影上。园子里这么异乎寻常地安静,连福马的衣服偶然触着树枝发出的沙沙声,老人都觉得是很大的音响,因而突然一哆嗦。……放在桌上的茶炊,像一只吃得饱饱的雄猫,发出呼呼的响声,向空中喷出一股蒸气。在被头天夜里的大雨冲洗过的这园子的一片鲜绿之中,在这么一种静寂里,这轰响的铜茶炊无聊地泛着光辉,像个鲜亮的斑点,在福马看来,这是多余的,它对此时此地以及福马的心情都不适宜。他这种心情是他见到这么一幅情景后产生的:一个病恹恹的、弯着腰的老人,身穿白衣,孤单单独自一人坐在碧绿树叶的掩护下,树叶中间隐隐约约藏着鲜红的苹果。

"坐下,"伊格纳特说。

"还是请一位医生来吧……"儿子犹豫地劝说,在他对面坐了下来。

"不需要。……在户外,就觉得好些了。……喝喝茶,也许,还会更轻松点……"伊格纳特说,一面倒茶,但福马看出了,茶壶在父亲手里抖动。

福马默默无声地把茶杯端了拢来,头低在上面,怀着沉重心情倾听着父亲的响亮、急促的呼吸。……

突然间,有什么东西砰的一声打在桌子上,连茶具都震动了。

福马一哆嗦,他抬起头来,正碰上他父亲的吓得几乎要发狂的目光,伊格纳特瞧着儿子,声音嘶哑地嘟哝着:

"一个苹果落下来了……哎呀!响得像打枪一样……是吗?"

"你茶里掺点白兰地吧……"福马建议说。

"就这样很好。……"

两个人都不作声了。……一群金翅雀飞过花园上空,在空中发出了一阵活泼愉快的啁啾声。花园里的艳丽美景又笼罩在庄严的寂静中。伊格纳特眼睛里的恐怖神色一直还未消失。……

"哦,主耶稣基督!"他笃诚地画着十字,低声说,"啊……终于来到了,我生命的最后时刻。……"

"够了,爸爸!"福马嘟哝着。

"什么够了?……我们喝过茶,你去请神甫来,也请教父来……"

"我不如现在就去。……"

"马上就要敲钟做弥撒……神甫不在……而且用不着赶急,也许病会过去。……"

他开始声音很响地从茶碟里啜着茶。……

"我应该还活一两年……你年轻。……我为你非常担心!你要诚实、坚强地过日子……别贪慕旁人的东西,对自己的东西,要牢牢守住。……"

他感到讲话困难,停顿下来,用手擦着胸口。

"不要指望旁人……对他们,别存大的期望……我们活着,全都是为了取得,而不是为了给予。……哦,主啊!可怜我这个罪人!"

远处什么地方低沉的钟声打破了清晨的寂静。伊格纳特和儿子一同画了三次十字。

在第一口钟的响声之后,传来了第二口钟的响声,又是第三口钟的响声,不一会儿工夫,空气中充满了从四面八方传来的通知人们去祈祷的钟声——声音悦耳、既有节奏又很洪亮。……

"在敲钟做弥撒了,"伊格纳特说,一面倾听着闹哄哄的钟声。……"你凭钟声分辨得出是哪一口钟吗?"

"分辨不出,"福马回答。

"这一个——你听到没有?——这个低音的,那是尼古拉教堂的钟,是彼得·米特里奇·瓦金捐献的……声音低哑的这一个,是普拉斯克娃·皮亚特尼察教堂①的钟。……"

---

① 这些教堂以东正教圣徒名字命名。圣徒尼古拉是基督教会最推崇的圣徒之一,有许多关于他显灵的传说,被称为商人的保护者。普拉斯克娃·皮亚特尼察是基督教殉教者(十一世纪上半叶),她因为拒绝脱离基督教而被处死。

钟声的像唱歌似的音波,震荡着充满了这种音波的空气,然后消散在清朗的晴空中。福马沉思地注视着父亲的面孔,他看出惊惶神色已从他眼里消失,这时眼睛变得有生气了……

可是,突然间,老人的面孔红得发紫,眼睛圆睁着,仿佛要夺眶而出,嘴巴吓人地张开来,喉咙里发出了奇怪的咝咝声。

"佛……佛……啊嘿。……"

紧接着,伊格纳特的脑袋耷拉到肩头上,他的笨重身体慢慢从椅子上滑到地上去,好似大地不容分说地把它朝自己身边拖去一样。有几秒的时间,福马一动不动并且一声不响,他怀着恐惧和惊愕看着父亲,接着,他冲到伊格纳特身边,从地上托起他的头来,盯着他脸上瞧。这张面孔是阴沉的、凝然不动的,睁大着的眼睛毫无表情:既无痛苦,也无恐惧,也无喜悦。……福马环顾四周:和刚才一样,花园里一个人也没有,但闹哄哄的钟声依然在空中荡漾。……福马的手哆嗦起来,松开父亲的头,头就迟钝地落到地上去了。……一股乌黑的、黏糊糊的血从他张开的嘴里沿着铁青的面颊流下。……

福马两手捶着自己的胸膛,跪在尸体面前,号啕大哭起来……他吓得浑身发抖,仍然用发狂般的眼睛在花园里的绿荫中寻找什么人。……

四

父亲的去世弄得福马呆然若失,使他充满了一种奇怪的感觉:寂静注入了他的心灵,这是将生活里的一切音响默然顺从地吞噬下去的一种沉重而静止的寂静。熟人们在他四周忙乱;他们出现了,消逝了,对他讲着什么,他回答他们,但他们的话语引不起他的任何概念,却无影无踪地沉入那充满他心灵的死一般沉默的无底深渊里去了。他不哭泣,不悲恸,也不思考什么;他脸色忧郁苍白,眉头深锁,聚精会神地谛听着这种寂静,这寂静已从他身上驱除了所有的感觉,使得他的内心空虚,并像老虎钳似的钳紧了他的脑筋。

葬礼是由马亚金主持的。他匆忙又精神矍铄地在屋子里跑来跑去,长筒靴后跟敲得橐橐响,并一面主人般的吆喝着用人们,又拍着他教子的肩头安慰他说:

"你这个小伙子,怎么变呆了?你父亲年纪老了,身体衰弱了。……死是为我们每个人准备着的,这是逃不脱的……所以不应该还没有到时候就像个死人一样。……你用悲伤也无法使他复活,你的悲痛也对他毫无用处,所以有一说:'灵魂一旦被可怕的天使驱离肉体,它就忘记了所有的亲戚和熟人……'①这意思就是说,现在随便你为他干什么,不管你哭也好、笑也好,对他都毫无影响。……但活人还是应该为活人担心。……你最好哭出声来吧,这是人情之常……会使你内心轻松得多。……"

可是,这些话不论在福马的脑子里或心里,都没有起到任何作用。

在举行葬仪的那一天,他神志清醒了,这多亏教父的坚毅,他一直都在热心又别出心裁地竭力激励他那意志沮丧的精神。

出殡这天,天气阴霾暗淡。在一片浓尘笼罩中,一大群人黑压压的一团跟在伊格纳特·高尔杰耶夫的灵柩后面走;神甫们的绣金法衣灿烂放光,人群缓缓前进的那种听不清的嘈杂声,和主教圣歌班合唱队的庄严音乐混合在一起了。福马被人们从后面、从两边推挤;他走着,除了他父亲的灰白脑袋②外,什么也没看见,悲哀的歌声像忧愁的回声在他心胸中回响,他旁边走着的马亚金纠缠不已、无休无止地在他耳边嘟哝着:

"你看,好多的人来送葬呀——有几千呢!……省长亲自来送你父亲……还有市长……差不多整个市议会……在你后面……你掉过头去呀!索菲娅·帕甫洛芙娜也在。……全市都向伊格纳特致敬……"

最初,福马并没有倾听教父的耳语,但当他对他说到梅登斯卡

---

① 举行安葬仪式时,祈祷结束之前唱的圣诗。
② 在俄国,按古老的习惯,灵柩是敞着棺盖运走的,盖子由人扛着跟在灵柩后面。

娅时,他不自觉地向后望了望,于是看见了省长。一眼瞥见这位要人,便有少许的快慰感注入了他的心灵。这要人肩头挂着颜色鲜艳的绦带,胸前佩着勋章,严肃的脸上现出愁容,跟在灵柩后面迈步前进。

"'这灵魂今天所走的道路是有福的……'①"亚科夫·塔拉索维奇小声哼唱着,一面翕动着鼻子,并又在他教子耳边低声说:"七万五千卢布——这样一笔金额是可以请来这么多送葬人的。……你听说没有,松卡要在你父亲四旬祭②的那天举行奠基礼?"

福马又向后掉过头去,他的视线碰上了梅登斯卡娅的视线。由于她的抚慰的目光,他深深叹了口气,并且马上觉得轻松些了,仿佛有一股炽热的光线照彻了他的心,把那儿的什么东西融化了。但他立刻醒悟过来,他是不应该把头转来转去的。

在教堂里,福马的心灵浸透了弥撒中的那种庄严惨淡的诗意,当听到了那令人感动的召唤:"来,让我们给他最后一吻"③时,从他的胸口迸发出了这样大的一声悲恸号啕,人群因这一哀悼的呼号都激动起来了。

号哭过后,他站立不稳了。教父立刻搀住他的胳臂,把他向灵柩推去,一面声音非常响亮并有些兴奋地唱道:

"'跟最近还和我们在一起的人亲吻吧,'吻吧,福马,吻吧!'他就要被放进墓穴里,盖上墓石,他将深居幽暗之中,和死人同葬。……'"

福马用嘴唇挨了挨他父亲的前额,害怕得从灵柩前跳开了。

"沉着点!我都要给你撞倒了……"马亚金小声提醒他说,这两句简单平静的话比教父的手更有力地把福马支持住了。

---

① 在死者面前唱的诗。
② 死者死后四十日的祭奠。
③ 举行安葬仪式时,祈祷结束之前唱的圣诗的第一句。

"'望着我无声无息地躺着,请为我哭泣吧,兄弟们和朋友们……'①"伊格纳特借教会的口这样请求着。可是,他的儿子已经不哭了;他父亲的又黑又肿的面孔在他心里引起了恐惧,这恐惧使他的心神清醒了几分,他的心正低迷于教会悼念它有罪的儿子的哀乐声中。他被熟人们团团围住,这些人极其动人地、温柔地安慰他;他倾听着并明白了,他们全都为他感到难过,而且他变得为大家所珍爱了,但教父却在他耳边低声说:

"你看,他们是怎样在谄媚你呀……公猫也嗅着油腥了。……"

这几句话使福马感到厌恶,但它们对于他却是有益的,因为它们迫使他总得在内心里起些反应。

在墓地,当唱起遗念永存时,他又放声痛哭起来了。教父马上搀住他的胳臂,领他离开了墓穴,生气地对他说:

"啊,小伙子,你怎么这样懦弱,没有毅力!难道我不痛心他吗?我是知道他的真正价值的,你只不过是他的儿子罢了。你看,我没有哭。……三十多年来,我和他十分情投意合地相处在一起……我们谈过多少话,考虑过多少事……一同遭受过多少痛苦!……你还年轻,难道你该悲伤吗?你的前途无限,你将有多得无数的朋友。可是我老了……埋葬了我惟一的朋友,现在我就成了一个孤零零的人……我再也得不到一个共心腹的朋友了!"

老人的嗓子奇怪地震响,发出了尖锐的吱吱声。他的面孔变了相,嘴唇拉长成了一副极难看的怪相并且颤抖着,脸上的皱纹起了收缩,小而密的泪珠从他的细小眼睛里顺着这些皱纹流淌。他是这般可怜得令人很感动而且一点也不像他原来的样儿,因此福马停步下来,用一个刚强人的柔情把他紧紧抱住,惊惶地喊道:

"别哭了,教父……亲爱的!别哭了。……"

"这就对!"马亚金无力地说,深深叹了口气,而且转眼之间他又变

---

① 教会举行安葬仪式时唱的最后一段圣诗。

成一个坚强而又聪明的老人了。

"你哭哭啼啼也不行呀……"他和他的教子在马车中并肩坐定,玄妙地说。"你现在就是战场上的统帅,所以必须勇敢地指挥你的士兵。你的士兵就是卢布,你拥有这样一支极庞大的队伍。……要不停地作战呀!"

他的这般神速的变化使福马大吃一惊,他倾听着他的谈话,不知怎么这些话使他想起了,人们朝伊格纳特墓穴中抛在他灵柩上的那些土块。

"你父亲有没有对你讲过,说我是个聪明老人,你应该听我的话?……"

"讲过的。……"

"那么,你就听我的话吧!……如果我的头脑和你的年富力强加在一起,那就一定可以获得大的胜利。……你父亲是一个了不起的人……只是他的眼光浅短,而且不善于听从我的忠告。……他一生中所获得的成就,并不是靠他的头脑,而是靠他的坚强意志。……啊,不晓得你将来会成为一个怎样的人……你搬到我那边去吧,你一个人在家里会感到寂寞的。……"

"还有姑妈在那儿。"

"姑妈……她有病……她在这个世上也活不久了。……"

"别讲这种话吧!"福马轻声请求说。

"我要讲。你何需怕死呢,你又不是一个躺在暖炉上的老婆子!你应无所畏惧地过你的生活,做你应分做的事。人的使命,就是要在世上建立生活。人就是资本……他,好像一个卢布样,是由不值钱的半戈比铜币和戈比等积成的。《圣经》上说,人是从土而出的……①可是,按照他在生活中的周转情况,他身上就依次吸收了脂肪和油、汗液和眼泪,他里面就产生了灵魂和头脑。……从此,他开始向上和向下

---

① 据《旧约·创世记》第三章第十九节记载:"因为你是从土而出的,你本是尘土,仍要归于尘土。"

生长……你看,他有时值一枚五戈比铜币,有时值一枚十五戈比银币,有时值一百个卢布……而有时又成了无价之宝。……他既在周转流通,那他就非给人生带来利润不可。生活知道我们大家的价值,而且时间来到以前,它决不会阻止我们的进路……孩子,没有任何人会做对于自己有损害的事,如果他有头脑的话。……你在听我讲没有?"

"在听。……"

"你懂了些什么呢?"

"我全懂。……"

"你在撒谎吧?"马亚金不相信地说。

"不过,人为什么非死不可呢?"福马小声问。

教父颇感遗憾地瞅着他脸上,嗫着嘴唇说道:

"有头脑的人决不会提出这种问题来。有头脑的人自己看得出来,如果是一条河的话,那么,它总会流往什么地方去,……如若它停滞在一个地方,那么,定是沼泽无疑。……"

"你何必讥笑我……"福马闷闷不乐地说,"海水也不见得流往什么地方去。……"

"海容纳一切河川……所以,海里有惊涛骇浪。……同样,人海中由于人而掀起了波澜……死亡把其中的水更换一新……为的是使它不至于腐臭。……不管死多少人,人的数目却越来越多……"

"这有什么意思呢?我父亲就已经死了。……"

"你也会死。……"

"那么,人类越来越多,跟我有什么关系?"福马忧郁地冷笑。

"唉,嘿—嘿!"马亚金叹了一口气。"这跟谁都没有关系。……大概你的裤子也会同样下判断说:不管世界上有多少种形形色色的衣料,那跟我又有什么关系呢?可是,你却不会理睬这些话——裤子穿破了,丢掉就完事。……"

福马责难地望着教父,看见老人在微笑,他很感惊异,于是恭敬地问道:

"教父,难道您不怕死吗?"

"孩子,我最怕的是愚蠢,"马亚金含有温和的讽刺意味回答。"我认为是这样:如果傻子给你蜜,唾弃它好了;如果聪明人给你毒物,喝掉它好了!我告诉你:小伙子,如果鲈鱼不把它的鳍竖了起来,那它就只有束手待毙。……"

老人的冷嘲热讽的谈吐伤了福马的感情并且激怒了他。他把脸掉过去,说:

"不用这些闪闪烁烁的遁词,你就讲不成话了。……"

"我讲不成!"马亚金高声说,他眼睛里流露了惊惶不安的神色。"每个人都是用他自己最擅长的辞令讲话。看起来我很严峻?我是这样吗?"

福马没有作声。

"啊……你得明白:教诲你的人,才是爱你的。……你得牢牢记住这一点。……关于死,你别去考虑吧。一个活着的人考虑到死的事情,那是不聪明的。《传道书》对死考虑得最多,它说,活着的狗都比死了的狮子更强①。……"

他们到了家。屋子前面整条街上都停满了马车,人们的高谈阔论声,从敞开的窗口送入了空中。福马一进大厅,就有人挽住他的胳臂,把他搀到摆着冷盘的桌前,劝他喝点吃点什么。大厅里像市场一样嘈杂,又挤又闷。福马默默地喝了一杯伏特加,又喝了第二杯,第三杯……在他四周,人们大嚼大咽,嗫着嘴唇,伏特加从瓶子里咕嘟咕嘟流出来,酒杯哗啷哗啷响。……人们在谈干鲟鱼脊肉和主教合唱队里独唱者的极低音,又谈到干鲟鱼脊肉,谈到市长也想演说,但他在主教讲过之后下不定决心,因为害怕讲得比主教差。有一个人很感动地说:

"死者是这样干的:他切下一薄片鲭鱼,厚厚地撒上一层胡椒粉,

---

① 出自《旧约·传道书》第九章第四节。

再盖上一薄片鲭鱼,于是喝干一杯酒,接着就把它吃下。"

"我们来照他的样儿干吧!"一个粗声粗气的声音吼道。

福马满脸愠色,心里很生气地瞧着那些油腻腻的嘴唇和正在咀嚼鲜美食物的颚,他很想大声叫喊,把那儿所有的人都赶出去,这班人的庄重严肃刚才还在他心里引起过对他们的尊敬感。

"你要更和蔼些,更多和他们交谈交谈……"马亚金走近他身边低声说。

"他们为什么在这儿狼吞虎咽呢?难道他们是进了酒馆吗?"福马气势汹汹地高声说。

"嘘……"马亚金惊慌地责备他,并迅速地满脸堆上殷勤的笑意向四周环顾。

可是已经迟了:他的笑容无补于事。福马的话,人们已听见了,大厅里的嘈杂声和谈话声开始低下去,客人中有些人不知怎么仓仓皇皇忙乱起来了,另一些人抱屈地拉长了面孔,放下刀叉,离开了摆有冷盘的桌子,很多人对着福马侧目而视。

他愤愤然闷声不响地迎着这些视线,并没有俯下他的眼睛。

"请各位就席吧!"马亚金喊道,他在人群中闪过来闪过去,就像灰烬里的火星子一样。"请各位坐下!马上就上煎饼了。"

福马耸了耸肩向门口走去,高声大气地说:

"我不吃了……"

他听见在他背后响起一阵含敌意的喧哗声,还有教父的曲意奉承的声音正向一个人说:

"这是因为太悲痛的缘故,因为伊格纳特对他来说,既是严父又是慈母呀!……"

福马走到花园里,在他父亲故世的那个地方坐了下来。寂寞和忧郁的感觉压住了他的胸口。他解开衬衫领子,好呼吸得轻松点,他把臂肘支在桌上,两手紧紧抱住脑袋,一动不动地发着愣。小雨稀稀疏疏地落着,雨点打在苹果树叶上发出凄凉的响声。他坐了很久,毫不动弹,一对眼睛盯着细小的雨点从苹果树上滴落在桌子上。由于喝过伏特加,他脑壳里嗡嗡响,但他心里对人们满怀愤恨。一些模糊不清的念头在他脑子里涌现出又消逝了;他眼前突然闪现教父光秃的脑盖,头顶上一圈银发,一张像古老圣像上的面孔样的乌黑脸蛋,这张嘴里没有牙齿而又浮上奸笑的脸,引起福马的憎恶和忧虑,使他在心里更强烈地意识到了自己的孤寂。接着,他想起了梅登斯卡娅的温柔的眼睛,她的娇小玲珑和婀娜多姿的身形,而且在她旁边不知怎么站着那个长得丰腴、高大而又满脸红润的柳博芙·马娅金娜,她眼睛里含着笑意,背上垂着一条金黄色粗辫子。空气中充满了凄凉的音响。……灰蒙蒙的天空好像在哭一样,冰冷的水珠儿在树上颤动。福马心灵里枯涸又暗黑,充满了作孤儿的害怕感觉。……但由这种感觉就产生了一个问题:

"我将怎样生活下去呢?"

雨淋湿了他的衣衫;他觉得在打寒战,于是起身进屋去了。……

生活从四面八方来烦扰他,使他无法集中思考。在伊格纳特去世后第四十日,他身着盛装,心情愉快地参加免费客栈的奠基礼。在这前一日,梅登斯卡娅已写信通知他,说他已被选为建筑监督委员会委员和她做主席的那个协会的名誉会员。这使得他很满意,他对今天他在奠基典礼上所必须演的角色感到非常兴奋。他在马车上,一路揣摩着一切事情将会怎样进行以及他的举止应该怎样才不致在人前局促不安。

"喂!喂!停一下!"

他回过头一看,马亚金正从人行道上向他飞奔前来,他身上穿一件拖到脚后跟的大礼服,头戴一顶高便帽,手里拿着一把太阳伞。

"啊,让我上去吧!"老人说着像猴子般敏捷地跳上了马车。"说实话,我是在等你,我向四下张望,我想,他这时候该动身了吧。……"

"你是去那儿吗?"福马问。

"当然啦。我必须看看人们怎样把我朋友的钱埋在地里。"

福马斜着眼睛望了他一眼,就默不作声了。

"你为什么斜着眼睛瞟我!别担心,你也会成为人们的大施主吧?"

"这是什么意思?"福马勉强忍住问。

"我今天在报上看到,你已被选为那个客栈的建筑监督委员,还有索菲娅的那个协会的名誉会员……这种会籍,要使得你大掏腰包!"马亚金叹了一口气。

"我总不至于破产吧?"

"这我可不知道……"老人不怀好意地说,"我更多地讲到它,是因为办这种慈善事业本身就是非常不聪明的。……我甚至要这样说:这不是什么事业,而是一种有害的无聊事情。"

"难道帮助人是坏事吗?"福马不服气地问。

"你这个傻瓜真是木头脑壳!"马亚金笑了笑说,"你还是到我家里来吧,我要使你对于这一切的事睁开眼睛……非教你不可!你来吗?"

"好的!"

"喂!……在奠基的时候,你要摆出一副很有气派的样子,站在大家都看得见你的地方,要是我不对你讲,你就会躲在别人背后。……"

"我为什么要躲呢?"福马不满意地说。

"所以我说完全没有躲的必要。因为钱是你父亲捐助出来的,根据继承权,名誉应该归于你。名誉,这就跟钱一个样……一个商人有了名誉,他就会到处有信用,处处吃得开。……所以,你得站上前,使谁都可以望得见你,那么即使你做了五个戈比的好事,也可以得着一个卢布的报酬。……但如果你躲起来,那么,结果只是愚蠢罢了。"

他们到达了目的地,这时,所有的要人们都已经到齐了,成群的人围在一堆堆木料、砖块和泥土的四周。主教、省长、本城显贵和行政机关的代表跟那些服饰华丽的仕女们一起形成了鲜艳夺目的一大簇人,他们正观看两个忙着准备砖块和石灰的石工。马亚金和他的教子朝着这一簇人走去,他一面低声对福马说:

"别胆怯……这些人都是省着肚子来这样穿绸着缎的。"

他用一种恭敬而愉快的声调先向省长问好,然后才招呼主教:

"您好,省长大人!愿您给我祝福,大主教!"

"啊,亚科夫·塔拉索维奇!"省长友好地喊道,微笑着握住马亚金的一只手摇着,这时候,老人正在吻主教的手。"您好吗,长命百岁的老人家?"

"谢谢您,阁下!我向索菲娅·帕甫洛芙娜致最恭顺的敬意!"马亚金迅速地说着,他在人群中像陀螺似的转来转去。顷刻间,他已做到同法院院长、同检察官、还同市参议长——即同凡是他认为非先招呼不可的人打遍了招呼;不过,这类人毕竟不多,他讲着笑话,满面春风,立时把大家的注意力都吸引到他那矮小人儿身上去了;福马站在他背后,低着头,不高兴地望着那些身穿绣金贵重衣料的人们,他羡慕老人的机敏,感到有些畏缩,觉得自己畏缩,就更加畏缩起来了。可是,教父抓住他的手,把他朝他身边拉。

"您瞧,大人,这是我的教子福马,是已故的伊格纳特的独生子。"

"啊—啊!"省长用粗重的嗓音说,"非常高兴……我很同情您的不幸,年轻人!"他握着福马的手沉默了一忽儿,接着坚信地补充说:"失去了父亲……这是非常惨痛的不幸!"

他约有两秒钟光景等待福马回答,接着掉过头去对马亚金赞许地说:

"您昨晚在市议会的那篇演讲使我欢喜若狂!讲得好极了,合情合理,亚科夫·塔拉索维奇……他们不理解居民的真正需要。……"

"加以,大人,资金少,这就是说,在市方面还非贴钱不可。……"

"完全对!完全对!"

"戒酒,我说,这是好事情,惟愿所有的人都戒酒。我自己就不喝……可是,如果他们老百姓连字都不识,那么要这些阅览室有什么用呢?"

省长赞同地哼了哼。

"所以我说,您把这笔款子用在技术教育上吧……如果小规模地干,仅只这些钱也就够了,万一有必要时,还可以向彼得堡申请,那边会给的!到那时候,市方面也无须乎贴钱,而事情还会更有意义些。"

"的确是这样,不过,那些自由派人士可就要向您大喊大叫呢,会吧?"

"喊喊叫叫正是他们的拿手戏。……"

大礼拜堂辅祭长的低沉的咳嗽声,宣布祈祷仪式开始。

索菲娅·帕甫洛芙娜走近福马身边招呼他,用忧郁的声调轻轻对他说:

"在举行葬仪的那天,我望着您的脸,我的心都紧缩了。……我的天,我想到,他一定是多么痛苦呀!"

福马听着她讲……仿佛是在饮甘蜜一样。

"您那种号啕痛哭声呀!它们震撼了我的心灵……您真可怜,我的孩子!……我可以对您这么说,因为我已经是个老太婆了。……"

"您!"福马轻轻叫了一声。

"难道不是吗?"她天真烂漫地盯着他的脸,问。

福马一声不响,埋下了头。

"您不相信我这个老太婆吗?"

"我相信您……但只有这是假话!"福马小声但很热情地说。

"假话——什么是假话?您相信我什么呢?"

"不!不是这……是那,那……我请您原谅!我不会讲!"福马说着,窘得满脸通红,"我学识浅薄,没有受到教育……"

"对于那种事倒不必感到不安……"梅登斯卡娅用袒护的口气说。"您还年轻得很,教育是人人都可以受到的。……可是有的人,他们非但不需要教育,教育反而会对他们有害。……这就是那些心地纯洁……诚挚、率真、好像小孩子一般的人……您就是这种人。……难道您不是这样吗?"

对这个问题,福马又能回答什么呢? 他率真地说道:

"谢谢您!"

一眼看出,他的话语在梅登斯卡娅眼睛里激起了一星愉快的闪光,他感到自己又可笑又愚笨,于是马上很生自己的气,并用抑压的声音说:

"是的,我就是这样一个人——我心里有什么,嘴上就讲了出来。……我不会装假……我觉得有什么好笑,我就坦坦白白笑出来……我很笨!"

"啊,您为什么这样讲呢?"那妇人责难地说,她整理了一下她的衣服,无意中她的手触着了他拿着帽子的那只垂着的手,这就使得福马望了望他自己的手关节,并且惶惑地、高兴地微笑了。

"您,当然要去赴宴会啰?"梅登斯卡娅问。

"是的。……"

"明天也去参加我家里的那个会吗?"

"一定去!"

"或者,不论什么时候,您高兴……就来走走,好吗?"

"我……谢谢您! 我要来! ……"

"倒是我应该为了您的允诺而谢谢您呢。……"

他们两人都不作声了。空中荡漾着主教的肃穆而宁静的声音,他富于表情地唪诵着祷文,他的一只手伸在房屋奠基地的上面:

"'……愿它不遭风灾、不遭水患、不遭其他任何损害,愿它在主的保护下得以顺利完成,并求主保佑其中居民脱离敌人的一切诽谤。……'①"

"我们的祷文内容多么丰富、多么绚丽多彩啊,您说对吗?"梅登斯卡娅问。

"对……"福马简短地回答,他不懂她的话,并且觉得自己又涨红了脸。

---

① 造房子时念的祷文。

"对我们的商业利益来说,他们将经常是反对论者,"马亚金颇有说服力地高声嘟哝,他和市长并排站着,离福马不远。"他们要的是什么呢?他们所要的,只是想方法在报纸上获得赞扬,而实际的真谛,他们是理解不到的。……他们活着是为了炫耀,并不是为了建设生活……他们所有的尺度,就是报纸和瑞典!那位博士昨天一整天就拿这个瑞典来奚落我,他说:'瑞典的民众教育……以及那边诸如此类的一切……全都是第一流的。'①不过,这个瑞典究竟是怎么一回事呢?也许,它——这个瑞典——只是一个虚构……是给人引以为例证的……至于教育和其他各式各样的事儿,也许就根本没有。我们仅仅是凭了火柴和手套才知道有它,有这个瑞典。……而且,我们又不是为了它而活着,它也不能来考验我们……我们必须按着自己的规矩过生活。对吗?"

这时,辅祭长扬起头来,声音低沉地念道:

"此屋的创立者……遗念……永—存!"

福马哆嗦了,但马亚金已经在他身边,他扯了扯他的衣袖,问:

"你去参加宴会吗?"

梅登斯卡娅的天鹅绒般的柔软而温暖的小手又一次由福马的手上面掠过去了。

宴会对于福马来说是一场折磨。这是他生平第一次混迹在这样盛装的人们中间。他看见他们又吃又讲,全都比他举止出众,他觉得把他和那正正坐在他对面的梅登斯卡娅隔开来的,并不是一张桌子,而是一座高高的山。坐在他旁边的,是他被选为名誉会员的那个协会的秘书,这是一位年轻的法官,姓一个很奇怪的姓:乌赫季谢夫②。好像是为了使他的姓显得更加荒唐可笑一样,他是用一种高亢、响亮的男高音讲话,他整个人的样儿活像一个崭新的小铃铛,胖胖的体态,小

---

① 瑞典是欧洲第一批实行普及义务教育的国家之一。
② 俄语中"乌赫",是表示强烈情感的感叹词,音组"季谢"的读音与俄语"安静些"一词的读音相似,连在一起,就成了"啊,安静些"。

小的个儿,圆圆的脸蛋,而且是个快活的饶舌家。

"我们协会里最超凡出众的是女赞助人,我们在会里自己最应该干的事是向这位女赞助人献殷勤,最困难的事是向这位女赞助人讲些能博得她的欢心的恭维话,但最聪明的事是不怀奢望默默地崇拜这位女赞助人。所以,您事实上并不是'保护……协会'的会员,却是服务于索菲娅·梅登斯卡娅的坦塔尔①协会的会员。"

福马一面倾听他的饶舌,一面注视着正担心地和警察局局长谈着什么的女赞助人,他唔唔地漫应着他的交谈对手,假装忙于吃东西,巴望这一切快些结束。他觉得自己在大家看来既可怜、愚蠢而又可笑,并且深信他们全都在偷看他、非难他。

马亚金坐在市长旁边,把餐叉在空中迅速转动,不断和市长讲着什么,脸上的皱纹在蠕动。市长,一个头发灰白、面孔红润的短颈子的人,像牛看东西似的固执地盯着他,不时用他的粗指头赞同地在桌子边上敲着。热闹的谈话声和笑声把教父的高谈阔论给压下去了,福马一个字也没有听到,何况他耳朵里一直不断地响着那位秘书的男高音:

"瞧,辅祭长站起身来了,他吸足了气……马上就要宣布对伊格纳特·马特维耶维奇的永恒的怀念了。……"

"我可不可以走开?"福马小声问。

"为什么不可以呢?大家都会谅解的。……"

辅祭长的轰轰响的嗓音压倒一切,好像把大厅里的声音都掩盖下去了;有名望的商人们叹赏地注视那阔张着的大嘴,嘴里发出深沉的低八度声音;于是福马利用这个机会离开座位站起来,走出了大厅。

过了一会儿,他坐在他的四轮马车里,自由自在地呼吸着,想到为什么他在这群老爷们中间竟无置身之地。他在心里称他们为八面玲

---

① 据希腊神话,坦塔尔是宙斯的儿子,因泄露父亲的秘密,被罚立湖中,水泡至嘴巴边,口渴想饮水,水就减退,肚子饿想摘头上果子吃,树枝就升高,使他可望而不可即,十分难受。

琅的人,他不喜欢他们那种夸张派头,不喜欢他们的面孔、笑容、谈吐,可是他们举止的圆滑,他们谈天说地的本领,他们的漂亮服装——所有这一切在他心里引起了对他们既嫉妒又尊敬的感情。一意识到他不会像所有这些人这样口若悬河、滔滔不绝,他就变得难过而抑郁起来。于是他想起了柳芭·马亚金娜不止一次地因此嘲笑过他。

福马不爱马亚金的女儿,而自从由父亲那儿得知他教父有把柳芭嫁给他的意思之后,小高尔杰耶夫甚至就开始避免与她见面。但从他父亲去世后,他几乎每天都在马亚金家里,有一回柳芭对他说:

"我在留心看你,你可知道?你简直就不像一个商人。……"

"你也不像一个商人的女儿……"福马说,狐疑不定地瞧着她。

他不明白她这句话的意思:她是存心侮辱他,或是只不过口里说说罢了呢?

"谢天谢地!"她回答他说,并且那么可爱而友好地笑了一笑。

"你有什么高兴的?"他问道。

"因为我们都不像我们的父亲呀。"

福马吃惊地望着她,一声没吭。

"你老实讲吧,"她放低声音说,"你并不爱我的父亲,是吧?你讨厌他?"

"也不见得……怎么……"福马慢吞吞地说。

"但我一点也不爱他。"

"为什么呢?"

"理由有的是。……等你更精明些的时候,你自己就会明白的。……你父亲要好些。"

"当然!"福马夸耀地说。

经过这次谈话之后,他们彼此间几乎立时产生了一种亲密感,而且一天天地加深,很快就发展为一种友谊,虽然是一种多少有些奇特的友谊。

柳芭和她的教兄弟同年,但她对待他,却像是一位年长的女人对待一个小男孩样。她对他讲话时是一种俯就的态度,时常取笑他,她的谈吐中,不断闪现出福马所不熟悉的词句,而她说着这些词句时又特别加强语势并带着显然得意的神情。她尤其爱谈到她哥哥塔拉斯,她从来没有见过他,但她把他讲得像安菲萨姑母讲的那种勇敢又高尚的强盗一样。每当她抱怨她父亲的时候,她就对福马说:

"你也会变成这样一个吝啬鬼的!"

这一切都使这青年感到不愉快,而且深深伤了他的自尊心。不过,有时候她却很直爽、单纯,并且对他有一种特别亲切的温存;在这种时候,他在她面前就敞开胸怀,于是他俩好久好久地互相披沥各自的思想与感情。

两个人都讲得很多而又很诚恳,但福马觉得,柳芭所讲的一切对于他来说都是陌生的,而且对她也毫无必要;可是有时他明显地看出,他的笨拙言辞一点也引不起她的兴趣,而她也不理解它们,不论他们在这种交谈上花费多少时间,这只给予他们一种彼此互感不满的感觉罢了。仿佛有一堵眼睛看不见的狐疑的墙突然在他们面前竖立起来,把他们隔开了一样。他们下不了决心去触摸这堵墙,彼此说出他们已感觉到它的存在,却是继续他们的交谈,模糊地意识到他们各人总有点什么可能使得他们亲密起来,结合起来。

到了教父家里,福马碰上柳芭一个人。她走来迎接他,看得出,她不是身体不舒服就是心情不愉快;她的眼睛烧得亮闪闪的,眼圈儿现出青色。她怕冷似的裹着一条软毛围巾,笑着说道:

"你来得真好!我正一个人坐着……寂寞得很,哪儿也不想去。……要喝茶吗?"

"喝吧。……你怎么啦,身体不舒服吗?"

"到餐室里去吧,我叫人拿茶炊来……"她这样说,没有回答他的问话。

他走进了屋里的一间小房,这间房面临庭园有两扇窗子。房间中央,摆一张椭圆形桌子,桌子四周,围着有熟皮套的古式椅子,在一堵隔壁上挂着一个有玻璃门的长匣型时钟,角落上竖着一个装银质食具的小食橱。

"你是参加过宴会来的吗?"柳芭走进来时问。

福马默默地点了点头。

"怎样,盛况空前吗?"

"糟透了!"福马冷笑了一声。"我简直好像坐在针毡上一样。……大家全像孔雀,我却像是一只猫头鹰。……"

柳芭正摆茶具,什么也没有回答他。

"你究竟是为什么这样闷闷不乐?"福马瞧了一眼她的愁眉不展的面孔,重新问道。

她掉过脸来对着他,又欢喜又发愁地说:

"啊,福马!我看了一本多么好的书!要是你能懂就好了!"

"既把你感动得这般模样,那显然是一本好书……"福马冷笑了。

"我没有睡觉……看了一整夜的书。你懂吧:你看起书来,简直像在你眼前有另一个王国的门打开来了……人们是不一样的,语言也是,还有……一切都不同!整个的生活。……"

"我不喜欢这些……"福马不满意地说。"那是想象出来的,是骗人的。戏剧也是这样。……把商人拿来做笑柄……难道他们真个是那样一些笨伯吗?当然不是!就拿教父来说吧。……"

"戏剧就跟学校一样呀,福马,"柳芭教诲他说,"是有那样的商人……书本里哪会有什么骗人的东西呢?"

"就跟童话故事里讲的一样。……全都不是真实的。……"

"你错了!你又没读过什么书,你怎么能够判断它?它们的确是真实的,它们教导我们生活。"

"得啦!"福马摆了摆手,"别谈了吧……从你那些书本里决得不到什么好处!……拿你父亲来说吧,他就不看书,可是……他多精明!我今天瞧着他,真是羡慕。他跟所有的人周旋得那么灵活自如,和谁都有话可谈。……一眼就看得出,他要什么就能得到什么。"

"他得到了什么呢?"柳芭嚷道。"就是几个钱罢了。……可是有些人,他们却希望世上的人全都得着幸福……为了达到这一目的,他们奋不顾身地劳动、吃苦,献出自己的生命!难道我父亲能够跟他们相比吗?!"

"用不着比!可是,他们的爱好是一回事,教父的爱好是另一回事。……"

"他们不是爱好什么!"

"这怎么讲?"

"他们是要改变一切。……"

"那么,难道他们不是为了什么才这样卖力的吗?"福马很有理由地反驳说。"他们是要什么呀?!"

"要大家都幸福,"柳芭热情地嚷道。

"啊!这个我不懂……"福马摇着头说。"有什么人会关心到我的幸福呢?何况他们又能够给我建立起什么样的幸福来呢,如果连我自己也不知道我应该要些什么?啊,你只要看一看那些人……看一看宴会上的那些人,就好了。……"

"那些并不是人!"柳芭很干脆地解释说。

"你究竟怎样看他们,我不知道,不过,一下就可以看出——他们都明白他们自身所处的地位。是一些机灵的……放纵不羁的人。……"

"啊,福马!"柳芭发愁地大声说。"你什么也不懂!什么也把你激动不起来!你是这样的一个懒汉。……"

"啊,你胡扯!我不过是还没有认识清楚罢了。……"

"你简直是一个没有脑筋的人。"柳芭断然地说。

"你又没有在我心里待过……"福马心平气和地反驳,"你不会知道我的思想。"

"你会想些什么呢?"柳芭耸了耸肩头说。

"啊哈!我不是孤单单的一个人吗?这是第一点。……我必须活下去吧？这是第二点。照我目前的这种样子,是完全无法过活下去的,这一点难道我不明白吗？我不要给别人做笑柄。……我连跟人家谈话都不会……而且我也不会思考……"福马结束了他的谈话,惶惑不安地笑了笑。

"你非看书不可,非学习不可,"柳芭恳切地劝他,一面在室内踱来踱去。

"我心里有什么东西在活动,"福马继续说,眼睛没有望她,好像是在自言自语,"我不明白这是怎么回事。我看得出,教父所说的……所做的一切……都聪明极了。……但却吸引不住我。……我觉得另一些人要更有趣得多。"

"是那些贵族吗?"柳芭问道。

"是的。……"

"那儿才是适合你的地方!"柳芭轻蔑地一笑说。"唉,你呀!难道他们是人吗？难道他们有灵魂吗？"

"你怎么会知道他们呢？你又不认识他们……"

"书本是做什么的？"

女仆端来了茶炊,谈话中断了。柳芭默默地沏着茶,福马望着她,想到了梅登斯卡娅。能跟她谈谈就好了!

"的确,"姑娘深思地说,"我一天比一天更加确信,生活着是困难的。……叫我怎么办呢？去结婚吗？跟谁结婚呢？难道去跟一个一辈子抢劫人、喝酒、打牌的商人结婚吗？我不干!我要做一个有独立人格的人。……我是一个有独立人格的人,因为我已经明白了,生活被安排得多么讨厌。去求学吗？难道我父亲会答应。……逃走吗？没有足够的勇气。……叫我怎么办呢？"

她紧紧握住两手,头低垂在桌上。

"要是你明白一切是多么讨厌就好了。……四周围一个活人也没有。……自从我母亲去世后,我父亲把一切人都撵走了。有的求学去了。……莉芭也走了。她写信来说:'看看书吧!'啊,我是在看书呀!"她声音里带着绝望的调子叫着。稍稍沉默了一会儿,她忧郁地继续说道:"书本里并没有我心上所需要的东西……而且其中许多地方我看不懂。……结果,我很苦闷……我老是一个人、孤单单地一个人看书,非常寂寞!我想跟人谈谈,但没有人,我厌烦死了……人顶多只活一次,现在又正是生活的大好时光……可是却完全没有人……没有人好谈谈!我活着是为的什么呢?我简直像在监狱里过日子一样!"

福马倾听着她的谈话,一面凝神瞧着自己的指头,感觉她的话里含有很大的悲哀,但他不了解她。当她默不作声,垂头丧气,愁容满面的时候,他除了近乎责难的话以外,也找不出什么来对她说:

"现在,你亲口说书对你毫无用处,可你却教导我:看看书吧!……"

她盯着他脸上,眼睛里燃起了怒火。

"哦,我是多么希望我所感受到的这一切痛苦,在你心里也会发生。……使得你也像我一样,痛苦得夜晚睡不着觉,使得你也憎恶一切……连你自己也憎恶!我痛恨所有你们这些人……我痛恨!"

她满脸通红,那么生气地瞧着他,那么恶狠狠地讲着话,使他十分惊异,竟没有见怪她。她从来还没有像这样对他讲过话。

"你怎么啦?"他问她。

"我也痛恨你!你……是什么?一个死人,一个没有脑筋的人……你以后怎样生活下去呢?你对人类会有什么贡献呢?"她低声地、凶神恶煞地说。

"我什么也不贡献,让他们自己去努力吧……"福马回答说,他知道这两句话,会使她更生气。

她的谴责中的一股力量自然地使福马留心倾听她的恶言恶语;他觉得其中很有些道理。他甚至挪得跟她更靠近了一些,可是她又怒又凶,把脸掉了过去就不作声了。

街上还很亮,落日的反照残留在窗前菩提树的枝头上,但室内早已一片昏暗。那个大钟摆每秒钟都从钟匣的玻璃后面向外窥视,并且暗淡地闪着光,发出含糊疲倦的响声,一时藏到右边,一时藏到左边。柳芭站起身来,点亮了悬在桌子上面的灯。姑娘的面容苍白而又严肃。

"是你找着我闹的,"福马耐住性子说,"为什么呢?真不懂。……"

"我不愿和你讲话!"柳芭怒气冲冲地回答。

"那是你的事。……不过,到底……我是在什么事上做错了呢?"

"你应该了解,我闷死了!我透不过气来。……难道这是生活吗?难道人是这么过日子的吗?我是个什么人?是我父亲家里的一个食客,……留下我来管理家务……以后,嫁出去!依然是管理家务。……"

"那和我有什么相干?"福马问道。

"你并不比旁的人好点。……"

"我就因为这得罪了你吗?"

"你应该立志做个更好的人。……"

"我何尝没有这种愿望?"福马高声说。

姑娘正要对他讲些什么,但这时响起了铃声,她向后靠在椅背上,低声说:

"是父亲。……"

"啊,要是他再迟一点回来,我也不会发愁的,"福马说,"我还想听你谈谈……真是非常有趣。……"

"啊!我的孩子们,我的深蓝色的鸽儿们!"亚科夫在门口喊道。"在喝茶吗?给我倒一杯,柳芭娃!"

他甜蜜地微笑着,搓着手,就在福马旁边坐下,于是嬉戏地轻轻碰了碰他的腰说:

"你们多半是在唧咕一些什么呢?"

"啊,谈论各种不关紧要的事。"柳芭回答道。

"难道我在问你吗?"她父亲脸一歪这样对她说。"你只管自己坐着,悄悄干女人分内的事。……"

"我对她谈到宴会的事。"福马打断教父的话说。

"啊哈!对—呀……我也要来谈宴会的事。……我刚才留心地注意你……你的举止很不得体!"

"这是什么意思?"福马不满意地皱起眉头问。

"明白地说,这就是说你不懂事,就是这么回事。比如说吧,省长跟你讲话,你却一声不响。……"

"叫我对他讲什么呢?他说,一个人失去了父亲,是很不幸的事……这一点,我是知道的。……那么,叫我对他讲什么呢?"

"'既然这是上帝的意旨,我也不敢抱怨,大人。……'你应该这么讲,或者说点与这相类似的话。我的孩子,当省长的是喜欢别人驯驯服服的。"

"为什么我要在他面前显得像只绵羊样呢?"福马笑起来了。

"你才正是显得像只绵羊样,这倒没有必要。……你既无须像只绵羊,也无须像只豺狼,而是要在他面前装成这么一副模样:'您是我们的父母,我们是您的子民……'那么,他马上就会变得和蔼可亲了。"

"为什么要这样呢?"

"以防万一呀。……省长嘛,孩子,总归会有些用场的。"

"爸爸,您在教他一些什么呀!"柳芭愤慨地轻声说。

"你说教他什么呢?"

"教他对人阿谀奉承。……"

"胡说,你这个书呆子!我是教他策略呀,并不是阿谀奉承,是生活的策略。……去你的吧,走开!离开坏人坏事……去给我们做点小吃。上帝保佑!"

柳芭很快站起身来,把手上的毛巾扔在椅子背上就走出去了。……她父亲眯细眼睛目送着她,用指头轻敲着桌子说:

"我要来教你,福马。我要把最真实而可靠的处世哲学教给你……如果你领会了的话,那你一辈子就不会出岔子。"

福马瞧老人额上的皱纹在抽动,他觉得它们看来好像一短行一短行斯拉夫文活字。

"首先,福马,既然你是生活在这个世间上,那么,你就有责任非考虑到你四周所发生的一切事情不可。为什么呢?为的是,使你不致因你自身的无知而受痛苦,也不会因为你的愚蠢而贻害他人。如今,人所做的每一件事都有两面,福马。一面是人人都看得见的——这是虚伪的一面,另外隐藏着的一面——那才是真实的。你必须善于找出它来,才能了解事情的真谛……比如说吧,免费客栈、习艺所、养老院以及诸如此类的机关。你仔细想想看,它们是作什么用的?"

"这有什么可想的呢?"福马索然无味地说,"人人都知道它们是作什么用的……是为贫苦和病弱的人设的。"

"唉,孩子!有时候,大家都明明知道,某某人是一个骗子,是一个无赖,但大家仍然称呼他伊凡呀、彼得呀,不但不臭骂他,而且称呼他的时候,还加上他的父名,不是母名,以示尊敬。……"

"你讲这些话有什么用意呢?"

"全是为了说明问题呀。……你刚才说这些机构是为了穷人、为了乞丐开设的,因此,这就是在实行基督的训诫。……好吧!但乞丐是什么人呢?乞丐就是受到命运的糟蹋,使我们想起基督的人,他是基督的弟兄,他是神的警钟,这警钟在生活里响着,好激发我们的天良,提醒我们别沉溺在肉欲里。……他站在窗户下面唱道:'看在基督面上!'他这种歌声就使我们想起了基督,想起了他教导我们帮助穷人的神圣遗训。……可是,人们把他们自己的生活这样安排好了,要按照基督的教训行事,现在已完全不可能,所以耶稣基督对于我们就变得完全是多余的了。我们不只一次,而可能是几十万次地把他交出去钉十字架,但我们仍然无法把他从生活里排除出去,因为他的弟兄,乞丐,还在街头巷尾唱着他的名字,使我们想起他来。……因此,如今我们想好了办法:我们把乞丐关在这种特殊的机构里面,不让他们在街头荡来荡去,免得他们激发我们的天良。"

"真高明!"福马吃惊地低声说,圆睁着两眼瞧着教父。

"啊哈!"马亚金眼睛里闪着胜利的光芒,欢叫了一声。

"为什么我父亲没有想到这一层上来呢?"福马不安地问。

"你等一等!你再听听,还有更糟的在后面呢。我们千方百计把他们关在各种机构里面,为了把他们收容在那儿不致太费钱,我们强迫老弱的和残废的人做工。……所以现在倒无须乎周济了,而且街道上清除了各类的废料,我们就看不到他们的可怕的疾病和贫穷,因此,我们就可以认为世间上所有的人都是丰衣足食,不愁吃穿的了。……这就是开办各种各类养老院和习艺所的目的,它们是为了掩盖真相……为了把基督从我们的生活里驱逐出去!明白了吗?"

"明—白了!"福马说,老头子的一番花言巧语把他弄糊涂了。

"而且还不仅仅是这样……还没有把这个水洼舀到底呢!"马亚金精神抖擞地把手在空中摇着说。

他脸上的皱纹抽动起来;他的长长的鹰钩鼻子颤抖抖的,声音里响着一种兴奋又感动的语调。

"现在,我们从另一方面来看看这个问题吧。在为穷人造这些房子,设立孤儿院、养老院方面,是什么人捐助得最多呢?是富有的人们,是我们商界人士捐助得最多。……好的!但控制生活和安排生活的又是些什么人呢?是贵族、官吏和一切其他的人们,全不是我们的人。……从他们手里产生了法律、报纸、科学——一切都是由他们产生出来的。从前,他们是地主,现在,从他们脚下夺去了土地,他们就来干公务了。……可是,当今之世,什么人是最有势力的人呢?商人才是一个国家里的头等势力,因为他们拥有亿万财富!对吗?"

"对!"福马同意说,他希望快些听到那已在教父眼中闪露着的、还没讲完的话。

"你也得了解这一点,"老头子又明了又动人地继续说,"生活并不是我们商人安排的,而且在这种安排上,直到今天,我们没有发言权,我们无法插手进去。生活是由别人安排下来的,而且他们在其中滋生出来了所有一切的疥癣,这些懒汉、不幸的人们、叫花子,既是他们滋生出来了这东西,他们把生活弄淤塞了,他们把它糟蹋坏了,那么公平地判断一下,他们就应该将它弄干净!可是,弄干净它的却是我们,捐助穷人的却是我们,收养他们的却是我们。……请你考虑考虑看:凭什么要我们在别人的破衣上打补丁,如果那衣服又不是我们撕破的?为什么要我们修理房屋,如果我们并不住在里面,并且它又不是属于我们的?如果我们袖手旁观,直到看着一切的腐败怎样蔓延开去并折磨着跟我们毫不相干的人的那一天,岂不更聪明些吗?!他们是对付不下去的。——他们一筹莫展。他们转向我们说道:'诸位,请帮助一下!'我们便对他们说:'给我们以活动的地盘吧。把我们包括在为自己建设生活的人们中去吧!'而且只要他们一让我们插脚进去,我们就会把生活里一切败行恶习和各种各样的废物一举清除干净。那时皇上陛下将以明察秋毫的御目亲眼看到谁是他的忠实的奴仆,看到这些人在闲着无事中,自己已经积累了多少的智慧。……你懂吗?"

"我哪会不懂呢?!"

当教父讲到官吏的时候,他想起了参加宴会的那些人物,想起了那个活泼的秘书,于是他脑海里闪现出这样一个念头:这个圆胖胖的人,大概,一年的收入不会超过一千卢布,而他福马却有一百万。可是,这个人生活过得这么轻松、自由,而他福马却不能,反而生活得不自在。这对比加上教父的一席话,使他心里一时万感交集,但他从这千头万绪中仅仅及时抓住并整理出了一点。

"事实上,我们岂不是只为钱在劳动吗?如果钱不能给我们权力,那它又有什么意义呢?"

"啊哈!"马亚金眯细眼睛说。

"嗳!"福马抱屈地叫道,"我父亲对这一点是怎样看的?你同他讲过吗?"

"讲过二十年了。……"

"他怎样看?"

"我的话,他听不进去……死者的头盖骨太厚了。……他心性坦率,但智慧深藏。……真的,他失算了。……这些钱花得真是非常非常可惜。……"

"我倒不可惜钱。……"

"如果你试试赚到哪怕只有这笔钱的十分之一,到那时候你再讲话吧。……"

"我可以进来吗?"门外传来了柳芭的声音。

"可以……"她父亲回答。

"你们现在就吃吗?"她走进来时,问。

"就吃。……"

她走到食器橱前,于是响起了杯碟声。亚科夫·塔拉索维奇瞧着她,咬了咬嘴唇,但突然他用手掌在福马膝头上一拍,对他说道:

"这就对,教子,好好研究。……"

福马报以一笑,但心里想道:

"真聪明……比我父亲更聪明。……"

立时仿佛是由另一个声音回答他自己说:

"更聪明……但却更坏。……"

五

福马对马亚金的双重关系,越来越深:他专心一意,怀着热切的好奇心倾听他的谈话,但他觉得跟教父的每一次会晤,都使他心里增强了对这老人的憎恶感。有时候,教父在教子心里引起了一种近乎恐惧的感觉,有时候甚至是肉体上的厌恶。后面一种感觉,通常是老人因什么事快意得大笑时,在福马身上发生的。由于大笑,老人面部的皱纹起了颤抖,上面的表情瞬息千变,他那干而薄的嘴唇跳动着、拉开来,于是露出了乌黑的残缺不全的牙齿,他的火红色胡须简直像用火点燃了一样,他的笑声好似锈铰链的轧轹声。福马因不善于隐瞒自己的感情，时常并且非常粗暴地把它们在马亚金面前表现出来了，不过，老人仿佛没有觉察到这种粗暴，他的眼睛一刻也不放松教子，对他的每一步都要加以指导。他几乎不到他自己的小店铺去了，完全埋头于小高尔杰耶夫的航运事业中，使福马有了很多空闲时间。由于马亚金在市里的声望和他在伏尔加河一带广阔的交游，事业更加兴旺发达，但马亚金对事业的那种热心态度，使福马更深信，教父已经下定决心要他同柳芭结婚，而这就使得他和老人愈加疏远。

他喜欢柳芭，但又觉得她有些危险。她没有出嫁，而教父也绝不提起这件事，他不举行晚会，不邀请任何青年人到他家里来，也不让柳芭到任何地方去。她的女友们全都出嫁了……她的谈吐使福马感到惊奇，所以他也热情地听着，就跟听她父亲讲话时一样；可是有时她开始一往情深而又忧郁地谈到塔拉斯时，他觉得在这个名字后面，她隐藏着另一个人，可能就是那个叶若夫吧；据她说，那人因故势非抛弃大学离开莫斯科不可。她身上有很多坦率而善良的地方，很讨福马喜欢，而且她时常以她的谈话引起福马对她的同情；他觉得她并不是在生活，而是醒着说梦话。

福马在他父亲葬仪后的宴席上的乖常行为，在商人们中间传播开了，因而给他造成了不好的名声。在交易所里，他觉察到所有的人都含敌意瞧着他，和他谈起话来有些特别。有一回，他甚至听到他背后一声低低的、但是侮蔑的叫喊：

"高尔季奥尼什科①！乳臭未干的小子！……"

他没有掉过头去看是谁说的这句话。那些当初使他在他们面前感到畏缩的有钱人，在他眼睛里丧失了魔力。他们已经不止一次地从他手里夺取了这一笔或另一笔的赚钱买卖；他看得很清楚，他们往后还会这么做，他觉得他们全都爱钱如命，时时刻刻准备着互相欺骗。当他把自己的观察告诉教父时，老人说道：

---

① 对高尔杰耶夫的蔑称。

"那算得什么？商业跟打仗完全一样,是拼命的事情。在这儿,是为钱袋而战斗,而灵魂是装在钱袋里的。……"

"我不喜欢这样,"福马声明说。

"我也不是全都喜欢,欺骗很大！但要在商业上讲正直,那是完全办不到的,非耍手段不可！在这儿,孩子,你同人接近,就得左手拿蜜,右手握刀。"

"这不太好,"福马沉思地说。

"但以后就会好了。……当你占了上风的时候,到那时候就好了。……生活呀,福马,我的孩子,是安排得非常简单的;要么你去咬别人,要么你就躺在污泥里。……"

老人微笑着,他嘴里的残缺不全的牙齿,引起了福马一个尖酸的念头:"你大概咬过很多吧。……"

"再也没有什么比这更好吗？这就包罗万象了吗？"

"此外,还有什么呢？人人都希望自己最好。但哪样才是最好呢？就是走在人之前,站在人之上。因此,大家都努力要在生活里达到第一位……有的人用这一种方法,有的人用那一种方法……但大家必定希望自己要像钟楼一样,老远就被人望得见。这就是人所负的使命,要飞黄腾达。……甚至在《约伯记》里也有这种说法:'人生在世必遇患难,如同火星飞腾。'[①]你看:小孩子们在游戏的时候,也总是要彼此争胜。而且无论什么游戏总是有它的顶点,因此,它才有趣。……你懂得吗？"

"这我懂得！"福马说。

"你必须体会到这一点。……单单只有理解,是跳不到哪儿去的,你也还得有欲望,要有这样一种欲望,使山在你看来,只不过是一个土墩,海在你看来,只不过是一潭污水！唉！我像你这样年纪的时候,已经过活得轻松愉快了！而你还刚刚在找目的……"

---

① 引自《旧约·约伯记》第五章第七节。

老人的这一席千篇一律的话,很快达到了预计的效果:福马留心地听了这些话,并且了解了人生的目的。自己非比人强不可——他对此坚信不疑,而且老人所激发起来的这一勃勃野心深深刻印在他心上。……虽然是刻印上了,但没有使它充实起来,因为福马与梅登斯卡娅的关系已具有那种不得不如此的性质了。他一心惦念着她,经常想要看见她,但当着她的面,他又害臊起来,变得呆笨、愚蠢,他知道这一点并因此感到痛苦。他时常到她那儿,但很难碰到她单独一人在家:那些身上香喷喷的花花公子们,像苍蝇钉在一块糖上似的老是围在她身边。他们用法语同她聊天、唱歌、哈哈大笑,可是他默默无言地望着他们,心头充满了愤怒和嫉妒。他蜷曲着腿坐在她那间陈设华丽的客厅的一隅,闷闷不乐地注视着。

她在他面前那柔软的地毯上无声无响地走来走去,一面向他投以温柔的目光和微笑,她的崇拜者们死缠着她不放,他们全都灵活得像蛇一样绕着各式各样的小桌子、椅子和屏风走动——这个活像商店一样随意摆着一些美丽而易碎的什物的房间,对于他们和福马来说是同样危险的。当他走动的时候,地毯并没有消去他的脚步声,而且所有这些什物都会钩住他的大礼服,摇晃起来,倒了下去。靠近大钢琴那儿,有一个青铜铸的海员像,举着手要投出救命圈,救命圈上缠着铜丝做的绳索,它们经常挂住福马的头发。这一切都引得索菲娅·帕甫洛芙娜和她的崇拜者们哈哈大笑,但却使福马付出了很高的代价,弄得他时而满头大汗,时而浑身冰冷。

可是,当他和她单独在一起的时候,他也并不感到轻松。她亲切地微笑着迎接他,就在客厅里一个舒适角落里和他一同坐下,通常就这样来开始谈话,她像猫似的弓着身子,用她那一下燃起了一股热望的黑黝黝的目光盯着他的眼睛。

"我多么爱跟您聊聊,"她像唱歌般的,用优美的音调,一个字一个字慢声慢气地说。"对所有这些人,我都讨厌透了……他们枯燥无味、平凡、陈腐。但您——朝气勃勃、真诚。您也不会喜欢他们吧?"

"我简直受不了!"福马断然地说。

"您对我呢?"她轻声问。

福马把眼睛转向一边,叹口气说:

"这话您问过多次了。……"

"您觉得很难讲吧?……"

"不难,可是为什么要讲呢?"

"我非要知道这一点不可。……"

"您是在耍弄我……"福马忧郁地说。

于是,她把眼睛睁得大大的,用非常吃惊的声调问:

"我怎么耍弄呢? 耍弄是什么意思?"

她脸上的表情是那么激动,使他不能不相信她了。

"我爱您,爱您! 不爱您怎么可能呢?"他热烈地说着,但又立时压低嗓门悲伤地加上一句:"可您并不需要!……"

"啊! 您终于说出来了!"梅登斯卡娅满意地喘了一口气,就把身子跟福马离开了点。"我无论什么时候都非常喜欢听您这么讲……您年轻、纯洁。……要吻我的手吗?"

他一声不响地抓住了她的白嫩、纤细的手,小心翼翼地俯下身去,热烈地吻了很久。她微笑着温文尔雅地缩回了她的手,一点也没有为他的热情所动。她若有所思地、眼里带着那种经常使福马感到狼狈的闪光瞅着他,宛如他是一件稀有的、极端珍奇的东西,说:

"您是这么身强力壮、朝气蓬勃呀。……您要知道,你们商人还是完全不曾有过的一个种族,是具有原始独特的传统、是在身体和精神上具有充沛力量的另一种族。……比如拿您来说吧:您就是一块贵重的宝石,如果把您琢磨出来……哦!"

当她说道"您是"、"照您的样儿"、"照商人的样儿"等等的时候,福马就觉得她是在用这些字眼把他从她身边推开。这是令人感到悲伤、委屈的事。他闷声不响,两眼盯着她那老是不知怎么穿戴得特别漂亮、老是像花一样芬芳馥郁、又像少女一般娇柔的小巧玲珑的身形。

有时候,他心里突然燃起了一阵野蛮、粗暴的欲望,要抓住她并且吻她。可是,她的美貌和她单薄、柔软的身体上的娇弱,引起了他一种恐惧,害怕会碰伤她,把她弄成残废;而她的宁静、爱抚的声音和清澄的但又仿佛在暗中窥伺人的目光,把他的冲动抑制下去了;他觉得她一直看透了他的心灵而且了解他的一切思虑……这种感情的爆发并不常有,一般说来,这青年对梅登斯卡娅是很崇拜的,他对她的一切都感到惊奇——她的美貌、她的谈吐、她的衣着。在他心里经常和这种崇拜心情并存的,还有一种使他痛苦不堪的自觉:他和她之间的差距很大,她对他来说是高不可攀的。

他们之间很快建立起了这样的关系;在两三次的会见中,梅登斯卡娅完全征服了这个青年,并且开始慢慢地折磨他。她大概喜欢支配这个身强力壮的青年,喜欢仅用她的声音和眼神把他心里的兽性唤醒起来又压制下去,她借耍弄他来取乐,对自己的支配力深信不疑。他离开她的时候,激动得成了得了病似的,心里既对她抱怨,同时又恼恨自己。可是过了两天,他又去受折磨了。

有一天,他羞怯怯地问她说:

"索菲娅·帕甫洛芙娜!……您有过小孩吗?"

"没有。……"

"我也知道是没有!"福马快活地叫了起来。

她用一种完全是天真烂漫的小姑娘的眼色对他瞧了一眼说:

"这,您怎么会知道的? 您为什么要知道我有没有过小孩呢?"

福马涨红了脸,头低垂下来,开始对她含含混混地讲,并且好像是从地底下把话语顶出来,每个字有好几普特重似的。

"您瞧……要是一个女人,她……曾经生育过,那么她的眼睛……就完全不会是这样……"

"真—的吗? 那么,会是怎样的呢?"

"是不害羞的!"福马信口说。

梅登斯卡娅用她那银铃般的笑声笑了,福马瞧着她也大笑了。

"请您原谅!"他终于说,"也许我讲得很糟糕……不成体统。……"

"哦,不是,不是!您决不会讲出不成体统的话来……您是一个纯洁可爱的孩子。那么,我的眼睛不是不害羞的?"

"您的眼睛像天使的眼睛一样!"福马狂热地说,目光炯炯地盯着她。

可是,她以一种与这以前迥然不同的目光瞧着他。——这是一种做母亲的妇女的目光,是掺和着为所爱的人担心的一种爱的忧郁目光。

"亲爱的,您走吧。……我疲倦了,想休息休息……"她对他说着,一面立起身来,望也没望他。

他驯服地走了。

在这件事发生后的一段时间,她对他比较严肃些,也诚恳些,仿佛可怜他似的,但以后他们的关系又成了猫儿耍弄老鼠的那种形式。

福马跟梅登斯卡娅的关系瞒不过他的教父。有一天,老人做出一副阴险怪相问他说:

"福马!你得更加时常摸摸你那脑袋,谨防你会万一把它弄丢了。"

"您这是指的什么呢?"福马问。

"就是指的松卡,你去拜访她太勤了。"

"那干您什么事?"福马粗暴地说,"您为什么把她喊做松卡呢?"

"干我屁事,即使你被剥得精光,也亏损不到我。至于人们喊她做松卡,这是尽人皆知的事。……而且她爱用别人的手去火中取栗,这也是人人知晓的。"

"她很聪明!"福马断然地说,皱起眉头,把两手藏在腰包里。"有教养。……"

"她聪明,倒说得对!有教养……她会教育你,尤其是围绕她四周的那些浪子。……"

"他们不是浪子,……也都是些聪明人!"福马恶狠狠地反驳说,他已经在自相矛盾了。"我也在向他们学习……我是个什么?我不学无术。……我学过些什么呢?可是在那儿,他们无所不谈……各人都有自己的见解。请您别阻止我做个像样的人吧。"

"呔!你倒学得多么会讲话呀!就像是冰雹落在屋顶上一样……好厉害!啊,好吧,要做一个像样的人……只是要这样做,你倒是到下等饭店里去,危险还少一些,在那儿的人们,全都比索菲娅那边的人好。……可是,你呀,小伙子,顶好还是学学对人加以分析,看他们是哪样的一些人。……比如说索菲娅吧……她是什么呢?只不过是点缀大自然的一个虫子罢了,就只这一点儿,不会再多!"

福马心里恼恨透了,他咬紧牙关,两手更深地插在腰包里,离开了马亚金。但,此后不久,老人又谈起梅登斯卡娅来了。

他们正从船坞视察过轮船回来,坐在一辆又大又舒适的雪橇上,亲睦而热烈地谈论营业的事。这是在三月里,雪橇的滑木下,水叽嘎叽嘎响,雪差不多融化了,太阳在晴朗的天空中愉快、温暖地照耀着。

"你一到,第一件事,就要去拜访你那位夫人吧?"马亚金中断营业上的谈话意外地问。

"要去!"福马用不满的口吻回答。

"嗯……告诉我,你是不是时常送她礼物呢?"马亚金直率地又像有点真心地问。

"什么礼物?为什么要送?"福马大吃一惊。

"不送礼物吗?真有你的。……难道她这样姘上你,就只是为了爱情吗?"

福马又怒又羞,满脸涨得通红,一下掉过脸去对着老人,用责备的口吻说:

"唉!亏得您还是个上了年纪的人,您讲的话,听来都可耻!难道她会干这种事吗?"

马亚金咂了咂嘴唇,拖着颓丧的声调说:

"你真是个木头人!一个蠢货!"骤然间,他勃然大怒,啐了一口。"呸!什么畜生都喝这把壶里的水,只剩下残渣了,可是一个傻子却把这把脏壶奉为神圣!见鬼!你到她那儿去,直截了当地对她讲吧:'我要做您的情夫,我青春年少,请别要价太贵。'"

"教父!"福马忧郁而严厉地说。"这些话,我简直听不下去。……如果是旁的什么人的话……"

"除了我以外,还有谁来警告你呢?啊,天啦!"马亚金拍着手号叫起来。"一整个冬天,就是她在玩弄你吗?嘿,好一个玩具!唉,她这个缺德的东西!"

老人愤慨极了;他的声音听来含有苦恼、愤怒、甚至眼泪。福马还从来没有看见过他像这样,所以不自禁地不作声了。

"她会把你毁了的!唉,那个巴比伦荡妇!① ……"

马亚金的眼睛眨得越来越快,嘴唇发抖,他开始用粗暴而又厚颜无耻的词句讲到梅登斯卡娅,神情非常激愤,还发出凶狠狠的尖叫声。

福马觉得老人讲的是实情。他变得呼吸困难了。

"好吧,教父,够了……"他忧郁地低声恳求着,把脸掉向一旁,不看马亚金。

"唉,你必须赶快结婚才行!"老人忧郁不安地说。

"看在基督面上,别讲了吧!"福马含混地说。

马亚金望了他教子一眼,就默不作声了。福马的脸拉长了,面色苍白,在他那半张着的嘴唇和愁思的眼神中含着不少沉重、痛苦的惊愕神情……道路的左右两边,展现出罩上了一小片一小片冬装的田地。在化了雪的黑色地方,白嘴鸦忙忙碌碌地跳跃着。雪橇滑木下,水叽嘎叽嘎响,泥泞的雪在马蹄下飞溅。……

"啊,人在年轻的时候是多么傻呀!"马亚金小声叹道。"他面前竖着一段树桩,可是他却把它看成是野兽的鼻面……哦—嗨—嗨!"

---

① 巴比伦荡妇是圣经传说中作恶和犯罪的形象。

"您把话讲明白吧,"福马忧郁地说。

"有什么可讲呢?事情明显极了:少女是凝乳。妇人是乳汁;妇人——容易接近,少女——难得到手……所以,如果你非这样不行的话,那就到松卡那儿去吧,对她如此这般,直截了当地说……傻瓜!你发什么愁?你有什么激动的?"

"您不懂呀……"福马低声说。

"我有什么不懂?我什么事都懂!"

"心呀,人有一颗心呀!"青年轻声说。

马亚金眯细眼睛答道:

"那就是说,他没有头脑。……"

六

福马满怀忧郁的和复仇的愤怒回到城里。他心里沸腾着一种要侮辱梅登斯卡娅并对她粗暴地加以嘲弄的强烈欲望。他狠命咬紧牙齿,两手深深插在腰包里,在他自己家里冷落的房间里一连踱了好几小时,眉头深锁,一直把胸脯向前挺着。他的满腔怨恨的心,在胸腔里感到窒息。他用沉重而匀称的步子踏着地板,好像在锤炼他的怨恨。

"卑鄙的贱种……却装成一个天使!"

有时候,希望用畏畏缩缩的声音提醒他说:

"也许,这一切全是诬蔑。……"

但他想起了教父愤激的坚定神情和话语的力量,于是他的牙齿咬得更紧,胸脯更向前挺了。

马亚金贬黜了梅登斯卡娅,这样反把她变成为他的教子易于理解的人了,福马也很快明白了这一点。他埋头在春季业务中,度过了几天之后,愤激感情平息下去了。会失去一个人的那种悲哀麻痹了他对于女人的怨恨,而想到女人是易于接近的这一念头又更加强了他对于她的恋慕。他在自己不曾觉察之中就决定了,他必须到索菲娅·帕甫

261

洛芙娜那儿去,并且直截了当、简单明了地向她说出他对于她的要求,这就完了!

梅登斯卡娅的仆人们对于他的来访,已经司空见惯,而且他一问到"夫人在家吗?"女仆就回答说:

"请到客厅里去。……"

他稍有些胆怯……但他看见了镜子里他的穿大礼服的体格匀称的身形,一张有毛茸茸的黑色小胡髭围绕着并有一对乌黑大眼睛的黝黑、庄重的面孔,他耸了耸肩,颇有自信地向前走过了大厅……

迎面轻轻飘来一阵弦音——这弦音很奇特:好像是笑出来的一阵轻微而不愉快的笑声,是在申诉着什么并且温柔地触动人的心弦,仿佛要求人注意又不希望获得它似的。福马不喜欢听音乐,因为音乐一向在他心里引起忧愁。甚至当酒馆的留声机开始奏着什么悲曲时,他就感觉心里痛苦得难受,于是请求关掉留声机,或者跑开去,与它离得较远些,他觉得无法平平静静地倾听这没有词句却充满眼泪和申诉的语言。但此刻他不由自主地在客厅门口停了下来。

门是用一长串、一长串五颜六色的小玻璃珠遮着的,这些玻璃珠用细线穿连着,构成了一幅类似花草树木的古怪离奇的图案;这一长串、一长串的玻璃珠轻盈地摆动着,好像花的苍白阴影在空中飘飞一样。这个透明的遮栏并没有遮住客厅内部,使得人看不见。梅登斯卡娅在她心爱的角落里,坐在躺椅上,正弹曼陀林。靠墙张着一把日本式的太阳伞,它的斑斓彩色投影在这身着黑服的小巧妇人身上;一盏罩着红灯罩的高高的青铜灯,在她身上洒遍了晚霞般的光辉。纤细的弦上发出的幽美音调,在这弥漫着柔和芬芳暮色的狭小房间里,凄惨地颤动。这时妇人把曼陀林放在自己膝头上,继续轻轻拨着弦,开始凝神注视她前面的什么东西。

福马瞧着她并且看出来,她独自一人时,并没有她在人面前时那么漂亮,她的面孔严肃、苍老,眼睛里没有抚爱和温柔的神情,它们索然无味地直瞪着,她的姿势很疲惫;宛如这女人要站起来却又立不起似的。

年轻人咳嗽了一声。

"是谁呀?"那女人惊慌地突然一哆嗦,问。同时弦也哆嗦起来,发出了惊慌的音调。

"是我,"福马说,用手掀开了那一串一串的小玻璃珠。

"啊!但怎么没有一点声响。……看见您,真高兴。……请坐!为什么这样久都不来?"

她伸一只手给他,另一只手指着自己身边的一张小圈椅,她的眼睛愉快地微笑着。

"我到船坞去视察轮船去了,"福马带着夸张的豪放不羁态度说,把小圈椅挪得更挨近躺椅。

"是不是田野里还有很多的雪?"

"您要好多有好多。……但已经融化不少了。一路上到处都是水。……"

他瞅着她微笑。大概是梅登斯卡娅觉察到他举止的放肆和他微笑中所含的新表情,她整了整衣服,把身子挪得跟他离开了。他们的目光碰在一起,梅登斯卡娅低下了头。

"已经融化了!"她若有所思地说,仔细瞧着自己的小指上的戒指。

"是—的……到处都是小溪……"福马一面欣赏自己的皮鞋,这样报告说。

"这好极啦。……春天就要来了。……"

"现在已经离得不远了。……"

"春天就要来了,"梅登斯卡娅轻轻地重复了一遍,仿佛是在倾听自己说话的声音。

"人们要开始恋爱了,"福马微笑着说,不知怎么使劲搓着手。

"您作了准备吗?"梅登斯卡娅冷淡地问。

"我没有什么……我老早准备好了!……我一生都在被人爱……"

她瞥了他一眼,重新弹起琴来,一面深思地说:

"您还刚刚开始生活,这该多好呀。……心里充满力量……而且没有一点阴暗的东西。……"

"索菲娅·帕甫洛芙娜!"福马轻声叫道。

她用一种爱抚的手势止住了他。

"等一等,亲爱的!今天,我可以讲点好事情……给您听……您要知道,一个活了很久的人,也有这样的时刻,就是当他看一看自己的内心时,无意中发现那儿……有一件早已忘却的东西……它在心灵深处躺了好多年……仍没有失去青春的芬芳,而当记忆触到它的时候……就有一股人生旭日初升时的新鲜活力吹到这个人身上。……"

琴弦在她的手指下颤动着、哀泣着;福马觉得它们的音调和这女人的柔和声音爱抚而温存地搔着他的心。……可是,他坚持自己的决心,一面倾听着她的谈话,虽然不懂得它们的意义,一面在心里想道:

"你讲你的吧!任你讲些什么,现在我都不会相信。……"

这种想法惹得他生了气。他很难过,他不能够像从前听她讲话时那样专心并且信任地听。……

"您是在想人应该怎样生活吗?"女人问。

"有时候想,但以后又忘记了。没有时间!"福马说着笑了。"而且,干吗去想呢?你看见人们怎样生活……那么,就该学他们的样儿。"

"唉,别这样做!珍惜您自己吧。……您是这么……可爱!……您有些特别的地方——是什么呢?我不知道!但这是感觉得到的。……据我看来,您往后的日子,将会非常、非常困难。……我相信,您不会走上您圈子里的人们所走的那条平凡的道路……不会的!完全埋头于追求卢布的那种生活,您是不会喜欢的……哦,不会的!我知道,您所要的,是另一种生活……对吗?"

她讲得很快,眼睛里露出担心的神色。福马瞧着她,心中暗想:

"她这是什么用意呢?"

她挪得挨近了他一点,眼睛盯在他脸上,很恳切地说:

"您按另一种方式安排您的生活吧。……您身强力壮,年轻……人又好!……"

"既然我人好,那我就应该遭遇好!"福马这样嚷道。觉得自己一阵兴奋,连心脏都开始颤抖抖地跳着。

"唉,人世间往往是好人的遭遇不如坏人!……"梅登斯卡娅悲伤地说。

音乐的震颤音响又从她的手指下开始跳动。福马觉得如若他不立即开始讲出他所必须讲的话,那么,以后他便什么也不会对她讲了。……

"主啊,保佑我吧!"他在心里默念着。

于是胸中鼓起劲来,他放低嗓门,开始说道:

"索菲娅·帕甫洛芙娜!已经够啦!……我非讲不可了。……我就是来要对您讲:够啦!一个人行事必须光明……磊落。……一开头,是您把我引诱了去……现在却和我断绝往来。我不懂您所说的。……我的脑筋很笨……但我可感觉得到,您是要把您自己隐藏起来……我明白,您可了解我来的目的吗?"

他的眼睛在燃烧,每吐一个字,他的声音就变得更热烈、更响亮。她全身向前摇摇摆摆,惊惶不安地说:

"哦,别讲了吧。……"

"不,我要讲!"

"我知道您要讲些什么。……"

"您不会全知道!"福马站起身来威胁着说,"但关于您的事,我却全知道,全知道!"

"是吗?对于我来说,那倒更好!"梅登斯卡娅平静地说。

她也离开躺椅站了起来,仿佛要到哪儿去似的,但站了两秒钟,她又坐回她原来的地方了。她面色严肃,双唇紧闭,但她两眼低垂,所以福马看不见它们的表情。他认为,当他对她说:"关于您的事,我全知道"的时候,她会惊惶万分,感到狼狈不堪,无地自容,她会请求他饶恕,因为她耍弄过他。那时,他会紧紧地搂抱住她,饶恕她。可是,事情却并不这样;倒是他自己在她的安然态度面前莫知所措,他两眼瞧着她,一面搜索枯肠想寻出词句来把自己的谈话继续下去,却找不出话来。

"那倒更好……"她冷淡而坚定地重说了一句。"这样说来,您全都知道了,是吧?那么,您当然要严厉地谴责我了。……我明白……我对不起您。……但是……不,我决不辩解。……"

她沉默了,突然间,她以一个神经质的动作向上举起双手,一把抓住脑袋。……她开始整理头发。……

福马深深叹了口气。梅登斯卡娅的话语把他心中的某一种希望给毁灭了,这种希望在他心里的存在,是在它被毁灭了的现刻,他才感觉到的。他带着痛苦的非难神情摇着头说:

"过去,我望着您的时候,心里就想:'她是多么美,多么可爱呀。……小鸽儿!……'而现在您自己却说,'我对不起您……'唉!"

他的声音突然中断。但女人却柔和轻盈地笑了。

"您是一个多么可爱而又可笑的人啊……"

年轻人望着她,觉得自己已被她的爱抚的言词和凄惨的微笑解除了武装。他满腔与她作对的那种冷酷与严峻,由于她眼睛里的温暖闪光而在心里融化了。他觉得这女人此刻又弱小又无法自卫,像个小孩子样。她用温柔的声音讲着什么,仿佛在哀求,脸上一直堆着微笑;但他却没有倾听她的话语。

"我到您这儿来,"他打断她的话说,"是横了心的!我心想,我要对她讲了!但我什么也没有讲……也不愿意讲了。……我丧失了勇气。……不知怎么,您感动了我。……唉,我来看您也是白搭!您和我又有什么相干呢?看来,我得走了。……"

"请等一等,亲爱的,别走!"女人赶忙说,向他伸出了一只手。"为什么这样……严厉呢?别生我的气!我对您算得什么呢?您需要另一种女朋友,要和您自己同样单纯而灵魂健康的人。……她应该是快活的、朝气蓬勃的。……我却已经是个老太婆了。……我忧郁不乐……我的生活过得这般空虚、寂寞……非常的空虚！您要知道,当一个一向过惯了快乐生活的人,一下不能够快活时,他是很难受的！不是他在笑,而是生活在嘲笑他。……至于人们……你听我讲！我是像母亲般的劝告您,我请您,恳求您：除了您的心声之外,别听信任何人的话。您要照它所指示您的那样去生活。人们什么也不知道,而且不会讲出任何真话……别听他们的！"

因为努力要把话讲得更明白易懂,她有些激动起来了,她的话语一个字接一个字急促地不连贯地说了出来。她嘴唇上一直泛漾着一丝可怜的微笑。

"生活是严酷的……它要所有的人都服从它的需要,只有非常强有力的人才能够平安无事地抵抗住它。……可是,他们能办得到吗？哦,要是您知道生活是多么艰难就好了。……一个人到了开始害怕他自己的那一步田地……他把自己分为法官和罪犯,自己审讯自己,自己为自己辩护……他准备无昼无夜地跟他所鄙弃和感到憎恶的人待在一起,只为的是不使自己一个人孤单单的！"

福马扬起头来,怀疑而惊异地说道：

"我简直不懂这是怎么回事？柳博芙也是这么说。……"

"哪一个柳博芙？她说些什么？"

"我的教妹。……她也是这么说,她一直抱怨生活。她说,简直活不下去。……"

"哦,她现在就已经说出这种话来了,真是大幸事。……"

"幸—事！真是了不起的幸事,弄得人又叹息又抱怨。……"

"您—听着,在人们的抱怨里总是包含着很多的智慧。……智慧,这就是痛苦。……"

福马倾听着这女人用说服人的口气说的话,困惑地环顾着四周。这儿的一切,他老早就熟悉了,但今天样样东西不知怎么都好像是新见到的一样,虽然仍是那许多零星杂物塞满了一屋,图画和壁架遮满了墙壁,从四面八方都有美丽而亮闪闪的小玩物映入眼帘。微红的灯光引起人惊慌不安的忧郁感。暮色笼罩着一切,因此,有的地方,在金黄色的画框和瓷器的白斑点上泛着暗淡的光。沉甸甸的布帘子一动不动地挂在门前。所有这一切限制着、压迫着福马,他觉得自己迷失了方向。他可怜那女人。可是,她也激怒了他。

"您听着我是怎样在对您讲话吗?我希望我是您的母亲,您的姐姐。……从来没有任何人像您一样在我心里引起过这般温暖的感情。……可您……却这样瞧着我……毫无情义。……您相信我吗?相信吗?不相信吗?"

他瞧着她,叹口气说:

"我不知道!我曾经相信过。……"

"那么现在呢?"她赶急问。

"现在我顶好就走开!我什么也不懂。……我连我自己也不懂。……我到您这儿来,我是知道我要说什么的。……结果却搞得有些乱七八糟。……您把我弄得痛苦不堪。刺激了我。……到后来,却说'我对你像母亲一样!'这就是说'你走吧!'"

"请理解我,我很怜悯您!"女人轻轻地感叹了一声。

福马对于她的愤怒越来越强烈,他越说下去,他的话语就变得越可笑。……他一面说,一面摇着他的两肩,好像要把缠住他的东西摆脱一样。

"怜悯?……我并不需要怜悯……唉,我不会讲话!要不然,我可要好好地对您讲呢!……您对待我很不好——想想看,您为什么要引诱人呢?难道我是您的玩具吗?"

"我只是要看见您在我身边……"女人以抱歉的语调简单地说。

但他没有听到这句话。

"可是,一接触到正题,您就害怕,就筑一道墙挡住我……您就懊悔起来。……说生活糟透啦!您为什么老抱怨生活?什么生活?人——才是生活,除了人以外,就再没有什么生活了……您还捏造出一种怪物来……您这样做是为了掩人耳目,为了替自己辩护。您撒娇、任性,您在各种各样的狂想中迷失了道路,于是就唉声叹气!'呀,生活!哦,生活!'难道不就是您自己把生活弄成这样的吗?您用抱怨来遮盖自己,煽动旁人。……啊,您既然走错了路,为什么要把我也拉进去呢?定是您心里的邪恶在说:'我糟透了,让你也糟下去吧!'是不是这样呢?哎,您呀!上帝赐给您天命一般的容貌,可是您的心在哪儿?"

他站在她对面,浑身发抖,用责难的目光把她从头到脚打量着,现在,词句从他胸中源源涌出,他虽讲得声音不大,却很有力,他感到讲得很痛快。女人扬起头,一对圆睁着的眼睛盯在他脸上。她的嘴唇哆嗦,唇角上现出了深深的皱纹。

"一个美人儿应该过着完美的生活,而您却有人飞长流短地讲闲话。……"他的声音中断了,把手一挥,低沉地结束说:

"别了!"

"别了!"梅登斯卡娅轻声说。

他没有伸手给她,急剧地转身过去,就离开她走了。但走到大厅门口,他觉得又可怜她,于是回过头去望了她一眼。她在那儿,孤单单地站在角落里,两手顺身子一动不动地垂着,头低下去了。

他体会到不应该这样走开,他感到惶惑不安,于是轻声地但没有后悔的意思说道:

"也许我说了冒犯您的话,请原谅!我毕竟是……爱您的。……"他深深叹了口气,但女人却低声而异样地笑了。……

"不,您没有冒犯我。……上帝与您同在!"

"那么,别了!"福马把声音压得更低地又说了一遍。

"嗯……"女人同样低声回答说。

福马用手推开了那一串一串的小玻璃珠;它们摇摆着,发出了沙沙的响声,触着了他的面颊。他因这冰冷的一触突然一哆嗦,就走出去了,胸中怀着一种纷乱、沉重的感觉。他的心跳动得好像是给披上了一层柔软而结实的网似的。……

已经入夜了,明月高照着,水洼上覆盖了一层薄薄的银霜。福马沿人行道走着,用手杖敲碎这些冰层,它们凄凉地发出喀嚓喀嚓声。房屋的阴影投射在街道上成了些黑色的正方形,树木的影子映成了一些古怪离奇的图案。其中有些好像瘦削的手软弱无力地抓住地面。……

"她这时候在做什么呢?"福马思忖着,想象着了那孤单单的女人待在狭窄房间的角落里,在那微红色的昏暗中的情景。……

"我顶好是把她忘掉……"他这样下了决心。可是没有办法忘却,她老是立在他面前,在他心里引起强烈的怜惜,时而感到激怒、甚而怨恨。她的形象是这般清晰,而一想到她又是这般沉痛,就仿佛他是把那女人载在他的心胸上一般。……迎面来了一辆轻马车,使夜的寂静中充满了车轮驶在石子上的嘎哒嘎哒声和驶在冰上的吱吱声。车夫和乘客在车上颠簸摇晃;他们两人不知怎么都俯身向前,和马一起构成了一个大黑团。街上给亮光和阴影弄得满是斑斑点点,但在远处,黑暗是那么浓厚,好似一堵墙从地面耸入天际,把街道遮断了,不知为什么,福马认为这些人不知道是走到哪儿去。……还有他自己也不知道是走到哪儿去。……他脑海里浮现出了他自己的家——六个大房间。安菲萨姑母已进修道院,也许再也不会从那儿回来了,会死在那儿。……家里只有看门人伊凡、烧饭兼打杂的老处女谢克列杰娅和一只长毛蓬松的黑狗,它的嘴脸和鲶鱼的一样呆板。连这只狗也老了。……

"也许我该结婚了……"福马想着,叹了一口气。

可是,一想到结婚对于他来说是件再容易不过的事,他就觉得难堪,甚至感到可笑。只要明天他对教父说一声,他要娶亲,那么,不到一个月,就会有一个女人跟他在家里同居。她会日日夜夜在他身边。他对她说:"我们去散步吧!"她就会去……他说:"我们去睡觉吧!"她也会去。……如果她想吻他——尽管他不愿意这样做,她也会吻他。

但若对她说:"我不愿意！走开！"她就会感到受了委屈。……他可能跟她谈些什么呢？他想起了他所认识的那些小姐们。她们中间有几个生得很漂亮,他也知道任何一个都乐意和他结婚。但他却不愿意娶她们之中的任谁为妻。……一个姑娘成了别人的妻子的时候,想必是多么羞怯又难堪的事。……而且婚礼过后,一对年轻人在寝室里彼此谈些什么呢？福马试想着他在这种场合会讲些什么,他找不出任何适当的词句,于是害臊地笑了。……接着,他想起了柳芭·马亚金娜。多半会是这一位先讲话,讲出一些对她自己不相干又毫无意义的话。……不知怎么,他觉得她讲的全是不相干的话,而且也不是像她那样年龄、容貌和出身的姑娘们所应该讲的话。……

这时候,他的思想停留在柳芭的抱怨上了。他把脚步更放轻了些,对于所有跟他接近和常谈话的人全都时常讲到生活的事,他心里感到十分惊讶。他的父亲也好、姑母也好,教父、柳博芙、索菲娅·帕甫洛芙娜也好——他们全都要么就教导他了解生活,要么就抱怨生活。他想起了轮船上那个老人所讲关于命运的话,以及他从各种各类人们那里偶尔听到的有关生活的许多其他的意见、对生活的非难与痛苦的抱怨。

"这是什么意思呢？"他心里思考着,"如果生活不就是人,那么生活又是什么呢？可是人们经常这样讲,仿佛这不是他们,而是在人们之外还有什么东西,而且就是它在妨碍着人们生活。"

一阵惊心动魄的恐惧感包围了年轻人;他打了一个寒噤,慌忙向四周环顾。街上空荡又静寂,房屋的乌黑窗户朦胧地对着昏暗的夜窥望,福马的影子沿着墙壁、沿着篱笆跟在他身后向前移动。

"马车！"他高声喊,加快了脚步。无声的、乌黑的影子动了起来,胆怯地在他后面爬行。

七

和梅登斯卡娅谈过话后,一星期的时间过去了。可是,她的形象却不分昼夜、纠缠不已地出现在福马眼前,在他心里引起了一种疼痛的感觉。他很想上她那儿去,他因一心想再接近她而痛苦不堪,他眉头深锁,不愿意屈服于这种欲望,他孜孜不倦地埋头在业务上,心里激起了对这女人的一股愤恨。他觉得,如果他上她那儿去,他决不会看到她仍是他离开她时的那样,在和他有过那一次谈话之后,她心头一定起了变化,她再也不会像她从前接待他时那般殷勤地接待他了,不会用那种曾在他心里引起过一种特别的思想和希望的坦然笑容来向他微笑了。他害怕这一切都不会有了,一定会有另一种情形发生,他抑制住自己,忍受着痛苦。……

工作和对这女人的怀念,并没有妨碍他对人生进行思索。他对这个在他心里引起不安感觉的谜没有下过判断(他不会判断),但却开始留心倾听人们讲的有关生活的话。他们没有给他阐明什么,只是增加了他的困惑,在他心里引起对他们的怀疑。他们圆滑、狡诈、精明——这种情形,他是看清楚了的;跟他们打交道,必须经常小心谨慎;他早已知道,在紧要关头,他们之中谁也不会把心里想的讲出来。他仔细观察他们,觉得他们的叹息和对生活的抱怨在他心里引起了怀疑。他默不作声地用怀疑的眼光注视一切人,他的额头也刻上了一条细长的皱纹。……

一天早晨,在交易所里,教父对他说:

"阿纳尼来了。……他要会会你。……你傍晚时去找他,但得留心别乱讲话。……阿纳尼会想方法引动你讲,使你谈出生意上的事情来。……那个狡猾的老魔鬼……一只狐狸精……他的两眼望着天空,爪子却伸进你的怀里偷出你的钱包。……你得当心!"

"我们欠他的债吗?"福马问。

"可不是!那条驳船的款还没付,而且不久前又拿过五根一扎的定型木柴料五十扎。……如果他要求马上全部付清,就别给他。……卢布——是一种有黏性的东西:它在你手里打的转身越多,它所粘上的戈比也就越多。……"

"如果他要的话,我们又怎好不付给他呢?"

"让他去苦苦哀求,你就对他咆哮,只是别付款!"

阿纳尼·索维奇·休罗夫是一个大木材商,有一座很大的锯木厂,兼造驳船,还放运木筏。……他跟伊格纳特有过生意上的往来,福马也不止一次见过这个生着一大把白须髯和一双长手臂的老人,他的身子又高又挺,像一棵松树。他的魁梧而漂亮的身材、开朗的面容和炯炯射人的目光,曾引得福马对他怀有敬意,虽然他听人讲过,这个"林中妖怪"不是用诚实的劳动发家致富的,他住在森林区的一个偏僻村子里,家里过着不正当的生活。福马听他父亲讲过,休罗夫在还是一个贫苦庄稼汉的青年时代,在他自己菜园里、浴屋里曾经窝藏过一个苦役犯。这个苦役犯替他造假钞票。从那时起,阿纳尼才开始富有起来。有一天,他的浴屋烧毁了,在灰烬里发现了一具头颅被打碎的烧焦男尸。村子里便有了流言,说是休罗夫亲手把他的工人打死了,打死后又给烧掉的。关于城里的许多富翁,都有这一类的说法——似乎他们之所以积聚到百万财富,全都是靠了这种方法:抢劫、杀人、而主要的是造假钞票。福马从儿童时代就听到过类似的故事,但从来没有考虑过它们是真是假。

他也知道休罗夫的事,老头子害死过两个妻子,一个是在婚后的第一夜死在阿纳尼怀里的。后来,他霸占了他儿子的妻子,儿子由于忧伤就喝起酒来,几乎因狂饮丧命,亏得他及时醒悟过来,跑到伊尔吉兹①河上的一个寺院里保住了自己的性命。在这位媳妇情妇死后,休罗夫就把一个哑巴姑娘——乞丐——带到家里,直到现在还和她住在一起,她给他生了一个死婴儿。……在往阿纳尼住的那家旅馆走去的途中,福马无意地想起了他从他父亲和旁人嘴里听到的有关老头子的一切事,并且觉得阿纳尼对于他变得非常有趣了。

当福马推开门,恭恭敬敬在小房间门口站定时(这小房只有一扇窗,从窗里看出去仅只望得见邻家的褐红色屋顶),他看出老休罗夫刚

---

① 哈萨克斯坦境内的一条河。

刚睡觉起来,两手支住床坐着,正凝望地板上,他把腰弯曲得使他那长长的白须髯拖到他的膝盖上了。虽然弯着腰,他仍很魁梧。

"是谁进来了?"阿纳尼头也不抬,用嘶哑而恶狠狠的声音问。

"是我。您好,阿纳尼·萨维奇。……"

老头子慢吞吞地抬起头来,眯起他那一对大眼睛瞧福马。

"是伊格纳特的少爷吗?"

"是……"

"啊……靠窗子请坐吧,让我看看你长得怎样了!喝杯茶好吗?"

"好……"

"伙计!"老头子挺起胸喊了一声,手掌里揽住须髯,开始默默地观察福马,福马也皱起眉头瞧他。

老人高高的额上,全是一条条皱纹。一绺一绺的灰色卷发盖住了他的鬓角和尖尖的耳朵;一对沉着的蓝眼睛,使他的面容上半部有了一种聪明端正的神情。但他的嘴唇又厚又红,似乎与他的面貌毫不相称。他的长长的细鼻子向下弯曲,仿佛想要藏到白唇髭里去一样;老人启动嘴唇,嘴里闪现出了尖尖的黄牙齿。他身穿一件淡红色棉布衬衫,腰束一根丝带,黑色紧脚口的宽大裤子,裤脚塞在长筒皮靴里。福马注视他的嘴唇,心想这老人多半也就是像人们所议论他的那样一个人吧……

"你小时候多像你父亲呀!"休罗夫突然说,叹了一口气。随后,沉默了一忽儿问道:"你记得你父亲吗?你在为他祈祷吗?必须、必须为他祈祷呀!"在听到了福马的简短回答后,他继续说:"伊格纳特是一个大罪人……而且没有忏悔就死去的……是暴卒……一个大罪人呀!"

"他并不比旁的人更有罪。"福马闷闷不乐地说,为他父亲感到抱屈。

"比谁呢,你说说看?"休罗夫严厉地问。

"罪人难道还少吗?"

"世间上只有一个人比已故的伊格纳特更有罪,就是那个十恶不赦的异教徒,你的教父亚什卡①。……"老人清清楚楚地说。

"您的确知道是这样吗?"福马探问说,微微一笑。

"我吗?我知道!"休罗夫很有把握地说,一面点着头,眼色阴沉下来。"我自己也要到上帝面前去的……并不是赤身空手。……在他的圣颜之前,我身上背负着沉重的担子。……我自己也讨好过魔鬼……只是我相信上帝的慈悲,而亚什卡既不相信喷嚏,也不相信梦,也不相信乌鸦叫。……亚什卡不信上帝……这是我知道的!而且由于他这样不信神明,在世上还会受到惩罚!"

"连这你也知道吗?"福马问。

"连这也……你怕不会承认,我连这也知道呢,你听我讲话觉得好笑……你想,这家伙多有远见啦!不过,犯罪犯得多的人,总是聪明的。……罪恶教乖了他……亚什卡·马亚金就因为这个缘故,所以非常之聪明。……"

倾听着老人的嘶哑而自信的声音,福马想道:

"看得出,他自己明白已经离死不远了……"

一个身材矮小、面容苍白又没有表情的人拿来了茶炊,但很快就碎步跨出了房间。老人解着窗台上的什么小包,眼也不望福马说:

"你很大胆。……而且你的眼色阴沉。……从前,眼睛明亮的人要多些。……从前,人的灵魂要明亮些……从前,一切都简单得多——不管人也好、罪恶也好……而现在一切都变复杂了……唉—唉!"

他沏好茶,在福马对面坐下来,又开始说:

"你父亲在你这个年龄的时候……是一个船夫头脑,他带领的商船队就停泊在我们村子附近。……伊格纳特在你这个年龄的时候,像玻璃一样透明。……只要望他一眼,马上就明白他是怎样的一个人。可是望望你呀,却看不出你怎样。你是怎样的一个人呢?小伙子,这

---

① 亚科夫的蔑称。

连你自己也不明白……就因为这个缘故,你也受苦呀。……所有如今的人们,都非受苦不可,因为他们不明白他们自己呀。……可是,生活是一堆受风害的树木,一个人必须能在里面找出自己的道路来……路在哪儿呢？大家都迷失了……只有魔鬼倒欢喜。……你讨过亲吗？"

"还没有,"福马说。

"这又是问题了……还没有讨亲,但多半早已不干不净了吧……那么,你在生意上狠下了一番功夫吗？"

"还好……我现在是和教父在一起。……"

"你们于今的工作是些什么工作呢？"老人摇着头说,他的眼睛一直在闪动,一时变得乌黑,一时又明亮起来了。"你们并不辛苦！以往的年辰,商人为了生意乘马到处奔跑……刮风下雪、深更半夜……也得出去跑！强盗埋伏在路上,杀害他们……他们像殉道者一样死去,用鲜血洗净自己的罪。……如今,他们乘火车来去……拍发电报……而且,还想出了这样的事,一个人在他的办公室里讲话,五俄里之外都可以听见……这中间不会没有魔鬼的主意！……一个人坐着……不动……无事可做,感到无聊,所以他就犯罪了:因为机器替他把一切都做了。……他没有劳动,而没有劳动——就把人给毁了！他装置了机器并且认为——好极啦！可是这种机器,正是魔鬼给你设的圈套！你劳动着,就没有时间去犯罪,有了机器,你就悠闲自在！由于悠闲自在,一个人就给毁了,好像活在地底下的蛆见了阳光就死灭一样……悠闲自在把人给毁了！"

老人阿纳尼清晰、肯定地讲着他那些话,有四次用手指头敲着桌子。他脸上现出恶毒的得意神情,胸脯挺得老高,银色须髯在胸膛上微动。听着他这些话,福马害怕起来了,这些话语里流露出了一种坚定不移的信念,这种信念的力量使得福马惶惑不安。他已经把他所知道关于这老人的一切事全忘记了,而且刚不久前,他还信以为真。

阿纳尼那么奇怪地盯着福马瞧,仿佛看见了他身后还有一个什么人似的,这个人一听到他的话语就痛苦起来,害怕起来,而他的痛苦和害怕却使得阿纳尼很高兴。……

"所有你们今天的人,都会因悠闲自在遭到灭亡。……魔鬼抓住了你们……它夺去了你们的劳动,而把它的机器和电报悄悄塞给你们。……啊,说说看,为什么缘故孩子们要比他们的父亲坏些呢?因为悠闲自在,的确是呀!因此,就去酗酒啦,嫖女人啦。……"

"得啦,"福马轻声说,"从前,人们还不是一样又放荡又酗酒。……"

"你别开口吧!"阿纳尼嚷道,一对眼睛严厉地炯炯发光。"在那些日子,人的气力都要大些……犯罪也是按着气力来的!那时候,人们好像橡树。……上帝给他们的裁判也是按照他们的气力来定……他们的身体要被称过,天使还要测量他们的血液……而且神的天使会查明罪的轻重不超过一个人的血液和身体的分量……你懂吧?如果狼吃羊,上帝不会定狼的罪……但如果是一只可恶的老鼠对羊犯下了罪行,上帝就要定老鼠的罪!"

"人是从哪儿得知上帝怎样定人的罪呢?"福马深思地问。"必须有看得见的审判。……"

"为什么要看得见呢?"

"使人们了解呀。……"

"但除了上帝之外,谁是我的审判者?"

福马瞧了老人一眼,闷声不响,低下了头。他想起了那个被休罗夫杀害又焚化了的亡命的苦役犯,他更加相信那件事是真的。还有那两个女人——他的妻子和情妇——也一定是被这老头子的难堪的抚爱逼进了棺材的,他用他那多骨的胸脯压死了她们,用他的厚嘴唇吸尽了她们的生命精髓,而这两片嘴唇现在还是鲜红的,好像上面的血迹还没干,这是死在他那青筋暴露的长手臂拥抱中的女人们的血。现在,他在那儿,等待着已经逼近他的死亡,一面却计算着自己的罪恶,判断别人说,"除了上帝之外,谁是我的审判者?"

"他是害怕还是不怕呢?"福马问着自己,陷入了深思,皱起眉盯着老人。

"对了,小伙子!思考思考吧……"休罗夫晃了晃脑袋说。"思考一下你该怎样生活……哦—啊—啊!我活得多么久了!树木长大又被砍伐掉,而且用它们已经造成了房子……甚至于房子也倒塌了……这一切我都亲眼看见,可我还活着!有时候,我回顾自己的一生,就想:'难道一个人能够做出这么多事来吗?难道我经受过了这一切吗?……'"老人严峻地看了福马一眼,晃了晃脑袋就不作声了。

安静下来了。窗外,屋顶上有什么在轻轻地喀嚓喀嚓响;从下面街上传来了车轮的辚辚声和听不清的人语声。桌上的茶炊唱着凄凉的哀歌。休罗夫目不转睛地瞧着盛茶的玻璃杯,一面摸摩胡须,可以听出他的胸膛里呼呼响。……

"父亲去世后,你生活上感到困难吗?"他的声音又响起来了。

"我渐渐习惯了……"福马回答。

"你很有钱……亚科夫一死,你还要更有钱,他会把一切都留给你。他只有一个女儿……应该把他的女儿娶过来。……她虽是你的教妹和同乳兄妹,这没有关系!快结婚吧……现在这种生活有什么好处呢?你多半是在追求姑娘们吧?"

"没有。……"

"别胡扯!唉,嘿—嘿!……商人要绝种了。……一个山林看守人告诉过我——不知道他是撒谎还是说的实话——从前所有的狗都是狼,是后来退化了变成狗的。……我们这一行业也是这样——也要很快全都变成狗了。……我们研究学问,脑壳上扣上摩登帽子,并且为了摆脱商人面貌,任何必要的事都干。……因此,我们和旁的人们之间就没有区别了。……有了这样的规定,所有的子弟都送进中学。……商人也好、贵族也好、平民也好,全都被迫成为清一色。……全穿灰色衣服,对所有的人都教以同样的学问……培育人,就像栽培树木一样。为什么要这样做呢?谁也不明白。……连劈柴棍也由于木节不同而彼此不同,他们却要把人刨得使大家成为一个面貌……我们老人们很快完蛋啦……真—的！也许,过五十年后,谁也不会相信:我——萨温的儿子、姓休罗夫的阿纳尼,曾在这世上活过。……当真啦！也不会有人相信:我,阿纳尼,除了上帝之外,谁都不怕。……也不会有人相信:我在年轻的时候是一个庄稼汉,只有二又四分之一俄亩的土地,可是到了老年时,却积攒了一万一千俄亩,而且全是林地……还有现金呢,大概二百万。……"

"怎么大家都谈钱?"福马不高兴地说。"一个人能从钱里得着什么快乐呢?"

"哼……"休罗夫发牢骚说。"如果你不懂得金钱的威力,那你就会成为一个蹩脚商人。……"

"谁懂得它的威力呢?"福马问。

"我呀!"休罗夫很自信地说。"凡是聪明人都懂。……亚什卡就懂得。……钱?这,年轻人,真是宝贝!你把钱摆在自己面前,想一想,钱里面包含些什么呢?那时候你就会明白,这一切,都是人的力量,这一切,都是人的智慧……成千上万的人把他们的生命放进了你的钱里。可是你却能够把所有的钱丢到炉子里去,望着它们怎样烧掉。……那个时候,你就会认为你自己是统治者了。……"

"人们不做这种事。……"

"这是因为傻子没有钱呀。……钱可以投资到生意里……有生意做人们就有了饭吃……而你就是所有这些人的主人。……上帝为什么要创造人呢?就是要人向他祈祷。……他一个人孤单单的,感到寂寞……因此,他想要有权力。……人既是按照上帝的形象造的,像《圣经》上所讲的,造得和他相似,所以,人也想要有权力……可是,除了金钱,还有什么能给你权力呢?……就是这个道理呀。……啊,你给我把钱带来了吗?"

"没有……"福马回答说。老人的一席话把他的头脑说得又沉重又混乱,现在谈话终于转到生意上来了,他感到高兴。

"这不对呀!"休罗夫严厉地皱起眉头说。"都过了期限了,你非付不可。……"

"你明天可以收到半数。……"

"为什么半数呢？全部付给我吧！"

"眼前我们的头寸非常紧。"

"你没有钱吗？但我也紧得很呢。……"

"请稍等一等！"

"唉，小伙子，我不能等！你比不得你父亲……你这种乳臭没干的小伙子，是靠不住的人……可能一个月之内，你把全盘事业都弄毁了……我就会因此遭到损失。……你明天全部付给我，不然，我就要宣布你无力兑付期票……这种事，我说干就干！"

福马瞧着休罗夫，大吃一惊。这完全不是刚才还在用一个有先见之明的人的谈吐讲着魔鬼的那个老人。那时，他的面容也好，眼睛也好，是另一个样儿，而此刻，他的目光冷酷无情，他的面颊上靠鼻孔处，有的血管起了强烈的颤动。福马看出来，如果不按期付款给他，他就真会马上用宣布他福马无力兑付期票的事来毁损商号的名誉。……

"怎样，看来生意不大好吧？"休罗夫冷笑了。"那么，老老实实讲吧，你把你父亲的钱挥霍到哪儿去了？"

福马想要试试老头儿。

"生意不太如意……"他皱了皱眉头说，"没有成交的……收不着定银……倒是困难呢。"

"是这种情形？……要我助你一臂之力吗？"

"不敢当……请把付款期延长一点，"福马请求说，谦恭地低下了眼睛。

"嗯……或者我就看在对你父亲的交情上帮你忙吧？也好，我帮忙就是。……"

"那么，您延长多久呢？"福马探问说。

"延长半年。……"

"谢谢您了。……"

"别客气。……你欠一万一千六百卢布。……你就这样吧！你另写一张一万五千卢布的期票给我，预先付清这笔金额的利息……至于担保物，我就拿你的两条驳船作抵押。……"

福马离开椅子站起身来，冷笑着说：

"明天请把期票送来……我全部付清给你。……"

休罗夫也吃力地从椅上站起身来，他在福马的嘲笑的目光下并没有低下眼睛，他镇静地搔着胸脯说：

"这再好没有了。……"

"谢谢……您的厚意！"

"你不让我效劳……不然的话，我会对你表示亲切！"老人懒洋洋地说，咧开嘴笑了。

"是—呀！如果一个人落到您手里去了……"

"他会觉得很温暖。……"

"你会烫伤他，那还用说……"

"好吧，小伙子，够了！"休罗夫严厉地说。"尽管你认为你自己很聪明……但未免早了些吧。……什么都还没有捞着，就已经夸耀起来了！……你赢了我……到那时候再去高兴吧。……再—见……明天把钱准备好。……"

"您用不着担心。……再见！"

"上帝保佑你！"

福马走到房门外，听见老人拖长着嗓子很响亮地打了个呵欠，接着用微哑的低音喝道：

"'为我们大开慈悲的门……神圣的圣母啊……'"

福马从老人那儿体验到了一种双重的感情：休罗夫既讨他欢喜，同时又使他感到厌恶。

他想起了老人关于罪恶所讲的话，并思考着他对于上帝的慈悲深信不疑的那一股力量，因此，老人在他心里引起了一种近乎尊敬的感情。

"这个人也谈到生活……而且他知道自己的罪恶,却不恸哭也不痛苦。……他犯了罪,自己承当。……而那个人呢?……"他想起了梅登斯卡娅,他的心痛苦得收缩起来了。"而那个人——她忏悔……但她是故意这么做,或是的确内心很痛苦,这就摸不透她了……"

福马觉得他羡慕阿纳尼,于是年轻人赶紧回忆到休罗夫要讹骗他的那些企图。这么一来,就在他心里引起了对老人的一种反感,他无法调和他自己的感情,因而困惑莫解地笑了。

"我到休罗夫那儿去过!"他走到马亚金家里在桌旁坐下说。马亚金穿一件油腻的罩衫,手里握着算盘,在他那张皮圈椅上焦急地坐不安席并且兴奋地说:

"柳芭娃,给他倒茶来!你讲呀,福马……我九点钟以前非到市议会不可,你快些讲吧。"

福马微笑着,把休罗夫如何提议要他另写期票的事讲了。

"唉—嗨!"亚科夫·塔拉索维奇摇着头遗憾不过地嚷了起来。"孩子,你给我把事情全弄糟了呀!跟人们处理营业的事,难道可以这样直截了当吗?呸!打发你去,我真是鬼迷了心!我应该自己去的。……那我就会任意玩弄他!"

"嘿,恐怕不行!他说'我是棵橡树'。"

"一棵橡树吗?我还是一把锯子呢。……橡树是很不错的树,不过它的果实只适合给猪吃。……归根到底,一棵橡树就是一个笨伯……"

"我们横竖总得付款给他。"

"聪明人……不会在这种事情上着忙!而你却拼命赶急,好把钱付出去……好一个商人!"

亚科夫·塔拉索维奇对他的教子感到极端的不满。他皱着眉头,怒气冲冲地向那默默倒着茶的女儿吩咐说:

"把糖朝我这边挪一挪,你没看见我拿不到吗。……"

柳博芙面色苍白,眼睛晦暗无神,手的动作缓慢而笨拙。……福马望着她心里暗想:

"她在她父亲面前好温顺。……"

"他跟你谈了些什么?"马亚金问他说。

"关于罪恶的事。……"

"啊,那是当然的!任何人都珍视自己的事业。……而他是罪恶的创造者。……在做苦役的地方也好,在地狱里也好,老早都在哭他、想他、等他去呢,而且等得焦急万分。……"

"他讲得很动人,"福马若有所思地说,一边搅动玻璃杯里的茶。

"骂过我吗?"马亚金探问说,阴险地做了个苦相。

"骂过。"

"你怎样表示呢?"

"我……就听着……"

"嗯……你听着了些什么呢?"

"他说:'强者可以得赦,弱者就得不到宽恕。……'"

"你想想看,好一句至理名言!……这个道理连跳蚤也懂得……"

教父对休罗夫的这种轻视态度不知怎么激怒了福马,他瞅着老人的面孔,冷笑一声说:

"但他不喜欢您……"

"谁也不喜欢我,孩子!"马亚金高傲地说,"而且也没缘由会喜欢我,我又不是个娼妇……可是,在另一方面,人们尊敬我……而人们只尊敬他们所畏惧的人。……"

老人扬扬自得地对教子使了个眼色。……

"他讲得很动听……"福马又说了一遍。"他在抱怨……说真正的商人要绝种了。……他说,对所有的人都教以同样的学问……好使大家成为一个样儿……一个面貌……"

"他认为这样做不应该吗?傻瓜!"马亚金轻蔑地说。

"但为什么这样做就好呢?"福马怀疑地瞅着教父问。

"如果我们看见把各种各样的人赶到一个地方,用同样的见解开导大家,我们就应该承认这是聪明办法。……因为在整个国家里,一个人算得什么呢？不会超过一块普通的砖头,而所有的砖头必须是同样大小,你懂吗？对那些身高相等、体重相同的人,我可以任意把他们安置在什么地方。……"

"谁高兴做一块砖头呢？"福马郁郁不乐地说。

"问题不在于高兴不高兴,而在于事实。……并不是所有的人都可以改头换面的,有的人,用锤子一敲,他就会变成黄金。……但要是脑壳破裂了,那你有什么办法可想呢？这就是说生得太脆弱了。……"

"他也谈到劳动。……他说,'一切全用机器来做,人因此就给娇纵坏了。……'"

"真是在莫名其妙地瞎三话四！"马亚金轻蔑地摇了摇手。"我真奇怪,你对于一切胡说八道倒满有胃口！'机器'哦,那个老笨货该想一想,机器是怎样的东西呢？是铁做的呀！所以,就别怜惜它,一开动起来,它就会给你铸造卢布……不用讲一句话,不用张罗……开动了,它就会旋转起来！如果是人的话,他就不得安宁,就显得可怜……他有时候可怜极了！他叫嚷、悲叹、哭泣、哀求……喝得醺醺大醉……在他身上,对我无用的东西可真太多！但一部机器就跟一根尺一样,它上面所具备的,恰恰是工作上所需要的。……啊,我要去穿衣服了……时候到啦。"

他站起身来走了,拖鞋擦着地板发出了很响的吧哒吧哒声。福马目送着他,皱起眉头轻声说：

"鬼都摸不透这一切……一个人这么说,另一个人又那么说……"

"书本上也是这样讲,"柳博芙低声说。

福马望了望她,好意地微笑着。她也报以含糊的一笑。她的眼睛现出疲乏而又悲伤的神色。

"你仍旧在看书？"福马问。

"是—的……"姑娘无精打采回答。

"还是很苦闷吗？"

"我感到厌烦极了。……因为一个人孤单单的。……连谈话的人都没有一个。……"

"你的情况真糟。……"

她对于这一点,什么也没有讲,只是低下了头,开始慢条斯理地用手指摸弄着手巾的花边。

"你应该结婚了……"福马说着,心里感到很可怜她。……

"请你别讲吧……"柳博芙回答,眉头皱得怪难看。

"为什么别讲!你总归会结婚的。……"

"是呀!"姑娘叹了口气,低声嚷道。"我也正在考虑这件事——必须结婚。……但怎么结法呢?你知道,我现在有这么一种感觉,仿佛在我和人们之间有一层雾……一层很厚很厚的雾!"

"那是看书看出来的,"福马很有把握地打断她的话说。

"请等一等!什么事我都理解不了啦……任何事我都不欢喜,一切都变得陌生了。……所有的事都不对头,一切全不是那么回事。……我明白这一点,但要说出是什么不对头以及为什么不对头,我就办不到!……"

"不是这样,不是这样……"福马喃喃着。"你的这种想法是从书本上来的。……虽然我自己也觉得事情不对头。……这也许是因为我们还年轻的缘故……"

"最初,我觉得,"柳博芙讲道,并没有听他的话,"书本上的一切,我全懂。……"

"你把它们丢开吧!"福马轻蔑地劝告她说。

"唉,够了!难道可以丢得开吗?你知道,世界上有各种各样的思想!啊,天啦!有些思想简直烧着你的脑袋。……有一本书上说,世上所存在的一切都是合理的[①]。……"

"一切吗?"福马问。

"一切!但另一本书上的说法却正相反。"

[①] 指德国唯心主义哲学家黑格尔(1770—1831)的著名原理:"一切现实的都是合理的,一切合理的——都是现实的。"(《精神现象学·科学体系》)

"别忙！难道这岂不是胡说八道吗？"

"你们在谈什么？"马亚金出现在门口问，他穿一件长长的常礼服，领上和胸前佩着几枚奖章。

"在谈……"柳博芙闷闷不乐地说。

"谈书的事，"福马补充说。

"什么书？"

"她在看的书……书上写着，世上的一切都是合理的。……"

"嗯！"

"但我说，那是谎话！"

"啊……"亚科夫·塔拉索维奇深思起来了，他捋着胡须，眯细眼睛。

"那是什么书呢？"他稍微沉默了一下，这样问他女儿。

"一本小小的……黄封面的书……"柳博芙勉勉强强地说。

"你把它给我放在桌子上。……这也不是无因地讲出来的话，世上的一切都是合理的！你看……是有人想到了！……啊—对啦。……这甚至还表现得非常之巧妙。……要是没有傻子们的话，那这就完全是对的。……但由于傻子们老是占错了位置，所以，就不能够说世上的一切都是合理的。……再见，福马！你是坐一会儿、或是我带你走呢？……"

"我还坐一会儿。……"

又剩下柳博芙和福马两人在一起了。

"你父亲这个人真是，"福马朝着教父的后影点了点头说。

"真是怎样？"

"他对什么都加以评论，他要用他自己的话压倒一切。……"

"不—错……他聪明！可是就不明白我的生活是多么痛苦……"柳博芙悲伤地说。

"我也不明白……你幻想得太多了。……"

"我幻想什么呢？"姑娘怒气冲冲地喊道。

"啊,这一切……全不是你自己的思想,是别人的!"

"别人的……别人的……"

她本想讲几句尖刻话,但又突然中止,默不作声了。福马望着她,拿梅登斯卡娅和她放在一起来看,心中忧郁地想道:

"一切都多么不相同呀……男人也好、女人也好……你会感觉到总是不相同的。……"

街上暗昏昏的,房间里已经全黑了。风吹动着菩提树,树枝搔着房屋的墙壁,宛如它们觉得冷,要求进房间里来似的。……

"柳芭!"福马轻声说。

她抬起头来望着他。

"你知道……我跟梅登斯卡娅吵了嘴。……"

"是为什么呢?"柳芭振起精神来问。

"啊,是这样!……她得罪了我。……"

"那么,你跟她吵了嘴,倒是好事情,"姑娘赞许地说,"要不然,她就会迷惑你……她是个很糟糕的女人,是个卖俏妇……嘿,关于她的事,我可知道得多啦!"

"她根本不是一个很糟糕的女人,"福马忧郁地说。"而且你什么也不知道。……你们全是在胡说八道。……"

"啊,那么,请你原谅!"

"不……原来是这样,柳芭,"福马细声细气恳求般的说,"你别对我讲她的坏话。我什么都知道……天啦!她亲口讲的。……"

"亲一口?!"柳芭吃惊地叫道。"好奇怪的……一个女人!她讲了些什么呢?……"

"她说很对不起……"福马费劲地说了出来,勉强一笑。

"就只这样吗?"姑娘的问话中带有失望的音调;福马听出了这一点,于是怀着希望问:

"难道还不够吗?"

"你非常爱她吗?"

福马沉默一会儿,眼睛望着窗户,困惑地回答说:

"我不知道。……好像……现在比以前更爱。……"

"我很奇怪,怎么可能爱上这样一个女人呢?"姑娘耸了耸肩问。

"当然可能!"福马嚷道。

"我不懂。……不,这只是因为你没有见过一个比她更好的女人,所以你才眷恋着她。……"

"没有见过!"福马同意说,但稍沉默了一忽儿,又犹豫不决地说:"也许没有比她再好的了。……"

"她对于我来说,非常需要!"他若有所思而又轻轻地继续说。"我怕她,这就是说,我不愿意使她认为我不好。……有时候,我烦闷极了!我想——或者我就去痛饮一场,让我全部血管都发出声来?但我一想到她,就下不了决心……而且在一切事上,都是这样——我想到她:'她知道了会怎样呢?'就害怕去干了。……"

"是—的,"姑娘沉思地拖长语调说,"这就是说,你是爱她的。……如果是我,也会这样……如果我爱上一个人,那么就要想到他……他会怎样讲呢?"

"她的一切都很特别,"福马说道。"她讲起话来,有她自己的风度……多么美呀,天啦!而且那么娇小……像个小孩子一样。……"

"你们之间究竟发生了什么事呢?"柳博芙问。

福马连人带椅子挪近她身边,俯下身子,不知怎么把声音放低,开始讲了起来。他在讲述中,随着对梅登斯卡娅谈话的回忆,这些谈话所导致的感情也就依次在他心里复活了。

"我对她说:'唉,你!你为什么耍弄我呢?'"他怒气冲冲又带责难的意味说。柳芭兴奋得两颊通红,赞同地点着头鼓励他道:

"对,好极了!那么,她怎样呢?"

"她不讲!"福马耸着肩忧郁地说。"这就是说,她支支吾吾……但那有什么意思呢?"

他摆了摆手就默不作声了,柳芭玩弄着自己的辫子,也一言不发。

茶炊已经熄了。室内的暗黑越来越浓,窗外显得一片朦胧。

"你得点灯了!"福马提醒说。

"我和你两人多么不幸……"柳芭说着叹了口气。

福马不高兴这样。

"我并不是不幸……"他坚定地反对说。"我只不过是对生活还没有习惯罢了。……"

"一个不知道自己明天该怎样办的人,就是不幸的!"柳芭愁惨地说。"我不知道。你也不知道。……我的心从来就没有安宁过,心里总有一种愿望在那儿激荡……"

"我也是这样情形,"福马说。"唉!……但我必须到俱乐部去了。……"

"别去吧……"柳芭请求说。

"非去不可,有一个人在那儿等我。再见!"

"再见吧!"她伸手给他,悲哀地瞧着他的眼睛。

"你就去睡觉吗?"福马紧紧握住她的手,问。

"我还要看点书。……"

"你迷上了书,你像酒鬼迷上了伏特加一样……"他很惋惜地说。

"还有什么更好的事呢!"

走在街上,他望了望屋子的窗户,在一个窗口,瞥见了柳芭的面孔,这张面孔跟姑娘所说的一切一样。跟她的愿望一样,也是那么模糊不清。福马对她点了点头,心里想道:

"像那一个一样,也是走入了迷途。"

想起这一点,他摇了摇头,仿佛希望把关于梅登斯卡娅这个念头轰开,于是加快了脚步。

街上猛刮着一阵阵寒冷而劲厉的风,卷起垃圾,尘埃也吹到行人脸上了。在昏黑中,有几个人匆匆忙忙在赶路。由于尘埃,福马皱起眉头、眯细眼睛,心里暗想:

"如果我马上碰见一个女人,那就是说:索菲娅·帕甫洛芙娜会像过去一样亲切地接待我。……我明天就去看她。……如果是一个男人,我明天就不去,还要等一等。……"

迎面来了一条狗,这使他激怒得想要举起手杖去打狗。……

在俱乐部餐厅里,那位快活的乌赫季谢夫对他打了一个招呼。这人本站在门边,正跟一个有唇髭的胖子聊天,但一眼瞥见高尔杰耶夫,他便迎面向他走去,笑嘻嘻地说:

"您好,俭朴的大富翁!"

福马喜欢他的爽快性格,所以乐于碰见他。福马温和地紧紧握住乌赫季谢夫的手,问他:

"你怎么知道我俭朴呢?"

"他还要问呢!一个人过日子像苦行僧一样,不喝酒、不打牌、不玩女人……啊哈,对了!您可知道,福马·伊格纳季伊奇?我们的无与伦比的女保护人明天就要到外国去度过这一整个夏天。"

"是索菲娅·帕甫洛芙娜吗?"福马慢吞吞地问。

"是呀!我生命的太阳要落山了……也许您也有同感吧?"

乌赫季谢夫做了一个滑稽而诡谲的鬼脸,盯着福马的脸瞧。

福马站在他面前,觉得自己的头渐渐低垂到胸膛上了,而且也无法止住。……

"梅登斯卡娅要走了吗?"一个粗声粗气的低嗓音说。"好极了!我真高兴。……"

"对不起,请问高兴什么?"乌赫季谢夫嚷了起来。

福马傻笑着,茫然若失地望着那个留唇髭的人——乌赫季谢夫的谈话对手。那人神气十足地理着他的唇髭,沉重、讨厌的话语从唇髭下向福马身上倾泻:

"就是因为,城里可以少一个卖俏妇了。……"

"喝,马尔滕·尼基季奇!"乌赫季谢夫眉头一皱,责难地说。

"您怎么知道她是一个卖俏妇呢?"福马忧郁地问,走近那位留唇髭的先生身边。那人用轻蔑的眼光打量了他一会儿,把脸转向一旁,

抽动了一下大腿,拖长声音说:

"我没有说卖—俏妇。……"

"马尔滕·尼基季奇,你不应该那样讲一个女子,而且她……"乌赫季谢夫用说服人的口气讲,但福马打断他的话说:

"对不起!我想请问这位先生,他说的话是什么意思?"

福马强硬又镇定地说出了这两句话,把手深深插入裤袋里,胸脯挺向前,因此,他全身的姿势立时现出了一副公然挑战的样子。……留唇髭的先生又打量了他一会儿,讥刺地微微一笑。……

"先生们!"乌赫季谢夫轻轻喊了一声。

"我说了,卖—俏—妇……"留唇髭的人说,动着他的嘴唇,仿佛他是在品尝这几个字的滋味一样。"如果您不懂的话,我可以解释。……"

"好呀,"福马深深喘口气说,眼睛一直盯住他,"您解释吧。……"

乌赫季谢夫拍了拍手,便离开他们走到旁边去了。……

"卖俏妇,如果您愿意知道的话,就是卖淫的女人……"留唇髭的人把他那张又大又肥的脸凑近福马低声说。

福马轻轻咆哮一声,趁对方还没来得及避开他,右手就一把抓住了留唇髭人的灰白卷发。他用这只手的痉挛动作,开始摇着他的脑袋和他整个大而笨重的身子,而左手向上抡起时,他的闷声闷气的嗓子还合着殴打的拍子说:

"背着人的面,别诽谤人,要诽谤,就公开地当着面,当着面,公开地当着面……"

看见自己所摇撼的这人的一双粗壮胳臂在空中滑稽地摆动,两条腿在身下站不起来,在地板上擦得沙沙响,福马感到无比的畅快。这人的金表一下落出了口袋,吊在表链上,在他的便便大腹上转动。福马因自己的力气和这个魁梧人物的丑态感到如醉似狂,心中充满了沸腾的幸灾乐祸感,复仇的幸福使他全身起了战栗,他把这人在地板上拖曳,狂喜得含混不清地、恶狠狠地咆哮着。他在这几分钟内体味到了一种从苦闷的重负下解放出来的感觉,这重负压得他的心胸郁闷不适,已有好久了。有人从背后抓住了他的腰和肩,抓住了他的一只手臂,把它扭弯,要折断它,不知谁踏着了他的脚趾,可是他什么也没看见,他那充血的眼睛一直目不转睛地瞅着在他手下呻吟、蠕动的又黑又重的一团。……最后,人们拉开他,猛扑他,他像透过一层红雾似的,看见了被他殴打过的那人正在他面前,在地板上,靠近他脚边。那人头发蓬乱,狼狈不堪,两腿正在地板上挣扎,想要站起来;两个仆人搀住他的胳肢窝,他的一对胳臂像打断了的鸟翼耷拉着,他用痛苦得咯呀咯的声音向福马嚷叫:

"你不应该……打我!不应该!我是得过勋章的人……你这个下流东西!哦,下流东西!我有儿有女……谁都知道我!你这个无赖!……野蛮人。……哦—哦—哦!我跟你决斗去!"

乌赫季谢夫直接对着福马的耳朵高声说:

"走吧,亲爱的,看在老天爷面上!"

"等一等,我要给他脸上赏一拳……"福马请求着。可是人们把他拉开了。他的耳朵里嘤嘤鸣响,心脏跳得很快,但他觉得轻松愉快。在俱乐部门口,他舒畅地吁了口长气,好意地微笑着对乌赫季谢夫说:

"我狠狠地收拾了他一顿,对吗?"

"听着!"快活的秘书愤慨地叫了一声。"恕我直言,这是野蛮行为!真见鬼……这是我有生以来第一次见到!"

"好朋友!"福马亲切地说。"莫非他不该挨揍吗?他不是个无赖吗?怎么可以背着人那样讲呢?不,要讲,就当她的面讲……在她本人面前,直截了当地讲!"

"对不起,您真是活见鬼!您不是光为了她才痛殴他一顿吧?"

"您这话是什么意思,是说不是为了她?那么是为了谁呢?"福马大吃一惊。

"为了谁?我可不知道……你们过去大概是有旧账的!呸,天啦!这一架打得真有意思!我永生永世也忘不了!"

"哦,那个家伙,他是谁呀?"福马问,突然大笑起来。"他叫得那么厉害,那个傻子!"

乌赫季谢夫凝视着福马脸上问他说:

"请告诉我,您的确不知道你打的是谁吗?您真的只是为了索菲娅·帕甫洛芙娜吗?"

"真的!"福马发誓了。

"鬼才明白这是怎么回事!……"他停了一下,惊讶地耸了耸肩,摆了摆手,就又沿人行道前进,一面斜眼望着福马。"您因为这件事要遭到报复的,福马·伊格纳季伊奇……"

"他会去控告我吗?……"

"他去控告,就算好事……他是副省长的女婿。……"

"真—的—吗?!"福马拖长声音说,沉下了脸。

"是—是—呀。凭良心说,他是个无赖,是个流氓。……根据这一事实,必须承认,他是该挨揍的……可是,考虑到您所挺身出来保护的那位夫人,也……"

"先生!"福马把手放在乌赫季谢夫肩头上,坚决地说。"我一向非常欢喜您……而且此刻您又陪我一同走。……我明白您的盛意,也会很重视。……只不过别对我讲她的坏话。不管她在您心目中也不怎样,依我看来……我觉得她是可贵的……在我看来,她是最好的女人!因为我坦率地对您讲……如果您同我一道走,那就别提到她。……我认为她好,她就是好的。……"

乌赫季谢夫听出福马的声音非常激动,他看了福马一眼,深思地说:

"不得不承认,您是个奇特的人。……"

"我是个头脑简单的人……野蛮人!殴打了那个家伙,我感到痛快……结果怎样,我可不管。……"

"我怕结果不会好。……开诚布公地说吧,我也欢喜您……虽然——喔!同您在一起,有些危险。……您这种骑士脾气一发作,我也会遭到您的殴打呢。……"

"哪儿话！我这大概还是第一次呢……我不会每天都打人……"福马害臊地说。他的同伴笑起来了。

"您真是一个怪物！不过,打架是野蛮的……下流的,请您原谅我这样说。……但我告诉您,在这一件事上,您还选得恰当……您打的是一个淫棍、一个厚颜无耻的家伙、一个寄生虫……而且这家伙霸占了他侄子们的财产,还在逍遥法外。……"

"那么,谢天谢地！"福马很满意地说。"我这回也给了他一点儿惩罚。……"

"一点儿？喝,不错,就算这是一点儿吧。……只是这样,我的老弟……容我给你一个忠告吧。……我是一个司法人员……他,这个克尼亚泽夫①,是个卑鄙角色,真的！但即使是个卑鄙角色,也不能打他,他也是国家法律保护下的一个社会成员。在他还没有干犯刑法的时候,您是不能碰他的。……而且即使到那时候,给他以制裁的,也不是您,而是我们当法官的。……所以,请您忍耐些吧。……"

"那么,他很快就会落到你们手里吗？"福马天真地问。

"这很难说……他既是一个狡猾家伙,那么,可能他永远也不会落网。而且他一辈子在法律面前,也会同您我一样处于平等的地位。……哦,天啦,我在说些什么！"乌赫季谢夫滑稽地叹了口气。

"泄露了秘密吗？"福马微微一冷笑。

"也说不上是什么秘密,但……我不应该这么轻率……真见鬼！可是,这件事使我太兴奋了。……真的,就是当涅梅兹达②像马一样踢起来的时候,她也是忠实于她自己的。……"

福马突然停住脚,好像在他走的路上遇着了什么障碍。

"这件事的导火线,是由于,"福马慢吞吞地低声说,"您说索菲娅·帕甫洛芙娜要走了。……"

"是的,要走了……怎么！"

---

① 即那个留唇髭的胖子,这人的全名是:马尔滕·尼基季奇·克尼亚泽夫。
② 涅梅兹达,希腊神话中司复仇和惩罚的女神。

他站在福马对面,眼里含着微笑瞅着他。高尔杰耶夫默不作声,低下头,用手杖敲着人行道上的石头。

"我们走吧?"

福马迈开步子,冷冷淡淡地说:

"那就让她走吧。……"

乌赫季谢夫挥着手杖,眼睛盯着福马,开始吹起口哨。

"没有她,我就活不下去了吗?"福马望着他前面的什么地方这样问,稍沉默了一会儿,又毫无把握地轻声回答:"当然还会活下去。……"

"您听我说!"乌赫季谢夫嚷道,"我给您一个好忠告。……一个人应该不失自己的本色才对……您是一个所谓叙事诗般的人物,抒情诗对于您是不适合的。那不是您的风格。……"

"先生,你同我讲话总得更简单点,"福马注意地听了他的话,这样说。

"更简单点吗?我是要说,您抛掉想那位夫人的念头吧。……她对于您来说,是有毒的食物。……"

"她也是这样说,"福马忧郁地插嘴说。

"她说过吗?"乌赫季谢夫重问一遍。"哼……原来是这样呀。……我们可以去吃晚饭了吧?"

"走吧,"福马同意说,但他忽然握紧拳头在空中挥动,愤恨地咆哮起来。"去就去吧!我要喝个昏天黑地……在这一切之后,我要干得来谁也阻拦不住我!"

"嘿,为什么这样呢?我们和和缓缓地干吧。……"

"不,等一下!"福马抓住他的肩头,愁闷地说。"这是怎么回事?难道我不如人吗?大家都熙熙攘攘、忙忙碌碌地过着自己的生活,各得其所。……我却觉得百无聊赖。……大家都很满意自己,至于他们抱怨,那是在撒谎,那些卑鄙家伙!他们这样做,是为了体面在装假。……我不装什么假,我是个傻子。我呀,老兄,什么也不懂。……我不会思考……我觉得讨厌……一个人这么讲,另一个人又那么讲。……可是她呀……唉！如果你知道就好了……我信赖她……我期待着她……我期待什么呢？我不知道！……可是，她是最好的人。……我也这样相信：有一天，她会为我说出这样的话来……特别的话……她的一对眼睛呀，老兄，真是太美了！天啦！瞧着它们，我都感到害臊。……要知道，我不仅是用爱情去接近她，而是用整个心灵去接近她。……我想，她既是这样的一个美人儿，那么，我在她身边也就可以变得像个人了！"

乌赫季谢夫望着这些不连贯的话语从他同伴口中倾吐出来的情景，看见他面部的肌肉由于要用力表现出思想来怎样在那儿抽搐，他觉得在这一片语无伦次的谈吐后面有着莫大的、真诚的哀。在这个突然开始在人行道上高一脚低一脚迈开大步行走的、强壮、粗野的年轻人的颓丧萎靡状态里，包含有一种令人深受感动的东西。乌赫季谢夫用他那双短腿在福马后面跳呀跳地走，觉得自己无论如何应该想办法安慰安慰他。这一晚福马所说和所做的一切，使这位快活的秘书对他产生了强烈的好奇心，而且随后这位年轻财主对待他的那种直率态度，也令他感到受宠若惊。这种直率态度里的一股不明显的力量使他困惑不解，能在这一压力下莫知所措。虽然他年纪轻轻，而且过去在人生的任何场合都是口若悬河，可是现在却一时找不出话来说了。

"唉，老弟！"他亲热地挽住福马的胳膊，说。"这样是不行的！您才刚刚踏进生活，就已经谈起哲理来了！不，这样不行！生活的意义，就是给我们生命，叫我们去活呀！这就是说：自己活，也让别人活。……这就是哲理！至于那个女人……啊呀！难道天地间就只有她这么个尤物？要是您愿意，我可以介绍您一个非常泼辣的女人，包管您的那种哲理马上就会在您心上一丝也不剩了！哦，真是一个妙不可言的女人！而且她又多么会享受生活呀！您要知道，她也有点叙事诗的味儿。讲到漂亮，称得上一位弗丽娜[①]！她和您，将是天生的一对

[①] 希腊的一个有名的漂亮艺妓。

儿！啊,他妈的！确实不错,这一着真想得妙,我来给您介绍。心病还需心药医。……"

"我感到良心不安……"福马沉闷、忧郁地说。"只要她活着,我对女人连一眼也不要瞧。……"

"这样一个健康、朝气蓬勃的人,嗬—嗬！"乌赫季谢夫喊道,于是以教师般的口气开始劝导福马,说他必须在欢乐的会饮中让他这种感情得到发泄。

"这就再好没有了,而且对您来说也是必要的,请相信我吧！至于良心,请您别见怪！您的判断下得有些不正确,妨碍您的并不是良心,而是胆怯。您生活在社交圈外,害臊又笨拙。您是模糊地感觉到这一切……您就把这种感觉当作良心了。在这种情况下,也许就谈不上良心,——既然寻欢作乐对于人来说是件自然的事,既然这是他的需要和权利,那又跟良心有什么相干呢？"

福马走着,使自己的步子合上了同伴的步子,并顺着街道望去。街道延伸在两排房屋之间,好像一条大沟渠,并且充满了黑暗。看起来,这条街好似没有尽头,街上有一种乌黑的、源源不绝的、令人窒息的东西向远处慢慢流着。乌赫季谢夫的亲切动人的声音在福马耳朵里单调地响着,虽然他并没有听这些话,但他觉得它们有一股粘力,向着他紧紧贴近,他不由自主地把它们记住了。尽管有个人和他并排走着,他却觉得自己一个人孤单单的,迷失在黑暗中了。黑暗搂抱住他,把他慢慢地拖着跟它一起,他感觉到它是在把他拖往什么地方去,但他并没有自己停下来的愿望。一种疲乏感阻碍他思考,他心里不想反对同伴的劝告,他为什么要反对呢？……

"人生在世只有一次,"乌赫季谢夫说道,为自己的智慧所陶醉,"因此,不妨赶快过活。……真是这样！空谈没有用,您允许我给您解解闷吗？我们马上到一家人家去……有两姊妹住在那儿……啊,她们的日子可过得快活呢！去吧！"

"好,我去……"福马静静地说,打了个呵欠。"不会嫌晚吗？"他问,望了望被云层遮蔽的天空。

"上她们那儿去,什么时候都不会嫌晚!"乌赫季谢夫快活地高声说。

八

在俱乐部发生殴斗后的第三天,福马不觉来到了离城七俄里地的商人兹万采夫的木材码头上,和这位商人的儿子乌赫季谢夫在一起的,还有一个秃头红鼻子、生着连鬓须的体面绅士以及四个女人。小兹万采夫戴一副夹鼻眼镜,面容消瘦苍白,他站着时,腿肚子直发抖,仿佛它们不愿意支撑住这个穿件附有风帽的棋盘格长大衣的虚弱身子和戴一顶骑手无缘帽的滑稽小脑袋似的。长有连鬓须的绅士把他喊做让,他叫起这个名字来,声音像是正患着慢性鼻伤风。让的女伴是一个酥胸丰满的高个子女人。她的脑袋两侧是扁的,低低的前额向后陷进,长长的鼻子使她的脸显得有些像雀鸟的脸。这张难看的脸上毫无表情,仅只有那双眼睛——小巧、冷静、圆溜溜的——经常露出一种敏锐而诡诈的微笑。乌赫季谢夫的女伴名叫薇拉,这是一个面色苍白、红头发、高身材的女人。她的头发那么多,看起来,好像这个女人在自己头上戴了一顶大帽子,这顶帽子滑到她的耳朵上、面颊上和高高的额头上;她那对天蓝色大眼睛在这额头下镇静而懒洋洋地窥望着。

有连鬓须的绅士同一个长得丰满娇艳的年轻姑娘肩并肩坐着,因为他把头俯在她肩上对着她的耳朵喁喁私语,姑娘一直不停地放声大笑。

福马的女伴是个身材端正的黑发女郎,全身的穿戴都是黑色。她的脸色黝黑,一头波浪形头发,她把她的头伸得那么直挺昂扬,而又那么傲慢地环顾她四周的一切,使人一眼就看出——她认为她自己是这儿的首要人物。

这一群人安坐在木筏的最末一节上,木筏远远地在那荒凉的、波平如镜的河面荡动。筏上铺了一层木板,正中间放着一张草率钉成的桌子,空瓶子、盛食品的篮子、糖果包皮纸、橘子皮等抛散得到处都是。……木筏的一个角落堆着一堆土,上面燃着篝火,一个穿短皮袄的庄稼汉蹲在那儿在火上烤手,并斜眼观望老爷们。那些老爷刚刚吃完鲟鱼汤,这时他们面前桌子上放有酒和水果。

这一群人被两天来的狂饮和刚吃完的这一顿饭弄得精疲力尽,都感到十分无聊。大家眼睛望着河面聊天,但他们的谈话时常中断。天日晴明,像春天般的清新蓬勃。清冷而明媚的天空,在这条大肆泛滥的河流的浊水上空壮丽地扩展开来。远处多山的河岸,柔和地笼罩在蔚蓝的烟雾中,在那边,山顶上,教堂的十字架像巨星一般闪烁灿烂。在岩石岸边的河面上非常热闹:轮船来来往往,它们的骚音像沉重的叹息传到了这儿草原上,在这些地方波流的潺湲声使空气中充满了柔和的音响。巨型驳船一只接一只地溯流上驶,像好多条大得出奇的猪把波平如镜的河面扒开来一样。乌黑的浓烟一阵阵从轮船烟囱里冒出,慢吞吞地消失在新鲜空气中了。有时,汽笛响处,就像是一只因为用力过猛而变得凶狠的巨兽在大发雷霆咆哮起来了。草原上平静、安宁。那些为涨水所淹的一株株孤零零的树,已经披上了耀眼的鲜绿叶子。水淹没了树干,反照树梢,使这些树变成了球形,好像微风一动,它们就会美得出奇地顺着那明镜一般的河面漂流而去。……

红发女郎若有所思地凝望着远处,轻声而忧郁地唱道:

伏尔加河上
一只轻舟在——荡——漾……①

黑发女郎轻蔑地眯细她那对严肃的大眼睛,望也不望她,说:

---

① 民间传唱的自学诗人 M·Ц·奥热戈夫(1860—1934)所作的歌曲。

"你不唱,我们也够愁闷了。……"

"别打扰,让她唱吧!"福马望着他的女郎脸上,和善地请求着。他脸色苍白,眼睛里闪着光芒,脸上浮着漠然又懒洋洋的微笑。

"我们来合唱吧!"有连鬓须的绅士提议说。

"不,就让她们两个唱!"乌赫季谢夫起劲地喊,"薇拉,你唱那一支歌,你知道吧?《黎明时,我将离去》……帕甫琳卡,唱呀!"

好高声大笑的女郎向黑发女郎望了一眼,恭敬地对她说:

"萨莎,可以唱吗?"

"我自己来唱!"福马的女友声明说,接着把脸掉向那位鸟面女郎吩咐说:"瓦萨,唱呀!"

对方立即拿手抚摩喉头,一对圆溜溜的眼睛盯着她姐姐脸上。萨莎站了起来,一只手支在桌上,昂起头,用有力的、几乎像男声的嗓子嘹亮地唱道:

> 爱情美满缠绵,
> 心中不愁,不烦,不忧,
> 人生这才幸福自由。①

她的妹妹点了点头,用女低音拖长嗓子凄婉地哼唱道:

> 啊—我—的—美—丽—的—姑—娘……

萨莎对妹妹闪着目光,用低调儿唱道:

> 我的心呀,像小草一样枯干!

---

① 独唱声乐教师 A·H·奥尔洛娃误认为这些词句为高尔基所作,一九二九年四月二十五日写信告诉高尔基,她为这些优美的词谱了曲,准备迎接高尔基到来时演出。

两个声音混合起来,成了一种优美的、响亮的、因气力充沛而震颤的嗓音荡漾在水面上。一个哀诉着心中难以忍受的痛苦,陶醉在自己哀诉的毒素中,悲伤地痛哭着,用眼泪浇灭自己痛苦的火焰。另一个低沉而刚毅的声音强有力地在空中飘荡,充满了怨恨的感情。唱词清晰地吐了出来,歌声滚滚奔流,每一个字都泛漾着复仇的气息。

　　我因此要报复他……

瓦萨阖上眼,凄婉地唱着……

　　我要逗起他的爱火,
　　使他憔悴枯干……

萨莎坚定而严厉地应许说,把粗暴有力的音响抛向空中。……但骤然间,她改变了歌曲的速度,提高嗓门,像她妹妹一样拖长着声音唱出了淫荡的恫吓辞:

　　比风更干,比暴风更—干,
　　比那割下的草更干……
　　哦,割下、晒干的草呀……

　　福马臂肘撑在桌上,瞧着这女郎的面孔,瞧着她的半睁半闭的乌黑眼睛。这对眼睛凝望着远处什么地方,它们那般幸灾乐祸地炯炯闪烁,使福马由于这种闪光而觉得从这女人胸膛里迸发出的柔润嗓音,也像她的眼睛一样是乌黑而闪光的。他想起了她的爱抚,心中思忖着:

　　"她怎么会变成这样呢?连跟她在一起也是可怕的。……"
　　乌赫季谢夫偎依着他的女伴,喜形于色地听着歌曲,乐得满脸容光焕发。连鬓须的绅士和兹万采夫在喝酒,他俩互相倾过身子来,轻声唧唧私语着。红发女郎若有所思地仔细端详握在她手里的乌赫季谢夫的手掌,这个快活姑娘变得忧郁起来了,她的头低低垂着,身子一动不动地听着歌曲,像入了迷。庄稼汉从篝火边走来了。他踮着脚小心翼翼地在木板上走,两手抄在背后,他那张生着一把大胡子的宽脸膛由于吃惊的微笑和天真的喜悦完全变了样。

唉,你体验体验吧,善良的好汉子!

瓦萨摇着脑袋,哀伤地恳求着。她姐姐把头抬得更高,终曲唱道:

这就是爱情的痛苦!

她唱完了歌,骄矜地望了望四周,一下坐在福马身边,用有力的膀臂搂住了他的脖子。

"啊,这支歌好吗?……"

"好极了!"福马对她笑着说。

"妙呀!妙透啦,亚历山德拉·萨韦利耶芙娜!"乌赫季谢夫喊道,所有其余的人都鼓起掌来。可是她没有理会他们,却不容分说地搂住福马说:

"我唱了这支歌,你总得送我点礼物吧。……"

"好的,我送你礼物……"福马同意说。

"送什么呢?"

"你说吧。……"

"到了城里,我告诉你。……如果你把我所要的东西送给我,哦,我将会多么爱你呀!"

"为了礼物的缘故吗?"福马怀疑地笑着问。"你就这么也得爱我……"

她静静地望了他一眼,稍思索了一忽儿,就坚决地说:

"就这么也得爱你,太早啦。……我不骗你,坦白地说吧,我是为钱才爱,为礼物才爱……也可以就这么也爱的……不错。你等着吧,等我认清了你的时候,也许我会不要代价就爱你。……但目前,请你别见怪,像我这种生活需要很多的钱。……"

福马听着她讲,微微笑着,因太挨近她的身体而发抖。兹万采夫的有点颤抖而令人讨厌的声音钻进了他的耳朵:

"我领会不到这支有名的俄罗斯歌曲美在哪儿。……其中是些什么呢?是狼的嗥叫,是一种饥饿的、野蛮的东西。……这是病狗的呻吟。……一点也不愉快,一点也不成派头。……你们听听法国人唱些什么和怎么个唱法吧!或者听听意大利人唱唱也好。……"

"对不起,伊凡·尼古拉耶维奇……"乌赫季谢夫激动地喊道。

"我不得不同意这种意见:俄罗斯歌曲又单调又沉闷……"有连鬓须的那个人呷着酒说。

太阳落山了。它远远地沉入了草原那方,在漆黑、冰冷的水面上投射着玫瑰色和金黄色的斑点。福马凝望着阳光的这种嬉戏,一直盯着它们在那光滑平静的水面上如何闪闪烁烁地变幻色彩,并一面偶尔听到了人们谈话的片断,他心里想象着这些话语好像一群鸟里的小蝴蝶在空中忙乱地飞舞。萨莎把脑袋靠在他肩上,嘴对着他的耳朵喁喁低语,她说的那些话弄得他面红耳赤,怪不好意思,它们在他心里引起了一种要拥抱这个女人并对她不断地、不知疲倦地加以狂吻的欲望。聚在那儿的人们,除她以外,谁也引不起他的兴趣。兹万采夫和那位绅士还令他感到讨厌。……

"喂,你在呆看什么?"他听到了乌赫季谢夫的严厉喊声。

乌赫季谢夫是在呵斥那个庄稼汉。那人从头上摘下无缘帽,把它在自己膝头上一拍,笑着答道:

"我来听太太唱歌。……"

"她唱得好吗?"

"那还用说!"庄稼汉带着赞美的神色望着萨莎说。"她胸膛里的声音,力量好大呀!"

他的话引起了女人们的哄笑和男人们的语义双关的话。

萨莎问庄稼汉说:

"你会唱歌吗?"

"我们唱得不好,"他摆了摆手。

"你知道哪些歌呢?……"

"都知道点儿……我爱唱歌。……"

他抱歉地笑了笑。

"来,跟我一起唱吧。"

"这怎么行!难道我可以跟您一起唱吗?"

"啊,开始吧!"

"这才开心!"兹万采夫喊道,面孔皱成一团。

"要是您闷得慌,那就跳下水去把您自己淹死好了!……"萨莎怒气冲冲地瞟了他一眼说。

"我不去,水冷得很……"兹万采夫回答,在她的目光下畏缩起来了。

"对您来说,这时可真再好没有!现在正是大水,所以您那腐烂的尸体还不至于糟蹋掉全部的水。……"

"呸,说得好俏皮呀!"年轻人嚷道,接着轻蔑地补上一句说:"在俄国,连妓女也是粗暴无礼的。……"

他掉过脸去对着他身旁的那个人,那人报以带醉意的一笑。乌赫季谢夫也喝醉了,正醉眼矇眬地瞅着他女伴脸上,嘴里唧唧呱呱还在讲些什么。那个鸟面女人正在啄糖吃,糖盒子凑到她自己的鼻子下面。帕甫琳卡走到木筏边上,站在那儿把橘皮丢到水里。

"我从来没有参加过这样一种荒唐的游乐。"兹万采夫抱怨地对他旁边那个人说。

福马冷笑地瞅着他,心里很称心,因为这样一个装腔作势的人感到没趣,而且萨莎侮辱了他。他亲热地望着自己的女伴,很欢喜她对任何人讲话都是那么辛辣而又态度高傲,就像一位真正的贵妇人。

站在她身边的庄稼汉说道:

"太太!您顶好赏我点东西,让我鼓鼓勇气吧?!"

"福马,递一杯酒给他!"

当庄稼汉喝好酒,满有滋味地发出了咯呀咯的声音时,萨莎命令说:

"开始……"

庄稼汉歪着嘴,用高亢的男高音唱道:

我不能饮,也不能食。

那女人颤抖抖地接唱道:

美酒不能消我愁。……

庄稼汉开心地笑着,晃着脑袋,闭上眼睛,向空中倾吐出一串震颤的高音:

哦,我离别的时刻已到。

女人开始呻吟,泣诉着:

唉,我必须告别亲属。

庄稼汉放低嗓子,以一种惊人的悲痛力量连唱带白道:

唉!我必须流浪异地他乡。

当这两个声音痛哭着、悲叹着注入黄昏的寂静和凉爽中时,四周仿佛变得温暖、美好些了;一切好像对这个被黑暗势力弄得离乡背井,在外地做苦工和受屈辱的人的悲伤,都报以同情的微笑似的。似乎并不是声音,也不是歌曲,而是这一哀怨所熬煎的人心上的热泪,是这泪水本身润湿了空气。在斗争中折磨得疲惫不堪的心灵上的苦闷,贫困的铁掌带给人的创伤上的痛楚,这一切都包含在那质朴粗野的词句中,成为无法表现的哀音,送到对任何人和任何事物都不会发出回声来的遥远而空洞的天际。

福马从唱歌的人们身边闪开,怀着一种近乎恐怖的心情瞧着他们,歌曲如狂涛一般倾入他的心胸,其中所包含的苦闷的狂力,把他的心紧压得发痛。他觉得热泪马上就要夺眶而出,他的咽喉给捏住了,而且面孔在哆嗦。他模糊地看见了萨莎的一对乌黑眸子——这对眼睛凝然不动,他觉得它们大得无比,而且变得越来越大了。他又觉得唱歌的不只两个人,四周的一切都在歌唱、痛哭、在悲痛的折磨中战栗,一切生物都被绝望强烈地搂抱住了。

歌曲终了时,他激动得发抖,泪痕满面,瞅着他们微笑。

"怎样,感动了你吗?"萨莎问。她疲惫得面色苍白,急促而费劲地呼吸着。福马瞥了庄稼汉一眼。庄稼汉正拭着额上的汗珠,并用莫知所措的眼光张望四周,仿佛不明白究竟发生了什么事。

四周宁静无声。大家都一动不动地坐着,闷声不响。

"唉,天啦!"福马叹了口气,站起身来。"唉,萨莎!庄稼汉!你叫什么名字?"他几乎叫了起来。

"斯捷潘……"庄稼汉抱歉地微笑着回答。

"你真唱得好!"福马惊异地高声说,不安地待在一个地方两脚交换地踏着。

"啊,老爷!"庄稼汉叹了口气。"忧愁可以逼使公牛唱得像夜莺一样。……这位太太怎么会唱得这样……这只有天老爷才晓得……他唱得简直叫你要躺下来死去! 唉,了不起的太太!"

"唱得—很不错!"乌赫季谢夫醉声醉气地说。

"鬼才明白这是怎么回事!"兹万采夫从桌前跳起来,忽然怒气冲冲地几乎是含着眼泪地大叫起来。"我是来逛逛的,我要快活快活,却给我举行起葬礼来了!……真是岂有此理!我再也受不住了,我走啦!"

"让!我也走啦……"连鬓须的绅士声明说。

"瓦萨!"兹万采夫喊道。"把衣服穿起来!"

"是呀,是该走的时候了,"红发女郎静静地对乌赫季谢夫说。"冷飕飕的……天马上就要黑了。……"

"斯捷潘!把所有的东西都收拾好,"瓦萨吩咐说。

大家都动手忙乱起来,开始讲着些什么;福马用困惑不解的眼色瞧着他们,一直在哆嗦。人们摇摇晃晃地在木筏上走来走去,面色苍白,疲惫不堪,彼此讲些荒谬的、不连贯的话。萨莎在收拾她自己的东西,不客气地推撞着他们。

"斯捷潘!去叫唤马……"

"可是我还想喝点白兰地呢,谁要同我一起喝白兰地吗?"连鬓须的绅士手里捧着瓶子,拖长那种纳福的腔调说。

瓦萨给兹万采夫脖子上围了一条围巾。他站在她面前,调皮地翘着嘴唇,皱着面孔,腿肚子直打哆嗦。福马开始讨厌地看看他们,跑到另外一排木筏上去了。他很惊异所有这些人的举止行为会像这样,仿佛他们并不曾听到歌似的。歌曲还在他心中回荡,引起了他一种要干点什么、讲点什么的不能宁静的愿望。

太阳已经落山了,远处笼罩在青雾中。福马朝那方望了望,脸掉向一边。他不愿和这些人一同进城去。他们全都踏着高一脚低一脚的步子在木筏上走来走去,从这一边晃到那一边,嘴里嘟哝着一些不连贯的字句。女人们比男人们清醒些,只有那个红头发女人好久都不能离开凳子立起身来,最后她站了起来,说:

"啊,我喝醉了。……"

福马坐在一个木桩上,举起了庄稼汉劈过柴烧篝火的那把斧头,开始弄着玩,把它抛向空中,随着又接住它。

"啊,多么无聊呀!"传来了兹万采夫的任性的叫喊声。

福马觉得很痛恨他,痛恨他和所有的人,只有萨莎除外,她在他心里引起一种模糊的感觉:在她面前感到惊异并害怕她会干出什么意外又奇特的事来。

"畜—畜生!"兹万采夫尖声尖气地叫喊;福马看见他推了庄稼汉一下,庄稼汉摘下帽子,抱歉地走到一边去了。……

"糊涂—蛋!"兹万采夫挥着手追在他后面喊。

福马一下跳起来,高声威胁着说:

"你!别碰他!"

"什—么?"兹万采夫转身对着他。

福马耸了耸肩,向他那边迈了一步……但突然间,他脑子里闪现了一个念头。他幸灾乐祸地冷冷一笑,轻声问斯捷潘说:

"这木筏是在三个地方联结起来的吧?"

"当然是在三个地方!"

"把结砍断。……"

"他们怎办?"

"别响!砍吧。……"

"但是……"

"砍吧!悄悄的,别给他们发觉!"

庄稼汉把斧头握在手里,不慌不忙走到了一排木筏和另一排木筏牢牢结在一起的地方,用斧头敲了几下就回到了福马身边。

"老爷,我可担当不起,"他说。

"不用怕。……"

"漂动起来了!……"庄稼汉恐惧地嘟哝着,赶忙画了个十字。福马悄悄地窃笑着,体验到一种可怕的感觉,它像一种奇怪、痛快、美妙的恐怖,尖锐而又热辣辣地搔得他的心头发痒。木筏上的人们仍旧在来回走动,慢慢地移动,互相推撞,帮忙女人们穿衣服,有说有笑;可是木筏在水上正悄悄地、犹豫不决地向一旁拐弯。

"要是它们被冲到拖驳子上去了,"庄稼汉低声说,"撞着船头就会碎成一片片……"

"不要作声。……你弄条小船,追上去好了。……"

"好吧!……说到头来,他们总是人啦。"

庄稼汉满意了,微微一笑,从木筏上一跳一跳地向岸上奔去。福马临水站着,很想喊叫起来,但他抑制住自己,希望木筏再漂远些,那些醉醺醺的人们不能够从那上面跳到这靠岸的几排上来。望着木筏在水上轻轻动荡,每过一秒钟就跟他愈离愈远,他感到一种得到慰藉的舒快感觉。仿佛他这一阵闷塞在胸膛里的那一切沉重和模糊的东西都迸发出来,同木筏上的人们一起漂走了。他呼吸着新鲜空气,和这空气一起还有一种使他头脑清醒健康的东西。萨莎站在漂去的木筏的最边端,背对着福马;他望着她的美丽倩影,不由自主地想起了梅登斯卡娅。她的身材要小巧些……关于她的回忆刺痛了他,于是他以嘲笑的声音叫喊着:

"喂,各位!再见了。……"

人们的漆黑身影忽然全体一下子朝着他这边移动,在木筏中央聚成了一团。可是,在他们与福马之间,已经有一段大约一俄丈宽的寒光四射的水面了。沉默持续了几秒钟……

骤然间,完全是暴风骤雨一般的吼声向福马袭来了,这是尖声尖气、充满兽性恐怖、反抗地在抱怨的声音,而高于一切、比一切都讨厌刺耳的,却是兹万采夫的尖细震响的喊声:

"救—命—啦。……"

有一个人——大概是那个连鬓须的体面绅士——用男低音咆哮道:

"淹死人啦……有人在淹死人啦。……"

"难道你们是人吗?!"福马恶狠狠地叫着,他们的喊声像咬着他似的,把他激怒了。

人们吓昏了,在木筏上乱跑起来;木筏在他们脚下摇荡,因此也就漂得更快了。可以听见水流激溅木筏的汩汩声和筏下的呱唧声。喊声震荡着空气,人们跳来跳去,两手直挥,只有萨莎的体格匀称的身影一动不动,无声无响地立在木筏边上。

"请你们代我向虾兵蟹将问好!"福马喊道。木筏漂得越远,他就感到越轻松,越愉快。

"福马·伊格纳季伊奇!"乌赫季谢夫用一种无把握但是清醒的声音说。"当心点,你这是开的一场危险的玩笑!……我要控告您……"

"到你淹死的时候吗?你去控告好了!"福马快活地回答说。

"你是一个杀人犯!……"兹万采夫痛哭着喊。但就在这时,听到水哗啦一声响,好像水也恐怖得或骇异得惊叫起来了。福马突然一哆嗦,变得呆若木鸡了。接着,传来了女人们的如醉似狂的粗野号叫和男人们的充满心惊胆寒的叫喊,木筏上所有的身影都照原样站着呆立不动了。福马望了望水面,不觉一下变成化石一般——水里有一个四周绕有飞溅着的水花的乌黑东西向他漂来了。……

福马本能地趴下身子,把胸膛紧贴住木筏的圆木,向前伸出两手,脑袋垂在水面上。长得令人难以相信的几秒钟过去了……冰冷的、湿淋淋的手指头抓住了他的手,乌黑的眼睛在他面前炯炯发亮。……

笼罩着他的那种死沉沉的恐怖消失了,一变而为一种狂喜。他抓住那个女人,把她从水里拖了上来,紧紧搂在怀里。不知道对她说什么好,吃惊地瞧着她的眼睛。这对眼睛对他亲热地微笑着。

"我冷得很!"萨莎说,身子在发抖。

一听到她讲话的声音,福马得意地笑了,他用两臂抱起她来,迅速地、几乎是用跑步踏过木筏向岸上冲去。她像鱼一样湿漉漉、冷冰冰,但她的呼吸火热,烫着福马的面颊,使他心头充满了狂热的欢喜。

"你想淹死我吗?"她紧紧地贴着他说。

"你干得真高妙。"福马一边跑,一边低声自言自语。

"啊,你的主意也不坏……虽然外面看来,你是一个温顺的人。……"

"他们还在大喊大叫!……"

"去他们的吧!他们淹死了,我和你到西伯利亚去……"女人说。她开始哆嗦,她身体的这种颤抖,连福马也感觉到了,这就逼使他跑得更快了。

在他们身后,从河上传来了哀哭声和呼救的叫喊声。在那儿,平静的水面上,有一个小岛在薄暮中正离开河岸向着河道的主流漂去,小岛上,几个漆黑的人影正在东奔西窜。

九

一个星期日晌午,亚科夫·马亚金在自家花园里喝茶。他解开衬衫领口,脖子上围一条毛巾,坐在樱桃树苍翠欲滴的华盖下一条长凳上,两手在空中动着揩拭脸上的汗水,一面不断喧喧嚷嚷地向空中倾吐急促的语句。

"凡让自己受口腹支配的人,就是糊涂蛋,又是下流胚!"

老人的眼睛愤激、凶狠地闪着光,嘴唇轻蔑地歪着,他那阴沉面孔上的皱纹也在哆嗦。

"如果福马是我亲生的儿子,我定要严格管教他!"

柳博芙玩弄着一根金合欢嫩枝,默默倾听她父亲的谈话,用探究的眼光亲切地瞧着他那张激怒的、颤抖的面孔。她渐渐长大了,不知不觉中自己就改变了对待老人的那种怀疑与冷淡的态度。他一向埋头事业中,又伶俐又聪明,一个人孤单单地走着自己的道路,她看出了他的孤独,也明白了这是多么痛苦,因此她对待父亲的态度变得亲热些了。有时候,她还跟老人进行争辩,他对她的异议虽经常报以轻蔑和嘲笑,但却变得一次比一次更加注意而且态度也温和些了。

"要是故世的伊格纳特读到了报纸上登载他儿子的那种胡作非为的生活,他一定会杀死福马!"马亚金用拳头击着桌子说。"他们写的是些什么话？真丢人！"

"这是有根据的！"柳博芙说。

"我不是说,他们平白无故地写一些！他们这样狂吠,是理所当然。……是什么人把这件事散布出去的呢？"

"这对于您横竖不是一样吗？"姑娘问。

"倒很有趣……这个无赖把福马的行为描写得活灵活现……很明显,他本人就同他一道在玩乐,所以他那一切胡作非为,他都是亲眼看到的。……"

"啊,他决不会同福马一道玩乐？"柳博芙深信不疑地说,但在她父亲的敏锐目光下,她的脸一下红透了。

"啊呀！你倒是有了很不错的交游呢,柳芭卡①！"马亚金幽默中带讥刺地说。"那到底是谁写的？"

她本不想讲,但她父亲再三要求,而且他的声音变得越来越激怒了。这时,她不安地问他说：

"您该不会对他怎么样吧？"

"我吗？我会吃掉他的脑袋！傻—瓜！我能干什么？他们这班耍笔杆的人,不是无智之徒。……是一种势力,一群魔鬼呀！而我又不是省长……即或是省长,你既不能把人的手弄脱臼,也不能绑住他的舌头……他们像老鼠一样,一点一点地啃……呀！啊,这个人到底是谁呢？"

"您可记得,当我还在上学读书的时候,一个常来我们家的中学生叶若夫吗？一个生得黝黑黝黑的人。……"

"当然看见过！就是他吗？那只小耗子！……在那个时候就已经看得出他会变成一个坏蛋的……那时,我应该照应照应他就好了……也许,他能成个人。……"

柳博芙瞧了她父亲一眼,冷冷一笑,接着不服气地问：

---

① 对柳博芙的蔑称。

"难道给报纸写文章的人就不是人吗?"

老人有好一会儿没有回答女儿,他沉思地用手指敲着桌子,细瞧那张映在擦得通亮的黄铜茶炊上的自己的面孔。随后,他抬起头来,眯细眼睛,庄严而愤激地说:

"他们不是人,是脓包! 俄国人的血液变坏了,从这种不好的血液中就出现了所有这些写书办报的人,残忍的法利赛人①……他们到处化脓,而且脓化得越来越厉害。……这种血液的变坏是怎样发生的呢? 这是起因于动作迟缓。……蚊子是从哪儿来的? 从沼泽里来的……一切不干净的东西都在死水里滋长繁殖。……在混乱的生活中,也和这种情形一模一样。……"

"爸爸,您可不好那么讲!"柳博芙温和地说。

"不好那么讲,又该怎么讲呢?"

"写文章的人是最大公无私的人……他们是有声望的人物! 要知道,他们不希求什么,他们只要正义、只要真理! ……他们不是蚊子。……"

柳博芙称赞着她所爱戴的人们,神情兴奋;她脸上泛起红晕,两眼含情地瞧着父亲,仿佛说如果她说不服他,她也要恳求他相信她的话。

"嗨,你呀你!"老人叹口气,打断她的话说:"你看书看得太多了! 你告诉我,他们是些什么人? 谁也不知道! 就说叶若夫吧,这人怎么样? 只有天晓得! 你说,他们只要真理?! 唉呀,多么谦逊的人啦?! 假如它,那个真理,是最宝贵的东西……那么,也许每个人都在不声不响地找寻它吧? 你相信我,大公无私的人就不可能有……人不会为别人的利益去奋斗……假如真去奋斗的话,那么,这个人就叫傻瓜,而且对谁都没有好处! 一个人应该为他自己……为他的骨肉……而奋起,那时候他才会有所成就! 真的! 我几乎四十年来都读的是同一种报纸,我看得非常清楚……比如说在你眼前的是我的一副面容,而在我眼前的——映在茶炊上的——也是我的一副面容,但却是另外一副

---

① 法利赛人是古代犹太的一个政治派别,曾对早期基督教作过斗争,因此在《圣经》里被贬为伪君子,后人即以"法利赛人"为伪君子的同义词。

了……报纸上所给大家看的,乃是茶炊上的那副面容,而真面目是看不到的。……可是,你就信以为真。……我知道,映在茶炊上的我的那副面容是不大像样的。"

"爸爸!"柳博芙忧郁地喊道。"可是要知道,人们在书籍里和报纸上所捍卫的乃是全人类的共同利益。"

"但是关于你的生活沉闷和早已到了结婚的时候,有哪一个报纸写到过吗?这就是说,它们并没有捍卫你的利益!对我的利益,也没有捍卫。……有谁知道我要些什么吗?除了我自己以外,有谁理解我的利益?"

"不,爸爸,这一切全不是那样,全不是那样!我不会反驳您,但我感觉到事情不是那样!"柳博芙几乎绝望地说。

"事情就正是那样!"老人坚决地说。"俄国混乱起来了,什么稳定的东西也没有,全都在动摇!全都不是正正派派地过日子,走上了歪路,生活里一点和谐也没有。……全都只是七腔八调地高声叫喊。但谁需要什么,哪一个也不明白!迷雾笼罩了一切……大家都呼吸这种迷雾,因此人们的血液腐败了……因此就化脓了。……给了人极大的思考自由,却任何事也不容许他干,因此,人就不是在生活,而是在腐烂、在发臭。……"

"那么应该干什么呢?"柳博芙臂肘支在桌上,身子倾向她父亲那边问。

"一切事!"老人热烈地叫道。"一切都该干!各尽所能地去干!但要做到这一点,就非给人以意志的自由不可!倘若这种时候真个来到了,每个毛头小伙子都暗自认为,好像他什么都全会,而且他是为了完全支配生活被创造出来的,那么,给他,给这个缺德东西以自由吧!拿去吧,畜生,去活吧!喂,怎么个活法呢?啊!那时候接上来的就是这么一幕喜剧:他觉得束缚已从身上解除,就蹦得比他本人的耳朵还高,并且像一片羽毛似的到处翻飞。……他自负是一个创造奇迹的人,这时他就开始显起他的神通来了。……"

老人稍停了停,奸险地微笑着,放低声音继续说:

"可是,这家伙的创造性的本事太少!蹦了一两天,摆尽了臭架子,很快就筋疲力尽了,可怜虫!因为他的心是腐烂的。……终于,这家伙就会被真正的、可尊敬的人们逮住,那些真正的人才能够成为生活的真正的、堂堂皇皇的主人……他们将不用棍棒、不用笔来支配生活,而是要用手腕和头脑来支配。他们要说,你们疲倦了吧,先生们?他们要说,你们的脾脏受不住真正的热了吧?"老人提高嗓子,用带权威的腔调结束他的话说道:"好啦,那么现在你们这一伙乌合之众,闭住你们的嘴,别吱吱叫了!不然的话,我们就要像从树上摇落虫子一样,把你们从地面上摇脱!悄悄的吧,小家伙们!事情就会像这样,柳芭卡!嘻—嘻—嘻!"

老人很开心。他脸上的皱纹动来动去,又由于为自己的高谈阔论所陶醉,他全身都在哆嗦,阖上两眼,嘴唇噏得直响,好像在品尝什么东西的滋味似的:

"到了那个时候,在混乱中占到上风的人们,就会按照他们自己的方式聪明地建立起生活来。……事情不会搞得乱七八糟,而是顺利无阻地进行!不能够活到那个时候,真可惜!……"

父亲的话像是一张结实的网上面的网圈儿,一个又一个地落在柳博芙身上,落下后,就把她缠住了,姑娘无法从其中解脱出来,她一声不响,被她父亲的高论弄得茫然若失。她以紧张的目光盯在他脸上,想在他的话里为自己找到支持,并且听出来,其中有些话与她在书本上读到过的相合,她还认为这是真正的实情。但是,他父亲那种幸灾乐祸的、得意扬扬的嬉笑伤了她的心,而且那些像小黑蛇样在他脸上爬行的皱纹,使她在他面前为自己提心吊胆。她觉得,他把她扭转到另一个方向的什么地方去了,与她在幻想里所认为那般简单明了的东西背道而驰了。

"爸爸!"她心头闪过了一个念头和愿望,突然问老头子。"爸爸!依您的看法,塔拉斯是怎样一个人呢?"

马亚金哆嗦了一下。他的眉毛愠怒地闪动,他把他那对敏锐的小眼睛盯着女儿脸上瞧,冷酷地问她说:

"你谈这个做什么呢?"

"难道不可以谈他吗?"柳博芙惶惑不安地轻声说。

"我不愿谈他。……我劝你也别提!"老人用指头威吓着女儿,严峻地皱了皱眉,就把脑袋低下了。

嘴里说不要谈儿子,他大概是并不真正了解他自己吧,因为沉默了一分钟,他忧郁而生气地又开始谈起来了:

"塔拉斯卡①也是一个脓包。……生活对着你们这些乳臭儿哈气,你们却分辨不出它的真正气味,把各种极坏的东西都咽了下去,因此弄得你们头脑混乱。……塔拉斯卡……他现在三十岁出头了……他对我来说,等于死了一样!……那个蠢猪崽。……"

"他干了些什么呢?"柳博芙热心地听着老人的议论,这样问道……

"但这有谁知道呢?或许他本人现在也不能够了解他自己吧……如果他变聪明了……他早就该成为一个聪明人了……他是一个并不笨的父亲的儿子呀。……他也吃到不少苦头了……把他们这些虚无党娇纵坏了!……如果把他们交给我的话……我就要指派他们干活儿……到荒野里去吧!到荒无人迹的地方去吧,齐步走!……喂,你们这些自作聪明的人,随你们心性在这儿建立生活吧!喂!我要委任壮健的庄稼汉做你们的官长统治你们。……喂,诚实正直的先生们,人们给你们喝、给你们吃、给你们受教育,你们学会了些什么呢?请你们偿清这笔债务吧……如果是我的话,我在他们身上半文钱也不会破费,却要榨取他们的全部血汗:你们还债呀!把人不当数,是不行的。把他关在监牢里也不够!你犯了法,仍然还是老爷吗?不,你得给我干活。……一粒种子会长出整整一束穗来,让一个人没有好好发挥作

---

① 对塔拉斯的粗鲁的称呼。

用就死掉,这是不能容许的!……一个节俭的细工木匠,对每一小块木片,都能派上用场,也应该把人这样有效地为事业来使用,彻底使用,一直用到他筋疲力尽。各种废物在生活里都有用场,何况人又决不是废物。……啊!有勇而无谋,很糟;但有谋而无勇,也不好。就拿福马来讲吧……。那边有谁来了,去看一看吧!"

柳博芙掉过头去,她看见:"叶尔马克"号的船长叶菲姆沿着花园小径走来了,他恭敬地摘下帽子向她鞠躬。他脸上显出一副惶愧无以自容的神色,整个样儿也有些沮丧。……亚科夫·塔拉索维奇一看出是他,立时感到提心吊胆,高声喊道:

"出了什么事?"

"就是为这件事,我来找您呀!"叶菲姆在桌边站定,深深一鞠躬说。

"啊,我明白你是来找我的。……是为什么事呢?轮船在哪儿?"

"轮船在那儿!"叶菲姆把手随便指了指空中什么地方,苦恼地两脚交替地踏着。

"见鬼,是在哪儿?你说呀,出了什么事?"老人生气地大声说。

叶菲姆深深吸了口气,慢吞吞地说:

"九号驳船打烂了。一个人打断了腰,还有一个下落不明,大概是淹死了吧。……"

"啊——呀!"马亚金用凶狠可怕的目光打量着船长,拖长声音说。"得——啦,叶菲姆什卡①,我就要剥你的皮。……"

"又不是我干的事!"叶菲姆急忙说。

"不是你吗?"老人高声喊着,全身发抖。"那是谁?"

"是主人自己干的。……"

"是福姆卡吗?!你呢,你干什么去了?"

"我在舱口躺着来……"

---

① 叶菲姆的爱称,有时也作为不礼貌的称呼,此处就是这种用法。

"怎——么！你躺着……"

"我被捆住了……"

"什——么？"老人尖声叫喊。

"请让我一五一十地讲吧……。他喝醉了，就吃喝说：'滚开！我自己来指挥！'我说：'不行！我是船长。……'他说：'把他捆起来！'人们就把我捆住，放在舱口，同水手们一起……因为他喝醉了，所以要寻开心……迎面驶来了拖着空船的拖驳子……是'切尔诺戈尔茨'号拖着六条空驳船。福马·伊格纳季伊奇挡住它们的去路。……他们鸣起汽笛来……不止鸣了一次……我应该说实话，他们是鸣过汽笛的！"

"真的吗？"

"是，他们无法可想……当头的两条驳船就撞上了我们……由于它们是打在我们的船舷上，所以我们的船被打成碎片。……他们的那两条也都打坏了。……但我们的损失要惨重得多。……"

马亚金离开椅子站起身来，发出一串尖厉的恶狠狠的笑声。叶菲姆叹了口气，耸耸肩，摊开两手说道：

"他的性情非常激烈。……清醒的时候，多半的时间，他都是一声不响，心事重重地踱来踱去，但如果让他喝上几杯酒，那他就发作起来了。……这样，在这种时候，他既不是他自己的主宰、也不是他事业的主宰，乃是它们的残暴的敌人，请您原谅！亚科夫·塔拉索维奇，我要辞事不干了！没有主人，我是过不惯的；没有主人，我就过活不下去。……"

"闭嘴！"马亚金严厉地说。"福马在哪儿？"

"在那边，在出事的地点。……事情发生过后，他马上清醒了，立刻打发人去喊工人……要把驳船打捞起来……大概已经干起来了。……"

"他一个人在那儿吗？"马亚金低下头问。

"决不会是……一个人……"叶菲姆低声回答，斜着眼望了望柳博芙。"有一位太太同他在一块儿……肤色黑黑的。……好像是个有神经病的女人……"叶菲姆叹口气说。"她老在唱歌……唱得非常好……动人得很。"

"我并没有向你问起她!"马亚金凶狠狠地叫了。他脸上的皱纹不正常地皱缩起来,柳博芙觉得她父亲马上要哭了。……

"您想开点,爸爸!"她温存地请求着。"也许,损失不大……"

"不大?"亚科夫·塔拉索维奇高声喊。"傻瓜,你懂得什么!岂止是毁了一条驳船?!唉,你呀!是一个人给毁了!问题就在这里!要知道,我是多么需要他呀!我需要他呀,你们这些蠢货!"

老人怒气冲冲地摇着头,迈着急促的步子沿花园小径向屋里走去了。

……福马这时候正在四百俄里外、伏尔加河岸上一间乡村小木房里。他刚睡醒,躺在木房中央的一堆清新干草上,忧郁地越过窗口眺望着被散乱的灰色云层遮蔽的天空。

福马没有挪动他因为喝醉了酒而感到沉重的头,他觉得他胸中也像有这种无声无响的愁云在飘过,它们飘过时,给他心上吹来了一股潮湿的冷气,把它压住了。天空中移动着的乌云,仿佛有些软弱无力、畏缩不前似的……他觉得他胸中的愁云也同这一样。……他出于无心,一下想起了最近几个月来所经受的事情。

他觉得自己像是堕入了混浊炽热的激流里,与天空中这种乌云相似的黑浪包围住了他,把他冲到什么地方去。他在围绕着他的黑暗和喧嚣之中,模糊地看见了和他一同被冲走的还有一些人,每天每日都有新的人,但全是些同样可怜、令人厌恶的人。醉醺醺的人们,吵吵嚷嚷的人们,贪得无厌的人们,他们在他周围转来转去,用他的钱大吃大喝,诟骂他,彼此之间互相殴打、吆喝,甚至不止一次地号啕痛哭。他打过他们。他记得:他打过一个人的耳光,剥下一个人的大礼服来抛到水里,还有一个人用又湿又冷、像青蛙那样讨厌的嘴唇吻过他的手。……这人吻着哭着,恳求不要杀他……几张面孔闪现在他的记忆

里,并且还响起了声音和话语。……一个穿黄绸短外衣的女人,袒胸露怀,用响亮、痛哭的声音唱着:

得过活时且过活……
昏昏糊糊混光阴!

……所有这些人都像他一样,也是被这同样的黑浪卷去,像垃圾似的被冲走。大概他们全都害怕向前面窥望,怕看出这汹涌澎湃的怒涛会把他们冲到什么地方去。于是,他们用痛饮来淹没自己的恐惧,他们挣扎,大声叫喊,干荒唐事,装傻装痴,吵个不休,闹个不停,但他们却始终感不到快乐。他也干过这一切。现在,他觉得他所以干这一切事,是为了快些度过这一段黑暗生活。

在这会饮的杂沓混乱中,在这一群恣情纵欲、神魂颠倒、切望忘却自己而变得半疯狂的人们中间,只有萨莎一个人始终保持镇静、稳重。她不纵饮,她跟人讲话,老是那种坚毅、威严的腔调,她全部的举止动作都同样很有把握,好似这激流并没有制服她,反而是她自身在支配它的湍急的奔流。依福马看来,她是那围绕他四周的全体人们中间最聪明、最沉湎于叫嚣和会饮的人;她指挥着所有的人,不断地想出新鲜花样,她对任何人讲话态度都一样:她对马车夫、仆役和水手讲话时所用的腔调和语言,就跟她对她的女友们和对他福马讲话时完全一样。她比佩拉格娅更漂亮、更年轻,但她的抚爱是沉默、冷淡的。……福马认为,好像她在心里深深藏着不让人知道的什么可怕的东西,好像她任何时候也不会爱上任何人,决不会暴露她自己。这女人的这种讳莫如深的秘密,引起福马对她有了一种害怕的好奇感,对她那和她眼睛一般乌黑的沉着而冷淡的灵魂发生了强烈的兴趣。

有一回,福马对她说:

"可是,我和你花的钱不少啦。"

她瞅了他一眼,问:

"干吗要把钱存起来呢?"

"真的,干吗呢?"福马这样想,对她这样简单的论断很感惊异。

"你到底是什么人呢?"另一回,他这样问她。

"难道你忘记了我叫什么名字吗?"

"啊,得了吧!"

"那么,你是要什么呢?"

"我是问问你的出身。……"

"啊,好吧,我是雅罗斯拉夫尔省人,本乡是乌格利奇,是小市民……一个弹竖琴的。……怎样,你知道了我是什么人,就会觉得我更可爱些吗?"

"难道我这就知道了吗?"福马笑着问。

"你还嫌不够!再多一点,我也不讲了。……有什么用呢?大家都是从一个地方产生出来,不管人也好、畜生也好。……这些话全没意思……你倒是考虑考虑我们怎样消磨今天的时光吧?"

在这一天,他们带着乐队乘一艘轮船游逛,喝香槟酒,人人喝得烂醉如泥。萨莎唱了一支别具一格、非常凄凉的歌,福马被歌声感动,哭得像小孩一般。随后,他同她跳了"俄罗斯舞",疲惫不堪,跌到船外,差一点给淹死了。

现在想起了这件事,还有旁的许多事,他觉得自己很惭愧,也不满意萨莎。他望着她那体格匀称的身形,听着她的匀整的呼吸,觉得自己并不爱这个女人,也不需要她。在他那醉后头痛的脑袋里,一种正在蔓延的灰色思想慢慢产生出来了。仿佛他,在这一段时间内所经受的一切,在他心里缠成了一个又重又湿的小线球,现在这个小线球在他胸中滚动,悄悄地松开来,灰色细线把他缚住了。

"我究竟怎样了?"他寻思道。"我是个怎样的人呢?"

这个问题使他感到惊讶,他停在这个问题上,努力思考下去:为什么他不能像别人那样平静而有把握地过日子呢?这样一想,更感到问心有愧,他在麦草上翻来覆去,生气地用臂肘推了推萨莎。

"安静点！……"她睡眼惺忪地说。

"嘿,好吧,你又不是一个了不起的贵妇人!"福马低声自言自语。

"什么?"

"没有什么。……"

她掉过背去对着他,舒畅地打了个呵欠,懒洋洋地说:

"我梦见,仿佛我又成了一个弹竖琴的。我在独唱,我对面站着一条又大又脏的狗,它露出牙齿等着我唱完……但我觉得很怕它……而且我晓得,只要我一停唱,它就会吃掉我……所以,我一直唱呀唱呀……可是突然间,好像我倒嗓了。……真可怕!那条狗——牙齿咬得直响。……这是什么意思呢?"

"别讲这些没意思的话吧!"福马闷闷不乐地打断她的话说。"你倒是告诉我:你知道我怎样?"

"我知道你睡醒了,"她脸也不掉过来对着他,就这样回答。

"这倒不错,我是睡醒了,"福马若有所思地说,把两手枕在头下继续说:"所以我才问你,你认为我是怎样的一个人?"

"是一个醉后头痛的人,"萨莎打了个呵欠回答。

"亚历山德拉!"福马恳求地叫了一声。"别胡闹吧!你凭良心告诉我,你对我是怎样想法的?"

"我什么也没有想!"她冷冷淡淡地回答。

他深深叹了口气就不作声了。萨莎也沉默地躺了一分钟,用她那一向冷静的语调开口说:

"告诉他!但我何苦要去想旁人的事呢?我连想自己的事也没有时间呢……也许,我是不愿意想。……"

福马冷漠地笑了笑说:

"我要是什么也不愿意想就好了!……"

那女人从枕上抬起头来,对福马脸上望了一眼,又躺倒下去说道:

"你自作聪明……当心点,这对你不会有什么好处。……关于你,我什么也讲不成。……但我告诉你:你比别人好些。……但这又有什么呢?"

"我因什么比别人好些呢?"福马深思地问。

"啊,是这样!有人唱一支好歌,你会哭了起来……有人干卑鄙下流的事,你就要揍他。……你对待女人——单纯,不跟她们耍无赖。而且也许还大胆……"

这一切都没有使福马感到满意。

"你讲的并不是我要问的!"他轻声说。

"那么,我就不知道你要什么了。……驳船打捞起来以后,我们怎么办?"

"我们要怎么办呢?"福马问。

"上尼日尼或者到喀山去?"

"去做什么?"

"去寻乐消遣呀。……"

"我再不要寻乐消遣了。……"

他俩沉默了好一会儿,彼此谁也没望谁一眼。

"你的性情真别扭,"萨莎说。"令人讨厌。"

"我再也不狂饮了!"福马坚决地说。

"你说假话!"萨莎静静地反驳。

"你瞧着好了!你认为这种生活很好吗?"

"我瞧着吧。"

"不,你说说,这样很好吗?"

"可是,还有什么比这样更好呢?"

福马斜眼瞧着她,很生气地说:

"你这些话多么讨厌!"

"这又不合你的意!"萨莎冷笑一下说。

"人—们啦!"福马痛苦地皱着面孔说。"他们也活着……但怎么个活法呢?他们向什么地方爬着……就是一只蟑螂爬着,它也知道它为什么必须爬和爬往什么地方去,可是你怎样呢?你爬到哪儿去?"

"住嘴!"萨莎沉着地打住他说。"你跟我有什么相干?你要什么,就从我这儿拿去好了,可别闯进我的灵魂里!"

"闯进灵—魂里!"福马轻蔑地拖长语调说。"闯进怎样的灵魂里?"

她开始在房间里走来走去,把抛撒在到处的衣服收拾起来。福马注视她,感到很不满意,因为她并没有为谈到灵魂的话而生他的气。她的面色像平常一样冷淡,而他却想看到她发怒或抱怨,想看到点人性的地方。

"灵魂!"他喊道,想达到自己的目的。"难道一个有灵魂的人能够像你这样过日子吗?灵魂里是有火燃烧着的……里面有羞耻心。……"

她这时正坐在凳子上穿袜子,可是听了他这几句话,就扬起头来,神色严厉地盯着他脸上。

"你瞧什么?"福马问。

"你为什么说这种话?"她回答说,并没有把目光从他身上挪开。

她的问话里带有威吓意味。福马在她面前感到胆怯,于是用已经软下来的声音说:

"怎么不好说呢?"

"唉,你呀!"萨莎叹了口气,又动手穿衣服。

"我怎样?"

"是这样的……好像你是由两个父亲生出来的。……你可知道,我观察人们的心得吗?"

"啊?"

"一个不能对他自己负责的人,那就是说,他害怕他自己,那就是说,他一文不值。"

"你这是在说我吗?"福马沉默了一下问。

她把一件宽大的粉红色室内服披在肩上,站在房间中央,用含混不清的低声对躺在她脚边的人说:

"你无权谈论我的灵魂。……你跟它毫不相干!我才可以谈!要是我愿意的话,我会对你们大家谈。唉,我真可以谈一谈!关于你们,我有些话要讲……这些话像锤子一样!如果我用它们打在你们的脑袋上……你们就会发狂……不过,言语对你们,发生不了效用……应该把你们放在火上烧,像在洁净的星期一烧煎锅①一样。……"

她把两手举到头上,急躁地散开了头发,当那沉甸甸的乌黑头发一绺绺散落在她的两肩上时,这女人傲慢地摇了摇脑袋,轻蔑地说:

"别瞧我过的是放荡生活!陷在污泥中的人,往往比穿绸摆缎的人还要干净。……你得明白,我认为你们都是一些公狗,我是多么憎恨你们啊!由于这种憎恨,我沉默寡言……因为,我害怕如果我说了出来,我的灵魂就会变得空虚……我就会没有了生活的依据!……"

这时候,他又觉得很喜欢她了。她的话语里有些跟他的心情接近的东西。他笑了笑,面容上和声音里都含有满意的感情对她说:

"我也感觉到,在我心灵里有些什么在滋长。……唉,时候一到,我也要用我自己的话语说了出来。……"

"你是要反对什么人呢?"萨莎随便地问。

"我要反对一切人!"福马喊了一声,站起身来。"反对虚伪!我要问……"

"你去问问茶炊准备好了没有吧!"萨莎冷淡地吩咐说。

福马盯了她一眼,生气地喊道:

"你见鬼去!你自己去问吧。……"

"你骂什么?"

她从小木屋里走出去了。……

……狂风一阵阵吹过河面,罩上一层褐色浪涛的河,痉挛地迎风猛冲,发出了喧嚣的哗啦声并且怒沫四溅。沿岸的柳丛被风追逐吹打

---

① 基督教耶稣复活前的四十日为大斋期,又称四旬斋期,教会人士在这一段时间内实行素食。在斋期开始的那一周的星期一(斋期开始于星期三),将煎锅放在火上烧,以彻底清除油荤。

得直发抖,低垂到地面上了。空中飘荡着呼啸声、怒号声和从几十个人的胸膛里发出的低沉的悲叹声:

"杭育—杭育—杭育!"

两条空驳船停泊在多山的那边河岸旁,它们的高桅杆耸入天际,惊惶不定地左右摇晃,在空中描绘着看不见的花模样。驳船甲板上,满是用粗大圆木搭成的脚手架;到处吊着滑车;链条和缆索在空中摇荡;链条的环节轻微地发出叮当声……一群穿蓝色与红色衬衫的庄稼汉在甲板上拖着一根大圆木,使劲地跺着脚,鼓起整个胸脯哼着:

"杭育—杭育—杭育!"

脚手架上也给粘附着蓝一块红一块,风吹涨了衬衫和裤子,把人们弄成了稀奇古怪的形状,使他们一会儿弯腰驼背、一会儿又圆又涨像些气囊。脚手架上和甲板上的人们,都在捆呀、斫呀、锯呀、钉钉子呀,到处都可以看见衬衫袖子一直卷到肘弯的粗壮胳臂。风把这朝气蓬勃的喧嚣声散播在河上:锯子啃着木料,由于居心不良的快意,气都喘不上来了;圆木被斧子砍伤,干涩涩地呼哧呼哧响;木板在砍击之下分裂开来,疼痛地发出喀嚓喀嚓的破裂声,刨子阴险地尖声叫喊。铁链条的叮当叮当声和滑车呻吟似的嘎吱嘎吱声,跟浪涛的喧嚣打成了一片,风呼呼地怒吼,追逐着天际的行云。

"喂,伙计们,拉呀!"

"再—来一次!……"有人恳求地高声喊。

福马穿一件厚呢绒短上衣和一双高筒靴,显得漂亮、轩昂,他背靠桅杆站着,用颤抖的手抚摩颊须,正在观赏人们干活。他四周围的喧嚣声在他心里引起了一种欲望:要叫喊,要同那些庄稼汉们一起奔忙,砍木料,拉重东西,发号施令——使大家都注意他,并向人们显示出他自己的力量、机敏和内心的活跃。可是,他沉住气,一动不动地默默站着:他感到很害臊。他是那儿一切人的主人,如果他亲自动手劳动,谁也不会相信他劳动是仅仅出于兴致,而不是为了要自己示范来督促大家劳动。

一个长着一头淡黄色卷发的小伙子,衬衫领口敞开着,一时肩上扛着一块木板,一时手里握着一把斧子,不断地由他身边跑过;这人像一只欢闹的公山羊般蹦蹦跳跳,在自己四周发出了愉快响亮的笑声、戏谑声、恶狠狠的咒骂声,并且不知疲倦地干着活,一会儿先帮忙这一个人,一会儿又帮忙另一个人,在那满是碎木片和木料的甲板上迅速、敏捷地跑来跑去。福马一直目不转睛地盯着他,觉得很嫉妒这小伙子。

"他一定很幸福……"福马暗想着。这一个想法在他心里引起了一种强烈的欲望,他要使这小伙子停顿下来,并给他以难堪。四周所有的人都沉浸在一片赶工作的热情中,正同心协力又得心应手地绑牢脚手架,调整滑车,准备从河底把沉没的驳船打捞起来;大家都活泼愉快而又生气勃勃。只有他脱离了他们袖手旁观,不知道怎样办,而且什么也干不成,觉得自己在这一伟大的劳动中毫无用处。感到自己在人们中间是多余的,这使他很抱屈,而且他越注意看他们,这种抱屈感就越加强烈。这样一个念头刺透了他的心:所有这一切都是为他干的,而独有他在那儿却与这毫不相干。……

"我的位置在哪儿呢?"他郁郁不乐地寻思。"我的工作在哪儿呢?……"

包工头,一个小个子庄稼汉,他那多皱的灰色脸上生着尖尖的灰白小胡须和一对细眼睛,走到福马跟前,声音不高但词句却吐得特别清晰,说:

"一切都准备好了,福马·伊格纳季伊奇,现在一切都已安排停当……好动手做祷告啦!……"

"动手吧……"福马简短地说,把脸掉向一边,避开了庄稼汉那对细眼睛的锐利目光。

"感谢上帝!"包工头从容不迫地扣上外衣,摆出一副精神振奋的样子说。接着他慢条斯理地掉过头去,打量着驳船上的脚手架,高声喊道:

"各就—各位，伙计们！"

庄稼汉们赶急在舷侧上、在绞盘旁集合成个别的、密密的一组一组人，他们的谈话中止了。有几个人灵巧地攀上脚手架，拉紧绳索，从那儿张望着。

"好好看一看呀，伙计们！"响起了包工头的洪亮、镇静的声音。"是不是一切都已弄妥当？妇人到了生孩子的时候，决来不及补衬衫呀……啊，祷告上帝吧！"

包工头把帽子丢在甲板上，脸孔朝天扬起，开始虔诚地画起十字来。于是，所有的庄稼汉举首向着云天，也都开始使劲挥着胳臂在胸膛上画十字。有的人高声祈祷；一阵含混不清、抑压住的喃喃声混合在浪涛的喧嚣声中了：

"主啊，求你赐福！……圣母玛利亚……圣尼古拉……"

福马听着这些呼声，它们像重荷似的落在他的心上。所有的人都光着脑袋，而他却忘了脱帽，包工头祈祷完毕，庄严地劝他说：

"您也该祷告上帝才好。……"

"管你自己的事吧，别来指教我！"福马生气地望了他一眼，回答说。工作越向前进行，他就越感到痛苦而又抱屈，因为他看见自己在人们中间是多余的，那些人都很有把握地相信他们自己的力量，准备为他从河底打捞起几万普特重的东西来。他希望他们遭到失败，希望大家都会在他面前狼狈不堪，他脑子里闪过一个恶毒念头：

"也许链条还会断呢。……"

"注意！"包工头喊道。突然间，他在空中拍了一下手，尖声尖气地叫道：

"干起来呀！"

工人们接上他的喊声，大家激动又紧张地齐声叫道：

"干起来呀！杭—育……"

由于突然加在身上的重压而紧张起来了，滑车格格格又嘎吱嘎吱响，链条发出了铿铿锵锵的声音，工人们用胸脯抵住绞盘的把手，大声叫喊,在甲板上重重地跺着脚。波浪在两条驳船之间喧嚣地哗啦哗啦响,仿佛不愿意把它们的掳获物让给人们似的。在福马周围,到处的链条和缆索都拉紧起来并且紧张得发抖,好像巨大的灰色软体虫经过福马脚边沿甲板爬往什么地方去,它们一截一截地升上去,又从那儿哗啦哗啦地落下来,但工人们的震耳欲聋的吼声把这一切噪音都盖下去了。

"大家干呀,大家干呀,杭—育……"他们整齐而又得意地唱着。但包工头的响亮声音,像刀戳进面包般刺入并划破了他们那低粗的声浪:

"伙计们! 用劲啦……用劲啦。……"

一阵奇怪的激动制服了福马:他热烈地渴望加入到工人们这种江河般浩瀚和强大无比的震人心魄的吼声里,加入到那刺激人的铁的嘎吱嘎吱、吱吱吱和叮当声里以及浪涛的狂暴的哗啦声里。由于这种欲望的强烈,他脸上都冒出了汗珠,突然间,他离开桅杆,大步跳着向绞盘冲过去,兴奋得脸色都苍白了。

"用劲啦! 用劲啦!……"他用粗野的声音吆喝。跑到绞盘把手跟前,他一股劲儿用胸脯抵住了它,毫不感到疼痛,他咆哮着就开始绕绞盘走起来,两脚有力地蹬住甲板。一种炽热的东西注入了他的心胸,替代了他转动杠杆所消耗的力气。一种非笔墨所能形容的快乐在他心里汹涌澎湃,并且向外迸发为激动的叫喊。他觉得,他一个人,只有他的力气在转动杠杆,在拉上重物来,而且他的力气在不断增长。他弯着腰,低着头,像一条公牛似的抵住那重物的力量向前走,这力量虽使他折了转来,但终于对他让了步。每向前迈进一步,都使他受到更大的鼓舞,消耗的力气马上被流入他胸中的那种燃烧般的自豪感所代替。他的头发晕,眼睛充血,什么也看不见,他只感觉得他占了上风,他战胜了,他立刻用他自己的力量把那阻拦他的去路的某种庞然大物推翻,——他推翻它,征服它,这时候,他满怀豪迈的欢喜心情轻松愉快而又自由自在地呼吸着。这是他生平第一次体验到这样一种令人振奋的感觉,他用他那如饥似渴的灵魂的全部力量一口咽下它并且因而沉醉了,他借和工人们同声一气地高声狂叫,把自己内心的喜悦倾泻了出来。

"大家干哟,杭育,大家干哟,杭育,杭育……"

"停——住!别动!停住,伙计们!……"

有什么东西撞在福马胸脯上,把他向后一掀。……

"恭喜您大功告成,福马·伊格纳季伊奇!"包工头向他道贺,他脸上的皱纹颤动得显出容光焕发的样子。"感谢上帝!您累了吧?"

冷风吹在福马脸上。在他四周,响起了一片满意、夸耀的喧嚣声;兴致勃勃的庄稼汉们亲热地互相谩骂,汗流满面的脸上浮着微笑,走近福马身边,把他紧紧围住了。他莫知所措地微笑着:他的兴奋心情还没有平静下来,而且不能理解发生了什么事,为什么他四周所有的人都这么兴高采烈而又心满意足。

"我们打捞起十七万普特的重物,就好像从地里拔起一根萝卜样!"

福马站在一堆缆索上,从那些工人们的头上望过去,他看见:在两条驳船之间,和它们船舷相靠,出现了第三条驳船,这是黑色的、滑溜溜的、用链条缠绕着的。它全身都被扭弯了,好像患了一种可怕的病,发着肿,病恹恹而又笨头笨脑地悬在它的同伴们之间的水面,并靠在它们身上。折断的桅杆惨然地竖在中央;甲板上流着血似的一股股殷红的水。这甲板上到处堆着一堆堆的铁和一块块湿漉漉的木料。

"打捞起来了吗?"福马问,他一眼瞥见这不成样儿的又重又笨的东西,不知道说什么好,而且一想到只不过为了从水里捞起这么个肮脏而又毁坏了的怪物来,他心里才这般沸腾、才这般喜不自胜,他又感到很委屈。……

"驳船怎么样?……"福马含糊地问包工头。

"不坏呀!赶紧卸下货物,再找二十个左右粗木工来干一番,他们马上就会把它弄得像个样儿!"包工头用安慰的口气说。

那个淡黄色头发小伙子望着福马脸上,豪放、愉快地微笑着问道:

"能有一杯伏特加喝吗?"

"来得及的！"包工头严厉地对他说。"你没看见老爷累了……"

这时候，庄稼汉们讲起话来了：

"怎么不累呢！"

"活儿不轻呀！"

"对于没有干惯活儿的人来说，当然累啦。……"

"对于没有喝惯粥的人来说，连喝粥也是件难事呢。……"

"我不累……"福马无精打采地说，庄稼汉们越发紧密地把他团团围住，又发出了恭敬的叫喊：

"如果一个人喜爱劳动，那么，就是件愉快的事。"

"就像游戏一样。……"

"就像逗女人玩一样。……"

只有那个淡黄色头发小伙子坚持他的请求：

"老爷！总得赏我们一小桶伏特加吧？"他又微笑又叹息地说。

福马瞧着他面前的那些有胡子的面孔，心头觉得非常想讲点什么使得他们难受难受。可是，他脑子里不知怎么完全糊涂起来了，他在里面找不出任何思想，终于他自己也莫知所云地怒气冲冲地说：

"你们总只是老要喝酒！无论干什么事，对你们来说都是一样！你们也得想一想，为什么要干？要达到什么目的？……唉，你们啦！应该懂得……"

围绕着他的人们，脸上流露出疑讶神色；这些身穿蓝色和红色衣服、生着胡子的人们，开始叹气、摇头、两只脚交换地踏着。有的人失望地看了福马一眼，就转向一边去了。

"很—对呀！"包工头叹口气说。"这……不碍事！是应该想一想！这倒是……金玉良言！"

"懂与不懂，难道是我们的事吗？"淡黄色头发小伙子摇了摇头说。他已经讨厌跟福马讲话了；他疑心是福马不愿意赏给他们伏特加，因此有些生气。

"正是这样呀！"福马教训般地说，很满意这小伙子对他让步了，却没有观察出他那猜疑、讥诮的目光。"至于懂得的人……他就会觉得必须永久做工!"

"这就是说,为上帝工作!"包工头望了望庄稼汉们这样解释说,接着虔敬地叹了口气加上一句:"这是对的,啊,这是对的!"

福马因想讲几句正确又有威信的话,精神振奋起来了!他希望讲过话之后,所有这些人都会以另一种态度对待他,——他不喜欢他们大家,除开那个淡黄色头发小伙子,尽都默不作声,并且以那般闷闷不乐、阴沉暗淡的目光毫无情谊而又阴险怀疑地瞧着他。

"必须干这样的工作,"他动着眉毛说,"使得千年以后,人们还会说:这是博戈罗德斯克①的庄稼汉们干的……真的!……"

淡黄色头发小伙子惊异地望着福马问道:

"是不是要我们喝干伏尔加河的水呢?"接着,他用鼻子嗤了一声,摇着脑袋声明说:"我们干不了这种事,全会胀死!……"

福马因他的话,感到很难为情,于是向四周环顾了一下:庄稼汉们正厌恶地、轻蔑地微笑着。这种微笑像针似的刺着他。

一个生着一大把苍白下髯的庄重的庄稼汉,直到这时还没开过腔,突然间开口讲话了,他走到福马身边,慢吞吞地说:

"即使我们把伏尔加河的水喝得滴水不剩,再把那座山也吃了下去,这还是会被忘掉的,老爷。一切都会被忘掉,人生长得很呢……那些要出人头地的事,不是我们干的。……"

他这样说着,就在自己脚前唾了一口,冷冷淡淡地离开福马,像楔子揳入木头中似的插进人群中去了。他这番话使福马完全沮丧了;他觉得这些庄稼汉认为他愚蠢可笑。为了挽回自己在他们眼睛里的做主人的尊严,为了把庄稼汉们已经疲倦的注意力再吸引到自己身上来,他摆出一副架子,滑稽地鼓起腮帮子,用凛凛动人的声调信口胡说道:

---

① 故事中轮船失事的地点。

"我送你们三桶伏特加!"

简短的话语往往含有更丰富的内容,能产生有力的影响。庄稼汉们在福马前面恭恭敬敬地让开路,向他深深鞠躬,并且愉快、感激地微笑着,发出了一片亲热的赞扬声,感谢他的慷慨。

"把我渡到岸上去,"福马说,觉得心头再度涌起的这阵兴奋不会持久。好像有条蛆在吮吸他的心。

"我烦死了!"他走进小木屋说。屋子里,萨莎身穿一件华丽的红色外衣,正在桌边张罗忙碌,把酒和下酒菜摆在桌上。"亚历山德拉!你能把我怎么安顿一下吧,可以吗……"

她留心地望了望他,在长凳上同他并肩坐下,说道:

"既然你闷得慌,那就是说,你想要点什么。你要什么呢?"

"我不知道!"福马愁惨地摇着头回答。

"你想想看……"

"我不会想……"

"唉,你呀,我的孩子!"萨莎挪开身子,低声、轻蔑地说。"你的脑袋对于你是多余的。以……"

福马没有捉摸住她的口气,也没有觉察出她的动作。他双手支在长凳上,头向前低着,两眼凝视地板,整个身子摇晃着说:

"有时候,你想呀想呀……你整个心都像被焦油糊住了……可是突然间,一切又都从你那儿消失得无影无踪了……那时候,你心里就黑暗得跟地窖里一样。甚至是可怕的……好像你不是一个人,却是一个无底的幽谷。……"

萨莎斜眼望了望他,开始若有所思地细声唱道。

唉,一阵风儿吹,海上雾尽消……

"我不想痛饮作乐了。……总是那老一套:人啦,娱乐啦,酒啦。……我脾气来了的时候,恨不得鞭挞所有的人。……我讨厌人们。……我简直不明白,他们为什么活着?"

哦,没有你呀,亲爱的,我活着也厌烦……

萨莎唱着,一对眼睛盯着她面前的墙壁。

福马仍然摇晃着身子,说:

"不过,大家都好好地过日子,闹闹嚷嚷的,我却望着干瞪眼……也许是我妈给了我这样一种冷淡性格吧?教父说过,她冷得像冰一样……老是向往着什么地方……我很想到人们那儿去,对他们说:'弟兄们,帮帮忙吧!我活不下去了!'我向四周张望,没有一个可以交谈的对手,……全都是些坏蛋!"

福马激烈又不顾体面地诟骂了一顿就一声不响了,萨莎突然中断了歌唱,身子挪得离他更远了点。狂风怒吼,把灰沙刮到窗子玻璃上。蟑螂在炉子上的松明里爬着,弄得窸窸窣窣响。院子里,一头牛犊悲切地哞哞叫。

萨莎冷笑着盯了福马一眼说:"那边还有一个不幸的东西在哞哞叫……你顶好到它那儿去;也许,你们可以合唱。……"她把一只手放在他那生有卷发的头上,开玩笑地轻轻一推。"你有什么抱怨的?要厌烦了,去做生意好了。……"

"天啦,"福马摇了摇头说,"要讲得使人们能了解你,是多么困难……多么困难的事呀!"他激怒得几乎叫了起来:"什么生意?生意是什么东西?生意只不过是一个名称罢了,你如果寻根追底看它一个究竟,就知道它是一件荒谬透顶的事!做生意有什么好处呢?钱吗?我有的是!……我能够用钱把你憋死,把你连脑壳都盖没。所有的生意经,都只不过是骗局罢了。……我见过生意人。这些人怎么样呢?他们故意埋头在生意里,为的是使自己看不见自己……他们隐藏起来了,这些恶魔们。……但若把他们从这种无谓的奔忙中解放出来了,结果会怎样呢?他们就会像盲人一样,到处乱窜……会发狂!你以为生意就会使人幸福吗?不,那是骗人的!这还不就是一切呢!……河水流着,为的是人好在上面行船,树木长大了可以有用场,狗可以看门。……世界上每件东西都可以寻出它存在的理由!可是人,像蟑螂一样,在世间完全是多余的。……一切都是为了人,而他们是为了什么呢?他们生存的理由在哪儿呢?"

福马得意极了。他觉得,他已发现了一种对他自己有利而又能有力地反击旁人的什么东西。他高声笑了。

"你的头不痛吗?"萨莎以试探的目光望着他脸上担心地问。

"我的心灵痛!"福马狂热地高声嚷道。"它所以痛,是因为忍受不了呀!请回答它,怎样活下去呢?为什么活呢?你看我的教父吧,他是一个聪明人。他说,把生活建立起来!可是大家都说:生活折磨着我们!"

"听着!"萨莎认真地说。"依我看,你应该结婚了,就是这么回事!"

"为什么呢?"福马耸耸肩问。

"你得装上辔头呀。……"

"好吧!我就同你一起过日子吧。……想来,你们岂不全都是一样的吗?这一个并不比另一个更可爱。……在你之前,我有过一个女子,也是跟你一类的。不,她是出于自己心甘情愿……我讨她欢喜,她也……她是一个好人。……但除这以外,她就一切都和你一样,虽然你比她生得漂亮。……不过,我看中了一位夫人……一位真正的贵族夫人!人家说她生活放荡……我不曾把她弄到手。……的确……她聪明,有学识,生活阔绰……我时常想,在那儿,我才能尝到真滋味。我不曾弄到手。……也许,如果我成功了的话,一切都会变得另一个样子。……我一心倾慕她。……但我现在用酒来淹没她,把她忘却。……这也不是好事。……唉,你呀,人啦!如果凭心来说,你就是个卑鄙角色。……"

福马沉默起来,陷入了深思。萨莎离开长凳立起身来,咬着嘴唇

在木屋里走来走去。随后,她在他对面站住,两手搭在头上说道:

"你可晓得,我要离开你了?……"

"到哪儿去呢?"福马头也不抬,问。

"不晓得……到哪儿都一样!你老讲废话。……跟你在一起,无聊透了。……"

福马抬起头来,望了她一眼,凄凉地笑了:

"啊!当真吗?"

"我也是这一种人……到了时候,我也要想的。……那时候,我就完了。……不过对我来说,现在还嫌太早。……不,我还要活下去……到以后,那就听其自然吧!"

"至于我,也会完蛋吗?"福马冷冷淡淡地问,他已经被高谈阔论弄得精疲力竭了。

"当然啦!"萨莎沉着而有把握地回答。"这样的人全都会完蛋。……"

他们稍稍沉默了一忽儿,彼此对望着。

"那么,我们该怎么办呢?"福马问。

"该去吃午饭。"

"不,我是说一般地该怎么办?以后该怎么办?"

"我……不晓得……"

"你真要走吗?"

"要走。……在分手前,让我们再来痛饮一次。我们到喀山去,在那儿,我们要彻彻底底、痛痛快快地纵饮作乐。我要为你喝一个够。……"

"好极了!"福马同意说。"临别时,应该这样!……唉,你呀……魔鬼!那才是生活!听着,萨莎,人们说你们这种放荡女人全都贪财,甚至是窃贼……"

"让人们说下去好了……"萨莎平静地说。

"难道这种话不使你感到难过吗?"福马好奇地问。"但你并不贪财,跟我待在一起对你是有利的,我很有钱,你却要走开。……这就说明你不贪财。……"

"我吗?"萨莎思索了一忽儿,把一只手摆了摆说:"也许我不贪财吧,那又算得什么呢?要知道,我还不是最……下等的女人,并不是像街头卖笑妇那样的女人。……我抱怨谁呢?人们爱讲什么,就让他们去讲吧……尽管人们讲,但我对于人的圣洁,是知道得一清二楚的!如果选我做法官的话,只有死人,我才会判他无罪!……"接着,萨莎发出了不痛快的笑声,说:"得啦,空话讲够了……坐下来吃饭吧!"

……第二天早晨,福马和萨莎并排站在一艘驶近河口码头的轮船舷梯上。萨莎那顶大黑帽子的翘得很厉害的宽边和白色羽毛,引起了大家普遍的注意;福马和她并排站着感到很难为情,觉得人们的好奇目光正在他那惶惑不安的脸上打量。船的舷侧接近码头时,轮船发出了咝咝吱吱的响声并且震动起来,码头上到处是服装耀眼的人群。福马觉得,他在这各式各样的面孔和身段之中,看见了一个熟人,这个人仿佛老是藏在旁人背后,但却没有把目光从他身上挪开。

"我们进客舱里去吧!"他不安地对他的女伴说。

"别学着在人前隐藏自己的罪恶,"萨莎冷笑着回答。"你是不是看见了熟人?"

"有人窥伺我……"

对码头上的人群仔细望了望,他的神色大变,于是轻声加上一句说:

"是我的教父。……"

亚科夫·马亚金站在码头边上,挤在两个胖女人之间,朝上扬起他那张圣像样的面孔,带着阴险的客气神色把那顶无缘帽在空中挥着。他的胡须颤动,光秃的脑袋发光,一对小眼睛像钻子似的钻着福马。

"嘿,好一只大老鹰!"福马低声自言自语,也摘下帽来向教父点头。

他的问候大概使马亚金感到非常愉快,可是老人不知怎么却弯着身子踮起脚来,他脸上现出了不怀好意的微笑。

"大概小孩子要挨打骂了!"萨莎挑动说。

她的这一句话连同教父的微笑,好似给福马胸中点了一把火。

"我们瞧吧,看会怎么样……"他现出不屑的神情说,但突然间却在这种愤怒的镇静中呆若木鸡了。轮船停稳了,人们潮水般的涌上码头。马亚金有一会儿给人群挤得看不见了,但随后他又得意扬扬地微笑着出现了。福马皱着眉,眼睛直盯着他,慢吞吞地迈过跳板,向他迎面走去。人们在背后推他,靠在他身上,挤他,这一切使他更加激怒。现在,他和老人面对面了,老人客气地点着头迎接他,问道:

"您要上哪儿去游历,福马·伊格纳季伊奇?"

"我有事儿要办,"福马强硬地回答,并没有向教父问好。

"这可了不起,我的先生!"亚科夫·塔拉索维奇满脸堆笑说,"那位有羽饰的太太和您有什么关系?"

"是我的情妇,"福马大声说,并没有在教父锋利的目光下俯下他的眼睛。

萨莎站在他后面,从他肩后镇静地仔细瞧着这个身材矮小的老人,他的头还达不到福马的下颔处。被福马大声大气的谈话引起了注意的公众,都拿眼睛瞧着他们,以为发生了什么争吵的事。马亚金立时感觉到有发生争吵的可能,马上而且准确地判断出了他教子的要挑战的心情。他脸上的皱纹发抖,咬了咬嘴唇,于是平静地对福马说:

"我必须和你商谈商谈。……我们到旅馆去吧?"

"可以……但不能多耽搁。……"

"这么说,你是没有时间啰? 大概,你还要赶着去撞坏一条驳船吧?"老人忍无可忍地说。

"既然可以撞坏,为什么不去撞坏它们呢?"福马挑衅地但是强硬地反驳。

"当然啦! ……又不是你置办起来的,你何必要爱惜呢? 啊,走吧……但可不可以把那位太太……暂时安顿一下呢?"马亚金低声说。

"萨莎,你坐车到城里去,在西伯利亚旅馆定一个房间,我很快就来!"福马说后,转向马亚金,大胆地说:

"好了!……"

一直走到旅馆,他们两人都没吭一声。福马看见教父为了赶上他,正在一跳一跳地走,他故意把步子迈得更大,又因为老人不能和他步调一致地走着,他心里那一股好容易现在已经抑制住的粗暴的反抗情绪,又发作起来并且加强了。

"伙计!"马亚金走进旅馆大厅,朝一个僻静角落走去时温和地说。"给我拿一瓶蔓越橘克瓦斯来。……"

"我可是要白兰地,"福马吩咐道。

"对—呀!当牌风不顺时,总是先出王牌的好!"马亚金奚落地劝告他说。

"您不明白我的打法!"福马在桌前坐下说。

"得了吧!许多人都是这么打的。"

"我要这么打:要么把脑壳打得粉碎,要么把墙壁对劈开来!"福马激昂地说,用拳头击着桌子。

"你现在是喝醉了还没有醒吧?"马亚金微笑着问。

福马在椅子上坐得更加稳些,面孔变了样说:

"教父!……您是一个聪明人……对于您的头脑,我非常敬佩……"

"谢谢你,孩子!"马亚金略略欠起身子,两手支在桌上,鞠了个躬。

"我要讲明,我已经不是二十岁了……不是一个孩子啦。"

"这当然啦!"马亚金同意说。"你的年纪不小啦,那还用说!如果是一只蚊子活了这么久,它也应该长得跟只母鸡一般大了。……"

"请您别讲笑话!……"福马警告说,他的神色那般镇静,竟使马亚金大吃一惊,他脸上的皱纹也惊惶不定地颤动起来了。

"您到这儿来做什么?"福马问。

"啊……你在这儿闯下了祸事……我是想来看看损失大不大？你要明白，我是你的亲戚……是你惟一的亲戚呀。……"

"您白费神。……就这样吧，教父。……要么您就给我完全自由，要么您就把我的事业全部拿到您手里去——全部拿去！全部、直到最后一个卢布！"

这是完全出于福马本人意料之外，信口说出的话；他以前从来没有考虑过这类事。但此刻既对教父说出了这些话，他忽然醒悟过来，如果教父把他的财产拿过去，他就会成为一个完全自由的人，能够要到哪儿就到哪儿，乐意干什么就干什么。……直到此刻，他都是被什么东西束缚住了，他不明白他本人的桎梏是什么，也无法把它们从身上除掉，而现在它们自己这么容易而简单地从他身上脱落了。他胸中一下燃起了又惊又喜的希望，他不连贯地低声自言自语说：

"这比什么都好！把一切都拿去吧，那就万事罢休！我就可以去云游四方！……像这样，我可活不下去。……好似有一个秤锤吊在我身上。……我要自由自在地过日子……自己去认识一切……我将自己去探求生活。……不然的话，我算什么呢？是一个囚犯。……您把这一切都拿去……全都见鬼去吧！我算得上什么商人呢？我什么也不爱……但这么一来，我就可以脱离人群……找点什么事干一干。……要不然，我仍旧会酗酒……跟女人厮混。……"

马亚金注视他，留心倾听着，他的面容严肃、神情死板，好像成了化石一般。在他们头顶上，响着旅馆里的那种闹哄哄的喧嚣声，也有人由他们身边走过，向马亚金打招呼，但他却什么也没看见，只执拗地紧盯着他教子那张激动的脸，脸上正闪露着茫然、愉快而同时又悲痛的微笑。……

"唉，你呀，我的黑莓，是颗酸莓果①呀！"马亚金叹口气说，打断了福马的话。"你是迷了路呀。你胡说八道。真荒唐。……必须弄明

---

① 这句话的意思是："你不是个好东西！"

340

白,你是因为喝了白兰地的关系,还是由于糊涂的缘故呢?"

"教父呀!"福马喊道。"的确有过这样的事……有人把全部的财产都抛弃了!"

"在我这个时代就没有过。……我的亲友中就没有这种人!"马亚金严厉地说。"如果有的话,我就会指教他们!"

"许多人出走后,都成了圣徒。……"

"嗯……我就决不会让他们出走!……我为什么要认真地和你谈呢?呸!……"

"教父呀!您为什么不愿意呢?"福马气愤地喊。

"你听着!如果你是一个打扫烟囱的人,狗崽子,那就请爬上屋去!……如果是一个消防员,那就得站在瞭望台上!各种各类的人都应该有他自己的生活方式。……牛犊决不会像熊那样吼叫!如果你过着你自己的生活……那就过下去好了!别胡言乱语,别爬到你不应该爬到的地方去!按照你自己的方式,过你自己的生活!"

福马所熟悉的那种充满自信而又流畅的高谈阔论,像一股股闪闪泛光的水流,从老人发黑的嘴里喷了出来。福马对于他认为那么容易就能实现的自由一心想痴了,竟没有听到这些话。这一苦思钻进了他的脑子,而在他心里,有一个愿望越来越强烈了:他要跟自己的这种暗淡而烦闷的生活断绝关系,跟教父、轮船、会饮,跟一切使他在生活中感到窒息的东西断绝关系。

老人的高谈阔论仿佛是从远处传到他这儿似的:这声音和杯盘的碰击声、仆役在地板上拖着脚走过的沙沙声、醉汉的叫喊声混成了一片。

"你头脑里这一切昏天黑地的想法,都是由于你年轻、暴躁而产生的!"马亚金用手敲着桌子说。"你的大胆就是糊涂;你讲的一切全是胡说八道。……你是不是想进修道院呢?"

福马静听着,一声不响。他四周沸腾着的嘈杂声好像越去越远了。他想象自己是在一大群无谓忙乱的人们中间,这些人莫名其妙地奔忙不已、彼此拥撞,他们的眼睛贪婪地圆睁着,人们叫喊,跌倒,互相倾轧,大家都挤在一个地方。他不明白他们要些什么,也不相信他们的话,因此他觉得在他们中间很难受。如果从他们中间挣脱出来,获得了自由,走到生活的边缘,从那儿来观察他们,那时候,你就会了解一切,并且明白你在他们中间占什么位置。

"我当然能理解,"马亚金看见福马沉思默默,就更加温和地说,"你所要的,是自己能够幸福。……但这不是一下就可以得到的……幸福像树林里的蘑菇一样,必须去寻找,必须弯腰去采摘,即使得到了,还要仔细看看它们是不是有毒的。"

"那么,您应许我自由吗?"福马突然抬起头来问,但马亚金的回答是,把眼睛转向一旁,避开了他的燃烧般的眼光。"您让我喘口气吧……让我脱离一切,走到一边去吧!我要观察观察,看一切事情是怎样进行的……那么,我就好作决定。……若仍是这样,我就要去狂饮买醉。……"

"别讲废话!装傻干什么呢?"马亚金怒气冲冲地叫道。

"那么,好吧!"福马静静地回答。"您不要吗?既是这样,那就什么也不会有了!我要荡尽一切!我们再也没有什么可谈的了,再见!我马上就要去动手干起来!一切都会化成烟雾!……"

福马态度沉着,说话颇有自信;他以为既然他这么决定了,教父就无法阻止他。可是,马亚金在椅子上挺直腰板,也直截了当而沉着地说:

"但你可知道,我会怎样对付你吗?"

"随您的便吧!"福马把手一摆说。

"好吧,我马上要这么做——我回到城里去活动活动,使大家认为你发了狂,把你关进疯人院去。……"

"难道能干出这种事来吗?"福马不相信地问,但声音里已含有恐惧的味道。

"亲爱的朋友,我们是什么事都干得出来的!"

福马低下了头,接着,闷闷不乐地瞧了瞧教父的脸,身子不禁一哆嗦,心中暗想:

"他一定干得出来……他不会怜惜我。……"

"如果你认真装疯装傻,那么我也得认真来对付你。……我曾答应过你父亲,要把你管教成人。……所以,我就要使你立得起来! 如果你站不住,我就给你套上铁链……那时候你就站得住了。……我明白,你这一切,都是由于你喝多了酒的缘故。……但如果你要胡作非为,把你父亲赚的财产荡尽的话,我就要想方法收拾你。……我要铸一口钟把你罩住。……你跟我开玩笑,是不会有什么好处的!"

马亚金面颊上的皱纹向上竖起,小眼睛在乌黑的眼窝里讥刺、冷酷地微笑着。他前额上的皱纹形成了一种奇异的花模样,一直达到了开始秃头的地方。他的面容显得刚愎又残忍。

"那么,我就无路可走了吗?"福马无精打采地问。"您阻塞了我的去路?"

"路是有的,你走去好了! 我会指点你的。……恰恰会达到你应去的地方。……"

这种自信,这种坚定不移的自夸,惹怒了福马。他把两手插进衣袋,免得会动手打老头子,在椅子上挺直身子,咬紧牙齿,直截了当地说:

"您为什么老是自夸呢? 你有什么值得自夸的? 你的儿子在哪儿? 你的女儿又怎样呢? 唉,你呀……你这个生活的建设者! 不错,你聪明,你什么都一概全知:告诉我吧,你为什么活着? 难道你不会死吗,你为人生干了些什么呢? 你凭什么使得人们来怀念你? ……"

马亚金脸上的皱纹颤动得慢慢松弛下去了,因此他的面孔显出一副衰弱的哭相。他张开嘴来,但什么也没有说,两眼大惊失色,几乎含有恐怖意味瞧着他的教子。

"闭嘴,狗崽子!"他轻声说。

福马离开椅子站起身来,把无缘帽往自己头上一扣,憎恶地打量着老头子。

"我要去喝酒,去寻欢作乐!要把一切都荡尽!……"

"好的,我们瞧吧!"

"别了!你这位豪杰!……"福马冷笑了一下。

"回头见!"马亚金轻声说,好像气都喘不过来了。

只剩下亚科夫·马亚金一个人在旅馆里。他坐在桌前,身子俯在桌上,用他的哆嗦的手指蘸着溅泼出来的克瓦斯在盘子上画着花模样。他的尖尖的脑袋在桌上越垂越低了,好像他无法辨认出来他那枯瘦的手指在盘子上画的是些什么。

一滴一滴的汗珠在他光秃的脑门上闪光,而且像平常一样,他面颊上的皱纹迅速地、惊惶不定地抖动。……

亚科夫·塔拉索维奇点点头招呼侍者,特别庄严地问他说:

"我该付多少钱?"

十

在跟马亚金争吵以前,福马所以纵饮作乐,是出于烦闷,出于半漠不关心的态度,而现在他却是狂怒地、几乎悲观失望地沉湎于酒色,他心里充满了复仇感和对人们的傲气,这种傲气有时候连他本人也感到惊异。他认为,他周围的人,清醒的——不幸而愚蠢,沉醉的——讨厌而更加愚蠢。他们之中,谁也引不起他的兴趣;他甚至不问他们姓甚名谁,也忘记了是在何时何地认识他们的,老是觉得非常想说点什么或做点什么使他们难受。在那些华丽的高价餐厅里,围在他四周的是一些骗子、唱滑稽讽刺歌曲的演唱家、魔术家、卖艺人和因纵饮作乐而破产的地主。这些人最初对待他,是采取一种庇护的态度,在他面前夸耀他们的高尚趣味和对于酒食的知识,后来,他们就谄媚他,向他借钱;这些钱,他已经是用期票借出了。在价廉的旅馆兼饭店里,理发师、弹子房的计分人、公务员、卖唱的等等像兀鹰似的包围着他;待在这些人中间,他觉得自己好受些,自由些——他们并不那么腐化,他觉得他们单纯些,有时候他们流露出健康、强烈的感情,而且他们身上往往有较多的人性。不过,跟"上流社会"一样,这些人对金钱也贪得无厌,并且厚颜无耻地欺骗他,福马看出了这一点,就粗鲁地讥笑他们。

当然,也有女人。身体强健的福马,花钱叫了她们来,贵的贱的、美的丑的都有,他给她们很多钱,差不多一星期掉换一个,而且一般说,他对待她们比待男人们好些。他嘲笑她们,对她们讲些可耻而又使她们难堪的话,但在她们面前,即使是在他喝得半醉时,他也总是摆脱不了拘束感。他觉得她们全体——即使是最厚颜无耻的女人,也都像幼小的孩子一样,是毫无保障的。他往往准备殴打任何男子,但却从来没有对女人动过手,虽然有时候他因事生气,也不成体统地诟骂她们。他觉得他自己比女人强壮万倍,而女人却比他不幸万倍。那些荒淫放荡、以自己的腐化堕落自豪的女人,引起了福马一种羞耻的感觉,因而使他变得胆怯而局促。有一次晚餐时,一个这类的女人喝醉了胡闹起来,她坐在福马身边,把一块香瓜皮打在他面颊上。福马也已喝得半醉。他因这一侮辱变了脸色,离开椅子立起身来,两手插在衣袋里,用怒得发抖的凶狠狠的声音说:

"你这个死尸!给我滚!要是旁人的话,准会为这件事打破你的头。……你知道,我对你们温和,不会举手打你们这些人……把她赶出去!"

到喀山几天后,萨莎姘上了一个伏特加酒厂厂长的儿子,这人是同福马一起纵饮作乐的。在和新主人一同上卡马河一个地方去的时候,她对福马说道:

"别了,亲爱的!也许,我们还会碰面,我们走的是一条路!但我劝你别太随心所欲了……尽情享乐吧,用不着后悔,到了吃完粥的时候,把碗砸在地上好了①……别了!"

---

① 俄罗斯谚语,意谓要干就干,后干也不必挂心。

她热烈地吻着福马的嘴唇,同时她的眼睛变得更阴沉了。

她离开他,福马感到高兴,因为他已对她生厌,而且她那种冷冰冰的漠然态度也使他害怕。可是,这时候他心里有什么东西颤动了一下,他把脸掉向一边,轻声说:

"也许你们不会相处得很好……那时候,你再回到我这儿来吧……"

"谢谢你!"她回答他说,但不知怎么她嘶哑地笑起来了,这在她是很少有的事……

福马就这样一天天过下去,心里怀着一种模糊的希望:想脱离这种混乱,跑到生活边缘上的什么地方去。在夜里,剩下他独自一人时,他紧紧闭上双眼,想象出大得可怕的黑压压的一群人。这群人麇集在一个充满尘雾的凹地里,嘈杂而慌乱地转来转去,好像磨子斗里的谷粒一样。仿佛在这群人的脚下隐藏着一个看不见的磨盘正在把他们磨成粉末,人们在磨盘下波状般的转动着,一时冲下去,好赶快被磨碎而消失,一时蹿上来,企图逃避这无情的磨盘。

福马在这一群人中间,看出了有他所熟识的面孔;不知从哪儿闯来了他父亲,他使劲推开并闯倒凡挡住他去路的人,挺起胸脯排开一切,并且高声哈哈大笑……随后就倒在人们脚下,消逝不见了。在那边,他教父用他整个枯瘦的但是柔韧而结实的身子劳动着,像蛇似的蠕动,一时跳到人们肩头上,一时溜到人们的脚中间……柳博芙跟在她父亲背后,叫喊着、挣扎着,一时落在他后面,一时又快追上来了。佩拉格娅正迅速而笔直地赶往什么地方去。……那边立着索菲娅·帕甫洛芙娜,两手无力地垂着,正像最后一次站在她自己客厅里的那个样儿。……她的眼睛很大,但眼睛里闪着恐怖神色。冷淡的萨莎,毫不注意人们的推撞,径直走进人群里,用她乌黑的眸子静静地瞧着一切。福马听到喧嚣、号叫、笑声、醉汉的叫喊、愤激的争吵;歌声和号哭正飘浮在挤进坑洼里的这一大堆手忙脚乱的活人的身体上空;它们爬着,互相挤压,彼此往肩头上跳,像盲人似的乱窜,到处撞着跟自己同样的东西,挣扎着,倾跌着,从视线里消失不见了。钞票簌簌作响,像蝙蝠似的在人们头上翻飞,人们贪婪地朝它们伸出手去,金银发出叮当声,酒瓶哗啷哗啷响,瓶塞砰砰碰碰,有人在痛哭,一个女人的悲切声音在唱:

能相爱时且相爱!
昏昏糊糊混光阴!

这副图景深深印在福马脑际,而且每在他眼前重现一次,就变得更加鲜明、庞大、生动,在他胸中引起一种模糊的感觉;而恐惧、愤慨、怜悯、怨恨等等感情,像小溪汇入江河一样注入这模糊的感觉中。所有这一切在他胸中沸腾,变成一种强烈的欲望,——他因这一欲望的力量感到窒息,两眼噙着泪水;他想要叫喊,要像野兽一样咆哮,要使所有的人都感到惊惧,以制止他们的无意识的纷乱,把自己的什么东西注入这种喧嚣和空虚的生活中,说些响亮、坚决的话,指导他们全都向着一个方向,而不是互相对立。他想用他的手抓住他们的脑袋,把他们彼此分开来,有的加以痛打,其余的加以爱抚,斥责他们所有的人,用一种火光照亮他们。……

可是,他心里什么也没有——既没有必要的词令,也没有火光,仅只有他自己理解却无法实现的一种愿望。……他想象自己是在人们扰扰攘攘的这个洼地之外;他看见自己站得稳稳当当的,而且一声不响。他本来是可以对人们这么喊叫的:

"你们生活得怎样?难道你们不害臊吗?"

但如果他们听见了他的声音,就会反问:

"那么,我们该怎样生活呢?"

他心中十分明白,这样一问之后,他势必从那高处一个筋斗跌到人们脚下,跌到磨盘上。人们就会用笑声给他送终。

有时候,他觉得,他醉得丧失了理智,这也就是这些可怕的幻象所以钻进了他脑子的原因。他用意志的力量消灭了这副幻景,但只要他一人独处、并不太醉的时候,他就又是满脑子的幻境,在这种重压之下重新变得软弱无力了。对于自由的渴望,在他心里越来越扩展、越来越强烈。可是,他却无法从他财富的桎梏中挣脱出来。

马亚金接受了福马的全权处理业务的委托,他把事情安排得使福马几乎每天势必感觉到落在他身上的责任的重压。人们不断地要求他付款,向他提出关于运输货物的契约,职工们把那些以前与他无关而是由他们自己负责完成的琐碎小事也拿来麻烦他。人们在下等饭店里找着他,问他应该怎么干以及干些什么,他有时候自己虽完全不懂,也告诉他们这应该怎么办或那应该怎么办,他觉察到,他们对他的那种隐而未露的轻蔑,而且几乎经常看出,他们没有遵照他的吩咐办事,而是用另一种更好的方法办的。在这一点上,他感觉到了教父的巧妙手段,而且也明白了老头子是借此压迫他,使他转到他的道路上去。在这同时,他又觉察出,他并不是他自己事业的主人,只不过是它的一个构成部分,而且不是重要的一部分。这就使他很生气,使他和老头子更加疏远,并且更强烈地引起他要摆脱事业的渴望,纵使代价是事业的覆灭也在所不惜。他狂怒地在下等饭店和小娱乐场所大肆挥霍,但这样并没有继续多久——亚科夫·塔拉索维奇结算了银行里的活期存款,并把全部存款提出去了。不久福马感觉到,即使他开了期票,人们也不像当初那么乐意借钱给他了。这件事伤了他的自尊心,使他十分愤慨,而且当他得知教父在商界中散布一种谣言,说他福马神经失常,也许必须给他指定一个监护人时,他害怕起来了。福马不明白教父究竟有多大权势,也下不了决心去向任何人征询有关这件事的意见;他相信老头子在商界中是有势力的,也能为所欲为。最初,他因马亚金的手压在自己身上,觉得很痛苦,但后来也处之泰然,继续度着他那种放荡不羁的醉醺醺的生活,在这种生活中,惟一安慰他的就是人。他一天天地越来越确信,他们比他更愚蠢,在各方面不如他,他们不是生活的主人,而是它的奴仆;生活随心所欲地播弄他们,任意压迫他们并毁灭他们。

福马是这样在度着他的日子:他似乎是在泥潭中行走,每走一步都有陷入稀泥和水苔中的危险,而他的教父却像一条泥鳅,蟠蜷在一小块相当干而坚固的地方,从远处目不转睛地瞧着他教子的生活。

同福马争吵后,马亚金闷闷不乐,心事重重地回到家里。他的一对小眼睛冷酷地闪着光,整个身子像一根绷紧的弦挺得直直的。脸上的皱纹痛楚地收缩着,面孔仿佛变得更小、更黑了。当柳博芙看见他这种情形时,她认为他病得很厉害。沉默不语的老人在房间里神经质地跑来跑去,用冷酷无情而又简短的话语回答女儿的询问,最后,对她直截了当地吼道:

"别管我!不干你的事。……"

她看见他那对敏锐的绿眼睛显得忧郁而又颓丧,她可怜起他来了,当他在餐桌前坐下时,她一下走到他面前,两手放在他肩上,眼睛盯着他的脸,亲热而忧郁地说:

"爸爸!您是身体不舒服吧,您对我讲呀!"

她的温存是极难得的;它们往往使孤独的老人变得温和些,尽管他不知怎的对这种温存也置若罔闻,但他仍然是重视它们的。这时,他耸了耸肩头,挪开她的手对她说:

"去吧,到你自己位子上去吧……是夏娃①的好奇心打动了你吧。……"

但柳博芙没有走开,她执拗地瞧着他的眼睛,声音里含有委屈意味问:

"爸爸,您为什么老是这样同我讲话,好像我是一个小女孩、或者就是一个非常愚蠢的人?"

"因为你虽是长大了,但并不很聪明……嗯!这就把什么都说完

---

① 据《圣经·创世记》载称:夏娃是上帝造的世界上第一个女人,她因为好奇偷食了上帝的禁果,受到处罚。

啦!去吧,去坐下来吃呀。……"

她走开去,默默坐在父亲对面,抱屈地噘着嘴。马亚金一反平日的习惯,慢条斯理地吃着,用汤匙在白菜汤里搅了很久,执拗地睇视着它们。

"要是你那塞得一窍不通的头脑能懂得你父亲的心意就好了!"他突然说,像吹哨子似的叹了口气。

柳博芙把她的汤匙丢在一边,声音里几乎带泪说:

"爸爸,您为什么使我难受呢?难道您没看见,我是孤单单的一个人吗?老是孤单单的一个人!难道您不明白,我的日子过得多么痛苦?您从来没有对我说过一句亲切的话。……可您也是孤单单的一个人,您也很痛苦。……"

"啊呀,巴兰的驴说起人话来了①!"老人冷冷一笑说,"啊?你还有什么说的?"

"爸爸,您自恃聪明,所以您非常骄傲。……"

"还有什么呢?"

"这样不好!您为什么拒绝我呢?要知道,我除了您以外,还有谁呢。……"

泪珠儿涌现在她眼眶里;她父亲看见了,他的面孔起了哆嗦。

"如果你不是一个女孩子就好啦!"他提高嗓子说。"如果你聪明,好像——比如说,女城总管玛尔法②那样聪明就好啦!唉,柳博芙!那么,我就可以蔑视一切人……可以蔑视福马。……啊,别哭!"

她揩了揩眼睛问:

"福马怎么样?"

---

① 典出《旧约·民数记》第二十二章第二十四至三十节,意谓恭顺而寡言的人忽然说起话来了。
② 玛尔法·波列茨卡娅:十五世纪后半期,俄国诺夫戈罗德城总管波列茨基的妻子,丈夫死后,她领导了诺夫戈罗德的"立陶宛"党反对把俄罗斯的土地并归莫斯科统一管辖。她以聪明、刚毅、爱好自由、独立自主的性格闻名。一四七八年伊凡三世把诺夫戈罗德并归莫斯科公国后,玛尔法·波列茨卡娅被迫削发为尼。

"他乱来起来了……哈—哈！他说：'把我的财产全都拿去，让我自由自在。……'他想要在小酒店里……求解脱！……这就是我们的福马胡思乱想的事。……"

"这是怎么弄的？……"柳博芙犹豫不决地问。

"这是怎么弄的吗？"马亚金激动起来了，身子直哆嗦说。"这或者是由于他喝酒太多，或者是——但愿不这样！——由于他母亲的那种旧教徒①的……如果他具有那种库卢占卡的素质，那么我跟他将会有一场残酷的斗争！他冲着我挺起胸脯走来……显得非常大胆。他年纪轻……还不大狡猾。……他说：'我要把一切都喝光！'我倒给你喝光！"

马亚金把一只手举到头上，握紧拳头，用它狂怒地威胁着说：

"你敢吗？是谁创基立业的，是谁把事业建树起来的？是你吗？是你父亲呀。……四十年的心血结晶，你却想把它毁掉吗？我们大家应该在有些地方同心协力、在有些地方小心谨慎、一个跟着一个走到自己的位置上去。……我们商人，生意人，几世纪来都是将俄罗斯担负在我们的双肩上，而且现在也是担负着的。……彼得大帝是一位具有非凡智慧的皇帝，他知道我们的价值！他是怎样扶持我们的呢？他特意印出书来，好使我们学习商务。……我就有一本奉他的敕令印出来的书，它就是乌尔比诺城的波利多尔·韦尔吉利②写的《论物的发明者》一书……刊行于一七二〇年……啊！这是必须弄明白的！……他为我们开了个头。……现在我们就可以自己站稳脚跟.……给我们让路吧！我们已奠定了生活的基础——这是把我们自身代替砖奠入土中，现在我们必须建筑一层一层的楼房了……让我们自由行动吧！这就是我们的弟兄应该坚持的方向。……这就是我们的使命所在！

---

① 俄罗斯正教的非改革派教徒。
② 波利多尔·韦尔吉利，十六世纪上半期的意大利学者。他的著作《论物的发明者》是文化史方面的一部有创见的百科全书，于一七二〇年按彼得一世之意出版了俄译本。

福马不了解这一点！……应该了解——应该继承下去。……他拥有他父亲的资财……我去世了,我的也要加上去:好好干呀,狗崽子！但他却拼命淘气。不,你等一等！我要把你带到适当的地点去！"

老人愤激得气都喘不过来了,他那对炯炯发光的眼睛怒气冲冲地瞧着他女儿,仿佛福马就坐在她的位子上似的。他的愤激神态使柳博芙感到害怕。

"路是我们的祖先铺的,你应该从上面走下去。我辛勤劳碌了五十年,为的是什么呢?……我的孩子们呢?我的孩子们在哪儿?"

老人凄凉地垂下了头,他的声音中断了,接着他闷声闷气地讲着,好像他在对他的内心说话:

"一个已经完了……另一个是酒鬼！……一个女儿。……在我死之前,叫我把我的一番心血交给谁呢?……如果有一个女婿的话……我以为,福马会成为一个人,会老练起来,我就把你给他,还把全部的财产给你带去,哈！福马毫无用处……而旁的可以代替他的人,我又物色不出。……人都成了什么样儿！从前,人好像是铁打的,如今他们一点韧性也没有。这是怎么回事?是什么原因造成的呢?"

马亚金担心地瞧着女儿,她一声没吭。

"告诉我,"他问她说,"你需要什么?依你的意见,应该怎样生活?你所希望的是什么?你进过学校,看过书,你需要什么呢?"

这些问题出乎柳博芙意料之外落在她头上了,她感到有些狼狈。她既高兴她父亲问到她这些事,又不敢回答,害怕会在他眼里降低了自己。但她终于鼓足勇气,仿佛准备跳过桌子似的,迟迟疑疑并且声音颤抖抖地说:

"我希望所有的人都幸福……满足……所有的人都平等……人人需要自由……就像需要空气一样……并在一切方面都平等！"

父亲以不动声色的轻蔑态度对她说道:

"那种事我也晓得:你这个傻瓜,净学些皮毛！"

她低下了头,但立时又抬起来,苦闷地高声说:

"您自己也说:自由……"

"闭嘴!"老人对她粗暴地吼道。"你连每个人明显地摆在外面的情形都没看见……既是每个人都想出人头地,那么大家又怎能全都幸福、平等呢?就是乞丐也有他的尊严,也老在别人面前自夸呢……连很小的孩子,也要在他的伙伴中占第一。……一个人决不会对他人让步,只有傻子才会这样想。每个人都有他自己的灵魂……只有那些不爱自己灵魂的人,才可以按同一个尺寸来削齐。……唉,你呀!……没用的书看得太多,加上食而不化……"

老人脸上现出了痛苦的责难和讽刺的轻蔑神情。他把自己的圈椅哗的一声由桌前移到一旁,离开椅子跳起来,两手抄在背后,开始在房间里小步跑来跑去,一面微微晃着脑袋,用愤怒的、喃喃的低语声自言自语着……柳博芙由于激动和委屈,脸色变得苍白,觉得自己在他面前显得愚蠢,束手无策,听着他的喃喃低语,她的心都颤抖了。

"只剩我一人孤零零的……像约伯①一样。……哦,主啊!……我怎么办呢?我难道不聪明吗?我难道没有手腕吗?"

姑娘为老人感到万分难过;她非常强烈地希望能帮助他;她想要使自己对他有些用处。

她用燃烧一般的目光一直盯着他,突然她对他轻声说:

"爸爸……亲爱的!不要悲伤……要知道,塔拉斯还活着的……也许,他……"

马亚金一下停住脚,呆立不动了,他慢慢地抬起了头。

"因支撑不住被弄弯的幼树,到了长成老树时,不用说,是损坏了的。……啊,反正……塔拉斯现在对于我说来,是一根稻草②。尽管他的价值未必会比福马的高。高尔杰耶夫有一种特性……他有他父亲

---

① 据《旧约·约伯记》记载,约伯是一个"完全正直、敬畏上帝、远离恶事"的"义人"。上帝为了驳倒撒旦的挑唆,故意降罚于约伯,剥夺了他的一切,使他只剩得孤零零的一人。
② 指渺茫的希望,即俗语说的,溺水的人,虽对一根稻草也要攀附求生。

的那种果敢精神。……有许多事,他能自己承当。……至于塔拉斯卡……你提起得正合时。……"

这老头儿,一分钟以前,意气消沉到了抱怨诉苦的地步,在房间里愁苦地到处乱窜,像关在捕鼠器里的老鼠一样;可是现在,他摆出一副忧虑面孔,沉着而坚定地重新走到桌前,细心地把他的圈椅摆在桌边,又坐了下来说道:

"应该去寻访一下塔拉斯!……他是在乌索利埃①一个什么工厂里……我听商人们讲过,他们在那儿像是制造苏打什么的。……我要打听打听清楚。……"

"让我写信给他吧,爸爸!"柳博芙快乐得发抖,满脸涨得通红,小声地这样请求。

"你吗?"马亚金瞥了她一眼问,接着一声不响,沉思地说:"好吧!这样甚至还要好些!你写吧。……问他结了婚没有?是怎样在过日子?想些什么?……啊,到了时候,我会告诉你怎样写的。……"

"爸爸,您得赶快……"姑娘说。

"倒是得赶快给你找个婆家。……我已经物色到一个火红色头发的小伙子,这人好像并不笨。……还在外国受过教育,顺便说一说……"

"是斯莫林吧,爸爸?"柳博芙担心又好奇地问。

"是他又怎么样?"亚科夫·塔拉索维奇干练地探问说。

"没有什么。……我不认识他……"柳博芙含糊地回答。

"要给你们介绍的……到时候了,柳博芙,到时候了!福马身上希望很少……尽管我也没有放弃他。……"

"我对福马并不曾有什么意思。……"

"你这就不对。……要是你更聪明一点的话,他可能不会行为反常!……我每每看见你们两人在一起时,我想:'我女儿一定会把这小

---

① 乌索利埃是卡马河上的一个码头,俄国乌拉尔盐业的古老中心之一。

伙子笼络到手的!'可是我失算了。"

她听了他这一番动人的话,变得深思起来。健康、强壮的柳博芙,最近越来越常想到结婚的事,因为她看不到可以使她解除孤寂的旁的出路。想抛弃父亲,到什么地方去学点什么、做点什么工作的那种愿望,她早已打消,正像她一个人在心里打消了其他许多和这同样不深刻的愿望一样。她所看过的各种各样的书,在她心里留下了一层混浊的沉淀,虽然这层沉淀也有一种生物,但这是像原形质一般的生物。从姑娘心中这层沉淀物里,发育出了一种对她自己生活不满的感觉,一种对个人独立的憧憬,一种想从父亲的严厉监护下解脱出来的希望,但她既没有实现这些愿望的能力,而且关于怎样实现它们的设想她也没有。自然力也在起着作用,当姑娘一见手里抱着孩子的年轻母亲时,她就感到一种又苦闷又委屈的痛苦。有时候她站在镜子前,伤心地审视自己那张眼睛四周有黑圈的丰满娇嫩的面庞,她变得顾影自怜起来了:生活从她身边走过,把她遗忘在一旁什么地方了。现在听了她父亲的谈话,她自己在心中想象着:这个斯莫林会是怎样的一个人呢?她遇见他的时候,他还是个中学生,他那时候满脸雀斑,一个翘鼻子、很整洁、稳重而乏味。他跳舞时,生硬呆板,讲起话来,毫无趣味……从那时以来,已过了不少岁月:他到过外国,在那儿研究过什么,他现在怎么样了?她的思想,从斯莫林身上转到她哥哥身上去了,她怀着十分沉重的心情想道:他会怎样回复她的信呢?他是个怎样的人呢?她心里所想象出的哥哥的形象,把她眼前她父亲的和斯莫林的形象遮盖住了,她也对自己说过,在未会见塔拉斯之前,她决不同意结婚。这时突然间,她父亲高声对她说:

"喂,柳博芙卡!你在想什么?你经常想的是些什么呢?"

"一切都变得多么快呀。……"柳芭微笑了一下回答。

"什么事变得快?"

"一切事……一星期以前,连跟你谈起塔拉斯都不可以,而现在却……"

"有这种需要呀,姑娘!需要就是力量,它能使钢条变成弹簧,而钢是顽强不屈的!塔拉斯吗?我们要瞧瞧看!一个人的价值,决定于他对生活力量的抵抗,——如果不是生活在按它的方式操纵他,而是他在按自己的方式操纵生活,那么,我向他致敬!唉,我老了!但如今生活变得多么旺盛呀!生活里的趣味一年一年地不断增加,其中的意义越来越大!我希望我能长生不老,希望能够一直这样活动下去!……"

老人津津有味地嘬着嘴唇,搓着手,他的一对小眼睛贪婪地闪着光。

"但你们却是些血气不够的东西!还没长成功,已经自己长得太大就干瘪了,像根陈萝卜样。……生活变得越来越美好,你们却不能了解。……我在这世上活了六十七岁,而且已经站在自己的棺材旁边了,但我看见,从前,在我年轻的时候,世上的花要少些,也没有这般美丽。……一切都装饰得多么好呀!房屋建筑得多好!有各种各类的用具、商品。……多么大的轮船!人的智慧发挥得无穷无尽!你看一看,就会想:'啊呀,人可真是了不起呀!'一切都美好,一切都愉快,就只有你们,我们的继承人,任何有生气的感情都没有。小市民里的任何一个小骗子也比你们伶俐……譬如说……那个叶若夫吧,他是个什么东西呢?但他却显得甚至像是生活中各方面的裁判者,他很有勇气!可是你们呢,呸!你们生活得像乞丐一样。……应该剥掉你们的皮,在你们的活肉上撒上盐,那么,你们就会跳起来!"

亚科夫·塔拉索维奇身材矮小,一脸皱纹,骨瘦如柴,满口的乌黑破牙齿,脑袋像给那幽闭在他心里的生活热情烧过似的又秃又黑,他在热烈的激动中浑身发抖,一面用刺耳的瞧不起人的谈吐对他那个长得高大丰满的年轻女儿大加责难。她以抱歉的目光望着他,惶惑不安地微笑着,她心里对这位坚持自己意愿的生气勃勃的老人产生了无限的敬意。……

福马依然在纵饮作乐、游游逛逛。在城里一家华贵餐厅里,他碰见了那个姘上萨莎的伏特加酒厂主的儿子,他们友好、高兴地拥抱了。

"这真是奇遇!我是第三天在这儿吃饭,真寂寞透顶。……全城里就没有一个像样点的人,所以我昨天竟跟新闻记者们结识了。……还不错,都是些愉快的人……开始,他们摆出贵族架子,老是讥刺我,但后来大家都喝得烂醉。……我要介绍您跟他们认识。……其中有一个是写小品文的,就是那一次捧您的那个人……他是叫什么名字呢?的确是个令人开心的小家伙,他妈的!"

"亚历山德拉怎样?"福马问,这个衣装华美,放荡不羁的高个子青年的高谈阔论,把他震得有点耳朵发聋了。

"啊,您可知道,"这人皱了皱眉说,"您的这位亚历山德拉真是个坏透了的女人!她是那么阴沉沉的,跟她在一起真是枯燥无味,让她见鬼去吧!她冷得像只青蛙,嘿!我想打发她走了……"

"冷冰冰——这倒是真的。"福马说着也深思起来。

"每个人都应该用最好的方式去干他自己的事情!"酒厂老板的儿子用教训的口吻说。"如果你做了别人的姘妇,也就应该圆圆满满地履行你的责任,——如果你是个规矩女人……。啊,我们喝伏特加吧?"

他们喝了酒。不用说都喝得醺醺大醉。

天快晚时,旅馆里聚集了一大群喧闹的人们,福马喝醉了,但是忧郁而安静,他结结巴巴地说:

"我认为是这样:有的人是虫子,另一些人是麻雀。……麻雀就是商人。……他们啄虫吃。……他们命里注定这样。……他们是有用的。……可是我和你们大家没有用处。……我们活着毫无理由。……我们完全无用……但那些人……以及所有的人——他们活着是为的什么呢?这一点必须弄明白。……弟兄们!……我有什么用处呢?我毫无用场!……你们杀了我吧……好让我死掉……我要死呀。……"

他大量地淌着醉后的眼泪哭了。一个瘦小黝黑的人在他身旁坐

357

下,他正提醒他什么事,纠缠着要亲吻他,并用小刀敲着桌子嚷道:

"请安静!让纯真的人发言!让混乱生活中的象和狒獴发言!纯真的俄罗斯良心在讲神圣的话语!怒吼吧,高尔杰耶夫!向一切怒吼吧!……"

他又抓住福马的肩膀,向他胸膛凑上去,把他自己那个头发剪得很平的又圆又黑的脑袋朝福马的脸边昂着;由于这脑袋不断向四面八方转动,福马看不到他的面孔,因此很生他的气,老要把他从身边推开,激怒地喊道:

"走开!你的脸在哪儿?"

在他们周围,响起了一阵醉汉们的震人耳聋的哄笑声,酒厂老板的儿子,笑得气都喘不过来,嘶哑地对一个人吼道:

"到我这儿来吧!一百卢布一月,另供膳宿!的的确确!来吧!实实在在!把报纸抛弃了吧,我还会多给!"

一切都有节奏地、波动式的左右摇荡。人们时而离开福马,时而又走近他身边,天花板向下坠,地板却朝上升,福马觉得他马上就会被压扁、压碎。接着,他感觉到他是在一条宽阔无边而又有暴风雨的河面上漂流,他趔趔趄趄,吓得叫喊起来了:

"我们会漂到哪儿去呢?船长在哪儿?"

回答他的是醉汉们毫无意义的响亮笑声和那个小黑个子的讨厌的尖叫声:

"真—的!船长在哪儿呢?"

福马从这场噩梦中醒来时,是在一个有两扇窗的小房间里,第一件映入他眼帘的东西,是一株枯树。它耸立窗前;它那树皮脱落的粗树干挡住了射入室内的光线,那弯曲发黑的无叶枝丫无可奈何地伸在空中,摇晃着,抱怨似的发出了嘎吱嘎吱的响声。外面在下雨,一股一股的水沿玻璃窗流下,可以听到水从屋顶滴落地面发出的呜咽声。另外又有一种尖锐的、时常中断的、笔画在纸上的急促的刷刷声和一种不连贯的唠叨声掺和在这呜咽声里。

福马很费力地在枕上扭过沉重的头来,他看见了一个矮小的黑黑的人。这人坐在桌前,用笔迅速地在纸上草率写着,一面赞许地晃着圆脑袋,把它转来转去,肩膀抽搐着,而且全身——仅穿一条衬裤和一件睡衣的整个瘦小身子——在椅上不断地移动,仿佛他兴奋得坐不住,但又不知怎么不能够立起身来。他那只又瘦又细的左手一会儿使劲擦着前额,一会儿又在空中做些莫名其妙的手势;一双赤脚在地板上擦得沙沙响,颈上一根血管在抖动,连耳朵也动起来了。当他把面孔转向着福马时,福马看见了那正在嘟哝着什么的薄嘴唇、尖鼻子、稀疏的小胡子;每当这小个子微笑时,这小胡子就朝上扯动。……他的面孔焦黄,皱纹很多,他那对灵活、放光的乌黑小眼睛看来和这张脸是格格不入的。

福马因看他看得疲倦了,就开始慢慢用眼睛打量着房间。钉在墙上的那些大钉子上,挂着一捆捆报纸,因此墙上显得满是肿瘤。天花板上糊着过去曾是白色的纸张,但这些纸现在却鼓胀得像气囊一样,到处破裂、脱落,成了肮脏的纸屑悬吊起来了;地板上抛撒着衣服、皮靴、书籍、撕碎的纸片。……整个房间令人产生这样一种印象,好像它是给滚水烫过的。

小个子放下笔,俯身在桌上,用他的手指灵活地频频敲着桌边,声音轻柔地低低唱道:

> 敲起鼓来,你不要恐惧,
> 去吻一吻随军商店的少女!
> 这就是全部的学问,
> 这就是书里最深的意义。[1]

福马深深地叹了口气,说:

---

[1] 出自德国诗人海涅的《教义》一诗。中译文见冯至同志译的《海涅诗选》(人民文学出版社1962年版)。

"我想喝点泽利捷尔水①……"

"啊呀!"那小个子喊了一声,从椅上跳起来,一下到了福马躺着的长沙发旁边。"你好,朋友! 要泽利捷尔水吗? 是要掺白兰地的还是要淡的?"

"顶好是掺白兰地的……"福马说,握住了伸给他的那只瘦骨嶙峋的热烘烘的手,并且目不转睛地瞧着这小个子脸上。……

"叶戈罗芙娜!"这人朝门口喊了一声,又掉过身来对福马问道:"不认识了吗,福马·伊格纳季伊奇?"

"我记得……是……好像见过面。……"

"我们有四年时光经常见面……但那是好久以前的事了! 我是叶若夫呀。……"

"我的天啦!"福马吃惊地大叫一声,从长沙发上抬起身来。"难道真是你吗?"

"老兄,我有时候自己也不相信这一点呢,不过,事实却是这样一种东西,怀疑在它面前,就像橡皮球碰在铁上一样,会被弹回来的。……"

叶若夫的面孔滑稽地变了相,两手不知怎么开始扣摸起胸口来了。

"唉,真—是!"福马拖长语调说。"你变得多么苍老了! 你多大年纪哪?"

"三十岁……"

"但——好像有五十岁……又瘦又黄! ……看来,生活过得并不愉快吧?"

看见自己的活泼愉快的同学这般衰老了,住在这样一间陋室里,福马觉得很难过。他忧愁地眨着两眼瞧着他,看出叶若夫的脸那样痉挛着,他那对小眼睛怒得发火了。叶若夫正拔着水瓶的塞子,因此占

---

① 德国泽利捷尔出产的矿泉水。

住了身子,一声没响。他把水瓶夹在两膝间,为了从瓶上拔去塞子白白使劲用力。他这种衰弱无力的情形,也使福马发生了感触。

"的—确,生活已把你吮吸干了。……但你曾用功研究过学问……"福马若有所思地说。

"你喝吧!"叶若夫把杯子递给他说,由于疲乏,他的面色都惨白了。接着,他揩着前额,在长沙发上挨着福马坐下,说:

"学问吗,算了吧!学问是神圣的饮料……但它现在还没到适用的时候,正像还没有提净杂醇油的伏特加一样。学问还不能够用来使人幸福,我的朋友……应用学问的人,只有感到头痛的……正像你和我现在这样。……你为什么这样毫不在乎地乱喝酒?"

"但我有什么事好做呢?"福马冷笑一下,问。

叶若夫眯细眼睛好奇地瞧着他,说:

"将你这个问题跟你昨晚胡言乱语的那一切联系起来看,我从心底里体会到,你呀,朋友,也不是由于生活愉快才寻欢作乐的……"

"唉!"福马深深叹了口气,从长沙发上立起身来。"这叫做什么生活呢?真是荒谬透顶。……我一个人过日子……什么也不懂……我想唾弃一切,隐遁到什么地方去!我要逃避一切。……好苦闷啦!"

"这倒有趣!"叶若夫说,一面擦着手,全身转动起来。"如果这是真的,这倒有趣,因为这就证明了,对生活不满的圣灵已经深入到商人的寝室里……深入到那些沉溺在油腻的白菜汤里、沉溺在茶和其他饮料湖泊里的死人的灵魂里了。……你从头到尾全部都一一讲给我听吧……朋友,那么我就可写一部小说。……"

"有人告诉我,说你关于我曾经写过些什么吧?"福马好奇地问,再一次仔细地睇视老友,他不理解这样一个可怜的人能够写出东西。

"我写过!但你读到过吗?"

"没有,没机会呀……"

"人们对你讲过些什么呢?"

"好像是说你痛骂了我一顿。"

361

"啊……但你可高兴自己读一读吗?"叶若夫注视着高尔杰耶夫追问说。

"我要读一读!"福马应许他说,觉得在叶若夫面前很难为情,因为叶若夫似乎因他对他那篇文章的这种态度有点儿生气。"真的,既是写的关于我的事,那一定很有趣……"他对他的朋友好意地微笑着又补充了这么一句。

这一次的会面,使他心里产生了一种宁静、柔和的感情,唤起了他对童年的回忆,现在这些回忆在他的记忆里闪闪烁烁,忽隐忽现,好像微弱的小火光从遥远的过去胆怯地照着他一样。

叶若夫走到桌前,桌上已放着一个烧开了的茶炊,他默默地斟了两杯浓得像漆样的茶,并对福马说:

"过来喝茶吧……你讲给我听呀!"

"我没有什么可讲的。……我的生活空空如也!还是你把你的情形讲给我听吧……反正你比我知道的多得多……"

叶若夫沉思起来,不断地转动身子,晃着脑袋。他沉思时,只有面孔凝然不动,他脸上的全部皱纹集拢在眼睛旁边,像光线似的把它们团团围住,因此两眼更深深地缩到额头下面去了。……

"不错,老兄,我见过一些……"他晃着脑袋开始讲起来了。"我知道的事,也许超过了我应该知道的,而知识超过了需要,对于一个人说来,这就和连必要的事都不知道,同样有害。把我的生活情形讲给你听吗?我来试试看。我还从来没有对任何人讲到过我自己……因为我没有引起过任何人对我关心。……不能引起人们对自己关心,这是活在世上最难过的事!……"

"我从你脸上,并从一切方面看出来你的日子过得并不好!"福马说,感到很高兴,因为生活对于他的同学来说,也不是轻松愉快的。

叶若夫一口喝干了他的茶,把杯子丢在盘子上,两脚搁在椅子边上,两手抱住膝头,下巴搁在上面。他人矮小,身子又柔软,好像橡皮一样,他就在这种姿势中开始讲起来了:

"大学生萨奇科夫,我从前的老师,现在是一位医学博士,爱玩文特①,是一个奴才,过去当我功课学得很好时,他就对我说:'了不起,科利亚!你是一个有才能的孩子。我们这些平民知识分子,出身寒微的穷人,应该学习再学习,才能够出人头地。……俄国需要聪明正直的人,努力做这样的人吧,那么,你就可以成为自己命运的主人,成为社会上有用的一员。国家最美好的希望现在是在我们这些平民知识分子身上,我们负有给它带来光明和真理的使命……'等等。我相信了这个蠢东西的话。……从那个时候以来,已过去将近二十年了,我们这些平民知识分子成长起来了,但我们没有拿出智慧来,也没有给生活带来光明。俄国仍然为它的那些慢性疾病所苦——无赖汉过多,——而我们这些平民知识分子,也乐于把自己补充到他们队伍里去。我的老师,我再说一遍,是一个奴才,一个唯市长之命是听的毫无个性、沉默寡言的角色,而我是一个献身社会的丑角。老兄,我在这城里颇有名气呢。……我在街上走,听见一个赶马车的对他的同伴说:'叶若夫来了!他骂人骂得可真厉害,他妈的!'的—确!这样一步,也不是容易达到的。……"

叶若夫的脸皱成了一副辛辣的怪相,他不出声,只动了动嘴唇笑着。福马不懂得他所说的,但他因为必须讲点什么才行,也就不假思索地说:

"这就是说,你没有打中你所瞄准的目标。……"

"是的,我以为我可以爬得更高些……是应该爬上去的!"

小品文作者从椅上跳起来,开始在房间里跑来跑去,尖着嗓子叫喊:

"不过,为了保持自己人生的完美,就非有很大的魄力不可!我有过这种魄力。……我有过机智和手腕……但为了学得点东西,我把这一切都耗尽了……而所学的东西现在对我毫无用场。我和同我在一

---

① 文特是一种四人玩的纸牌游戏。

起的许多人,为了给人生积聚点东西,连自己都剥削到了……你想想看,因为渴望把自己造成一个有价值的人,我千方百计地贬低自己的人格。……为了求学又不至于饿死,我一连六年之久教一些蠢东西读书写字,并且受到各种家长加在我身上的数不尽的难堪和肆无忌惮的侮辱。……我用劳动挣来了面包和茶;却没有时间去挣皮靴,所以就俯首下心地向慈善团体申请贷金。……如果慈善家们计算一下,他们在维持一个人肉体上的生命时,却扼杀了人的多少精神就好了!如果他们知道他们施舍面包用的每一卢布之中,包含的九十九个戈比对于精神说来倒是毒素就好了!如果由于他们的神圣事业,使他们获得的那种仁慈和骄傲过于充盈,而把他们炸裂开来就好了!世间再没有比施恩于人的人更丑恶、更讨厌,也再没有比受惠于人的人更不幸!"

叶若夫在房间里跑来跑去,好像完全失了常态,他脚下的纸张发出沙沙响声,碎成片片,翻飞了起来。他把牙齿咬得直响,转动着脑袋,两手凌空悬垂,好似打伤了的鸟翼。福马怀着一种奇异的双重感情瞧着他:他既可怜叶若夫,而看着他这样受痛苦又感到心情愉快。

叶若夫的喉咙里发出了一种像是没上油的铰链的吱吱嘎嘎的响声。

"人们的慈善毒害了我,我是由于每一个在社会上出人头地的穷人所具有的那种宿命的才能,由于胸怀大志而不拘泥于小节的才能,而遭到了毁灭。……哦!你知道吗?由于缺乏自知之明而遭到毁灭的人,比毁于肺痨的人还更多,这就是那些可能成为群众领袖的人所以做了警察分局局长的原因!"

"去他妈的警察分局局长!"福马把手一摆说。"还是谈你自己的事吧。……"

"谈我自己的事!我的事全在这儿!"叶若夫在房间中央停住脚,用手捶着自己的胸膛。"我已经完成了我能完成的一切……我已达到做一个社会上的助兴人的地位,要再踏出一步,我就无能为力了!"

"你等一等!"福马精神振奋起来了。"你说说看,为了能安安静静地过生活……这就是说,为了能使自己得到满足,一个人应该怎么办?"

"为了这一点,一个人应该不要安安静静地过生活,而且还要像逃避恶疾那样,甚至尽量避免使自己有可能得到满足!"

这几句话,福马听来觉得空空洞洞,他心里没起一丝儿感情的波动,头脑里没产生任何想法。

"人生在世必须经常憧憬着自己难以达到的什么东西。……一个人的身体老是向上伸,就会长得更高起来。……"

现在,叶若夫不谈自己的事了,他讲话的声调变了,镇静得多了。他的声音坚定又沉着,神情变得傲慢严肃。他站在房间中央,举起指头伸直的手,好像念书似的说道:

"一个自满的人,就是社会胸膛上的一块硬化了的肿瘤。……他用微不足道的事实和从发霉味的智慧上啃下来的碎片把自己填塞起来,他生存着,就像是一间储藏室,这是吝啬主妇们储存她们完全不需要而又毫无用处的各种废物的储藏室。……如果你接触到这种人,把他们的心门大打开来,就会有腐朽的恶臭喷到你身上,就会有一种发霉的废物气味一股股地注入你所呼吸的空气里。这些不幸的人们,自称是意志坚强、有原则、有信仰的人……但谁也不愿指出,信仰对于他们,只不过是他们用来遮盖他们精神贫乏真相的衬裤罢了。这种人的狭窄额头上经常闪现出众所周知的这样的题词:'沉着和稳健,'多么虚伪的题词呀!只要用一只强硬的手擦一擦他们的额头,你就可以看出真招牌来,上面显出的是:'狭隘和昏庸!'……"

"这类人,我可见得多啦!"叶若夫愤怒而悲惨地高声说。"这种零售小店发展得真多!在它们那儿,可以找到做寿衣的白棉布、柏油、冰糖和消灭蟑螂用的硼砂,却寻不出任何新鲜、热情的东西,任何健康的东西!如果你带着苦于孤寂的、痛楚的灵魂到他们那儿去,你怀抱着想听到一点有生气的东西的渴望到他们那儿……他们提供你一种热腾腾的反刍物,这是被他们反复咀嚼过,陈腐得发酸的书本上的思想。……这些枯燥乏味而又僵化了的思想经常是这般贫乏,若要把它们表现出来,就非用大量音调响亮和言之无物的词句不可。每当这种人讲话时,我就觉得:这儿是一匹吃得饱饱的而又饮水过多的驽马,它挂满了小铃铛,正运送一儎垃圾出城去,多可怜啦!但它却很满足于它自己的命运。……"

"这就是说,他们也是一些多余的人……"福马说。

叶若夫在他对面停住,唇边挂着讽刺的微笑说:

"不,他们不是多余的,哦,不!他们活在世上是做标本的,指示人们别再蹈覆辙。老实说,他们的位置,是在解剖博物馆里,那儿是保存一切种类的畸形儿和各种各类不正常病态变异的地方……在生活里,老兄,没有什么东西是多余的……连我在其中也是有用的!只有那些人,他们胸膛里放着死去的心脏的地方,现在是一块卑污的自我崇拜的大脓疱,只有他们,才是多余的……不过,即使从我能够把我的憎恨发泄在他们身上这一点来说,他们也还是有用的。……"

整整一天,一直到晚上,叶若夫都很慷慨激昂,痛骂他所憎恶的人们,他言论里的激烈情绪感染了福马,引起了这小伙子的战斗心情。但有时候他心里又突然涌起对叶若夫不信任的感觉,有一回他直截了当地问他说:

"喂……当着人的面,你能这样讲吗?"

"在一切适宜的场合……而且每逢星期日——在报纸上……你可要我念一念?"

不等福马回答,他就从墙上扯下几张报纸,继续在房间里跑来跑去,开始念给他听。他咆哮、惨叫、大笑、露出了牙齿,好像一只在无力的狂怒中要挣脱链条的恶狗。福马无法捉摸他朋友文章里的意义,但他却体会到其中的果敢精神、毒辣的嘲笑、激烈的仇恨,他觉得非常痛快,好像在蒸气浴中身上受到桦树笤帚的抽打一样[1]。……

---

[1] 俄国人行蒸气浴时,用桦树枝笤帚敲打身子,使身上出汗更猛,易于清除污垢。

"妙极了!"他捉摸到某些个别词句的意义这样高声嚷了起来。"真攻得高明!"

在他面前,不断闪过熟识商人的和著名市绅的姓名,叶若夫对这些人进行挖苦,有时候大胆而尖刻,有时候恭恭敬敬,像用针一般的细刺刺着他们。

福马的称赞和他那燃烧着满意神色的眼睛更加鼓舞了叶若夫,他越来越大声地咆哮怒吼,一时疲惫不堪地倒在长沙发上,一时又跳起来跑到福马面前。

"来——吧,把关于我的事念来听听吧!"福马高声说。

叶若夫在一堆报纸里翻了一会儿,从其中抽出一张来,两手拿着,站在福马面前,两腿叉得很开;福马斜躺在一张座位已压坏的圈椅上微笑着倾听。

讲福马的那篇小品文,一开始就是描写那次木筏上的会饮,在朗读时,福马觉得有些个别词句像蚊子似的刺着他。他的脸色变得严肃起来,他低下头,闷闷不乐地一声不响了。可是蚊子却越来越多。

"你未免太过分吧!"他终于惶惑不安而又不满地说。"你单单只会侮辱人,这在上帝面前是讨不到好的。……"

"别响!你等一等!"叶若夫对他简短地说,又继续读下去了。

他在他的文章中肯定说,商人在造成紊乱和丑闻方面,无疑超过了其他阶层的代表们。叶若夫问道:"这是因为什么缘故呢?"接着他回答说:

"我认为,这种对野蛮狂妄行为的爱好,它的根源是不够文明,而这又依据精力过剩和游手好闲的情况而定。我们的商人们——除少数例外——乃是最身强力壮同时又最少劳动的阶层,这一点是没有疑问的。……"

"那倒是真的!"福马用拳头在桌上一击,这样叫了起来。"是这种情况!我就有牛一般的气力,却只做麻雀做的那一点点工作。……"

"叫商人到哪儿去消耗他的精力呢？在交易所用不了多少精力，所以他就把他肌肉上的过剩资本浪费在小酒店的会饮中，关于其他对人生更有效果和价值的运用气力的方法，他毫无概念。他还是一头野兽，而生活对于他，已经成了一只笼子，有了他那非常健康的身体和对放荡生活的爱好，他感到笼子里很狭窄。由于不文明，他有时就闹事。商人的闹事往往是像被擒获的野兽的一种骚动。当然，这很不好。……可是，唉！当这只野兽在他的气力以外略略积聚了点智慧，而且又把他的气力加以锻炼时，那就还要更糟！请相信，即使在那时候，他也不会不再演出些丑闻来，不过，那些将成为历史事件了！但愿上帝拯救我们脱离这种事件吧！因为它们所以发生，是商人企图获得权势，它们的目的是在达到一个阶级的极权，所以商人为了达到这一目的是不择手段的。……"

"啊，你说怎么样，对吗？"叶若夫念完报纸，把它抛在一边，问。

"结尾上，我不懂……"福马回答说。"但关于气力的话——讲得很对！"

福马在叶若夫面前匆促又热烈地把他关于人生、关于人、关于自己精神上的苦闷等一向所抱的见解说出后，一声不响，倒在长沙发上了。

"对了！"叶若夫拖长声调说。"你已达到这一步！老兄，这倒很不错！你关于书的看法怎样？你也看看什么书吗？"

"不，我不喜欢！我从来不看书。……"

"你所以不喜欢，是因为你没有看呀。……"

"我甚至害怕看书。……我见过，有一个女的……看书对于她说来，比有酒癖还要糟！而且书本又有什么意思呢？一个人想出了点什么，而旁的人就去阅读。……如果是有趣的话，倒也罢了。……但是，要从书本子里去学习怎样生活，这就未免有点太荒唐！要知道，书是人写出来的，不是上帝写的，而人能够自己为自己又定得出怎样的法则和榜样来呢？"

"你对于福音书①又怎样讲呢?那还不是人写出来的?"

"那些是圣徒们啦②……现在可没有这种人了。……"

"一点不错,你驳得有道理!对的,老兄,现在没有圣徒了。……剩下来的只是些犹大③,同时还是些蹩脚货色。"

福马觉得很愉快,因为他看见叶若夫聚精会神听他讲话,并好像对于他所讲的逐字逐句都在加以斟酌。这是福马生平第一次受到旁人以这样的态度对待他,所以他大胆而自由地在朋友面前倾吐自己的胸怀,毫不顾虑如何运词遣句,并且觉得自己会被理解,因为有人愿意理解他。

"你真是一个奇怪的小伙子!"叶若夫在他们会见两天后对他说。"尽管你不善于辞令,但可以感觉到你的心情是奔放的!如果你稍懂一点生活的规律,那该多好!我想,那时候,你会讲得振振有词……真—的!"

"用言语是不能使我自身获得解放的!……"福马叹口气指出说。"你讲到过的那些装作什么都懂、什么都行的人。……我也清楚这种人。……比如,我的教父就是。……应该攻击他们……揭穿他们才对!……他们实在是些害群之马!……"

"我简直无法想象,福马,如果你把你现在所有的想法保存在你心里,你将怎样过活下去呢……"叶若夫沉思地说。

这个受过生活熬煎的小个子,他也喝上了酒。他每天的生活日程是这样:早晨吃早点的时候,他把地方报纸浏览一通,从其中汲取写小品文的材料,马上就在桌子角上写了出来。接着,他跑到编辑部,在那儿剪下外埠的报纸,用这剪报辑成《各地杂景》。在星期五,他必须写一篇星期小品。做这种种的工作,他每月获得一百卢布的报酬;他工作迅速,空余时间全部用在为《慈善机关的评述和研究栏》的工作上。

---

① 即马太、马可、路加、约翰四福音书。
② 耶稣的门徒。
③ 出卖耶稣的门徒。

他和福马一道,在俱乐部、餐厅、下等饭店一直逛到深夜,他到处为他的写作搜集材料,他称这种写作为"擦净社会良心的刷子"。他把新闻检查员叫做"生活中传播真理与正义的管理人",把报纸叫做"给读者介绍有害思想的媒婆",把他自己那样干工作叫做"灵魂的零售"和"大胆反对宗教机构的一种企图"。

福马简直分辨不清叶若夫什么时候是开玩笑,什么时候是在讲正经话。他兴奋而又热情地讲到一切,尖锐地非难一切——这很合福马的心意。但是,往往他热情地畅谈起来了,却同样热情地反对自己并驳倒自己,或者用几句不成体统的滑稽话来作结束。这种时候,福马就觉得这个人无所爱好,在他心里就没有能够指导他的任何牢固的东西。只有讲到他自己的时候,他才用一种特别的语调,而且关于自己讲得越热烈,他对一切人和一切事便骂得越不留情。他对待福马的态度是双重性的——有时候,他鼓励他,热情而颤抖抖地对他说道:

"尽你所能的驳倒一切、推翻一切吧!要明白,没有比人更宝贵的东西了!尽力大声疾呼:自由!自由!……"

不过,当福马因他这番话的燃烧般的火花而愤激起来,开始梦想怎样着手驳倒和推翻那些为了个人利益而不愿发展生活的人时,叶若夫却往往打断他的话说:

"算了吧!你什么也干不出来!像你这种人,人们不需要。……你的时代,有勇而无谋的时代,已经过去了,老兄,你来迟了。……生活里已没有你的地位了。……"

"没有了吗?……你撒谎!"福马因遭到反驳,激动得叫了起来。

"那么,你能干得出什么事来呢?"

"瞧,我可以杀死你!"福马握紧拳头,恶狠狠地说。

"唉,你这个茅草人!"叶若夫耸耸肩,恳切又带惋惜地说:"这是什么了不起的事?我横竖是一个残伤得半死的人了。……"

但突然间,他因一种忧郁的愤恨心情激动起来,全身痉挛地说:

"我的命运欺负了我!我为什么像机器似的一连工作了十二年

呢? 为了学习。……我为什么十二年间无休无歇地在中学和大学里,把那些乏味、无聊、对我毫无用处的、矛盾百出的胡说刚囫吞下呢? 为了要成为一个小品文作者,为了每天扮演丑角的角色以娱乐大众,并说服自己相信这对他们是需要的、有益的。……我把我灵魂里的弹药三戈比一发地①全部打光了。……我自己获得了什么样的信仰呢? 仅只是相信生活里的一切都毫无价值,一切都该加以破坏、毁灭。……我爱的是什么呢? 是我自己……而且我觉得我所爱的对象,也值不得我爱。……"

他几乎哭出来了,并且不知怎么一直用他那双细弱无力的手搔着他的胸口和脖子。

但有时候,他的心情豁然开朗,这时候他讲话的精神就完全两样了:

"啊,不,我的歌还没有唱完! 我胸膛里吸进了点东西,我要像鞭子似的发出飕飕的啸声! 等着吧,我要把新闻这种工作抛开,动手干点严肃工作,写一本小书。……我要把它叫做《送终祈祷》:是有这种名字的一篇祈祷文,那是在人垂死时念的。这个由于内部衰弱无力而被诅咒的万恶社会,在它毁灭之前,将会把我这本书当作麝香来接受。"

福马一直留心观察他并比较他的言论,他看出来,叶若夫也像他自己一样是一个懦弱无力又迷了路的人。但叶若夫的高谈阔论也使福马的词汇丰富起来了,他有时很高兴地发觉自己把各种思想表达得那么高明、有力。

他在叶若夫那里有好几次碰见了几个特别的人物,他觉得他们无所不知,无所不懂,对一切都加以反对,在任何事上都看出了欺骗和虚伪。他默默地观察他们,倾听他们的谈话;他很喜欢他们的豪迈,但他们对待他的态度中的那种高傲神情压迫着他,把他排斥在一边。后

---

① 意谓廉价地。

来,他明显地看出,他们在叶若夫房间里的时候,全都比他们在街上和旅馆里要聪明些、好些。他们有一套独特的室内会话、室内词汇和姿势,而所有这一切,到了室外,就一变而为最平凡、最近乎人情的了。有时候在房间里,他们像一堆大篝火全都炽燃起来了,而叶若夫又是他们中间最明亮的火炬,不过这堆篝火的光辉只微微照亮了福马·高尔杰耶夫灵魂里的黑暗。

有一回,叶若夫对他说道:

"今天,我们要去痛饮一回!我们的排字工人成立了协会,把出版商手里的全部工作拿过来实行按件计酬。……借这个机会,他们要庆祝一下,喝杯酒,并且邀请了我去,——是我劝他们这样做的。……我们去吗?你好好款待他们一下。……"

"好的……"福马说。因为时间对他来说是一个负担,所以无论同谁一起消磨时间,他都觉得毫不在乎。

这天晚上,福马和叶若夫在郊外一个丛林边上同一些面貌粗鲁的人坐在一起。有十二个排字工人;他们服装整洁,纯朴而同志般地对待叶若夫,这使得福马感到惊异又有点困惑,因为在他眼里,叶若夫总归是他们的主人或者上司一类的人,他们只不过是他的仆役罢了。他们似乎并没有注意高尔杰耶夫,虽然当叶若夫把福马介绍给他们时,他们全都和他握手,并且说他们很乐意看见他。……福马躺在旁边榛树丛下面注视着大家,觉得自己在这一群人中是一个外人,并觉察出叶若夫仿佛有意和他离得远一些,很少注意他。他还同时发觉这个矮小的小品文作者好像在模仿排字工人们的腔调,他和他们一起在篝火旁张罗着,开啤酒瓶,咒骂着,高声大笑,尽力在一切方面和他们相像。他这一天的服装,也比平常穿得朴素些。

"喂,弟兄们!"他热烈地喊道。"跟你们在一起,真痛快!要知道,我也是个微不足道的人……说到底,不过是法警马特维伊奇·叶若夫下士的儿子罢了!"

"他为什么讲这种话呢?"福马想。"一个人是谁的儿子又有什么关系。……一个人受到人尊敬,并不是由于他父亲的缘故,而是由于他的智慧。……"

太阳落山了,天空中也燃起了一大堆熊熊篝火,把云彩染成了血红色。树林里散发出潮湿的气息,一片寂静笼罩上来了,不太清晰的、人的身形在树林边上热闹地忙碌着。其中一个矮瘦个儿、头上戴一顶阔边草帽的人在拉手风琴,另一个生着黑口髭、无缘帽扣在后脑勺上的人,低声和着他唱。还有两个人对拉一根木棒,在比气力。有几个人在盛啤酒和食物的篮子旁忙着,一个长着灰白胡子的高个子,把树枝丢在白色浓烟笼罩的篝火里去。潮湿的树枝落到火里,抱怨似的发出了吱吱声和噼啪声,但手风琴却兴高采烈地奏着一支愉快的曲子,唱歌人的假嗓支援并加强了这活泼的演奏。

在离开大家的一旁,靠近一个洞穴不大的悬崖边,躺着三个小伙子,叶若夫站在他们面前,声音洪亮地说:

"你们举起神圣的劳动旗帜……我和你们一样,也是这个队伍里的一员,我们都是为报纸陛下服务的,所以我们必须在牢不可破的、持久的友谊中生活下去。……"

福马没有把他朋友的演说听下去,另外的人们的谈话引起了他的注意。谈话的是两个人:一个人身材高,有肺病,衣衫寒酸,面有愠色,另一个是长着淡黄头发和小胡子的青年。

"依我看来,"高个子咳嗽着忧郁地说,"这是傻事情!我们这样的人怎能结婚呢?有了小孩子,拿什么去养活他们呢?妻子也得穿衣服呀……而且还不知道会碰上一个怎样的女人。……"

"她是个很好的姑娘……"淡黄头发的青年低声说。

"啊,目前她是很好的。……未婚妻是一回事,妻子又是另一回事。……但关键问题不在这里。……只是钱不够开销罢了……你自己已工作得筋疲力尽,还要把她弄得疲惫不堪。……对我们说来,结婚是件完全不可能的事。……像我们这点工资,难道能养家活口吗?你看,我是结了婚的……一共不过四年……我就快完蛋啦!"

他咳嗽起来,咳了好一会儿,并且呻吟着,当咳嗽停止时,他喘吁吁地对他的同伴说:

"算了吧……不会有什么好处的。……"

他的谈话对手忧愁地埋下了头,这时福马心里想道:

"讲得很有道理。……"

人们并没注意福马,这使他稍有点见怪,但同时却引起他对这些面孔给铅末灰浸染得乌黑的人们产生了一种尊敬感。他们几乎全都在进行切实而认真的谈话,而且他们的谈吐中闪现出一些特殊的词汇。他们中间没有一个人像福马那些饭店里的相识和会饮中的伙伴们惯做的那样,在他面前阿谀奉承,或跟他纠缠不清。这一点很合福马的心意。……

"瞧,这些人多好……"他想着,内心里微笑了,"他们各有各的自豪。……"

"可是您,尼古拉·马特维伊奇,"一个人的好像责难的声音说,"您可不能按书本来判断,要按现有的实情来判断。……"

"我的朋友们,请原谅我!你们伙伴们的经验教导你们什么呢?"

福马把头掉向正在大声雄辩的叶若夫。叶若夫摘下了帽子,拿它在头上挥着。但在这时,有人对福马说道:

"高尔杰耶夫先生,请朝我们这边更挪近点吧!"

在他面前站着一个穿工作外衣和高筒靴的矮个子胖青年,他好意地微笑着,望着福马脸上。福马很喜欢他那张生着一个敦实鼻子的又宽又圆的脸,也微笑着回答说:

"我可以挪近点。……我们是不是该喝白兰地了?我带来了十瓶……以备急需。……"

"啊呀!这样看来,您真是个严格认真的商人。……我马上把您的外交文书通知大家!……"

他自己第一个就愉快、高声地哈哈大笑起来,笑他自己所说的话。福马也哈哈大笑,觉得有一股愉快又温暖的气息由篝火或者由这青年人那儿向他吹来了。

晚霞静悄悄地消逝了。西边天际好像有一幅巨大的深红色帷幔垂落到地面上,展现出了那深不可测的苍穹和闪烁于其中的愉快的灿烂星光。在遥遥的远处,一只看不见的手把灯火散布在那漆黑一团的城市里了,可是在这儿,森林寂然无声地竖立着,像漆黑的墙壁耸入天际。……月亮还没升起来,田野上笼罩着一片温暖的暮霭。……

这一群人在离篝火不远的地方坐成了一个大圆圈;福马坐在叶若夫旁边,背朝火,他看见了他面前那一排给火光照得清清楚楚的愉快、纯朴的面孔。大家已经痛饮得兴奋起来了,但还没有醉,他们笑着,开玩笑,试试唱歌,并又喝酒,吃一点儿黄瓜、白面包和香肠等。这一切对于福马来说,都有一种令人快意的特殊风味,他变得更大胆些了,充满那种共同的欢畅心情,觉得心头有个愿望,要讲点使这些人满意的话,讲点他能讨大家欢喜的话。坐在他身旁的叶若夫在地上玩闹,用肩膀撞他,摇着脑袋,嘴里含糊地低声嗫嚅着什么。……

"弟兄们!"那个胖胖的青年人高声喊道。"让我们来唱那支学生的歌吧……一,二,唱!"

迅速似浪……

有人用低音吼道:

我们的一生呀……①

"同志们!"叶若夫一只手里拿着玻璃杯站了起来,说。他跟跟跄跄站不稳,于是把另一只手支在福马头上。已开始的那支歌中断了,大家都把头转向他。……

---

① 民间传唱的 A·M·谢列布良斯基(1810—1838)的诗作《葡萄美酒》。

"劳动者们！请允许我对你们讲几句话……几句发自内心的话。……我跟你们在一起,真幸福！待在你们中间,我感到非常好。……这是因为你们是劳动的人们,是毫无疑问有权享受幸福的人们,虽然这一点还没有被承认。……诚实的人们哪,在你们这些心地高尚的健全的人们中间,一个为生活所毒害的孤寂的人,也呼吸得这么舒适、自由。……"

叶若夫的声音发抖、又响,头也摇晃起来了。福马觉得有什么温暖的东西滴在他手上了,他望了望叶若夫的皱纹满面的脸,后者全身哆嗦着还在继续讲演。

"并不只我一个人……像我们这样受命运折磨、被毁了的痛苦的人,有很多。我们比你们更不幸,因为我们在肉体和精神上都比你们软弱,但我们所以比你们力量大些,是由于我们用知识武装起来了……这种知识,我们无处使用。……我们全都甘心乐意地准备到你们那儿去,献身给你们,帮助你们生活……我们再也没有什么事情可做了！没有你们,我们就没有立脚地,没有我们,你们就不会有光明！同志们！我们就是由命运本身造成来互相补充的！"

"他是在向他们要求什么呢？"福马怀疑地听着叶若夫的演说,心里这样想。他环顾了一下排字工人们的面孔,看出他们也是疑讶、困惑、无精打采地望着演说人的。

"未来是你们的,我的朋友们！"叶若夫无把握地说,又忧愁地摇着头,仿佛对未来不胜惋惜、并且是违反自己的心愿把统治他的权力让给这些人似的。"未来是属于诚实劳动的人们的。……你们面前摆着伟大的工作！那就是你们应该创立新的文明。……我,一个士兵的儿子,在肉体和精神上都是你们的,我建议：为你们的未来干杯！乌—拉！"

叶若夫把自己杯里的酒一饮而尽,笨拙地坐到地上去了。排字工人们一致响应了他那声嘶力竭的高呼声,于是空气中响彻了一阵轰响又有力的喊声,使树上的树叶都震动了。

"现在来唱歌吧!"胖青年又提议说。

"来吧!"两三个声音支持他说。但关于唱什么歌,却发生了一场热闹的争论,叶若夫听着喧闹声,头不住地转来转去,注视着大家。

"弟兄们!"他忽然又高声喊,"请你们回答我呀……对我向你们致的祝辞回答几句话吧。……"

大家又——虽然不是马上——都沉默起来,望着他:有的怀着好奇心,有的暗暗冷笑,有几个人面孔上显然露出了不满神情。但他又从地上站起来,兴奋地说道:

"这儿,有我们两个人……是被生活抛弃的,——我和这一位。我们两人都希望……同样地关心人……能有感觉到自己对人们是有用的那一种幸福……同志们!这一个又大又笨的人。……"

"尼古拉·马特维伊奇,您可别得罪客人啦!"一个人的低沉、不满的声音说。

"说得对,这是多余的!"那个邀请福马到篝火边去的胖小伙子加以肯定说。"为什么要讲些得罪人的话呢?"

第三个声音响亮、清晰地说:

"我们聚集在一起,是要乐一乐……休息休息的。……"

"傻瓜们!"叶若夫无力地笑了笑。"好心肠的傻瓜们!……你们可怜他吗?可是,你们知道他是什么人吗?他是那些吸你们血的人们当中的一个。……"

"够了,尼古拉·马特维伊奇!"人们对叶若夫喊道。于是大家闹哄哄地嚷开了,再也没去注意他了。福马为他的朋友感到那般难过,他甚至也不见怪他了。他看出,这些庇护他免受叶若夫攻击的人,现在是有意不理睬这位小品文作者,并且也了解到,如果叶若夫看出这一点,他定会很痛心。为了使朋友避免这种可能的不愉快,他推了推他的腰,和善地一笑说:

"啊,你这个好骂人的家伙,我们来干一杯,好吗?要不,就得回家去了!"

"回家吗？一个在人们中间没有位置的人，哪儿是他的家呢？"叶若夫这样问，于是又高声喊道："同志们！"

没有人回答他，他的喊声沉没在大家的谈话声中了。这时候，他低下头来对福马说：

"我们离开这儿走吧！……"

"好的，我们走吧。……虽然我还想多坐一会儿。……非常有趣。……他们的行为，他妈的，很高尚……真的！"

"我再也待不下去：我觉得冷。……"

福马站起身来，摘下无缘帽，向排字工人们鞠着躬，高声、愉快地说：

"各位，多谢你们的款待，再见！"

人们立刻围住了他，声调非常热切地说：

"等一会儿吧！您上哪儿去呢？我们来一起唱歌，好不好？"

"不，我得走了……让我朋友一个人走不太好……我要送他……你们痛痛快快地喝吧！"

"唉，您能稍等一会儿该多好！……"那个胖小伙子嚷道，随后他又低声说："可以把他一个人送回去……"

那个患肺病的人也小声说：

"您留下来。……我们把他送到城里，在那儿再为他雇一辆马车，就行了！"

福马很想留下，但同时又有点儿担心。可是，叶若夫站了起来，抓住他的大衣袖子，咕哝着说：

"走吧……别管他们了！"

"各位，再见吧，我走了！"福马说着，就在客气的惋惜喊声伴送下离开了他们。

"哈—哈—哈！"叶若夫在离开篝火二十来步时，放声大笑。"他们送走我们很难过呢，但他们却欢喜我走开。……我妨碍了他们变成野兽。……"

"这倒是真的,你妨碍了……"福马说。"你为什么要演说呢?人们聚集在一起是要乐一乐的,你却跟他们纠缠不休。……因此,他们感到厌烦……"

"别作声!你什么也不懂!"叶若夫严厉地高声说。"你以为我喝醉了吗?这是我的身体醉了,我的心灵是清醒的……它无时无刻不是清醒的,而且什么都感觉得到。……哦,世界上有多少卑鄙、愚蠢、可怜的事呀。而这些人是糊涂、不幸的人。……"

叶若夫停住了,双手抱着脑袋,摇摇晃晃地站了一忽儿。

"的——确!"福马拖长声音说。"他们绝不像其他的人。……他们有礼貌。……好像是绅士。……他们议论得对。……有见解。……要知道,他们不过是工人啊!……"

在他们背后的黑暗里,高声唱起了一支合唱曲。一开始并不和谐,但声音却越来越大,好像一股汹涌澎湃的浪涛倾泻到那荒野上和夜的新鲜空气里去了。

"哦,我的天哪!"叶若夫叹了口气,忧郁地轻声说。"叫我把心灵寄托到什么上面去呢?谁来满足它对于友谊、同胞爱、爱情和纯洁而神圣的劳动所抱的渴望呢?……"

"这些纯朴的人们!"福马若有所思地慢吞吞说,没有倾听他朋友的讲话,而是一心一意在埋头思索,"如果我们对他们有了认识,他们倒是不错的!甚至非常……有趣。……农人……工人……如果我们只简单地去看他们,那么,他们就跟马匹一样。……他们背负重载,他们喘着气。……"

"他们把我们的全部生活,都背在他们背上的!"叶若夫激怒地感叹说。"像马似的背负着……驯服而又呆笨地。……可是他们的这种驯服就是我们的不幸、我们的诅咒。……"

叶若夫踉踉跄跄走了好久,一声没响,突然间他把一只手在空中挥着,用一种好像从他肚子里发出的哽咽着的含混声音吟唱道:

生活残酷地欺骗了我，
我受尽了千辛万苦……

"老兄,这是我的诗,"他停步下来,忧愁地摇着头说。"后面是怎样接下去的？我忘了。……唉！"

埋葬在我胸中的梦想
永远不会复苏……

"老兄！你比我幸福,因为你生得笨。……"
"别讲不礼貌的话！"福马生气说。"你还是听听他们怎样唱吧。……"
"我不要听别人的歌……"叶若夫摇头反对说。"我有我自己的。……"
于是他用粗野的声音怒吼道：

埋葬在我心灵中的梦想
永远不会复苏……
梦想多得无数！

叶若夫像女人似的呜呜咽咽哭起来了。福马可怜他,觉得跟他在一起很难受。他不耐烦地急推着他的肩膀说：

"别哭了！我们走吧。……老兄,你真是多么软弱呀。……"
叶若夫双手抱住头,挺直了他那弯曲的身子,鼓起劲,重新忧郁、奇怪地唱道：

梦想多得无数！
它们的墓穴狭窄短促！

>我给它们裹上音韵寿衣……
>多多为它们吟唱
>悲怆凄切的曲调!

"哦,天啦!"福马悲观失望地叹了口气。

那洪亮的合唱曲从远处穿过黑暗与寂静向着他们这边飘送了来。有一个人按照伴唱的节拍吹着口哨,而且这尖得刺耳的口哨声追过了那雄壮的声浪。福马向那边眺望,他看见了又高又黑的森林墙壁和在上面闪耀着的清楚的篝火斑点以及篝火四周的模糊身影。森林墙壁,好像胸腔,篝火仿佛是它上面的一个血淋淋的伤口。从四方八面被浓密的黑暗包围着的人们,在森林的背景上,看来小得像孩子,他们给篝火的火焰照耀得也像在燃烧。这些人挥舞着手,洪亮、雄壮地唱着他们的歌。

和福马并肩站着的叶若夫,用痛哭的声音又叫喊起来:

>歌已终曲——我如今再也不惊破
>它们的永寂的酣梦……
>主啊,赐我灵魂安歇!
>它已病在垂危!
>主啊……赐我灵魂安歇……

福马因这种凄凉的号叫声身子直哆嗦,但瘦小的小品文作者却歇斯底里地尖叫一声,俯着身子径直扑到地上,并且像病孩一般抱屈地轻声恸哭……

"尼古拉!"福马搀住他的肩膀扶他起来。"别哭了,这是为什么呢?够了……你怎么不害臊!"

但叶若夫并不害臊,他像一条刚从水里捞出的鱼,在地上挣扎着,当福马扶他站起时,他紧紧靠在福马胸上,用一双细瘦的膀子抱住他的腰,哭个不停。……

"啊,好了吧!"福马恶狠狠说。"够啦,亲爱的……"

这个被艰苦生活折磨的痛苦激怒了的人,对这种痛苦满腔怨恨,他在一阵剧烈苦闷的暴发中,把脸朝着在黑暗中闪烁的城市灯火,用低沉响亮的声音咆哮起来:

"哦,恶魔们……该诅咒的东西们!"

十一

"柳博芙卡!"一天,马亚金从交易所回到家里,说,"今天晚上你准备一下,我要带来一位求婚的男子!给我们把小吃的菜烧得更好些。把那些古老的银器皿多摆些在桌子上,水果盘子也摆出来……好叫他看到我们的食器,就十分敬佩!让他看看,我们家里,没有一件东西不是少见的珍品!"

柳博芙坐在窗前给父亲织补袜子,脑袋正低垂在活儿上。

"这是为的什么呢,爸爸?"她不满地抱屈问。

"啊,是为了加点调味汁,为了滋味好!……规矩是这样……因为一个女孩子不是一匹马,没有挽具卖不脱手……"

柳博芙神经质地抬起头来,丢开手工,满脸羞得通红,望了望父亲……随即她又把袜子拿在手里,脑袋在手工上垂得更低了。老人在房里来回踱着,担心地用手捋着胡须;他的眼睛注视着远处,显然他是一心埋头在思考一件重大、复杂的事。姑娘明白,他是不会听她申诉的,而且也不愿意理解,他这番话使她感到多么屈辱。她的罗曼蒂克理想中的终身伴侣,是一位有学问的人,他会同她一起阅读有价值的书籍,会帮助她分析她那些模糊的愿望。她心中的这些幻想,都被她父亲要把她嫁给斯莫林的断然决定给扼杀了,成为一种苦渣沉淀在她心灵里。她一向把自己看得比商人阶层的那些平平庸庸的姑娘们优秀些、高尚些,因为她们心目中惟一考虑的事,就是穿戴,她们的结婚几乎照例是根据双亲的打算,很少出于自己内心的自由意愿。而现在她自己所以要结婚,就只因为她已到了结婚年龄,并且还由于她父亲需要一个女婿来继承他的事业。显然,她父亲认为,靠她本身,不难引起男人们的青睐,所以要用银器把她装饰起来。由于心情激动,她刺破了自己的指头,又折断了针,但她闷声不响,她十分明白,不论她讲什么,她父亲的心是听不进去的。

老人在室内来回踱着,一时轻声哼唱圣歌,一时又动人地教导女儿应如何对待未婚夫。接着,他又用指头计算着什么,皱了皱眉并且微笑了。……

"啊,不错!'上帝啊,求你伸我的冤……为我辩屈。求你救我脱离诡诈不义的人。……'①对—了。把你母亲的绿宝石首饰都戴上吧,柳博芙。……"

"够了,爸爸!"姑娘苦恼地提高声音说。"请您别说了吧……"

"你不要犟嘴!好好听我的教导。……"

他眯细他那对绿油油的眼睛,就在他自己脸面前动着他的指头,又埋头在他的计算中了。

"那就是百分之三十五……小伙子可滑头呀!……'求你发出你的亮光和真实②……'"

"爸爸!"柳博芙很忧愁而又有些恐惧地喊道。

"什么事?"

"您……您喜欢他吗?"

"谁呀?"

"斯莫林……"

"斯莫林吗?是—呀……他是一个调皮鬼……一个精明能干的小伙子……啊,我得出去一下……你好好准备准备!……"

柳博芙独自一人时,她丢开手工,身子靠在椅背上,紧紧闭上了眼

---

① 引自《旧约·诗篇》第四十三篇第一节。
② 引自《旧约·诗篇》第四十三篇第三节。

睛。她的一双紧握着的手放在膝头上,手指头喀吱喀吱响。她胸中充满了自尊心受辱的悲哀,对自己的前途感到极端的恐惧,于是默默地祷告说:

"哦,我的上帝!哦,主啊!……但愿他是一个好人!……求您使他成为一个很好的……亲切的人。……哦,上帝呀!一个男子来了,他观察你……在漫长的岁月里你都得跟他。……这是多么可耻而又可怕的事呀。……我的上帝呀,上帝!……如果能够跟谁商量一下也好呀……可我孤单单的一个人……要是塔拉斯在这儿多好……"

一想起哥哥,她就更加感到委屈,更为自己难过。她曾给塔拉斯写过一封令人欢欣鼓舞的长信,在信里,她讲到她对他的爱、对他的希望,她恳求哥哥早些回来同父亲见面,她给他描绘了一个一起生活的计划,并向塔拉斯保证,他们的父亲是一个聪明人,非常通情达理,还叙述到他的孤苦,赞扬他的充沛的生命力,也抱怨他对她的态度。

她提心吊胆地等了两星期回信,当收到信读过之后,她又由于快乐和失望号啕痛哭到了歇斯底里的程度。回信枯燥无味又很简短;塔拉斯在信里告诉她,一个月以后他将因事上伏尔加河来,如果老人真无反对的意思,他决不会忘记来找他父亲。这封信写得冷冰冰,她噙着眼泪反复读了好几遍,把它又搓又揉,可是信并没有因此变得温柔些而只是变湿了。从这张写着大而遒劲的字迹的硬信笺上,仿佛有一张和她父亲面貌相像、皱巴巴而又怀疑地蹙着眉的高颧骨的瘦削面孔瞧着她。

儿子的来信,在父亲身上却产生了另一种印象。老人得知塔拉斯写了信来,十分震惊并且精神也抖擞起来了,他脸上挂着一种特殊的微笑,急忙转向女儿说道:

"啊,拿过来!给我看!嘻——嘻!我们来念一念,看聪明人是怎样写的。……我的眼镜在哪儿?……'亲爱的妹妹!'对——呀……"

老人不作声了,他默默地读完了儿子的来信,把它放在桌上,于是一对眉毛高吊起,脸上现出吃惊的神色,一声不响在室内来回踱着。

接着,他把信重新读了一遍,若有所思地用手指敲着桌子庄重地说:

"不错,是一封内容充实的信……没有一个多余的字。……是吧?也许这个人确实是在那种严寒中坚强起来了。……那边是非常冷的。……让他来吧。……我们看一看。……这倒很有趣。……是——的。……在大卫的诗篇里是这样说的:'我的仇敌转身退去的时候'……我忘记了下文是怎样的。……'敌人的武器将终于微弱无力……人们对他的记忆将在喧嚣中消失。……'①啊,我要跟他毫不喧嚣地谈谈②……"

老人极力想在讲话时态度沉着,并带一种轻蔑的冷笑,可是冷笑浮不上脸来,而皱纹却激怒地哆嗦着,小眼睛射出一种特别的光。

"你再写封信给他吧,柳博芙卡……你对他讲,来吧,大胆地回来吧!"

柳博芙又给塔拉斯写了一封信,但这一次却是一封较短又沉着的信,现在她就天天等待回信,并且试试想象出这位神秘的哥哥会是怎样的一个人?以前,她想到他时,是怀抱着像教徒们想到苦行者、生活严正的人们时所怀抱的那种崇拜的敬意,现在,她变得对他害怕起来了,因为他以受尽苦难的代价,以在流放中葬送了自己青春的代价,取得了裁判生活和人们的权利。……他一旦回来了,就会问她:

"你是出于自由意志的爱情而结婚的吗?"

在姑娘的脑海里,愁惨思想一个接一个地产生出来了,使她感到困惑又苦恼。她陷入了近于绝望和几乎抑制不住眼泪的那种神经过敏的心情,但她仍然,尽管勉强地、但是准确地执行了她父亲的全部吩咐:桌子上摆好了老式银器,自己穿上了银灰色的绸衣,并坐在镜台前,动手把那一对大绿宝石戴在耳朵上,——这绿宝石是格鲁津斯基

---

① 这是指的以色列王大卫与其子押沙龙的事。押沙龙背叛其父,自立为王,后来事败身死(故事见《旧约·撒母耳记下》第十三章至第十八章)。此处马亚金把自己比拟为大卫王,把儿子塔拉斯比作押沙龙。
② "毫不喧嚣地谈谈",意为不争不吵、和平平地谈谈,与上文"在喧嚣中"(谓动刀兵杀伐之意)相对而言。

公爵府里的传家宝,是和许多旁的贵重物品一起抵押在马亚金手里的。

瞧着镜子里自己的兴奋面容,鲜艳的大嘴唇衬着苍白的面颊在脸上显得更加红了。端详着紧紧裹在绸衣里的自己的丰满胸脯,她觉得自己很美丽,足以引起任何男子的青睐,不论他是谁。在她耳朵上闪闪发光的绿宝石,好像是多余的,使她很不高兴,她又觉得,它们的闪光落在她面颊上,成了一层薄薄的淡黄色阴影。她从耳朵上摘下绿宝石,换上一对小红宝石,一面想着斯莫林:他是一个怎样的人呢?

后来,她有些讨厌眼睛下面的黑圈儿,于是动手仔细地把粉扑在上面,同时不停地想到做一个女人的不幸,又责备自己意志薄弱。当眼睛周围的黑圈已隐没于一层面霜和白粉之下时,柳博芙觉得她的眼睛却因此失去了光辉,就又把白粉拭去了。……对镜子里最后的一瞥,使她确信她美丽动人,——这是宛如树脂多的松树那般坚牢结实的美。这一愉快的自觉,使她的惊惶和神经过敏多少安静了几分;她像一位自知身价的富有的姑娘稳重地步入了餐室。

她父亲和斯莫林已经来了。

柳博芙妩媚地眯细眼睛,傲然地紧闭嘴唇,在门口稍稍停立了一忽儿。斯莫林从椅子上站起身来,迎着她走近一步,恭敬地鞠了一躬。这鞠躬很合她的心意,她也很中意那件对斯莫林的柔韧身体非常合适的常礼服。他的样儿并没有多大改变,依然是那剪得平平的火红色头发,一脸的雀斑;只不过唇髭长得长些、厚些,眼睛仿佛变得大些罢了。

"他长变了,是不是?"马亚金指着求婚者对女儿说。

斯莫林握着她的手微笑,用响亮的男中音说:

"恕我冒昧,您还没有忘记老朋友吧?"

"你们以后再谈吧,"老人用眼睛打量着女儿说。"柳芭娃,你趁这时就在这儿安排摆饭吧,我和他再谈几句就完了。来—吧,阿弗里坎·米特里奇,你给我解释吧。……"

"您能原谅我吗,柳博芙·亚科夫列芙娜?"斯莫林殷勤地问。

"请别客气,"柳博芙说。

"很有礼貌!"她注意到了这一点。她在房间里在桌子和食器橱之间来回走动,开始留心倾听斯莫林的谈话。他讲起话来,态度温和又有自信。

"就这样,我细心研究俄国皮革在国外市场的情况快有四年了。三十年以前,我国皮革在那边是被算作标准品的,但如今对它的需求越来越低落,当然价格也随着下跌了。这也是十分自然的事。要知道,所有那些小皮革制造商由于缺乏资金和知识,就没有可能把生产提高到应有的水平,而同时又降低价格。……他们的产品坏到极点而又价格昂贵……把俄国原来是超等皮革制造者这种声誉破坏了,这责任应由他们来负。总而言之,小生产者由于缺乏技术知识和资本,因此陷入了无法按照技术发展来改进自己的生产的境地,这种生产者是国家的不幸,是它贸易上的寄生虫。……"

柳博芙在斯莫林的直率的谈吐中,感觉到他对她父亲有一种俯就容忍的态度,这使她感到非常不高兴。

"嗯……"老人一只眼睛望着客人,另一只眼睛注视着女儿,嘴里哼了一声,"这样说来,你现在的意图,就是要建立起这么样的大型工厂来,使得所有其他的人尽都走投无路吗?"

"哦,不是的!"斯莫林喊了一声,轻轻摆了摆手,打断老人的话。"我的目的,是要提高俄国皮革在国外的重要性和价格,我如今已经掌握了生产方面的知识,我要开办一所模范工厂,为市场上制造出模范的产品来。……这是国家商业上的荣誉。……"

"你说说,这样需要很大一笔资金吗?"马亚金深思地问。

"大约要三十万。……"

父亲不会给我这么多的陪奁。"柳博芙暗自想。

"我的工厂也要出产革制品,像皮箱、皮鞋、马具、皮带等等。……"

"你梦想着有百分之几的利润呢?"老人问。

"我不是梦想,我是根据我们俄国现有条件中可能的全部精确性计算的,"斯莫林很有说服力地说。"一个实业家应该像制造机器的技师一样,冷静严格。……如果想认真地干出一项认真的事业来,那就势必连每一颗最小的螺丝钉的摩擦力也得计算到。我可以给您看看我的一本小札记,那是根据我个人对俄国的畜牧业和肉类消费的研究心得而写成的。"

"你想得真不错!"马亚金笑了。"把你的札记本带来吧,这真有趣!看来,你在欧洲,并没有白白浪费时间。……啊,现在我们来吃点东西吧,按照俄国习惯。……"

"柳博芙·亚科夫列芙娜,您生活过得怎样?"斯莫林手里拿起了刀和叉,问。

"她在我身边,日子过得很寂寞呢……"马亚金代女儿回答说。"是她在管家,全部家务事都落在她肩上,所以她也没有时间去消遣。……"

"应该加一句,也没有可去的地方,"柳芭说。"我不喜欢商人们的那些舞会和晚会。……"

"不是可以去看看戏吗?"斯莫林问。

"也很少去。……没有人和我一同去。……"

"看戏!"老人高声说。"请你说说,为什么戏院里最时髦的是把商人演成野蛮的糊涂蛋呢?演得倒是非常可笑,可就是叫人莫名其妙,因为不真实。如果我是市议会的主席,是商界的领袖,而且又是那个剧院的老板,那么我怎么会是一个糊涂蛋呢?……你注意注意戏里的商人,就看得出他们是与实际生活不相符合的!当然,如果演的是历史戏,比如说:有歌有舞的《为沙皇捐躯》呀①,或者是《哈姆雷特》呀②、《女巫》③呀、《瓦西莉莎》④呀,就都不要求真实,因为那些是过去

---

① 是俄国作曲家格林卡的歌剧,十月革命后改名为《伊凡·苏萨宁》。
② 英国剧作家莎士比亚的悲剧。
③ 俄国作曲家柴柯夫斯基根据俄国剧作家什帕任斯基的同名诗剧谱制的歌剧。
④ 俄国剧作家奥斯特洛夫斯基的历史剧。

的事,跟我们无关。……真也罢、假也罢,只要演得好就行……但如果演的是现代生活,那就不能无中生有!得按照生活中的人是怎么样,就把他演成怎么样……"

斯莫林唇边挂着有礼貌的微笑倾听老人的谈话,一面又以这样的目光望了柳博芙一眼,仿佛请求她去驳斥她父亲似的。她稍有几分惶惑不安地说:

"可是爸爸,商人阶层中大多数人毕竟没有受过教育,而且很野蛮呀……"

"是—呀,"斯莫林赞同地点了点头说。"遗憾的是,这是可悲的实情……您没有参加任何社交团体吗?你们这儿倒是有很多各种各类的社交团体呢。……"

"是有不少,"柳博芙叹口气说。"但我好像是过的离群索居的生活。……"

"忙于家务啊!"她父亲插嘴说。"我们家穷事儿多……都得操心,得弄得整整洁洁,有条不紊……"

他先望着摆满了银器皿的餐桌,后又转向那些架子快被物品压断、好似商店橱窗里的陈列品的食器架,扬扬得意地点了点头。斯莫林望了望所有这些东西,唇边现出了讥讽的微笑。接着,他向柳博芙脸上瞥了一眼,她在他的眼神里觉察出有一种对她表示友好和同情的意味。她的两颊泛上一层轻微的红晕,她内心深处怀着羞人答答的喜悦感对自己说:

"感谢上帝!……"

沉甸甸的青铜灯上的火光,好像更加光耀夺目地照在水晶花瓶的棱线上,房间里也变得更明亮了。

"我喜欢我们这个可爱的古城!"斯莫林带着亲切的微笑瞧着姑娘说,"它是多么美丽,多么生气勃勃呀……其中有一种激起人要去从事劳动的富有朝气的东西……它的如画的风景本身就够使人欢欣鼓舞。……在这样一个城市里,人们就想过一种突飞猛进的生活……想多多地、认真严肃地工作。……同时，它也是一个有文化的城市。……您看，这儿出版的报纸编得多么出色……顺便说一句，我们想把它买过来。……"

"你这个'我们'是指谁呀？"马亚金问。

"就是我……马尔万佐夫和休金。"

"这是值得称赞的事！"老人用手敲了一下桌子说。"是该堵住他们的嘴了，而且早就到时候了！尤其是那个叶若夫……那家伙口齿锋利得像锯子一般。……您得对他严加申斥！得狠狠地申斥他一番！……"

斯莫林又向柳博芙递了个微笑的眼色，她的心又一次快乐地战栗了。她羞得满面通红，对他父亲，但心里却是在对求婚者说：

"依我的理解，阿弗里坎·德米特里耶维奇所以要买过这家报纸来，完全不是像您所说的为了堵住人家的嘴。……"

"那是为什么呢？"老人耸了耸肩问。"这家报纸净是些空谈，制造混乱。……当然，如果是一些有事业心的人，是商人自己来为报纸执笔写稿的话……"

"出版报纸，"斯莫林打断老人的话，开始以教训的口吻说，"甚至于单从商业观点来看，恐怕也是一种非常有利的事业。但除这以外，报纸还有另外一个更重要的目的，就是捍卫个人的权利和工商业的利益。……"

"我说的也是这个，——如果商人自己来领导报纸，那么，报纸就是有用的了。……"

"请原谅我，爸爸，"柳博芙说。

她觉得有必要在斯莫林面前发表意见；她想使他相信，她理解他话语中的意义，而且她也不是那种醉心于装饰和跳舞的普通商家女。她很中意斯莫林。这是她第一次看见一个曾在国外住过很久的商人，谈吐如此动人，举止彬彬有礼，衣着适体，而且同她父亲——城里第一流的聪明人——谈话，用的是大人对待小孩的那种俯就容让的口气。

"结婚以后,我要请求他带我到国外去走走……"她突然间这样想,而又因这一思想感到不好意思,竟将她要和她父亲讲的话忘记了。她满脸羞得通红,沉默了几秒钟光景,完全陷入恐惧之中,生怕斯莫林会因这种沉默产生对她瞧不起的看法。

"您只顾谈话,完全忘了给客人敬酒……"她在几秒钟不愉快的缄默之后,终于找出了这一句话。

"那是你的事情:你是女主人呀……"父亲反驳说。

"哦,请别麻烦!"斯莫林兴高采烈地高声说。"要知道,我简直就不喝酒。……"

"真的吗?"马亚金问。

"确实是这样!有时候,在疲倦了或人不舒服的场合,我才喝一两杯。……至于饮酒作乐,这对我来说,是难以理解的事。对于一个有教养的人,还有其他更有价值的娱乐呢。……"

"你是指女人吗?"老人眨了眨眼问。

斯莫林瞥了柳博芙一眼,冷淡地对她父亲说:

"我是指戏剧、书籍、音乐。……"

柳博芙听了他这两句话,喜得心花怒放。

但是老人斜眼瞟了瞟这可敬的青年人,机警地微笑着,突然随口说道:

"唉,生活在前进!从前的时候,狗一见了面包皮就狼吞虎咽吃起来。可是现今啦,连小叭儿狗也嫌凝乳太稀……请原谅我说话尖刻,亲爱的先生和小姐……但这些话的确非常中肯!这并不是说您,而是就一般来讲。……"

柳博芙脸都白了,惊惶失措地瞧着斯莫林。他心平气和地坐在那儿,正观赏一只嵌景泰蓝的古式盐盒,一边捻着口髭,好像并没有听见老人的话。……但是他的眼睛阴沉下来,嘴唇抿得有点过分紧,因此刮过的下巴顽强地向前突出。

"这么说来,未来的厂主先生,"马亚金若无其事地说,"有了三十万卢布,你的事业就会蓬勃发展起来吗?"

"一年半以后,我可以制出第一批产品,人们会争着向我买,"斯莫林带着不屈不挠的确信说,并用坚决、冷静的目光凝望着老人的眼睛。

"这么说,就是办个'斯莫林和马亚金商行',就了事了啰? 只是……创办一种事业,对于我来说,时间未免太晚,是不是? 应该承认,我早已是行将就木的人了,你的意见怎样?"

斯莫林没正面回答,只是响亮地、然而漠不关心地冷冷一笑,接着说道:

"唉,别这么说。……"

老人听见他的笑声,突然一哆嗦,胆怯地向后一退,但他身子的这个动作是不大觉察得出的。在斯莫林讲过话以后,三个人一时都不作声了。

"是—的……"马亚金说,没有抬起低垂着的头。"应该考虑到这一点……我也必须考虑考虑……"接着,他抬起头来,注意地瞧了瞧女儿和求婚人,从椅子上站起来,忧郁地、粗声粗气地说:"我要离开你们到我自己的小书房里去一会儿。……"

他弯着腰,低着头,迈着沉重的步子走出去了。

剩下两个年轻人面对面了,他们交谈了几句空洞话,大概是感觉到像这样只有使彼此难以接近,于是两人都保持着若有所待的沉重又拙劣的缄默。柳博芙拿起一个蜜柑煞有介事地仔仔细细剥起皮来,斯莫林俯下两眼瞧着自己的口髭,随后用左手小心地抚摸,他又拿一把餐刀弄着玩,忽然放低嗓子问姑娘说:

"啊……请恕我冒昧! 柳博芙·亚科夫列芙娜,您和爸爸在一起生活,这对您来说,事实上一定很为难……他是个老顽固,请您原谅我这样说,又冷酷无情!"

柳博芙哆嗦了一下,眼中含着感激的神色瞧着这位红发青年说:

"是不容易,但我已经习惯了。……他有他的长处。……"

"哦,那是毫无疑义的! 不过,对于您这样一位年轻、美丽、受过教育的人来说,对于有您这样见解的人来说……"

他亲切、同情地微笑着,他的笑声又是那般柔和……房间里弥漫着温暖人心的热乎气氛。在姑娘心里,那种追求幸福的羞怯的希望,燃烧得越来越旺。

十二

福马坐在叶若夫那儿,倾听朋友讲述本城的新闻。叶若夫坐在堆满报纸的桌上,摆动两腿,讲道:

"选举开始了,商界推选你教父做会长,那只老狐狸!他成了精了……他大概已经过了一百五十岁吧?他把他的女儿嫁给斯莫林——你还记得那个火红色头发的家伙吧!人们说他是个正派人……但在如今这个时代,连狡猾的无赖汉,人们也称他们是正人君子,因为再没有像样的人了!阿弗里卡什卡[①]冒充有文化有教养的人,他已经成功地挤进了知识界,而且马上受到了人们的重视。根据他那副丑相来推断,他是个头等骗子,但显然他将会产生影响,因为他善于临机应变。不错,老兄,阿弗里卡什卡是个自由派。……自由派商人,就是狼和猪的混合种。"

"别管人家的事!"福马冷淡地摇了摇手说。"我跟他们有什么相干?你怎样,还喝酒吗?"

"我为什么不喝呢?"

叶若夫衣衫不整,头发蓬乱,看起来像一只刚刚斗过架还没来得及从搏斗的兴奋中恢复过来的鸟。

"我所以喝酒,是因为我时常需要浇灭我心里的火焰。……不过,你这根潮湿的残株,是在慢慢地阴阴燃掉吗?"

"我必须到老头儿那里去去!"福马皱了皱面孔说。

---

① 对阿弗里坎的蔑称。

"大胆地去吧!"

"我不愿意去。……"

"那就不去好了!"

"非去不可。……"

"那就去好了!"

"你为什么老是说玩笑话!"福马不满地说。"好像你真的很快活似的。……"

"真的,我很快活!"叶若夫从桌上纵身跳下来高声说。"我昨天在报上把一位绅士奚落得够了!后来,我又听到了一段极妙的珍闻:一群人坐在海边海阔天空地讨论人生哲学。一个犹太人说道:'各位先生,你们为什么浪费那么多各式各样的辞令呢?我一下就可以给你们道破一切:我们的生命一文不值,就像这个汹涌澎湃的海一样!……'"

"唉,你这个人真是……"福马说。"再见吧!……"

"你去吧!我今天的心情非常好,我不能跟你一起呻吟……何况你并不是呻吟,是像猪那样打呼噜。……"

福马走了,剩下叶若夫扯着嗓子唱道:

擂响鼓儿,不用害怕……

"你自己就是一面鼓……"福马生气地这样想。

在马亚金家里,柳芭会见了他。她不知因什么又兴奋又愉快,突然走到他面前,急促地说:

"是你吗?我的天!你脸色好苍白呀……瘦得多了。……看样子,你只怕在过一种了不起的生活!"

接着,她的面孔惊慌得变了相,她几乎用耳语声叫道:

"唉,福马!你还不晓得,要知道……就是这样!你听见没有?有人在按门铃!也许是他……"

姑娘由房里冲出去了,留在她后面的,是空气里绸衣服的沙沙声和十分惊异的福马,他甚至还来不及问她父亲在哪儿。亚科夫·塔拉索维奇在家。他身穿一件长长的大礼服盛装,胸前佩戴奖章,站在门里,伸着两手扶住门框。他的一对绿油油的小眼睛正仔细打量福马,后者感觉到他的目光,将头抬了起来,于是两人对望着。

"您好,阔老爷!"老人责难地摇着头说。"请问尊驾来自何方?是什么人把你的脂肪都吸去了?莫非猪寻找水洼,而福马所寻找的,是比水洼更糟的地方吗?"

"您对我就没有旁的话好讲吗?"福马凝视着老人忧郁地问。

突然间,他看见教父哆嗦了一下,他的两腿发抖,眼睛眨得很快,一双手抓住了门框。福马以为是老人要晕倒了,赶忙向他身边走去,但亚科夫·塔拉索维奇用低沉而又生气的声音说:

"你站开点……让路!"

福马向后退着,发现自己旁边有一个个儿不高、身体结实的人。这人向马亚金鞠着躬,用嘶哑的声音说:

"您好,爸爸!"

"你—好,塔拉斯·亚科夫利奇,你好……"老人边说边鞠躬,脸上佯笑着,手仍攀住门框,他的两腿在发抖。

福马退到旁边坐下,好奇得呆若木鸡了。

马亚金站在门里,他的衰弱的身体摇摇晃晃,两手一直扶住门框,偏着头,默默无言地注视儿子。他的儿子站在他对面,头高高扬起,他那一对乌黑大眼睛上面的眉毛皱在一堆了。他的黑黑的楔形小胡子和小口髭,在他那张生着一个和他父亲的鼻子相似的软骨鼻的瘦削脸上颤动。福马从他肩头望过去,看见了柳芭的那张惊喜交集的苍白面孔——她带着恳求神情瞧着她父亲,好像马上要叫喊起来。有好几秒钟光景,大家一言不发,一动不动,都激动得呆住了。临了亚科夫·马亚金的非常喑哑的轻微声音打破了这场缄默:

"你老了哦,塔拉斯。……"

儿子瞧着父亲的脸默默一笑,用迅速的目光把他从头到脚打量了一回。

父亲把手从门框上拿开,对着儿子迈了一步,可是突然间眉头一皱,两脚停住了。这时候,塔拉斯·马亚金大跨一步站到父亲对面,把手伸给了他。

"啊……让我们亲吻吧!……"父亲轻声提出说。

他俩痉挛地互相搂抱住,紧紧地接过吻后才彼此分开。老年人脸上的皱纹哆嗦着,中年人的瘦削面孔一动不动,几乎是神色严峻,柳芭喜得嘤嘤啜泣。福马笨拙地一下坐到圈椅上,觉得气都喘不过来了。

"唉,孩子们!你们是我心头的溃疡,并不是心上的欢乐!……"亚科夫·塔拉索维奇大声地抱怨着,大概他在这几句话里放进了很多意思,因为他说了这几句话之后,马上精神振奋,转向女儿畅快地说:

"啊,你真是喜得没力气了!还是去给我们预备点吃的吧。……款待款待这位浪子!可是,你这个小老头儿,想必已经忘了你父亲是个怎样的人吧?"

塔拉斯·马亚金用深思熟虑的目光打量着他父亲,微微一笑。他默默无言,穿的是一身黑衣服,因此他头上和胡子里的白毛显得更为刺目。……

"好吧,坐下来!你讲讲吧,你是怎样生活的,做过些什么事?你在望哪儿?这是我的教子,伊格纳特·高尔杰耶夫的儿子福马。你还记得伊格纳特吗?"

"我什么都记得。"塔拉斯说。

"哦?这很好……如果你没有大吹特吹的话!……啊,你结过婚吗?"

"妻子已经去世了。……"

"有孩子吗?"

"也死了……有过两个。……"

"很可惜……不然,我有孙儿了。……"

"我可以吸烟吗?"塔拉斯问他父亲。

"吸吧!……唉呀,你是吸的雪茄啰……"

"您不喜欢雪茄吗?"

"我吗?对于我来说,什么都一样。……我是说,吸雪茄有些绅士气派……我之所以这么说,只不过因为我觉得滑稽罢了。……这样一位庄重的小老头儿,蓄着外国式的胡子,嘴上叼着一支雪茄。……这是谁呢?是我的儿子,嘻—嘻—嘻!"老人轻轻推了一下塔拉斯的肩膀,就从他身边走开了,仿佛害怕自己是不是欢喜得太早,又担心这样对待这位头发半白的人是不是合适。他探究地、怀疑地瞅着儿子的一对大眼睛,眼圈发黄、浮肿。

塔拉斯对着父亲的脸和蔼而又亲热地微笑着,深思地说:

"我也记得您是这个样儿,愉快、生气勃勃。……好像您这多年来一点儿也没有改变似的!……"

老人自豪地挺起身子,用拳头敲着自己的胸脯说:

"我永远不会改变!……因为对于一个深知自己的价值的人,生活是支配不了他的!"

"哦呀!您多么骄傲……"

"那一定是跟我儿子一个样!"老人扮了一个狡猾的鬼脸说。"你可知道,朋友,我的儿子由于骄傲,十七年之久音信杳无。……"

"这是因为父亲不愿听他的话……"塔拉斯提醒说。

"现在算了吧!只有上帝才明白谁对不起谁……上帝是公正的,会告诉你的,等着吧!现在不是我和你讨论这件事的时候……你还是告诉我:这多年来,你在干些什么事呢?你是怎样进了那个苏打工厂的?你又是怎样在社会上混出了头的呢?"

"说来话长!"塔拉斯叹了口气说,他嘴里喷出一团烟,于是开始不慌不忙地讲道:"当我得到了能按自己的意愿生活的时候,我就进了列梅佐夫家金矿经理的办公室。……"

"我知道！……他们三弟兄,我全知道！一个是畸形儿,另一个是傻瓜,第三个是吝啬鬼。……"

"我在他手下工作了两年,后来同他的女儿结了婚……"塔拉斯用嘶哑的声音叙述着。

"是这样。很不错嘛。……"

塔拉斯陷入了深思,一时闷声不响了。老人望了望他的忧郁的面孔。

"这就是说,你和你妻子过得很幸福……"他说。"啊,有什么办法呢？死去的人,进了天堂;活着的人,还要继续活下去！……你还并不算老……你妻子死了好久？"

"三个年头了。……"

"你是怎样进了苏打工厂的？"

"那个厂是我岳父开的。……"

"啊—哈！你的薪水多少？"

"差不多五千。……"

"那倒不能算是一片陈面包！真—的！还说是个苦役犯呢！"

塔拉斯狠狠地看了父亲一眼,冷淡地问道:

"我顺便问一句,您根据什么认为我服过苦役呢？"

老人惊异地望了望儿子,但这种惊异在他身上很快变成了快乐:

"啊,这是怎么回事？你没有服过苦役吗？那么,究竟是怎么回事呢？你别生气！我怎么知道呢？听人说,你在西伯利亚！既是在那儿,那就是服苦役了！……"

"为了一劳永逸地结束这件事,"塔拉斯轻轻拍了拍膝头,认真而庄严地说,"我现在就向您讲明一切的经过。我被流放到西伯利亚六年,在整个流放期间,我都是住在连那矿区[①]。……在莫斯科,我坐了大约九个月的牢,这就是全部的事！"

---

① 连那矿区,在西伯利亚连那河流域,是帝俄时代的流刑犯放逐区。

"是这样！但这究竟是怎么弄的呢？"亚科夫·塔拉索维奇困惑而喜悦地嘟哝说。

"有人在此地散布了这个荒谬的谣言……"

"真是荒谬透顶！"老人痛心地说。

"而且有一回,这种谣言还大大地给我引起了麻烦。……"

"哦？真的吗？"

"是真的。……我开始了我自己的事业……"

福马坐在他自己那个角落里,莫名其妙地眨着眼睛,留心倾听马亚金父子的谈话,执拗地观察着这个新来的人。他想起了柳博芙对她哥哥的态度,加上她讲述的塔拉斯的故事对他的情绪的某种影响,所以他期待着在塔拉斯脸上看出不像一般人的某种不平凡的地方。他以为塔拉斯一定谈吐不凡,他的衣着有他自己的独特样式,总而言之,与众不同。可是,现在坐在他面前的,是一个庄重的人,服装整齐,面貌和他父亲非常相似,所不同的,就在那支雪茄罢了。他简短又有条有理地谈到那些平凡的事物,他身上的独特地方在哪儿呢？他正开始对他父亲讲述制造苏打可以赚钱。他并不曾服过苦役,是柳芭撒了谎！

她不断地跑到房里来。她脸上闪着幸福的光辉,她的一对眼睛喜不自胜地打量着塔拉斯的黑色身姿,他穿的是一件非常别致、两边有口袋并钉大钮扣的厚礼服。她踮着脚尖走路,而且不知怎么老是把头颈伸向她哥哥那方。福马惊讶地望着她,但她手里拿着盘子和瓶子由门口跑过,并没有留意到他。

有一次,当她向室内窥望时,恰恰碰上她哥哥正对她父亲讲述服苦役的事。她伸着一双手,手里端着个托盘,呆立在原地不动,毫无遗漏地听到了她哥哥讲的他所受过的那些刑罚。她听完后,慢慢走开了,并没有觉察到福马的那种疑讶又带讥诮的目光。福马因为自己一心在想塔拉斯的事,又因由于谁也没有注意他,也没有人再望他一眼而有些生气,所以有一阵儿没有继续听马亚金父子的谈话,他忽然觉得有人一把抓住了他的肩头,他哆嗦一下,跳着站了起来,险些儿把他教父撞倒。

"你看!这才不愧是一个马亚金!人们把他在七只锅里煮沸过①,而他还活着!并且成了富翁!你懂吗?没有任何人的帮助,一个人单枪匹马,给自己打出了江山!这才真正算得上一个马亚金!马亚金,就是把命运掌握在自己手里的人……懂吗?你要学样呀!一百个人之中,你也找不出这样一个人来,你在一千个人之中去找找看吧……你得明白:你没有办法把马亚金从一个人铸成一个魔鬼或铸成一个天使。……"

被这一阵猛烈的冲击惊呆了的福马,茫然失措了,他不知道用什么话来回答老头子的这种高声大气讲出的豪言壮语。他看见塔拉斯心平气和地吸着自己的雪茄,眼睛瞧着他父亲,嘴角由于微笑在抖动。他脸上现出了宽容大度的满意神色,一身的老爷式的自尊自大的派头。他好似因老头子的欢喜很感高兴。……

亚科夫·塔拉索维奇用指头指了指福马的胸膛说:

"我对他,我的亲生儿子,都不了解,他没有在我面前敞开他的胸怀……也许横亘在我们之间的距离,不但老鹰不能越过,连魔鬼也无法越过!……也许他的血液过于沸腾了,其中连他父亲的血液的气味也没有了……不过,他还是一个马亚金!这一点,我一下就感觉出来了……我感觉到了,所以我说:'主啊,如今释放仆人安然去世!②……'"

老人在欢天喜地的狂热中身子直哆嗦,他站在福马面前简直在手舞足蹈。

"啊,您安静安静,爸爸!"塔拉斯不慌不忙地由椅上站起来,朝他父亲身边走去说。"我们坐下来吧。……"

他对福马毫不在意地笑了笑,就搀着他父亲的胳臂,把他送到桌前。……

---

① 俄谚,意谓受尽种种磨难。
② 引自《新约·路加福音》第二章第二十九节。

"我是相信血统的!"亚科夫·塔拉索维奇说。"一切力量都在于血统!我父亲曾对我说过:'亚什卡,你是我的真正的血呀!'马亚金一家人的血液是浓的,任何女人永远也无法冲淡它。……啊,我们来喝点香槟吧!喝一点好不好?你对我讲讲……讲讲你自己的事……在西伯利亚那地方是怎样的情形呢?"

老人好像又被一种思想吓住,清醒过来了,他以试探的目光睇视儿子脸上。过了几分钟后,塔拉斯的周密但扼要的回答又在他心里引起了一阵激荡的狂喜。福马规规矩矩坐在他自己那个角落里,一直倾听着、观察着。

"开采金矿,当然,是一种可靠的事业,"塔拉斯沉着又神气十足地说,"不过,仍然是一种冒险的事业,而且需要巨额资金……跟非俄罗斯人①交易,利润很大。……跟他们做生意,即使马马虎虎并不顶真干,也还是可以获得厚利。这是一种百发百中、万无一失的企业。……不过,却是枯燥无味的。这种企业并不需要很大的聪明才智,一个有巨大的创业才能的人,在这种企业里是没有发展余地的。……"

这时,柳博芙走进来,请大家到餐室里去。当马亚金父子走到了那边时,福马悄悄拉了拉柳博芙的衣袖,于是她留下来和他两人在一起,忙问道:

"你怎么啦?"

"没什么!"福马微笑着说。"我想问问你,你可是很欢喜?"

"当然很欢喜!"柳博芙高声说。

"为什么欢喜呢?"

"你这个人才怪呢!"柳博芙惊异地望着他说。"难道你眼睛没有看见吗?"

"唉—呀,你呀!"福马带着轻蔑的惋惜神情拖长声调说。"难道

---

① 这里指俄罗斯族以外的东方少数民族。

你父亲这种人，难道在我们商人这种生活习惯里能生出什么了不起的人物来吗？你对我撒了谎，你说塔拉斯这样好，塔拉斯那样好！但还不是一个跟旁的商人一般无二的商人罢了。……连肚子也是一个商人的肚子。……"看见姑娘因他这一番话激怒起来，咬着嘴唇，脸上红一阵、白一阵，他感到心满意足了。

"你……你呀，福马……"她气都喘不过来，开口这样说，但又忽然跺起脚来，对他大声嚷道："不许你跟我讲话！"

她在房门口把她那张怒气冲冲的脸转向福马低声吼道：

"哼，坏心肠的人！"

福马格格地笑起来了。他不愿意到那围坐着三个幸福人的桌边去。他听了他们的兴高采烈的话声、称心如意的笑声和杯盘的叮当声，感到自己心情沉重，在他们身边无法立足。而且哪儿也没有他立脚的地方。福马独自一人站在房间中央，他决心离开这栋喜气洋洋的屋子。走到街上，他觉得他在生马亚金一家人的气：到底他们还是这个世界上他仅有的最亲近的人们。在他眼前出现了他教父的面孔，面孔上的皱纹由于兴奋在打哆嗦，他那对绿眼睛里的愉快闪光正照射在皱纹上。

"在黑暗中，连朽木也会发光，"福马心里不怀好意地想。接着，他想起了塔拉斯那张沉着、严肃的面孔和在旁边全神贯注瞧着他的柳芭的身姿。这在他心里引起了嫉妒的悲哀。

"有谁会这样来瞧着我呢？……"

他在河边码头上，被劳动的喧嚣声唤醒，才从自己的沉思中清醒过来。到处都有各种各类的什物和商品在搬呀，运呀，人们匆促、焦虑地赶路，激怒地鞭策他们的马匹，彼此高声叫喊，使街道上充满了忙迫劳动时的那种混乱的奔忙和震人耳聋的噪音。他们在一块铺石的狭长地带奔波忙碌，这地方的一边耸立着高楼大厦，另一边被靠河的陡峭悬崖切断。这种沸腾的嘈杂喧嚣声在福马心上产生了这样的印象，仿佛他们这些人全都准备逃往什么地方去，不再在这种龌龊、逼窄和嘈杂中干活了——他们准备逃走，所以他们尽量设法赶快完成这项不干完就无法脱身的活儿。已经有几艘大轮船停泊在河边等着他们,烟囱里吐着一股股浓烟。河上密密塞满了船只,混浊的河水如泣如诉般轻声溅击河岸,好似要求给予它短暂的宁静和休息。……

那令人愉快的《杜比努什卡》歌①早已从一个码头上飘荡在空中。搬运工们正干着一种需要动作敏捷的活儿,配合着这种动作,他们唱着领唱句与合唱句。

  大商人在酒店里呀
  喝着醇浓的果子露酒呀,

领唱人用活泼的宣叙调这样唱着。众人一致接唱道:

  哦,杜比努什卡,嗨哟喝!

接着,男低音把坚毅的声音抛入空中:

  杭育,杭育……

男高音也重复唱了起来:

  杭育,杭育……

福马倾听着这支歌,朝传来这歌声的码头走去。在那儿他看见,搬运工们站成两行,用粗绳从轮船舱里把很大的桶滚运出来。这些人浑身污脏,穿着敞领红衬衫,手上戴着手掌套,膀臂裸至肘弯节,站在船舱上面,边开玩笑,边兴致勃勃地大家一致合着歌的节拍拉绳子。

---

① 《杜比努什卡》是俄国的一支船夫卸货歌。高尔基在下文引用的是近乎《杜比努什卡》的异文。

从船舱里发出了那位看不见的领唱人的带嘲笑的响亮嗓音：

可是我们庄稼人的喉咙里呀
连伏特加也休想喝够呀……

于是大伙儿像一个巨大的胸脯般大声、一致地喘了口气：

哎，杜比努什卡，嗨哟喝！

福马瞧着这和谐得像音乐一般的劳动，感到很愉快。搬运工们的污黑面孔笑得容光焕发，觉得劳动并不吃力，进行得很顺利，唱得兴高采烈。福马想，如果能和这些善良的伙伴们，在愉快的歌声下这样同心协力地一起干活，干累了，喝一杯伏特加，吃着协会里那位高大、机敏的妈妈烹调的厚油白菜汤，该是多好。……

"赶快呀，伙计们，赶快！"他旁边有人发出了令人不愉快的嘶哑声音。福马转过身去。一个大腹便便的胖子用手杖敲着码头上的厚木板，一对小眼睛盯着搬运工们。他脸上和脖子上汗水滴滴；他不时地用左手揩着汗，气喘吁吁，宛如他是在登山一样。

福马满怀敌意地瞅了这人一眼，心中想道：
"别人干活，他在流汗。……但我比他更不如。……"

每一个印象都使福马心上立即产生一个带刺激性的想法，认为他自己无能力生活。凡他注意到的事物，都引起他一些不痛快的感觉，这种不快感像砖头似的落在他的胸膛上。

晚上，他又到马亚金家里去了。老人不在家，柳博芙和她哥哥正坐在餐室里喝茶。福马走近门口，听到了塔拉斯的嘶哑声音：
"是什么事使父亲要替他操心呢？"

一眼瞥见福马，他就一声不响，用严肃、探索的目光注视他的面孔。柳博芙脸上明显地现出了狼狈神色，她道歉似的对福马说：

"啊！原来是你。……"

"正在议论我呢！"福马在桌边坐下,心里这样猜想。

塔拉斯把目光从他身上挪开,身子更深地沉进圈椅里。令人感到局促不便的沉默持续了一会儿,这使福马感到很高兴。

"你要去参加宴会吗?"柳博芙终于问了一句。

"参加什么宴会?"

"难道你不知道吗?科诺诺夫举行新轮船命名式。……还有祈祷仪式,随后人们要沿伏尔加河向上游航行。……"

"没有请我,"福马说。

"谁都没有请。……他只不过在交易所邀约了一下:'凡愿意赏光的,都请驾临!'"

"我不愿意……"

"真的吗?你得注意,那儿定会大摆酒宴,"柳博芙斜睨了他一眼说。

"如果我要喝酒,我自己可以花钱去喝。……"

"这我知道!"柳博芙意味深长地点了点头说。

塔拉斯耍弄着他的茶匙,把它夹在手指间转来转去,并皱着眉头瞧他们两人。

"教父在哪儿?"福马问。

"他到银行里去了……今天开董事会……要选举……"

"他们又会选他吗?……"

"当然啦……"

谈话又中断了。塔拉斯慢条斯理地大口大口喝完了茶,默默地把茶杯移近他妹妹并对她笑了笑。她也愉快、幸福地微笑着,接过茶杯来,动手细心洗着。随后,她脸上现出了紧张神色,她不知怎么十分凝神注意,放低声音,几乎是极恭敬地对她哥哥说:

"我们再从头谈起好吗?"

"好的!"塔拉斯简短地同意说。

"你所讲的,我不懂,那是怎么回事呢?我是问:'如果所有这一切,照你的看法,是乌托邦,如果这都是不能实现的……是梦想……那么一个不满于生活的人将怎么办呢?'"

她眼睛里含着迫切的期待神情盯着她哥哥的泰然自若的面孔,他望了望她,身子在圈椅里动了动,低下脑袋,沉着、庄严地说:

"必须考虑考虑,这种对于生活的不满足是由什么原因产生的呢?……也许,这是由于没有能力劳动……由于对劳动不够重视吧?或者是由于对自身的能力没有正确的概念……多数人的不幸,是由于他们把他们自己估计得超过了他们的能力……其实,对一个人的要求并不大。他应当按照能力给自己选择工作,并且尽可能把它干得好些。……必须热爱你所做的工作,那么这一种劳动,即使它是最粗笨的劳动,也可以提高到创造的境地。……一把椅子,如果是一个具有工作热情的人做出来的,那一定会是一把又美观又坚固的好椅子……无论干什么事,也都是这样。……你得读读斯迈利斯①,——还没有读过他的书吧?那是一本非常有道理的书……对人有益的书。……廖博克②的《人生的欢乐》也得读读……总而言之,得记住,英国人是最能劳动的民族,他们在工商业方面的惊人成就也就说明了这一点。……在他们来说,劳动几乎是神圣的。……文明的高度,往往直接取决于对劳动的爱好。但文明越高,人的需要得到的满足就越深,在今后发展人的需要上障碍就越少。需要能得到充分的满足,就是幸福。就是。……正如你所了解的,一个人的幸福,先决条件就在于他对待他自己的劳动的态度。……"

塔拉斯·马亚金讲得那么缓慢而吃力,好像讲话对于他本人是一桩伤脑筋的、枯燥无味的事。可是柳博芙皱着眉头,身子偏向哥哥那

---

① 斯迈利斯(1812—1904),英国资产阶级传记作家,在其主要著作《乔治·斯蒂文生传》之外,还写了好几部有关道德修养一类的书,鼓吹"老板与工人间的相互好感"。最有名的是《自助》,曾被译成十七种不同的文字,风行一时。这里就是指的这本书。

② 廖博克(1834—1912),英国资产阶级学者和博学家,他的著作涉及的范围极广,著有《人生的善用》和《人生的欢乐》等。

方,眼睛里含着全神贯注的神情倾听着他的谈话,准备全部加以接受并吸入自己灵魂里去。

"啊,但是如果一个人觉得一切都讨厌呢?"福马说道。

"换一句话说,他所讨厌的是些什么呢?"塔拉斯望也没望福马一眼,沉着地问。

对方低下头,两臂支在桌上,非常执拗地继续发表他的意见说:

"一切全不合他的心意……事业也好……劳动也好……人们也好。……如果,比如说,我看出一切全是欺骗。……所谓事业,并不是什么事业,它本身只不过是些填塞物罢了。……是用来填塞灵魂的空虚的……有的人工作,而另外的人只发号施令并且还挥着汗。……但他这样做,得的钱倒反多些。……这是什么道理呢?啊?"

"我捉摸不到你的意思!"当福马觉察到柳博芙的又轻蔑又愤怒的目光盯在自己身上而把话中止时,塔拉斯这样声明说。

"你不懂吗?"福马望着塔拉斯冷笑了一下,问。"啊,我这样来说吧:一个人乘着一只小船在河上航行。……小船也许是一只完好的船,但船下面毕竟是一个深渊。……小船再结实也好……但如果这个人感觉到了自己下面的那个漆黑的深渊……那么,无论怎样的小船也救不了他。……"

塔拉斯漠不关心、泰然自若地望着福马。他默默地望着,一面用手指轻轻敲击桌边。柳博芙烦躁不安地在椅子上转动。时钟的摆发出叹息一般的低沉响声,一秒一秒地报着时刻。福马的心缓慢、沉重地跳动,觉得在这儿谁也不会用温暖的话语来回答他的痛苦的疑虑。

"工作对于一个人来说,还并不就是一切……"他与其说是在对这两个人讲话,倒不如说是在自己讲给自己听。"说人生的真谛就在劳动中,这并不对。……有的人一辈子就从来没有劳动过,可是他们生活得比劳动者好得多……这是什么道理呢?但那些劳动者——他们简直就是一些不幸的马!别人骑在他们身上,他们逆来顺受……仅仅是这样罢了!……但他们在上帝面前是理由充足的。……若问他们:

'你们过去活着是为了什么呢?'他们回答说:'我们没有时间考虑到这上面来……我们工作了整整一辈子!'但我有什么理由可说呢?所有那些发号施令的人,他们又用什么道理来为自己辩解呢?他们过去生活着是为了什么?我认为,人人一定必须确实知道自己是为了什么活着。"

他沉默了一下,抬起头来,用喑哑的声音嚷道:

"难道人生在世,就是为了工作、赚钱、建一所房子、生儿育女,然后就死去吗?不,生活本身总有它自己的意义。……一个人生在世间上,活了一辈子又死掉,是为的什么呢?必须弄明白我们活着是为的什么。我们的生活毫无意义。……加上一切都是不平等的,这是一眼就看得出的!有的人富足无比,他们有的钱足够养活一千个人……并且终日游手好闲……其他的人一辈子弯着腰干活,他们手里却一个小钱也没有。……但人们之间的差别小极了。……有的人连裤子都没得穿,可是他思考判断起来,同穿绸着缎的人是一个样。……"

福马陷入了他自己的那些苦思里,本想滔滔不绝地把它们倾吐出来,但塔拉斯把自己的圈椅从桌前挪开,站起身来,叹口气,声音不高地说:

"算了吧,谢谢你!……我再也不要听了。……"

福马立即中止自己的谈话,耸了耸肩,望着柳博芙冷冷一笑。

"你是从哪儿搜集来的这样一种哲学?"她怀疑地冷冷地问。

"这不是什么哲学。……这是……惩罚!"福马低声说。"你睁开眼睛看看一切吧,那么你脑子里自然也会有这种想法的。……"

"我顺便说说,柳芭,你得注意这一点,"塔拉斯背对着桌子,眼睛注视着时钟说,"厌世主义和盎格罗·萨克逊①民族是完全格格不入的。……那种称为斯威夫特②的和拜伦③的厌世主义,只不过是针对着生活上和人身上的缺点,发出的一种像火烧一般的辛辣抗议罢

---

① 指英国。
② 斯威夫特(1667—1745),卓越的英国讽刺作家。
③ 拜伦(1788—1824),英国诗人,革命浪漫主义的杰出代表人物。

了。……至于那种讲理智而又消极冷漠的厌世主义,在他们那儿是找不到的。……"

接着,他好似突然想起了福马,把脸转过去对着他,两手抄在背后,大腿一抖一抖地说:

"您提出了非常重要的问题。有的人会认为这些问题幼稚。……但如果您确实对它们很感兴趣,那您就非读书不可。……从书本里,您可以找着不少有关人生意义的有价值的见解。……您也看书吗?"

"不看!"福马简短地回答。"我不喜欢看……"

"不过,书本总可以给您一些帮助……"塔拉斯说,他的唇边掠过了一丝儿微笑。……

"既然人对于我的思想都无法帮助,书本那就更不用说了!……"福马忧郁地说。

跟这两个冷淡无情的人在一起,他感到气闷。他本想走,但又很想说几句有关柳博芙的哥哥的话,叫她难受,所以他等着,看塔拉斯是不是会走出房间。柳博芙正在洗杯盘;她脸上显出了专心一意和若有所思的神情,一双手懒拖拖地动着。塔拉斯在房间里来回踱着,停在那个装有银器皿的贵重食器架前,口里吹着口哨,用指头轻轻敲着玻璃,眯缝着两眼看各种物件。福马看出柳博芙有好几次带着含敌意和等待的神色询问似的瞧瞧他,他心里明白他是妨碍了她。

"我今晚要在你们这里过夜……"他对她笑了笑说。"我非同教父谈谈不可。而且我一个人在家里寂寞得很……"

"那你就去对玛尔富莎讲一声,叫她在角落里给你铺张床……"柳博芙急忙对他提供意见。

"好的。……"

他站起身来,走出餐室。但他马上听见塔拉斯声音不高地问她妹妹什么事。

"是在讲我,"他心里想。突然间,他脑海里闪过一个坏念头:"我来听听聪明人讲些什么吧。……"

他无声无响地走进了另一个房间,这间房和餐室也是邻接着的。房里没有点灯,只有一条窄窄的光带,从餐室里透过没有关严的门射在黑暗的地板上。福马悄悄地、仿佛心脏也将停止跳动似的,一直走到门边站住。……

"这小子很难处!……"塔拉斯说。

柳博芙放低声音急促地说道:

"他在这儿一直都在狂饮作乐。……胡作非为,一塌糊涂!他好像是一下就变成这样的。……一开头,他在俱乐部里殴打了副省长的女婿。为了了结这桩丑闻,爸爸四处张罗。幸好,那个挨打的人本来名声就不好。……不过,这也用去爸爸两千多卢布。……可是,正当爸爸为了这件丑闻奔走斡旋的时候,福马又几乎把一伙人淹死在伏尔加河里了。"

"真是一个怪物!亏他还要研究人生的意义。……"

"又有一回,他和他那一丘之貉的一伙人乘一艘轮船,在船上狂饮作乐,他突然对他们说道:'向上帝祈祷吧!我要马上把你们全都扔到水里去!'他的气力大得吓人。……因此,那些人都大叫大喊。……他却说道:'我是要替祖国服务,我要肃清世间上的败类。……'"

"这真妙透了!"

"他是一个可怕的人!这几年来,他干出了多少野蛮的鬼把戏。……他挥霍掉多少的金钱呀!"

"你告诉我,父亲是在怎样的条件下管理他的事业的,难道你不知道吗?"

"我不知道!他手里有全权委托书。……你问这做什么?"

"没什么……这倒是一桩可靠的事业!当然,是按俄国方式来经营——干起来很讨厌。……虽是这样,但仍不失为一桩极好的事业!如果经营得法的话……"

"福马完全一事不作。……一切都掌握在父亲手里。……"

"是这样吗?"

"你要知道,有时候,我觉得,福马有一种好深思的性格,他讲的这些话是真诚的,他也可能成为一个品行非常端正的人。……但我就是无法把他那种可耻的生活跟他的言论和见解统一起来。……"

"而且也不值得为这种事烦心……他年少无知,疏懒成性,他总要为他的懒惰找些借口。……"

"不,你得明白,有时候他像个小孩子一样。……"

"我也说过:他年少无知呀。一个人自己甘愿无知无识,自己甘愿做野蛮人,那我们谈论这种人还有什么意义呢?你得弄清楚:他的那些想法,就跟寓言里讲的熊要制造弓形的马轭①是一模一样的。……"

"你真是非常严格。……"

"对呀,我是严格!为人就需要这样。……我们俄国人全都散漫到了不可救药的地步。……幸亏生活是这样安排的,不论我们愿意也好、不愿意也好,我们都得慢慢紧张起来。……梦想只是青年男女的事,认真的人有认真的事业……"

"我有时候很可怜福马。……他将来会怎么样呢?"

"不会发生什么特别的事,既不会好,也不会坏。……他把金钱挥霍罄尽,破产完事。……哎,去他的吧!像他这种样儿,今天已是稀有人物了。……如今,商人们全都深知教育的力量。……可是他,你的这位同乳兄弟,他正在走向灭亡……"

"说得对,先生!"福马出现在门槛上说。他面色苍白、眉头深锁、嘴唇发抖,凝神望着塔拉斯,闷声闷气地说:"对!我正在走向灭亡,阿门!越快越好!"

柳博芙脸上现出恐惧神色,从椅上跳起来,跑到哥哥身边。塔拉斯泰然自若地站在房间中央,两手插在衣袋里。

"福马!哦!多可耻!你是在偷听呀,哎,福马!"她莫知所措地说。

"闭嘴,你这只母绵羊!"

---

① 出自克雷洛夫的寓言《勤勉的熊》:熊要制造马轭,砍了不少树木,但由于缺乏耐性没有做成。

"说得不错,在人家门边偷听总不对!"塔拉斯慢条斯理地说,他的轻蔑目光仍没有从福马身上挪开。

"让它不对好了!"福马摆了摆手说。"只有偷听,才听得到真话,难道这是我的错吗?"

"走吧,福马!请你走吧!"柳博芙紧紧挨着哥哥,请求说。

"也许您还有什么话要对我说吧?"塔拉斯态度安闲地问。

"我吗?"福马高声说。"我能说什么呢?我什么也不能说!……只有您——您才什么都能说。……"

"那么,您就没有什么要跟我谈了吗?"塔拉斯又问。

"没有!"

"这使我感到很愉快。……"

他侧身对着福马,问柳博芙说:

"你看爸爸很快就会回来吗?"

福马望了望他,觉得对这个人有了一种更类似尊敬的感觉,他小心翼翼地离开了这个人家。他不愿意回到他自己家里去,在他那栋空洞洞的大房子里,脚一走动,就会响起很大的回声,于是他沿着街道走去,街上沉郁地笼罩在一片晚秋的灰暗暮色里。他在心里想着塔拉斯·马亚金。

"一个强硬的人。……像他父亲,只是没有他那么急躁。……多半也是一个老奸巨猾的家伙。……但柳博芙却差不多把他看成圣人一般,真是个傻女人!他把我申斥得好厉害呀!像个法官一样。……她对我,还算有点好意!……"

但他的这种种想法,在他心里既没有引起对塔拉斯的怨恨,也没有引起对柳博芙的爱怜。

就在这时候,他教父的快马由他身边驰过。福马瞥见了亚科夫·马亚金的矮小身姿,但他对这也依然无动于衷。一个点路灯的人跑过来,赶到福马前面去,把梯子靠路灯柱放定,就往上面攀登,但梯子在他的重压下一下滑开了,这人一把抱住灯柱,生气地高声诟骂。一个

挟着包裹的姑娘撞着了福马的腰,说了一声:

"啊,对不起……"

他望了她一眼,什么也没回答。后来,天空中开始降细雨了。细小得几乎看不见的点点滴滴的湿气,使路灯的灯光和商店的窗户蒙上了一层灰蒙蒙的雾。雾气憋得人呼吸困难。……

"我到叶若夫那儿去过夜吧?还可以同他一起喝喝酒……"福马这样想着,就朝叶若夫的住处走去,尽管他心里一点也不想去看这位小品文作者,也一点不想喝酒。……

在叶若夫那儿,有一个头发蓬松、身穿工作外衣和灰色裤子的人坐在长沙发上。他的面孔像熏过似的,黑黝黝的,两眼怒气冲冲地凝然不动,厚嘴唇上面竖起硬邦邦的士兵式的唇髭。他坐在长沙发上,一双大手抱住两腿,下巴搁在膝头上。叶若夫侧着身子坐在圈椅里,两腿垂在椅子一边的扶手外。桌上的书籍和报纸中间,有一瓶伏特加,房里有一种咸鱼气味。

"你到处游荡干什么?"叶若夫问福马,他向他点了点头,对坐在长沙发上的人介绍道:"高尔杰耶夫!"

那人对这走进来的人望了一眼,用令人不快的尖锐刺耳的声音说:

"我姓克拉斯诺谢科夫。……"

福马坐在长沙发角上,对叶若夫说:

"我是来过夜的。……"

"啊,那有什么关系?讲下去吧,瓦西里。……"

那人斜睨了福马一眼,尖声尖气地说:

"依我看来,你攻击那些糊涂蛋,的确是徒劳无益——马扎尼耶洛①是个大傻瓜,可是他应做的事,都是用最好的方式完成的。至于那

---

① 马扎尼耶洛(即托马佐·阿尼耶洛,1623—1647),意大利渔夫,一六四七年拿波里和南意大利人民起义时的领袖,反对西班牙统治。他被起义者拥为拿波里的执政者,组织了人民军,后来被西班牙总督所派遣的凶手杀害。

个温克尔里德①也的确是个大傻瓜……不过,如果他不是被帝国的矛刺穿了他自己的话,瑞士人就要挨打呢。这类的傻瓜可真不少!不过,他们倒是英雄好汉。……至于那些聪明人,那才是些懦夫。……他们临到应以全力清除障碍的关头,却考虑起来:'这样做,后果会怎样?恐怕我会白白送掉性命吧?'因此,他们在难题面前像木桩似的束手无策,坐以待毙!只有傻瓜才猛勇!砰的一声,他把头不折不扣撞在墙上!脑壳打开了,这又算得什么呢?牛犊的脑袋一文不值。……但如果他在墙上撞开了一个裂口,那么那些聪明人就会把这裂口挖成一个大门,从门里钻出去,把光荣据为己有!……不,尼古拉·马特维伊奇,大胆总是件好事,即使是有勇无谋。……"

"瓦西里,你简直胡说八道!"叶若夫伸手指着他说。

"啊,当然啦!"瓦西里同意说。"我怎么能做我力所不能胜任的事呢②……但我毕竟不是瞎子。……我看得很清楚:不管怎样雄才大略,也还是顶不了用。"

"你等一等!"叶若夫说。

"不成呀!我今天值班。……现在多半都要迟到了。……我明天再来,好吗?"

"你来好了!我要好好批评你!"

"那正是你的业务。……"

瓦西里慢吞吞地伸直身子,离开长沙发站起身来,用他那又大又黑的手掌抓住叶若夫的干瘦黄手,紧紧握了握说:

"再会吧!"

他接着对福马点了点头,侧着身子走出门去了。

"你看见了吧?"叶若夫用手指着门口问福马,门外还响着沉重的脚步声。

---

① 传说中的一个瑞士农民,他在一三八六年泽姆帕赫一役中英勇牺牲,从而保证了瑞士军队对奥地利军队的胜利。
② 原文直译是"我怎能用草鞋盛汤喝呢"。

"他是什么人?"

"一个副司机,叫瓦西里·克拉斯诺谢科夫。……你可以拿他做个榜样:他十五岁才发蒙读书,到了二十八岁时,已经读过无数的好书,并且还精通两种外国语。……他就要到外国去了。……"

"去干什么?"福马问。

"去学习,去考察那儿人们的生活情况。……你却在这儿待着无聊。……"

"他关于傻瓜所发表的意见,真有道理!"福马若有所思地说。

"我可不明白!因为我不是傻瓜。"

"真是讲得有道理!笨人应该马上行动起来。……猛扑过去,打一个落花流水。……"

"你又发作了!"叶若夫高声说。"你倒不如对我讲讲,马亚金的儿子是不是真回来了。"

"是真回来了……有什么事吗?"

"没什么!"

"从你的神情看来,一定是有什么事。……"

"我们知道他这个儿子,听人讲到过他的事情。……像他父亲吗?"

"长得比他父亲结实……更加死板认真……完全是个冷酷无情的人!"

"啊,你呀,老兄,现在你得提防两个人了!要不然,他们就会把你啃得精光。……这位塔拉斯在叶卡捷琳堡把他的丈人可骗得高妙之至。……"

"如果他愿意,让他来骗我好了。这样一来,我除了感谢他以外,决不吭一声。……"

"你仍旧在唱那个老调调吗?为了要自由?算了吧!你要自由干吗?你要自由有什么用呢?要知道,你什么也干不出来,你没有文化。……如果我能不愁酒喝,不愁饭吃,那就好了!"

叶若夫一下跳起来,站在福马对面,好像讲演似的高声说道:

"我要收拾起我那受了创伤的灵魂残骸,把它和我的心血一起,唾在我们的知识分子脸上,他妈的!我要对他们说:'甲虫们!你们是我国的精华呀!你们所以能够存在,事实上是几十代俄国人的血泪换来的!哦!你们这些虱卵!你们的国家为你们付出了多么高的代价呀!你们为它作了些什么呢?你们已把过去的眼泪变成珍珠了吗?你们对人生有了什么贡献呢?你们干出了哪些业绩?甘愿给人家征服吗?你们正在干着什么?甘愿做人家的笑柄……'"

他狂怒地跺着脚,咬牙切齿,用燃烧一般的凶狠目光盯着福马,活像一只发怒的猛兽。

"我要对他们说:'你们啦!你们思考过多,但你们缺乏才智,又完全无能,你们全都是些怕死鬼!你们的心充满了道德和善良的意图,可是这颗心却又软又暖,像床羽毛褥子,创造的精神在其中高枕无忧地酣睡,并且你们的心不是在跳动,却是像摇篮般慢悠悠地荡来荡去。'我要用食指蘸着我的心血,把我谴责的烙印打在他们的额上,他们,那些精神卑鄙、在自己的自满自负中倒了霉的人该受苦了……哦,到那时候,他们就该受苦了!我的鞭子厉害,我的胳臂坚强有力!由于我爱得太深,我也不会姑息!可是现在他们并没有受到痛苦,因为他们太多地、太经常地把痛苦挂在嘴上,夸夸其谈!他们是在撒谎!真正的痛苦,人是不会声张出来的,真正的热情,是无边无际的!……热情,热情!它什么时候会在人心里苏生起来呢?我们大家都是因为没有热情才不幸。……"

他上气不接下气,剧烈地咳嗽了一会儿,他在房间里跑来跑去,挥着两只手,好像疯子一样。随后,他又站在福马面前,脸色苍白,两眼因暴怒而充血。他呼吸吃力,嘴唇哆嗦,露出了又小又尖的牙齿。一头乱蓬蓬的短发,他那样子,就像一条从水里抛出来的鲈鱼。……福马不是初次看见他的这种模样儿,而且和向来一样,这种兴奋情况感染了他。他默默地倾听着这矮小人儿的激烈言论,不用心思去了解其中的意义,不希望知道它是针对什么人发的,只是囫囵吞下了它的力量。叶若夫的话像开水似的泼在他身上,温暖了他的心。

"我知道我的力量有限,我知道他们会对我叫嚷:'闭嘴!'他们会说:'不许作声!'他们会讲得天花乱坠,他们会讲得泰然自若!他们会耀武扬威地讲些话来挖苦我……我明白,我是一只小小的鸟儿,可惜我不是夜莺!跟他们比较起来,我是个不学无术的人,我只不过是个小品文作者,一个使公众开心的人罢了。……让他们叫嚷,让他们打断我的话吧!让他们去罢!我会挨到嘴巴子,但我的心依然会跳动!我要对他们说:'不错,我是不学无术!但我第一件比你们强的事,就是我不知道有任何一条书本上的真理,我会把它看得比人更宝贵!人就是宇宙,凡愿以天下为己任的人永垂不朽!可是你们,你们为了一个字,也许这个字里往往并没有你们所能理解的那种涵义,就经常互相挖苦、中伤,为了一个字,就昧着良心彼此大肆攻讦。……因为这样,你们将受到生活的严厉处罚,请相信我:暴风雨要猛刮起来了,它将把你们从大地上扫荡、冲掉,正像风和雨把树上的灰尘扫荡、冲掉一样!人的语言中,只有一个词,它的涵义对于人人来说都是清楚明白而又宝贵的,这个词读起来,它的发音是这样:'自由'。"

"来一个大破坏!"福马从长沙发上跳起来,一把抓住叶若夫的肩臂怒吼着。他的身子弯向叶若夫,炯炯发光的眼睛盯在他脸上,忧愁、痛苦得几乎是在呻吟:"哎!尼古拉……亲爱的,我真为你难受得要命!我,简直难受得无法形容!"

"这是怎么回事?你怎么啦?"叶若夫叫嚷着,把他推开了,福马这种意想不到的激动和奇特的话语,使他大吃一惊,茫然失措了。

"哎,老兄!"福马放低嗓门说,因此声音变得更加恳切而低沉。"你是个活人,为什么要毁灭呢?"

"谁呀?我吗?我在毁灭吗?你撒谎!"

"我亲爱的朋友!你对任何人也不能讲什么!你没有可以谈话的对手!谁会听你讲呢?就只有我罢了。……"

"你给我滚开!"叶若夫恶狠狠地嚷了一声,好像被烫着似的从福马身边跳开了。

但福马却恳切而又非常沉痛地说:

"你说吧!说给我听吧!我要把你的话带到适当的地方去。我懂得它们的意义。……哎,我要好好地把人们烧痛!请暂时等一等!……我的时机就要来到!……"

"走开!"叶若夫背靠着墙,歇斯底里地叫了一声。他站在那儿莫知所措,沮丧失望,心烦意乱,把福马伸给他的手推开了。就在这时,房门开了,门口站着一个全身穿黑衣的妇人。她面颊上扎着一块手帕,神色凶狠激动。她头一昂,伸出一只手来指着叶若夫,尖声尖气喊喊喳喳地说:

"尼古拉·马特韦耶维奇!请原谅,这种样儿怎么行!像野兽一样咆哮,怒吼!……每天每日,客来客往……警察也要来啦……不,我再也忍受不了!我神经衰弱。……请您明天搬出去吧。……您又不是住在沙漠里,这周围附近全是人!……人人都需要安静……我的牙齿……请您明天就。……"

她讲话快极了,所以大部分的话都消失在她那喊喊喳喳和尖声尖气的嗓音里了,只有她用怒气冲冲的尖锐声音喊出来的几句话,才可以听清楚。她那块手帕的边角像小小的犄角翘在她头上,随着她牙床的移动而颤抖。福马一眼瞥见她那副激动而又滑稽的样子,就坐到长沙发上去了。叶若夫站在那儿擦着额头,神情紧张地听着她讲。……

"我这就通知你了!"她高声嚷着,在门外又说了一遍:"就是明天啦!真不成话。……"

"他妈的!"叶若夫目瞪口呆地瞧着门低声说。

"啊!真厉害!"福马惊异地看着他说。

叶若夫耸了耸肩,走到桌前,倒了半茶杯伏特加,一口喝光,坐在桌边,低低地垂下了脑袋。两人沉默了一会儿。接着,福马怯生生地低声说:

"这到底是怎么回事……连眼睛都还没来得及眨,突然就这样地痛骂一顿?……"

"你呀!"叶若夫抬起头来,凶狠而疯狂地瞧着福马,小声说。"你闭嘴!见你的鬼……躺下去睡吧!恶魔……糟透了……呕!"

他用拳头威胁福马。随后,他又倒出些伏特加,喝光了。……

过了几分钟,福马脱了衣服,躺在长沙发上,眼睛半睁半闭地一直盯着那垂头丧气、一动不动地坐在桌前的叶若夫。后者眼睛瞧着地板,嘴唇微微抖动。……福马很奇怪,他不懂叶若夫究竟为什么生他的气。总不会是由于别人赶他搬家吧?因为是他自己在嚷叫。……

"哦,恶魔!……"叶若夫咬牙切齿地轻声说。

福马小心翼翼地从枕上抬起头来。叶若夫大声地深深叹了口气,又把手伸到了酒瓶边。这时,福马对他轻声说。

"倒不如随便到哪家旅馆去还好点。……还不晚呢。……"

叶若夫望了望他,奇怪地笑了,双手擦着脑袋。接着,他离开椅子,站起身来,对福马简短地说:

"穿上衣服!"

叶若夫看见福马在长沙发上那么慢慢吞吞、笨手笨脚地转动身子,他忍无可忍恶狠狠地叫道:

"喂,赶紧点嘛!……简直笨得像根木头!"

"你别骂人!"福马和蔼地笑着说。"一个女人噜哰了几句,就值得生气吗?"

叶若夫望了他一眼,吐了口唾沫,哈哈大笑了。……

十三

"全都到齐了吗?"伊利亚·叶菲莫维奇·科诺诺夫站在他那艘新轮船头上,眉开眼笑地打量着众宾客,问。"好像都到齐了!"

他向上扬起他那张胖团团、红润润、幸福无边的面孔,对那个早已

站在船桥上传声筒旁边的船长喊道:

"启碇,彼特鲁哈!"

"是!……"

船长摘下帽子,露出了秃脑顶,眼睛望着天,虔诚地画了个十字,又用手摸了摸他那又多又黑的胡子,喉咙里发出咯咯的声音,下命令说:

"后退!慢!"

宾客们跟着船长的样儿做,也画起十字来了,他们的便帽和大礼帽像一群黑鸟儿在空中闪动。

"求你赐福我们,主啊!"科诺诺夫感动地高声说。

"解尾缆!前进!"船长发命令。

巨大的"伊利亚·穆罗梅茨"号强烈有力地喘息了一阵,吐出一股浓浓的白茫茫蒸汽在码头边上,像只天鹅样平稳地溯流上驶了。

"啊,开动了!"商务顾问卢普·列兹尼科夫赞美说,这是一个仪表优雅、高高瘦瘦的人。"简直一点儿震荡也没有!好像一位翩翩起舞的贵族夫人!"

"这是一匹巨大的河马①呀!"麻脸驼背的特罗菲姆·祖博夫虔诚地叹口气说,他是大礼拜堂的长老,又是城里第一名放高利贷的人。

这一天,天色灰暗;秋云密布的天空反映在河水上,使它平添了一股冷冷的亚铅色反光,新油漆的轮船光彩夺目,行驶在单调的河面上,像是一大块明亮的斑点,吐出的黑烟,像浓密的乌云悬在天空。白色船身,玫瑰色的外壳,鲜红色的齿轮,这船用船头轻而易举地切开冷冷的河水,把它向两岸驱散。船舷圆窗上和甲板室窗上的玻璃,闪闪放光,仿佛正心满意足而又得意扬扬地在微笑。

"各位尊贵的来宾!"科诺诺夫从头上摘下帽子,向来宾们深深一鞠躬,高声宣布说。"我们现在既然可以说'神的物当归给神',那么,

---

① 据《旧约·约伯记》第四十章第十五至二十四节载称,河马是上帝造的力大无比的动物。

请允许对乐队也说'凯撒的物当归给凯撒'吧①！"

他不等来宾回答，就把手掌凑在嘴上喊道：

"奏乐！奏《光荣啊》②！"

安排在机器后面的军乐队，洪亮地奏起了进行曲。

商业银行的经理马卡尔·博布罗夫拿指头在自己便便大腹上打着拍子，嘴里用愉快的低音合着唱：

"光荣啊，光荣啊，我俄罗斯沙皇—特拉—拉—塔！蓬！"

"请各位就席！请吧！实在过于简慢。……谨请赏光……"科诺诺夫排开拥挤杂沓的宾客邀请说。

他们有三十来个人，全是体面人物，是当地商界中的翘楚。那些秃顶白发的老人，穿的是老式大礼服、长筒靴，戴的是无檐帽。但这种人究竟占少数。大多数人都戴大礼帽，穿短统靴和时髦的常礼服。大家本来全挤在船头上，但在科诺诺夫的邀请下，都慢慢向张着帆布篷的船尾走去，摆有菜肴的席桌是设在那边的。卢普·列兹尼科夫挽着亚科夫·马亚金的胳膊走，并凑在他耳朵上喁喁私语，后者听了，发出会心的微笑。福马经过好久的规劝，才由教父带了来参加这次庆祝会，他在他所憎恶的这班人中间，落落寡合，远离众人，独自待在一旁，郁闷不乐，神色惨淡。过去两天里，他和叶若夫结伴痛饮，此刻因宿醉头痛欲裂。他在这群体面人物里，觉得十分局促；嘈杂的声音，音乐的轰响，轮船的喧嚣，——所有这一切都惹得他气恼。

他觉得急于要喝酒来解宿醉，但一想到他教父今天为什么待他这般亲切，他又为什么把他带到这儿，混迹在城里第一流的商人队伍中时，他就心绪不宁。他为什么那般委婉地劝他，甚至恳求他来参加科

---

① "神的物当归给神"一语出自《新约·马可福音》第十二章第七七节。这里的整句话的意思是：既已祷告过上帝，就该奏乐来颂扬沙皇了（凯撒是古罗马一个皇帝，此处指沙皇）。

② 大概指俄国作曲家格林卡的歌剧《为沙皇捐躯》中最后一场男爵罗津的唱词。

诺诺夫的弥撒和宴会呢？

福马是在举行弥撒时来到轮船上的，他站在一边，注视着商人们，一直到弥撒终了。

他们一声不响恭恭敬敬地站着，脸上都露出了虔诚专一的表情，他们毕恭毕敬、全心全意地祈祷，深深地呼吸，低低地鞠躬，眼睛激动地仰望天空。福马一会儿望望这个人，一会儿瞧瞧那个人，想起了他所知道的有关他们的事情。

那就是卢普·列兹尼科夫，他的发迹，是从做妓院老板入手的，而且一转眼间就家财万贯了。据说，他勒死过一个嫖客，那人是一位西伯利亚富翁。……祖博夫年轻的时候，做过收买农民棉纱的买卖。曾经两次破产。……科诺诺夫二十年前因放火案曾受过审判，就是现在也还因强奸少女案处在待审中。和他一起，扎哈尔·基里洛夫·罗布斯托夫因这同样的罪状，已经被人控告过两次。这是一个肥胖的矮个子商人，生得一张圆团团的面孔和一对愉快的天蓝色眼睛……这些人中间，几乎没有一个人，福马不知道他是犯过罪的。

他知道，这些人全都嫉妒科诺诺夫的成功，因为他的轮船数目逐年增加。他们之中许多人彼此不睦，他们在商业的逐鹿场上，谁对谁也毫不留情，大家都知道彼此干的奸诈丑恶勾当。……可是现在团聚在这得意扬扬和幸福无边的科诺诺夫周围，他们却融合成了一个粘得很紧的乌黑团团，像一个人似的站在那儿呼吸着，全神贯注地一声不响，被一种虽然看不见但是很牢固的东西包围住了，——就是这一种东西使得福马远离他们，使他在他们面前感到畏缩。

"骗子们……"福马这样想，鼓励着自己。

他们轻声咳嗽，叹息，画十字，鞠躬，像一堵厚墙似的把神职人员团团围着，并且毫不动摇地牢牢立在那儿，像些大黑石块。

"他们都在装假！"福马在心里叫了起来。站在他旁边的，是独眼的驼子帕甫林·古辛，这人不久前把他发了疯的弟弟的几个孩子赶到街上求乞，他用他那只独眼望着阴暗的天空，满怀热忱地嘟哝着：

"'耶和华啊,求你不要在怒中责备我,也不要在烈怒中惩罚我。'"①

福马觉得,这个人祈求上帝,是对他的慈悲怀着坚定不移和深不可及的信心的。

"'主啊,我们祖先的上帝,你曾命你的仆人挪亚,造一只方舟救这世界'②……"神甫举眼仰望苍天,并把手向上扬起,用低沉的声音说。"'也求你保佑这一艘船,为它降下平安幸福的天使……求你保佑乘坐这船航行的人……'③"

商人们一致大力挥开膀臂,在胸前画十字祝福,大家脸上都流露出一种相信祈祷力量的神情。

所有这一切深深印在福马脑海中,在他心里引起了狐疑,他不明白,这些人怎么能够笃信上帝的慈悲,而对人却那般残酷无情。

他们的威风凛凛的顽固性,这种共同一致的对自己的确信,神气活现的面孔,响亮的说话声和大笑声把他激怒了。他们早已坐在摆满菜肴的食桌前,贪婪地欣赏那条大鲟鱼,鱼上散盖着蔬菜和大虾,摆得十分美观。特罗菲姆·祖博夫一面系餐巾,一面用他那对幸福的、甜蜜蜜地眯缝着的眼睛瞧着那条奇怪的鱼,对他的邻座,面粉商约拿·尤什科夫说:

"约拿·尼基福雷奇!你瞧,简直是一条鲸鱼呀!也许足够做一只装得下你这样一个人的箱子呢④……你说怎样?你像把脚伸进靴子里去那样爬进去,好吗?!嘻—嘻!"

矮胖的约拿小心翼翼把他的短手臂伸向装有新鲜鱼子酱的银盘去,嘴唇贪馋地嘬得直响,眼睛斜瞧着自己面前的那些瓶子,生怕碰倒

---

① 引自《旧约·诗篇》第六篇第一节。
② 据《圣纪·创世记》记载,上帝见世人作恶多端,特降洪水淹没大地,命义人挪亚造方舟一只,救了世界上各类的生物。引文出自《圣礼书·船只造成祈祷文》。
③ 据《圣经·创世记》记载,上帝见世人作恶多端,特降洪水淹没大地,命义人挪亚造方舟一只,救了世界上各类的生物。引文出自《圣礼书·船只造成祈祷文》。
④ 这是一双关谐语;据《圣经》记载,有一位名叫约拿的先知,曾被鲸鱼吞噬。

了它们。

科诺诺夫对面的台架上,摆着一小桶特地从波兰订购来的陈年伏特加;一个包银的大贝壳里盛着牡蛎,高耸在这些食品之上的,是尖尖地堆成塔形的各种颜色的肉馅饼。

"诸位先生!请!请随便用吧!"科诺诺夫高声喊。"为了适合每位来宾的胃口,我准备了各种佳肴,应有尽有。……有我们俄罗斯本国的食品,也有他乡外国的东西……应有尽有!这才是最好的办法。……请各位随意用吧!有哪位要蜗牛吧?这种贝壳要不要?据说是从印度来的呢。……"

祖博夫对坐在他旁边的马亚金说:

"《船只造成祈祷文》对蒸汽拖船和内河轮船来说,是不适合的,我的意见,不是说不适合,只是说不充分!……内河轮船是船员们固定的居住地方,应该把它看成房屋一样。……所以需要在《船只造成祈祷文》之外,再念一篇庆祝房屋落成的祈祷文。……您要喝什么酒?"

"我是个不大喝酒的人,给我倒点儿茴香伏特加吧!……"亚科夫·塔拉索维奇回答说。

福马坐在桌子的尽头,杂在几个胆怯又谦虚的人中间,不断地感觉到老头子盯在他身上的锐利目光。

"他定是害怕我会闹出乱子来……"福马心里想。

"弟兄们!"那个胖得不成样的轮船老板亚休罗夫嗄声说。"我没有青鱼是不行的!我非从青鱼先干起不可……我生就这种天性!……"

"乐队!奏《波斯进行曲》①……"

"别忙!倒不如奏《光荣颂》②……"

"奏《光荣颂》。……"

---

① 大概是指奥地利作曲家小约翰·施特劳斯(1825—1899)作的《波斯进行曲》。
② 俄国作曲家德·斯·博尔特尼扬斯基(1751—1825)作的乐曲。一般只在有军队参加的隆重宗教仪式时才演奏。

机器呼哧呼哧的响声和舵轮的轧轧声,跟乐队的轰响混成了一片,在空中形成一种好像冬天暴风雪的狂野的歌。笛子的啸音,号角的刺耳悲鸣,低音乐器的忧郁吼声,小鼓的疾擂,大鼓的轰击——这一切都汇合到那冲破水面的舵轮的单调轰隆声里,急躁地漂荡在空气中,压倒了嘈杂的人声,好像一阵台风似的随船吹刮,使人们说话时不得不扯直嗓子喊。有时,机器里发出一阵剧烈的蒸气嗞嗞声,在这种突然冲入那乱成一片的轰隆声、咆哮声、叫喊声里的响声中,似乎含有一些激怒而又带轻蔑的成分。……

　　"你拒绝给我那张期票贴现——这件事,我就是进了坟墓,也不会忘记!"一个人恶声恶气地高声说。

　　"够了,够了!难道这里是算账的地方吗?"传来了博布罗夫的男低音。

　　"弟兄们!必须讲几句话呀!"

　　"乐队,停止!"

　　"你到我银行里来,我给你讲明白为什么没有贴现。……"

　　"请安静!要讲话了。……"

　　"乐—队,停—下来!……"

　　"奏《在牧场上》①!……"

　　"奏《安戈夫人》②!……"

　　"没有必要!亚科夫·塔拉索维奇——我们请您呀!"

　　"这叫做斯特拉斯堡③馅饼。……"

　　"我们请您呀!请您呀!"

　　"是馅饼吗?有些不像……管它呢,我横竖要吃!……"

　　"塔拉索维奇!动驾呀。……"

---

① 是一首俄国民歌。
② 即小歌剧《安戈夫人之女》,法国作曲家夏尔·列柯克(1832—1919)的作品,作于一八七二年。一八七四年在莫斯科首次上演。
③ 法国东部一城市,食品工业很兴盛。

"弟兄们！真是开心透了！……"

"啊，朋友，在《美丽的海伦》①里，她几乎是完全赤裸裸地出场的……"突然间，罗布斯托夫的感动的、尖声尖气的嗓音冲破了嘈杂声。

"别忙！雅各欺骗了以扫②吗？阿哈！"

"塔拉索维奇！别装模作样！"

"诸位先生！请安静！亚科夫·塔拉索维奇要讲几句话！"

正当喧嚷的闹声静下去的当儿，不知谁的愤慨又响亮的喃喃声响起来了。

"她—她把我捏得好痛呀，那个调皮鬼。……"

博布罗夫用他响亮的男低音问：

"是……捏的你哪块地方呢？"

人们哄堂大笑，但很快就安静了，因为亚科夫·塔拉索维奇·马亚金已经站起来，清着喉咙，抚摩他的秃脑顶，正用严肃的目光扫视商人们，等待着他们的注意。

"喂，弟兄们，请注意听啦！"科诺诺夫兴高采烈地喊。

"商界诸公！"马亚金笑嘻嘻地讲起来了，"在有教养和有学问的人们的谈吐里有一个外国字眼，叫做'文明'。关于这个字眼，我想在这里开诚布公地谈一谈。……"

"安静点！"

"亲爱的先生们！"马亚金提高嗓子说。"报纸上，关于我的商人们，老是写着，我们对于这个文明一无所知，我们既不渴慕它，也不理解它。他们把我们叫做野蛮人。……那么，这个'文明'到底是什么东西呢？我虽然上了年纪，但听到这种论调，实在叫我生气，所以有一

---

① 小歌剧，法国作曲家雅克·奥芬巴赫(1819—1880)的作品，作于一八六四年。一八六八年在彼得堡首次上演。
② 据《旧约·创世记》第二十五和二十七章记载，以撒有两个儿子，长子以扫，次子雅各。雅各第一次欺骗以扫，用红豆汤骗得了长子的名分；第二次又在眼瞎的老父面前，冒充哥哥，骗得了父亲对长子的祝福。

回,我就对这个词儿狠狠下工夫钻研,看它究竟含有些什么意义。"

马亚金停顿一忽儿,举目环顾听众,得意扬扬地微笑着,又清晰地继续讲下去:

"根据我的探索研究,原来这个词儿的意义就是崇拜,就是爱,就是对事业和生活秩序的高度热爱。我心想:'对了!这就对头了!这就是说,是一个文明人,他就会热爱事业与秩序,这种人一般都是热爱建设生活,热爱生活,并且深知自身的价值和生命的价值的。……好极了!'"亚科夫·塔拉索维奇哆嗦了一下,他面孔上的皱纹从他那微笑着的眼睛直到唇边像光线似的布了他一脸,他的整个秃头像一颗昏暗的星星。

商人们一声不响,留神地瞧着他的嘴巴,大家脸上都现出了全神贯注的表情。他们仍保持着开始听马亚金演说时的那种姿势,屏息静气地一动也不动。

"不过,如果是这样,换句话说,如果这个词儿非这么解释不可,如果是这样的话,那么,人们把我们叫做不文明的、野蛮的人,就是诽谤我们了!因为他们只不过爱这个词儿,而不是它的涵义,我们却是爱这个词的最根本的东西,爱它内容的实质,我们热爱事业!我们自身就具有对生活的真正崇拜,那就是对于生活的尊崇,而不是他们!他们钟爱的是判断,我们却爱实践……商界诸公,这儿就是我们的文明的一个好例子,我们热爱事业的一个好例子,——拿伏尔加河来说吧,它是我们亲爱的母亲!它可以用它的每一滴水来肯定我们的荣誉,并驳倒加在我们身上的诽谤……诸位先生,自从彼得大帝钦许载货大帆船在这条河上航行以来,也不过仅仅过了百年光景①,可是如今就有了几千艘轮船在这条河上来来去去。……是谁造的这些船呢?是俄国农民,是些完全无知无识的人,所有这些大轮船、驳船——它们

---

① 俄国船队的创建,始于彼得一世(1672—1725)。商船队的建立,是在十七世纪九十年代,从那时到本书故事演进的时候,不是一百年,而是两百年。伏尔加河上有定期的内河轮船航运业始于十九世纪四十年代。

是什么人的？是我们的！是谁发明它们的？是我们！这儿的一切，都是我们的,这儿的一切,都是我们的智慧的成果,都是我们俄国人的聪明和对事业的伟大的爱的结晶！谁也没有在任何一点上给过我们帮助。我们自己肃清了伏尔加河上的盗匪,我们自己掏腰包雇用了护卫兵,我们肃清了盗匪,并且使伏尔加河上几千俄里的水程上,有数千艘轮船和各种各类的船只来往航行。伏尔加河沿岸哪些城市最繁荣？商人最多的城市。……在一个城市里,什么人的房屋最讲究？商人的房屋最讲究。人们中,谁最肯为穷人操心？商人,商人们半戈比、一戈比地积起钱来,可是一捐就是几十万卢布。教堂是谁修建的？是我们！谁出给政府的钱最多？商人。……诸位先生！我们是为了事业本身和我们对于建设生活的热爱,才觉得事业是宝贵的,只有我们才是热爱秩序与生活的！至于那些议论我们的人,他们说……他们只不过津津有味地说些不堪入耳的话罢了,没有旁的！让他们去议论好了！风一吹,杨柳就簌簌响,风一停,杨柳也就鸦雀无声了。……杨柳这东西,你既不能拿它来做车辕,也无法把它做成扫帚,是一种没有用场的木料！就由于毫无用场,所以它就闹嚷不歇。他们——我们的裁判者们,干出了些什么勋业呢？他们用什么来美化过生活？关于这一类的事,我们一无所知。可是我们的事业却是明摆着的。商界诸公！我看见诸公之中有走在生活的最前面、最能劳动而又热爱自己劳动的人,我看见诸公之中有样样事都肯干,而又样样事都干得出色的人,我在这儿对你们满怀衷心的敬崇和爱戴,为勤劳的俄国商人的光荣和坚强意志,举起我这满溢的酒杯！敬祝诸公万寿无疆！俄罗斯母亲万岁！乌拉！"

马亚金的一声颤抖抖的尖锐叫喊,引起了商人们一阵震人耳聋的狂热欢呼。所有这些脑满肠肥的魁梧身体,给酒和老人的演说弄兴奋了,都动了起来,从胸膛里发出了那么一致而有力的呼声,使周围的一切仿佛都战栗摇晃起来了。

"亚科夫！你是上帝的号筒呀！"祖博夫把自己的酒杯向马亚金举

起高声叫喊。

椅子撞倒了,桌子推动了,因此杯盘和酒瓶响的响、倒的倒,众商人手里擎着酒杯朝马亚金身边挤去,极其兴奋欢喜,有的人眼睛上还挂着泪珠儿。

"喂?这些话讲得怎么样?"科诺诺夫抓住罗布斯托夫的肩头摇撼着说。"你得明白,这是一篇了不起的演说!"

"亚科夫!来,我吻你!"

"把马亚金抬起来向上抛呀!"

"乐队,奏乐。……"

"奏欢迎曲!奏进行曲……波斯进行曲!"

"要音乐干吗!去他妈的!"

"这里就是音乐!唉,马亚金!"

"我在我的弟兄中,是微不足道的……但智慧却有些儿……"

"你撒谎,特罗菲姆!"

"亚科夫!你在世的日子不多了,真可惜!简直是说不出的难过!"

"可是,会有非常热闹的葬仪呀!"

"列位!我们来发起一笔马亚金纪念基金吧!我捐一千!"

"别作声!请等一等!"

"诸位先生!"亚科夫·塔拉索维奇浑身哆嗦,又开始讲了。"还有,我们所以是生活中的头等人物,是自己祖国的真正的主人,这是由于我们是老百姓!"

"千真万确!"

"我的天啦!对极了!老爷爷!"

"让他讲呀。……"

"我们是土生土长的俄国人,所以我们的一切所作所为,才是道道地地俄国式的!这就是说,那才是最真实的,最有用和最必需的……"

"就像二加二等于四一样真实!"

"简单明白！"

"他聪明得就跟蛇一样！"

"而且温和得就像……"

"就像只老鹰！哈—哈！"

商人们把他们的演讲人围在一个稠密的圆圈内，他们用谄媚的目光瞧着他，已经兴奋得无法安静地听他讲话了。在他周围响起一片嘈杂声，这声音和机器的噪音以及轮桨打在水上的声音混在一起，形成一股音响的旋风，把老人的声音压了下去。这时，有人喜不自胜地尖着嗓子叫道：

"跳卡马林舞①！俄罗斯舞！"

"这全是我们的成就！"亚科夫·塔拉索维奇指着河高声说。"全都是我们的！我们建立了生活！"

突然间，响起了一声压倒一切音响的叫喊。

"啊！是你们吗？唉，你们……"

紧接着这声叫喊，空气中清晰地响起了一句粗俗的谩骂。大家立时听着这骂声，有片刻工夫一声不响，用眼睛搜寻那个骂他们的人。这一刹那间，只听见机器的沉重喘息声和舵链的嘎吱声。……

"这是谁在汪汪叫？"科诺诺夫皱起眉头问。……

"唉！硬是不出丑不行！"列兹尼科夫烦恼地叹口气说。

众商人脸上显出了惊慌、好奇、诧异和责难的神色，所有的人都有些束手无策地感到为难。只有亚科夫·塔拉索维奇一个人泰然自若，甚至好像因所发生的事件感到高兴。他踮起脚尖，伸长脖子，张望着桌子那一端的什么地方，他的两眼异样地闪着光，仿佛他在那边看见了令他感到很愉快的事。

"是高尔杰耶夫！……"约拿·尤什科夫轻声说。

大家的头都转向了亚科夫·马亚金所注意的地方。

---

① 俄国的一种轻快活泼的民间舞。

福马两手支住桌子站在那儿。他露出牙齿,一声不响,用他那对圆睁着的燃烧般的眼睛打量那些商人。他的下颌哆嗦,肩臂发抖,紧紧地抓住桌子边沿的手指头,痉挛地搔着桌布。商人们一瞥见他这张凶得像狼样的面孔和这种怒气冲冲的姿势,就又沉默了一刹那。

"你们瞪着眼瞧什么?"福马问,随着这句问话又带上了一句粗野的骂人话。

"他喝醉了!"博布罗夫摇着头说。

"为什么请他来呢?"列兹尼科夫轻声嘟哝着。

"福马·伊格纳季伊奇!"科诺诺夫严肃地说。"不应该闹得不好看……要是……你……觉得头晕——那么,老弟,就悄悄地、安安静静到客舱里去躺下,躺下,亲爱的。……"

"你,闭嘴!"福马把目光转到他身上,吼道。"别跟我噜嗦!我没有喝醉,我比你们谁都更清醒!懂吗?"

"你等一等,究竟是谁请你来这儿的?"科诺诺夫脸都气红了问。

"是我带他来的!"马亚金喊道。

"啊!那么,当然!对不起,福马·伊格纳季伊奇。……可是,亚科夫,既是你带他来的……那你就得制止他……不然,那就很不好看。……"

福马一声不响,笑了笑。众商人也都默默无言地望着他。

"唉,福姆卡!"马亚金开口了。"你又来丢我这老头儿的脸了。……"

"教父!"福马龇着牙齿说。"我还什么事也没有干呢,所以,你教训我还嫌太早。……我没有醉,我并没有喝酒,我一直在听……商界诸君!能容许我讲几句话吗?既然受你们尊敬的我的教父已经讲过……现在请听他的教子讲讲吧。……"

"讲什么话?"列兹尼科夫说。"为什么要讲话?我们是来快活快活的。……"

"不用讲,你算了吧,福马·伊格纳季伊奇……"

"你还是喝点什么吧。……"

"我们来痛饮一回吧！唉，福马……你是一位有名望的父亲的儿子啊！"

福马离开桌子，挺直身子，一直微笑着倾听这些规劝他的亲切的话。在这些体面人物中，他最年轻、最漂亮。他那身穿贴身常礼服的风姿潇洒的仪表，在这一群脑满肠肥、大腹便便的人中间，显得超群出众。他的生有一对大眼睛的黝黑脸蛋，比那些肥胖松弛的红面孔，要端正得多、有生气得多。他挺着胸，咬紧牙齿，荡开常礼服的下摆，两手插在衣袋里。……

"你们现在用阿谀奉承和温存抚爱是堵不住我的嘴的！"他强硬又带威胁意味说。"不管你们要听也罢、不要听也罢，我总归要讲。……你们这儿也没有地方可以撵我。……"

他摇了摇头，耸起肩臂，沉着地声明说：

"不过，要是有人敢用指头碰我一下，我就要杀死他！我当着上帝发誓：来多少，我就要杀多少！"

站在他对面的那群人，好像大风吹刮下的树丛，都摇晃起来了。响起了一片惊惶不安的耳语声。福马的面色阴沉下来，圆睁着两眼。……

"嘿，刚才说，你们建立了生活，你们干出了最真实最可靠的事业……"

福马深深地长叹了口气，带着无法形容的憎恶神情望着听众的脸，这些面孔忽然好似奇怪地臌了起来，像肿了一样。……众商人沉默着，大家彼此靠得越来越紧。在后面几排里，有人低声自言自语：

"他在讲些什么？是照纸上念，还是他自己头脑里想出来的？"

"哦，你们这批恶棍！"高尔杰耶夫摇着头高声说。"你们有了些什么成就呢？你们造成的并不是生活，而是监狱。……你们建立的不是秩序，而是束缚人的锁链。……又闷，又挤，没有活人转身的余地。……人要死了！……你们是杀人犯。……你们可明白你们只靠着别人的耐性才能活着吗？"

"这究竟是怎么回事？"列兹尼科夫怒气冲冲地拍着手，愤慨地嚷道。"这种话，我简直听不入耳。……"

"高尔杰耶夫！"博布罗夫喊道。"当心，你讲得简直太不成话。……"

"为了这些话，你将要……哦—哦—哦！"祖博夫威严地说。

"闭嘴！"福马两眼充血，高声咆哮。"像些猪在呼噜呼噜。……"

"各位先生！"马亚金的沉着、险恶的声音像锉刀锉在铁上刺耳地响起来了。"我恳求你们别阻拦他！让他去吼叫，让他开开心！……他讲的话伤害不了你们。……"

"嘿，伤害不了，谢谢您吧！"尤什科夫提高嗓子说。

和福马并肩站着的斯莫林凑在他耳朵上低声说：

"算了吧，亲爱的！你怎么啦，发疯了吗？"

"滚开！"福马愤怒的眼睛炯炯发光地盯着他，强硬地说。"你到马亚金那里去谄媚他吧，也许总可以捞到一点东西！"

斯莫林在牙缝间怒啸一声，走到一边去了。众商人也一个接一个开始在船上散开了，这一来，使得福马更加怒不可遏：他很想用他的言论把这些人钉牢在原地方，但自己脑子里却找不出这种强有力的词句。

"你们建立了生活吗？"他高声叫喊。"你们是些什么人？是骗子，是强盗。……"

有几个人掉过头去对着福马，好像他把他们叫住了似的。

"科诺诺夫！因为那个小姑娘的事，你不是很快就要受审判吗？要判处你去服苦役，再会吧，伊利亚！你修造轮船是白白费力。……会由官府的船把你送到西伯利亚去。"

科诺诺夫咚地一声坐到椅子上去了，脸涨得通红，他默不作声地用拳头威胁着。接着，嘎声嘎气地说：

"好吧……很好……我不会忘记这件事的。"

福马看见他那张嘴唇发抖的扭歪的面孔,心中明白了,该用怎样的武器,他才能更有力地打击这班人。

"建立生活的先生们！古辛,你有没有周济你那些侄儿侄女？即使每天给一戈比也成……你从他们那儿可抢劫得不少了呀……博布罗夫！你为什么诬蔑你的姘妇,说她偷了你的钱,把她关进了监牢呢？如果你对她生厌了,那就赏给你的儿子去吧……横竖他现在跟你的另一个情妇又勾搭上了。……你还不知道吗？唉,你这只肥猪。……还有你,卢普,你可以再开一家妓院,把嫖客抢个精光。……以后,魔鬼就要来洗劫你,哈,哈！有这样一副虔敬的嘴脸却干着骗子手的勾当,这可真了得！……那个时候,被你害死的是个什么人啦,卢普？"

福马说着,他的话时常被他自己的哈哈大笑打断。他看出他的话在这些人身上发生了很大的作用。原先,他对他们全体讲话时,他们都避开他,走到一边,聚成一群一群,用轻蔑和恶毒的目光远远地瞧着他们的揭发者。他看见了他们脸上的微笑,他感觉到他们的一举一动里含有瞧不起的意思,他明白了尽管他的话激怒了他们,但还没有像他所希望的那样刺得深。这一切使他的愤怒冷却了,他心里已经产生了一种痛苦的自觉,认为他对他们的攻击失败了。……可是当他一开始把他们每个人分开来谈的时候,听众们对他的态度就迅速又剧烈地改变了。

当科诺诺夫好像受不住福马那严酷词句的重压而沉重地坐到椅子上去时,福马看出来有些商人脸上闪现了辛辣而又含恶意的微笑。他听见有人发出了赞同和惊异的低语：

"这真好极了！"

这一声低语壮了福马的胆,他满有把握地开始对于凡是他的目光所接触到的人,就投以讽刺和辱骂。他看见自己的话语发生了作用,就快活地咆哮起来。人们一声不响留心地听着他讲,有几个人朝他身旁更挪近了些。

虽然也有抗议的喊声,却简短又不响亮,每一次福马叫出一个人的名字时,大家便都静悄悄地倾听,幸灾乐祸地斜着眼睛向被揭发的同伴那一方瞧着。

博布罗夫惶惑不安地笑着,但他的一对小眼睛像小小的螺旋钻似的钻着福马。卢普·列兹尼科夫摇着手,笨头呆脑地乱跳,气喘吁吁地说:

"请大家作见证人。……这样做,我决不饶恕!我要告到调解法官那儿去。……这成什么话?"他忽然伸手指着福马,尖声尖气地说:"把他捆起来!……"

福马哈哈大笑:

"胡说,真理你可捆不住!"

"好—的!"科诺诺夫拖长声调说,他的嗓音听不清、又有些不正常。

"喂,商界诸公!"马亚金的声音响起来了。"我请各位观赏观赏!他就是这么样一个人!"

商人们一个接一个地向福马身边挪动,他看见他们脸上露出了愤怒、好奇、幸灾乐祸的快感和恐怖等感情。……跟福马坐一起的那些谦虚的人们中,有一个人对他低声说:

"他们活该!……对他们干下去!你做得对。……"

"罗布斯托夫!"福马喊道。"你笑什么?你有什么可开心的?你也该去服苦役……"

"叫他上岸去!"罗布斯托夫一跳站起来,忽然开始咆哮。

于是,科诺诺夫对船长叫道:

"开转去!到城里去!到省长那里去。……"

有人用激动得发抖的声音庄严地说:

"这是一种预谋。……这是故意干出来的。……他是受了别人的唆使……是把他灌醉了好来胡言乱语的。"

"不,这是造反!"

"把他绑起来!简单明了,把他绑起来!"

福马抓住一个香槟酒瓶,举在空中挥着。

"来吧!不行吗,看来,你们还是非听我讲不可。……"

福马看到这些人在他话语的打击下,愁眉苦脸,到处乱窜,他感到欢喜若狂,又兴冲冲地大怒起来,开始喊出他们的名字和一些难听的骂人话,因此那种愤懑的骚动又一次地安静下去了。那些福马所不认识的人,都怀着迫切的好奇心赞同地望着他,有几个人甚至还带点愉快的惊讶神色。其中有一个生着一对老鼠眼睛、面颊红润、头发灰白、个儿矮小的老头子,突然转向福马所辱骂的那批商人,声音清脆悦耳地说:

"这都是讲的良心话!这算不了什么!应该耐着点性儿。……这是具有先见之明的揭发。……要知道,我们罪孽深重!要知道,真理非讲不可,我们都是非常……"

大家都"嘘"他,祖博夫甚至还推了推他的肩臂。老人鞠了一躬,就消失在人群中去了。

"祖博夫!"福马喊道。"你一共弄得多少人流离失所?你可曾梦见过那个因你的缘故自缢死的伊凡·彼得罗夫·马亚金尼科夫吗?每次做弥撒时,你都要从礼拜堂里的捐献箱中偷去十个卢布,真有这种事吗?"

祖博夫没有预料到会来这一击,他一只手向上举起,愣在原地不动了。但接着他在原地方古里古怪一下跳起来,尖声尖气叫道:

"啊!你也攻起我来了?也—攻起我来了?"

突然间,他鼓起两颊,大发雷霆,挥着拳头威胁福马,尖着嗓子说:

"疯子在他自己心里说没有上帝!……我要告到主教那儿去!你这个不信神的东西!罚你去服苦役!"

轮船上一片混乱,福马看见这班被他得罪的、恼怒得茫然失措的人们,就觉得自己是神话故事里的杀死怪物的勇士。他们乱作一团,挥着膀臂,互相交谈——有的人满脸涨得通红,另一些人面色变得惨白,但要制止他所倾泻在他们身上的那股奚落嘲笑的激流,大家却都同样无能为力。

"叫水手们来!"列兹尼科夫一把抓住科诺诺夫的肩臂,嚷道:"伊利亚,你这是怎么回事? 难道你是请我们来受人嘲弄的吗?"

"对付一只狗崽子……"祖博夫发出了刺耳的尖声。

一群人聚集在亚科夫·塔拉索维奇·马亚金周围,听他低声讲话,大家怒不可遏,并且频频点头表示赞同。

"干起来吧,亚科夫!"罗布斯托夫高声说。"我们全是证人,干吧!"

可是,福马的洪亮声音压倒众人的嘈杂声,响了起来:

"你们建立的不是生活,你们造成了臭阴沟。你们的所行所为滋长了肮脏和恶臭。你们有良心吗? 你们记得上帝吗? 臭铜子儿就是你们的上帝! 你们早已把良心攮走了。……你们把它攮到哪儿去了呢? 你们这些吸血鬼! 你们是靠别人的劳力生存……靠别人的手劳动! 有多少老百姓由于你们那些伟大的事业淌着血泪? 恶棍们,按你们应得的惩罚来说,就是把你们下地狱,也还太轻。……不是把你们放在火里,而是要把你们放在沸腾的烂泥里熬煎。你们受几辈子苦也无法解脱。……"

福马捧腹哈哈大笑,高高地昂起脑袋,脚下打着踉跄。

就在这一刹那,几个人迅速地交换了一下眼色,立刻扑向福马,用他们的身体把他紧紧压住了。响起了一片叫喊声。……

"捉—住了!"一个人的气喘吁吁的声音喊。

"啊? 你们是这样干的吗?"福马声音嘶哑地叫了起来。

约有半分钟光景,整整一大堆黑黝黝的身体挤在一个地方忙乱起来,重重地跺着脚,发出了低沉的叫喊:

"把他抛在地上!……"

"抓住他的手……他的手呀! 哦—哦……"

"揪住胡子吗?"

"别打! 不许打。……"

"好了!"

"好大气力!"

他们把福马在地上拖着,直拖到舷侧,将他靠着船长室的墙壁放下,他们自己整了整衣服,揩了揩满脸大汗的面孔,就从他身边走开了。福马挣扎得筋疲力尽,败北的耻辱弄得他垂头丧气,他一声不响躺在那儿,衣服已是污秽不堪,一身稀烂,手脚已被毛巾牢牢捆住。

现在轮到他们来奚落他了。第一个是祖博夫。他走到福马跟前,对准他的腰眼就是一脚,因复仇的快乐浑身发抖,用得意的声音问道:

"啊,像雷一样的预言者,怎么样?好啦,你现在可以尝尝'囚居巴比伦'①的美味了,嘻—嘻—嘻!"

"你等一等……"福马望也不望他,声音嘶哑地说。"你等一等……等我休息好。……你们绑不住我的舌头……"但福马早已明白,他不能够再干什么,也不能再说什么了。他所以这样无能为力,倒并不是因为他们捆住了他,而是因为他心里的什么东西已经烧尽了,他的心灵里已变得漆黑、空虚。……

列兹尼科夫走到祖博夫一起了。随后,其他的人们也都一个跟一个走了拢来……博布罗夫、科诺诺夫还有另外几个人由马亚金领先走进甲板室去,一面还在低声谈着什么。

轮船开足马力向城市进发。由于船身的震动,桌上的瓶子抖得直响,这种诉苦似的哗啷哗啷响声,在福马听来,比一切声音更清楚。一群人站在他旁边,对他讲些刻毒的、令人生气的事。

但福马却仿佛是透过一层浓雾来看这些人的面孔,他们的话语一点也打不动他的心。在他心里,从他灵魂深处产生了一种剧烈的痛苦感觉;他紧紧地跟着这一感觉的发展寻踪探迹,虽然他对它还不能有

---

① "囚居巴比伦"是《圣经》上记载的犹太人的一个苦难时期。巴比伦王尼布甲尼撒于公元前五八六年占领耶路撒冷,焚烧城市,捣毁王宫、圣殿,把宝物掠夺一空。将犹太王及名门贵胄、财主富翁、精工巧匠等俘虏到巴比伦囚禁。巴比伦王统治长达七十年,导致犹太王国的崩溃(《旧约·列王记下》第二十四章至第二十五章)。

所理解,却已经感受到一些儿的忧愁和一些儿的屈辱。……

"你想想看,你这个无赖!你为你自己干出了些什么事来?"列兹尼科夫说。"你现在能过怎样的一种生活呢?你得明白,现在就连唾你一口,我们中间都没有任何人愿意干了!"

"我做了什么呢?"福马努力想弄明白这一点。商人们在他四周密密层层地站成了黑压压的一大堆。……

"喂,"亚休罗夫说道,"现在,福马,你的事业可完蛋啦……"

"我们要把你……"祖博夫哼呀哼地低声说。

"给我解开吧!"福马说。

"那可不行!我们真谢谢你呀!"

"喊我教父来。……"

就在这时,亚科夫·马亚金自己来了。他走上前来,在福马身边站住,目光严肃地望了望他那直挺挺的身体,深深地叹了口气。

"唉,福马……"

"叫他们把我解开来吧!"福马用悲痛的声音恳求。

"你好再去胡闹吗?不行,还是这样躺着吧……"教父回答他说。

"我再也不讲什么了……我凭上帝发誓!给我解开来吧,我真害臊!我并没有喝醉。……"

"你发誓不胡闹了吗?"马亚金问。

"哦,上帝啊!我不了……"福马呻吟着。

人们解开了他的脚,但两手仍然绑着。当他站起来的时候,他望着大家惨然一笑,轻声说:

"你们胜利了。……"

"我们总是胜利的!"教父回答他,阴险地冷冷一笑。

福马弯着腰,两手被反绑在背后,眼睛不瞧任何人,一声不响,向桌边走去。他好像个儿变矮了些,消瘦了。他的蓬乱的头发披散在额头和鬓角上;那件扯破和揉皱的衬衫的胸部耷出坎肩外,衣领遮住了他的嘴唇。他的头转来转去,想把衣领挪到下巴底下去,可是没有成

439

功。这时候,那个头发灰白的老头儿走到他面前,给他理了理衣衫,并且微笑着瞧了他一眼,说:

"得忍受一下。……"

现在,当着马亚金的面,那些奚落福马的人们都一声不响,大家以质问的和好奇的目光瞧着老头子,期待他会有所行动。但他却很镇静,眼睛里闪着一种与这种场合不相称的愉快光芒。……

"给我点伏特加!……"福马在桌前坐下,胸脯靠着桌子边沿,恳求说。他那弯腰曲背的身姿,显得凄惨可怜,束手无策。人们在他周围细声细气地讲话,有些戒备似的走着。大家一时望望他,一时又望望坐在他对面的马亚金。老头儿没有马上给他教子伏特加。他先凝神观察他,接着不慌不忙斟上一小杯,最后才一声不响把杯子凑到福马唇边。福马喝干了伏特加,又恳求说:

"还要喝点!"

"够了!……"马亚金回答。

紧接着是一刹那静到极点的沉默,使大家都感到了沉重。人们踮着脚无声无息向桌边走去,走近时,都伸长脖子,想看一看福马。

"啊,福姆卡,你现在可明白你干了什么事吗?"马亚金问。尽管他声音讲得很低,但大家都听到了他这句问话。

福马摇了摇头,还是默不作声。

"不能饶恕你!"马亚金提高嗓子强硬地继续说。"尽管我们都是基督徒,但我们不能饶恕你。你得明白这一点……"

福马抬起头来,若有所思地说:

"教父,我倒把您的事忘了……您一句也没有听到我说到您呢……"

"又来了!"马亚金用手指着他的教子,痛苦地喊了一声。"你们各位看到了吧?"

响起了一阵提出抗议的含混不清的怨声。

"唉,横竖是一样!"福马叹了口气继续说。"横竖是一样!没有什么……结果毫无好处!……"

他又俯身在桌上。

"你究竟要怎样?"教父严峻地问。

"我要怎样吗?"福马抬起头来,望了望众商人,冷笑一声。"我要……"

"醉鬼!无赖汉!"

"我没有喝醉!"福马忧郁地反驳说。"我总共只喝了两小杯。……我是完全清醒的。……"

"所以,"博布罗夫说,"亚科夫·塔拉索维奇,你说得对,他疯了。……"

"我吗?"福马叫了起来。

但人们没有理睬他。列兹尼科夫、祖博夫和博布罗夫都向马亚金那方弯过身去,开始低声议论着什么。

"监护人……"福马听到了这三个字……

"我是神志清醒的!"他说着,身子向后靠在椅背上,用蒙眬的眼光望着众商人。"我明白我要怎样。我要说真话……我要揭发你们……"

他又非常激动起来了,突然使劲扭动两手,企图把它们解脱出来。

"啊!等一等!"博布罗夫抓住他的肩头,叫了起来。"按住他呀。"

"好,按住吧!"福马忧愁又痛苦地说。"按住吧……"

"老老实实地坐着!"教父严厉地喊道。

福马默不作声。他所做的一切毫无结果,他的言论并没有动摇那班商人。他们密密地簇拥着他,把他团团围住,因此他什么也看不见。他们却泰然自若、满有把握地把他当作暴徒,想方法来对付他。他觉得自己被这黑压压的一群心术狠毒、头脑精明的人压倒了。……仿佛现在他不认识他自己了,不明白他对这些人做了些什么事,而且为什么这样做。他甚至感到有些抱屈,这是跟自己对不起自己相似的一种感觉。他的喉咙发痒,他的胸膛里似乎有些灰尘撒在他心上了,因此心脏跳得吃力而不均匀。他眼睛不望任何人,慢吞吞地、若有所思地重复说:

"我要说真话。……"

"傻瓜!"马亚金轻蔑地说。"你能说出什么真话呢?你懂得什么?"

"我的心受了伤……不,我是感觉到了真理!"

有人说道:

"从他说的话来讲,他明明是神经错乱了。……"

"说真话,这不是人人都做得到的事!"亚科夫·塔拉索维奇向上举起一只手,教训式的严厉地说。"如果你感觉到了,那又算得什么!就是一头母牛吧,它的尾巴被弄断时,它也会感觉到呢。可是,你得了解!要了解一切!也得了解你的敌人……你弄清他所梦寐以求的是些什么,那时候再干不迟!"

马亚金阐述自己的哲学,习惯地讲得忘了形,但他及时省悟过来,不宜对一个被征服的人教以战术,于是他闭口不言了。福马呆呆地望着他,奇怪地摇了摇头。……

"别管我!"福马抱怨地请求说。"一切全归您!喏,您还要什么呢?"

大家都注意地倾听他的话,但这种注意中含有某些偏见和恶意。……

"我生活过,"福马瓮声瓮气地说。"我观察过……我心里生的脓疱。而且脓疱溃烂了。……现在我完全筋疲力尽了!好像我的血都流尽了。……"

他单调地、平庸无力地说着,他的话像是呓语。

亚科夫·塔拉索维奇笑起来了。

"什么,你以为用舌头就可以舐掉一座山吗?你的积怨只够对付一只臭虫,你却去向一只熊挑战?是不是这样呢?疯子!……要是你父亲现在看见你的话,唉!"

"可是,终归,"福马突然很有把握地高声说,他眼睛里又闪起光来了,"终归全是你们的罪过!是你们把生活给毁了!是你们限制了一切。……是由于你们,才弄得我们窒息……是由于你们呀!尽管我这种反对你们的真话还嫌软弱无力,但终归是真话!你们这些万恶的东西!你们全都该遭天杀。……"

他在椅子上挣扎着,想挣脱两手,眼睛里闪着凶光,喊道:"解开我的手!"

人们把他围得更紧了,商人们的脸色变得更加冷酷,列兹尼科夫威严地对他说:

"不要吵,不要闹!我们马上就到城里了。……别丢脸,也别给我们丢脸。要不要直接把你从码头上送进疯人院呢?"

"真的吗?!"福马惊叫了。"你们要把我送进疯—疯人院吗?"没有人回答他。他望了望他们的脸,把头垂下了。

"你放老实点,我们就给你解开!"有人这样说。

"不必!"福马低声说。"横竖是一样。……"

他的话又像是呓语了。

"我完了。……我明白!但这不是由于你们的力量……是因为我自己软弱无力……真的!在上帝面前,你们也只是些蛆罢了。……你们等着吧!你们也会憋死的。……我所以完蛋,是因为我盲目无知。……我看得太多,所以眼睛失明了。……跟猫头鹰一样。……记得我还是一个孩子的时候,我在幽谷里追赶一只猫头鹰……它飞呀飞的,就撞到什么东西上去了。……太阳使得它两眼失明了。……它遍体鳞伤,就送了性命。那时,父亲对我说:'人的情形也跟这一模一样:有的人东奔西窜,撞得头破血流,筋疲力尽,就随便倒在一个地方……只为了休息休息!'唉!解开我的手。……"

他的面色变苍白了,两眼紧闭,肩头发抖。他的衣服给扯破了、揉皱了,他在椅子上摇来摇去,使胸脯撞击桌子边沿,嘴里开始嘟哝起来。

商人们意味深长地互相交换眼色。有的人用身体彼此轻轻撞了撞,默默无言地对着福马点头示意。亚科夫·马亚金的面孔好像石雕的一样阴沉,凝然不动。

"可以给他解开吧?"博布罗夫低声说。

"不,不必解……"马亚金小声说。"把他留在这儿……打发一个人去雇一辆马车来。……直接送医院。……"

马亚金朝甲板室走去,一面低声说:

"要好好看守……防着点,他难免会跳河的。……"

"唉,小伙子真可怜!"博布罗夫目送着马亚金说。

"他的糊涂,不能归咎于谁!"列兹尼科夫无精打采地回答。

"至于亚科夫……"祖博夫望着马亚金的背影点了点头,轻声说。

"亚科夫又有什么呢?他不会受到损失。……"

"对—了……他现在……要做监护人了!"

他们的轻悄的笑声和耳语声混在机器的喘息声里,福马大概没有听到。他呆呆地用他的模糊目光望着前面,只有他的嘴唇在微微颤动。……

"他的儿子回到他身边来了……"祖博夫小声说。

"我认得他的儿子,"亚休罗夫说。"在彼尔姆见过。……"

"是怎样的一个人?"

"非常干练。……他在乌索利耶经营一个大企业。……"

"所以,亚科夫就不需要这一个了。……对—了……就是这个道理!"

"你瞧,他在哭!"

"哦?"

福马身靠椅背坐着,脑袋垂在肩上。他的两眼紧闭,眼泪从睫毛下一粒接一粒滴下来。泪珠儿流过两颊,落到唇髭上。……福马的嘴唇痉挛得发抖,眼泪又从唇髭落到胸膛上。他一声不响,一动不动,只有他的胸脯吃力又不均匀地一起一伏。商人们望了望他那张嘴角下垂、泪痕满面、痛苦得消瘦下来的苍白面孔，就都不声不响悄悄地从他身边走开了。……

现在只剩下福马一人，两手被反缚在背后，坐在那满堆着残羹剩馔和杯盘狼藉的桌子前面。有时，他慢慢睁开他沉重的肿眼睑，他的眼睛透过朦胧的泪水凄凉地望着那一切都已翻倒和弄坏的桌子上。……

过了三年。

约在一年前，亚科夫·塔拉索维奇·马亚金死了。他临死时，神志十分清楚，而且至终神色不变。在临终前数小时，他对他的儿子、女儿和女婿说道：

"啊，孩子们，你们富裕地生活下去吧！亚科夫什么都尝遍了，所以，现在是他该去的时候了。……你们看，我要死了，但我并不悲伤。……这是上帝也会给我记住的……我除了戏谑诙谐的话，从来没有用呻吟和怨言烦扰大慈大悲的神！主啊，我的心欢悦，因为靠了你的慈悲，我明明白白地度了一世！永别了，孩子们。……你们和和睦睦地过日子吧。……别太过于自作聪明。你们要明白，凡是避开罪恶、静静躺着的人，并不是圣人……畏缩不能保护人脱离罪恶——关于'才干'的寓言也是这么说的①。那些要把生活弄得有意义的人，是不怕罪恶的。……上帝会饶恕他的过失。……上帝决定让人建立生活……但却没有赋予他那么多的智慧。所以，他对于欠缴的税款也不会催得太紧！……因为他是神圣的，是仁慈无边的。……"

他在一阵短促但是非常苦痛的弥留时的挣扎之后，就与世长辞

---

① "才干"是古代称银子的最大的货币单位。《圣经》中记载了这个寓言：有人要到外国去，把银子交给仆人，一个给了五"才干"，一个给了二"才干"，一个给了一"才干"。前两人拿银子去做买卖，都得了利，第三个仆人却把一"才干"银子埋在地里。主人回来时他把原银交上，主人责怪他不会生息，便把他丢在"外面黑暗里"了（见《新约·马太福音》第二十五章第十四节至第三十节）。这里，马亚金任意解释这个寓言：仆人埋银不是怕牟取暴利的罪恶，而是怕丢失银子遭到主人的惩罚。

了。……

在轮船上这事件发生后没多久,叶若夫不知何故也被驱逐出城了。

城里新开了一家名为"塔拉斯·马亚金与阿弗里坎·斯莫林"的商号。……

整整三年之久,福马杳无消息。有人说,他出医院后,马亚金就把他送到乌拉尔某地他母亲的亲戚那儿去了。

不久前,福马出现在城里街上了。他有些精神萎靡,衣衫褴褛,疯疯癫癫。他几乎经常是喝得醉醺醺的,他那副样儿,有时忧郁不堪,眉头深锁,脑袋低垂在胸膛上,有时又是一副笑得凄惨可怜的古怪笑容。他间或也要吵吵闹闹,但这种事不大发生。他住在他教妹院子里一间西厢房里。……

那些认识他的商人和城里的人们,经常讥笑他。福马在街上走时,会突然有人对他喊道:

"喂。你这位寓言家!到这儿来呀!"

福马很少走到喊他的人们面前去;他避开人们,不高兴同他们讲话。但如果他走拢去时,他们便对他说:

"啊,把世界末日的事讲给我们听听,好不好?哈—哈—哈!预言家!"

…………